平慧善注譯
周鳳五校閱

新譯薑齋文集

三民書局印行

國家圖書館出版品預行編目資料

新譯薑齋文集／平慧善注譯. --初版.
--臺北市：三民，民87
面；　　公分. --(古籍今注新譯叢書)
ISBN 957-14-2804-3 (精裝)
ISBN 957-14-2805-1 (平裝)

1.薑齋文集-註釋

847.2　　　　87002591

網際網路位址 http://sanmin.com.tw

© 新譯薑齋文集

注譯者　平慧善
校閱者　周鳳五
發行人　劉振强
著作財產權人　三民書局股份有限公司
　臺北市復興北路三八六號
發行所　三民書局股份有限公司
　地　址／臺北市復興北路三八六號
　電　話／二五〇〇六六〇〇
　郵　撥／〇〇〇九九九八－五號
印刷所　三民書局股份有限公司
門市部　復北店／臺北市復興北路三八六號
　重南店／臺北市重慶南路一段六十一號
初　版　中華民國八十七年四月
編　號　S 03152
基本定價　陸　元
行政院新聞局登記證局版臺業字第〇二〇〇號

ISBN 957-14-2805-1 (平裝)

刊印古籍今注新譯叢書緣起

劉振強

人類歷史發展，每至偏執一端，往而不返的關頭，總有一股新興的反本運動繼起，要求回顧過往的源頭，從中汲取新生的創造力量。孔子所謂的述而不作，溫故知新，以及西方文藝復興所強調的再生精神，都體現了創造源頭這股日新不竭的力量。古典之所以重要，古籍之所以不可不讀，正在這層尋本與啟示的意義上。處於現代世界而倡言讀古書，並不是迷信傳統，更不是故步自封；而是當我們愈懂得聆聽來自根源的聲音，我們就愈懂得如何向歷史追問，也就愈能夠清醒正對當世的苦厄。要擴大心量，冥契古今心靈，會通宇宙精神，不能不由學會讀古書這一層根本的工夫做起。

基於這樣的想法，本局自草創以來，即懷著注譯傳統重要典籍的理想，由第一部的四書做起，希望藉由文字障礙的掃除，幫助有心的讀者，打開禁錮於古老話語中的豐沛寶藏。我們工作的原則是「兼取諸家，直注明解」。一方面熔鑄眾說，擇善而從；

一方面也力求明白可喻，達到學術普及化的要求。叢書自陸續出刊以來，頗受各界的喜愛，使我們得到很大的鼓勵，也有信心繼續推廣這項工作。隨著海峽兩岸的交流，我們注譯的成員，也由臺灣各大學的教授，擴及大陸各有專長的學者。陣容的充實，使我們有更多的資源，整理更多樣化的古籍。兼採經、史、子、集四部的要典，重拾對通才器識的重視，將是我們進一步工作的目標。

古籍的注譯，固然是一件繁難的工作，但其實也只是整個工作的開端而已，最後的完成與意義的賦予，全賴讀者的閱讀與自得自證。我們期望這項工作能有助於為世界文化的未來匯流，注入一股源頭活水；也希望各界博雅君子不吝指正，讓我們的步伐能夠更堅穩地走下去。

新譯薑齋文集　目次

卷二

牧石先生暨吳太恭人合祔墓表……………一五三
文學膴原氏墓誌銘……………………一六〇
記 二首
船山記…………………………………一六四
小雲山記………………………………一七二

卷三

序 五首
詩傳合參序……………………………一七七
種竹亭稿序……………………………一八二
殷浴日時藝序…………………………一八六
劉孝尼詩序……………………………一九〇
王江劉氏族譜序………………………一九四
書後 二首
讀陳書書後……………………………一九八
讀李大崖先生墓誌銘書後……………二〇五

卷四

卷九

卷十

補遺

導讀

王夫之，湖南衡陽人，生於明萬曆四十七年（一六一九），卒於清康熙三十一年（一六九二）。字而農，號薑齋，一名壺，又號賣薑翁，一瓠道人或一瓠先生、瓠道人，雙髻外史，檮杌外史，船山老人或船山老農、船山遺老、船山病叟，學者稱船山先生，又稱夕堂先生。崇禎十五年（一六四二）舉人。他起兵抗清，經瞿式耜推薦任南明桂王行人司行人，入清後不仕，隱居衡陽西北石船山中著述四十年而終。著書百餘種，四百餘卷，八百餘萬言，淹貫經史，博通群籍，是我國明清之際傑出的思想家、哲學家。

王夫之的《薑齋文集》雖已問世一百多年，然至今未有注譯。一九七六年，由湖北人民出版社出版的《王夫之著作選注》僅選了一篇〈祓禊賦〉，是王賦中最短的一篇，僅六十五字。所以《薑齋文集》的注譯，在王夫之研究中是亟須填補的空白。承三民書局約請注譯《薑齋文集》，歷時兩年，始得殺青。昔人云：「學問一事，冷暖自知。」船山文博大艱深，在注譯過程中，竭蹶從事，固有之，歉怍亦似之。至於舛謬及不當處，謹請方家與讀者諟正。

《薑齋文集》全書不足九萬字，然內容與船山其他經、史、子及專項著述的專一有所不同，它涉及甚廣，言深意遠，就中凸現了他諸多方面的觀念、意緒與他的文章風格，約言之有如下數端。

一、船山的人生觀

從《薑齋文集》中可明顯地看到這樣一點，即儒家的「修身、齊家、治國、平天下」的觀念，貫穿著船山的立身行事，而這亦正集中體現了他鮮明的人生觀。

㈠明道以安天下　在〈老莊申韓論〉中，船山義無反顧地申言：「出以安天下，勿賊天下，古之聖人，仁及萬世，儒者修明之而見諸行事。」接著進一步說：「與聖人之道背馳則峻拒之者，儒者之責，勿容辭也。」他認為這樣才算得上是「君子儒」。質言之，修明古聖人之道，並付之於「行事」（行動），以安天下，做一個君子之儒，乃船山對人生的追求總目標，也是他的人生觀的主要方面，其「儒者之責，勿容辭也」，表明了他以天下為己任的堅定意向。正是從他基於明道以安天下並以之為己任的立場出發，認為老、莊不合於聖人之道而「流於詖」，因而疾言厲色痛斥「賊天下以立權，明與聖人之道背馳而毒及萬世者，申、韓也。」這近似於視之如寇仇的憤激之言，表明了他的衛「道」意志是何等堅決！他雖於「安天下」已無望的情況下，僻居荒山深谷，可並不是急流勇退，獨善其身，而是本著其「天下無道，言有枝葉」（〈讀李大崖先生墓誌銘書後〉）素衷，致力於經、史、諸子的探究，繼續明「道」，闡「道」。同時他的視線始終注視著現實，他對當時出現的與「道」水火不相容的士林頹風，非常不安。在〈殷浴日時蓺序〉中，王夫之對「盈目皆忘恩畏死苟圖榮利者」深惡痛絕，猛烈抨擊那些「諧而譎者，導人以往，無敬之心，則納其媚」與「以放恣而逞者，迫人於來，無樂之度，則用其爭」的施媚、爭競之徒。在〈文學劉君崑映墓誌銘〉中，對熱衷於「功名」者的那種「望風會之所流，隨波以靡」，沉瀣一氣，「以吮弱民，媚上官，艴然獵榮膴」，而一旦「詭而失也，猶且徼時譽以自雄於里序，栩栩然翔步於長吏之門，噞喁濡沫以自潤」的醜惡行徑，大張撻伐。他面對「數十年之士風，每況而愈下；其相趨也，每下而愈況。師媚其生徒，鄰媚其豪右，士媚其守令，乃至媚其胥隸，友媚其奔勢走貨之淫朋」的現象，感慨萬分。他贊揚劉崑映「其視世之倏為牛鬼蛇神，倏為嬌花囀鳥者，蔑如也」，特別對劉崑映之能對待「人之媚己，視如鮑魚之在側；見媚人者，則蟲豸遇之」，「乃至相遇而不與揖」的潔志高行，擊節贊美，表明了作者對喪德叛「道」的衰敗士風的無比憤懣與躭憂！

㈡矢志忠於故明　明朝亡後，王夫之與管嗣裘在衡山舉兵抗清失敗。清順治七年（一六五〇），船山父喪服闋，在「此非嚴光高蹈時也」（王敔〈行述〉）思想推動下，他奔赴南明桂王行在肇慶，任行人司行人介子之職，當時桂王政權紀綱大壞，給諫金堡等五人力圖振刷，而內閣王化澄、悍帥陳邦傳、內豎夏國祥等通同一氣，反誣他們為「五虎」，廷杖下獄，將被處死。王夫之約中舍管嗣裘，一起面見輔臣嚴起恆，慷慨陳詞，說動嚴向朝廷進言，桂王不聽。嗣後，王化澄一面勾結孫可望為外援，要挾桂王，一面圖謀誅殺嚴起恆，上奏劾嚴二十四罪，嚴因而稱疾請去。王夫之上疏云：「大臣進退有禮，請權允輔臣之去，勿使再中姦毒，重辱國而灰天下之心。」

〈《船山公年譜前編》〉並參王化澄等「結奸誤國」，王化澄則擬興大獄陷害王夫之。船山憤激咯血，移疾求去。有忠貞營帥（原李自成部將）高必正營救得不死。回歸故里。其〈章靈賦〉中說的「騺儆余以荒術兮，皇雖阻其猶平。……澶申申其離即兮，余情婉以終留。陳介李其曷共兮，憖有心而長匽。荃服鶩而未閑兮，或進龤而善啼。……余姣固殉於所字兮，蒼天正余以無奔。虹奇色其眾媚兮，睽星樞以思存。蹇疾頞而嬰疹兮，返牢茲以行路。」正是指的這一番欲圖效忠南明報國而遭排斥的慘痛經歷。永歷六年，桂王為悍帥孫可望所挾持，孫部將由廣東入衡陽，邀船山前往，他鑒於「久陷異土，既以得主而死為歆，託比匪人，尤以遇巷非時為戒」的前車，深感「當斯時也，欲留則不得乾淨之土以藏身，欲往則不忍就竊柄之魁以受命，進退縈回。」躊躇再三，於是他像屈原那樣，一再筮卜，以定行止。由於連得相同兩卦，以為這是神靈的明告，從而確定了自己拒絕邀降，幽隱自窮。他以遺臣身份，孤憤著書，困居窮山僻壤數十年，以迄終老。其〈自題墓石〉：「明遺臣行人王夫之之墓」，自銘曰：「抱劉越石之孤憤，而命無從致；希張橫渠之《正學》，而力不能企。幸全歸于茲丘，固銜恤以永世。」這是王夫之一生的自我總結與表白。政治上在那命運不能自己掌握的年代裡，他像晉代的劉琨一樣孤直、忠貞不渝；學術上他仰慕張載的《正學》，宏揚這一學派。他最欣慰的是始終抗拒了清代的薙髮令，能髮膚完全回歸到大自然，憂憤終世，也無所悔。他的故國之思無時或忘，他致力於喚醒人們，不要忘記故國，為此專寫了篇〈繹思〉。文中宣揚明代創業的豐功偉績：「洪惟我太祖高皇帝，嗣趙宗隕穫之後，九十餘載，……握天戈，驅匪茹，……八政修，五典徽，彬彬秩秩，……嗣聖雲承，紹修人紀，覿文降德，旌別群生之靈秀。續萬祀之絕紐，啟百靈之久蟄，自有天地以來，莫與匹亞。」其之所以要歌頌明代繼往續絕的業績，是要人們永遠不忘這種「福蔭」，而其著文的目的乃在於「導幽滯之亙衷，不隨湮沒。」也即要末世人們在思想上不致惑亂。其論述歷代帝王在創業之初，都有「隆殺攸甄」與中道的失德之行，然人們還是擇善而言，以及即使到末世，也追思「遺潤」，不只是為有明自隆慶、萬曆以來的朝政腐敗、民怨沸騰曲為解說，更在於喚起人們不忘故明。

與之相關的是，船山對待李自成、張獻忠、吳三桂的仇恨敵對態度。王夫之視李、張為傾覆明室的罪魁禍首，是不共戴天的「流寇」、「國賊」！在王夫之中舉的第二年，張獻忠軍攻陷武昌、衡州，鉤索王夫之兄弟去做官，其時凡士紳之不投順者，就被投入湘水。船山父子三人隱匿在南嶽蓮花峰，王父被發現拘執，作為人質，要他招致王夫之兄弟，王父堅決不允。船山聞訊，毅然自殘肢體，嫠面刺腕，偽傷以出，抬至張部，匿兄以死告，王父得釋。嗣後王夫之得友人之助，伺機於夜中逃出。〈章靈賦〉中說的：「奮殘形以殆庶兮，危季歎於撩虎。」即指此。及至李、張敗亡，李部中有投南明轉而抗清的，船山對他們的仇視並不稍減。其對高必正解救自己得脫桂王的羈囚，卻因高乃「國仇」而不往謝，可證。康熙十七年（一六七八）春，吳三桂在衡州僭號稱帝，其僚屬推薦王夫之寫〈勸進表〉，王答以「某本亡國遺臣，國破以來，久逋於世，苟且食息，偷活人間，不祥極矣！今汝亦安用此不祥之人為！」堅決不從。於是逃入深山，並作〈祓褉賦〉，以明心跡。文中寫道：「意不屬兮情不生，予躊躇兮倚空山而蕭清。闃山中兮無人，蹇誰將兮望春。」表示決不與吳三桂同流合污！吳三桂敗亡以後，由於王夫之的拒吳，清巡撫鄭端聞之十分嘉許，囑咐郡守崔某贈送粟帛給王夫之，王卻以老病為由拒而不見，命人受粟而退還了帛。不久之後，王夫之卒於船山，他就這樣，至死也忠於故明。不僅不在清朝為官，而且拒見官府，堅持著明末遺臣的立場。

(三)注重修身、齊家　修身、齊家，乃治國平天下的根本性的前提。作為立志做一個「君子儒」進而「安天下」的王夫之，自不須臾或忘儒家這一經典訓錄。他幼承庭訓，本人身體力行，對子姪輩則言傳身教。在〈家世節錄〉、〈顯考武夷府君行狀〉、〈顯妣譚太孺人行狀〉、〈石崖先生傳略〉等篇中，王夫之歷陳其家庭世系：先世乃揚州高郵人，始祖驍騎公因起兵逐元，隨明太祖渡江，授青州左衛正千戶（五品）；遷衡始祖都尉公，從明成祖南下建功，升衡州衛指揮僉事（正四品），從此定居衡州；至第六代驃騎公為正二品武官；從第七代高祖寧（驃騎公第四子）開始以文墨教育子弟，轉而以儒術傳家；曾祖是縣學教諭；父親兩中舉人副榜。這中間，他突出寫先世父祖輩風範，庭訓綦嚴，以及對自己的影響。在〈章靈賦〉開頭，他自豪地追述祖先的如何建功立業，與因之激發自己：「胡釋余祖之亨遇兮，吝余策於南條」，他決心繼承祖先為恢復明室而馳驅。在敘述家世的過程中，王夫之著重寫的是詩禮傳家、家承嚴政。在〈顯考武夷府君行狀〉中，寫高、曾「篤志經術理學，講性命之旨」、「束修文教，絃誦不衰」、「惇篤不隨世好，以文名著南楚」；寫祖父「崇志節，尚氣誼，隱處自怡，出入欬笑，皆有矩度，肅飭家範，用式閭里」；寫父輩以「文名孝譽」著，「孝友天植」，「白首歡笑如童年」，雖從事制義而「究極天性物理，斟酌古今，以發抒心得之實。」寫父親「宗濂洛正傳」，生活節儉，「泊然無當世心」，「不以衣裾拂貴介之門」。

在〈家世節錄〉中，王夫之寫了父親庭訓的肅飭：「夫之少不自簡，多口過。每至發露，先君不急加詰讁，唯正色不與語，問亦不答。……如此旬餘，必待真恥內動，流涕求改，而後譴訶得施。」這樣的詩禮世家，兼之以飭肅的教養薰陶，體現了儒家修身齊家的優良思想傳統，毫無疑問它也在王夫之的一生立身行事中在在體現著。而他之所以如此諄諄以言，其用心乃在於弘揚修身齊家治國觀念，以己為則，言傳身教以垂之後世子孫。他的「治國」亦包含著報國的內涵。明於此，對船山自身並未「躬承進御」（任官），在南明桂王政權中也只作了個行人的八品小官，但如同他在〈石崖先生傳略〉中所說的：「豈曰未嘗受祿，而遂可生哉。」就可以完全理解。而對其在〈尺牘〉十首給弟姪們的信中，也一再講述修身齊家之道與家族風範，希望弟姪們光明正大，寬柔慈厚，和睦孝順，讀書教子，使王氏家風代代相傳的苦心，也就洞若觀火了。

二、船山的史哲觀

在明末清初，王夫之與顧炎武、黃宗羲並世而立的三大學者中，船山歷來以史學、哲學方面有獨到卓見著稱。在《薑齋文集》有些篇什中，亦關涉到了有關哲學、史學的命題，並就此作了精闢的論述。

㈠人性乃先後天的結合　對人性的探討，在中國哲學史上是一個眾說紛紜的命題。船山本著「天下唯器（具體事物）而已矣」與「無其器則無其道（事物的所以然）」（王著《周易外傳》卷五），即物質是第一位的，以及「理在氣（一切物質變化的實地）中」（王著《張子正蒙注》卷一）的觀念，用以考察人性。在《薑齋文集》的〈知性論〉中，他先概括了先秦以來各種關於人性的說法：莊子的「以作用為性」；告子的「以未始有有無為性」；荀子的「以惡為性」；揚雄的「以善惡混為性」；韓愈的「以三品為性」以及浮屠氏的「三性說」。接著指出：「其所云性者非性，其所自謂知者非知。猶之乎謂雲為天，聞筍蒩（筍剁成末醬）而煮簀（用竹片編成的床墊）以食也。」並進一步切中肯綮地強調：「知實而不知名，知名而不知實，皆不知也！」他在文中一一反駁了諸家的說法，他就「性惡論」的認定先天本惡（不純潔），其後的變易乃由後天所致的觀點，反駁說：「人固非無惡，惡固非無自生也。」指出了「惡」並非先天自成，而是有其後天客觀因素。同時也反駁了人性完全由先天造就的「善惡混性」說、多元的「三品性」說、與「三性」說，認為「無有無無之始，非無化機（後天變化）也」，指出「善」（包括「混性」、「三性」等）也非全屬由先天生成，而是有著後天的因素。所以，人性的形成是「情有之，才有之，氣有之，質有之，心有之」，既不是純屬於先天，亦不是純繫乎後天，而是先後天的結合。他論證人在初生時，既承受天之所命（即先天的賦予），但因知識未開，接受有限，顯得單純，而從幼到壯到老，人們不斷受後天的種種影響，主要是教化、環境與利慾相繼相續，性才得到發展充實，從而形成人的素性。這一觀點在王夫之的其他著述中諸如《讀四書大全說》、《尚書引義》等，更有其具體闡發（文集中僅是全豹之一斑），此處就不贅述。

㈡君相承天命不能造天命　船山對人類社會的歷史演進持發展的觀念，所以他說：「洪荒無揖讓之道，唐虞無吊伐之道，漢唐無今日之道，則今日無他年之道」（王著《周易外傳・繫辭上傳》第十二章）。他還認為：「順必然之勢者理也」（王著《宋論》卷七），即發展是持續不斷的，不是人所能左右或逆轉的。因之，他否定聖君賢相能創造左右命運的觀點，在《薑齋文集》的〈君相可以造命論〉中開宗明義地指出：「聖人贊天地之化，則可以造萬物之命，而不能自造其命。」在文中他批判了李泌的「君相可以造命」說乃是偏頗之說，非知命之言。並指出所謂「造者，以遂己之意慾也。」而這樣則「猜忌紛更之事起矣」，從而必將成為亂階。明確論斷：「無有能自造其命者也，造萬物之命者，非必如萬物之意慾也。」而各自憑其自己意慾「期乎命之大順」是絕對做不到的。他列舉大量歷史事實論證了君相可以順受天命，造萬物之命，卻不能自造其命的道理：先指出命乃「天之造之」，且「皆規乎其大凡而止。」而「聖人以此可繼天而為萬物之司命。」假如「若欲自造其命」，求得無往不利，是不可能的，也「弗能造忠賢而使有，弗能造姦慝而使無」，所以對天命只能「受之而已！」同時明確指出：「受之以道，則雖危而安，雖亡而存，而君相之道得矣。」王夫之的這一君相只能順受天命而不能造命的觀念，亦包含著不能為君造命的內涵。他在〈老莊申韓論〉中，批判了申韓學說放縱專制皇帝匹夫的意氣，殘害天下來確立專制皇帝一人生殺予奪的權威，使之「氣苐然」、「權赫然」，可是「起視天下，而天下紜然」了。指出這種實質上為君造命的錯誤與危害！

㈢施仁政澤及萬世　「天下之變，皆順乎物則者也」（王著《思問錄》內篇）。王夫之認為事物的一切變化皆有其客觀的「則」（規律）的，這移諸政治、歷史亦然。他在〈老莊申韓論〉的開端即提出：「建之為道術，推之為治法，……古之聖人，仁及萬世」，表明他只有施仁政才能澤及萬世的觀念。同時還具體論說要使人民「容於覆載之間」，而如此則「民氣以靜」，就是使人民在仁政的潤澤下，得到安居樂業。「明君以盡其仁，無往而不得仁，哲相以盡其忠，無往而不得忠，天無窮，聖人不自窮，則與天而無窮」（〈君相可以造命論〉）。這可說是船山所理想的施仁政局面。他亦由此來觀察歷代的治亂興衰，評判王朝的興亡。〈讀陳書書後〉是《薑齋文集》中唯一的一篇史論，集中體現了他的上述觀念。在文中王夫之摒棄了歷來論說陳亡乃由於陳後主（叔寶）之昏庸，而認為其亡乃在於「立國三年，穴鬭不懈，救死不暇，遑問紀綱，流血相仍，無言生聚」所導致，乃是「自崩自坼，以趨入于亡。」換言之，也就是不施仁政，不給人民以休養生息。故不旋踵而即告覆亡。與此同時，他還論說，如陳「能於喪亂之餘，勤修內治，休養數十年，內無篡奪之禍，兩河二京，未嘗無收復之望！」可是陳主計不出此，兼之以統兵將領吳明徹又「悉殘陳之力，扶杌罄罍，爭匹夫之氣」，大大削弱了國力，所以「南土之灰飛，不待叔寶之昏庸也。」總之不施仁政，致民困財盡，乃陳亡之主因。因之作者不無嘆惋地說，陳「不亡胡待焉！」

三、船山的文學觀

王夫之不僅是一位學者，也是一位詩人與文學評論家，其論詩之著作有《詩繹》與《夕堂永日緒論》等。從《薑齋文集》中亦可看到其在文學方面的若干觀點與主張。

㈠主明道　與王夫之同時代的學者顧炎武認為：「文不可絕於天地間者，曰明道也」（《日知錄・文須有益於天下》）。船山亦持同樣的觀點，在〈武夷先生暨譚太孺人合葬墓誌〉中，王夫之追述其先人「發為文章，體道要以達微言」；在〈牧石先生暨吳太恭人合祔墓表〉中，記其仲父「文因道勝，遺塵雲迥，抗志霜清」，充分表明了這一點。而他的「文非道也，而所以御之擇之者，豈非道哉」（〈殷浴日時藝序〉），則更進一步闡發了文不僅是明道，而且「道」在創作中從「擇之」（選材）、「御之」（構思）起著統帥的作用。按船山在《薑齋詩話》曾闡述詩文的「意，猶帥也」的見解，而「意」則與「道」乃息息相關的。不止如此，他並以此作為文學批評的重要標準。屈賦中寫了很多美人香草，這是屈子抒寫其忠君愛國情思的獨特藝術手法。在〈劉孝尼詩序〉中，王夫之委婉地批評了劉孝尼詩中美人的演奏，不知悲之所來，魂之所往，實是徒襲屈賦之貌，而遺其精神。也就是說，劉孝尼忽略了詩文乃是明道、言志的一點。

㈡重興寄　王夫之在《薑齋詩話》中有云：「煙雲泉石，花鳥苔林，金鋪錦帳，寓意則靈。」而他的批評「公安、竟陵以白、蘇、郊、島之長技，容與三澨七洋之間」（〈劉孝尼詩序〉），說公安、竟陵作者的徜徉山水之間，主要在於批評他們的不注重興寄，為寫山水而寫山水，而在船山自己的創作中則具體而微地體現著一己的興寄。其〈孤鴻賦〉「題注」曰：「丙寅為石崖先生作。」賦中寫「失群陽鳥，遲回南徙。音墜煙霄，影搖寒水」說其「含貞來返」，雖處於「矰繳施而行路悲難」的境地，但「其為念也不遷」、「其為死也不捐」……。不難看出，其寫孤鴻，實乃寫石崖。可以說，《薑齋文集》中無論是詠物的〈蟻鬬賦〉、〈練鵲賦〉、〈雪賦〉、〈霜賦〉等，無論是寫山水的〈南嶽賦〉等，也無論其具體寫作上的多方比喻、映襯、對比，以及其大量的運用史典，無不有王夫之的興寄在焉。

㈢求新變　〈連珠〉中有句云：「蓋聞業有待於傳人，無殊衒玉」。這反映了王夫之的反對建立門庭，「守一局格」的一味模倣，而力求新變的觀點。他在《夕堂永日緒論・內篇》中曾說：「詩文立門庭，使人學己，人一學即似者，自詡為大家，為才子，亦藝苑教師而已。……鍾伯敬、譚友夏所尚異科，其歸一也。……若欲吮竟陵之唾液、則更不須爾。」同時並說：「才立一門庭，則有其局格。更無性情，更無興會，更無思致，自縛縛人，誰為之解者?」指出了立門庭、守格局的危害。他以比喻尖銳批評：「好驢馬不逐隊行，立門庭與依傍門庭者，皆逐隊者也。」船山這種文無定格，力求新變的觀點，同樣充分體現在他自己的創作中，他的文章諸體皆備，風格多樣，有的嚴整，有的疏放，有的清俊，有的沉鬱，其揮灑則忽而千巖萬壑奔突而至，忽而奇花異木並呈眼前，一無定格。即使在同一篇中（如〈南嶽賦〉）亦隨表達內容的不同，行文落墨因之而變。

但是他的力求新變，並不排斥繼承借鑒，恰恰相反，他是既重視繼承，又著意於創新。在〈詩傳合參序〉中，王夫之精闢地論述了繼承與新變的關係：「學，效也。聞之說曆者曰：『用郭守敬之曆，而不能用其法，非能效守敬者。』善夫其以善言效也。故《易》曰：『擬議以成其變化。』……變化所以擬議也。知擬議其變化，則古人之可效者畢效矣。」要言不煩地說明了兩者的辨證關係。他的好多賦富有屈賦韻味，但並不模倣屈賦（他的多角度的比喻就不同於屈子的連比），他寫〈連珠〉，並不按照原來的以自然徵兆作為行文契機，而代之以史實為契機行文。皆表明了這一點。

㈣反齊梁 在〈石崖先生傳略〉中，作者目擊、心傷地說：「自萬曆末，時文日變。……迨後則齊梁浮艷，益趨淫曼。」他在〈文學劉君崑映墓誌銘〉中所言士風之每況愈下，自是包含著文風方面，因此他贊揚劉崑映：「崇禎間，齊梁風靡，駢麗為虛華。而君刻意以搜求經傳之旨。每有論辨，毅然不隨時尚」他欽敬地追述其仲父：「先生斟酌開（元）天（寶），參伍黃（初）建（安），拒姝媚之曼聲，振噌吰之亢韻。」這些無不鮮明地表明了這一點。

四、船山的文章風格

船山文（賦）的風格，可以三句話來概括：其言哀以思，其文曲而深，其勢雄且逸。

㈠其言哀以思 船山矢志孤忠，追踪屈子，發而為文，其對故國之哀思，充牣於字裡行間。作者懷抱對明室的忠悃，對明朝與南明的覆亡深切悲哀，無日或忘。正如〈石崖先生傳略〉中敘述石崖題自己的座右銘所說的那樣：「到老六經猶未了，及歸一點不成灰。……悠悠蒼天，蕩蕩黃壚，抱愚忱以埋幽壤，吾兄弟之志存焉。」他們呼天搶地，表明自己至死忠誠於明朝的一點心志，不會改變。在〈九昭〉的小序中，作者說：「有明王夫之，生於屈子之鄉，而遘閔戢志，有過於屈者，……聊為〈九昭〉，以旌三閭之志。」作者不僅以與屈原同鄉而自豪，且認為自己所遭憂患，更有甚於屈原的地方，所以船山「旌」屈原之志，正是表自己的孤忠苦節。〈九昭〉寫的屈原在沉江之日，思念往事，必有未清君側的遺恨，屈原與楚王的相遇，以及伐秦戰爭的勝利等等。固然出於想像，非現實中實有之事，而船山則認為這是表達了屈子未言之情，乃深於情者必有之情，這也正是夫之的自道。其強調屈原的孤忠所為無偶，既不能與古人同調，也沒有當今的同心之侶，只能埋憂地下，以及他思悼頃襄王孤危無輔之慘，國家多難，小人麕集……。所有屈原的憂慮，無不是王夫之自己的憂慮。同時，船山不無感慨地說出：〈七諫〉以下「忿懷才不試而詆君者，固不足以知屈子之心矣！」集中表現了作者作為遺臣的孤獨感。通篇深沉、幽憤、哀愴而其結末的屈原絕命辭：「朧朧其若有明兮，指郢路之蒼茫。遼戾滉漾兮，蕩斥八埏。……鬱勃欻以憤興兮，遺孤煩之流連。」屈原永遠指向郢都的忠忱，希望歸還故國的魂魄，流連楚君的纏綿，更是激射出了王夫之孤臣椎心泣血的心聲！在〈惜餘鬢賦〉中作者這樣自我寫照：「煢煢余魂兮，若宵望而營於曠野。慽有索而不獲兮，又焉得夫詢者。……仲子纓絕於濮邦兮，必載結而乃殉。外飾不均於切膚兮，何零喪之可頻。余眂眂以怵疑兮，天閽訴而無梯。就巫咸以釋愁兮，古之人其不余稽。涕承輔而狷狂兮，我行野而孰謀？」這種憂思故國恢復難期，悲哀報國無門與「煢煢余魂」的孤獨感，使全文縈迴著一種感人的不盡哀思。

作者在〈繹思〉中寫下了如下句子：「惟茲心之為碩兮，永不食於終古。」有似誓言式語句，鏗鏘悲壯，這種心志與哀思，構成了船山文（賦）的基調，從而使他的作品都蒙上一層淒清的色彩。因之無論敘事、寫景、狀物、述懷，均籠罩著這樣的氛圍。如〈雪賦〉寫雪花的飄動，不能自主，聯想「有似去國之臣，裴徊賜玦；下山之婦，悵惘遺簪。」「如伍相逃荊，祖伊奔受」，繼而寫層陰已成，迷茫一片的雪景，如同南冠楚囚、牧羊北海的蘇武那樣觸目生悲。寫大地的一片潔白，則如同伊尹、呂尚冰清玉潔的操守、商山四皓那樣高潔的懷抱，這一切抒發了作者聽憑外界消失增長的變化，自己是堅剛漸成而益壯於老的襟懷。而最後雪後放晴的景色，「夫孰曰東風之不可與期兮，惟鶯花之是妍。」則又顯現了作者對未來的信心，淒清中見哀思，往復間抒悲懷，令人為之低回不已。

(二)其文曲而深　王夫之是明末清初三大著名學者之一，他博學多聞，志節皎然。在《薑齋文集》中，凡不是「言志」的文章，如論三首、行狀三首、墓誌銘表四首、尺牘十首、家世節錄等，均較明白易懂，但是一涉及發抒作者情懷與志節的文與賦，風格就不一樣了。他的滿腔孤憤是不宜也不能明言的，因此除造語著意晦澀外，並充分運用借古喻今與托物言志等手法，屈曲地抒發自己的心志，從而形成了其文章的曲折艱深。如〈船山記〉是一篇托物言志之作，表面寫船山，實際是藉以詠懷明志，抒發自己隱居窮山僻壤四十年的隱痛，全文以十二個「其」字起頭的排句列述船山的十二大缺陷：無論在自然資源、地理位置、山勢環境、風土人情等方面都一無是處，繼而寫自己已往經歷的「足以棲神怡慮」的山水也不少，卻於此度過十七個春秋，「而將畢命焉」，並鄭重申訴：「此吾山也。」這樣文勢固抑揚頓挫、跌宕有致，而讀者於此反跌中則自然尋思其指要。爾後文章進一步闡述其故所在：「是故翔視乎方州，而尤佳者出，而跼天之傾，蹐地之坼，扶寸之土不能信為吾有，則雖欲選之而不得；躅其不歡，迎其不棘，江山之韶令，與愉恬之志相若則相得，而固為棘人地，不足以括其不歡之隱，則雖欲選之而不能；仰而無憾者則俯而無愁，是宜得林巒之美蔭以旌之，而一抔之土，不足以榮吾所生，五石之煉，不足以崇吾所事，栫以叢棘，履以繁霜，猶溢吾分也，則雖欲選之而不忍。賞心有侶，詠志有知，望道而有與謀，懷貞而有與輔，相遙感者，必其可以步影沿流，長歌互答者也，而煢煢者如斯矣，營營者如彼矣，春之晨，秋之夕，以戶牖為丸泥而自封也，則雖欲選之而又奚以為。」他並非不思擇佳地而居，而是選不到、不能選、不忍選、也不必要選。這「四不」曲折卻集中地寫出了王夫之高蹈遠引、拒食清祿，特別是「不忍」選，其之所以「不忍」，不只是「不忍」因自己的政治表現給家族招來殺身之禍，更有其「不忍」遺亡故明的雙關意蘊在焉。「嚴之瀨、司空之谷、林之湖山，天與之清美之風日，地與之豐潔之林泉，人與之流連之追慕，非吾可者，吾不得而似也。」作者以歷史上的嚴光、司空圖、林逋作比，表明自己不是像他們那樣，隱居勝地，並使後人流連仰慕，只是終老窮山荒谷之中而已。從文中前後兩次出現「船山，頑石也」及「船山者，仍還其頑石」的字樣中，可知「頑石」乃是王夫之自喻，而它也象徵著作者的前明遺臣立場，如同頑石一樣千古不變！作者就這樣縈迴起伏，回環反覆，把自己鬱結的情懷深蘊其中。〈船山記〉堪稱《薑齋文集》中「曲而深」藝術風格的代表作。同樣，〈石崖先生傳略〉，作者言寫傳略的難處在於「所可言者，敞所未知者耳。過此則有不能言、不忍言、不欲言者，乃兄之所以為兄者在是。」其接著寫的：「不欲言者，天地之生人均也，我兄弟亦僅與人而為人也；賢且智，疏通而剛勁，倍蓰什百於我兄弟多矣；我兄弟所以自問者，非有殊絕不可及之事，而奈何沾沾以自言，且恐人之無或聽也，則欲言而汗浹於背矣。不忍言者，使我兄弟前此而死，即幸而為士，又幸而食祿，亦與耕鑿屠販之人不相為異；天之不弔，乃使我兄弟若有可言者，是幸天之異以自異也，而忍乎哉。不能言者，我兄弟之苟延視息，哽塞如遡風，而終老死於荒草寒煙之下；不知者，以為窶且貧，而不釋熱中之憾，即邀惠於知者，亦以為如是生，如是歸，愚者之事畢矣；夫孰知我兄弟之戴眉含齒，抱餘疚於泉臺也。故置吾兄於箕山吹瓢、桐江垂釣之間，而兄不受；置吾兄於神武掛冠、華頂高眠之間，而兄亦不受。」這裡的「不欲言」、「不忍言」、「不能言」，與〈船山記〉中的「四不」相似，其言大可不屬於歷史上許由、嚴光、陶弘景、陳摶等著名隱者行列，其意在於非不屑與之為伍，而是說明與他們的隱居性質的不同。其言曲，其意蘊則深。

王夫之的使文曲而深，常借助於史典的運用。這在〈連珠〉二十八首及十篇賦作中尤為突出。如僅八百五十字的〈練鵲賦〉就用了二十五個歷史典故。所以表象上是多角度地寫練鵲這隻益鳥，對它的生活環境、它的外形美、內在美與自我修養（遠避禍害）作全面鋪敘，與此同時，還以其他各種鳥來對比映襯練鵲的孤芳美麗、清高、純淨。並以練鵲的高潔為視點，運用史典暗喻諷刺那些驕橫的武夫、無能的君主、逢迎的臣子，有似在陰處啼鳴的丹頂鶴與不能奔馳的銀鬃馬。諸如寫練鵲的經歷與自我修煉：「曾借奔於羿妃，抑效御於金媼。……然且捨黛的、捐弋阜、貺靈飛、愜幽抱，錬姹女以養形，餐醍漿而卻老。繁華夢之既銷，艷心歇其如瀑。以故傅微霄而輕舉，秉西清之太顥。……爰是薄遊山椒，遙映水涯，足捎青藹，咮掠蘭芽，拂華露而如濡，偃樵風以欲斜。雖有烏號之柘，金僕之姑，挾以韓嫣，關以熊渠，晚逸姿之何篡，終弋言之莫加，遊芳林而遠害，何螳雀之容嗟。」雖在寫鳥，而實是寫人，其寫練鵲的經歷與犧牲精神，實為喻寫作者赴南明桂王處的任職情形，練鵲的潔身自好，遠避禍害則又是王夫之離開桂王，隱居窮山谷的情形，其意之所在，躍然紙上。其他文中的用典亦彷彿。

㈢其勢雄且逸　船山矢志孤忠，雖明室大廈已傾，然鬱結情懷，無日或去，故其為文就興感之所至，馭萬物於筆端，隨手波折，有的似長江大河，奔瀉而下，有時似清溪屈逐，輕逸靈動，故其文勢既雄健亦飄逸。這中間作者常借物以明志、述懷，其文集中諸如〈雜物贊〉、〈銘〉十一首等均屬之。「感其一葉，則搖落可知也。」他為十六種小雜物寫贊，只是借物的一端，發抒明亡後落寞感傷的情緒。如由天蠶絲的柔堅可綴金玉，聯類「乾綱既裂」，無人維繫，從而發出「孰與維之」的憤懣詰問。又如由香筒轉而咒罵不良之徒，追逐惡草。由太平鼓而感嘆「凡今之人，孰肯念亂」，以歷史上的異族侵略，「天山笳哀，漁陽撾斷」來影射當今。〈筆銘〉：「為星為燐，於爾分畛，為梟為麟，於爾傳真。吁嗟乎，吾懼鬼神。」這類文章短小精悍，靈動自如，借物之一端，或指向醜惡的東西，或贊頌某種是非分明的精神。其〈墨銘〉的「莠讕浮囂，惜爾如珍。微言苟伸，爾不吝滅爾身。」頌揚了為正義事業不惜犧牲自己的精神。〈杖銘〉僅三個字：「莫如信。」言簡意賅地表現了做人要正直的道理。〈南窗銘〉：「北窗涼風，南窗夕曛，五柳高臥之心，夢依京雒；悲哉乎，夕堂拂螘之志，邱首滇雲。」由南窗聯想到死後頭向著雲南。〈雜物贊〉、〈銘〉十一首及〈連珠〉二十八首在總體上看，乃是一組散文詩，其著意固在通過客觀事物寫對明室矢志忠貞的情懷與為人應有的操守；而其著筆大都輕毫淡墨，筆少意多，寫來靈動自如，清雋飄逸。而〈南嶽賦〉則又是另一番光景。這篇長達四千字的大賦，在內容上與漢大賦的客觀鋪寫事物不同，它在鋪敘衡山的同時，寫了很多歷史人物典故，其文勢不似漢賦的那樣板滯鋪張，而是汪洋恣肆、橫無涯際地盡情抒寫。且看其寫衡山開拓內美、增益修飾的一段：

「其戾止也，拓內美，浣塵慮，披天宇，益修度，心謀籟通，目擊道遇。昌黎恣〈七諫〉之遊，考亭佇三益之素。扶桑旦濯于雲中，縞練徐消于天步。指蒼天而予正，何美人之遲暮。崇仁抗疏而霧隱，廣漢作牧而星聚。東廓函丈而英延，甘泉尸祝而芳駐。咀德華，漱仁津，衍河雒，藝邱墳，樹旌幟，翦荊榛，匪西河之疑似，樂雩壇之佳辰。近則荊溪制相堵公仲緘，江陵詹尹張公別山，拂車轍于層巒，觀初暾之輪囷，拊劍而義魄增，振衣而烈心引。濱九死以崔嵬，拯皇輿之遘閔。若夫杜陵、西崑、香山、淮海之續風而接軫者，取青妃白，激商諧羽于其間，誠無情而不盡。至如王孫憤俗而埋跡，高士問津而行藥。子野罷篴（笛古字）以流觀，少文展圖而棲薄。鄴侯避李而挂冠，致堂卻檜而躡屩。忠誠旁求而鵲起，黃門經始而鳥革。諒卜吉于允臧，抑降神其維嶽。矧夫銀地表瑞，朱陵通真，釋子彌天，羽客乘雲，九仙霄舉，隻鶴霞賓，鳥爪翻書，石糧自餴。嬾殘飯芋，岩老長醺。扣玉壺于海客，奏雲璈于華存。含茈薑于金母，養釘鉸之胎魂。雲軿來其宛在，哂探島之徒勤。逮其三車東駕，五葉南開，頭陀既景，思大爰來，海遷蛟館，頡觀天台，讓磨石鏡，遷滑莓苔，慈明狎虎，芭蕉浴雷，綠蘿結菴，露滅名齋，丹霞鹿門，金輪南臺，息勞山之戍客，踵紫柏以鉗椎，其蠖伏而鸞舉也，蓋不給于更數。光參帝網，威震毒鼓，位揀君臣，要兼賓主。儼華藏之莊嚴，又何論夫雙樹。以故金碧璀玭，堵窣穹崇，比岫聯香，接宇聞鐘。花雨成蹊，白雲在封。埒石聽于道生，儗鳥供于嬾融。苟息心于玄悟，豈來者之未工。雖畫一于鄒魯，展道大而必容。要非包汋穆，析鴻濛，遴眾妙之所都，建萬壑以迨宗，則夫須洞渼瀁，攢合蘢蔥者，胡憑藉焉以孕大觀于無窮也與。」

在這段文字中，王夫之從南嶽的高聳入雲、分開天宇的宏偉意象入手，崇高的衡山浣洗了塵俗之思，使心靈與天籟相通，眼睛與正道接觸。這六百字的文章，作者寫了近三十個典故與歷史人物，忽而論古，忽而議今，著重歌頌為了拯救明王朝的危亡，濱九死而不悔的精神；評說歷史上各種隱逸的人物，期盼皇帝尋求忠誠之士，而能乘時崛起；在描繪南嶽的神靈瑞兆、宏大的殿宇時，闡說只有選擇眾妙之聚會，才能建立萬壑之大宗，孕育萬物大觀於無窮的道理。橫放傑出，氣勢磅礴，筆力雄健，可撼河嶽。這種雄健文勢在《薑齋文集》的議論文中也同樣如此。如〈老莊申韓論〉：「畫之以一定之法，申之以繁重之科，臨之以憤盈之氣，出之以戌削之詞，督之以違心之奔走，迫之以畏死之憂患，如是以使之仁不忘親，義不背長。不率，則殺然以委之霜刃之鋒曰：『吾以使人履仁而戴義也。』」一往無前地批判了申不害、韓非的所謂「使人履仁戴義」。再如〈君相可以造命論〉：「外不待無彊敵，內不待無盜賊，廷不待無頑讒，野不待無姦宄，歲不待無水旱，國不待無貧寡，身不待無疢疾。」高屋建瓴地揭示了君相順受天命，便無往而不得。船山文大開大闔，氣象萬千，揣摩之，大有得益焉。

本書譯注以嵇文甫校點的《王船山詩文集》（中華書局一九六二年十一月版）為底本，以《船山遺書・薑齋文集》的同治四年（一八六五年）曾國藩刊本和光緒十三年（一八八七年）衡陽補刻本為參校本。曾國藩刊本衹十卷，其中有十五篇有目無文，見於補刻本《補遺》二卷的，即據以移補，有如下篇目：〈做符命〉、〈顯考武夷府君行狀〉、〈顯妣譚太孺人行狀〉（因此文較詳細，故將曾國藩刊本的〈譚太孺人行狀〉作為附錄）、尺牘十首（其中第十首係〈示姪孫生藩〉詩，見於《薑齋詩賸稿》，故刪）、〈蜡闕賦〉。〈九昭〉按原刻本注，據《楚辭通釋》補入。《補遺》中尚餘七篇，即〈自題墓石〉、〈己巳九月書授攽〉、〈唐欽文六秩壽言〉、〈蘇太君孝壽說〉、〈文學孝亮翁欽文墓誌銘〉、〈躬園說〉、〈唐子無適墓表〉。中華書局本新輯六篇，即〈惜餘鬒賦〉（見《國粹學報》第六十八期，從邵陽曾氏所藏船山手寫卷子抄載）、〈勘破窗紙者爰書〉（此下原有〈七歌〉詩，故略）、〈刈草辭〉、〈齋中守犬銘〉（此上三文見《湖南歷史資料》一九五九年第三期與一九五八年第三期，湖南省博物館從衡陽劉氏所藏船山文稿抄本摘錄）、〈明紀野獲序〉（錄自嘉慶年《衡陽縣志》卷三十八）、〈衡山廖氏族譜序〉（見一九四八年《湖南文獻彙編》，鈔錄自《廖氏族譜》舊序）。合起來共十三篇，仍作為《補遺》，附於十卷之後，謹此說明。

平慧善　謹識

卷一

論（ㄌㄨㄣˋ）三首

知性論

【題解】人性就是人的本性或本質，從先秦以來，就是一個爭論的問題。文中羅列了歷史上各種說法，孔子提出過「性相近，習相遠」的著名命題，戰國中期以後，孟子的「性善」、荀子的「性惡」、告子的「性無善無不善」、莊子的「寓諸庸」以作用為人性，眾說紛紜。漢揚雄的「善惡混」說，唐韓愈分性為「上中下三品」說、浮屠氏主張三性。宋明理學家談性命之學，朱熹是儒家人性論的集大成者，把人性劃分為「天地之性」與「氣質之性」。前者即「天理」，即「仁、義、禮、智」，是天生的「善」性。後者是「理與氣雜」的結果，「氣質」又叫做「氣稟」，有厚薄、清濁之分。「氣稟」清的、厚的就保持了善性，「氣稟」濁的、薄的，就變了惡性，不論善性與惡性，也都是天生的。王守仁鼓吹知善知惡的「良知」是天賦的本性。王夫之否定上述各種人性論的觀點，提出「氣日生故性也日生」、「命日受則性日成」、「繼善（指「天之所「命」）成性」與「理慾合一」論的著名命題，強調人在初生時雖也承受「天」之所「命」（即接受自然界的給與），但因「知識未開」，接受得有限，只有從幼到壯到老，人們不斷接受「天」之所「命」，相繼相續，取精用宏，「性」才得到發展、充實，成為人的本性。人的才智和品質不是先天決定的，而是由先天的稟賦結合後天的物質條件和客觀環境的影響逐漸形成的。王夫之的看法顯然超越了前人。本文乃是駁論。應該注意的是，在批判各種人性論時，王夫之沒有點孟子的名，對孟子的性善說，王夫之是有微辭的，認為孟子割裂善和性的因果關係而專言性，「專言性，則『三品』『性惡』之說興」，他認為只有把善作為因，性作為果，才不背「天人合一」之理。可能因為王夫之從孟子學說中吸取較多，所以未將孟子列為批判對象。

言性者，皆曰吾知性也。折之曰性弗然也，猶將曰，性胡❶不然也！故必正告之曰，爾所言性者非性也。今吾勿問其性，且問其知。知實❷而不知名，知名而不知實，皆不知也。言性者於此而必窮。目擊而遇之，有其成象，而不能為之名，如是者於體❸非茫然也，而不給於用。無以名之，斯無以用之也。習聞而識之，謂有名之必有實，而究不能得其實。如是者執名以起用，而芒然於其體，雖有用，固異體之用，非其用也。夫二者則有辨矣。知實而不知名，弗求名焉，則用將終絀❹，問以審❺之，學以證❻之，思以反求之，則實在而終得乎名，體定而終伸其用。此夫婦之知能，所以可成乎忠孝也。知名而不知實，以為既知之矣，則終始於名，而惝怳以測其影。斯問而益疑，學而益僻❼，思而益甚其狂惑，以其名加諸迥異之體，枝辭日興，愈離其本。此異同之辨說，所以成乎淫邪也。

【章　旨】論述何謂知性，應該知道人性的實際內容、名稱、本體與作用。從而批駁談論人性的人實際都未達到這般境地，也就是未知性。

【注　釋】❶胡　為何；為什麼。❷實　指實際內容，與名相對。❸體　與下文「用」是中國哲學的一對範疇。體，指本體。用，指作用。一般認為「體」是根本的、內在的，「用」是體的外在表現。但在什麼是「體」和「用」上有不同的解答。唯心主義者肯定「天」、「理」、「心」等為體，如魏王弼《老子注》說：「雖貴以無為用，不能捨無以為體也。」唯物主義者則以為「體」是實有的事物，肯定「有」、「氣」、「物」等為體，事物的運動即是用。王夫之說：「天下之用，皆其有者也，吾從其用而知其體之有，豈待疑哉？」❹絀　屈。引申為「不足」。❺審　詳知；明悉。❻證　證實。❼僻　不正。

【語　譯】談論人性的人，都說：我了解人性。駁斥他人說：人性不是這樣的，還要說：人性怎麼不是這樣的呢！所以一定要嚴正地告訴他說：你所談論的人性，不是人性。現在我不問所謂人性，姑且先問所謂知。知道實際內容卻不知道名稱，知道名稱卻不知道實際內容，這都不是所謂認知，談論人性的人在此一定會困窘。眼睛看到一個具體的形象，卻不能說出它的名稱，像這樣的情形，對於本體並不是茫然無知的，但是卻不能發揮它的作用。不能用個名稱說出來，也就是不能用啊！常常聽到並且認識記下了，以為有名稱就一定有實際內容，但是終究不能得到它的實際內容。像這樣的人，根據名稱就用起來，對於本體茫然無知，那麼即使有用，只是不同於本體的作用，並不是本體的作用。這兩種情況是有區別的。知道實際內容卻不知道名稱，不去求得符合實際的名稱，那麼用也終將不足。發問並且明白了，學習並且證實了，思考並且反證了，那麼實際內容的存在終究會得到名稱，本體確定了，終究會發揮它的作用。這是普通男女的認知與才能，用來可以成就忠孝。知道名稱卻不知道實際內容，以為已經知道了，實際上自始至終只是在名上兜圈子，恍恍惚惚來推測本體的影子。於是愈問愈懷疑，愈學愈不正，愈想愈增加迷惑，把名稱加到迥然不同的本體。分歧的說法愈來愈多，離開根本愈來愈遠。這種異同的學說，實際只能成就邪亂。

夫言性者，則皆有名之可執，有用之可見，而終不知何者之為性。蓋不知何如之為知，而以知名當之，名則奚不可施哉！謂山雞為鳳，山雞不能辭，鳳不能競也。謂死鼠為璞，死鼠不知卻，玉不能爭也。故浮屠❶、老子❷、莊周❸、列禦寇❹、告不害❺、荀卿❻、揚雄❼、荀悅❽、韓愈❾、王守仁❿各取一物以為性，而自詫曰知，彼亦有所挾⓫者存也。苟懸其名，惟人之置之矣。名之所加，亦必有實矣。山雞非鳳，而非無山雞。死鼠非璞，而非無死鼠。以作用為性，夫人之因應⓬，非無作用也。以杳冥之精為性，人之於杳冥，非無精也。以未始有有無為性，無有無無之始，非無化機⓭也。以惡為性，人固非無惡，惡固非無自生也。以善惡混為性，欻然⓮而動，非無混者也。以三品為性，要其終而言之，三品者非無所自成也。以無善無惡為性，人之昭昭⓯靈靈者，非無此不屬善不屬惡者也。情有之，才有之，氣有之，質有之，心有之，孰得謂其皆誣。然而皆非性也。故其不知性也，非見有性而不知何以名之也。惟與性形影絕，夢想不至，但聞其名，隨取一物而當之也。於是浮屠之遁詞⓰曰有三性⓱，苟隨取一物以當性之名，豈徒三哉？世萬其人，人萬其心，皆可指射以當性之名，不同之極致⓲，算數之所窮而皆性矣。故可直折之曰，其所云性者非性，其所自謂知者非知。猶之乎謂雲為天，聞筍葅⑲而煮簀⑳以食也。

【章　旨】列述歷史上各種人性論的說法，說明他們都是執一端而言，隨取一物而充當之，因此其所云性者非性，其所謂知者非知，猶如「謂雲為天，聞筍葅而煮簀以食。」

【注　釋】❶浮屠　佛教名詞。梵文Buddha（佛陀）的舊譯，一譯浮圖。因此稱佛教徒為浮屠氏。❷老子　春秋時思想家，道家的創始人。一說即老聃，姓李名耳，楚國苦縣（今河南鹿邑東）人，做過周朝管理藏書的史官，孔子曾向他問禮，後退隱。著《老子》。一說老子即太史儋或老萊子。《老子》一書是否老子所作，歷來有爭論。《老子》書中用「道」來說明宇宙萬物的演變，提出了「道生一，一生二，二生三，三生萬物」的觀點，包含某些樸素辯證法的因素，抨擊當時的統治者，說：「天之道，損有餘而補不足，人之道則不然，損不足以奉有餘。」在物質生活上強調知足與寡慾，「絕聖棄智」，「無為而治」，甚至幻想回到「小國寡民」的原始狀態。❸莊周　戰國時哲學家，宋國蒙（今河南商丘縣東北）人。他繼承和發展了老子思想，認為「道」是無限的，強調事物的自生自化，否認有神的主宰。他看到一切都處在變動中，卻忽視了事物的穩定性和差別性，主張齊物我、是非、大小、生死、貴賤，幻想「天地與我並生，萬物與我為一」的主觀精神世界，倒向了相對主義和宿命論。❹列禦寇　即列子。戰國時人，《漢書．藝文志》著錄《列子》八篇，但早已失傳。流傳下來的晉張湛注的《列子》多半反映魏晉時期的思潮，不能作為研究先秦列子思想的可靠史料。❺告不害　戰國時人。提出性無善惡論，認為「人性之無分於善不善也，猶水之無分於東西也。」又說：「生之謂性」、「食色，性也。」（見《孟子．告子上》）❻荀卿　名況。荀子是戰國末年的儒學大師，先秦時代傑出的唯物主義者。他主張「人之性惡，其善者偽也。」他反對孟子的性善說，認為人生來就有好利疾惡的本性，所以人性是惡的，而道德品質是人為的。❼揚雄　字子雲，漢代著名的文學家與思想家。他認為「人之性也善惡混，修其善則為善人，修其惡則為惡人。」（《法言・修身》）問題在於後天的教養。❽荀悅　東漢人。字仲豫，年十二能說《春秋》，過目能誦，好著述，獻帝時侍講禁中，累遷秘書監、侍中，撰《漢紀》，辭約事詳，論辯多美。❾韓愈　唐代文學家、哲學家。字退之，河南河陽（今河南孟縣南）人，郡望昌黎，官至吏部侍郎，卒諡文，世稱韓文公。政治上反對藩鎮割據，思想上尊儒排佛，與柳宗元同是古文運動的倡導者，散文居唐宋八大家之首。所作〈原道〉、〈原性〉強調自堯舜至孔孟一脈相傳的道統，認為人性有上中下三品之分。「上焉者，善焉而已矣；中焉者，可導而上下也；下焉者，惡焉而已矣。……上之性，就學而愈明，下之性，畏威而寡罪，是故上者可教而下者可制也。其品則孔子謂不移也。」有《昌黎先生集》。❿王守仁　浙江餘姚人。當時學者稱為陽明先生，是明代有名的文學家與思想家。他認為「知善知惡是良知。」（《傳習錄》）而「良知」乃是人人具有的「不待學而有，不待慮而得」（〈書朱守乾卷〉）的天賦本性。⓫挾　倚仗；倚之以自重。⓬因應　猶順應。⓭化機　變化的樞機。⓮欻然　忽然如火光之一現。形容迅速。⓯昭昭　明亮。⓰遁詞　也作「遯詞」、「遁辭」。指理屈辭窮或不願吐露真意時，用來掩飾搪塞的話。⓱三性　佛教名詞。指善性、不善性、無記性。⓲極致　最佳的意境、情趣，達到最高的境界。⓳筍菹　筍剁成碎末作醬。⓴簀　用竹片或蘆葦編成的床墊子。

【語　譯】談論人性的人，都有名稱可以執持，有作用可以看到，但終究不知道什麼是人性。大概是不知道什麼是認知，卻以知名來擔當，名稱有什麼不可以施用的呢！把山雞叫做鳳凰，山雞不能辭掉這個名稱，鳳凰也不能爭這個名稱。把死老鼠叫做璞玉，死老鼠不知道辭卻這個名稱，璞玉也不能爭奪這個名稱。所以佛家、老子、莊子、列子、告子、荀子、揚雄、荀悅、韓愈、王守仁各自拿一物當作人性，並自稱認知，他們也是有所倚仗的。假若標出那個名稱，就有人來處置，名稱確定後，亦必然有實際內容了。山雞不是鳳凰，但不是沒有山雞。死老鼠不是璞玉，但並非沒有死老鼠。把作用當作人性，人的順應，不是沒有作用。把冥冥之中的精靈之氣作為人性，人在冥冥之中，不是沒有精靈之氣。把未曾有有無作為人性，沒有和有人性的開端，不是沒有變化的樞機。認為人性是惡的，人本來不是沒有惡，惡也本來不是沒有自己生發的。認為人性善惡混，忽然而動，不是沒有善惡相混的情況。認為人性分上中下三品，就其最終結果而言，上中下三品不是沒有自己造成的。認為人性無善無惡，人的明亮的靈魂裡，不是沒有既不屬善也不屬惡的情形。情有性、才有性、氣有性、質有性、心有性，誰能說它都是欺騙。但是這些都不是人性。所以他們是不知道人性，不是看到人性卻不知用什麼來稱呼它的問題。就是因為與人性的形與影都隔絕了，夢想不到，僅僅聽說人性這個名稱，隨便取一物來當作人性。於是佛教徒的用以搪塞的話是人有三性，假若隨便取一物來當作人性的名稱，難道僅僅是三性嗎？世上有千千萬萬的人，千千萬萬的人有千千萬萬的心，都可取來當作人性的名，不同的境界、最高的數字卻都是人性了。所以可以直接了當地駁斥說，他們所講的人性都不是人性，他們所自稱的認知也不是認知。就好像說雲是天，聽到筍醬就去煮竹墊子來吃一樣荒謬。

老莊申韓論

【題解】本文論述老莊申韓與古之聖人的不同，著重批判申不害、韓非的學說，是損害仁心來放縱專制皇帝匹夫的意氣，殘害天下來確立專制皇帝一人的權威，是公開與聖人之道背道而馳並流毒萬代。並舉曹操與諸葛亮的實行申韓之術為例，說明申韓學說效果之淺，但宋以來的君子儒潛移默化天下的人心向申韓，使後世天下，死於申韓之儒的人堆積如山。

建之為道術❶，推之為治法，內以求心，勿損其心，出以安天下，勿賊❷天下，古之聖人，仁及萬世，儒者修明之而見諸行事，唯此而已。求合於此而不能，因流於詖❸者，老莊❹也。損其心以任氣，賊天下以立權，明與聖人之道背馳而毒及萬世者，申韓❺也。與聖人之道背馳則峻拒之者，儒者之責，勿容辭也。拒其說，必力絕其所為，絕其所為，必厚戒於其心，而後許之為君子儒。言治道者吾惑焉。於老莊則遠之惟恐不夙，於申韓則暗襲其所為而陰挾其心，吾是以惑，而甚惑其惑之甚也。夫師老莊以應天下，吾聞之漢文景❻矣。其終遠於聖人之治而不能合者，老莊亂之也。然而心猶人之心，天下則已異乎食荼臥棘❼之天下矣。下此則何晏❽王戎❾以弛天下而使亂。然其所為，求之聖人之道而不得，求之老莊而亦不得。虛與誕，聖人之所弗尚；躁與貪，亦老莊之弗尚。則遠之必夙者正也。老莊之所弗尚，則不得舉何晏王戎之罪罪老莊也。夫申韓而豈但此哉。韓愈氏曰：「仁義之言，藹如也❿。」聖人之欲正天下也亟，其論治也詳。今讀其書，繹其言，蔑不藹如也。其言藹如也，其政油如⓫也，患天下之相賊，而不以賊懲賊，懲天下之賊，規乎其大凡⓬而止。雖有刀鋸，而不損其不忍人之心。略⓭其毫毛，揜⓮其幽隱，以使容於覆載⓯之間，而民氣以靜。是故匹夫⓰之蹶然⓱以惡怒，非可逆也；匹夫之蹶然以愉快，非不可獲譽也。然而聖人不忍徇之，以致善治之名。有人於此，匹夫蹶然而怒，其可殺邪，從而殺之，匹夫蹶然而喜，喜怒如匹夫之心，則明斷之譽蹶然而興，而氣茀然⓲，而權赫然⓳，靜反諸心，而心固怵然⓴，起視天下，而天下紜然㉑。為君子儒者以此為愉快，則抑不得為聖人之徒矣。聞之曰，惡不仁者，不使不仁加於其身；未聞惡不仁者，不使不仁者之留遺種於天下也。

【章　旨】論述聖人之道與老莊、申韓的不同，敘述聖人的仁心，與專制皇帝的匹夫之心的不同。君子儒順從匹夫之心，則不能為聖人之徒。

【注　釋】❶道術　指學術、學說。❷賊　傷殘；毀壞；傷害。❸詖　偏頗；邪僻。❹老莊　老子、莊子。詳見本書〈知性論〉注釋。❺申韓　申不害、韓非。申不害，戰國時法家，鄭國人。任韓昭侯相十五年，主張法治，尤重權術，就是君主駕馭群臣的方法，監督臣下，考核獎懲，使盡忠職守，以加強君主專制。韓非，戰國末期哲學家，法家的主要代表人物。他綜合商鞅的法治、申不害的術治、慎到的勢治，提出以法為中心的「法術勢」三者合一的封建君主統治術，對後世影響很大。與李斯同為荀卿門徒，建議韓王變法圖強，不聽，受到秦王政的重視，應邀出使秦國，又遭李斯陷害，自殺於獄中。著有《韓非子》。❻文景　西漢文帝、景帝。他們在漢初社會經濟衰蔽的情況下，採取「與民休息」「輕傜薄賦」的政策，崇尚道家的無為而治，使生產逐漸得到恢復與發展，出現了多年未有的富裕現象，史稱「文景之治」。❼食荼臥棘　吃苦菜，睡柴草。荼，苦菜。棘，有刺草的總稱。❽何晏　三國魏玄學家，漢末何進的孫子。曾隨母被曹操收養，少以美貌才秀著名。娶魏公主，累官尚書。好老莊言，和夏侯玄、王弼等倡導玄學，競事清談，開一時風氣，在漢儒經學漸失統治作用後，「援老入儒」，宣稱「天地萬物以天為本」，要君主無為而治。❾王戎　字濬仲，琅玡人。少小穎悟異常，年十五與比他大二十歲的阮籍交友，深為阮籍賞識。為人不拘禮法，不修威儀，崇尚清談，善發議論，是竹林七賢之一，位至三公（司徒）。❿仁義之言二句　出自韓愈〈答李翊書〉。藹如，和氣可親的樣子。⓫油如　盛興貌。⓬大凡　大要；概略。⓭略　巡視。⓮揜　掩蓋；遮蔽。⓯覆載　原指天地養育及包容萬物。《禮記・中庸》：「天之所覆，地之所載。」後亦用為天地的代稱。⓰匹夫　一個人。指專制君主。⓱蹶然　急遽貌。⓲茀然　氣粗貌。⓳赫然　顯耀的樣子。⓴怵然　恐懼。㉑紜然　繁多而雜亂貌。

【語　譯】建立一種學說，並將它推衍成為治理的方法，內用來求得自己的心意，不損害自己的心意，外用來安定天下，不傷害天下，古時的聖人仁澤及於萬代，儒者修明治法，使它付諸實踐，僅僅如此罷了。希望符合這道理卻不可能，因而流於偏頗的人是老子、莊子。損壞自己的心志，放縱意氣，傷害天下來確立權威，公開地與聖人之道背道而馳，並流毒萬代的是申不害、韓非。對與聖人之道背道而馳的就嚴峻地抗拒，是儒者的責任，義不容辭的。拒絕那種學說，就一定不做那種事情，不做那種事情，就一定嚴厲告誡自己的心，然後人們才會推許他是君子之儒。對那些說治理之道的人我很疑惑，他們對老子、莊子唯恐不早早地遠遠離開，對於申不害、韓非子，卻暗中襲用他們的行事並私下懷抱著他們的心意，我因此疑惑，並且很疑惑他們受惑之深。師法老莊來治理天下，我聽說這是西漢初的文帝、景帝。他們終究遠離聖人之治並且不能符合聖人之治的要求，乃是老子、莊子惑亂了他們。然而他們的心還是人的心，天下被治理得也已經不同於吃苦菜睡柴草的天下了。再下去則是講玄學的何晏、王戎，他們使天下人放縱並使天下混亂。他們的作為，求合乎聖人之道卻不能，求合乎老莊之道也不能，虛假與妄誕，聖人是不崇尚的；急躁與貪婪，也是老子、莊子所不崇尚的。那麼遠離他們的必定是從前的正人。老子、莊子所不崇尚的，那麼也不能舉何晏、王戎之罪來指責老子、莊子。而申不害、韓非豈僅如此啊。韓愈說：「仁義的言論，是和藹可親的。」聖人想治理天下的心意是很急切的，議論治道也很詳細。現今讀他們的著作，演繹他們的言論，沒有不和藹可親的。他們的言論和藹可親，他們的政績也自然興旺，他們耽憂天下人互相殘害，卻不用賊的辦法來懲戒賊，他們懲戒賊，只規勸其大要就停止。雖有刀鋸武器，卻不破壞自己仁人的心。不計較人們細微如毫毛的過失，掩蓋人們幽秘的隱私，來使人們能容於天地之間，而民氣因而平靜下來。所以匹夫忽然憤怒，不能順迎，匹夫忽然愉快，不是不能獲得贊譽，然而聖人卻不忍心以曲從來獲取治理的名聲。在這裡有一個人，匹夫忽然發怒，認為那人可殺，聽從他並殺掉了那人，匹夫因而歡喜，喜怒都和匹夫的心一樣，那麼明斷的贊譽就忽然興起，並且氣粗起來，權勢也顯赫起來，但是靜下來自己反省，心裡卻恐懼起來，再視天下，天下紛繁。作為君子儒卻以此為快事，因此君子儒就不能是聖人之徒了。聽人說：厭惡不仁的人，不使自己做不仁的事；沒有聽到厭惡不仁的人，不使不仁的人在天下留遺種。

悲夫！自宋以來，為君子儒者，言則聖人而行則申韓也，抑以聖人之言文申韓而為言也。曹操之雄也，申韓術行而毆❶天下以思媚於司馬氏❷，不勞而奪諸几席。諸葛孔明❸之貞也，扶劉氏之裔❹以申大義，申韓術行而不能再世。申韓之效，亦昭然矣。宋之儒者，胡憯❺莫懲而潛用之以徇匹夫一往之情。吾聞以閨房醉飽之過掠治婦人，以徽士大夫之罪矣。吾聞其聞有赦而急取罪人屠割之矣。非申韓孰與任此，而為君子儒者以為愉快，復何望夫袴褶❻之夫、刀筆之吏❼乎！是其為術也，三代以上，無尚之者也；仲尼之徒，無道之者也；三苗之所以分北❽也；鄧析❾之所以服刑也。自申韓起，而言治者一不審，而即趨於其塗。申韓以矯老莊，而拒老莊者揖進之。夫老莊則蠹然⑩傷心於此矣。老莊非也，其蠹然傷心於此者，未嘗非也。仲尼不以徇⑪魯衛，而老於下位。文王不以徇商紂，而囚於羑里⑫。我知其蠹然傷心者倍甚於老莊，則已知老莊之賤名法以蘄⑬安天下，未能合聖人之道，而固不敢背以馳也，愈於申韓遠矣。畫之以一定之法，申之以繁重之科⑭，臨之以憤盈之氣，出之以戌削⑮之詞，督之以違心之奔走，迫之以畏死之憂患，如是以使之仁不忘親，義不背長。不率⑯，則殺然以委之霜刃之鋒曰：吾以使人履仁而戴義也。夫申韓固亦曰：吾以使人履仁而戴義也，何患乎無名而要⑰。豈有不忍人之心者所幸有其名，以彈壓群論乎。易動而難戢者，氣也，往而不易反者，惡怒之情也；群起而熒⑱人以逞者，匹夫蹶然之恩怨也；是以君子貴知擇焉。弗擇，而聖人之道且以文邪慝⑲而有餘，以文老莊而有老莊之儒，以文浮屠而有浮屠之儒，以文申韓而有申韓之儒。下至於申韓之儒，而賊天下以賊其心者甚矣。後世之天下死於申韓之儒者積焉，為君子儒者潛移其心於彼者，實致之也！

【章　旨】批判宋以來的君子儒言則聖人而行則申韓，實為申韓之儒，殘害天下，殘害仁心。

【注　釋】❶毆　「驅」的古字。❷司馬氏　建立晉朝的皇帝姓司馬。三國司馬懿出身士族，初為曹操主簿，多謀略，善權變，後任太子中庶子，為曹丕所信重。魏明帝時任大將軍，為魏重臣。曹芳即位，他和曹爽受遺詔輔政。後殺曹爽，專國政。死後，其子師、昭相繼專權，在世家大族的擁護下，其孫炎代魏稱帝，建立晉朝。❸諸葛孔明　諸葛亮，字孔明。❹劉氏之裔　漢朝皇帝劉氏的後裔。指劉備、劉禪父子。劉備是東漢遠支的皇族，他建立蜀國，後稱蜀漢昭烈帝。他死後子禪繼位，在位四十一年。降魏，蜀亡。❺憯　作語助詞，猶「曾」、「乃」。❻袴褶　古代武士的服裝，上穿褶，下著褲，外不加裘裳，便於騎馬。❼刀筆之吏　指辦理文書的小吏。刀筆，指寫字的工具。古代用筆在竹上寫字，有誤，則以刀刮去重寫，所以「刀筆」連稱。後世稱訟師為刀筆吏，則是言其筆如利刀，能殺害人。❽三苗之所以分北　《史記．五帝本紀》：「三苗在江淮、荊州數為亂，於是舜歸而言於帝，遷三苗於三危」。三苗，古國名。縉雲氏之後，為諸侯，號饕餮。三危，三危山。在甘肅省敦煌縣南，屬祁連山脈，三峰聳峙，其勢欲墜，故名。❾鄧析　春秋鄭大夫。名家、法家的先驅，曾改鄭子產所鑄刑書，別造竹刑，駟顓殺之，而用其竹刑，一說子產所殺，有《鄧析子》二篇。❿盡然　傷痛貌。⓫徇　通「巡」。巡行。⓬文王不以徇商紂二句　據《史記．周本紀》崇侯虎在殷紂王前說：「西伯（即周文王）積善累德，諸侯皆嚮之，將不利於帝。」帝紂於是就囚禁周文王在羑里。⓭蘄　通「祈」。祈求。⓮科　法律條文。⓯戌削　瘦硬的樣子。⓰率　遵行；遵循。順服；順從。⓱要　通「徼」。求；取。⓲熒　眩惑。⓳慝　邪惡。

【語　譯】可悲啊！自宋以來，為君子儒的人，講的是聖人的言論，而做的卻是申不害、韓非那一套，大體是用聖人的言論來文飾申不害、韓非使之成為自己的主張。以曹操這樣的英雄，實行申不害、韓非的統治術，結果是驅使天下人去取媚於司馬氏，司馬氏不費吹灰之力卻奪去了曹魏統治者的寶座。以諸葛亮的忠貞，扶助劉備、劉禪二代君主來伸張君臣大義，行申韓之術，結果劉氏統治的蜀漢不能傳完二世，劉禪降魏。申不害、韓非主張的效果如何，也就十分明顯了。宋朝的儒者為何不警惕而暗用申韓的主張來遵循匹夫一貫的喜怒之情。我聽說有用閨房中醉飽的過錯來拷問婦人，從而取得士大夫的罪狀的事。我聽說有聽到有赦免令就趕快提取罪犯屠殺的事，不是申不害、韓非之徒，誰能這樣行事，而那些君子儒卻認為是快事，那麼又何必再企望那些穿褲褶的武夫、辦理文書的小吏呢！申韓之術作為一種統治術，夏、商、周三代之前，沒有崇尚的；孔子的門徒，沒有說及的；三苗屢次作亂，所以被遷竄到西北邊的三危山；鄧析造竹刑，最終自己服刑被殺。從申不害、韓非起，談論治理的人，一不小心就會走上這條路。申不害、韓非子矯正老子、莊子，那些否定老、莊的人就拜揖著走上這條路，老子、莊子固然會對此很傷心。老莊是錯的。但他們對此很傷心，卻未嘗是錯的。孔子不因為到魯國、衛國而終老在下面的職位上，周文王也不因為到殷商，而被囚禁在羑里。我知道他們傷心的程度遠遠超過老莊，他們已知老莊輕視名、法來求天下的安定，雖然未能符合聖人之道，但還不敢背道而馳，這已超過申韓很遠了。制定一定的法，又加上繁多的法律條文，以滿腹憤慨之氣對待下面，以嚴峻之詞道出，以違心的奔走督促他，以怕死的憂患脅迫他，像這樣來使他仁愛不忘親人，講義不背長輩。不順服，就堅決以雪白的刀刃加之，並且說：我用刀來使人實行仁與遵奉義啊。申不害、韓非也說：我用法來使人實行仁並遵奉義，怕什麼沒有名可求取啊。怎麼會有仁心的人慶幸有這個名而來彈壓群議呢？容易萌動並難以制止的是氣，奮勇向前卻不易返回的是惡怒的感情，群起而眩惑人心並逞能者是匹夫忽然產生的恩怨，所以君子看重選擇。不選擇，用聖人之道來文飾邪惡而有餘，用來文飾老莊就有老莊之儒，用來文飾佛教教義就有佛家之儒，用來文飾申不害、韓非，就有申韓之儒。其最下者申韓之儒毀壞天下並殘害人心的人是很多的。後世天下死在申韓之儒的人可以堆積起來，而那些君子儒潛移默化人們的心到申韓之儒上，實在是他們造成的禍害啊！

君相可以造命論

【題　解】命，舊指吉凶禍福、壽夭貴賤等命運，也就是人們以為冥冥中預先設定的某種必然性。本文論述君相可以順受天命，造萬物之命，卻不能自造其命的道理，意在要求明君行仁政，哲相盡忠，而不要為了滿足私慾，妄自造命。表現了作者既順應天命，又清醒明哲的態度。

聖人贊天地之化，則可以造萬物之命，而不能自造其命。能自造其命，則堯舜能得之於子，堯舜能得之於子，則仲尼❶能得之於君。然而不能也，故無有能自造其命者也。造萬物之命者，非必如萬物之意欲❷也。天之造之，聖人為君相而造之，皆規乎其大凡而止。雨以潤之，而有所湮；日以晅之，而有所槁；謳歌者七，怨咨❸者三；毅然造之而無所疑，聖人以此可繼天而為萬物之司命❹。安之危之，存之亡之，燕越不同地，老稚不同時，剛柔不同性，規乎其大凡，而危者以安，亡者以存。若夫物有因以危亡者，固不恤❺也。乃若欲自造其命，則必其安而百不一危也，存而百不一亡也，榮而百不一辱也，利而百不一鈍也，各自有其意欲以期乎命之大順，則惡❻乎其可也。故黃帝則有蚩尤❼，舜禹則有三苗❽，夏則有有扈❾，周則有商奄❿，仲尼則有匡、有宋、有陳蔡⓫，弗能造也。然則唐之有郭子儀⓬即有安史⓭，有李晟⓮即有朱泚⓯、姚令言⓰、源休⓱，有陸贄⓲即有盧杞⓳、裴延齡⓴，弗能造忠賢而使有，弗能造姦慝而使無。弗能造也，受之而已。受之以道，則雖危而安，雖亡而存，而君相之道得矣。

【章　旨】本段列舉大量歷史事實，論述聖人君相可以贊助天地的化機，造萬物的命運，卻不能自造命運。所謂「造萬物之命」，不是如萬物的欲望，而是規劃大要，「自造其命」，則求百無一失，實際是不可能的。

【注　釋】❶仲尼　即孔子。名丘，字仲尼。❷意欲　慾望。❸怨咨　怨恨嗟嘆。❹司命　掌握命運的神。❺恤　體恤；周濟。❻惡　何；怎麼。❼蚩尤　神話中東方九黎族首領。有兄弟八十一人，相傳以金作兵器，並能喚雲呼雨。後與黃帝戰於涿，失敗被殺。❽三苗　見頁十五，注❽。❾有扈　古國名。在今陝西省鄠縣北，夏禹崩，啟立，有扈氏不服，啟與之戰於甘之野，滅之。有扈，夏啟的庶兄，以堯舜舉賢，禹獨與子，故伐啟，啟亡之。❿商奄　指商紂之子武庚在周武王死後，聯合奄、徐、薄姑等東方部落舉行大規模武裝叛亂。⓫仲尼則有匡句　孔子周遊列國時，因孔子面貌與陽貨相似，匡人曾誤圍孔子，孔子聽說匡人將殺己，遂改道而行，倉卒避難。到陳國途經宋國時，曾受到宋國司馬桓魋的威脅，不得不偽裝而過。到陳國，做了陳侯周的臣，但也遭遇困厄，「在陳絕糧，從者病，莫能興。」以後又曾去過蔡國，往來陳蔡之間，終未得志。孟子曾說：「君子之厄於陳蔡之間，無上交也。」⑫郭子儀　唐華州人。字子儀，平定安史之亂，功第一。肅宗曾慰勞他說：「國家再造，卿力也。」封汾陽王。又嘗平定吐蕃的入侵，進太尉中書令，以身繫天下安危者二十年，卒謚忠武。子儀事上誠，御下恕，與李光弼齊名，而寬厚得人過之。世稱郭汾陽，亦稱郭令公。⑬安史　安祿山與史思明。安祿山，唐營州柳城（今遼寧朝陽南）胡人，因戰功任平盧兵馬使等職，後設法博得唐玄宗、楊貴妃的信任，兼平盧、范陽、河東三節度使，有眾十五萬。天寶十四年冬，在范陽起兵叛亂，南下攻陷洛陽，稱雄武皇帝，國號燕。攻入長安，大肆殺掠，子慶緒謀奪帝位，把他殺死。史思明，唐寧夷州突厥族人，因戰功官至平盧節度使，為安祿山所親信。安叛亂，他率軍南下，攻取河北地，被祿山任為范陽節度使。安慶緒稱帝，他降唐，唐恐其再反，計謀殺他，他再反，稱大燕聖王，援安慶緒，解鄴城之圍，繼又殺慶緒，還范陽，稱大燕皇帝，出兵攻占洛陽及附近州縣，後被其子朝義所殺。⑭李晟　字良器，唐臨漳人。德宗時平朱泚，收復京師，官至司徒，封西平王。德宗曾說：「天生李晟，以為社稷，非為朕也。」晟性嫉惡，臨下明，雖廝養小善，必記姓名，尤惡下為朋黨者，卒謚忠武。⑮朱泚　唐幽州昌平（今屬北京）人。初為幽州節度使朱希彩部將，後被任盧龍節度使，建中三年（七八二年）因弟朱滔叛唐，他被免職，以太尉銜留居長安。次年，涇原兵在京師嘩變，德宗出奔奉天，他被立為帝，國號秦。後又改國號為漢，自號漢元天皇，與朱滔相呼應。不久，被李晟擊敗，為部將殺死。⑯姚令言　唐河中人。被薦為涇原節度使，建中末，挾朱泚為亂，頗盡力，泚敗俱斬。⑰源休　唐臨漳人。以才幹累遷京兆少尹，奉使回紇還，宰相盧杞忌其以口辯結恩，遽奏授光祿寺卿，休怨望，乃勸朱泚僭號，泚以為宰相，判度支、內外咨謀，全由休謀畫，泚敗死，休走鳳翔，被其部曲所殺。⑱陸贄　字敬輿，唐嘉興人。年十八登進士第，又中宏辭科。德宗時為翰林學士，被信任。雖外有宰相主大議，贄常居中參裁可否，時號內相，累遷中書侍郎同平章事，被裴延齡所讒，貶忠州別駕，卒。⑲盧杞　字子良，有口才，貌醜。惡衣菲食，矯揉造作，德宗奇其才，擢門下侍郎，同中書門下平章事。得志後，險賊漸露，小忤己，不置死地不止。又創間架除陌之稅，恨誹之聲滿天下。李懷光暴言杞罪惡，於是貶為新州司馬，徙澧州別駕死。初，郭子儀病，百官造省，不屏姬侍，及杞至則屏之，家人問故，子儀說：「彼外陋內險，左右見之必笑，使後得權，吾族無噍類矣。」⑳裴延齡 唐河東人。官司農少卿，裴不善財計，取宿奸老吏與謀，俄除戶部侍郎，益事搜括，以憸偽罔上，德宗雖知其誕，但以其好詆人，冀聞外事，特親厚之。陸贄為宰相，極論其譎變不可任，帝不聽。最後，贄被延齡陷害，貶外。

【語譯】聖人贊助天地的造化，就可以造就萬物的命運，卻不能造就自己的命運。若能自造命運，那麼堯、舜就能得到好的兒子，將帝位傳承，堯、舜能得到好的兒子，那麼孔子也能遇到明君，並被重用。但是都不能夠，所以沒有能自造好命的。所謂造萬物的命，不是必須如萬物的慾望。天造萬物的命，聖人作為君主，作為相，隨著造萬物的命，都是規劃大要就停止了。雨潤澤萬物，但是有雨水多而湮沒萬物的；太陽以溫暖的陽光普照萬物，但是有曬得乾槁的；歌頌贊美的有七人，怨恨嗟嘆的有三人；就毅然決然造命並沒有什麼懷疑，聖人因此可以繼承天意而成為萬物命運的主宰。或使他安定，或使他危險，或使他生存，或使他滅亡，南北越燕不同的地方，老人稚子不同的年齡，剛強柔和不同的性格，都大致規劃使危險的安穩下來，使要死的人生存下來。至於少數人因而危亡的，本來是不去體恤的。至於想自造其命，那麼一定求安全乃至於一百個中沒有一個危險的；存活下來，一百個中沒有一個死去的；顯榮起來，一百個中沒有一個受辱的；銳利起來，一百個中沒有一個鈍駑的；各自有他的慾望，來企求命運的大順，那麼怎麼可以達得到呢。所以黃帝時有蚩尤與他打仗，舜禹時有三苗屢次作亂，夏時有啟的庶兄有扈氏不服，而與啟戰鬥，周時有商奄的叛亂，孔子有在匡、在宋國遭司馬桓魋的威脅，在陳、蔡絕糧的災難，所以聖人也不能造命啊。唐代有平叛的郭子儀，就有安祿山、史思明的叛亂，有平亂的李晟，就有朱泚、姚令言、源休之亂，有內相陸贄，就有盧杞、裴延齡的陷害，不能造忠賢而使有奸邪，不能造奸邪而使無忠賢。不能造忠奸，受天命罷了。以正道受天命，那麼雖然危險卻會安定下來，雖然將滅亡卻能存活下來，而作君主，作宰相的正道，也就實現了。

李泌❶曰：「君相可以造命。」一偏之說，足以警庸愚，要非知命之言也。至大而無區畛❷，至簡而無委曲，至常而無推移者，命也。而人惡乎與之！天之命草木而為堇毒❸，自有必不可無堇毒者存，而吾惡乎知之；天之命蟲魚而為蛇鱷，自有必不可無蛇鱷者存，而吾惡乎知之。弗能知之，則亦惡乎與之！天之所有，非物之所欲，物之所有，非己之所欲，久矣！唯聖人能達無窮之化。天之通之，非以通己也；天之塞之，非以塞己也。通有塞，塞有通，命圓而不滯，以聽人之自盡，皆順受也。明君以盡其仁，無往而不得仁；哲相以盡其忠，無往而不得忠。天無窮，聖人不自窮，則與天而無窮；天不測，聖人無所測，則物莫能測。外不待無彊敵，內不待無盜賊，廷不待無頑讒❹，野不待無姦宄❺，歲不待無水旱，國不待無貧寡，身不待無疢❻疾。不造有而使無，不造無而使有。無者自無，而吾自有；有者自有，而吾自無。於物無所覬❼，於天無所求；無所覬者無所撓，無所求者無所逆。是以危而安，亡而存，危不造安故不危，亡不造存故不亡，皆順受也，奚造哉！造者，以遂己之意欲也。安而不危，存而不亡，皆意欲之私也，而猜忌紛更之事起矣。臣以意欲造君命者，干君之亂臣；子以意欲造命者，脅父之逆子。至於天而徒懷干脅之情，猶以羽扣鐘，以指移山，求其濟也，必不可得已。天命之為君，天命之為相，俾造民物之命。己之命，己之意欲，奚其得與哉！

【章旨】本段批判「君相可以造命」的說法，不是知命的言論。天命只能順受，明君施行仁政，哲相盡忠，便無往而不仁，又何須造命。若為實現自己的私慾，必定生亂。亂臣逆子想造君命、父命，都是徒勞的。

【注釋】❶李泌　字長源，七歲能文，玄宗召試禁中，張說稱為奇童，張九齡尤所獎愛，呼為小友。及長，博學，常遊嵩、華、終南間，慕神仙不死之術。天寶間以翰林供奉東宮，太子遇之甚厚，楊國忠疾之，因退隱。肅宗處以賓友，入議國事，出陪輿輦，中興方略，悉與謀議。為李輔國所疾，因隱衡山。代宗立，復召之，又為元載、常袞所疾，出任刺史。德宗在奉天，召赴行在，拜官中書侍中同平章事，遇事多所匡救。德宗欲廢太子，慼泌切諫而止，封鄴侯卒。❷區畛　區分界限。❸堇毒　野菜，味苦。❹頑讒　奸頑讒佞的人。❺姦宄　指犯法作亂的人。❻疢　熱病。引申為疾病。❼覬　冀望；希圖。

【語譯】李泌說：「君相可以造命。」這是一個偏頗的說法，足以用來警醒愚人，但不是知命的言論。大到沒有界限，簡單到沒有一點曲折，一定不變到沒有一點推移變化，這就是命。人怎麼能參與進去！老天要草木中有苦的野菜，自然有必定不能沒有苦的野菜的道理，我怎麼能知道呢；老天要蟲魚中有蛇與鱷魚，自然有必定不能沒有蛇與鱷魚的道理，而我怎麼能知道呢。不能知道，那麼又怎麼能參與呢！天所有的，並不是物本來的慾望，物所有的，也並不是自己的慾望，這是由來已久的了！只是聖人能夠通曉無窮的變化。天的貫通，不是用來貫通到你自己。天的阻塞，不是用來阻塞你自己。貫通中有阻塞，阻塞中有貫通，命運圓通而不停滯，聽任人的自盡，都是順受。賢明的君主盡力實現他的仁政，因而無往而非仁；明智的宰相竭力盡忠，因而無往而非忠。天變化無窮，聖人也不自窮，所以他與天一樣無窮；天是不可測料的，聖人無所測料，那麼物沒有能測料的。對外不依恃沒有強敵，對內不依恃沒有盜賊，朝廷內不依恃沒有奸頑讒佞，朝廷外不依恃沒有犯法作亂的人，年歲不依恃沒有水旱災害，國家不依恃沒有貧窮的人，身體不依恃沒有疾病。不造有而使無，不造無而使有。沒有的自然沒有，但我卻有；有的自然有，但我卻無。對於物無所期望，對於天無所企求；無所期望的也就沒有什麼折撓，無所企求的也就無所接受。因此危險的卻安定下來，將要滅亡的卻存活下來，處於危險的境地但不特意去造安穩，所以不危險，處於將亡的境地，但不特意去造生存，所以不滅亡，這些都是順受天意，又何必去造命呢！造命來實現自己的慾望，安穩而不危險，永存而不死亡，都是私慾，猜忌紛亂的事就產生了。臣子用慾望來造君王命運的，是犯君的亂臣；兒子用慾望來造父親命運的，是脅迫父親的逆子。對於老天徒然懷著干犯脅迫之情，就好像以羽毛來敲鐘，以手指來移山，希望它成功，是一定不可能的。老天叫他做君主，老天叫他做宰相，使他們造百姓萬物的命運。自己的命運，自己的慾望，怎麼能參與進去呢！

倣符命

繹思 有序

【題解】本篇前綴之以〈倣符命〉，意為倣效以「祥瑞」徵兆來闡述君主的得自天命，但作者不是以自然作「徵兆」，而是以史實為「徵兆」，論說明朝的得天命。本文旨在開導明亡後亂世人們的「幽滯」之思，要人們不忘故國。文章先從宏觀上陳述帝王創業之初均有「隆殺攸甄」的不「德」或中道的失「德」之行，然人們不僅總是擇善而言，且至末世仍追思著「遺潤」。繼而在微觀上將明朝與秦王朝對比，闡述明代的「仁威」及其建立的應天順人。又從「元精」（人的精神素質）的自我培育關係國家氣運消長的角度，比並歷史，要人們明確正是明朝的建立，才使人民得以悠游安定地生活，結末要人們認識明末抗清君主的「衷仁襮禮」的英明，絕不可忘卻故國明朝。

竊讀班固書，言司馬相如頌述功德，忠臣效也。論者云其曼辭導諛，闕箴瑱❶之義。然伯益陳眷命❷，中虺❸贊天錫❹，迄乎〈卷阿〉❺、〈天保〉❻，瀏漣❼往復，繅績❽豐美，良有斯義，何獨深咎後起哉！顧嘗尋相如〈封禪〉❾、班固〈典引〉❿、宗元〈貞符〉⓫之所自作。

夷⑫考其時，履平康，睨天衢⑬，因緣欣豫，攀附榮光，豐靡逾量，不揆⑭古人之尺度，非但揚雄美新⑮，為貞士所羞稱已也。鄉令諸子生值不造⑯，漢社屋⑰，唐宗熸⑱，則言欲出而若俾偃蹇⑲，抑惡足以挽天綱，警民彝⑳，著其忠效哉！尋五子㉑之歌禹德，檜曹之㥏㉒周京，固莫必其言之無斁㉓也。洪惟我太祖高皇帝，嗣趙宗隕穫㉔之後，九十餘載，生民之心氣蕭散希微，欽承上天起枯澄垢之心，握天戈㉕，驅匪㉖茹㉗，清之以秋，呴㉘之以春，中區不齊之萬族，滌然若江流之蕩泥滓。衣冠禮樂，施於紘垓㉙者，二百七十有七祀。八政修㉚，五典徽㉛，彬彬㉜秩秩㉝，珍其品彙，以別於內趾蠕動之蚩迷㉞。嗣聖雲承，紹修人紀，覲文㉟降德，旌別群生之靈秀。續萬祀之絕紐㊱，啟百靈之久蟄㊲，自有天地以來，莫與匹亞。固宜含齒戴髮之倫，生死沐浴于覆燾㊳之下，未有能諠者也。夫昊天之恩，無間於存沒。故㥏乎有聞，僾㊴乎有見，怵惕自中而莫能遏抑，奚必躬承進御而始為瞻慕，斯則洛汭㊵行吟㊶，〈下泉〉㊷寤歎，以視益虺敷歔㊸，情文倍蟄㊹，奚但馬班之拾掇已乎！忱不忘於寢夢，固殫心竭慮而不宣其百一，抑亦盍各舒情以詔方將，俾知天下不可逸於其情，明之不可醫以其陰。爰作〈繹思〉一篇，導幽滯之亙衷，不隨湮沒，絜諸往昔，詞同意異。期以肅告於昭㊺，抒其戀慕云爾。

【章旨】本段序文就歷史上對司馬相如稱述漢家功德的爭議，引證史實分析，認為不能「不揆古人之尺度」，脫離具體歷史環境，偏執非是，繼而論述明代政教繼往續絕的業績，以及給予人們的福蔭是永遠不能忘記的，進而說明著作本文緣起：在於針對處在明亡亂世時期「導幽滯之亙衷，不隨湮沒」，且使之彰明發揚。

【注釋】❶箴瑱　勸告良言。箴，規戒。瑱，原為美玉，這裡喻指良言。❷伯益陳眷命　伯益助禹治水有功，被禹選為繼承人。眷命，猶顧命。意謂臨終之命。❸中虺　即仲虺。商左相。❹天錫　意為上天所授與。❺卷阿　《詩‧大雅》篇名。內容言求賢用吉士。❻天保　《詩‧小雅》篇名。內容為祝君之福。❼瀏漣　猶言汩汩不斷的清流。❽繅績　繅絲績麻。❾封禪　即〈封禪文〉。司馬相如作，內容主要言符瑞之應。❿典引　篇名。班固作，內容也是談符瑞之應。⓫貞符　篇名。柳宗元作，反對「推古瑞以配受命」，認為「正德受命於生人」。⓬夷　語助詞。⓭天衢　言天空高遠廣大，無處不通，猶似廣闊的街道。⓮揆　揣度。⓯美新　揚雄作〈劇秦美新〉。論秦之暴，贊新之美。新，王莽國號。⓰不造　不在那個時代。造，時代。⓱屋　「屋社」省文。《禮記‧郊特牲》：「是故喪國之社屋之，不受天陽也。」後因以「屋社」為王朝傾覆的代稱。⓲熸　火熄滅。此處意謂敗亡若火滅那樣。⓳偃蹇　此處意謂臥病不能動作。⓴彝　常理。《詩‧大雅‧烝民》：「民之秉彝，好是懿德」。㉑五子　即武觀，啟的幼子。曾據西河之地發動叛變。五，古通「武」。（按：一說「五子」為兄弟五人。）㉒愾　歎息。㉓無斁　不厭棄。㉔隕穫　處境困苦而灰心喪志。《禮記‧儒行》：「士有不隕穫于貧賤。」㉕天戈　古指帝王的軍隊。㉖匪　為害人民者。㉗茹　腐臭。㉘呴　張口出氣。㉙紘垓　猶言全天下。紘，天之八維。垓，地之八極。㉚八政修　八種政事完美。八政，古代八種政事：食、貨、祀、司空、司徒、司寇、賓、師。見《書‧洪範》。修，完美。㉛五典徽　五常之教美好。五典，這裡指五常之教：父義、母慈、兄友、弟恭、子孝。《書‧舜典》：「慎徽五典，五典克從。」徽，美好。㉜彬彬　文質兼備貌。㉝秩秩　聰明多智貌。㉞蚩迷　意為痴愚。㉟覿文　展現禮樂制度。覿，見；展現。文，古代指禮樂制度。

㊱絕紐 斷絕的鈕帶。㊲久蟄 此處意為長期的無知覺。㊳覆燾 遮蔽覆蓋，猶言庇蔭。㊴僾 遮蔽不明。㊵洛汭 洛水進入黃河地段。㊶行吟 即前注㉑的武觀，其時太康失德，他作〈五子之歌〉行吟於此地。㊷下泉 《詩・曹風》篇名。內容為人民切盼明王賢伯。㊸敷敭 舖張顯揚。敷，舖張。敭，「揚」的異體字，顯揚。㊹倍蟄 倍加真摯。蟄，同「輊」，通「摯」。㊺昭 指天地、祖宗。

【語譯】我讀班固《漢書》，他說司馬相如稱頌皇家功德，乃是忠君的榜樣，可是持不同看法的人認為，這是誇飾文詞，導致君主習聽諛言，缺少箴規戒慎、勤謹的一面，有失偏頗。對此，我以為：從伯益的歷陳禹生前的褒揚，仲虺的贊頌商的興起乃上天所授與，以至〈卷阿〉的贊美君主求賢用士與〈天保〉的祝君之福，無不反覆詠頌，像繅絲績麻那樣，盡情美言，何以要去深責後來的相如呢？我曾推究相如之所以作〈封禪文〉、班固的作〈典引〉、柳宗元的作〈貞符〉，發現他們所處的歷史時期，皆正是平步康莊、睥睨高遠的旺盛之際，由於欣逢其會，得攀一時榮光，故頌揚看起來似乎過甚。如果不度量到古人的這一點，也不過只是像對揚雄的溢美新莽，使貞介之士引以為恥罷了！假若相如等人不處在他那個時代，而是處在漢室傾覆、唐朝覆沒之時，即使欲出言頌揚，亦有所不能的；還哪裡能振天綱，提醒人們警覺，來顯示其效忠呢！從而也就可以理解五子的稱頌禹德，檜曹之感歎周京，自是不必去究其之所以要反覆詠嘆了。我太祖高皇帝繼南宋王朝傾覆之後九十餘年，人心消沈渙散之際，承上天激濁揚清之意，起義兵，驅除腐惡，廓清寰宇，似春風吹遍大地，使華夏整個族類，團結起來，若長江大河之盪滌泥滓，並使衣冠禮樂，和同美德，重現普天之下，至今已二百七十多年。八政完美，五常之教美好，人們文質兼備，才智各具，珍視流品，不僅大別於黑暗年代的那種類似一般生物的癡迷狀態；而且嗣承先聖，整飭紀綱，展現禮樂，普施教化，渙發了萬民之靈秀，成為接續前世斷絕的紐帶，激醒所有的人擺脫長期麻木的無知覺狀態，是有史以來，沒有一個朝代可與之相匹敵的。這自然使生活在這種庇蔭之下的人們，所不能忘記的。上天的恩惠，在有形無形之間是都存在的。因此人們心中感歎可以聽得見，外表遮掩也可看得出，那是因為悲愴在心頭而不能遏抑，並非必須親身承受爵祿，方始會有切盼戀慕之情的。此則正是五子的洛汭行吟，〈下泉〉詩的興嘆之所以然也。以此來看伯益、仲虺的鋪張顯揚，其文情的倍加真摯，豈只是相如、班固之一般陳述而已。真誠的心意，是在睡夢中也存想著的。誠然，盡心竭力也不足以顯示其無比的忠誠，亦不過各舒其心情以表明應當是這樣。為了使人們知天道之不可逸失，光明絕不會被陰暗遮沒，於是作〈繹思〉一文，意在宣導鬱積連綿的情懷，不隨著時間而湮沒。較之以往，雖語同而意不同，希望能莊嚴地告訴天地祖宗，一抒我的戀慕之情。

粵若稽德❶，隆❷殺❸攸❹甄❺，豈不以其時哉。沿姬宗，泝姚❻姒❼，欽❽若乘御❾者，皆徂自侯服，磐❿漸于逵⓫，相乘遒上。雖云玄⓬矩⓭，道絕欲從，抑⓮因仍⓯互⓰王，沿涯循俟，以臻既濟，後起之攸藉⓱也。然則居王之宇，選美掄⓲功，固將近迹炎劉⓳，以為度量也矣。且夫隴西擢為天胤⓴，天水陟于龍造㉑，亦克卜世逾量，皈心屆遠，抽穎之士㉒，咀芳屬草。迨及衰晚，猶或髣髴光影，追惟遺潤。太元之甲㉓，陳橋之訌㉔，台有口實而為之函隱㉕，固擇德言者所弗過訊也。是故柬㉖三五㉗之餘迪，惟宜辟允。諶有漢閱世而無殊議，豈非以肇自鄉亭，彝倫罔繫，息滔天之嬴水㉘，拯厥沈浮，登之津涘也哉！

【章旨】以史實說明歷朝從創業到中道均有失「德」之行，而人們均諱言之，而著重頌揚美德，甚至到末世仍追思著早先拯救他們於深水中的「遺潤」。作者借古而喻今，啟迪人們應如何看待明末失「德」，並不忘有明的遺澤。

【注釋】❶稽德 計較恩德。稽，計較。德，恩德。❷隆 多。❸殺 少。❹攸 所。❺甄 通「震」。震動。❻姚 虞舜的姓。❼姒 夏禹的姓。❽欽 敬貌。❾乘御 原指駕車馭馬。此處意謂統治天下。❿磐 盤桓不去。⓫逵 四通八達之路。⓬玄 原指高空的深青色。引申為幽遠。⓭矩 刻劃留下的標記。⓮抑 還是。⓯因仍 沿襲。⓰互 交替。⓱藉 踐踏。此處意謂不按常道亂來。⓲掄 選拔。⓳炎劉 指漢朝。古代術數家以「五德」之說，以金、木、水、火、土的互相生剋來解釋歷代帝王的交替。漢朝皇帝姓劉，自稱因火德而興起，故稱炎劉。⓴隴西擢為天胤 晉帝司馬懿曾主持隴西一帶軍事，故云。隴西，指司馬氏。擢，升。天胤，繼承天帝的後嗣。㉑天水陟于龍造 天水，指宋太祖趙匡胤，天水為趙氏郡望，故云。陟，升；登。龍造，帝王的命造。㉒抽穎之士 指執筆記述的文人。穎，植物小穗苞片。此處指毛筆。㉓太元之甲 晉孝武帝整天昏醉，朝政委同母弟司馬道子與其子元顯，貪污奢侈，朝政紊亂。太元，晉孝武帝年號。甲，兵甲。指司馬道子兄弟父子爭奪權力，不斷暴發戰亂。㉔陳橋之訌 指宋太祖趙匡胤陳橋兵變，奪取後周政權。㉕函隱 包容隱諱。㉖柬　選擇事理所宜。㉗三五　指三皇五帝。㉘嬴水　指秦朝。

【語譯】考察古代帝王的德行，多少固然有別，但也是出於當時的形勢。自周代上溯到舜禹，那些被人們尊敬的駕馭天下的帝王，無一不從諸侯開始創業的，他們從盤桓到漸漸通向成功的大路，總是相機乘勢圖強而上的。雖然這些都是遙遠古代留下的印迹，而後繼者在欲進無路的情勢下都仍追從著；所以他們得交替沿襲為帝王，似同沿著水邊，成功的渡向彼岸，並不像後來的一些人那樣不按常道而亂來的啊！爾後在一統天下之後，就一定選擇才智之士、選拔有功勞的人來輔佐，而這又當然會近效漢代，以它作為參考借鑒的了。且看司馬氏的躍登帝座，趙氏的崛起為帝，亦皆傳世好多代，人們歸心久遠，執筆記述的文人，無不吐辭芳美，乃至到衰敗末世，依然還是那樣，追思著先世的恩澤。儘管晉末的孝武帝年代，朝廷汰侈，兵甲紛爭；宋代開國之初由陳橋兵變奪取帝位，大家言之鑿鑿，然仍為之隱諱，這自然是本著擇善而言的人，所不加過問的！所以，不只隱諱，而且選擇合乎三皇五帝的事理來述說，這樣做是應該加以認可的。誠然，漢朝歷代而沒有什麼特異非議，豈非因為他起身亭長，倫常上沒有關涉，且消滅暴秦，拯救了掙扎深水中的萬民，使之登於岸上的緣故啊！

夷考六王熄❶，二周燼，五服❷頹❸而三戶憤興❹。然灞上繫組之童昏❺，固柏翳❻之令仙賓于虞門❼者也。尉侯一揆❽，胡越❾屏息。閨門肅貞，懷清❿有秩。天維⓫皇然⓬其未傾，地埒⓭犁然⓮其未圮。藻火燿于裳衣，倉⓯籀⓰衍于圖史，徒以匹夫眕怒，崇旦而俾即于毀，則大澤踵呼⑰，彌年蹀血者，匪馮⑱生之景命⑲，所爭續絕者也。穆惟聖祖，錯周綜漢，研端審緒。匪受錫于黃鉞⑳，罔襲義于縞素㉑。天睨我九域，潛然悼其黷黈㉒。爰錫元子，崒嵂㉓槮蕭㉔，若巨海之孤峰，撐雲㉕戌削㉖，祥光兆映，哲士知歸。不資成旅之輔，手秉天篲㉗，刷江浚淮。專城㉘⿰山蹇嵼㉙，耀其仁威。而殪諒㉚俘誠㉛，派流歸一。於是麾指北街㉜，與天合符，神狐效其先驅，□豨㉝駾㉞于朔藪㉟。不殺之武，隨頤指以奠神都。自涿野觀兵□放未有斗樞㊱靜握，鐫珥㊲銷俎㊳，如斯尤然者也。

【章　旨】以秦代從興起到激起眾怒而敗亡的過程，對照論說明王朝之應天順人與「仁威」。

【注　釋】❶六王熄　指戰國六國的滅亡。❷五服　原指統治階級的五等服色。這裡猶言統治政權。❸頹　衰落。❹三戶憤興　指項羽斬會稽守起兵反秦。三戶，猶言幾戶人家。《史記・項羽本紀》：「故楚南公曰：楚雖三戶，亡秦必楚也。」❺繫組之童昏　《史記・高祖本紀》：「漢元年十月，沛公遂先諸侯至霸上，秦王子嬰素車白馬繫頸以組，封皇帝璽符節，降軹道旁。」（軹道，古亭名。在今陝西西安市東北，距離霸水四里多。）繫組，指秦王出降。童昏，無知孺子。指秦王子嬰。❻柏翳　即伯益。嬴秦祖先。❼虞門　意謂舜的臣下。虞，指虞舜。❽一撲　掌管天下。撲，管理。❾胡越　胡在北，越在南，喻關係疏遠。❿懷清　《史記・貨殖列傳》：

「寡婦清，其先得丹穴而擅其利數葉，家亦不訾。清寡婦也能守業，其用財不見犯，秦皇帝以為貞婦而容之，為築女懷清臺。」⑪天維　猶言天柱。⑫皇然　輝煌。猶煌煌。⑬埒　圍牆。⑭犁然　分解清楚。⑮倉　指倉頡。舊傳為黃帝史官，漢字的創造者。⑯籀　漢字的一種字體。一名大篆。⑰大澤踵呼　指陳涉等大澤鄉揭竿起義反秦。⑱馮　通「憑」。憑藉；依靠。⑲景命　猶言好命運。⑳黃鉞　以黃金為飾的斧。古代為帝王所專用或賜給主征伐的重臣。㉑縞素　白色衣服。指喪服。《史記・高祖本紀》：「今項羽殺義帝于江南，大逆無道，寡人親為發喪，諸侯皆縞素。」㉒黼黓　點主；題主。文中指神主牌位。㉓崒嵂　山險而高峻貌。㉔槮蕭　樹木高聳貌。㉕撐雲　猶言擎天。㉖戌削　猶削地、破地。㉗天箒　上天授予的掃帚。箒，同「彗」。掃帚。

㉘專城　一州之主。㉙巙嵯　山屈曲貌。㉚諒　指陳友諒。㉛誠　指張士誠。㉜麾指北街　猶言揮師北進。

㉝豨　特大野豬。㉞駾　突也。㉟朔藪　北方水澤地。㊱斗樞　星宿名。北斗第一星為天樞，這裡意謂政權。

㊲鐫珥　割牲祭祀社稷。鐫，割殺。珥，通「衈」。取牲血以供祭祀之用。《周禮・夏官》：「珥于社稷。」

㊳銷徂　猶言消除以往苦難。

【語　譯】考察一下西周、東周和六國的滅亡，再看秦政權的衰落，項羽的憤然興起，那灞上頸繫印璽出降的無知孺子，他本是出於虞舜門下的祖先伯益的後裔啊！當秦初時，尉與侯掌管天下，南北都不敢囂張，那富甲一方的寡婦清，以其貞肅，秦皇也待之以客禮，且為之築懷清之臺，那時天柱煌煌然屹立，地維平靜不塌，官員衣飾上的標誌在閃耀，這些都有文字記載在史冊。後來只因激起尋常百姓的發怒，致使一朝被毀滅。那大澤鄉響起的震天呼聲，隨之連年的流血爭戰，他們並不憑借既定的好命運，而只是為著圖生存罷了！想我聖祖（朱元璋）效周綜漢，究其開端，察其初始，也不像周武王用黃鉞斬紂頭那樣取得帝位，也不是同劉邦為義帝發喪爭取人心而獲得大位。那是由於皇天看到全國大地當時的悲慘景象，為天下蒼生的苦難十分感傷，適時加以制止，因而賜其嫡長子來到人間的。他有似險峻高聳於海面的孤峰，擎天楔地，祥光輝映，因而有識之士紛紛歸命，不藉現成師旅輔佐，手秉上天授予的掃帚，刷除江淮，巍然為一方之主，光耀仁威，擊殺陳友諒，生俘張士誠，迅快統一了各派。於是揮師北上，順應天命，神狐馳驅在先，靈豬奔突於澤地，不肆殺戮而自威，隨之自豪地奠定首都，這是自黃帝涿野觀兵以來，未有如此平順掌握政權的，於是祭告社稷，宣告了以往苦難的徹底消除，這也是從來沒有能夠達到這樣的！

元精亭毒❶，寵殊華民，而消長盪乎氣遷❷，帝靡克貞以護靈苗❸。俾□莠竊沙陀，始□朋以其群，揖❹晉❺三❻蘖❼，浸淫❽相躡。燕雲始潰，中濫于汴洛，終淪于杭海。帝且侘傺❾無俚❿而頹焉。枵餒百千萬祀之沈□投于一人，匪甚盛德，罔不逡巡。而春容⓫撝蕩⓬，斂氛⓭澹曀⓮，以昭蘇於清晏，北苗誅奄，撻荊⓯驅廉⓰之偉伐爛焉。演於章句者絜以方，斯一曦光之於星漢矣。於時珠斗⓱旋於始和⓲，銀潢⓳澄其清露。六冕⓴登而褫㉑貒㉒貉㉓，五輅乘而輟馳鶩。士雝民恪於大昕元日之令辰。游泳以歸於羲軒之故宇。畫漠㉔內謐，航澥㉕外慕，偃兵肆雅，雲仍嗣祖。以忘帝力者，厥性咸若而罔測其故。

【章　旨】先強調指出「元精」（人的精神素養）的化育養成關乎國家「氣遷」，接著以歷史事實論述了關鍵在於一個政權能否給民眾安定幸福生活，而明王朝建立的正是給民眾安定生活的政權，提醒人們不能忘卻並務須明確這一點。

【注　釋】❶亭毒　化育養成。《老子》：「長之育之，亭之毒之。」❷氣遷　猶言氣數運命。❸靈苗　猶言嘉禾。❹揖　拱手。❺晉　引進。❻三　一再。或泛指多。❼蠥　「妖孽」的孽的本字。引申為「憂患」。❽浸淫　亦作「寖淫」。積漸而擴及；漸進。❾侘傺　失意貌。❿俚　聊賴。⓫舂容　聲音宏大響亮。⓬撝蕩　激越迴蕩。⓭歛氛　澄清霧氣。⓮澮噎　消褪陰暗。⓯荊　指割據長江中游一帶的武裝力量。⓰廉　紂臣有名飛廉者，被驅於海隅。此處指元將所率軍隊。⓱珠斗　璀璨的斗宿。⓲始和　改造。《周禮·天官冢宰》：「正月之吉，始和布治于邦國。」注：「言始和者若改造云爾。」⓳銀潢　銀河。⓴六冕　《周禮·酒正共五齊三酒疏》：「冕服有六，天地宗廟各有三等，故以六冕配之。」冕，冕服。帝王的吉服。㉑褫　剝去衣服。㉒貀　豬獾。㉓貈　同「貉」。狗獾。㉔畫漠　猶言清靜的疆域。㉕航澥　意謂海外的人。澥，渤海。

【語　譯】作為萬物之本元的精神的自我陶冶養成，直接影響到華夏之民的尊崇不同，而其消長變動關係氣運。在唐末帝王不能有力保護靈苗，導致了像莠草那樣的李克用竊取了沙陀。其開始是臣下朋結為黨，朝廷拱手引進更多佞臣，災禍接踵而至，憂患漸漸擴大而造成的。在宋代開始潰敗在燕雲，中間失陷汴京，到最後杭州淪陷，宋帝昺投南海覆亡。這些帝王都憂喪無聊賴地倒下了，致使千百年宗祀從此中斷於一人。際此時際，除有很高德行的人以外，無不對之惶惑茫然。我聖朝的建立，宛如那宏大響亮的聲音迴蕩在上空，澄清了氛霧，消除了陰暗，使寰宇復歸於清平。接著打敗苗，消滅奄，撻伐割據荊地的武裝力量，驅逐元朝軍隊遠遁，這些輝煌業績，發而為文章度之以道，此猶若夜空之比早晨陽光啊！那時候，璀璨的斗宿在高空轉旋，象徵著新的改天換地，銀河似被清露洗滌而分外清澄。皇上登位褫去了昔日異族的服飾，他馭坐五輅，使小民不再有奔走趨赴的勞苦。士民擁戴恭敬地在吉日的早晨歡呼，從此悠游自在地生活在伏羲、軒轅的故土上。清靜的疆界十分安謐，海外仰慕，偃武修文，一切照先王那樣辦事，因之而使民眾忘記了皇帝的威力，習久成自然，也就不去推究其所以了。

吏循漢律，儒依宋經。曠❶焉浥❷焉，氤氳於太虛之和，登進乎百昌之精。忱不謀已斬之綸維❸，獨絲重繫，為樂之至於斯也。重離❹繼炤❺，亙❻于裕❼昆❽。軼❾文❿子，越湯⓫孫，舒夷闡緩，曧⓬焴⓭炫緼⓮。稽天以若，享秩⓯無文⓰。假敬推恩，衷仁褫禮，天札不興，禜⓱雩⓲輟紀。漸榑桑，迄虞淵，朔南逌⓳暨⓴，由六尺以抵耆年，憺定逍遙于神皋之寥廓，咸捐識知之岐塗，以順夷行于聖矱。洋洋乎無聲之樂，因八風而吹籟，藉使矜功之辟，逢美之臣，邂逅餘光，必將炫金根㉑。揚雲罕㉒，勤輟耕之夫，走警㉓蹕㉔之士，登頓陂陀於雲亭汾脽㉕之址。

捄㉖土部婁㉗，刑石㉘翠微㉙，掞華㉚尃藻㉛，猷其永垂，而臣僚恥晉七十二㉜后之謏聞，以緼美於偏德之心而涵其不顯。

【章旨】追敘明代建立以來，「吏循漢律，儒依宋經」，國家昌明，而至末世則不顧時局危難，仍是佚樂無度，終致傾覆。接著宣揚繼起的抗清君主能「衷仁褋禮」，力挽危局，使大地重見光明，強調如換上一個「矜功」的君主，就會出現另一種局面，要人們認清抗清君主的英明。

【注釋】❶曠　開朗。❷浥　水下流貌。❸綸維　猶謂統治的綱紀。❹重離　《易經》中的離卦，為離上離下相重，故以「重離」指太陽。文中喻指抗清的君主。❺炤　「照」的異體字。光線射到。❻亙　終。❼裕　道。引申為導引。❽昆　後裔子孫。❾軼　本義為後車超越前車。引申為超越。❿文　指周文王。⓫湯　指商朝建立者成湯。⓬曅　太陽正中。⓭焴　同「煜」。照耀。⓮緼　赤黃之色。⓯秩　官吏俸祿。⓰文　法令條文。⓱禜　為除去凶災的祭祀。為禳風雨、雪霜、水旱、癘疫而祭日月星辰、山川之神。⓲雩　古代為求雨而舉行的祭祀。⓳逌　通「攸」。⓴暨　同。㉑金根　御車。㉒雲罕　旌旗的別名。㉓警　警戒巡夜的人。㉔鼙　古代巡夜所擊的鼓。㉕汾脽　即汾陰。《漢書・武帝紀》：「(元鼎四年)立后土祠于汾陰脽上。」顏師古注：「脽者，以其形高如人尻脽（臀尾）」。脽是漢代汾陰縣的一個土丘，漢武帝祭祀地神的地方。汾，縣治所在今山西萬榮西南。㉖捄　以手掬聚。㉗部婁　同「培塿」。小丘。㉘刑石　猶言刻石。㉙翠微　指青翠掩映的山腰幽勝處。㉚掞華　鋪張文采。㉛尃藻　敷陳辭藻。尃，同「敷」。㉜七十二　原指孔子門下才德出眾的學生。《史記・孔子世家》：「身通六藝者七十有二人。」這裡指後世有才德的學子。

【語　譯】當年官吏遵循漢代律令，儒者依傍宋代經學，廣大明明如同水之順流而下啊！天空中一派祥和，登進到百物昌明的極頂。而今有些人絕不考慮國族統治宗緒的被斬斷，不顧及獨絲繫重的危險，他們的逸樂忘憂已經到了極點！幸我朝抗清的君主使人們重見光明，並終極導引到後世子孫，他遠遠超過商湯、周文的後裔，從容不迫，舒徐和緩，像日中的陽光照耀，但是他並不按照慣例，享受他帝王的供奉。他敬肅地廣施恩惠，宅心仁厚而外有禮，如今天子的筆札雖然不見了，一切祭祀之典也已停止了多年，但其時從東方日出的扶桑，到西邊日落的虞淵，由北及南，從青年到老年，安定逍遙在神州遼闊的土地上，人們捐棄不同的見解，平順地遵行聖朝的準繩。那洋洋如無聲的音樂，隨八方之風而發出音響。假令換成一個居功之君，又有一班逢迎其所好之臣，就會把這看作天賜的恩寵，必將乘著耀人眼目的金根車，讓停止耕種的農夫辛勤地服勞役，讓那些警戒巡夜的不停巡邏，揚著旌旗，登上傾斜高山，駐足逗留在汾陰脽上祭祀后土的泥濘地方，在山丘上掬起一捧泥土，於山腰幽深之處刻石記功，用華美辭藻鋪張揚厲一番，希冀其永垂萬世。而對這，正直的臣子們則必認為那樣的奉承諂媚文字會影響後世學子的視聽，他們不願偏離道德準則，可是礙於蘊美的心情，因而包容而不予顯揚。

於戲！蒙不諗蜚循之代❶，迄乎豐鎬❷者，登降奚若，惟皇天不昧其睠❸鑒❹，操獨契以相度，詎能引豐沛之已蹟，為相殽錯❺也哉。夫函文不耀，藏物沕穆❻，道之盛也。輯伐❼不張，韜於醇懿，武之競也。敬昊無文，慎其禋享❽，仁之竺也。銘心紬辭，依于昭質，風之靖也。則文園❾之遺書，蘭臺❿之薦帙，祇益其怍，而以參伍⓫巍蕩⓬之無名，固不待勸於淫泆矣。若迺頫⓭卬⓮今昨，昭昧不爽者，在函輿之攸奠，則夫揮散煙塵⓯，疏理蒼赤、封樹坊埒，爰拚華族，昭回⓰于上下，震疊⓱于纖弱，豈繄有心而於焉忍射也。夫簫韶⓲穆耳，逋臣得其音響；河洛安宅⓳，異代感其疏排。矧伊浴仁波，茹聖藻，沃於肌髓者，其克悶心於昭烱⓴之永懷邪。以眂古則不讓，以俟後則不疑，以答蒼旻則功延於穆，以詢叟稗則恩浹荒涯，詎可諼諸而息其遐思於有既也。

【章　旨】從皇天的無私洞察，闡發文治、武功與施仁政之道，指出「文園之遺書，蘭臺之薦帙」等浮文不足取，而真正值得頌揚的則應「函輿之攸奠」，是存在於大眾心目中的。繼而不指名的頌揚明代建國君主的「揮散煙塵」、「疏理蒼赤」，為民眾造福，因而其「封樹」、「坊埒」、「爰升華族」是十分自然的。結末點明身為「浴仁波，茹聖藻」的人們，絕不能忘記已往的明朝。

【注　釋】❶不諗蜚循之代　無可考的年代。諗，知道。蜚循，不可考。蜚，非。循，可考。❷豐鎬　豐京、鎬京。均為西周國都，故文中以此代指周朝。❸睠 關心，懷念。❹鑒 明察。❺殽錯 混雜。殽，「淆」的異體字。❻沕穆 深微貌。❼輯伐 意謂節制征伐。❽禋享 指祭獻。❾文園 孝文園，即漢文帝陵園。司馬相如曾為孝文園令，後人因稱之文園。❿蘭臺 漢代宮內藏書之處，以御史中丞掌之。⓫參伍 交互錯雜。⓬巍蕩 猶謂講空話、大話。⓭頫 「俯」的異體字。⓮卬 通「昂」。上揚。⓯煙塺 即煙塵。借指戰爭。⓰昭回 謂星辰光耀回轉。⓱震疊 震動、恐懼。⓲簫韶 周代六舞之一。由九段組成，即所謂「簫韶九成」，孔子稱其為盡善盡美的樂舞。⓳河洛安宅 這裡指春秋鄭桓公事。《史記·鄭世家》：「私集周民，周民皆說，河洛之間，人便思之。」河洛，黃河與洛水之間地區。安宅，安居。⓴昭炯 光明貌。

【語 譯】嗚呼！我不了解自不可考的太古時期直到周代，其興起沒落究竟如何。但我知道皇天始終睠念明察，把握獨自的靈契來衡量，是不能單單引證漢代劉邦之往蹟來加以混雜錯亂的！蘊涵辭采而不顯耀，深藏於幽微，乃道之宏大啊；節制戰爭，不務戰爭，以和美的謀略去制勝，乃武道之強勁者啊；敬重老天，不事虛文，不缺少對老天的祭獻，乃仁之至厚也。銘之於心，不務言辭，只求明潔質實，是風氣靖安的具體表現，由此看漢文帝的遺書，看帝宮蘭臺所保存的追薦其先祖的文章，只不過增添其慚怍罷了。那些令人眼花撩亂的講大話、空話的文章之不傳於後世，自然更是不能抵擋縱慾放蕩的滋長的！至若俯仰細思今昔，明暗分明，是存在於人民大眾的心目中的。那些能消除戰爭，治理蒼生赤子的人，死後受到隆重的葬禮，豎起紀念的牌坊，自是順理成章地成為顯貴的品類，像日月星辰那樣光耀回轉，連幼小的孩子也為之懾服，而在其本人豈是存心於此而去一味追求所得的啊！盡善盡美的韶樂是那麼悅耳，使避世的臣子仍能聽到其音響，鄭桓公在河洛使人民安居樂業，後世也感動其排除民憂的行動。何況沐浴於仁波之中，吃的是聖朝糧食，恩澤徹於肌髓的人，能夠不明白對光明時期的懷念嗎！人們要以比之古人則不讓的態度，要有對未來毫不動搖的信心，用以報答蒼天，其作用亦就等於延續了祖先的美好。而這即使去請教老人幼童，也都知道回答聖朝恩澤的深遠的，人們怎麼可以忘卻而不長思既往呢！

連珠 二十八首

連珠

【題解】「連珠」為詩歌之一體，駢偶而有韻。它往往借物以諷喻、言志。在這二十八首「連珠」中，作者著重通過「物」的比並，諷勸當時人們要對明室矢志忠貞，以及保持操守等處世為人之道。

蓋聞銅山雖應❶，瓦釜❷不鳴。嶰竹❸非均❹，葭灰❺何感。蟻駒❻善達，難通窒曲之珠。雛鶴能鳴，猶選在陰之和❼。是以龔生❽亢志，莫諧❾楚老之心。惠子❿狂言，顧愜濠梁⓫之賞。

【章旨】以同聲相應，同氣相求事理，突出「龔生亢志」諧乎「楚老之心」，諷勸時人勿輕忽隨波逐流。

【注釋】❶銅山雖應　《漢書·東方朔傳》：「孝武皇帝時，未央宮前殿鐘無故自鳴，三日三夜不止。……

朔曰：『臣聞銅者山之子，山者銅之母，子母相感，山恐有奔馳者，故鐘先鳴。』居三日，南郡太守上書言山崩，延袤三十餘里。」後世遂以「銅山西崩，洛鐘東應」來比喻事物間之必然反應。❷瓦釜　陶土燒成的炊器。❸嶰竹　兩山澗谷中的竹子。❹非均　不是音律上的音階。均，古指音階。❺葭灰　古時為預測節氣，將葦膜燒成灰，放在律管內，到某一節氣，相應律管內的灰會自行飛出。葭，初生的蘆葦。❻蟻駒　黑色的駿馬。蟻，黑色。❼在陰之和　《易・中孚》：「鶴鳴在陰，其子和之。」此處猶言同氣相應。❽龔生　指漢代龔勝。楚人，字君賓，家居彭城，好學明經，初為郡吏，三舉孝廉，病歸林下。王莽篡漢，厚禮徵聘，拒不受。謂門人曰：「吾受漢家厚恩，豈以一身事二姓者?」遂絕食死。❾莫諧　大合。莫，大。《莊子・逍遙遊》：「廣莫之野。」❿惠子　指戰國時宋人惠施。為梁國相，能言善辯，與莊子友善。⓫濠梁　《莊子・秋水》：「莊子與惠子游濠梁之上。莊子曰：『儵魚游從容，是魚之樂也。』惠子曰：『子非魚，安知魚之樂?』莊子曰：『子非我，安知我之不知魚之樂?』」後世遂以之喻別有會心、自得其樂的境地。濠，水名，在安徽省鳳陽境內。

【語　譯】眾所周知，四川的銅山崩坍，能使洛陽宮中的銅鐘感應而發出音響，但瓦釜就不會感應發聲。峽谷中的竹子並非音律上的音階，可卻會應著節氣而產生反應。黑色的駿馬善於馳騁，可通不過沒有空隙的圓珠；幼鶴能鳴，但也只同樹蔭中的老鶴和鳴。因此漢代龔勝堅持氣節，寧死不做王莽的官，就大合於家鄉士大夫不齒於王莽之心。惠子能言善辯，他就只有與莊子才共游於濠梁之上，觀賞游魚，放懷縱談。

蓋聞嘉穟❶盈車，非擅萬斯之利。名駒千里，猶邀❷一顧之榮。材有讓乎猶龍❸，道有超乎維寶❹。是以功加眉睫，大匡之器❺猶微❻。風起丹青❼，百世之聞不鮮。

【章　旨】從「嘉穟盈車」、名駒「一顧」到功業顯赫的「大匡之器」，均只是一時而已作喻，激勵明代遺民，惟有堅持忠貞不渝之心，才能垂名于後世。

【注　釋】❶嘉穟　美好的禾穗。《抱朴子》：「五刑厝而頌聲作，和氣洽而嘉穟生。」穟，同「穗」。❷猶邀　可希求。猶，可。❸猶龍　如同龍一樣的變化。《典略》：「魚豢曰：『君子之學其猶龍乎？』以其善變也。」❹維寶　所珍愛的。維，語助詞。寶，珍愛。❺大匡之器　猶言匡正天下的大才。❻猶微　也不顯露。微，不顯露。❼風起丹青　用含蓄的話示現堅貞不渝之心。風，通「諷」。用含蓄的話暗示。《漢書・田蚡傳》：「蚡乃微言太后風上。」丹青，喻明著堅貞不渝。《文選・阮籍・詠懷詩》：「丹青著明誓，永世不相忘。」李善注：「丹青不渝，故以方誓。」

【語　譯】眾所周知，豐收年景滿車禾穗，並不意味著擁有了永遠的利益，那千里名駒也只可希求一顧之榮。良材亦有拙於變化的，大道有超乎人所珍愛的東西。因此只是建樹了眼前的功業，雖具有匡正天下的大才，也並不顯奕久長，而那含蓄示現出忠貞不渝之心者，傳諸千秋萬代的則不少。

蓋聞泠風❶和而響逸，天鈞❷逾乎女絲❸。甘雨降而流長，物潤深乎抱甕。百昌❹有所自興，八音有所自兆。是以傳說❺符星，先遜心於河上。董生❻致雨，夙屏迹于園中。

【章旨】以天然的「泠風」、「天鈞」、「甘雨」逾乎人工，喻言人須順應自然變化之境，要似傅說那樣屈身而有所為，似董奉那樣隱居而造福於人。

【注釋】❶泠風　小風。❷天鈞　即「鈞天廣樂」，古代傳說中天帝的音樂。此處意為天然的音樂。❸女絲　女子所操的琴瑟樂聲。絲，古代八音之一。指琴瑟一類的弦樂。❹百昌　泛指有生之物。《莊子．在宥》：「今夫百昌皆生于土而及乎上。」❺傅說　商王武丁賢相。初隱於傅巖地方；其地有澗水壞道，傳說故為奴隸，版築以供食，武丁夢見傅說，後傳說被徵以為相，國大治。❻董生　指三國時吳人董奉。字君異，有道行，祈雨除妖，頗多神異。在廬山為人治病，不取錢，但使植杏，數年間得十萬株，後世謂之「杏林」。……在人間三百餘年，竦身入雲去。

【語譯】小風和暢，但其發出的聲音很超邁，天然的音樂，遠遠超越於女子所奏的弦樂。有益於農事的雨水，不斷適時下降，其滋潤萬物大大勝過人為的抱甕澆灌。凡是有生之物絕不憑空興起的，音樂中的八音也自有其開始，因此傳說上符天星為賢相，乃先屈身於水邊。董奉力能致雨，卻一直隱跡於杏林之中。

蓋聞附形者影，形即蔭❶而已藏。動草者風，草入飈而不遠。知合離之異致，斯文質❷之同宣。是以專己保殘，莫喻斲輪❸之巧。道存目擊，方收伐幅之功。

【章旨】以「形」與「影」、「草」與「風」喻言，不要片面看待事物，暗喻人們不要為當時明亡後出現的一時表象所迷惑。

【注釋】❶蔭　日影。《左傳・昭公元年》：「趙孟視蔭。」❷文質　猶言表象與實質。❸斲輪　木工斬木製造車輪。

【語譯】眾所周知，附著形體的影子，當形體就身日影裡，影子也就不見了。吹動草的是風，但草進入到狂飆中，卻刮不到多遠。不屬於一體的物物之間的結合、分離，自各有其原理的，弄明白這一點，也就能把握表象與實質的關係了。因此專執保持不毀傷，就不會理解木工斬木造車輪的手藝的巧妙。要細心體會其中之道，才能收到伐木製成輪輻之功。

蓋聞勁草不倚❶于疾風，零霜則變。青葵善迎于白日，宇曖斯迷。故天籟❷無假于宮商，貞筠❸不爭于柯葉。是壽者之恭，火滅而矜其鞶帨❹。幽人之坦，途歧而範我馳驅❺。

【章旨】以自然界的「疾風」、「青葵」，固然有其「變」與「迷」，但天然堅實的東西卻勝於一切，喻說雖處當前「歧途」，仍應不忘為故明奔走效力。

【注釋】❶不倚　不怪異。此處猶言不害怕。倚，通「畸」。怪異。❷天籟　自然的音響。《莊子・齊物論》：

「女（汝）聞人籟而未聞地籟，女聞地籟而未聞天籟夫？」❸貞筠　猶言堅實的枝幹。❹鞶帨　皮製的大帶和佩巾。❺馳驅　意謂奔走效力。

【語　譯】眾所周知，勁草並不害怕疾風，可是遇到嚴霜也會凋零。青葵專門迎著太陽，而天空一陰暗也就迷失了朝向。所以自然的音響，不借助樂器發出，堅實的枝幹，不倚靠枝枝葉葉的扶持。因此居處恭肅的老年人，雖在暗室中亦顧全衣帶的整飭。胸懷坦蕩的隱士，即使在走向不明的歧途，仍是奮力前進。

蓋聞矜容者有經日之芳，工歌者有彌句之韻。質已逝而風留，絪縕❶自合。聲已希而氣動，繚繞尤長。是以虞夏之心，益焜煌❷于北海。丹墳之業❸，不隕穫❹于嬴秦❺。

【章　旨】以「矜容」、「工歌」者的「留芳」求久，喻說人們不要屈服於強權。

【注　釋】❶絪縕　同「氤氳」。中國哲學術語。萬物由相互生長而變化之意。❷焜煌　光明輝煌。❸丹墳之業　猶言讀書的人。❹隕穫　困迫失志之貌。《禮・儒行》：「儒有不隕穫于貧賤。」❺嬴秦　原指秦代。此處指強暴勢力。

【語　譯】眾所周知，注意儀容的人不光是一天的美好，擅長唱歌的人能使整篇樂章具有韻味；他們即使形體消逝，而其風韻則長存不失；這是符合萬物生長變化的道理的。樂聲雖已低歇，可是在空氣中卻依然迴蕩著，而且裊裊綿長。因此虞夏的心意，一直閃耀到北方偏僻的地區，而讀書的人，也決不會向殘暴的勢力低頭的。

蓋聞盤盂之水，能涵萬仞之山。膚寸❶之雲，遂洒三途之軌。下知上者，維澄而遠。高臨卑者，以妙而均。是以至人❷懸今以待後，挹取聽之物求❸。哲士❹類古于方今，感觸如其面覿❺。

【章旨】以盤盂清水之能涵萬仞山，膚寸之雲化為細微雨水可洒遍大地，喻示人們要看清今天現實，期待將來。要聯類歷史以觀現實，其弦外之音是：歷史上亦有異族入主中土的時候，但那終究不是永久的。

【注釋】❶膚寸　喻極小的空間。❷至人　古代用以指思想、道德某方面達到最高境界的人。《荀子・天論》：「故明于天人之分，則可謂至人矣。」❸物求　察看探究。物，察看。《左傳・昭公三年》：「物土方。」杜預注：「物，相之，相取土之方面。」❹哲士　指才能識見超越尋常的人。❺面覿　當面看見。

【語譯】眾所周知，淺淺的一盤子水，能像鏡子那樣包羅映出萬仞的高山。一朵小小的雲，可化為雨水灑遍許多道路。從下而看上，因其清澄而及高遠；自上而臨下，因其細微而能均勻。因此具有很高思想境界的人，不只牽掛著今天，而且期待著將來。能關注並察看探究現在，才能識見超越尋常。聯類古代來相比今天，其內心感觸就能如同當面看到那樣。

蓋聞金注移情，猗❶卓❷之容不徙。寶劍奪目，晉鄭之鬒已凋❸。故博有秖以禦窮，而非認難于自保。是以卮言❹日出，徒銷堅白❺之鋒。守口如瓶，別有通微之致。

【章　旨】以猗卓的自安本分而守恆，與晉鄭的非分遭受挫折相對照，喻言人們應堅守本份，勿信「卮言」，要堅守自己內心之「幽微」。

【注　釋】❶猗　指猗頓。春秋魯國人。他本窮士，生活不能溫飽，後至西河畜牛羊、煮鹽致富，財埒王公。❷卓　指卓氏。戰國時秦漢間大商人。祖本趙國人，秦破趙，被遷到蜀地，自求遠居臨邛（今四川邛崍）冶鐵成巨富，有家僮千人。❸晉鄭之鬒已凋　戰國時楚王聘干將、歐冶子作「玉淵」、「太阿」、「工市」三劍，晉鄭兩國聞而求之，楚王不給。於是晉鄭興兵，結果遭到慘敗，晉鄭之君為之急白了頭（事見《越絕書》）。鬒，黑髮。❹卮言　猶謂並無定見之言。❺堅白　謂操守堅定，不同流合污。

【語　譯】眾所周知，黃金財富的大量收入，能改變人的情志，但猗頓、卓氏卻並不這樣，他們逍遙自在而無所更動。寶劍的光華耀人眼目，貪心的晉鄭國君因企圖用武力攫取，以致慘敗而急白了頭。

所以致富只是為求擺脫貧困，而力所不及的衝動，也就難以自保。因此那些毫無定見之言的不斷出現，只能白白銷蝕操守堅定的意識，倒不如守口如瓶的沈默，卻倒有微意存在啊！

連珠有贈

【題　解】題曰「有贈」，也即以自己的想法，向當時的人們贈言。

蓋聞晴徹微霄，密警應龍❶之雲想。寒凝沍宇❷，已生青皞之春情。八表❸待一人之幾❹，萬古集斯須之念。是以先天❺無惕❻，氣❼有動而必開。首物不驚，時當機而必協。

【章　旨】以自然界形形色色的運動蘊含著相反的變化，寄言人們堅定信念，期待故明的恢復。

【注　釋】❶應龍　有翅膀的龍。❷沍宇　大地凍結。沍，凍結。❸八表　八方以外極遠的地方。陶潛〈歸鳥〉詩：「遠之八表，近憩雲嶺。」❹幾　通「冀」。希望。《左傳・哀公十六年》：「國人望君如望歲焉，日日以幾。」注：「冀君來。」❺先天　先於天時而行事。《易・乾》：「先天而天弗違，後天而奉天時。」❻惕　急速。❼氣　這裡指人的精神狀態。

【語　譯】眾所周知，晴朗天氣百花散發微香的時候，暗中會有蟄伏的應龍待雨騰飛；寒冰凍結著大地的時候，卻也萌生著青青明亮的晴春。整個神州希冀著故君之來，永遠都銘記著這種思念。因此盡管先於天時的事是不會很快來到，但人的精神有所至，則必會有所應。對現今開始出現的萬事萬物不必驚訝，到了一定時機，人們的希望是一定能如願以償的。

蓋聞物生于氣❶，韶風❷唯昌緩❸之宜。位定于天，崇嶽示防閑❹之則。先聲不爽于玉衡❺，蟲魚❻且應。大矩不迷于璇表❼，星日咸安。是以洪流未乂，后夔❽不以虛器而不咨。風雨方搖，史佚❾不以浮文而弗御❿。

【章　旨】從「物生于氣」、「位定于天」，進而言在「洪流未乂」當前，要堅持禮樂與史書。

【注　釋】❶氣　古代哲學名詞。指構成宇宙萬物質性的東西。《荀子・王制》：「水火有氣而無生(生命)。」❷韶風　和美的風。❸昌緩　繁盛和緩。❹防閑　防備禁止。《三國志・魏志・邢顒傳》：「顒防閑以禮，無所屈撓。」❺玉衡　古代測天文之器，以玉飾之者。❻蟲魚　指繁瑣的考訂。❼璇表　古時測量天體座標的儀器。❽后夔　舜臣。司職「樂正」。❾史佚　周史官，尹氏。亦曰尹迭。與太公、周公、召公合稱「四聖」。❿御　進獻。多指進獻給君主。

【語　譯】眾所周知，萬物皆生於「氣」，和美的風適合於繁盛和緩的季節。帝王之位由老天所定，高高的山嶽示現防備邪惡的法則。自然界每年到什麼時候響起第一聲雷聲，是一定符合於玉衡的預測的，而繁瑣的考訂者卻跟著加以印證。大的方位不會使璇表測不到，星辰與日月皆各居常位運轉。因此洪水未治理時，身為樂官的后夔不會因樂器不切治水實用，而不問聞，在風雨飄搖之際，作為史官的尹氏也不因空虛不實之文的泛濫，而不寫史進獻給君主。

蓋聞元霄❶欲授，榑桑❷之耀景初收。甘雨將來，鳴葉之孔❸威必振。勢極重者反不得輕，天化無因循之待。情已函者應無俟定❹，群心在俄頃之間。是以陸子❺昌言，必矯先秦之滅裂❻。魏公辰告❼，力爭五葉❽之遷流❾。

【章旨】從霰、雨之降，必有相關先兆，進而言不要因循等待，並以史事喻今：針對當時南明諸王競立，指出不要草率「遷流」（建立各自的小朝廷），影響群心。

【注釋】❶元霄　開始雨霰。霄，雨霰；下雪珠。❷榑桑　即扶桑。日所出也。❸鳴葉之孔　在林中振鳴的孔雀。孔，孔雀的省稱。《楚辭·七諫》：「鸞凰孔鳳，日以遠矣。」王逸注：「孔，孔雀也。」❹俟定　等待看其究竟。定，究竟。❺陸子　指陸九淵。南宋哲學家與教育家，字子靜，自號存齋，江西撫州金溪人，曾結茅講學象山，學者稱為象山先生。其學與兄九韶、九齡並稱「三陸之學」。提出「心即理」說，斷言天理、人理、物理只在吾心之中，「宇宙便是吾心，吾心即是宇宙焉。」他的學說後由王陽明繼承發展，成為陸王學派。著作有《象山先生全集》。❻滅裂　謂言行魯莽草率。❼魏公辰告　魏公明告。魏公，指韓琦。北宋大臣，河南安陽人。與范仲淹共同防禦西夏，時人稱為韓范。任樞密使、宰相，執政三朝。王安石變法，他屢次上疏反對，與司馬光、富弼等同為保守派首腦。封魏國公。著有《安陽集》。辰告，猶謂明告。❽五葉　猶言五世。《唐書·禮儀志》：「明皇封禪詔曰：『接統千歲，承先五葉，惟祖宗之德之人，唯天地之靈作主。』」❾遷流　意謂宗室分封。

【語　譯】眾所周知，將要下雪珠，東方的日光必然開始收斂；及時雨將來臨，在林中振鳴的孔雀其鳴聲也更響亮。勢極強的反不能自弱，造化沒有因循等待的。有了固定的信念，就沒有等待看其究竟的必要，大眾的心願急切在頃刻之間實現。因此陸子倡導必須矯正先秦的草率從事。魏公力爭五世宗室不要分封。

蓋聞小者大之具體，九州一亞旅❶之情。輕者重之本根，三者止晨夕之事。導千縷以持，經緯焉皆就。積群柯以蔭，本枝乃彌昌。是以薪槱❷備理，豳❸吹叶❹婦子❺之歡。牡菊❻分官❼，周廟❽奏肅雝❾之頌。

【章　旨】從小大、輕重，「導千縷」則「經緯皆就」，進而以積群柯成蔭，本枝才能昌盛，著重暗示南明諸王政權，要團結一致抗清，以告慰於祖先。

【注　釋】❶亞旅　古代稱上大夫。❷薪槱　草木。薪，草。槱，臭椿。❸豳　指《詩・國風》中的〈豳風〉。❹叶　和諧。❺婦子　妻與子。〈豳風・七月〉：「同我婦子，饁彼南畝。」按此詩主題〈詩序〉云：「〈七月〉陳王業。」（指「先公風化與創業艱難」）❻牡菊　此處泛指美好的花。❼分官　猶言形狀不一。官，器官。❽周廟　周代的殿堂。❾肅雝　和樂之聲。《詩・周頌・有瞽》：「喤喤厥聲，肅雝和鳴。」按此篇為獻呈先祖的樂章。

【語　譯】眾所周知，小是大的具體，一位上大夫的心情可體現全國之人的心情。輕是重的根本，夏商周三代也只是一個早晚的事。操千根絲縷在手，經與緯皆就此而成。積許多枝柯成為樹蔭，樹的枝幹就顯得繁茂。因此在平常草木間也盡可發現某種事理的，諸如豳地原野響起的妻子與孩子盛贊王業的和諧歡歌。美好的花兒各有形狀，周代殿堂用各種不同樂器（鼓）伴唱著那獻給先祖的頌歌。

蓋聞民生於勤，勤至則大勞自息。禮成於儉❶，儉行而至美宜章。翕❷終年於一日，可以千秋。析百物於微端，遂諧❸萬事。是以閔鴻雁之悲歌，必覃思❹於究宅❺，奠❻竹松之燕寢❼，遂永奠❽於攸芋❾。

【章　旨】從勤至「大勞自息」，約束不放縱應加發揚，進而言析物細微可「諧萬事」，並以隱居竹林松叢中，暗示那是最好的棲身之處。

【注　釋】❶儉　約束；不放縱。《禮記·樂記》：「恭儉而好禮者，宜歌小雅。」❷翕　猶言聚集。❸諧　調和。《書·舜典》：「八音克諧，無相奪倫。」❹覃思　深思。❺究宅　推究內心的活動。❻奠　此處意為放置。❼燕寢　泛指閑居之處。❽奠　此處意為定也。揚雄《太玄·玄擒》：「天地奠位。」❾攸芋　居住之意。《詩·小雅·斯干》：「君子攸芋。」

【語　譯】眾所周知，人的生計在於勤勞，能勤勞也就自然會感到沒有什麼大費力氣。禮儀成於自我約束與不放縱，恭儉是極美的品行，應加以發揚。聚集一年為一天，可以抵上千年，剖析百物於細微，就能調和萬事。因此憐憫大雁的悲鳴，必能推究出其歸心。移置閒居在松林竹叢中，也就可永遠安適地居住了。

蓋聞隴登黃茂，商飇❶先❷剛銑❸之清。柯熟朱櫻，梅雨益蕭寒之滌。蒿艾盛則損芳荃，相凌以氣。鶠皇❹至而賓❺鳩鷽❻，相長以權。是以炎火❼在原，不傷慈於田祖❽。霜鈇❾普震❿，實敷惠於嘉師⓫。

【章　旨】從自然界既相生相長、又相凌相侵生發，寄語人們應透過表象看清實質。

【注　釋】❶商飇　秋天的勁風。❷先　上古的。❸剛銑　堅硬的鈴狀樂鐘。銑，古之樂器，應律之鐘，狀如今之鈴而不圓。❹鶠皇　鳳凰。❺賓　賓服；歸順。❻鳩鷽　鳥名。即斑鳩。多用以比喻小人。❼炎火　焚燒的大火。炎，焚燒。❽田祖　古代貴族祭祀的農神。❾霜鈇　冷得似刀樣的寒霜。❿普震　普遍施展嚴威。震，嚴威。《左傳・文公六年》：「其子何震之有。」⓫嘉師　猶言歡樂和順。師，順。

【語　譯】眾所周知，當田野上長滿金黃禾穗時，強勁的秋風就隨之而至，似同上古的樂鐘發出的清音；春天枝頭結滿了殷紅的果實，必然會伴有梅雨增添蕭寒，洗滌樹木。蒿艾等雜草過盛，則必然有損於芳草，這是由於氣息的侵凌。鳳凰的歸順於山雀，乃是權勢消長的結果。因此原野上雖焚起了大火，但並不影響農神的仁慈。冷得似刀的嚴霜遍佈大地，實是和善地為人類造福。

蓋聞心量無垠，筵九埏❶而郭❷萬國。仁威不試，伏五服❸而釐群黎❹。氣不知其自清，繁雲無期而斂。機忽忘其所用，曾冰❺有侯❻而暄❼。是以謙書南誥❽，海人謝黃屋❾之狂。巽命❿東馳，傲帥⓫失紅陳之富。

【章旨】從人的度量、仁威能「伏五服」、「釐群黎」，結合海人、傲帥事，突出希冀南明當政者應注重施仁政。

【注釋】❶筵九埏　意為把眾多極遠地方的人聚在一席酒宴上。埏，較遠地方。❷郭　城的外圍加築的城牆。❸五服　古代王畿外圍的地方。此處意為全國境內。❹釐群黎　猶言造福百姓。釐，福。❺曾冰　層冰。曾，層。❻候　節候。❼暄　溫暖。❽誥　特指上告下。❾黃屋　指古代皇帝乘坐的輿車。❿巽命　順應成理的命諭。⓫傲帥　指明毛文龍。官至左都督，掛將軍印，驕縱不受節度。

【語譯】眾所周知，心的度量廣大無邊，能把眾多較遠地方的人歡聚在一席酒宴上，那等於使萬國成了自己的外城。仁威不必試驗，一定能使全國境內悅服，造福百姓，乖戾之氣可無形消失，不祥陰雲長期收斂。這樣，一切的心機就全不必用，似同厚厚的冰層，到一定節侯自會消融。因此誠懇地傳諭到南面外邦，海外人會自動為其妄自稱王而謝罪；順應成理的命諭飛馳到東邊，那居功自傲的將軍毛文龍也立即交出了他巨量的財富。

蓋聞操萬斛❶之舟者，獨運恆安乎晏坐。伐千章❷之木者，揮斤不藉乎群呼。轂轉❸無留機，憑軾❹之軸自止。羽飛❺有迅理，擎❻跗❼之指❽不行。是以成都桑畝，龍以臥而成雲❾。柱下❿春臺⓫，鮮不⓬撓⓭而薦鼎⓮。

【章旨】以操萬斛舟者能駕馭自如，伐千章木者揮斤輕鬆，突出要順應客觀事理從事一切；進而以諸葛亮輔蜀興復漢室受人尊重，喻告人們應做效諸葛之孤忠。

【注釋】❶萬斛　猶言巨大載重量。斛，古代以十斗（南宋以後改五斗）為一斛。❷千章　猶言許多大木材。章，大木材。❸轂轉　車輪轉動。轂，車輪軸。❹憑軾　憑依車前橫木。軾，設在車廂前面供人憑依的橫木。❺羽飛　指鳥類飛行。羽，代稱鳥類。王融〈為竟陵王與劉糾書〉：「羃網有節，鱗羽借翔。」❻擎　舉。❼跗　腳背。❽指　通「恉」。意旨。《孟子・盡心下》：「言近而指遠者，善言也。」❾龍以臥而成雲　聯繫上面的「成都桑畝」（諸葛亮上後主《遺表》有：「臣家有桑八百株，田五十頃，子孫衣食自有餘饒」語），乃贊美諸葛亮鞠躬盡瘁輔佐蜀漢。按時人有「諸葛亮輔漢如龍」語，又其號「臥龍」，故云。❿柱下　禮官。古代亦以稱御史，曰「柱下史」。⓫春臺　古代稱禮官。⓬鮮不　很少不。⓭撓　猶言彎腰。⓮薦鼎　猶言不具祭品致祭。薦，無牲而祭曰「薦」（見《穀梁傳・桓公八年》注）。鼎，牲器，古代祭祀，宴賓載牲體之器。

【語譯】眾所周知，能駕馭載萬斛重量巨舟的人，他駕舟如同平常安坐家中似的。砍伐過許多大樹的人，揮動斤斧的時候，不借呼號子來增添力氣。車輪轉動無須剎車裝置，憑依著車前橫木，亦可使之停止轉動。鳥類的飛翔其勢迅疾，用腳向上踢去，意欲它停下來是辦不到的。因此，諸葛亮廉潔奉公、鞠躬盡瘁、興復漢室，後世的御史禮官們，即使不用祭品，也很少不向他彎腰致敬來祭他的。

蓋聞圜丘❶九變，密移在縱斂之間。宣榭千尋❷，函受❸但合離之際。燕居❹清迥，雲雷之動❺恆盈。朽馭❻飄搖，冰鏡❼之涵自定。是以鷹揚❽百戰，陳書但義敬❾之微言❿。龍馬⓫多占⓬，觀變一貞⓭明之靜理⓮。

【章旨】從國家多變，故明的覆亡於頃刻，勗勉當時「清迥」隱居者要如「冰鏡」之自定，並堅定不渝地相信未來。

【注釋】❶圜丘　古代祭天的壇。此處象徵國家。❷千尋　猶言萬丈。❸函受　猶言縈繞相承。❹燕居　退朝而處。這裡意為隱居。❺雲雷之動　指風雲變化。❻朽馭　衰老之年駕馭。朽，喻衰老。❼冰鏡　喻明月。孔平仲〈玩月〉詩：「團團冰鏡吐清輝。」❽鷹揚　謂威武如鷹之飛揚。《詩・大雅・大明》：「維師尚父，時維鷹揚。」❾義敬　猶言表達致敬情意。❿微言　含義深遠精微的言辭。《漢書・藝文志》：「昔仲尼沒而微言絕。」⓫龍馬　古代傳說中形狀像龍的馬。此處喻抗清君主。⓬多占　美好的未來預測。⓭貞　堅定不移。⓮靜理　明察道理。《雲笈七籤》：「靜理修真為聖人。」

【語譯】眾所周知，國家多經變故，不知不覺地覆滅在瞬息之間。萬丈的高大殿宇與亭榭，縈繞相承在離合之間。隱居之身心地清遠，而風雲變化常有。衰老之年雖像駕著小舟行進在風雨飄搖之中，然明月懸在心頭，自是十分鎮定。因此戰場上多次威武飛揚的戰鬥，令人鼓舞。上書只是含義深遠地表達致敬情意。抗清君主自有美好的未來，明察道理就會使人堅定不移地期待著變化的到來。

蓋聞鬱資❶百築❷，黃流❸非芳草之能。璧藉群文，虹氣在組紃❹之上。天欲治而生治人，人尤待治。士隨時而乘時化，化必需時。是以鼓鐘改韻於豐宮❺，瑟柱之調必夙。圖笈❻載陳於東觀❼，芸香之辟尤嚴。

【章　旨】從鬱金香不能釀成「黃流」名酒，進而言「天欲治而生治人」，人們需「乘時化」；並以圖書注重辟治蠹蟲，喻言抗清營壘中須嚴防內部「蠹蟲」。

【注　釋】❶鬱資　眾多鬱金香。鬱，草名。即鬱金香。資，眾多貌。❷百築　百般杵搗。築，杵。❸黃流　酒名。用黑黍釀酒，再搗煮鬱金香香草摻和，則酒色香而黃，在器流動，故名。❹組紃　用絲織成的帶子，闊為「組」，細為「紃」。❺豐宮　多種音律。豐，眾多。宮，古代音律中五音之一。❻圖笈　裝著圖書的書箱。❼東觀　漢代宮中藏書的地方。

【語　譯】眾所周知，把鬱金香草百般杵搗，也不能成為黃流酒。玉璧得借助眾多文飾，其瑩光才能壓倒絲帶。老天欲使天下大治，因而必然降生治理天下的人，而人們殷切地期待著天下大治的盛世。士人應隨著時勢變化而適時得以改變，而改變又必須有一定的時勢。因此鐘鼓改韻於多種音律，調節瑟柱必須早於演奏之前。裝滿圖書的書箱陳列在東觀宮，用芸香袪除蠹蟲是較為重要的事。

蓋聞無情者不可使有氣❶，待黃鳥❷而鳴春。無氣者不可使有情，期蒼蜦❸而召雨。勸威❹作氣，勸威盡而勇無餘。祿賞移情，祿賞窮而仁不繼。是以等威❺天險，積培塿❻而泰岱干霄。于喁❼人和，應宮商❽而韶音❾合漠。

【章　旨】從情、氣關係及「勸威」、「祿賞」之不可持，喻告南明抗清政權須致力於「人和」。

【注　釋】❶氣　古代哲學名詞。指構成宇宙萬物的物質性東西。這裡指氣性。❷黃鳥　即黃鶯。❸蒼蜦　青色大蛤蟆。❹勸威　勸說怕事的人。威，害怕。《墨子‧七患》：「賞賜不能喜，誅罰不能威。」❺等威　同樣威嚴。❻培塿　小土丘。❼于喁　前後相應和之聲。《莊子‧齊物論》：「前者唱于，後者唱喁。」❽宮商　古音律。❾韶音　美好的樂聲。

【語　譯】眾所周知，無情的人不可使有偏執的氣性，他不懂得期待黃鶯的鳴春。無氣性的人不可使有偏執的情緒，他會期待蛤蟆能召致下雨。勸說怕事的人鼓起勇氣，勸說完了，絲毫也不能鼓其勇。豐厚的爵祿，固然能一時打動某些人的親善性情，但爵祿賞賜到極點，其親善心情也就消失了。因此同樣威嚴天險，積聚小土丘，可以使之像泰山那樣直干雲霄。而人們齊心協力的相應和的聲音，也就可成為與音律合拍的最美好和諧的樂聲。

蓋聞咸若❶之理，原❷安原而隰安隰❸。不言之化，動應動而虛應虛。縱游儵❹于淺渚，神龍自至其淵。養散木於遙岑，社樹必豐其報。是以商宮之夢❺，不數用其旁求。富渚❻之綸，遂永扶於風教。

【章　旨】從「原安原」、「隰安隰」分屬天道，進而言神龍雖置淺灘，定能「自至其淵」，植散木於懸崖，迨其成為「社樹」必有厚報，暗示當時抗清之君主乃是「神龍」，要人們在困境中加以匡扶；同時又以嚴子陵隱釣史事暗示隱居者，應做其不慕榮利高節，不同流合污，以扶「風教」。

【注　釋】❶咸若　猶言普遍認為如此。❷原　原野。通常指廣平、高平地面。❸隰　低下的濕地。❹游儵　魚名。亦稱「白鰷」。❺商宮之夢　指商王夢見賢臣，以後得到賢相傅說事。❻富渚　指東漢嚴子陵不受光武聘任，歸隱耕釣於浙江富春江畔事。

【語　譯】眾所周知，人們普遍認為，平原安心於為平原，低窪地安心於為低窪地，這不用說乃是造化與大自然所確定的。動則應之以動，虛則應之以虛。放游儵在淺灘裡，假如它日後能成為神龍，自然會自己去到深淵。零星種植一些樹苗在遠處小高山上，假如它以後能成為樹王，必當會有豐厚的報償。因此商王應夢得到賢臣，不必需要多方求索。東漢嚴子陵不慕榮利，歸隱耕釣富春江畔，起到了永遠扶持高尚教化的作用。

連珠

【題解】同前。

蓋聞勢❶之所拒，非無利用之資。情之所攖❷，自有獲心❸之樂。達士❹因撓❺以成功，庸人喜同而失順。是以魚銜波而上，不損其鱗。鳥遡風而翔，全用其羽❻。

【章旨】從「情」應有「獲心之樂」，進而以達士不屈，庸人「喜同」所導致的不同結局，喻示人們要像逆波而上之魚、遡風而翔的鳥那樣，一往無前。

【注釋】❶勢　權力。❷攖　觸犯。❸獲心　自愜於心。❹達士　通達事理的人。❺撓　不屈服。❻羽　鳥兒的翅膀。

【語譯】眾所周知，拒絕權勢引誘，並非因其沒有可以利用的價值。感情上對一些事物之所以敢觸犯，因自有其愜意的樂趣。通達事理的人，不屈服於惡勢力，因而成功地保全了節操，平庸的人因樂於隨波逐流，從而失掉了順理的東西。因此魚兒銜著水波而上，並沒損壞其鱗片；鳥兒逆風而飛，全憑其自身長著的翅膀。

蓋聞魚目未欺，詎識隨珠❶之寶。龍淵❷在握，無傷蛟室❸之遊。審❹畏途❺者，乃遵周道之安。歷朔風者，益就春陽之曝。是以命適周之駕，始知柱下之非龍❻。下過楚之車，不鄙接輿之歌鳳❼。

【章旨】從能辨魚目混珠卻不一定能識寶珠，以言「知」之難；從持龍淵寶劍敢否入蛟室遊，言「行」之不易。進而以「畏途」始能遵循大道而行，喻語人們須認清時勢而定自己行止，不能盲從；再以老子、孔子故事，要人們注重自己的品格、操守。

【注釋】❶隨珠　即隨侯珠。乃稀世寶珠。❷龍淵　古代寶劍名。《越絕書》：「楚王令鳳胡子之吳，見歐冶子、干將，使作劍三枚：一曰龍淵，二曰太阿，三曰工市。」❸蛟室　即龍宮。❹審　明察。賈誼〈治安策〉：「為人主計者，莫如先審取捨。」❺畏途　謂險阻之途可畏懼者。途，亦作「塗」。《莊子・達生》：「夫畏塗者，十殺一人，則父子兄弟相戒也，必盛卒徒而後敢出焉。」❻始知柱下之非龍　聯繫上句老聃任周柱下史事，意為：老子到周任柱下史，在實際任職中意識到這乃是個低下官職。司馬貞《史記・張蒼傳・索隱》：「周秦皆有柱下史，謂御史也。」❼不鄙接輿之歌鳳　指孔子不鄙視楚狂（實乃佯狂避世者）接輿對自己的嘲諷。《論語・微子》：「楚狂接輿歌而過孔子曰：『鳳兮鳳兮，何德之衰。往者不可諫，來者猶可追。已而已而，今之從政者殆而。』孔子下，欲與之言。趨而避之，不得與之言。」

【語譯】眾所周知，沒受騙於魚目混珠的，並不就能知道隨珠的寶貴。手中握著龍淵寶劍，何妨到水府的龍宮一遊？明察危險的道路，就可安然循著康莊大道前進。經受了凜冽寒風，會更加嚮往春天溫暖的陽光。因此老聃到周做了柱下史後，才意識到其地位的低微。孔子經過楚國聽到接輿的歌，既不鄙視，也不以為忤，反而下車向其請教。

蓋聞名言❶所絕❷，理即具於名❸中。意量所函，變可通于意外。膏❹非燄而燄待膏明，鏡無形而形生鏡內。是以經綸❺草昧❻，太虛❼不貸于雲雷。麗澤❽講習，君子必恆其教事。

【章　旨】從名言的獨特在其有「通于意外」之至理，進而以「膏」之與「燄」、「鏡」之與「影」喻言：萬事萬物總有其佔主導的一面，又以「麗澤」故事，要人們長期注重人的教化。

【注　釋】❶名言　善言。❷絕　獨特。❸名　中國哲學名詞。指辭、概念（或名稱）。❹膏　油脂。❺經綸　整理絲縷。引申為處理國家大事。《禮記・中庸》：「惟天下至誠為能經綸天下之大經。」❻草昧　原始未開化狀態。《易・屯》：「天造草昧。」❼太虛　指天。陸機〈駕言出北闕行〉：「求仙鮮克仙，太虛不可淩。」❽麗澤　《易・兌》：「麗澤兌，君子以朋友講習。」王弼注：「兌，喜悅。」意謂兩個沼澤相連，滋潤萬物，所以萬物皆悅。後用來比喻朋友相互切磋。

【語　譯】眾所周知，善言之所以獨特，因言辭之中具有至理，其蘊含之意很廣，且可靈動到意外。油脂本身不是火燄，而火燄必須靠油脂才能燃燒；鏡子本身沒有形象，而形象卻靠鏡子才映出來。因此開發未開化的蒙昧原始，老天不借助雲雷的震懾，朋友間需要相互切磋講習，君子必須長期注重人的教化。

蓋聞歲差❶以漸，歷虛斗❷而在❸南箕❹。河徙無恆❺，合濟漯而奪淮水。害已成而不可挽，挽而橫流❻。道已變而不可拘，拘斯失算。是以阡陌❼既裂❽，商鞅暴而法傳。笞杖從輕，漢文仁而澤遠。

【章　旨】以「歲差」之變的緩慢、河道變遷之「無恆」，乃是不以人們意志為轉移的規律，指出強挽河水則會導致黃河「橫流」，拘泥舊法則會造成曆法「失算」。繼而以商鞅嚴苛、漢文帝寬仁的史事，要人們認清常與變的客觀規律。

【注　釋】❶歲差　天文學名詞。春分秋分二點（即黃道赤道之交點），並非固定不變，而是每年沿黃道向西推行，約二萬五千八百年運行一週，此現象名曰「歲差」。❷虛斗　星名。❸在　居。❹南箕　星名。❺無恆　不固定。❻橫流　水行不由故道。❼阡陌　泛稱四野。❽裂　分離。

【語　譯】歲差的變動是緩慢的，它經虛斗而居南箕。黃河水道變遷是不固定的，它匯合濟水、漯水，衝開淮河！為害已成是不能強挽的，如強挽，定使河水不行故道而泛濫。天文已變是不可拘執使其不變的，否則就會推算失誤。因此商鞅的變法把田地從貴族手中分出來，其法雖暴烈，卻能傳給後世。漢文帝施仁寬刑，即便笞杖也從輕，故其恩澤及於久遠。

蓋聞修竹❶產於懸岑❷，時憂冰折。幽蘭藏於密箐❸，不受霜欺。犀惟沐月，乃辟遊塵❹。蟈❺厭喧春，必焚牡菊❻。是以歡諧啜菽❼，恥經勝母之鄉❽。化被鳴琴，慎簡❾父兄之事❿。

【章　旨】以懸岑的修竹憂「冰折」、幽蘭藏密箐不受霜欺、犀「沐月」能「辟遊塵」，蟈厭喧春焚牡菊，著重喻言：人們要擇境而處，要注意自身修養。同時以「歡諧啜菽」、「化被鳴琴」喻示孝悌的重要。

【注　釋】❶修竹　高竹。❷懸岑　懸崖。❸密箐　密密竹林。箐，竹。❹辟遊塵　屏除浮游塵埃。辟，屏除。游塵，浮游的塵埃。❺蟈　即蟈氏。官名。《周禮・秋官・蟈氏》：「掌去鼃黽（青蛙），焚牡菊，以灰灑之則死，以其煙被之，則凡水蟲無聲。」❻牡菊　指不開花的菊。亦指開黃花的菊。❼啜菽　熬豆而食。《禮記・檀弓下》：「孔子曰：『啜菽飲水，盡其歡，斯之謂孝。』」❽恥經勝母之鄉　指曾子至一村落，發現其村名「勝母」，即不入而回車。《淮南子》：「里名勝母，曾子不入。」❾慎簡　謹敬勿荒廢怠慢。《韓非子・五蠹》：「服事者簡其業。」❿父兄之事　指孝悌。

【語　譯】眾所周知，高竹生在懸崖，時刻耽憂被冰雪壓倒；幽香的蘭花深藏在竹林中，不受嚴霜的欺淩。犀牛想到以月光洗沐，所以它的毛皮能屏除浮游的塵埃；掌管除蛙的蟈氏，當然討厭青蛙在春天喧鳴，必然要焚牡菊來把它除去。因此即便熬豆為食，能歡樂和諧奉養父母，也就是盡了孝道，所以曾子經過取名「勝母」的村落，就引以為恥而不入。受禮樂教化的人，就一定會敬謹躬行孝悌。

蓋聞雲有合離❶，無礙青旻❷之迥。辰分昏旦❸，難留□□之餘。故□□□□□□□□□□□□□是以達人❹貞觀❺，唯修撥亂之書。君子固窮❻，自□□□之世。

【章　旨】此篇雖殘，但從雲的「合離」無礙藍天高遠比喻時勢變化無傷於天道，以及「達人貞觀」、「君子固窮」等句，不難看出其著重在喻告人們安貧樂道。

【注　釋】❶合離　聚散。❷青旻　藍色的天空。❸昏旦　早晚。❹達人　通達的人。❺貞觀　以堅定不移的操守給人看。貞，堅定不移的操守。《後漢書・張衡傳》：「蘇武以禿節效貞。」觀，示人。《漢書・宣帝紀》：「觀以珍寶。」。❻君子固窮　《論語・衛靈公》：「君子固窮。」固窮，謂能安守貧困。

【語　譯】眾所周知，雲有聚散，不影響藍天之高遠。時間分早晚，難留□□之餘。故□□□□□□□□□□□□□因此通達的人，以堅定不移的操守給人看，只撰寫撥亂反正的書。君子能安守貧困，自□□□之世。

蓋聞死生一❶，則神龍等視於蝘蜓❷。耳目淫❸，則山雞幾驚為威鳳。然而拚蜂❹有戒❺，必謹尊生。抑且鳴鶴在林，無嫌❻好爵。是以慎冰淵❼之手足，乃可雄入于九軍❽。懷霜雪之姱修❾，非以好名于千乘❿。

【章　旨】以「死生二」則可把神龍蝘蜓等觀，耳不聰目不明，則會把山雞看成威鳳；喻告人們必須達觀明察。再以飛蜂、鳴鶴及臨淵履冰比喻，強調戒慎的重要，同時倡言要有「雄入九軍」的氣概，要保持美好的操守。

【注　釋】❶一　指對立面的統一。張載《正蒙・太和》：「不有兩則無一。」❷蝘蜓　亦稱「銅石龍子」。爬行動物，長十八公分左右，通體被覆光滑的圓鱗，生活於園林內或郊野石縫。❸淫　惑亂。《孟子・滕文公下》：「富貴不能淫。」❹拚蜂　飛蜂。拚，通「翻」。飛貌。❺戒　防備。❻無嫌　不要不滿意。嫌，不滿意。❼冰淵　指薄冰和深淵。❽九軍　猶言大軍。《莊子・德充符》：「勇士一人雄入于九軍。」❾姱修　美好。❿千乘　即千乘之國。諸侯之國。

【語　譯】眾所周知，如果把死生看成為同樣的，那麼就會將神龍與小小的蝘蜓等觀。假如耳目惑亂，那麼也就會把山雞當作鳳凰。然而飛蜂亦有自己的防衛，必須謹慎地尊重它的生命。鶴鳴在林中，不要不滿意好爵位。因此要懷著如履薄冰、如臨深淵那般的心情，謹慎從事；同時也須有威武進入大軍那樣的氣概，具有霜雪那樣美好的心懷，並非為向帝王博得好名聲，獲取王侯高位。

蓋聞業有待於傳人，無殊衒玉❶。道有需於倣古，終哂效顰❷。前百世而後千春，誰為知者？抱孤心而臨五夜❸，自用❹怊然❺。是以花無異彩，非仍❻用其落英❼。水有同歸，不豫期於後浪。

【章　旨】從「業」不待傳人，「道」不能倣古，以言不傍以往古人，不藉未來後人，要自己從事一切；同時強調要「抱孤心」，矢志不移，應功在當世，要擔當起當前應負之重任，不預期於「後浪」。

【注　釋】❶衒玉　炫耀自己的玉。❷效顰　即東施效顰。❸五夜　即五更。❹自用　行動全憑自己意思。❺怊然　悲傷貌。怊，悲傷。《莊子・天地》：「怊乎若嬰兒之失其母也。」❻非仍　並非沿襲。仍，沿襲。❼落英　初開的花。

【語　譯】眾所周知，學業有待於傳給別人，那就無異是炫耀自己的玉求得買主。「道」如一味倣效古人，終究會被人看成東施效顰而哂笑。從過往的百代直到以後的千年，哪一個是真正的知音？抱著忠貞的孤心到五更，全憑自己的意志行事，也感到很悲哀。因此花兒本身沒有異彩，不要借助於初綻之花。水流同歸大海，萬事要由我們這一代人做去，不把它卸給後人來承擔。

卷二

傳 二首

石崖先生傳略

【題解】王夫之長兄介之，字石子，一字石崖，號耐園，學者稱耐園先生，崇禎壬午年舉人。明亡後，隱居窮山四十餘年，八十一歲以壽終，私謚貞獻。本文是王夫之六十八歲時為長兄寫的傳略，具體闡述他友悌至孝，為學篤敏，不慕名利的高尚品質，以及政治上堅持自己原則的精神，顯現了明末一個正直不阿的知識分子形象。

吾兄之先我而逝也，意者❶其留夫之之死，以述兄之行歟？不然，何辜于天，而使煢子❷荼毒❸之至此極也。兄遺命以狀❹屬❺孤姪敞❻而俾❼夫之潤色。乃夫之有識而待兄，先於敞者十餘年，敞所未及知而夫之知之。患難流離，敞有時而不與❽，則有餘地以聽夫之之述。自顧衰病奄奄❾，血氣盡而僅有心存，且懼心之日散，而不可日暮待，故哀緒未寧而急於述。乃述吾兄之難也。所可言者，敞所未知者耳。過此則有不能言、不忍言、不欲言者。乃兄之所以為兄者在是，而既不能不忍而不欲矣，其餘固非兄之所以為兄者，而奚以言為❿？雖然，敞所未及知與所未與者，涕笑皆神之所行，逡巡⓫皆氣之所應，固可於此得吾兄□□□□共貫同條⓬之精爽⓭。請言其略焉。

【章旨】本段敘述為長兄王介之寫傳略的緣起，以及急於撰寫的原因與難處。

【注釋】❶意者　表示猜測。大概；或許。❷煢子　孤單無依的樣子。李密〈陳情表〉：「煢煢孑立，形影相弔。」❸荼毒　毒害；殘害。❹狀　即「行狀」。敘述人物生平事蹟的文體。❺屬　囑咐。❻敞　王介之長子，王夫之姪，字膴原。❼俾　使。❽與　參與；參加。❾奄奄　氣息微弱的樣子。❿奚以言為　即「以言何為」。意為說了為什麼呢。⓫逡巡　進退；行止。⓬共貫同條　串在同一錢串上，長在同一枝條上。比喻脈絡連貫，事理相通。⓭精爽　精神。

【語譯】我的長兄在我之前去世，大概是留下我來撰寫長兄的行狀吧？否則的話，我對天有什麼罪過，而天卻殘害我孤單無依到如此程度呢！長兄遺囑委託我的姪子敞寫行狀，而讓我為行狀加工潤色。這是因為我有隨侍長兄的記憶，比起敞要早十幾年，有些事敞不知道我卻知道。並且患難流離，敞有時也未參與，可以聽我的敘述。但是我看自己年老力衰，病體氣息微弱，血氣已盡，僅有心在，並且懼怕心意也要一天天散失，因而早晚之間都不能再等待，所以哀悼亡兄的心緒還未寧靜就急於撰述，然而寫長兄傳記是有難處的。可以講的東西，只有敞所不知道的情況罷了。超過這部分，就有不能夠講、不忍心講、不願意講的。然而我的長兄之所以是長兄又恰恰在這些方面。而既然已不能夠不忍心並不願意講了，其餘部分本來不是長兄之所以是長兄的原因，那麼又為什麼講呢？雖然如此，敞所不知道和沒有參與的，無論流淚或歡笑，都是長兄心神的表現，進退行止也都是長兄意氣的反應，因而可以在這些方面找到我的長兄脈絡連貫、事理相通的精神。請讓我講講大略的情況吧。

吾先子❶之得兄也，年三十有七，先妣❷亦三十矣，惜兄甚，而兄幼端凝淡泊，食淡衣麤❸，更以為適。與兩從兄❹，自鬭草騎竹、以至就外傅❺，皆未嘗一語失敬愛之度。依叔父牧石先生、叔母吳太❻恭人❼，無殊於父母。冠❽昏❾後，且生子授生徒矣，對叔父母未嘗不以乳名答也。仲兄❿稍長，同席受讀，而仲兄病幾瘻⓫，兄調護扶掖⓬，齧⓭指以受鍼艾⓮，仲兄賴以愈，而卒⓯以文章名南楚⓰，無一非兄曲意⑰怡聲⑱，亹亹⑲講說以成之者。若夫之狂娭⑳無度，而檠㉑括㉒弛弓㉓，閑㉔勒㉕逸馬㉖，夏楚㉗無虛旬㉘，面命㉙無虛日者，又不待言。昌㉚啟㉛間，先君子徵入北雍㉜，家僅壁立㉝，兄於世故，雅㉞不欲涉，而戢㉟志以支補者，唯下帷㊱畫粥㊲、敦㊳孝友，為族黨鄉鄰所推重，而家以寧。念先君子之留滯燕邸㊴，苦寒善病，歲時㊵晨夕，無歡笑之容。嘗記庚午㊶除夜，侍先妣拜影堂㊷後，獨行步廊下，悲吟「長安一片月」㊸之詩，宛轉欷歔，流涕被㊹面，夫之幼而愚，不知所謂，及後思之，孺慕㊺之情，同於思婦，當其必發，有不自知者存也。先妣有心痛疾，舉發則彌㊻旬不瘳㊼，夫之既羸㊽且惰，仲兄亦多病，扶掖按摩，寒暑晝夜，局曲於床褥間，十餘夕不寐，兩三日粒米不入口以為恆。凡事先妣三十餘年，以揜覆㊾夫之不孝莫贖之罪者，皆兄慈雲仁蔭之恩也。

【章　旨】本段敘寫王介之的孝友。友悌方面如對堂兄的敬愛，照顧生病的二弟，和對王夫之的嚴格教誨。對父母的孝順，著重寫他對父親的思念和對母親生病時的仔細護理。

【注　釋】❶先子　舊時自稱去世的父親。❷先妣　舊時自稱去世的母親。❸衣麤　穿粗布衣服。衣，穿衣。

作動詞用。麤，「粗」的異體字。❹從兄　堂兄。❺外傅　古代男子到一定年齡，出外就學，所從之師稱外傅。與內傅相對。❻太　指高一輩。❼恭人　古代婦人的封號。明、清時四品以上官員的母親與妻子封恭人。❽冠　古代男子二十歲行加冠禮，表示成年，稱「冠」。❾昏　通「婚」。❿仲兄　二兄。⓫痿　指肢體痿弱，筋脈遲緩的病症。⓬扶掖　攙扶。⓭齧　咬。⓮鍼艾　中醫以針刺和以艾灼穴位，叫鍼艾。鍼，同「針」。⓯卒　終。⓰南楚　楚國在中原的南面，後世因稱南楚。地區範圍包括衡山、九江、江南豫章、長沙。⓱曲意　盡情；盡意。⓲怡聲　柔聲。⓳亹亹　勤勉不倦的樣子。⓴狂娭　縱情玩樂。娭，嬉；遊戲。㉑檠　輔正弓弩的器具。㉒括　收束。㉓弛弓　鬆馳的弓。㉔閑　馬廄。㉕勒　馬絡頭。引申為限制，約束。㉖逸馬　奔逃的馬。㉗夏楚　同「檟楚」。古代扑責的器具。夏是稻，楚是荊，用來扑打犯錯誤的人。㉘旬　十日。㉙面命　當面訓示。教誨殷切，要求嚴格的意思。㉚昌　泰昌（一六二一·八～十二），明光宗年號。㉛啟　天啟（一六二一·十二～一六二七年），明熹宗年號。㉜先君子徵入北雍　王夫之父親王朝聘參加武昌省鄉試，正考官已取中正額，副考官朱童蒙因其父文中有「童」、「蒙」兩字，犯了他的名諱，把他放到副額。熹宗於該年登基，因此恩給錄取副第的人進太學，王朝聘於是應貢北上，入國子監。北雍，明代指北京的國子監，以別於南京的國子監。雍，通「廱」。學宮。㉝家僅壁立　形容家裡貧窮，僅有四壁豎立。㉞雅　素常；向來。㉟戢　收斂。㊱下帷　放下室內懸掛的帷幕。指教書。㊲畫粥　宋代范仲淹早年求學時，寄宿僧寺，非常貧困，每天僅煮二合粟米粥，經過一夜粥凝聚，用刀切為四塊，早晚取二塊食用。後世因以「畫粥」作為安於貧困的典故。㊳敦　督促；勉勵。㊴燕邸　指北京的國子監。㊵歲時　每逢一定的季節或時間。文中指冬天。㊶庚午　指明崇禎三年（一六三〇年）。㊷拜影堂　指祭拜祖先。影堂，家廟。每逢年節及祖先忌日，子孫對祖宗的畫像叩拜的廳堂。㊸長安一片月　指李白〈子夜吳歌〉第三首。全詩寫妻子思念遠征的丈夫，原詩如下：「長安一片月，萬戶擣衣聲。秋風吹不盡，總是玉關情。何日平胡虜，良人罷遠征。」㊹被　覆蓋。㊺孺慕　愛戴；懷念。㊻彌　滿。㊼瘳　病癒。㊽羸　瘦弱。㊾揜覆　掩蓋。

【語　譯】我的父親生我大哥時已三十七歲，母親也已三十歲了，所以很珍惜大哥，而大哥從小就莊重淡泊，吃淡飯，穿粗衣，反以為適合暢快。和兩個堂兄，從幼小鬥草騎竹馬直到出外就師求學，都未曾有一句話失去敬愛的分寸。依從叔父牧石先生、叔母吳太恭人，與對自己父母一樣。二十歲成婚後，而且生了兒子，已經教授學生，對叔父母也總是用乳名來回答。二哥逐漸長大，同桌受教讀書，而二哥患病肢體近乎痿弱，大哥看護攙扶，使二哥咬住指頭忍痛接受鍼灸艾薰，二哥因而痊癒，終於以擅寫文章聞名南楚。這無一不是大哥盡情盡意、柔聲勸說、不倦講解來使他成功的。至於像我縱情玩樂沒有分寸，大哥像用檠來收束鬆弛的弓、用馬廄及馬絡頭約束奔逃的野馬一樣，嚴格教誨我。扑責沒有隔空十天，當面教導沒有隔空一日等情況，更是用不著講了。泰昌天啟年間，父親應徵到北京國子監，當時家徒四壁，十分貧困，我的大哥對於世故人情，向來不願涉及，這時收斂起自己的志意，來支持補助家庭開支的，只是下帷教書，安於貧困，勉勵孝友的德行。於是被同族鄉鄰所推崇，家裡也因此安寧。想到父親滯留在北京太學，苦於寒冷，容易生病，因而每逢冬季，無論早晨或夜晚，沒有歡笑的容顏。曾記得崇禎庚午年的除夕夜，他侍奉母親在叩拜祖先畫像後，獨自一人在廊下徘徊，悲吟李白「長安一片月」詩，哀宛嘆息，淚流滿面。當時我幼小而愚笨，不懂兄長悲吟的意思，後來想起這件事，才知道兄長對父親的懷念之情，與思婦想念征夫有相同之處，當感情觸發的時候，有自己不知道的思念之情存在啊。我的母親有心痛病，一發病就整整十天不能痊癒，我既瘦弱而且懶惰，二哥也多病，大哥攙扶按摩，寒暑晝夜，蜷曲在床褥之間，十多天不睡，兩三天粒米不進口，成為常事。服侍母親一共三十多年，掩蓋我的不孝與無法自贖的罪過，這都是大哥仁慈蔭庇的恩德啊！

兄為學篤敏[1]，十六補[2]弟子員[3]，餼[4]於庠[5]者八年。自萬曆[6]末，時文[7]日變，始承禪學[8]之餘，繼以莊[9]列[10]管[11]韓[12]之險澀，已乃效蘇曾[13]而流於浮冗，迨後則齊梁浮豔[14]，益趨淫曼。兄獨守家訓，一以鄧黃李鄒[15]為典型，而□整雅，則直追夏官明[16]、胡思泉[17]之高躅[18]。一時文章鉅公，推賞者不絕，而杜門不一投謁。在崇禎[19]末，人士以聲譽相高，騰竿牘[20]、徵秋課[21]者徧海內。兄一無所醻酢[22]，闇[23]然如巖穴之士[24]，嘗愴然[25]謂夫之曰：「此漢季處士[26]招禍之象也，文章道喪，不十年而見矣。」己卯[27]以乙榜[28]詔入太學，時以六曹[29]策士，雋[30]者即授美除[31]，同舍皆氣矜[32]競獵。兄以父母老，亟[33]請告歸，未允。諸同舍以旦夕釋褐[34]相留，兄尤憎其躁競，曰：「吾焉能一日與奔鶩[35]者伍。」遂拂衣[36]不請而歸。憶鄉前輩歐陽正暘翁自北歸，持兄家報[37]，夫之往領焉。歐陽翁曰：「伯兄無日不垂思親之淚，吾誘以奕，至三兩局，則淚滴罫[38]中矣。」歸而謝絕人事，授生徒以佐菽水[39]。

【章　旨】本段寫長兄的為學不趨時尚，獨守家訓，受到文章鉅子的推崇。寫其不干謁求官，恥與鑽營者為伍，告歸以教授生徒為生的淡泊名利的精神。

【注　釋】❶篤敏　誠篤敏銳。❷補　生員食廩有一定名額，有空額即按次序補入未食廩的生員。❸弟子員　生員。俗稱秀才。❹餼　明清科舉制度，考中秀才後，入學的生員，由國家供給一定的糧食或月薪。❺庠　古代學校的名稱。❻萬曆　明神宗年號（一五七三～一六一九年）。❼時文　科舉時代應試的文字。明清時為八股文，有別於古文。❽禪學　佛教宗派禪宗的學說。禪宗下又分為很多宗派，有主張見性成佛、不立文字的頓悟學說，也有主張漸悟的漸門學說。❾莊　指莊子。名周，戰國時的哲學家，是道家的主要代表人物。❿列　指列子。即列禦寇，相傳為戰國時道家。⓫管　管子。即管仲，春秋時齊國名相，政治家。⓬韓　指韓非。戰國末期的哲學家，法家的主要代表人物。⓭蘇曾　蘇軾、曾鞏。兩人均為宋代著名的文學家。⓮齊梁浮豔　南朝齊梁時文風崇尚辭藻華麗。⓯鄧黃李鄒　指鄧以讚、黃弘綱、李材、鄒德溥等四人。在黃宗羲《明儒學案》中，鄧、黃、鄒屬〈江右王門學案〉，李則是〈止修學案〉。鄧，指鄧以讚。字汝德，號定宇，南昌新建人，私淑王陽明門人王畿、張元忭。黃，指黃弘綱。字正之，號洛村，江西雩縣人，從王陽明學，官至刑部主事。李，指李材。字孟誠，別號見羅，江西豐城人，從學於鄒東廓，本亦屬王門，救王陽明「良知」之弊，故又稍異。鄒，指鄒德溥。字汝先，號四山，是鄒東廓守益的孫子，早負盛名，著《易會》，對《易》多所發明，又有《春秋匡解》、《學庸宗釋》等。⓰夏官明　未詳。⓱胡思泉　即胡友信。別號思泉，明德清人，隆慶進士，授順德知縣，剿滅海寇，興教化，有政績。⓲躅　足跡。⓳崇禎　明思宗朱由檢的年號（一六三八～一六四四年）。⓴竿牘　指書札。㉑秋課　科舉時代學習舉業的課卷。㉒醻酢　飲酒時主客互相敬酒。主敬客叫酬，客還敬叫酢。醻，「酬」的異體字。㉓闇　「暗」的異體字。㉔巖穴之士　指隱士。古代隱士多山居，故稱。㉕愴然　悲傷的樣子。㉖處士　古時指有才德而隱居不仕的人。㉗己卯　指明崇禎十二年。西元一六三九年。㉘乙榜科舉時代會試或鄉試取士，除正榜外另取若干名，列為副榜。文中指中鄉試副榜。㉙六曹　東漢尚書分六曹治事，唐代各州佐治之官也分六曹。㉚雋　通「俊」。俊秀。㉛除　拜官授職。㉜矜　自以為賢能。㉝亟　急。㉞釋褐　脫去平民衣服。比喻開始任官職。㉟騖　追求。㊱拂衣　振衣而去。指歸隱。㊲家報　家信。㊳罫　圍棋盤上畫的方格子。㊴菽水　豆和水。指最平凡的食品。常用作孝養父母之稱。

【語　譯】大哥治學誠篤敏銳，十六歲時補為生員，在學校支領國家生活供應共八年。從萬曆末年以來，八股文的風尚漸漸變化，起初繼承佛教禪宗學說的餘緒，後來又學習莊子、列子、管子、韓非子的艱澀，隨後效法蘇軾、曾鞏，卻變壞為浮華冗長，到後來就是學齊梁浮豔的文風，崇尚辭藻華麗，趨向淫穢靡曼。大哥卻獨自堅持我們的家訓，一概以鄧定宇、黃洛村、李見羅、鄒南皐為模範，而文章完美雅麗，直追夏官明、胡思泉高明的步伐，一時文章鉅子，推崇欣賞者不斷，但大哥閉門家居，沒有一次投遞名帖去求見他們。在崇禎末年，士人以名聲互相吹捧，抬高自己，傳遞書信，徵集舉業課卷的人遍布海內。大哥卻一點沒有飲酒之類的應酬，沈默如隱居的人。曾悲傷地對我說：「這是漢代末年隱居不仕的人召來禍患的跡象啊！文章之道淪喪，不到十年可見了。」崇禎十二年大哥因中鄉試副榜，皇帝下詔進入太學。當時以六曹考選士子，考試傑出者，就可授予好的官職，太學中的同學都自以為賢能，爭著獵取美差。大哥卻以父母年老，急著請求回家，未獲允准。有些同學以早晚間即可脫去平民衣服，擔任官職來挽留。大哥十分憎惡他們的急於奔競，說：「我怎麼能和這些奔走追求的人作伙伴！」於是拂袖而去，未請准假就回家了。回憶鄉中前輩歐陽正暘翁從北方歸來，帶回大哥的家信，我去拿信，歐陽翁說：「你大哥沒有一天不流著思念雙親的眼淚，我以下棋來勸誘他，可下到兩三局，眼淚就流到圍棋盤上的方格子中了。」大哥回家後就謝絕人事，以教授學生來維持最普通的生活。

郡守墨❶而酷，諸紳士畏其威，其生日醵金❷為軸❸，欲製文祝之。屢以強兄，兄瞋目對眾大言曰：「不能惡惡如〈巷伯〉❹，而更賦〈緇衣〉❺乎？」眾皆縮項，面無色，兄談笑而去。壬午舉於鄉❻，錄文呈御，計偕至南昌，楚中亂❼，遂同夫之歸。是時觀察全椒金公，念吾兄弟貧甚，欲為治北裝。邑有劣而梟❽者，按法當死，公屬意❾令餉❿吾兄弟千金活之⓫，其人來懇，兄顧問夫之曰：「何如？」夫之答曰：「此固不可。」兄喜見於色曰：「是吾心也。」或曰：「千金不死於市，豈能必彼之不幸免乎？」兄又顧夫之微笑。夫之曰：「吾安能令其必死，但不自我可耳。」兄曰：「此人逸，他日禍延於鄉黨⓬。雖然，吾謝吾疚而已。」子言是也。」遂峻拒之。其人他請得釋後，果一如兄言。凡兄之所以教夫之而相砥礪者如此類，不勝毛舉也。

【章　旨】 寫長兄不阿諛酷吏，不接受金銀的籠絡，不行非義之事的正直不阿的高貴品質。

【注　釋】❶墨　貪污；不廉潔。❷醵金　湊錢。❸軸　書畫卷軸。❹巷伯　《詩・小雅》中的一篇。此詩是周幽王的寺人（宮內小臣）被讒而作，詩中對讒佞小人提出嚴厲的斥責。❺緇衣　《詩・鄭風》中的一篇。此詩贊美武公與其父桓公，二人均為周司徒，有政績，有功於鄭國。❻壬午舉於鄉　壬午年王夫之與其兄介之一起赴武昌省應鄉試，同時中舉。壬午，指崇禎十五年（西元一六四二年）。❼楚中亂　指明末李自成攻陷承天府（今湖北京山、天門、荊門、當陽、鐘祥、潛江、沔陽七縣地），張獻忠所部攻陷湖北蘄水諸縣。❽梟　驍勇；豪雄。❾屬意　留意。❿餉　贈送。⓫活之　意為使他活。⓬鄉黨　周代制度以五百家為黨，一萬二千五百家為鄉，後世遂以鄉黨泛指鄉里。

【語　譯】衡州郡守貪婪而殘忍，鄉紳們懼怕他的威勢，在他的生日時湊錢作詩畫的卷軸，想撰寫壽文祝賀他。屢次強要大哥寫壽文，大哥瞪大眼睛對他們大聲說：「不能像〈巷伯〉詩中所表現的精神那樣厭惡壞人，難道還能寫〈緇衣〉詩那樣去歌頌他嗎？」大家都嚇得縮起頭頸，面無人色，大哥卻談笑著離去。崇禎十五年參加鄉試中舉，錄下試卷文章呈上閱覽。二人北上應考，到南昌，正逢李自成、張獻忠軍攻陷楚中府縣，於是攜同夫之回家。這時全椒人金觀察考慮到我兄弟倆很貧窮，想為我們辦理去北方的行裝。城裡有一惡劣而驍勇的人，按照法律應當處死，金公暗示此人贈送我兄弟千金，設法使他免於死罪，這個人前來懇求我們，大哥看著夫之問：「怎麼樣？」夫之回答道：「這當然是不可以的。」大哥臉露喜悅地說：「這正是我的心意啊！」有人說：「花千金就能不在刑場上被殺。你不接受他的錢，難道真能保證他不會倖免死罪嗎？」大哥又看著夫之微笑。夫之說：「我怎麼能叫他一定死，但也不能由我去救他。」大哥說：「這人釋放出來，將來災禍一定蔓延到鄉里。雖然如此，我們免除我們的內疚，求自己心安罷了。您的話是對的。」於是嚴峻地拒絕他。這個人從另外的地方請求得以釋放後，果真全如大哥所預言的那樣。凡是大哥教育夫之以及互相勉勵像這類的事情，不能瑣細地列舉。

張獻忠陷衡州，索紳士補偽吏❶，吾兄弟以父母衰，不能越疆，望門無依，賴舅氏玉卿譚翁引匿南嶽蓮花峰下，賊購索益急。匐伏草舍中，兄忽亟向野人問黑沙潭之勝，欲往遊。夫之不解兄意，曰：「此豈遊山時耶？」兄笑曰：「今不遊，更何待？子豈能不從我遊乎？」已而私語夫之曰：「更何處得一泓清淨水，為我兩人葬地耶？」當是時，夫之回眄❷，見兄目光出睫外如電，鬚髮皆怒張。會日暮，家奴遽報先君子為邏者❸所得。兄聞之，欲出脫先子，而沈湘以死。夫之知兄耿介嚴厲，出且與先子俱碎。夫之所舊與為文字交者，黃崗奚鼎鉉陷賊中，知吾兄弟必不可辱，曲意相脫。夫之乃剺面❹刺腕，偽傷以出，而匿兄以死告，先君子乃免。夫之亦隨宵遯❺。當夫之出時，兄藏繩衣內，待夫之信，即自盡。夫之既免先子而自免，乃不果死。然則棲遲❻荏苒❼，年逾八袠❽，而死于林巒之下，非兄志也。豈曰未嘗受祿，而遂可生哉。故其題座右曰：「到老六經❾猶未了，及歸一點不成灰。」

【章　旨】本段敘述在張獻忠攻陷衡州時，大哥寧死不願任其偽職的情況。

【注　釋】❶偽吏　王夫之認為李自成、張獻忠建立的政權，不是大明正統，故稱在李、張政權中任職的叫偽吏。❷眄　斜視。❸邏者　巡邏的士卒。❹剺面　割面流血。剺，劃破。❺遯　「遁」的異體字。❻棲遲　遊息；滯留；飄泊失意。❼荏苒　時光漸漸過去。❽袠　「帙」的異體字。❾六經　指儒家六部經典。即《詩》、《書》、《禮》、《易》、《春秋》、《樂》。

【語　譯】張獻忠攻陷衡州，索取紳士做官。我們兄弟因父母衰老，不能越出故鄉的疆界，使父母倚門張望沒有依靠，只好由舅父譚翁引導，藏匿在南嶽衡山蓮花峰下。張獻忠懸賞求索更加急迫。我們躲在草舍中，大哥忽然向山野村民問起黑沙潭的名勝風景，想去遊覽。夫之不了解大哥的意思，問道：「難道現在是遊山玩水的時候嗎？」大哥笑道：「現在不遊覽，再等什麼時候？您難道能不跟我去遊覽嗎？」過一會兒私下對夫之說：「再在哪裡尋得一泓清淨的水，成為我們兩人的葬身之地啊！」當這時，夫之回頭斜視，只見大哥閃亮如電的目光射出眼眶，鬚髮都因激怒而豎起。正逢傍晚日暮時，家奴急報父親被巡邏的士卒發現抓去了。大哥聽到此事，想出首使父親脫險，自己投湘水而死。夫之了解大哥耿直方正嚴厲的性格，出去將與父親一起身亡。夫之從前的文字之交黃崗人奚鼎鉉這時也陷身在賊營中，知道我們兄弟一定不能受辱，盡心盡力為我們解脫。夫之於是劃破面孔、刺傷手腕，偽裝受傷地出首，而讓大哥藏匿起來，並假說他已經死亡，父親才能免禍。夫之也隨著在夜裡脫身逃出。當夫之出首時，大哥藏繩子在衣服內，打算等夫之的凶信到達，就隨之自盡。夫之既使父親免禍，自己也得逃脫，於是大哥也沒有自盡。然則飄泊失意，時光漸漸過去，年齡已過八十，死在山巒樹林之下，不是大哥的本意。難道說，未曾受過明朝的俸祿，就可以苟活嗎！所以大哥的座右銘說：「到老六經還未全部明瞭，到死只有一點忠於明朝的心意不會成為灰燼。」

自此以後迄于今，則所謂不能言、不忍言、不欲言也。不欲言者，天地之生人均也，我兄弟亦僅與人而為人也。賢且智，疏通而剛勁，倍蓰❶什百於我兄弟多矣。我兄弟所以自問者，非有殊絕❷不可及之事，而奈何沾沾以自言，且恐人之無或聽也，則欲言而汗浹❸於背矣。不忍言者，使我兄弟前此而死，即幸而為士，又幸而食祿，亦與耕鑿❹屠販之人不相為異。天之不弔❺，乃使我兄弟若有可言者，是幸天之異以自異也，而忍乎哉！不能言者，我兄弟之苟延視息❻，哽塞❼如遡風，而終老死於荒草寒煙之下。不知者，以為窶❽且貧，而不釋熱中之憾，即邀惠❾於知者，亦以為如是生，如是歸，愚者之事畢矣。夫孰知我兄弟之戴眉含齒❿，抱餘疚於泉臺⓫也。故置吾兄於箕山吹瓢⓬、桐江垂釣⓭之間，而兄不受；置吾兄於神武掛冠⓮、華頂高眠⓯之間，而兄亦不受。悠悠蒼天，蕩蕩黃壚⓰，抱愚忱以埋幽壤，吾兄弟之志存焉。顧即兄遘愍⓱以前，惻悱⓲天極⓳，孤高嶽立⓴，為夫之所侍函丈㉑而習知者，以髣髴之。性，一也；情，一也；勃然㉒不中槁之氣，一也；不縱步㉓於康莊㉔，自不冥趨於骫骳㉕，夫豈有二致哉。留夫之於衰病之餘以述兄者，止此而已。投筆欷歔㉖，知遺忘之尚多也。第三弟夫之譔。

【章　旨】本段論述傳略不能言、不忍言、不欲言的原因，暗點長兄隱居窮山數十年，是明亡的時勢所致。

【注　釋】❶蓰　五倍。❷殊絕　特出；超絕。❸浹　濕透。❹耕鑿　耕田鑿井。古詩〈擊壤歌〉：「日出而作，日入而息，鑿井而飲，耕田而食，帝力於我何有哉？」❺弔　不幸。❻視息　目僅能視，鼻僅能呼息。含有偷生苟活的意思。息，呼息。❼哽塞　因悲痛氣塞而不能講話。❽窶　貧而簡陋。❾邀惠　受到恩惠的意思。❿戴眉含齒　也作「戴髮含齒」。謂人的形狀，亦以指人。⓫泉臺　同「泉下」、「泉壤」。墓穴。⓬箕山吹瓢　相傳堯時高士許由隱居在箕山之下，穎水之南，躬耕自食，以手捧水喝。有人送他一隻瓢，他掛在樹上，風吹瓢歷歷有聲，以為麻煩，就拋棄了。後世用為隱居不仕的典故。⓭桐江垂釣　東漢嚴光，字子陵，曾與劉秀同學，劉秀即位後，他改名隱居。後被召到京城洛陽，任命諫議大夫，他不肯受，歸隱富春山，在江畔釣魚，至今有嚴子陵釣臺的古蹟。桐江，富春江的上游。⓮神武掛冠　南朝梁陶弘景家貧，請求任宰縣未成功。永明十年，脫朝服掛神武門，上表辭祿。後世用為辭官隱居的典故。⓯華頂高眠　宋陳摶，字圖南，生於唐末五代時，先在武當山隱居二十餘年，後移居華山修道，服氣辟穀。每坐臥止息就一百多天不起來。周世宗詔為諫議大夫，不受命。宋太平興國中來朝見，宋太宗很器重他，賜號希夷先生。事見《宋史》四五七〈隱逸傳〉。元曲中有《陳摶高臥》，即演陳摶高臥華山、入朝不仕事。⓰黃壚　地下。猶黃泉。⓱遘愍　遭遇憂患。⓲惆悱　憂思抑鬱。⓳天極　天道的極限。⓴嶽立　屹然不動的樣子。㉑函丈　講問時應相對容丈，以便指畫講解。舊時在書函中常用作對師長或前輩的敬稱。函，猶容。㉒勃然　興起的樣子。㉓縱步　漫步。㉔康莊　四通八達的大道。㉕鯱𪘲　困頓；動搖不安。㉖欷歔　嘆息聲；抽咽聲。

【語　譯】從這以後到現在，就是所謂不能夠說、不忍心說、不想說的部分了。不想說的是，天地人生是均等的，我們兄弟也僅僅是和人一樣地做人。賢德又智慧的，通達又剛強的，比我們兄弟超過一倍、五倍、十倍乃至百倍的人很多，我們兄弟自問，沒有特別超絕不可企及的事，為什麼要沾沾自喜地來自己講而且惟恐別人不聽呢？所以想說而汗已濕透背脊了。不忍心說的是，假使我們兄弟在此之前就死了，即使幸而為讀書人，又幸而享用俸祿，也與耕田鑿井的人、屠夫販子沒有什麼不同。天的不幸，是使我兄弟像有可以講的，這是希望以天的特殊對待我們來自我標榜，能忍心講嗎！不能說的，是我們兄弟苟且偷活在世，悲痛氣塞不能說的情形如同迎面對風一樣，而最後老死在荒草寒煙之中。不知道的人以為我們簡陋並且貧窮，又不能消除心情煩躁的仇恨，即使理解我們的人，也以為如此生、如此死，普通人的事情已經完畢了。誰能了解我們兄弟有眉有齒以人的形狀抱長恨在墓穴之中呢。所以把大哥放在隱居箕山、躬耕自食的許由，富春江垂釣、不受官職的嚴光的行列，大哥並不接受，放在辭官不仕、掛冠神武門的陶弘景，高臥華山頂、入朝不受職的陳搏的行列，大哥也不會接受。遙遠的蒼天，渺茫的黃泉，抱著一腔愚忠埋在九泉下，我們兄弟的志願就保存在那裡了。回顧大哥遭遇憂患以前，抑鬱憂思天道的極限，孤高獨立毫不動搖的樣子，是夫之侍奉前輩長者所熟習明瞭的，大哥的精神正彷彿像他們一樣。性，一樣；情，一樣；勃然興起，永不枯槁的精神，一樣；不漫步在四通八達的大道上，自然也不糊裡糊塗地趨向困頓，難道有兩樣嗎。留下夫之在衰老疾病之餘來撰述大哥傳記，僅僅如此罷了。放下筆感慨嘆息，知道遺忘的事情還很多啊。

第三弟

夫之撰述

孝烈傳

【題　解】順治四年十二月，清兵攻克湘陰、長沙。三月，明潰兵從湘鄉逃竄，所到之處燒殺淫掠，無所不為。四月，王夫之由湘鄉小道奔赴明桂王所在，因而被困在車架山中，聽到洪孝子、彭烈婦的事蹟，於是寫了這篇傳記，稱贊兩人均是勇而能慮的賢者，以譏刺當世忘恩怕死、苟圖榮利之徒。

雙髻外史❶曰：吾避戎❷上湘❸，湘之人競相告曰：「洪子揮利刃以斷讎首❹，女彭抱嬰兒而赴水。」余諗❺之良然❻，盈目皆忘恩畏死苟圖榮利者，而能稱道弗絕，人心固不容泯❼也。亟❽次❾所聞而傳之。

【章　旨】敘述寫〈孝烈傳〉的緣起、目的。

【注　釋】❶雙髻外史　王夫之的號。南嶽衡山蓮花峰，一名雙髻峰。王夫之因不肯擔任張獻忠的偽職，曾躲匿此峰下。外史，舊時文人常用此作別號。❷戎　指清兵攻克湘陰、長沙的戰事。❸上湘　指湖南湘鄉一帶。❹斷讎首　割斷仇人的頭。斷，斷頭。讎，「仇」的異體字。❺諗　義同「審」。知悉。❻良然　確實如此。❼泯　滅絕；消失。❽亟　急。❾次　按次序排比、編列。

【語譯】王夫之說：我在上湘躲避兵亂，湘人爭相告訴我：「洪家的孩子手揮尖刀割斷了仇人的頭，姓彭的烈婦抱著嬰兒投水而死。」經我查核，確實如此。現在滿眼看到的都是忘恩怕死、苟且圖謀榮華富貴的人，這兩人卻能宣揚道義，使它不致斷絕，可見人心本是不容泯滅的。所以我迫不及待地編次所聽到的事蹟，使它流傳下去。

洪孝子者，問其名不得。祖懋德，以孝廉❶仕❷縣令。父業嘉，字伯修，補文學❸，喜交游吟咏，與湘人士龍孔蒸、歐陽淑稱湘三詩人。□□丁亥❹春，湖上墮❺守，降將王進才之兵鞭督師潰掠而走❻湘西，湘西之地曰穀水，林箐❼深險，伯修奉母匿峻谷中，獨與姊婿瀏陽胡某坐谷口茅舍中，詗❽音息。胡某者，故貴公子，裘馬甚飾❾，偶客於此。伯修有老獰奴❿曰家祿，不知何以憤怨其主人。逸⓫出，故與兵遇。告兵曰：「從此越叢薄⓬，有谷口茅舍，胡、洪兩公子在焉，多金有好馬，可襲取也。」兵如其言，執胡某及伯修，索金無以應，索馬馬盡。兵怒曰：「適一老漢，黑而傴，言若為胡、洪兩公子，多金多好馬，而不與我邪！」遂殺伯修及胡某。當其時，有小奚奴⓭匿積草中，具聞之。孝子時年十五，閱⓮旬日，兵定，乃行哭求尸斂⑮之。求父所繇⑯遇害不得，晝夜悲號。小奚奴憐其骨立⑰，乃具以告。孝子遽起掩小奴口。故慰勞家祿，攜之至伯修母孺人⑱所，長跽⑲泣血以請曰：「某將手刃此賊，不敢不告。」孺人以某稺弱⑳，狎㉑其言，未應。明日復攜奴至伯修殯㉒次，捽㉓奴跪殯前，呼小奴出證之。奴且諒其無能為，漫應曰：「兵執我，我不如此云，我死矣。」語未絕口，孝子先淬㉔一利刃藏殯帷中，至是急斫㉕之，奴首已墮地矣。遂封㉖其心置筵上，退就位，號泣以告於殯。血流殷衰㉗，旁人怪叫，孝子母驚出視之，大駭仆地。孝子掖母入，溫言慰母，神色不變。孝子素清羸，髮方覆額，長不滿五尺，奴故獰，揮刃俄頃，頭隕胸䯱㉘，人羨怪之，以為有神助焉。余嘗交伯修，欲求至孝子所，弔慰之，道阻不達。唯習㉙聞湘人之言，百喙如一㉚者若此。

【章　旨】敘寫十五歲的孩子洪孝子為父報仇，手刃惡奴的事蹟。

【注　釋】❶孝廉　明清時對舉人的稱呼。❷仕　任職。❸補文學　指補為縣文學生員。❹□□丁亥　指清順治四年（西元一六四七年）。因王夫之不願署清朝年號，故文中空兩格。❺墮　毀壞。❻走　逃走。❼林箐山間大竹林。亦泛指竹木叢生的山谷。❽詗　刺探情報。❾裘馬甚飾　輕裘肥馬，很注意打扮。形容生活豪華。❿獰奴　兇惡的奴僕。⓫逸　逃跑；逃亡。⓬叢薄　叢生的草木。⓭奚奴　奴僕。⓮閱　經歷。⓯斂　通「殮」。給屍體穿衣入棺。⓰繇　原因。⓱骨立　人極消瘦的樣子。⓲孺人　明清時為七品官的母親或妻子的封號。伯修父為縣令，故其妻封孺人。⓳跽　兩膝著地，上身挺直。⓴穉弱　幼弱。穉，同「稚」。㉑狎　輕忽；輕慢。㉒殯　殮而未葬，停柩在屋內。㉓捽　抓；揪住。㉔淬　鍛造時，把燒紅的鍛件浸入水中，急速冷卻，以增強硬度。㉕斫　用刀斧砍。㉖刲　割取。㉗殷衰　血染紅了喪服。衰，古代喪服，用粗麻布製成。㉘頭隕胸副　頭顱墜落，胸膛剖開。㉙習　經常。㉚百喙如一　眾口一辭。

【語　譯】洪孝子，他的名字沒有打聽到。祖父名懋德，以舉人的出身任縣令。父親名業嘉，字伯修，補縣文學生員，喜好結交朋友，吟詠詩詞，與湖南人龍孔蒸、歐陽淑並稱為湖南三詩人。丁亥年春天，湖上失守，降清的將領王進才的軍隊，鞭趕明軍的督軍，督軍潰敗，一路掠奪逃到湘西，湘西有一地方叫穀水，竹木叢生，山谷深險，伯修侍奉母親躲藏在深峻的山谷中，獨自與姊夫瀏陽人胡某坐在山谷口的茅屋中，刺探信息。胡某人，本是貴公子，輕裘肥馬，裝飾很好，偶然客居在此。伯修家有一老惡奴叫家祿，不知什麼原因怨恨他的主人，逃出來，所以與亂兵相遇，告訴亂兵說：「從這裡越過叢生的草木，在山谷口有茅屋，胡、洪兩公子在那裡，有很多銀子與好馬，可以偷襲奪取。」亂兵按照他所說的，抓住了胡某人及伯修，索取銀子，沒有銀子，索取馬，又沒有馬。亂兵發怒說：「剛才有個黑臉又駝背的老漢，說你們是胡、洪兩公子，有好多銀子與良馬，為什麼不給我們啊！」於是殺死了伯修和胡某人。這時，有一小奴僕躲藏在叢草之中，全部聽到了此事。孝子當時年紀只有十五歲，經過十天，亂兵走了，就出來哭著尋找父親的屍體，將他收殮入棺，尋求父親遇害的原因，沒有獲悉，日夜悲傷地號哭。小奴僕憐惜他悲痛得骨立消瘦，就詳細地告訴他事情的經過。孝子急忙起來用手掩住小奴僕的嘴巴。假意慰勞家祿，帶他到伯修母親孺人的住所，長跪著哭得流血地來請求祖母，說：「我將親手殺死這賊子，不敢不告訴您。」孺人因孝子幼弱，沒有把他的話當回事，沒有回答他。第二天，孝子又帶惡奴到伯修靈柩的旁邊，揪住惡奴跪在靈柩前，叫小奴僕出來作證。惡奴還估量他沒有能力做什麼，隨便答道：「亂兵抓住我，我不這樣講，我就要死了。」話未說完，孝子先鍛造了一把銳利的刀藏在停柩的帷帳處，到這時拿了出來，快速地砍去，惡奴頭顱被砍落地。於是剖取他的心臟放在祭桌上，退下來在自己的位子上，號叫哭泣地祭告亡靈。鮮血染紅了喪服，旁人驚叫起來，孝子母親驚奇地出來看到這情況，十分驚嚇，仆倒在地。孝子把母親扶將起來，攙進房去，用平和的話安慰母親，自己神色不變。孝子向來清秀瘦弱，頭髮剛剛覆蓋額頭，身長不滿五尺，而家奴一向兇惡，孝子刀刃一揮，頭就落地，胸膛剖開。人們驚異仰慕此事，認為是有神幫助的。我曾與伯修交識，想到孝子的住所，弔唁死者，慰問孝子，因路途多阻不能去。可是經常聽到湖南人的談論，眾口一辭地這樣說。

雙髻外史曰：神勇者❶死而忘乎慮❷，性勇者慮而決以死。夫慮至，則勇且衰矣。慮而能勇，勇矣哉！唯絕慮者，能以慮勇。要離❸菀勃❹，焚其妻息❺，伍員❻從容，寄帑❼後從。其致❽雖殊，均慮效也。

【章　旨】王夫之對洪孝子事蹟加以評論，指出洪孝子周到的謀劃是真勇。

【注　釋】❶神勇者　非凡勇猛的人。❷慮　思考；謀劃。❸要離　人名。春秋時吳國的刺客。❹菀勃　形容心情奮激。❺焚其妻息　用火燒死他的妻子兒女。吳公子光謀殺吳王僚奪得君位後，又欲殺僚的兒子慶忌。要離向吳光獻謀，為取信於慶忌，先叫吳斷其右手，殺其妻子兒女，然後假裝負罪出奔到慶忌處，慶忌喜，與他同謀奪還吳國。途中，要離乘慶忌不備，刺中其要害。慶忌將其釋放，使還吳，以表彰其忠。於是要離以自刎來報答慶忌。❻伍員　字子胥，春秋時楚國人。父兄被楚平王所殺，伍員逃奔吳國，幫助吳王闔閭伐楚，五戰攻入楚都。當時楚平王已死，伍員掘墓鞭屍，報父兄之仇。闔閭死，子夫差立為吳王，在伐越與越求和等問題上，伍員屢諫，夫差不聽。遭讒，被夫差賜死。後九年，越果然滅吳。❼寄帑　即「寄孥」。意將兒子托付他人。據《吳越春秋》記載：吳王夫差欲北伐齊，伍員進諫不聽，並派伍員出使齊國。伍對其子說：「我數諫王，王不我用，今見吳之亡矣。汝與吳俱亡，亡無為也。」於是囑咐他的兒子改姓，托付給齊國的鮑牧，以避吳禍。

❽致　意態；風度。

【語　譯】王夫之說：有非凡勇氣的人赴死而忘記謀劃。脾性勇猛的人是謀劃後才決定赴死。思考周到，往往勇氣就衰退了。謀劃後而能勇猛的，是真勇啊！只有極度思考的人能因謀劃而勇猛起來，要離奮激，要吳光用火燒死他的妻子兒女，以便他出奔到吳光的仇人慶忌那裡，取信於慶忌；伍員從容不迫，把兒子托付給齊人以後再回吳國辦事。他們的風度雖有不同，但都是謀劃的效果。

上湘有鄉曰梓田，王氏世居焉。丁亥春，長沙巡使趙廷壁率所部兵潰而西，縱使大掠。彭烈婦者，田家女也。適❶王氏子，有一子，方晬❷。兵猝至，烈婦與其姒❸及一婢皆被執。烈婦姿容獨粲❹，兵睨❺而謔浪❻之，烈婦頳然而怒❼，已而正容俯首而思，良久而定。拊❽其姒曰：「吾知所以處此矣。」姒曰：「何若？」曰：「死耳。」姒曰：「我焉用死，獲而縶者，豈徒我兩人哉。」烈婦笑曰：「此非而❾所知也。我未即死者，此一歲子無所托，將踐蹂❿之，或豚子⓫置之。姑⓬與夫不可得見，將誰授邪？誠不忍其踐蹂，且先決絕此，而吾自處易矣。」其子時在婢懷抱中，遽起，奪而趨之池畔，投子水中，戟手⓭呼曰：「吾無所復念矣！」躍入池水死。其婢後得釋歸，對其家人言如此。死三日兵去，尸乃浮出，不脹不黦⓮，貌如生。

【章　旨】敘寫彭烈婦為了不受污辱，先把兒子投入水中，然後自己投水而死的事蹟。

【注　釋】❶適　古代女子出嫁叫適。❷晬　同「歲」。特指嬰兒滿周歲或滿月、滿百日。❸姒　古時稱丈夫的嫂子為姒。❹粲　美貌。❺睨　斜著眼睛注視。❻謔浪　戲謔放蕩。❼頳然而怒　因發怒而臉紅。❽拊　拍；輕擊。❾而　爾；你。❿踐蹂　原作踐踏、蹂躪解。此處作殺戮、滅除解。踐，通「翦」。⓫豚子　豬之崽子。

豚，豬。⓬姑　丈夫的母親；婆婆。⓭戟手　徒手屈附如戟的形狀。⓮黫　黑色。

【語　譯】上湘有一鄉叫梓田，姓王的人世代居住在這裡。丁亥春，長沙巡使趙廷壁率領他的軍隊向西潰逃，放縱他的部隊大肆搶掠。姓彭的烈婦是一農家女，嫁給王家的兒子，生有一子，剛剛周歲。亂兵忽然到了梓田鄉，烈婦與她的嫂子和一個婢女都被抓去。烈婦的姿態容貌非常美麗，亂兵斜著眼睛注視著她，並且謔笑放蕩地對待她。烈婦怒紅了臉，旋即容顏端正嚴肅地低頭思考，好久方定。然後輕輕拍拍她的嫂子說：「我知道處理這事的辦法了。」嫂子說：「怎麼樣？」烈婦答道：「死罷了。」嫂子說：「我們那裡用得著死，被抓住囚拘的人，難道僅僅是我們兩人嗎？」烈婦笑道：「這個不是你所知道的，我沒有立即死的原因，是這個一歲的孩子無所寄託，他們將殺死他，或者像豬仔一樣對待他。我不能再見到婆婆與丈夫，將孩子交給誰呢？實在不忍心孩子被蹂躪，姑且先堅決地斷絕他，我處理自己就容易了。」她的孩子這時在婢子的懷抱中，烈婦突然起來，奪過孩子並跑到池邊，把孩子投入水中，自己彎著附如戟形地叫道：「我沒有什麼再顧念的了。」也跳入池中死去。她的婢女後來得到釋放回家，對她的家人說了事情的經過。烈婦死去三日後亂兵離去，屍體才浮出水面，屍體不膨脹也不變黑，容貌如活時一樣。

外史曰：此夫勇而能慮，慮以生勇，善慮而力勇者與❶。嗚呼，豈不賢哉！

【章　旨】王夫之藉彭烈婦評贊勇而能慮的品性。

【注釋】❶與 即「歟」。嗎；啊的意思。

【語譯】王夫之評說：這人有勇又能思考，思考謀劃後產生勇氣，這是善於謀劃並有勇氣的人呵。啊！難道這不就是賢者嗎！

行狀二首

顯考武夷府君行狀

【題解】行狀是一種文體，記敘死者的世系、籍貫、生卒年月和生平概略的文章，常由死者的門生故吏或親友撰述，供封建王朝議謚參考或撰寫墓誌、史傳者採擇。

本文是王夫之為其父所作的行狀，記敘了王氏的家世及先父的品德、學問，以及弢光退處的情景。文中充滿了對先父的敬畏愛戴的感情。

家世自太原受族❶以來，中衰無傳，泝❷先君子而上，十世祖驍騎❸公，為直隸揚州府高郵州人。元末起兵，從高皇帝❹定中原，累功受世秩。驍騎公配馮宜人，生輕車❺公諱全，以靖難❻功，擢懷遠將軍輕車都尉，世衡州衛❼指揮同知❽，遂籍❾于衡。配朱淑人❿，生嗣⓫輕車公諱成。配崔淑人，生嗣輕車公諱能，咸以忠勤世⓬其令緒⓭。配劉淑人，生護軍公諱綱，別號毅菴，忠勤益懋⓮。奉命採木西川，建南嶽神祠，恪慎[15]底[16]成，詳商文毅公輅碑記。從都御史秦公金討郴桂峒賊，為中路總統，拔賊砦[17]，蕩平之，詳《皇明世法錄》，累功晉驃騎將軍上護軍，歷江西都指揮使。公配崔夫人[18]，生上輕車公諱震，別號東齋，掌衛事戎兵克[19]詰[20]，尤篤志[21]經術[22]理學[23]。時莊定山[24]先生昶謫官湖南，公與講性命之旨，雩壇[25]唱和，見《定山集》中。累遷昭武將軍上輕車都尉，歷柳慶參將，恩綏[26]威鎮，峒蠻戢[27]服。家世以武功顯，束修[28]文教，絃誦[29]不衰，則自公始也。公元配常恭人[30]，生上護軍公諱翰，字直卿，為定山門人。補郡文學，已乃拜世秩，累官都指揮使。上輕車公次室鄭太君[31]，生一山府君諱寧，配趙太君，生學博靜峰公諱雍，惇篤不隨世好，以文名著南楚。由歲貢薦授武崗州訓導，遷江西南城教諭。配毛孺人，生少峰府君諱惟敬。崇志節，尚氣誼，隱處自怡，出入欬[32]笑，皆有矩度，肅飭[33]家範[34]，用式閭里。配范太君，生子三。先君子居長。仲父牧石翁諱延聘，字蔚仲，文名孝譽，與先君子頡頏[35]，晚退築幽居，吟咏自適，詩紹黃初[36]景龍[37]，視公安[38]竟陵[39]蔑如[40]也。季父子翼翁諱家聘。二叔父皆補郡文學。

【章　旨】本段寫先父以前的家世，從太原王氏受族開始，到建功立業的始祖驍騎公仲一、到遷衡的始祖、到五世祖，本以武功揚名的王氏家族，開始東修文教，以後遂有文名著南楚、任縣學教諭的曾祖等。

【注　釋】❶太原受族　王氏家族最早出於太原。❷泝　「溯」的異體字。逆流而上。❸驍騎　即驍騎尉。是明代正五品武官的勳階，明制武官共六品十二勳（武勳的等級），如正二品上護軍，從二品護軍，正三品上輕車都尉，從三品輕車都尉，正四品上騎都尉，從四品騎都尉，正五品驍騎尉，從五品飛騎尉。散階（指無固定職事的官員品階）三十，正二品初授驃騎將軍，陞授金吾將軍，加授龍虎將軍。正三品初授昭勇將軍，升授昭毅將軍，加授昭武將軍。從三品初授懷遠將軍，升授定遠將軍，加授安遠將軍。正四品初授明威將軍，升授宣威將軍，加授廣威將軍。本文王氏祖先的各種勳階與散階，均見此注。❹高皇帝　指明太祖朱元璋。❺輕車　即輕車都尉。❻靖難　平定內亂。西元一三九八年，朱元璋死後，因太子早死，由皇太孫朱允炆即位，是為建文帝。諸藩王不服。建文帝伴讀老師黃子澄與另一親信齊泰商議削藩，並逮捕燕王朱棣。燕王立即宣佈起兵，捉拿黃、齊。打進南京，朱棣即位，就是明成祖。歷史上把這場內戰，叫「靖難之變」。❼衛　明代軍隊編制的名稱。於要害地區設衛，由都指揮使司率領，隸屬五軍都督府，防地可以包括幾府，一般駐在某地即稱某衛，如駐在衡州，即稱衡州衛。❽指揮同知　衛指揮使司設指揮使一人，正三品，指揮同知二人，從三品。指揮僉事四人，正四品。❾籍　登記戶籍。❿淑人　明清時三品官之妻的封號。⓫嗣　子孫。⓬世　繼承。⓭令緒　偉大的事業或業績。⓮懋　通「茂」。盛大。⓯恪慎　恭敬謹慎。⓰底　到；造詣。⓱砦　寨。⓲夫人　明代一品、二品官之妻的封號。⓳克　能夠；勝任。⓴詰　整治。㉑篤志　志向專一不變。㉒經術　猶經學儒術。㉓理學　亦稱道學。宋明儒家的哲學思想。漢儒治經側重名物訓詁，宋儒則多以闡發義理、兼談性命為主，故稱理學。創始人為周敦頤、邵雍、張載、程顥、程頤，至朱熹始集大成，建立了一個比較完備的客觀唯心主義體系，認定「理」先天地而存在，把「理」提到永恆的至高無上的地位。為學主張「即物而窮理」。與朱熹同時，有陸九淵一派的主觀唯心主義，到明代王陽明發展了陸九淵的學說，他們斷言主觀的心是宇宙萬物的根源，為學主張「明本心」「致良知」。自張載提出「氣一元論」，已和二程不同。明王廷相到清初王夫之，先後發展了張載的學說，反對程、朱、陸、王之學。㉔莊定山　名昶，字孔暘，江浦人。成化進士，授翰林檢討。因上疏諷諫內廷張燈忤旨，貶官桂陽州判官，卜居定山二十餘年，學者稱定山先生。有《莊定山集》。㉕雩壇　古代為求雨所設的高臺。㉖綏　安；安撫。㉗戢　收斂。㉘束修　約束修整。㉙弦誦　猶弦歌。也指禮樂教化。㉚恭人　明清時四品官之妻的封號。㉛太君　古代官員之母的封號。㉜欬　「咳」的異體字。㉝肅飭　整飭。㉞家範　治家的規範、法度、風教。㉟頡頏　鳥飛上飛下貌。引申為不相上下或相抗衡的意思。㊱黃初　魏文帝年號（西元二二〇～二二六）。㊲景龍　唐中宗年號（西元七〇七～七一〇）。㊳公安　明代後期的文學流派。以湖北公安人袁宏道及其兄宗道、弟中道為首，他們反對前後七子擬古風氣，主張文學應抒寫性靈。㊴竟陵　明代後期的文學流派。以湖北竟陵人鍾惺、譚元春為首，主張與公安派基本相同，但以為公安派的作為有浮淺之弊。企圖以孤峭幽深加以矯正，而流於艱澀。㊵蔑如　微細；沒有什麼了不起。

【語　譯】王氏家族自從太原受族以來，中間衰落，沒有事蹟流傳。從先父向上數，十世祖驍騎公是直隸揚州府高郵州人。元代末年組織義兵，跟從明太祖高皇帝平定中原，屢次立功因而授世職。驍騎公妻子馮宜人，生輕車公名全，因靖難的功蹟，升從三品懷遠將軍輕車都尉，繼承衡州衛指揮同知，於是就落籍在衡州。配偶朱淑人，生子輕車公名成。配偶崔淑人，生子輕車公名能，都以忠誠勤奮繼承祖先的偉大的事業。妻子劉淑人，生護軍公名綱，別號毅菴，忠於職守的業績更加盛大，奉命到西川採木，建造南嶽神廟，恭敬而謹慎地行事，一直到成功，詳見商文毅公輅碑記。跟從都御史秦公金討伐郴州、桂林的山賊，詳見《皇明世法錄》。因屢次建功，晉升正二品驃騎將軍上護軍，歷任江西都指揮使。護軍公妻崔夫人，生上輕車公名震，別號東齋，掌管衛事戎兵時，能夠整治，尤其專志於經學儒術與理學。當時莊定山先生名昶貶官湖南，上輕車公與他談論「性命」的主旨，在求雨的祭壇上賦詩唱和，詳見《定山集》中。東齋公屢次升職為正三品昭武將軍上輕車都尉，歷任鎮守柳慶參將，以恩安撫，以威鎮壓，使得蠻族收斂膺服。王氏家世本以武功戰績顯赫，能修治文教，使得禮樂教化不衰退的，是從上輕車公開始的。公原來的正妻是常恭人，生子上護軍公名翰，字直卿，是莊定山的學生。補為郡文學生，隨後就世襲官職屢次任都指揮使職。上輕車公妾鄭太君，生子一山府君，名寧，妻趙太君，生學博靜峰公名雍，惇樸篤厚，不隨世俗愛好，以文章在南楚著名。由歲貢生被推薦授武岡州訓導之職，又升為江西南城縣教諭。妻毛孺人，生子少峰府君，名惟敬。崇尚志向和節操，尊重義氣和情誼，隱居在家，自得其樂，出入咳嗽談笑都有規矩法度，整治家教規範，成為鄉里的模仿法式。妻范太君，生三子，先父是長子，二叔父牧石翁名廷聘，字蔚仲，文章的名氣、孝順的聲譽，與先父不相上下，晚年退居後，選一僻靜的住所，吟詠詩賦以自適。他的詩繼承魏文帝黃初、唐中宗景龍詩的傳統，認為公安派、竟陵派的詩沒有什麼了不起。小叔父子翼翁名家聘。二位叔父都補為郡文學生。

先君子諱朝聘，字逸生，一字修侯。以武夷❶為朱子會心之地❷，志遊焉，以題書室，學者稱武夷先生。先君子早穎夙❸成之質，不孝兄弟生也晚，不得見。

先生長者詳為稱說，唯孝友天植，無間於族黨之揚詡❹，祇今流傳未艾❺。少峰公嚴威，一笑不假，小不愜意，則長跽終日，顏不霽不敢起。每燒燈獨酌，今先君子隅座吮❻筆作文字，中夜夔夔❼無怠色。晨昏問起居，凝立戶外，不敢踰梱❽限，傾耳聽謦欬❾平善，愉色躡足而退，率以為恆。少峰公中年遘暴疾，素剛果，厭人呴嫗❿，雖自知不起，而不欲以環繞悲號處生死⓫。屏人獨坐，既不獲侍左右。則匿壁間私候，泣血不敢發聲。迨及卒，抱持⓬搶地⓭，勺水不入口者三日，毀瘠⓮骨立，成羸疾，迄耆耋⓯不瘳。范太君有寒欬疾，按摩承涕唾，三十年如一日。永訣後，奉唾盂涎⓰血，擁之而泣者數年。少峰公素不屑治家人產，及大故⓱，囊不名一錢，先君子獨立經營。至哀所感，諸具輳⓲合，蜀材吳綿，隧甃⓳豐碣⓴，盡誠信而弗悔。太守李公壽嘉與為表墓焉。范太君之沒也，先君子方授徒衡山。病革㉑，報者至，薄暮借一馬馳歸。素清羸，不閑控馭，所借馬抑駑鈍，且哭且馳，馬忽驚，迅追風，三鼓已抵家。迨及屬纊㉒，盡力以營大事，一如少峰公。從稱貸既廣，竭力以償，凡十年未嘗一飽食一煖衣也。至孝為通國所稱，不以一事一行表異，故亦無詳識。唯內從母氏，外聞之族長姻亞㉓者，其略如此。不孝兄弟所及見者，歲時張大父母遺像，設几筵，日侍左側，依依如孺子。或有詔語於子孫僮僕，皆下氣怡聲。及薦酒脯，淚盈於睫，每拜掃塋兆，必涕下霑衣，四十年一如新喪。與仲父牧石翁，白首歡笑如童年，每相對晏坐，神怡心泰，疾病憂患，一無變容。季父才性曠達，頗事嬉遊，畏先君子如嚴父，而終不以辭色相詰誡。規正之意，寓於和懌㉔，故閑庭雝穆㉕，為闔郡師表。若先世所遺薄產頃餘，取磽确㉖而讓甫田㉗，尤不在先君子意中，不足記述者也。

【章　旨】寫先父的孝友表現，為全郡所稱頌。

【注　釋】❶武夷　山名，在福建。❷朱子會心之地　朱熹曾在福建建陽考亭講學，宋理宗時賜名「考亭書院」。會心，領悟；領會。❸夙　早。❹揚詡　贊揚；吹捧。❺艾　止；盡。❻吮　用口含吸，咂。❼戁戁　悚懼貌。❽梱　門限。❾謦欬　咳嗽。謦，咳嗽聲。❿呴嫗　形容言語叨絮。嫗，為「嘔」之誤。⓫生死　偏義複詞，指死。⓬抱持　抱著；抱住。⓭搶地　觸地。⓮毀瘠　居喪時哀傷過度，損害了脊梁。⓯耆耋　古稱六十歲為耆，八十、九十歲為耋。⓰涎　吐；流。⓱大故　指父母喪亡。⓲輳　原指車輪的輻集中在轂上。引中為聚集。⓳隧甃　以磚修墓道。⓴碣　圓頂的碑石。㉑病革　病情危急。㉒屬纊　用新綿置放在死者鼻前，觀察是否斷氣。也指臨終。㉓姻亞　亦作「姻婭」。泛指有婚姻關係的親戚。㉔和懌　和悅。㉕雝穆　和睦。雝，「雍」的異體字。㉖磽确　同「磽埆」。土地堅硬瘠薄。㉗甫田　大田。

【語　譯】先父名朝聘，字逸生，又字修侯。把武夷山作為朱熹領悟的地方，所以有志於遊覽武夷山，以此題名書室，學者稱他為武夷先生。先父從小聰穎，早有成就的資質，我們兄弟出生晚，不能親見。其他先出生的長者對我們詳細稱道，孝順友悌之德猶如天生，在同族中稱頌沒有間斷，到今天還流傳不止。少峰公性情威嚴，不隨便一笑，稍不合他的意，先父就終天長跪，不悅的顏色不止，先父不敢起身。每點燈獨自一人飲酒，命令先父在座位角落，用口咂著筆尖作文章，到夜半仍然十分警覺，沒有困倦的面容。早晚向父親問安，肅立在室外，不敢越過門限，仔細聽到咳嗽聲音平和，就臉含喜悅輕步退回，大致成為常規。少峰公中年患暴疾，性格一向剛毅，討厭人們哀語叨絮，即使自己知道患不治之症，卻不想用親人環繞在旁悲泣號叫來對待死亡。屏退從人，獨自坐臥，先父既然不能侍奉在祖父的左右，就隱匿在牆壁間私自侍候，悲泣得眼睛出血，卻不敢出聲。等到祖父亡故，抱住父親的遺體，哭得呼天搶地，有三天一勺水都不吃，過分的哀傷損壞了身體，人瘦得只剩皮包骨，患了羸弱的病症，到老不能痊癒。范太君有寒咳的病症，先父為母按摩，拿著唾盂承接唾液痰涕，三十年如一日。永別後，還捧著唾盂吐血，捧盂而泣的情形有幾年。少峰公一向不屑於治家產，等到死後，袋中沒有一文錢，先父獨力經營喪事。被極度的哀傷所感動，各種喪事物品聚集攏來，四川的木材，吳越的絲綿，墓道的磚塊，大圓頂的碑石，都是誠心誠意買來而沒有後悔的。太守李公書贊賞而為先祖寫墓表。范太君死時，先父正在衡山教授學生。病情危急，報凶信的人到的當天黃昏便借了一匹馬奔馳回來。先父一向清瘦，不熟習馭馬之術，所借的馬或許低劣，先父一邊哭一邊馳馬，馬忽然受驚，奔馳快得像追風一樣，三更已抵家。到了臨終，盡力經營喪事，一切都像少峰公一樣。借債既多，竭力償還，十年來未曾吃一飽飯、穿一暖衣。崇高的孝行被全州郡所稱頌，而不是因一件事情一個行為被稱異，所以也無法詳細記載。只是家裡面從母親那裡，外面聽族長親戚所說，大致如此。我們兄弟來得及見到的，是每逢年歲時節，張掛了祖父母遺像，几案上設筵祭祀，先父每每侍奉在几案左側，依戀的樣子像小孩子。或許有話對子孫童僕講，也都柔聲下氣，唯恐驚了祖先的魂靈。到送上酒漿果脯時，眼淚盈眶，每次掃墓拜祭時，也一定淚水沾濕了衣裳，亡故四十年還像新喪一樣。與二叔父牧石翁，白頭歡笑如童年時一樣，每當二人對坐時，無論心曠神怡或疾病憂患，一點沒有改變儀容。小叔父性情曠達，很喜歡遊玩，怕先父如對嚴父一樣，而先父終不以言詞和臉色來責難告誡。但規勸引正的意思寄寓在和悅之中，所以家裡和睦，為全郡的榜樣。像先父所遺留的菲薄田產一頃多，自己拿貧瘠的土地，而讓出好田給兄弟，這些本不在先父的心裡，更不值得記述了。

先君子少從鄉大儒伍學父先生定相受業，先生授徒殆百人，先君子為領袖。雖從事制義❶，而究極天性物理，斟酌古今，以發抒心得之實。試郡邑，為邑侯胡公所首拔。會胡公不善事上官，學使者惎❷之，故相詘抑。郡屬九長吏合薦不得，胥❸為扼腕❹。明年邑侯王公宗本廉❺知才望，三試❻皆特拔，乃補郡文學。躡屩負笈，東走安成❼，北渡齊安，以質所學。歸而下帷，經月不就枕席，兩目皆赤。當萬曆中年，新學浸淫❽天下，割裂聖經，依傍釋氏，附會良知❾之說。先君子獨根極理要，宗濂❿洛⓫正傳，以是七試鄉闈不第。逮天啟初，禪學漸革，而先君子年已遲暮矣。辛酉闈牘為繆西溪先生昌期所賞拔，副考以觸其私諱置乙榜，用恩例入北雝，乃罷舉。而所授業先舅氏小西譚公允都、節菴歐陽公瑾、貴陽丹鄰馬君之馴，先後登賢書⓬。節菴公冠楚榜，丹鄰以《春秋》冠其鄉，陳大士大行⓭稱其學有淵源，皆先君子崇尚正學之教也。

【章旨】敘述先父之學在新學橫流時仍舊主張理學正宗。教授學生，卓有成效。但本人在科舉道路上，經歷坎坷。

【注釋】❶制義　古代應試所作的文章。在明、清兩代一般指八股文。❷惎　憎恨。❸胥　皆。❹扼腕　用手握腕，表示情緒的激動。❺廉　考察；查訪。❻三試　指生員的考試有三次，兩次預備考，通過者為童生；第三次院試，通過者方為生員。❼安成　郡名。在今江西新喻以西的袁水流域和永新、安福等縣。❽浸淫　漸進，積漸而擴及。❾良知　孟子的用語，指天賦的道德觀念。《孟子・盡心上》：「人之所不學而能者，其良能也。所不慮而知者，其良知也。」即認為仁義禮智等道德觀念是天賦給的，不是從外面學來的。後來明王守仁據此提出「致良知」說，作為道德修養方法。❿濂　指濂學。以北宋周敦頤為首的學派，周原來居住在道州營道（今湖南道縣）濂溪，故稱。⓫洛　指洛學。以北宋程顥、程頤為首的學派，二程是洛陽人，故名。⓬登

賢書　賢書本意是舉薦賢能的名單。後世因稱鄉試考中為「登賢書」。⓭大行　古官名。掌管接待賓客。

【語　譯】先父年輕時跟從同鄉大儒伍學父先生名定相的接受學業，先生教授門徒大約一百人，先父為眾徒的領袖。雖然從事八股制義，但鑽研天性物理，斟酌古今之變，來發抒心得體會。在郡縣考試中，被縣令胡公選拔為第一名。正逢胡侯不善於侍奉上官，被學政使憎恨，所以故意貶抑先父，縣屬的九長吏聯合推薦也不行，氣惱得大家都為先父扼腕。明年縣令王公宗本查訪得知先父的才學與聲望，三次考試都是特優選拔，於是補為郡文學生。穿著草鞋，背負經籍，東面走到江西，北面渡過齊安，來問學求教。歸來後下帷設教，整整一個月不在床上睡覺，兩眼都熬紅了。當萬曆中期，新學漸漸擴及天下，他們割裂經學，依傍佛學，穿鑿附會良知的學說。先父獨自一人推究理學的根基與要旨，宗法濂學、洛學的正宗，因此七次參加鄉試未中。到天啟初年，禪宗漸漸衰退，而先父年紀已老了。天啟元年鄉試的卷牘被繆西溪先生昌期所賞識選拔，但副考官因先父卷中文字觸犯了他的名諱，將先父放入副榜。因熹宗登基，恩准進入北京國子監，於是停止參加鄉試。而所教授的先舅父小西譚公允都、節菴歐陽公謹、貴陽丹鄰馬君之馴，先後考中舉人。節菴公是楚地舉人榜的第一名，丹鄰以講《春秋》在鄉中稱第一，陳大士大行說他的學問有淵源，都是先父崇尚理學正宗教育的結果。

先君子食止一盂飯，飲酒不盡一琖❶，衣無綺❷縠❸，嚴寒不親鑪火，泊然無當世❹心。游歷吳楚燕趙，不以衣裾拂貴介❺之門。同郡清卿陳公宗昇❻、零陵蔣公向榮❼，皆以德量推重，而報謁之外，無私造焉。大金吾❽洛都督思恭請引入纂修❾，堅辭不就。顧屢試有司後，以北雝上舍❿授迪功郎⓫散秩⓬，無厭薄心，人皆不測。偶與仲父言：「吾豈為是濡需⓭者，念家世棨戟⓮，徒受儒術，少峰公所業不就，每自怏悒。冀得一命恩綸⓯報泉壤，生不能為奉檄⓰之喜，尚補夙心於百一耳。」言已輒為泫然⓱。及銓法⓲大壞，非倖⓳不得，謝病投組⓴，恥循捷徑，遽返林泉。則申命不孝兄弟曰：「吾不能辱己以邀一命報父母，汝兄弟若儌半綰，必不可使我受封，重吾不孝。若違命相縻㉑，陷親之罪，汝無逭㉒於兩間㉓也。」嗚呼！天崩海涸，介之以青衫終老，夫之裏創從王而不逮覃恩㉔之期。以此仰酬吾父之言，亦有自然湊泊㉕，與吾父赫赫明明之遺志相脗合者乎。

【章　旨】敘寫先父對仕祿的態度，不因位低而厭薄，但堅持必須正道取得，決不干求，恥循捷徑，最後終老林泉。

【注　釋】❶琖　「盞」的異體字。❷綺　有花紋的絲織品。❸縠　縐紗一類的絲織品。❹當世　當政；執政。❺貴介　猶言尊貴。介，大。❻陳公宗契　字景先，萬曆辛丑進士。官太常寺卿，魏忠賢擅政，諷使附己，於是辭官歸家。❼蔣公向榮　字淡心，萬曆己未進士。官吏部郎中，見魏忠賢擅政，乞疾歸。❽大金吾　古官名。負責皇帝大臣警衛、儀仗以及京城治安的武職官員。❾引入纂修　指駱思恭監修國史，完成後，可按例推薦參與纂修者，被薦者可以提前授官。當時王朝聘正在候選，因同鄉的緣故，駱擬推薦入纂修者名單。❿上舍　國子監分外舍、內舍、上舍，學生在一定年限和條件下，可依次而升。⓫迪功郎　古代官名。始於宋，為正八品。⓬散秩　閑散而無一定職守的官位。⓭濡需　偷懶；苟且偷安。⓮棨戟　有繒衣或油漆的木戟。古代官員出行時作前導的一種儀仗。這裡用指武職。⓯綸　青絲綬。古代官員繫印用的青絲帶。⓰奉檄　得官就任的意思。奉，同「捧」。檄，詔書。猶後代的委任令。⓱泫然　傷心流淚貌。⓲銓法　指選用官吏的方法。⓳倖　僥倖。⓴投組　辭官。組，用絲織成的闊帶子。古代用作佩印或佩玉的綬。㉑縻　牽繫；束縛。㉒逭　避；逃。㉓兩間　謂天地之間。指人間。唐韓愈〈原人〉：「形於上者謂之天，形於下者謂之地。命於其兩間者謂之人。」㉔覃恩　廣佈恩澤。舊時多指帝王對臣下普行封賞或赦免。㉕湊泊　湊巧。

【語　譯】先父吃飯只一碗，飲酒不到一盞，穿衣沒有華麗的絲織品，寒冬不烤爐火，淡泊沒有從政的心意。歷遊南北吳楚燕趙之地，從不以自己的衣袖去拂拭權貴之門。同鄉清卿陳公宗羿、零陵蔣公向榮，都以道德修養和氣量推重先父，而先父除回拜之外，沒有再私下造訪了。大金吾洛思恭都督擬將先父的名字引入纂修國史者之列，先父堅決辭謝不就列。但屢次考試後，以國子監上舍生卻授八品的迪功郎、無實職的散官，沒有厭棄輕視的心，人們都以為不可猜度。先父偶然和二叔父說：「我難道為此偷懶嗎，只是想到王氏的家世是用棨戟儀仗的武官，改攻儒術後，少峰公的儒業沒有結果，常常自己怏怏不快。希望得到一個任命繫了官印來報答九泉黃土下的父親，活著時不能有捧委任令的喜悅，也還能彌補夙願於百分之一罷了。」說完就已傷心流淚。等到選官之制大大破壞，不是僥倖不能得官，就棄去佩印的綬帶，以病辭謝了。恥於走捷徑得官，急促地返回山林。就對我們表明志向說：「我不能污辱自己以邀取一官半職來報答父母，你們兄弟若得到一官半職，一定不可使我因為兒子做官而受封，來加重我的不孝。假若違背我的命令，使我受束縛，陷親的大罪，你們將無可逃避於天地之間了。」嗚呼！天塌海枯，介之以生員終老一生，我裹傷跟從桂王而未趕上普行封賞之時，用此來酬答我父親的心意，是自然巧合，與我父親顯明的遺志有相吻合的啊！

先君子早問道于鄒泗山❶先生，承東廓❷之傳，以真知實踐為學。當羅李❸之徒，紛紜樹幟，獨弢光❹退處，不立崖岸❺。衣冠時制，言動和易，自提誠意為省察❻密用。閒居斗室，閉目端坐，寂然竟日，不聞音響。憂患沓至，晬容❼不改。不怒不叱，大喜不啟齒而笑，則不孝兄弟自有識以來，日炙❽而莫窺其際者也。所受於學父先生者，天人理數財賦兵戎，罔不貫洽，而未嘗一語及之。曾聞之舅惺敬譚公，言與釋憨山德清❾辯率性❿之言，清為挫屈。夫之舉以請問，微哂不答。凡洗心⓫退藏，不欲暴見者類如此。不言之教，淵澄⓬莫測，非但以不孝兄弟頑不若訓而故遠之，凡接人弗問賢不肖，壹以靜默溫恭使自愧省。里中有無行青衿⓭

干有司者，不敢以巾衫篋過衡門⑭，必迂道往還。所授徒有行不類者，及謬持邪解者，終身不敢見。鄰有宦家子仕州縣，不戢其僕從，囂陵⑮市肆，聞先君子履聲至門廡⑯，則匿避恐後。後遂革面與閭里相安。晚歲謝病歸里，以中梱為穹⑰谷，郡邑長吏，聞風⑱請見，皆稱疾謝絕。親知後輩非以學業見，不得望見顏色。而迄今數十年來，語及先君子，無不追慕含戚。所以感通⑲，固非不孝兄弟所可億度⑳也。

【章旨】敘寫先父弢光退處的情景，端坐終日，不聞音響，憂患紛至，不改顏色，洗心退藏，絕不表現自己，不與官府來往，對人靜然溫恭，使自愧省。

【注釋】❶鄒泗山　即鄒德溥。鄒守益孫，字汝光，號泗山。官至太子洗馬，著《易會》，對於易道，多所發明。❷東廓　即鄒守益。字謙之，號東廓，江西安福人。官至南京國子監祭酒，卒謚文莊。從王陽明學，《明儒學案》中有〈江右王門學案〉記其主張。❸羅李　人名。羅，指羅洪先。字達夫，別號念菴。先生之學，始致力於踐履，中歸攝於寂靜，晚徹悟於仁體。詳見《明儒學案・江右王門學案三》。李，指李材。字孟誠，別號見羅。從學於鄒東廓，所以也是王門以下一人，但以「止修」立為宗旨，以救王陽明「良知」之弊，又不得不算別為一派。❹弢光　謂隱藏才華，不使外露。弢，掩藏。❺崖岸　高峻的山崖、堤岸。常用來比喻人性情高傲，不隨和。❻省察　反省體察。❼晬容　容貌溫和潤澤。❽炙　原意為烤炙，引申為薰灼。比喻受薰陶。

❾憨山德清　明代的高僧。本姓蔡，號憨山。出家後雲遊各處，因私造寺院罪，發配廣東雷州充軍。大興禪宗，著有《法華通義》、《楞伽筆記》等。遺稿有《夢遊集》、《憨山語錄》。❿率性　循其本性。《禮記・中庸》：「天命之謂性，率性之謂道。」⓫洗心　洗滌心胸。比喻除去惡念或雜念。⓬淵澄　明淨清澈。⓭青衿　原出《詩・鄭風・子衿》：「青青子衿。」青衿，青領。是學子所穿的衣服。因以指讀書人。明清科舉時代專指秀才。⓮衡門　横木為門。指簡陋的房屋。⓯闒陵　也作「闒淩」。闒張氣盛。⓰廡　堂周的廊屋。⓱穹　深。⓲聞風　聽到音訊或傳聞。⓳感通　謂此有所感而通於彼。意即一方的行為感動對方，從而導致相應的反應。⓴億度　預料；猜度。億，通「臆」。

【語譯】先父年輕時向鄒泗山先生問道求教，承受到鄒東廓先生的真傳，以真知實踐作為學問。當羅洪先、李材的門徒紛紛各樹旗幟時，唯獨先父一人隱藏才華，退隱家居，性情隨和，衣服帽子隨從當時的常式，言語行動溫和平易，他提出了誠意作為內省的微妙作用。閒居斗室之中，閉目端正地坐著，終日寂靜，不聽到音響。憂患紛至沓來，溫和的容貌毫不改變。不發怒，不呵叱，大喜不啟齒大笑，就是我們兄弟自有記性以來，每天受薰陶也不能看見它的邊際。在伍學父先生處受業，關於天人之際、理數、財賦、兵戎，沒有不融會貫通的，卻未曾有一句話論及。曾聽到舅父惺敬譚公說，與和尚憨山德清辯論循其本性的要旨，清被他駁倒。夫之舉此事來請教，先父微笑不答。洗去功利之心退居家中，不想自我表現的情形大致如此。不靠說話的教育，明淨清澈不能估測，不僅因我們兄弟頑劣不像好教育的而故意疏遠。凡是接待來人，不問賢者還是不好的人，都以靜默溫恭使人自己慚愧。鄰里有一無行的生員去干求當道，他不敢以生員頭巾衣衫笥篋走過我們簡陋的房子，一定繞道往還。所教授的學生中有行為不好的和錯誤地堅持邪說的，終身不敢再見。鄰居有官宦人家的兒子在州縣做官，不管教他的僕人侍從在市場上囂張氣盛，聽到先父腳步聲來到大門到廊屋時，就馬上躲避起來，唯恐落後。後來就革面自新並與鄉里們相安無事了。晚年以病辭官歸還故里，把中門作為幽深的山谷，郡邑的長官聽到歸來的音訊就來請見，先父都宣稱生病婉言謝絕了。親戚朋友後輩不是以學業求見，就不能看到他的臉面。至今幾十年來，談及先父，沒有不含悲懷念的。所以如此感動對方，本來不是我們兄弟所可預料猜度的。

歲丙寅❶大疫，學父先生及舅氏小酉公皆染疾不起❷，其家人子弟爭匿避去，先君子獨日夕躬省，不離床榻，執手以待瞑。嘗遇盜于良鄉，下馬凝立，神色不變。盜為愕眙❸而去。張獻忠陷衡州，句索❹不孝兄弟充偽吏，日投人水中。先君子為里魁脅執，出手書，戒不孝兄弟，言此自我義命❺，汝兄弟萬勿以我故，荏苒作偷免❻計。至郡則易衣服，將投繯以堅不孝兄弟之志，會夫之所識黃岡奚鼎鉉錎賊中，為保護得緩。夫之乃殘肢體，出扶先君子逸去。逮丁亥❼病革，遺命以南嶽蓮花峰之麓，幽迴遠人間，必葬我于此，勿載遺形過城市與腥羶相涉。蓋于死生之際，毅然無所卻顧類如此。

【章　旨】敘寫先父在死生問題上的態度，無論是對傳染病、盜賊還是面對敵人的威脅，都堅持正道，毫無畏懼，決不苟且偷生。

【注　釋】❶丙寅　指嘉靖四十五年（西元一五六六年）。❷不起　病不能癒。❸愕眙　驚愕地瞪著眼。❹句索　也作「鉤索」。鉤取搜尋。❺義命　正道；天命。❻偷免　偷生免死。❼丁亥　指順治四年（西元一六四七年）。

【語　譯】嘉靖四十五年流行時疫，學父先生及舅父小酉公都傳染時疫將死，他們的家人子弟怕傳染，都爭著躲避離去，先父一人卻日夜親自問省，不離開兩人的床榻，握著他們的手等候他們瞑目。曾經有一次在良鄉遇到強盜，先父下馬肅立，神色不變，強盜因此驚愕地瞪著眼注視他並離去了。張獻忠軍隊攻陷衡州，鉤取搜尋我們兄弟充當偽吏，若不服從就當日投入湘江。先父被里胥拘執，寫親筆信，告誡我們兄弟，說這是我的天命，你們兄弟千萬不要因為我的緣故苟延時日，作偷生免死的打算。到郡城就換衣服鞋子，準備上吊死來堅定我們兄弟的志節，正逢夫之所認識的黃岡人奚鼎鉉陷在賊中，保護他才能使事情緩和。夫之於是自殘肢體，出來扶持先父逃去。到順治四年病急，遺囑因南嶽蓮花峰的山腳下，環境幽深，遠離人間，一定將我埋葬在這裡，不要將我的靈柩抬過城市與腥臭者相關涉。對於死生之際，毅然決然無所顧忌大致如此。

素志不肯著書以近名。夫之稍與人士交遊，以雕蟲❶問世，每蒙訶責，謂躬行不逮而亟於尚口，孺子其窮矣。嗚呼！奉若不恪❷，既不能自立不朽，而家學載之空言者且將無託。吾父之言，炯若神明，一至此乎！又嘗謂子孫不能通六藝❸者，當令弱者習醫，愚者習耕，不可令弄筆墨，以售其不肖。吾宗籍衡十世，未嘗有此，不幸而或然，血胤❹其危矣。此則屈高懷而下謀敗類，不敢不敬述之，以詔後人者也。先君子所著文字，多自焚棄，經亂以後，微言❺益絕，記憶規製大槩，在孫月峰馮具區之間，清和微至❻，非經生之業也。詩筆約倣儲王❼，亦不恆作。興至微哦❽，不以示人。夫之僅從卷尾見〈過應山頂〉一絕句，又於故笥中見與歐五德翁及釋藏六支唱和一篋，及再尋誦，先君子已焚之矣。凡夫之所受命於介之，略為記憶者止此。其他鞠孤甥，收族眾，矜容❾愚橫，與夫一蔬寸縷不受非義之污，自遊庠序，迄於歸老，不以一牒❿尺刺⓫入公門，不敢瑣述以揜大德。而潛修密用⓬，又非譾議⓭所能闡發。情迫於三十餘年，辭窮於一旦，哀哉！

【章旨】敘述先父對著述的態度，以及詩的風格。

【注釋】❶雕蟲　比喻小技、小道。多指詞章之學。語出揚雄《法言・吾子》：「或問『吾子少而好賦？』曰：『然。童子雕蟲篆刻。』俄而曰：『壯夫不為也。』」西漢學童必習秦書八體，蟲書、刻符是其中的兩體，纖巧難工，用來比喻作賦繪景狀物，與雕琢蟲書、篆寫刻符相似，都是童子所習的小技。❷不恪　不敬。❸六藝　指六經。《禮》、《樂》、《書》、《詩》、《易》、《春秋》。❹血胤　同一血統的子孫後代。❺微言　精深微妙的言辭。❻微至　細緻；精妙。❼儲王　儲光羲、王維。均為唐代詩人。❽微哦　微微吟哦。❾矜容　矜憐寬容。❿一牒　一紙公文。⓫尺刺　一幅名帖。⓬潛修密用　專心修養的微妙作用。⓭譾議　淺薄的議論。

【語譯】先父平素的志願不肯著書來贏得名聲。夫之漸漸與人們交遊，以文字著名於當代，常受先父的責備，罵我親身實踐還來不及，卻急於崇尚口說，小子將要困窘了。嗚呼！若不敬遵循，既不能不朽自立，而且空談家學者且將沒有寄託。我先父的話，明亮如神明，竟到這種程度！又常說子孫中不能通曉六經的，應當讓體弱者學做醫生，粗愚的學習耕作，不可以讓他們舞文弄墨，來表現他的不賢。我們王氏宗籍在衡陽已十代，未嘗有這種情況，不幸或有這種情況，同一血統的子孫後代就危險了。這就是委屈自己高潔的胸懷而為下代不肖子孫謀劃，我不敢不恭敬地記述下來，來教育詔示後代子孫。先父所作的文章，大都自己燒掉，明亡以後，精深微妙的言辭更加滅絕，記憶中先父文辭的體制大概在孫月峰、馮具區之間，風格清和精妙，不是經生八股文的樣子。賦詩大約仿效唐代詩人儲光羲與王維，也不常作。興致來時微微吟哦，不拿出來給人看。夫之僅僅從卷尾看見過〈過應山頂〉絕句一首，又在舊的笥篋中看見與歐五德翁及和尚藏六支唱和的詩一張紙，等到要再找來吟誦時，先父已經燒掉了。凡是夫之接受兄弟介之之命，記得的大致如此。其他養育失去父母的外甥、收養同族的人、矜憐寬容愚笨凶橫的，以及不接受非義得來的一兩蔬菜、一寸絲，自進入學校以來，不曾以一紙公文一張名帖送入官府，我不敢拿這些瑣屑的記述卻掩蓋了先父的大德。至於專心修養的微妙作用，又不是我淺薄的議論所能闡述發揮的。父子之情已近三十多年，文辭卻一旦窮盡，無法表達傾訴，可悲啊！

先君子以隆慶❶庚午❷十二月朔日申時❸生，得年七十有八歲。□□丁亥十一月十八日卯時，則不孝兄弟天崩地裂求死無從之時也。先配綦孺人，寧遠教諭綦公文佳女，生長兄，未命名，夭。繼配先孺人譚公諱時章女，生子三：長介之，次參之，弘光恩選貢生，先先君子三月卒；次夫之。介之娶歐陽氏思恩府同知丙子❹歲貢生珠女，生子一敞，乙酉❺補邑文學。女一，適文學蕭鳴南子式。參之娶蔣氏文學大操女，生子二，敉、致，皆夭。夫之先娶陶氏處士萬梧女，生子二，長勿藥，夭，次攽。繼娶鄭氏襄陽吏部尚書繼之孫文學儀珂女，生子一，敔。側室❻女一，適文學李報瓊子嚮明。敞先娶鄒氏，生子一，生祁。繼娶李氏舉人李孟韶孫文學維翰女，生子一，生郊。女一，未字。攽娶劉氏文學劉近魯女，生子五，若、茲、蒼、蘧、萬。女二，長適兵部尚書劉堯誨嗣孫克謹子法忠，次適文學熊榮祀子時幹。敬娶湘鄉舉人劉象賢女，生子一，范。女二，長許字邵陽文學羅珪子智大，次未字。生祁娶文學杜浚女，生子二，綿、續。女一，許字蕭僑如。若聘❼酃縣文學周士侃女，范聘文學唐克恕女。先君子之封，在衡山縣崇嶽鄉蓮花峰下曾家灣，首艮趾坤❽。謹泣血以狀，歲在癸亥❾仲冬，不孝季男夫之狀。門下後學邵陽劉永治塡諱。

【章旨】按行狀體例，敘先父的生卒年月、婚娶情況、子孫及婚配情況，以及墳墓所在地。

【注釋】❶隆慶　明穆宗年號。❷庚午　指隆慶四年（西元一五七〇年）。❸申時　十二時辰之一，相當於現今的十五時至十七時。❹丙子　指明崇禎九年（西元一六三六年）。❺乙酉　指順治二年（西元一六四五年）。❻側室　舊稱妾為側室，猶偏房。❼聘　舊式婚禮中的文定。如行聘；許聘。❽首艮趾坤　頭東北方，腳西南方。古時以八卦定方位，東北方為艮，西南方為坤。❾癸亥　指康熙二十二年（西元一六八三年）。

【語譯】先父生於隆慶四年十二月初一申時，享年七十八歲，死於丁亥年十一月十八日卯時，則是我們兄弟天崩地裂求死而不能相從的時候。元配綦孺人，是寧遠縣教諭綦文佳公的女兒，生下我的長兄，尚未取名就早夭了。繼室先母譚孺人，是譚公名時章的女兒，生三子：最長的是介之；其次參之，是弘光朝的恩貢生，早於先父三個月去世；再次是夫之。介之娶歐陽氏，是思恩府同知丙子年的歲貢生歐陽珠的女兒，生一子，名敞，乙酉年補為縣文學生。一女，嫁給文學生蕭鳴南子式。參之娶蔣氏，是文學生蔣大操的女兒，生二子，名敉、致，都早死。夫之先娶陶氏，是處士陶萬梧的女兒，生二子，大的勿藥，早死，小的名攽。繼娶鄭氏，是襄陽人吏部尚書鄭繼之的孫子文學生鄭儀珂的女兒，生一子，名敔。偏房生一女，嫁給文學生李報瓊的兒子嚮明。敞先娶鄒氏，生一子，名生祁。繼娶李氏，是舉人李孟韶的孫子文學生維翰的女兒，生一子，名生郊，一女，尚未許配。攽娶劉氏，是文學生劉近魯的女兒，生五子，名若、茲、蒼、薳、萬，二女，大女兒嫁給兵部尚書劉堯誨的嗣孫克謹的兒子法忠，小的嫁給文學生熊榮祀的兒子時幹。敔娶湘鄉舉人劉象賢的女兒，生一子，名范。二女，大的許配邵陽文學生羅珪的兒子智大，小的尚未許配。生祁娶文學杜焌的女兒，生二子，名綿、續。一女，許配蕭僑如。若已聘酃縣文學生周士侃的女兒，范已聘文學生唐克恕的女兒。先父的墳墓在衡山縣崇嶽鄉蓮花峰下曾家灣，首向東北方腳向西南方。謹泣血寫狀，時在癸亥年十一月，不孝季男夫之寫學生邵陽劉永治填名。

哀哉！不孝兄弟之罪通於天也。鮮民❶罍恥❷之年，正故國天崩之日。伏念先君子履道之貞，表章❸無託，忍死窮山，屬目❹靡騁，亦俟有日者，獲從當世之君子遊，以紀幽光。而待之三十七年矣，昔之孺子，今已衰朽，介之乃泣命夫之曰：「以介之幸而事親較夙也，髣髴先君子可見可知之應跡❺，視爾差詳焉。而先君子嘗以記序之學詔孺子，幾可以言而不溢❻也。爾其如吾言以狀。雖亡可告語，而函之幽谷，延望於身後，或有俟也。不然，吾與爾旦夕下拂螻螘❼，追悔其將何及。」夫之泣血❽稽首受命，謹狀如右。而墓中片石，則猶翹首四顧，不忍絕望。閱四年丙寅❾，介之復侍先君於幽壤，夫之欷孤衰老，痼疾❿弗赦於鬼神，終無可望於人間。迺⓫戒介之之子敞以愚樸略誌而登之石。未幾，敞以哭父死，戊辰⓬冬始藏誌石於岳阡之隧前⓭。石有定制，工無善巧，管窺既詘，約言⓮益窮。唯茲一狀，稍有倫次。附贅表末。倘澤不永斬，傳於後嗣，尚知先世全生⓯全歸，以道傳家者如此。雖德自不孝兄弟而衰，而戰戰栗栗，日恐陷墜，固先君子明昭⓰型戒，臨愚昧以鞭撻其蹇駑也。己巳⓱孟秋上弦⓲，夫之手錄，時年七十有一。

【章旨】最後以後序補敘不及早寫行狀的原因。

【注釋】❶鮮民　無父母窮獨之民。語出《詩·小雅·蓼莪》：「鮮民之生，不如死之久矣。」鮮，寡；少。❷罍恥　語出《詩·小雅·蓼莪》：「缾之罄矣，維罍之恥。」罍缾都是盛水器，罍大缾小，罍還有盈餘，而缾已盡。比喻分多予寡，是在位者的恥辱。後多用以指因未能盡職而心懷愧疚。❸表章　表揚；顯揚。❹屬目　注目；過目。❺應跡　符合心跡。❻溢　原指水滿外流。引申為過度，超出。❼下拂螻螘　謂死後埋在地下，螻蟻觸及屍體。螘，同「蟻」。❽泣血　指淚流盡乃至流血。❾丙寅　指康熙二十五年（西元一六八六年）。❿痼疾　久治不癒的病。⓫迺　乃。⓬戊辰　指康熙二十七年（西元一六八八年）。⓭岳阡之隧前　山嶽墓道。隧，地道。特指門內當中的路。⓮約言　簡要之言。⓯全生　謂保全自然賦與人的各種生性。⓰明昭　明智聰察。⓱己巳　指康熙二十八年（西元一六八九年）。⓲上弦　在地球上看，月球在太陽之東九十度時，可看見月球西邊的半圓，這時的月相如弓，稱上弦，這時正是夏曆每月初八、九。

【語　譯】悲哀啊！我們不孝兄弟的罪過已通達天上。我這沒有了父母的窮獨之民，未能盡職而心懷愧疚的年代，正是故國明朝天崩地裂之時。惟念先父親身實踐道義的堅貞，卻無處可予顯揚，在窮山僻壤生活到死，注目四周沒有可以馳騁的，也曾等待有朝一日能得到當代有道德的君子，來紀述先父之靈跡光輝。但是等了三十七年，過去的後生，現今已成了衰朽的老年，介之於是流著眼淚命令夫之說：「介之幸運能侍奉雙親較早，彷彿可以看見可以知道先父的符合他心跡的事情，比你略微詳細些。而先父常拿記序的學說告訴後生，庶幾可以說並且不過度。希望你如我所說來陳述描摹。即使無可告語，但是寫了藏在深谷，期望於死後，或許可有所期待。不然的話，我與你旦夕之間死了，來不及陳述，再追悔還怎麼來得及！」夫之泣血叩首接受兄長的命令，謹陳述先父行狀如前。而對於墓碑，還是翹首四顧等待有道之君，不忍心絕望。過了四年，到丙寅年，兄長介之又侍從先父於黃土之下，夫之孤獨衰老，久病不能獲得鬼神的赦免，終究沒有可希望於人世了，於是告誡介之的兒子敞把我的狀誌大略刻在墓石上。沒有多久，敞因哭父親哀傷而死，到戊辰年冬天才藏誌石於山嶽墓道的門內。墓石按一定的規制，卻沒有能巧的工匠，蠡管之見已拙，簡要的文辭更是窮乏。只是這篇行狀，稍有次序，附於墓表之末。倘使王氏家族恩澤不是永遠斷絕，傳到後代，還能知道先父保全了自己各種本性而故世，是怎樣以道義傳家的情況。雖然道義從不孝兄弟開始衰落，但戰戰兢兢，每天耽心道義的陷落，本來這是先父明明白白地告誡我們，對我們的愚昧猶如鞭撻他的劣馬一樣。己巳年初秋上弦，夫之親錄，時年七十一歲。

顯妣譚太孺人行狀

【題　解】本文是王夫之為其生母譚太孺人所寫的行狀。作者描述了她對兒子的循循善誘，對婆婆和其他長輩的敬事，和睦妯娌，協助丈夫治理婚喪大事，以及改嚴政為和愷治家等諸多情狀，從中可以知道她是一個恪守婦道、孝睦慈順的女子。

不孝夫之既受命於介之述先君子狀，遂狀先慈❶譚太孺人❷。哀哉！先君子几筵方徹❸，太孺人遽罹終天之慘毒，抑三十四年矣。不忠不孝之兄弟偷活人間，弗能率迪慈訓❹以處一死，而厚載之恩❺有心未泯，何能自昧邪。

【章　旨】本段敘述寫行狀的緣起，總述不能泯滅的先母厚載之恩。

【注　釋】❶先慈　對已去世母親的尊稱。慈，慈母的省稱。❷太孺人　孺人，明清時七品官的母親或妻子的封號，王夫之敘其母，故稱太孺人。❸几筵方徹　喪禮才辦完。王夫之父親死於康熙四年，三年後其母病死。❹率迪慈訓　遵循母親的教導。❺厚載之恩　文中指母親養育之恩。厚載，語出《易・坤》：「坤厚載物。」意即大地深厚，負載萬物。

【語　譯】不孝的兒子夫之既已接受長兄介之的命令寫了先父的行狀，於是又寫先母譚太孺人的行狀。

悲哀啊！先父的喪禮剛剛辦完，太孺人馬上遭到亡故的悲慘命運，迄今已經三十四年了。不孝兄弟偷活在人世，不能遵循母親的教誨，在國亡之時以死殉難，但是母親的養育之恩，只要心還未泯滅，怎能自己隱蔽不明呢。

先君子以德威❶行弘慈，而粹養簡靖❷，尚不言之教❸。雖不孝兄弟之頑愚，不能默喻❹，終不徵色發聲，以施撻戒。每有顛覆違道之行，但正容不語，侍立經旬，不垂眄睞❺。不孝兄弟悵罔❻莫知咎所自獲，刊心❼欲改而不知所從，太孺人乃探先君子之志而戒不孝兄弟，以意之未先，志之未承也。詳擿❽其動之即咎，復之終迷，而禍至之亡日也；申之以長敖❾從欲之不可終日，而不勤則匱❿之必仆以隕也。發隱慝以鍼砭⓫之，而述先君子之闇修⓬，以昭滌其昏⓭曶⓮，既危責之，抑涕泗將之，然後終之以笑語而慰安之。嗚呼！吾父如油雲⓯在天，而吾母承之以敷甘雨。然而伊蒿伊蔚⓰，終為枯槁，則不孝兄弟之負吾母，尤甚於負吾父也。

【章　旨】敘述其母協助丈夫耐心慈祥教育王夫之兄弟的情況。

【注 釋】❶德威 用德行來實行威罰。❷簡靖 簡約清靜。❸不言之教 不依靠語言，而是以德行感化的教育。《老子》：「是以聖人處無為之事，行不言之教，萬物作焉而不辭。」❹默喻 暗中曉喻。❺眄睞 斜視。❻悵罔 迷茫。❼刊心 刻在心。謂印象深刻。❽擿 揭發。❾敖 通「傲」。倨慢。❿匱 缺乏；不足。⓫鍼砭 古代以砭石為針的治療法。後世泛稱金針治療與砭石出血為針砭。文中比喻規戒過失。鍼，同「針」。⓬闇修 暗自修行砥礪，不為人所知。⓭昏 勉力；盡力。⓮習 昏昧；不明白。⓯油雲 濃雲。語出《孟子・梁惠王上》：「天油然作雲，沛然下雨。」⓰伊蒿伊蔚 語出《詩・小雅・蓼莪》：「蓼蓼者莪，匪莪伊蒿。」「蓼蓼者莪，匪莪伊蔚。」伊，句首助詞，同「惟」。蔚，牡蒿草，一名馬新蒿。蒿、蔚，均比喻王夫之兄弟。

【語 譯】先父以崇高的品德實行其威罰，表現他的大慈，並且養性精粹，簡約清靜，崇尚不依賴語言，而是德行的教化。即使是不孝兄弟愚蠢頑劣，不能被暗中曉諭，也終不改變臉色發出罵聲，施行鞭撻的教戒。每當不孝兄弟有顛倒違背正道的行為時，先父只是面容嚴肅不說話，我們侍立在旁十來天，他也不斜視我們一眼。不孝兄弟迷茫糊塗到竟不知道過失從何而來，刻骨銘心想改卻不知道從何改起。這時太孺人就去探知先父的心意，告誡我們兄弟是因為沒有遵循、順從父親的志意。詳細地揭發我們行動的過失，和對善的迷糊不解，這樣不久禍害就要降臨；再對我們闡述助長倨傲放縱欲望的錯誤，不勤勞就一定匱乏，並且一定跌倒以致死亡。揭示我們隱秘的想法，規勸告誡我們，又敘述先父暗自砥礪修行情形來顯示他的不為人知的努力，既對我們嚴厲責備，又涕泗交流地扶助我們，最後又用笑語來安慰我們。嗚呼！我們的父親如濃雲在天上，而我們的母親如同承受濃雲所化作的甘雨布施到我們的身上，而我們兄弟卻如蒿草、蔚草一樣，終於枯萎，不能光宗耀祖，那麼不孝兄弟辜負母親，更甚於辜負父親。

如是者不孝兄弟胥❶有之，而不肖夫之早歲之破轅毀犁也為彌❷甚，勞吾母之憂也為彌篤。至於今老矣，追數生平，鬚眉空負，猶然一十姓百家之蚩❸氓❹，啄粒棲枝❺之生類，不亡以待盡也，何敢復述慈範❻哉！雖然，懿則❼昭垂❽，在宗族姻黨者，人不忍忘，固不以為蒿為蔚者之弗克負荷而揜❾令德，姑銜恤❿以略述焉。凡太孺人之事舅姑也，不孝兄弟俱不及見，但聞太孺人之以身教子婦承事先君子，言當嚴侍之日，祁⓫寒不焫⓬火，畏煙之出於牖隙也；盛暑不撲蚊，畏箑⓭聲之遙聞也；滌器不漱水，引濡巾而拭之；貓犬擾不敢追逐，擁袂而遣之。每一語及，夔夔⓮竦立，對子婦如為子婦時。及述范太君疾痛傾背，則淚盈於睫，不異初喪。以此測太孺人當年愛敬之深，知非涯量⓯可窮，哀我生之晚，不及詳見耳。

【章旨】本段著重敘其母盡心盡意侍奉公婆的情形。

【注釋】❶胥　皆。❷彌　更。❸蚩　癡呆；愚笨。❹氓　郊野之民。❺啄粒棲枝　鳥啄食棲於枝頭。文中用指苟且偷生。❻慈範　母親的道德風範。❼懿則　美好的榜樣。❽昭垂　昭示；垂示。❾揜　掩蓋；遮蔽。

⑩銜恤　含哀；心懷憂傷。⑪祁　大。⑫焫　同「爇」。燒。⑬箑　扇子。⑭夔夔　悚懼的樣子。⑮涯量　限度；限量。

【語　譯】像這樣的情形是不孝兄弟都有的，而我年少時弄破車子毀壞犁頭的事更多，煩勞母親的憂慮也更深。到如今年老了，追憶平生，空為鬚眉男子，成了一個郊野百姓，如禽獸一般活著，不殉難而死，卻等待生命的自然結束，又怎敢再敘述先慈的道德風範啊！雖然如此，先慈的美好的榜樣垂示在宗族親戚中，人們不忍心忘卻的，本不應為了子孫的不能負荷而掩蓋先慈的美德，所以姑且含哀來約略敘述吧。太孺人奉事公婆的情形，不孝兄弟都沒有親見，只是聽到太孺人親教媳婦侍奉先父時講到當年她侍奉公公少峰公時，嚴寒不敢烤火，怕煙氣衝出窗隙外；酷暑不敢打蚊子，怕扇子聲在靜夜中會打擾公婆的安眠；洗滌器具不敢漱水，而是用濕手巾揩拭；貓狗騷擾時不敢追逐，而用衣袖輕輕驅遣。每當講到這些情況時，還是驚懼悚立的樣子，對媳婦還如自己做媳婦時一樣。講及婆婆范太君生病亡故時，眼淚盈眶，如新亡故時的情形沒有不同。從此推測太孺人當年敬愛公婆的深切，知道不是限量可以窮盡的，可惜的是我出生太晚，來不及親眼目睹罷了。

佐先君子之襄大事也，太孺人自不忍言之，無敢問者。但家徒壁立，時先君子勤素業❶，慎交游，薄田不給饘粥，而慎終❷之厚，倍蓰❸素封❹，稱貸❺繁猥，一皆酬償。斥衣襆，銷簪珥，固不待言，抑數米指薪❻，甘荼如飴，以成先君子之孝，又不俟有縷言❼之者而後知矣。不孝兄弟所見者，先君子十年趙燕，娶子婦，構堂室，終不孝兄弟讀書之事；且潤及宗姻，無乾餱之失，類出於太孺人之撙節❽。則襄大事時，心專力竭，宵旦不遑❾，從可知已。

【章　旨】敘述其母治理婚喪大事與建造房屋及供給兒子讀書等情景。虛寫她幫助夫君成大事的專心竭力。

【注　釋】❶素業　先世所遺之業。舊時多指儒業。❷慎終　慎重地對待父母的喪事。終，指父母之喪。❸蓰　五倍。❹素封　無官爵封邑而富比封君的人。據記載辦祖父喪事時，蜀材、吳綿、隧甃、豐碣，一應俱全。❺稱貸　向人告貸；舉債。❻數米指薪　《淮南子・泰族訓》：「稱薪而爨，數米而炊。」謂精打細算。❼縷言　詳盡細致地敘說。❽撙節　調節料理。❾不遑　不遑暇食的略語。沒有時間吃飯，形容工作緊張、辛勤。

【語　譯】先母輔佐先父辦理祖父的身後大事，太孺人自己不願說，也沒有人敢問這事。可是家裡貧窮徒有四壁，當時先父勤治儒業，謹慎交游，家中僅有的一些田地，不足以供給全家人食粥，但是辦理祖父的喪事卻比有錢人家的喪事還豐厚幾倍，為此先慈向人告貸，既多又繁瑣，最終全部償還了。因此太孺人變賣衣物被褥，賣去了簪子耳飾，本來不必多講。先母精打細算，數米燒飯，稱柴燒火，節約過日子，吃苦菜如像食飴糖，來成全先父的孝心，也不需要詳細敘說後才知道的。像不孝兄弟所親見的，先父到京城入太學讀書，十年之久，其間娶媳婦、造房子，供給不孝兄弟讀書，完成學業，而且恩澤潤及宗族親戚，沒有缺少糧食的時候，這些都出於太孺人的料理。那麼，她襄助先父辦理婚喪大事時的專心竭力，早晚無暇，辛勤得沒有時間吃飯，可以推想而知。

叔母吳太恭人，長太孺人二歲，互相敬愛，四十年如一日焉。迨既異居，經月不相見，則皇皇❶訊問不絕，每促席❷對語，呴呴❸如兩新婦。從兄玉之年逾四十，謝諸生，拜世官，冠帶入省，猶手洒漿相勞苦，如撫穉子。季父子翼翁早未有子嗣，置側室，或頗輕之。太孺人禮待之如姒娣❹，曰：「令叔氏有子，母即貴矣。」姑母適范氏，早寡，守志孀居，鞠其子女，恩逾己生，為畢昏嫁。至教子婦以寬，畜僮婢以慈，訶叱絕於口，荊笞絕於手，而自然整肅，莫敢褻越❺。及今念之，不孝兄弟在膝下時，如生時雝之世❻，春風一庭，靈雨四潤，不知三十年來墮此煙霾中，遂成昨夢也。哀哉！不可復追矣。前母外王父學博綦公晚年尚未有子，太孺人承事敦篤，不異所生。綦公垂沒❼，待太孺人而瞑。叔祖太素翁罷諸生，落拓無胤嗣，叔祖母朱井臼❽不給。太孺人迎養敬事，怡然終老，蓋推事父母者以事綦公，推事舅姑者以事太素翁，誠至而禮洽，亦不自知其厚也。

【章　旨】敘述其母和睦妯娌，敬事其他長輩，愛護下輩的情形。

【注　釋】❶皇皇　同「惶惶」。心不安的樣子。❷促席　接席；座位靠近。❸呴呴　語言溫和的樣子。❹姒娣　妯娌。❺褻越　褻，親近；狎近。越，越禮。❻時雝之世　指時世太平。❼垂沒　將近歿世。❽井臼　打水舂米。指家務勞動。

【語　譯】叔母吳太恭人比太孺人大兩歲，兩人相互敬愛，四十年不變，愉悅如一日。等到分家後，一個月不見面，就惶惶不安，問訊不停，每當促席談心時，低聲溫語如兩新媳婦交談一樣。我的堂兄玉之年紀已過四十歲，停止讀書縣學，而去世襲官職，帶著官帽玉帶進內省親時，太孺人還手持酒漿，慰問勞苦，如對待愛護孩子一樣。叔父子翼翁早年沒有子息，納一側室，家中有的人輕視側室，太孺人以禮對待她如妯娌一樣，對她說：「使叔叔有兒子，你就被看重了。」姑母嫁給范氏，早年喪夫，守節寡居，太孺人養育她的子女，恩德超過親生，為他們完畢婚嫁。至於以寬厚教導媳婦，以慈愛對待童僕婢女，口不苛責，手不鞭笞，但是家中自然嚴整肅穆，下輩下人沒有敢輕慢踰越的。至今想來，不孝兄弟在先母膝下生活時，如有幸生在太平時代，滿庭春風和雍，甘霖四面潤及，不料三十年來墮在煙霧陰霾中，竟成昨日之夢了。可悲啊！不能再回到從前的情形了。前母外祖父學博綦公，晚年還沒有兒子，太孺人侍奉他敦厚誠篤，與親生的沒有不同。綦公臨終時，等見到太孺人才瞑目。先叔祖太素翁作諸生回來後，落拓不羈，並且沒有應答侍奉的子息，叔祖母朱氏打水舂米等家務勞動已經不能承擔。太孺人將他們迎來供養，恭敬地侍奉，使他們怡然老死。以侍奉父母的態度侍奉綦公，以侍奉公婆的態度侍奉太素翁，十分真誠而又禮數週到。雖然做了這些，也不感到自己是厚道的。

不孝兄弟，遘皇天之厄，癸未❶丁亥❷，嬰句索之酷，屢貽母以不測之憂。介之奉母匿草間，茹❸無鹽豉❹，病無醫藥，層冰破屋之下，極衰年不可忍之苦，而一意獎礪，俾全蠭螘❺之節，怡然順受。唯以天傾莫補，人溺無援，邑❻菀❼終日以至於不起。夫之間關❽嶺表❾不得奉臨終之訓，遺命介之，更無餘語，唯歸葬先君子嶽阡之右，遠離城市穢土，協先君子清泉白石之志❿而已。哀哉！在吾母心安志遂，倏然⓫順命，而不孝夫之通天之罪，固百死而莫贖也。

【章　旨】敘述其母在王夫之兄弟遇厄時，怡然順受不可忍之苦，鼓勵兒子堅守節操。臨終遺命表現了與夫君共守清泉白石的心節。

【注　釋】❶癸未　指崇禎十六年，張獻忠攻陷衡州，鉤索王夫之兄弟任職事。❷丁亥　指南明永曆元年。王夫之避居湘鄉山中。❸茹　蔬菜的總稱。❹豉　即豆豉。有鹹淡兩種，供調味用。❺蠭螘　即「蜂蟻」。比喻地位低微的百姓。❻邑　通「悒」。悒悒不樂。❼菀　通「蘊」。鬱結；積滯。❽間關　歷盡道路艱險。❾嶺表　即嶺南。指五嶺以南的地區，當時明桂王活動在今廣西地區。❿清泉白石之志　即隱居在鄉間山水中的心志。

⓫倏然　無拘無束的樣子；超脫的樣子。

【語　譯】不孝兄弟遭遇天大的厄運，崇禎十六年，遭到張獻忠部殘酷勾索名士任職之災，永曆元年我又避居湘鄉山中，一次次以意外的災禍使母親耽憂。長兄介之侍奉母親藏匿在草木叢中，菜沒有鹽豉調味，疾病沒有醫藥治療，在層層積冰的破屋下生活，受盡了衰暮之年不可忍受的痛苦。母親卻恬靜地承受了這些苦難，並且一心一意地獎勵我們兄弟，成全了我們低微百姓的節操。只是因為天坍了不能補天，人溺於水中無人救援，因此整天悒悒不樂，鬱結於胸，以致於疾病不治。當時夫之流竄在嶺南，歷盡道路艱險，不能聆聽先母臨終的遺訓，只知母親遺命長兄介之，沒有其他的話，只是歸葬在南嶽先父的墓右，靈柩遠離城市腥穢之地，以求與先父隱居在鄉間山水的心志相和協罷了。可悲啊！在我母親說，心意安定志願實現，超脫地順從命運的安排，但是不孝夫之滔天之罪，本來是百死不能抵償的啊！

譚家故籍茶陵❶，移於衡陽之重江鄉，世為甲族❷。外曾祖樂亭公諱世儒，外王父念樂公諱時章，以隱德❸世修儒業。外王母歐陽氏，贈奉直大夫和之女，年九十三乃卒。舅氏三，長惺敬公諱允阜，以積學❹老於場屋❺。次小酉公諱允都，從先君子學，中天啟甲子❻科鄉試。乙丑會試，以闈❼牘❽觸閹黨，置乙榜。次玉卿公諱允琳，補郡文學，篤孝養母，國亡後，棄諸生，不就試。從母適文學伍公一盈，遇亂罵賊不屈死，詳郡志。子婦具先君子狀中。太孺人生以萬曆丁丑❾閏八月二十二日寅時，得壽七十有四，□□庚寅❿八月初二巳時，介之奉諱⓫于祁陽山中，其明年合祔於先君子之右。歲在癸亥季冬月，不孝男王夫之泣血狀。

【章　旨】本段敘述母系家世，以及先母的生卒年月及墓地。

【注　釋】❶茶陵　縣名。在湖南省東部湘江支流洣水流域。❷甲族　即世家大族。❸隱德　施德於人卻不為人所知，謂隱德。❹積學　淵博的學識。❺場屋　指科舉時代士子考試的地方，也稱科場。❻天啟甲子　明熹宗四年（西元一六二四年）。❼闈　科舉時代的試院。❽牘　指科舉應試的文章。❾萬曆丁丑　明神宗萬曆五年（西元一五七七年）。❿□□庚寅　清順治七年（西元一六五〇年）。⓫奉諱　謂居喪。古時父母歿，孝子不忍言親之名，故諱之。後人稱居喪為奉諱。

【語　譯】譚氏故籍在湖南省茶陵縣，移居於衡陽的重江鄉，譚氏為世家大族。外曾祖樂亭公名世儒，外祖父念樂公名時章，都以不為人知的恩德世代修習儒業。外祖母歐陽氏是贈奉直大夫和的女兒，享壽九十三歲才故世。我們的舅父三人，大舅惺敔公名允阜，有淵博的學識卻老於科舉試場。二舅小西公名允都，跟從先父讀書，考中明熹宗甲子科的鄉試，第二年進京會試中，因為應試的文章觸犯了閹黨，因而只中了進士的副榜。小舅玉卿公名允琳，補郡文學生員，侍奉母親十分孝順。明亡後，放棄了生員的學籍，不再去應試，跟從母親到文學生伍公一盈處，遇亂賊，罵賊不屈而被殺害。詳見該郡的郡誌。先母媳婦的情況均在先君子行狀中。太孺人生於明神宗萬曆五年閏八月二十二日寅時，享壽七十四歲，卒於清順治七年八月初二巳時，介之居喪在湖南祁陽縣山中，第二年合葬先母在先君的右面，不孝男王夫之泣血寫行狀於癸亥年十二月。

己巳❶孟秋，夫之手錄。凡我子孫，非甚不孝，尚謹藏之。

【章旨】王夫之六年後又手錄譚太孺人行狀，希望子孫仔細收藏。

【注釋】❶己巳　指清康熙二十八年（西元一六八九年）。

【語譯】己巳年初秋，夫之手錄〈譚太孺人行狀〉。凡是我的子孫，除非很不肖的，希望恭謹地收藏起來。

附錄

譚太孺人行狀

（錄自曾國藩刊本）

不孝夫之既受命于介之述先君子狀，遂狀先妣譚太孺人。哀哉！先君子几筵方徹，太孺人遽罹終天之慘毒，抑三十有四年矣。不孝兄弟偷活人間，弗能率迪慈訓以處一死，而厚載之恩，有心未死而何能自昧也。

先君子以宏慈行德威，抑且至性簡靖，尚不言之教，不孝兄弟之奉教也，不以其不可默喻之頑愚，而多所提命。每有顛覆違道之行，但正容不語，倚立旬日，不垂眄睞。乃不孝兄弟頑愚實甚，悵罔莫知所自獲咎，刊心欲改而抑不知所從。

太孺人乃探先君子之志，而戒不孝兄弟以意之未先，志之未承也，詳謫其動之即咎，善之終迷，申之以長傲從欲之不可，發不孝兄弟之匿於隱微，而述先君子之素履以昭滌其瞖曶，既危責之，抑涕泗將之，然後終之以笑語而慰藉之。哀哉！吾父如油雲在天，而吾母且承之以敷甘雨，然而伊蔚伊蒿，終為枯槁，則不孝兄弟之負吾母，尤甚於負吾父也。

如是者不孝兄弟胥有之，而不肖夫之早歲之破輮毀犁也為加甚，勞吾母之憂者為加篤。至於今老矣，弗能洗心振骨，自立於鬚眉之下，猶然一十姓百家，啄立棲枝，不亡以待盡也。德人君子固宜遐棄無稱，雖然，太孺人之懿則未忘於宗族姻黨者，其能不冀望於彤管乎。凡太孺人之篤婦順也，介之成童而游於鄉較，母已踰四旬，夫之成童而游於鄉較，母已望六衰矣，所謂起敬起孝以事堂上者，皆莫能知。但聞太孺人申戒諸子婦承事先君子者，述其事少峰公者三年，酷寒不敢爇火，畏煙之出於牖罅也；炎暑不敢撲蚊，畏箑聲之遙聞於靜夜也；滌器不敢漱水，引濡巾而拭之；貓犬擾不敢追逐，擁袂而遺之。每一語及，夔夔竦立，對子婦如大賓。及述范太孺人疾痛傾逝，則淚盈於睫，不異初喪。以此測太孺人之事舅姑，非可以意量知者，哀我生之晚而不能見也。

佐先君子之襄大事也，太孺人自不欲言之，無敢問者，問亦不答。但少峰公英卓，不事家人生產，徒四壁立，先君子勤素業，乃薄田僅給饘粥，而慎終之厚，倍於素封，稱貸繁猥，卒皆酬償。太孺人銷簪珥，斥衣襆，固不待言。抑數米指薪，甘荼如飴，以成先君子之孝。若不孝兄弟所得見者，先君十年燕趙，娶子婦，搆堂室，終不孝讀書之業，且河潤宗姻，無乾餱之失，類出於太孺人之撙節。則襄大事之時，心專力竭，愈可推矣。

叔母吳太恭人，長太孺人二歲，周旋四十年，歡如一日。迨既分居，經旬不相見，則皇皇問訊不絕。每圍爐共語，呴呴如兩新婦。從兄玉之年四十，棄諸生，拜世官，冠帶入省，猶手酒漿相勞苦，如撫孺子。季父子翼翁，早未有子嗣，置側室，或頗輕之，先孺人待之如姒娣，曰：「且今叔氏有子，即貴矣。」至養子婦以慈，畜童僕以惠，而自然整肅，莫敢褻越。及今念之，不孝兄弟在膝下時，如辛生時雍之世，春風一庭，靈雨四潤。哀哉！不可復追矣。前母外祖父學博綦公，罷教歸里，無子，太孺人承事敦篤，不異所生。綦公垂歿，待太孺人而瞑。先叔祖太素翁罷諸生，落拓且無應酬，叔祖母朱，井臼不給，太孺人迎養敬事，怡然終老。蓋推事父母者以事綦公，推事舅姑者以事太素翁，誠至而禮洽，亦不自知其厚也。

不孝夫之間關兩載，未獲奉臨終之訓。遺命介之，更無餘語，惟歸葬先君子之右，遠腥穢而不歷城市，以求協於先君子清泉白石之心而已。哀哉！此尤不孝所血涌心者，而滔天之罪，百死莫酬者也。

墓誌銘表四首

文學劉君崑映墓誌銘

【題　解】歌頌友人劉崑映不屑功名富貴的精神，批判當世的所謂功名，著重發洩了作者對士風的不滿憤激。借題發揮是本文的特點。

友人崑映劉君，撤瑟❶二十年矣，子安基、安鎦，以幼孤未能成禮❷，飲泣❸而欲求銘其墓，以叔父庶僊氏之命來言曰：「誌以志功，銘以名名，弗功弗名，亦足以勒片石乎！」余肅然竦起而對曰：「是其所以可志而可名也。且夫今之所謂功名者，吾知之矣。其始也，槁吟而蹙眉以操觚❹，知刺繡文不如倚市門也，望風會❺之所流，隨波以靡，拾殘英，調鳥語，而唯恐其不肖。繇是而詭合❻矣，則以吮弱民，媚上官，赩然❼獵榮膴❽，孰不健羨之。苟詭而失也，猶且徼時譽❾

以自雄於里序，栩栩然⑩翔步⑪於長吏之門，噞喁⑫漚沫⑬以自潤。士能不屑於此者，其志可誌，其無名也可銘，此余所以樂交崑映氏而悼之不忘也，二子其何讓焉。」

【章　旨】闡述無功無名可寫墓誌銘的原因，批判當世的所謂功名，乃是吮弱民、媚上官來獵取的功名富貴。

【注　釋】❶撤瑟　本意為子女在父母病中撤去琴瑟，使病人安靜，後稱父母病篤死亡為撤瑟。❷未能成禮　指不能舉行葬禮。即殯而不葬。❸飲泣　猶吞聲哭泣。形容極甚悲痛。❹操觚　作文。操，持。觚，木簡。❺風會　風氣；時尚；時勢；時政。❻詭合　欺詐相合。即以欺詐的方法取得成功的意思。❼赩然　大赤的樣子。❽榮膴　猶榮華富貴。膴，豐厚。❾時譽　有聲譽於當時。❿栩栩然　欣然自得的樣子。⓫翔步　行走時張開兩臂。⓬噞喁　魚在水中一起出來吸氣的樣子。⓭漚沫　吐口沫。

【語　譯】友人劉崑映君病故已二十年了，其子安基、安鎦，因年幼喪父未能舉行葬禮，他們極其悲痛地吞聲哭泣想求我為他們的父親寫墓誌銘，奉叔父庶僊氏的命令來對我說：「墓誌是記功的，銘是歌頌名聲的，沒有功績，沒有名聲也能夠刻一石碑嗎？」我嚴肅地站起來回答說：「這就是可以寫墓誌並銘的緣由啊。況且現今的所謂「功名」，我很了解，追求功名的開始，是枯燥乏味地讀書，並且用盡心思、皺起眉頭地覓詞摘句作文，後來知道雕飾作文不如依靠當代權貴，觀察風氣的趨向、隨波逐流，拾起殘花，模仿鳥鳴，並且唯恐不像。因此虛偽欺詐成功，就吮吸弱小百姓，取媚上司官僚、滿面紅光出足力氣地去獵取富貴榮華，誰不大大地羨慕他呢？假若欺詐失敗，還能竊取當代的聲譽而在鄉里中自己稱雄，欣然自得地張開兩臂行走在官吏的門庭，吸氣吐口沫來潤濕自己。倘若讀書人能不屑這樣追逐功名富貴的，那麼他高尚的志節就足以記載，沒有名聲也可以歌頌。這就是我所以樂於結交崑映君並且永遠悼念不忘的原因，二位何必謙讓呢？」

君初名永公，更曰瑋，崑映其字也。先世有以丞相稱者，名不傳。大約以祥興蒙難❶而家于衡，遺戒子孫，廢讀而耕，故爵里名字皆佚。子孫世農而樸，為鄉里重。至起潛公登甲，乃讀書補文學。登甲生去華公紹蕢，鄉貢士，未仕。君生而刷眉植骨❷，有偉人器度。起潛公喜而名之曰鐵漢，稱其質也。讀書不甚敏，而所志益堅，苦吟窮日夕。崇禎間，齊梁風靡，駢麗為虛華，而君刻意以搜求經❸傳❹之旨。每有論辨，毅然不隨時尚，而求其至當，以是補文學者二十餘年，試於鄉而不售。乃就山中，誅茅構斗室，蒔雜花，坐誦行吟，忘年忘境，其視世之倏為牛鬼蛇神，倏為嬌花囀鳥者，蔑如也。此名之所以窮也。數十年之士風，每況而愈下；其相趨也，每下而愈況❺。師媚其生徒，鄰媚其豪右，士媚其守令，乃至媚其胥❻隸，友媚其奔勢走貨之淫朋。而君之義形於色也，人之媚己，視如鮑魚之在側。見媚人者，則蟲豸❼遇之，不為一動其色笑。間有初能戌削❽者，亦欣然與定交。迨其以貧易操，則截然拒絕於一旦，乃至相遇而不與揖。以是食貧沒世，取給于舌耕。而躬親田牧，僅免飢寒，悠然自適。郡邑之門，逆風而避其腥。村塢化之，數十里之間無訟。嗚呼！使有遇於世，可追蹤器之，以不負起潛公之期許。而齎志❾違時，中身而折，此功之所以窮也。叔氏之言，哀君之窮焉耳矣。為君於世，不如顧名於心；為功於物，不如加功於己，久矣。舉念而可質之君子，心之名也。衛生而遠於不仁，身之功也。請廣叔氏曰：「君之功名，大矣哉！」

【章　旨】批判當代每下愈況的士風，論述劉君所以沒有功名的原因，並以全新的觀點說：「君之功名，大矣哉！」

【注　釋】❶祥興蒙難　元世祖至元十五年（西元一二七八年）夏四月，年僅十四歲的宋端宗去世，張世傑、陸秀夫等擁立八歲的廣王趙昺為帝，五月改年號為祥興，第二年二月，在竭力抗擊元軍失敗後，陸秀夫抱著趙昺投海而死，張也墜海死去，南宋最終滅亡。❷刷眉植骨　眉清骨直。❸經　指《四書》、《五經》之類經書。❹傳　指闡述經義的文字。如《詩》毛傳、《禮記》鄭注等。❺每下而愈況　越往下說越足以比況。況，由比照而顯明。原意是說道無所不在，即使舉下賤的東西亦可以見道。典出《莊子·知北遊》：「東郭子問于莊子曰：『所謂道，惡乎在？』莊子曰：『無所不在。』東郭子曰：『期而後可？』莊子曰：『在螻蟻。』曰：『何其下邪？』曰：『在稊稗。』曰：『何其愈下邪？』曰：『在瓦甓。』曰：『何其愈甚邪？』曰：『在屎溺。』東郭子不應。莊子曰：『夫子之問，固不及質，正（亭卒）獲之問于監市（市魁）履狶（大豕）也，每下愈其況。』」市魁踏著豕的股腳難肥處，就知道豬肥，就是從下處比況而知道，比喻越從低微的事物上推求，就愈能看出道的真實情況。後多用作「每況愈下」，義亦轉變，表示愈來愈壞的意思。❻胥　官府中書辦一類的小吏。❼豸　本指長脊獸，如貓、虎之類。引申為無腳的蟲，體多長，如蚯蚓之類。《爾雅·釋蟲》：「有足謂之蟲，無足謂之豸。」❽戌削　謂志行高潔。❾齎志　懷抱著志願。

【語　譯】劉君初名永公，改名瑋，崑映是他的字。先世有任丞相而著稱的，名字沒有傳下來。大約因南宋末年祥興蒙難而將家遷移到衡州，遺命告誡子孫停止讀書而去耕田，所以勛階鄉里名字都隱佚了。子孫世代務農而淳樸，被鄉里所尊重。到起潛公名登甲才讀書而補為文學生員。登甲生去華公名紹蕡，是鄉的貢生，沒有出仕。劉君生得眉清骨直，有偉人的風度。起潛公很高興，命名叫「鐵漢」，這是稱道他的質地。崑映君讀書不很敏捷，但是志意更加堅定，苦讀窮盡早晚。崇禎年間，齊梁柔靡的文風瀰漫，駢麗浮華，而劉君用盡心思地來搜求經籍解釋的要旨。每有辯論時，堅決地不跟從時俗風尚，只是追求真理，因此補文學生員二十多年，去赴鄉試卻未中舉。於是到山中割下茅草建造一個小茅屋，種些雜花，坐下讀書，漫步吟詩，忘掉了年歲，忘掉了處境，他看待當世那些忽為牛鬼蛇神，忽為嬌花啼鳥的人，十分輕蔑，這就是他的名聲困乏的原因啊。幾十年來讀書人的風氣，是愈比況愈低下，互相趨捧，也是愈低下愈足以比況。老師取媚他的門生，鄉舍間取媚豪紳，讀書人取媚他的郡守縣令，乃至於取媚他的小吏衙役，友人取媚他的趨勢販貨的邪惡的朋友。但是劉君卻義形於色，看待別人取媚自己，猶如臭魚在旁邊，只聞其臭。看見取媚他人的，就像對待蟲豸一樣看待他，不為他一動笑容。間或有開始能志行高潔的，也欣悅地與他結交。到那人因貧賤而改變節操時，就立刻堅決與他絕交，甚至到以後相遇也不作揖，如不相識一樣。因此自己終身貧窮直到去世。靠教書為生。並且親自耕種，生活僅僅免於飢寒，但卻悠然自得。對郡縣長官的門庭，背著風來避免他的腥氣。村塢受他的感化，幾十里之間沒有訴訟的官司。嗚呼！若使他在世上有際遇，可根據他的踪跡來器重他重用他，從而不辜負祖父起潛公對他的期望與贊許。而現在懷志背時，中年亡故，這就是他沒有功績的原因啊。叔父的話，是哀憐他的困窮罷了。在世上取得名聲，不如在內心取得名聲；建功在外界，不如建功在自己，這是由來已久了。每一舉動念頭都是誠信的君子，是建立內心的名聲，捍衛生存卻能遠離不仁，就是自己建立的功績。請允許我擴展叔父的話，說：「劉君的功績名聲是很大的了。」

銘曰：疇昔過❶君，溼雲蒙岫❷。雷雨夕喧，裂窗傾溜。縱酒高吟，天為倏晝。弔古悲今，別人分獸。自君之亡，狂言誰奏。獨遺孤塋，宿草青覆。銘以千秋，式❸垂爾後。

【章　旨】銘文記敘了生前過訪的情形，並歌頌劉君將永垂不朽。

【注　釋】❶過　訪；探望。❷岫　峰巒。❸式　榜樣；模範。

【語　譯】銘文道：從前探望過訪，濃雲蒙罩了峰巒。夜晚雷雨喧囂，雨水透過窗戶傾瀉滑溜。我們卻縱懷飲酒高聲吟唱，天也為此忽然變亮。弔問古代悲嘆當今，分別人獸的差別。從君死後，與誰一起再講狂言。只留孤墳一座，青青的舊草覆蓋了墳墓。寫銘歌頌你的名聲流傳千古，你這榜樣永垂後世。

武夷先生暨譚太孺人合葬墓誌

【題　解】王夫之的父親是明代徵士，崇尚朱熹的理學，學者稱他為武夷先生。譚太孺人是其繼室。墓誌是放在墓中刻有死者傳記的石刻。本文是作者為其父母合葬而寫。作者簡明地介紹傳主的家世與生平，詳細的情況可參閱本書〈譚太孺人行狀〉與〈家世節錄〉。

有明徵士❶武夷先生暨配譚太孺人，先後合葬于此。閱❷三十七年，冢子❸介之已卒，不孝季男夫之，年七十矣，遘屯❹永世❺，將拂螻蟻，迺克誌焉。前此幾幸當世知道君子，拂拭幽光，而頫仰人間，無可希望，弗獲已而質述大略。所望□□□□徵來哲之鑒閔，尚無後艱，恃天在人中，不可泯也。

【章　旨】敘為父母寫墓誌的原由。

【注　釋】❶徵士　曾經受朝廷徵聘而不肯任職的隱士。❷閱　經歷。❸冢子　嫡長子。❹遘屯　遇屯卦。屯卦為難，故指遭難。❺永世　歷世久遠；永遠。

【語　譯】明代的徵士武夷先生與妻譚太孺人，先後合葬在這裡。經過了三十七年，嫡長子介之已亡故，不孝兒夫之已七十歲了，遭難長久，也將要亡故，在地下與螻蟻接近，因此才寫下墓誌。起先希望當代德高望重的君子執筆發揚先考先妣的幽光，但是俯仰人間，沒有可以寄託希望的人，不得已只好自己大致敘述父母的生平概略，希望未來的賢者能鑒察、同情我而使子孫沒有艱險。所可依仗的是天理存在於人間，先考先妣的事蹟是不會泯滅的。

先生姓王氏諱朝聘，字修侯。曾祖考一山公諱寧，上輕車都尉❶諱震之次子也。祖考靜峰公諱雍，歷任江西南城教諭❷。考少峰公諱惟敬，妣范孺人、譚孺人。考念樂公諱時章，妣歐陽孺人。先生以隆慶庚午❸季冬月❹朔❺日誕生，卒以□□丁亥❻十一月望❼後三日。先生始終為明徵士，遺命不以柩行城市。方隱南嶽潛聖峰下，即卜其麓以葬，孺人祔焉。

【章旨】敘述父母的家世，父親的生卒年與墓地所在。

【注釋】❶上輕車都尉　正二品武官的勳階。詳見本書〈家世節錄〉注。❷教諭　學官名。元明清縣學都設教諭，掌管文廟祭祀、教育所屬生員。❸隆慶庚午　明穆宗四年（西元一五七〇年）。❹季冬月　冬季的最後一個月。即陰曆十二月。❺朔　夏曆每月的初一。❻丁亥　指清順治四年（西元一六四七年）。❼望　夏曆每月十五稱望。

【語譯】先生姓王名朝聘，字修侯。曾祖父一山公名寧，是上輕車都尉名震的第二個兒子。祖父靜峰公名雍，歷任江西南城縣學教諭。父親少峰公名惟敬，母親范孺人、譚孺人。譚孺人的父親為念樂公名時章，母親為歐陽孺人。先生在明穆宗四年十二月初一誕生，在丁亥年十二月十八日逝世。先生始終為明代曾經受徵聘而未仕的徵士，臨終遺命靈柩出喪不要行經城裡，當時正隱居在南嶽潛聖峰下，就以占卜擇定山腳下一塊地安葬，孺人附葬。

先生盡道事親，白首追思，猶勤泣血。敦仁友弟，早齡同學，垂老不衰。於時三湘風化，胥重天倫，皆不言之教❶所孚❷也。少從鄉名儒伍學父先生受業。徙步游安城亭州，博訪師友。已從泗山鄒先生受聖學，奉誠意為宗，密藏而力行之。取與言笑，一謹于獨知❸。發為文章，體道要以達微言。蓋知者尟❹也。天啟辛酉以乙榜奉詔❺，徵入太學。無所屈合，投劾❻不仕。抱道幽居，長吏歆仰❼，求見不得。門人以文登楚黔賢書❽者五人。邑里被服靜正之教，薄者敦，恣者斂，悍戾者柔。

【章旨】敘寫先父的孝仁友悌以及學習奉行理學，成為抱道幽居的徵士。

【注釋】❶不言之教　不依靠語言而以德行感化的教育。❷孚　為人所信服。❸謹于獨知　即慎獨的意思。

意為在獨處無人注意時，自己的行為也要謹慎不苟。宋明理學家一般以慎獨作為重要的修養方法之一。❹匙　「鮮」的異體字。❺天啟辛酉以乙榜奉詔　明熹宗元年，因登基恩詔中鄉試乙榜（副榜）者入太學，王夫之父親因而奉詔進京入太學。天啟辛酉，明熹宗元年。❻投劾　古代官員投呈彈劾自己，請求去職的狀子。❼歆仰　欣羨仰慕。❽賢書　本意是舉薦賢能的名單。《周禮・地官・鄉大夫》：「鄉老及鄉大夫群吏獻賢能之書于王。」後世因稱鄉試考中為「登賢書」。

【語　譯】先生按孝道侍奉雙親，年老時追思雙親還哭得淚盡泣血。對朋友兄弟敦厚仁愛，早年的同學，到老情誼不衰。當時三湘的風俗，都重天倫，這都是不言之教為人所信服。年少時先生跟從本地的名儒伍學父先生學習。後來徒步到江西安成、亭州游學，廣泛地訪師交友。此後跟從鄒泗山先生學習理學。以正心誠意為宗旨，深藏於心並認真實踐。無論獲取或施與，一言一笑，都一絲不苟地遵循慎獨的原則實行。寫文章主要是以微言體現理學的要旨，但是很少人了解先生。明熹宗元年，因中鄉試副榜，奉詔進京入太學。沒有可屈合的，於是投呈請求去職不出仕。抱道隱居，官吏欣羨仰慕他，求見卻不得。門人中楚黔兩地考中舉人的有五人。在邑里中使大家受到理學的薰陶，因而德薄者變為敦厚，恣意者有所收斂，凶悍暴戾者變得柔和起來。

譚太孺人以孝睦慈順，贊成令模，內外蒸蒸❶焉。孺人後先生三歲，□□庚寅❷仲秋月朔後一日卒，去誕生歲萬曆丁丑❸閏八月二十二日，凡七十四載。□□□□□□而姻婭鄉國傳聞、欽慕先生、孺人之澤，視不孝夫之有加焉。

【章　旨】敘寫先母以孝睦慈順成為楷模，並按文體要求寫其生卒年。

【注　釋】❶蒸蒸　同「烝烝」。稱贊孝德的厚美。❷庚寅　指清順治七年（西元一六五〇年）。❸萬曆丁丑明神宗五年（西元一五七七年）。

【語　譯】譚太孺人以孝睦慈順成為楷模，親戚鄰里都稱贊她的孝德厚美。太孺人比先生後三年在庚寅年八月初二亡故。誕生年歲為明神宗五年閏八月二十二日，享年七十四歲。親戚鄉邦中傳頌、欽佩仰慕先生、孺人德澤的事，比不孝兒夫之知道的多得多。

生子三：長子介之，明孝廉，歲在丙寅❶卒，人士謚為貞獻先生；次子參之，選貢生，早卒；次則不孝夫之也。嗣學不明，守死不篤，今聞永謝，僅保孤封，于此嶽阜，尚宜為天所愍，為人所式，永固周藏，與山終古。不敢糸銘，泣述概略于右。

【章　旨】敘寫先父母子輩的情況。

【注　釋】❶丙寅　指清順治二十五年（西元一六八六年）。

【語　譯】先父母生三個兒子：長子介之，明代的舉人，在明熹宗六年亡故，人們私謚為貞獻先生；次子參之，是選貢生，早故；再次則是不孝兒夫之了。嗣承理學卻不明徹，守道抱死又不深篤，所以永遠沒有美聲，僅能在潛聖峰下守此靈墓。還可以被天所哀憐同情，可為人們所效法，使靈墓永遠堅固，與山川共存，不敢寫銘，泣述先父母生平大概如右。

牧石先生暨吳太恭人合祔墓表

【題解】祔，合葬。墓表是立在墓前，刻載死者生平，表揚其功德的石碑。本文是王夫之為其仲叔與嬸合葬所作。

蓋聞德契❶於幽❷，弗容終閟❸；慈留於永，詎❹忍或諼❺。既不昧於諶懷❻，矧敢矜其溢美。惟我仲父牧石先生諱廷聘，字蔚仲，我祖考少峰公之仲子，先考武夷公長弟也，配吳太恭人❼。以伯兄玉之繼絕，襲右職❽，遇覃恩❾，例得受贈。

【章旨】說明撰寫墓表的緣起，乃因仲叔德行值得記述。並記敘仲叔的先世以及兒子玉之繼絕而襲世職。

【注釋】❶契　刻。❷幽　隱晦不顯。❸閟　閉塞；掩蔽。❹詎　豈。❺諼　忘記。❻諶懷　誠懷。❼太恭人　明清時四品官妻子的封號為恭人，封給母親和祖母則稱太恭人。❽右職　重要的職位。❾覃恩　廣布恩澤。舊時多指帝王對臣下普行封賞或赦免。

【語譯】聽說德行雖刻在隱晦不顯之處，但不會永遠被掩蔽；慈愛永留，怎麼忍心忘記。既不敢昧良心，何敢自恃文筆而隨便寫墓表。我的二叔牧石先生名廷聘，字蔚仲，是我的祖父少峰公的次子，先父武夷公的大弟弟，妻吳太恭人。因伯兄玉之過繼給絕嗣的堂伯父，而世襲指揮使這重要的職位，又逢皇帝普行封賞，叔父母按例得到封贈。

先生孝自天豐，文因道勝，遺塵❶雲迥，抗志❷霜清❸。其順以承親也，于童年小有過失，少峰公責譴門外，永夕下鑰，時當除夕，風雪淒迷，先考私從隙道掖令歸寢，先生引咎自責，必遵庭命。翼日元旦，少峰公方啟扉焚香，先生怡顏長跽，少峰公且喜且泣，稱其允為道器。逮及耆年❹，省塋酹酒，涕泗橫流，拜伏不起，則夫之所親見也。嗣與先考同受業於伍學父先生之門，匪徒文譽齊騰，抑且德隅❺均整。易衣共枕，長年歡浹。吳太恭人與先妣譚太孺人，孝睦壹志，等於同生。繇是稱孝友者，以寒門為華族之箴瑱❻。施於今日，流頌不衰，有耳有心，胥於一致。非不肖夫之所敢侈一詞也。

【章　旨】敘寫牧石先生的孝順、吳太恭人的孝睦，因而家族以孝友著稱。

【注　釋】❶遺塵　遺棄塵俗；拋棄塵念。❷抗志　高尚的志節。❸霜清　如秋霜之清。❹耆年　老年。❺德隅　猶言德行方正。《詩·大雅·抑》：「抑抑威儀，維德之隅。」❻箴瑱　猶言勸阻；規諫。有箴全御過的意思。

【語譯】先生的孝心來自天性的醇厚，文章因道而優勝，遠離塵俗，如雲間之遠，志節高尚如秋霜之清。以順從的態度來奉事親長，在童年時曾有小過失，少峰公責罰他站在門外，深夜關門下鎖，當時正值除夕，風雪淒迷，先父私下從小路攙扶他叫他回去睡覺，先生卻自責過失，一定遵守教訓。第二天元旦，少峰公剛開門燒香，看到先生面色和悅地長跪在那裡，少峰公又喜又哭，稱贊他真正是可造之才。到了老年，祭墓獻酒，哭得眼淚鼻涕交相流下，拜伏在地上不肯起來，是夫之親眼目睹的。後來與先父一起在伍學父先生的門下受教，不僅是文章的名聲一起傳頌，而且德行方正，均衡齊整。他們互換穿的衣服，同枕而眠，長年歡樂和諧地共處。吳太恭人與先母譚太孺人，孝順和睦，一心一意，妯娌等於同生的姊妹。因此王家以孝友著稱，以寒門而成為規諫富貴世家的榜樣。一直到今天，傳頌不衰，有耳有心，都趨一致，不是不肖夫之敢於多說一句來形容的。

十八補郡文學，履應賓興❶，文筆孤清，弗售於有司。歲己酉，與先考同赴省試，先考中塗病作，遽謝同輩，掖扶❷歸里，小艇炎蒸，篝燈搔抑，目不定睫者五晝夜，因慨然曰：「幸全三樂❸，復何有於浮雲❹哉。」自是雅意林泉，布襪青鞵，逍遙於下潠觀田❺，孤山種梅❻之下，築曳塗居❼，搆小亭，題曰濠上❽，浚小池，蒔雜花其側，釀秫種蔬，供歲時之薦。先生少攻吟咏，晚而益工，於時公安竟陵❾哀思之音，歆動❿海內。先生斟酌開天⓫，參伍黃建⓬，拒姝媚之曼聲，振噌吰⓭之亢韻。屢嬰離亂，遺稿無存。

【章　旨】寫牧石先生科舉失意、轉隱山林與詩歌創作的情況。

【注　釋】❶賓興　科舉時代地方官設宴招待應舉的士子。亦指鄉試。❷掖扶　攙掖；扶持。❸三樂　《孟子・盡心上》：「父母俱存，兄弟無故，一樂也。仰不愧於天，俯不怍於人，二樂也。得天下英才而教育之，三樂也。」代表了儒家理想人生中的三件樂事。❹浮雲　《論語・述而》：「不義而富且貴，於我如浮雲。」比喻不值得關心的事物。❺下潠觀田　觀下潠田。下潠田，是低下多水的田。陶潛有〈丙辰歲八月中於下潠田舍穫〉。❻孤山種梅　宋代處士林逋在西湖孤山種梅養鶴，自得其樂，人謂梅妻鶴子。❼曳塗居　曳尾泥塗中的居室。典出《莊子・秋水》，莊子問：「吾聞楚有神龜，死已三千年矣，王巾笥而藏之廟堂之上。此龜者寧其死為留骨而貴乎？寧其生而曳尾塗中乎？」二大夫曰：「寧生而曳塗中。」塗，污泥。比喻與其顯身揚名於廟堂之上而毀身滅性，不如過貧賤的隱居生活而得逍遙全身。❽濠上　濠水之上。《莊子・秋水》記莊子與惠子游於濠梁之上，見鯈魚出游從容，因辯論魚是否知樂。後多用「濠上」比喻別有會心、自得其樂之地。❾公安竟陵　明代的詩文流派公安派、竟陵派。湖北公安人袁宗道、袁宏道、袁中道三兄弟，認為「天下無百年不變的文章」，反對前後七子的復古主義，主張「獨抒性靈，不拘格套。」但他們過於強調作者的主觀意識，作品缺乏深厚的社會內容，其末流更有鄙俚淺率之弊。同時以湖北竟陵人鍾惺、譚元春為代表，他們強調「別出手眼」，提倡「幽深孤峭」的境界，走上另一條形式主義的道路。❿歆動　調動情。歆，欣羨；悅服。⓫開天　開元、天寶。指盛唐時期的詩歌。⓬黃建　指黃初詩、建安詩。黃初為魏文帝曹丕年號。黃初詩具有建安風格，宋嚴羽《滄浪詩話．詩體》：「以時而論，則有建安體、黃初體。」原注：「魏年號與建安相接，其體一也。」⓭噌吰狀聲詞。多以形容鐘聲。

【語　譯】牧石先生十八歲時補為郡文學生員，去應鄉試，文筆孤清，不能得到主考官的賞識。己酉年與先父一起赴省鄉試，先父中途發病，牧石先生馬上辭別同輩，攙掖扶持先父返回故里，坐的小船炎熱如蒸籠，點燈火搔癢拍蚊，目不閉睫，一共五晝夜，因而慨嘆說：「幸虧人生三樂俱全，還要什麼富貴呢！」從此專心於退隱山林，布襪青鞋，如陶淵明一樣逍遙地觀看下濮田的收穫，如宋代林和靖居士一樣在孤山種梅，築起曳尾泥塗中的居室，造了個小亭，起名叫「濠上」，別有會心，自得其樂，疏浚了一個小水池，種些雜花在池旁，釀酒種菜，提供年歲時節的需要。先生年輕時專攻詩歌，晚年更加工善，那時公安派、竟陵派的哀思之音，使海內人士悅服動情。先生卻斟酌開元、天寶的盛唐詩，參考建安黃初時期的詩歌，拒絕嫵媚女子的柔靡之音，而振響高亢的鐘聲。因為屢次遭遇離亂，遺稿已不再存在。

而夫之早歲披猖❶，不若庭訓，先生時召置坐隅，酌酒勸戒，教以遠利蹈義，懲傲撝謙❷，撫慰叮嚀，至于泣下。迨今髮敝齒凋，忠孝罔據，仰負宏慈，未嘗不刻骨酸心，深其怨艾，而祗畏❸冰淵❹，差遠巨慝❺，則固先生包蒙❻以養不中❼之明德所被也。

【章　旨】寫仲叔對自己的薰陶教育。

【注　釋】❶披猖　猖獗；猖狂。文中指過激。❷撝謙　謂施行謙德。泛指謙遜。撝，相佐。❸祇畏　敬畏。❹冰淵　《詩・小雅・小旻》：「如臨深淵，如臨薄冰。」後遂以冰淵喻指處境危險。❺巨慝　元凶；大惡人。❻包蒙　包容愚昧的人。《易經・蒙卦》：「九二，包蒙，吉。」❼不中　不賢。《孟子・離婁下》：「中也養不中，才也養不才。」朱熹注：「無過不及謂中，……養謂涵育熏陶。」

【語　譯】夫之年輕時經常過激，不能像先父教訓的那樣醇靜，先生時常召我在其座旁，酌酒勸告，教我遠利行義，戒絕驕傲，佐以謙遜，安撫勸慰，叮嚀再三，乃至於淚流滿面。到今天我已頭髮稀少，牙齒凋落，忠孝均無表現，辜負了仲叔的大慈，未嘗沒有刻骨的心酸，而深深地自怨自悔，但是能敬畏處境的危險，遠離元凶大惡，則應是先生的明德包容我的愚昧、薰陶我的不賢所造成的。

先生以萬曆丙子❶正月六日生，以□□丁亥❷十月□□日謝世。恭人先一歲乙亥三月十一生，同歲十月□□日沒。子玉之、釗之。玉之以文學襲衡州衛指揮同知。釗之早卒。孫恪、安國、恬、子偉、敏。恪、恬殤殞，子偉亦早世。曾孫生祐，子偉出。生蔭，敏出。夫之事先生，無異先考，追懷慈誘，瀕死不諼。年垂七十，乃克與敏輩勒遺緒❸于阡，不足述高深之百一，聊傳家世孝友醇靜之矩型，勿俾後裔卒迷云爾。

【章　旨】敘生卒年及子息情況和寫墓表的目的。

【注　釋】❶萬曆丙子　明神宗萬曆四年（西元一五七六年）。❷丁亥　指清順治四年（西元一六四七年）。❸遺緒　前人留下的功業。

【語　譯】先生在明神宗萬曆四年正月初六誕生，在丁亥四年十月□□去世，恭人早一年在萬曆三年三月十一日出生，丁亥年十月□□去世。兒子玉之、釗之。玉之以文學生員世襲衡州衛指揮同知。釗之早死。孫子恪、安國、恬、子偉、敏。恪、恬都未成年而死，子偉也早逝。曾孫生祐，是子偉所生。生蔭是敏所生。夫之侍奉先生，如同侍奉先父，追思循循善誘，到死不會忘記。年近七十，乃能與敏孫輩一起記下仲叔的功業，刻在墓道，但是不足以敘述仲叔高深的百分之一，只能姑且流傳家世孝友醇靜的規矩典型，不使後輩子孫迷糊遺忘罷了。

文學臙原氏墓誌銘

【題解】這是王夫之為其姪臙原氏寫的墓誌銘。突出寫他因父亡而哀傷致死的情形，表彰他因父歿而不能一日存於世的精神。

臙原氏名敞，貞獻先生❶之冢嗣，於余為從子。貞獻先生以丙寅❷正月晦❸卒，臙原哀毀成疾，以其年十月二十一日終於殯宮❹。先生違世守真，□□耐園，雅不與世親。臙原依依園側，躬耕授徒以侍，麾之遠而愈不忍離，篝火❺具沐，牏廁❻汎除❼之勞，髯髮半白矣，嘔嘔❽如孺子，執勞不倦，如是者三十餘年，先生八十矣。其卒也，啼號不絕於口，閱六月而病，病愈哀，又四月而亡。哭抱遺書❾，授余為訂定而傳之。遺命以衰麻❿斂，停棺侍殯側，候啟殯，相隨葬於先生暨妣歐陽孺人之墓側。和淚濡筆，作書貽余，俾如其志。

【章旨】敘寫臙原因父亡哀毀成疾，以致同年亡故，以及臨終的遺命，突出其孝心。

【注釋】❶貞獻先生　王夫之之伯父，私諡「貞獻」。❷丙寅　指康熙二十五年（一六八六年）。❸晦　夏曆每月三十。❹殯宮　按古禮死者收斂後存放在屋內，此即殯宮。三年後擇吉而葬。❺篝火　用竹籠罩火。篝，竹籠。❻牏廁　《漢書・萬石君傳》：「取親中帬廁牏，身自浣洒。」王先謙補注：「廁訓為側，牏當作竇，……竇當是傍室中門牆穿穴入地，空中以出水，建（萬石君）取親中帬，隱身側近竇邊自浣洒耳。」❼汎除　洒掃。❽嘔嘔　和悅貌。❾遺書　石崖公有《詩傳合參》一卷、《致身錄》一卷、《周易本義質》四卷、《春秋四傳質》十二卷。❿衰麻　喪服。用粗麻布做成的披在胸前的衰衣，麻布腰帶。

【語　譯】膴原氏名敞，是貞獻先生的嫡長子，我的姪子。貞獻先生在丙寅年正月三十去世，膴原哀傷致病，在同年十月二十一日壽終在殯宮。貞獻先生不與當世苟合而堅守純真的節操，居住在耐園，不與世俗相親。膴原在園旁依依不捨，親自耕種教授學生來侍奉父親，父叫他遠去，卻愈不忍離開，用竹籠罩火，為父沐浴，在側近室中門牆穿洞出水的地方，浣洗父衣，洒掃房屋，鬚髮都半白了，仍和悅如小子，操勞不倦。像這種情形持續三十多年，到先生八十歲。而當父親亡故後，大聲啼哭不絕於口，經過了六個月就生病了，病後更加悲傷，又四個月就亡故了。臨終前膴原哭抱著父親的遺書交付我並請我校訂以便留傳。遺囑以喪服入殮，停放棺木在父殯之旁，等候啟殯時出葬，相隨安葬在父母的墓旁。他流著眼淚，沾濕了紙筆寫信給我，使我按照他的意志辦事。

余家自驍騎公於洪武間世官衡州衛❶，十世而至先徵君武夷公，十一世而至貞獻先生，皆以內行❷為士友所推許。膴原克敦先訓，而發自性生，尤為切摯。其素履❸秉心堅樸，不欺然諾。於昆弟姻婭友朋，皆抉心殫力以相周旋，無所緣飾。十五補邑文學。為文清通醇正，詩得陶謝風旨。讀書刻意以求物理天則之蘊，不如手捫而目見之，不止。幼從余學。學於余者，篤志精研，未有及之者也。

【章　旨】贊美姪子能繼承家傳的美德，介紹他讀書寫文的特點。

【注　釋】❶余家自驍騎公於洪武間世官衡州衛　據〈家世節錄〉記載，驍騎公兄弟三人起義兵從太祖渡江，驍騎公因功授山東青州左衛正千戶，仲二公、仲三公累襲長沙、衡州二衛指揮。驍騎公生都尉公，從成祖南下，陞衡州衛指揮僉事。❷內行　平日家居的操行。❸素履　平凡而樸質的言行舉止。

【語　譯】我家自始祖驍騎公在洪武年間開始在衡州衛任職，經過十代而到先父徵君武夷公，十一代而到貞獻先生，都以平日家居的品德修養被士人朋友所推崇贊許。臙原能敦厚先訓，並且是天性，尤其顯得真摯誠切。他的修養秉心堅固誠樸，凡是答應的沒有失信的。對於兄弟姻親朋友，都盡心竭力來相交周旋，沒有什麼文飾。十五歲補邑文學生員，作文清通醇正，詩歌有陶淵明、謝靈運的風韻旨趣，讀書著意發掘萬物之理、天的法則的內在含蘊，不到像手捫目見一般清楚不停止。年幼時跟從我讀書。在跟我學習的學生中，誠篤的志向、精心鑽研的精神，沒有人能趕得上他的。

有子二，生祁、生郊。女一，幼未字。生祁生二子，綿、續。一女，許字蕭喬如。生以崇禎庚午❶八月二十日，距沒之年五十有七。余於其亡，哀之不欲生，而重悼其銜恤❷以隕生，父沒而不能一日存於世也。

【章　旨】敘寫其子息情況與生卒年，表彰他因憂傷命、父沒而不能一日存於世的精神。

【注　釋】❶崇禎庚午　崇禎三年（一六三〇年）。❷銜恤　含憂。《詩・小雅・蓼莪》：「出則含恤。」

【語　譯】膴原有二個兒子，生祁、生郊。一個女兒，年幼未許嫁。生祁生了二個兒子，綿、續。一個女兒，許嫁蕭喬如。膴原在崇禎三年誕生，享年五十七歲。我對於他的去世，悲哀得不想活下去，大大地哀悼他因憂愁而傷生，父親去世就不能一天活在世上的精神。

為之銘曰：身離於親，其離幾何。如根既拔，奚有枝柯。自春徂冬，憾日月之猶多。奉爾遺形，相隨於此山之阿。

【章　旨】銘文解釋與父同沒的原因，如拔去樹根，怎能有枝柯獨存。

【語　譯】為他作銘說：身子離開了尊親，這離別有多遠多久？就如樹根已經拔掉，那裡還有樹幹枝椏。從春天父親亡故到冬天膴原去世，還遺憾相隔時日太多。將你的遺骸，相隨葬於這山的一側。

記二首

船山記

【題　解】船山，即石船山，在衡陽縣西面一百二十里，蒸水的東面。王夫之五十七歲時在船山下築造了湘西草堂，便遷居於此，直到七十四歲去世，共住了十八年。本文作於臨終前一年，表面是寫船山，實際是藉以詠懷明志。明亡前，王夫之未曾出仕，明亡後，雖知時勢已不可為，但仍奮不顧身，挺身而出，力圖挽救危亡。於是在順治七年（明桂王四年），父喪期滿後，就任行人司行人介子之職（正八品官，掌管傳旨、冊封等事）。但是南明桂王政權十分腐敗，王夫之出仕後即投入忠奸的鬥爭中，他曾三次上疏劾奏奸黨首腦王化澄，以致深被嫉恨，險遭不測，因求解職。前後任職不過半年。後復依大學士瞿式耜，等到瞿殉節於桂林，王夫之知時勢愈不可為，於是決計終老林泉。正如潘宗洛〈船山先生傳〉中所說：「以先生之才，際我朝之興，改而圖仕，何患不達？乃終老船山，此所謂前明之遺臣者乎！」本文發抒自己隱居窮鄉僻壤四十年的隱痛，表明自己不圖富貴，不畏生死的精神和前明遺臣的堅定立場。正是由於發抒的是這種政治感情，在當時的政治條件下，王夫之苦於不能明說，又似骨骾在喉，不願不訴，因此形成文章風格比較隱晦難懂的特點。這是讀本文時應特別注意的。

船山，山之岑❶有石如船，頑石也，而以之名❷。其岡❸童❹，其溪渴❺，其靳有❻之木不給於榮❼，其草癯❽靡❾紛披❿而恆若凋，其田縱橫相錯而隴⓫首不立，其沼⓬凝濁以停而屢竭其瀕⓭，其前交蔽以絯⓮送遠之目，其右迤⓯於平蕪而不足以幽，其良禽過而不棲，其內趾⓰之獰者與人肩摩而不忌，其農習視其塍埒⓱之坍謬⓲而不修，其俗曠百世⓳而不知琴書之號。然而予之歷溪山者十百，其足以棲神怡慮者，往往不乏，顧於此閱⓴寒暑㉑者十有七，而將畢命焉，因曰：「此吾山也。」

【章旨】本段先介紹船山名稱的由來，作者在此特別插進了一句「頑石也」，為畫龍點睛之筆。「頑石」可以理解是王夫之精神的象徵，他堅持前明遺臣的立場就如頑石一樣堅固不變。接著以十二個「其」字起頭的並列句列述船山的十二個缺點，無論在自然資源、地理位置、山勢環境、風土人情……哪一方面都一無是處，但結果作者卻說「此吾山也」，以領出次段進一層的記述。

【注釋】❶岑　小而高的山。❷名　取名。名詞作動詞用。❸岡　山脊。❹童　指山上沒有草木。❺渴　水乾涸。❻靳有　少有。靳，吝惜。❼榮　茂盛。❽癯　瘦。❾靡　倒伏。❿紛披　分散雜沓。⓫隴　通「壟」。⓬沼　小水池。⓭瀕　同「濱」。水邊。⓮絯　拘束。⓯迤　地勢斜著延伸。⓰趾　腳趾。⓱塍埒　田塍的界域。⑱坍謬　倒塌錯壞。⑲曠百世　意為經歷一百代。是極度誇張的言詞。⑳閱　經歷。㉑寒暑　寒冬暑夏。常指代一年。

【語　譯】船山，這一小而高的山上有塊大石像船，這是塊頑石，卻用它來命名。它的山岡上，不長草木；它的溪水乾涸；它僅有的樹木也長得不茂盛；它的草瘦弱萎靡、分散雜亂，並且常常像要凋枯的樣子；它的田畝縱橫交錯，因而田埂壟頭在哪裡也不能確定；它的小池塘裡聚集著污泥，因而池水經常停滯不流，並且多少次連池水邊也乾涸了；它的前面樹木交錯遮蔽，因而阻礙了居高望遠的雙眼；它的右面地勢斜著延伸出來，是草木叢生的平曠原野，因而顯得不夠幽曲；天上的良鳥飛過船山，也不願棲息在這裡；山裡的凶獸和人的肩頭相摩擦，卻毫無顧忌；山農習慣於看到田塍界域倒坍錯壞，卻不加修理；這裡的習俗即使過一百代，也不知道彈琴讀書的道理。但是我經歷過的山嶺與溪水不下十百，其中足以能讓我寄託精神、安定焦慮情緒的山水，往往也不少，我卻在這裡度過了十七個寒冬暑夏，並且準備將生命終止在這裡度過餘年，因而我說：「船山是我的山。」

古之所就❶，而不能槩❷之於今；人之所欲，而不能信之於獨。居今之日，抱獨之情，奚為❸而不可也。古之人，其遊也有選，其居也有選，古之所就，夫亦人之所欲也。是故翔❹視乎方州，而尤佳者出；而跼❺天之傾，蹐❻地之坼❼，扶寸之土❽不能信為吾有，則雖欲選之而不得。蠲❾其不歡，迎其不棘❿，江山之韶今⓫，與愉恬之志⓬相若則相得⓭；而固為棘人⓮地，不足以括⓯其不歡之隱⓰，則雖欲選之而不能。仰而無憾者則俯而無愁⓱，是宜得林巒之美蔭以旌⓲之；而一抔之土⓳，不足以榮吾所生，五石之煉⓴，不足以崇吾所事，栫㉑以叢棘，履以繁霜，猶溢吾分也，則雖欲選之而不忍。賞心有侶，詠志有知，望道而有與謀，懷貞而有與輔，相遙感者，必其可以步影沿流㉒，長歌㉓互答者也；而煢煢㉔者如斯矣，營營㉕者如彼矣，春之晨，秋之夕，以戶牖為丸泥而自封也，則雖欲選之而又奚以為。夫如是，船山者即吾山也，奚為而不可也。

【章　旨】本段進一步論述為什麼船山有那麼多缺點卻是我的山的道理。先概述古今人我之間的不同，然後道出自己「居今之日，抱獨之情」，非人之所欲的特點。接著以四個並列句闡明即使自己想要像眾人一樣選擇隱居佳地卻是選不到，不能選，不忍選，也不必要選的。這是本文最難懂的部分。因為作者有不能明說的原因，那就是他是從事過反清活動而且至今仍堅持反清立場的前明遺臣，在當時而言，有殺身之禍、滅族之罪，因此那裡還談得上選擇隱居佳地呢。潘宗洛〈船山先生傳〉中說，南明桂王覆滅後，「先生遂浪游於清溪、郴州、耒陽、晉寧、漣、邵間，凡所至期月，人士慕從者眾，輒辭去。最後歸於衡，游石船山，以其地瘠而僻，遂……遷焉。」可見他經歷過不少好山水，只是慕從者太多，怕引起當局注意，而主動離去。窮荒的船山，正是閉門著書、終老牖下的最佳選擇，不是他竄身瑤峒，聲影不出林莽，他怎能一直不雉髮、完髮歿身呢？所以聯繫他所處的政治環境與政治態度，就可以理解文中所說的「不得」、「不能」、「不忍」與「奚以為」的原因和「船山者即吾山」的道理。

【注　釋】❶就　依從；選擇。❷槩　同「概」。衡量；限量。❸奚為　何為；為什麼。❹翔　假借為「詳」。❺跼　局促不安。❻蹐　後腳緊接著前腳，小步子走路。❼坼　裂開。明清之際的學者常用天崩地裂來比喻明代的滅亡。文中耽憂天傾地坼，也是此意。❽扶寸之土　古代長度單位。鋪排四指為扶，一指為寸。形容很小。❾蠲　除去。❿棘　假借為「亟」。即急的意思。⓫詔令　美好的命令。⓬愉恬之志　和悅恬淡的志向。⓭得　中意；適合。⓮棘人　指急於哀戚的人。今居父母喪者自稱為棘人。⓯括　總括。⓰隱　隱私；隱痛。⓱仰而無憾者則俯而無愁　孟子認為人生有三樂，其二是「仰不愧於天，俯不怍（慚愧）於人。」（見《孟子・盡心上》）意即沒有做過不好的事情。本句即化用孟子句，意為對天沒有遺憾，那麼在人間也就沒有憂愁。⓲旌　表彰。⓳一抔之土　《史記・張釋之馮唐列傳》中說有人偷盜漢高祖宗廟中的服御物，廷尉張釋之按律定棄市罪，漢文帝以為太輕，想定滅族罪，因而張釋之對文帝說：「假令愚民取長陵（高祖陵墓）一抔之土，陛下何以加其法乎？」一抔，一捧。後人因而稱墳墓為一抔之土。⓴五石之煉　傳說上古時女媧煉五色石來補天。此處的「補天」，隱含有挽救南明危亡之意。㉑栫　以柴木壅塞。㉒步影沿流　古時農村中沒有鐘錶，因此常根據水中日影的移動來推算時刻。步影，測量日影。步，以腳步測量遠近。㉓長歌　高聲唱歌。㉔煢煢　孤獨的樣子。㉕營營　往來不絕而繁忙的樣子。

【語　譯】古人所選擇的，並不能用來衡量今人的選擇；人們普遍所欲望的，並不能相信也就是獨特的個人的欲望。生活在今天，卻懷抱與常人不同的情懷，為什麼不可以呢。古人，他的遊覽有選擇，他的居處也有選擇，古人所選擇的，也反映了人們普遍的欲望。所以詳視四方，美好的地方就出現了；但是我憂心忡忡地小步急走，耽心會天崩地裂，不能相信小小的土地真能被自己所擁有，這樣，即使想選擇美好的地方也是得不到的。去掉內心的不歡，迎接那悠然自得的山川，大自然美好的召喚，與和悅恬淡的志向相似，就能互相中意；但是本來就是哀戚者居住的地方，不足用來包容自己不開心的隱痛，這樣無論不棘之地，還是棘人之地，都不能除卻我心中的不歡，因此，即使想選擇也不能選擇了。人不做壞事，對天便沒有遺憾，那麼在人世間也就沒有憂愁，這樣是應該得到美麗的林木山巒的庇蔭來表彰自己的；但是對我說來，一座墳墓，並不足用來榮耀我的生前，煉五色石補天的工作，也不能使我所從事的事業崇高起來，即使住在叢生的荊棘中，走在濃霜上，還超出了我分內所應得的，那裡還能因身居佳境，招來不測之禍、累及家族呢？這樣，即使想選擇美好的地方也不忍心再選了。心情歡暢時有山水為伴，歌詠情志時有山川為侶，嚮往正道時有山水共謀，堅持貞潔時有山水輔助，能遙遠地互相感應的，就一定是那順著水流，可以測量日影來計算時刻，和長歌唱和、互相酬答的山水；但是我已經如此孤獨，而他人又那樣往來不絕，繁忙不已，春天的早晨，秋天的晚上，我把自己的門窗用泥團子封閉起來，不去觀賞外面的景色，這樣即使想選擇美好的地方又是為了什麼呢？既然如此，說船山就是我的山，有什麼不可以呢？

無可名之於四遠，無可名之於末世，偶然謂之，欻[1]然忘之，老且死，而船山者仍還其頑石。嚴之瀨❷、司空之谷❸、林之湖山❹，天與之清美之風日，地與之豐潔之林泉，人與之流連之追慕，非吾可者，吾不得而似也。吾終於此而已矣。

辛未❺深秋記。

【章　旨】本段明確點出自己的隱居與歷史上的嚴光、司空圖、林逋的隱居性質不同，他們或不願出仕，或避戰亂，或性喜山水，並不與時代的統治者發生衝突，所以他們能夠得到大自然所賦予的隱居勝地，並使後人流連仰慕。自己則不是如此，不能像他們那樣，而只能終老窮山荒谷中。文中再次出現「船山者仍還其頑石」的句子，表明了作者至死不渝的頑石精神。這也正是王夫之精神的難能可貴之處。

【注　釋】❶欻　同「欻」。如火光一現，形容迅速。❷嚴之瀨　指嚴陵瀨。嚴光，字子陵，與光武帝同游學，光武即帝位後，嚴與妻一起隱居富春山，不願出仕，後人稱他釣魚的地方為嚴陵瀨（就近有嚴子陵釣臺），在美麗的富春江旁。瀨，從沙石上流過的急水。❸司空之谷　唐司空圖。官至禮部郎中，因避亂隱居中條山王官谷。❹林之湖山　北宋詩人林逋。浙江杭州人，隱居在西湖孤山，賞梅養鶴，終身不娶，舊時稱其「梅妻鶴子」，謚和靖先生。❺辛未　指康熙三十年辛未（西元一六九一年）。

【語　譯】不能揚名到四方，也不能揚名到後代，偶然宣稱船山是我的山，很快也就忘掉了。自己年老並將死去，而船山仍還它頑石的原貌。嚴光隱釣的嚴陵瀨、司空圖隱居的王官谷、林和靖隱居的西湖孤山，蒼天給了他們麗日清風，大地給了他們密林潔泉，人們給了他們往返流連、追思仰慕之情，這都不是我可享受的，我也不能得到類似的享受，我只能終老在這荒野的山中罷了。辛未年深秋記。

小雲山記

【題解】本文描繪小雲山的景色。小雲山在衡陽縣西九十里，山不很高，但能望遠，王夫之以為是湘西山中景觀最美好的。

湘西之山，自耶薑❶并湘以來，其複數十，以北至於大雲❷。大雲之山遂東，其陵❸乘十數，因而曼衍❹，以至於蒸湘之交。大雲之北麓有溪焉，並山而東以匯於蒸，未為溪之麓支之稚者，北又東，其複十數，皆漸伏而為曼衍。登小雲，複者皆複，而曼衍盡見，為方八十里，以至於蒸湘之交，遂踰乎湘。南盡晉寧❺之洋山，西南盡祁❻之岳侯❼題名，東盡耒❽之武侯之祠，東北盡炎帝之陵，陵酃也，北迤❾東盡攸之燕子巢。

【章旨】敘小雲山的地勢與位置。

【注釋】❶耶薑 即大雲山。❷大雲 一名七星山。在衡陽縣西面一百十里，接永州府祁陽縣、寶慶府邵陽縣二縣縣界。❸陵 大土山。❹曼衍 連綿不絕。❺晉寧 縣名。晉改安陽縣置，隋改為晉興，故治在今湖南省資興縣南面。❻祁　即祁陽縣。❼岳侯　即岳飛。❽耒　耒陽縣。❾迤　斜行。

【語譯】湘西的山從耶薑山并湘江以東，此間重重疊疊有幾十座山，北面到大雲山。大雲山的東頭，有十幾座大土山，因而形成連綿不絕之勢，一直到蒸水與湘江的交會處。大雲山的北面山腳有溪，沿山東流與蒸水匯合。沒有溪水的山麓小山，往北又向東延伸，其間重重疊疊有十幾座，都漸漸低伏，並且連綿不絕。登上小雲山遠望，山都重疊，而且可以看盡連綿不絕的山。方圓八十里，一直到蒸水湘江的交會處，跨越過湘江。小雲山南面到晉寧縣的洋山，西南面到祁陽縣的岳飛題名的地方，東面到耒陽縣的武侯祠，東北到炎帝陵，陵在酃縣，北面斜行往東到攸縣的燕子巢。

天宇澄清，平煙冪❶野，飛禽重影，虹雨明滅，皆迎目授朗於曼衍之中。其北則南嶽之西峰，其簇如群萼初舒，寒則蒼，春則碧，以周乎曼衍而左函之，小雲之觀止矣。春之雲，有半起而為輪囷❷，有叢岫如雪而獻其孤黛。夏之雨，有亙白，有漩澓❸，有孤裊，有隙日旁射，燿其晶瑩。秋之月，有澄淡而不知微遠之所終。冬之雪，有上如暝，下如月萬頃，有夕鐙爍素懸於泱莽❹。山之觀奚止也。小雲之高，視大雲不十之一也。大雲之高，視嶽不三十之一也。豈啻❺大雲、嶽之觀，所能度越此者，唯祝融焉，他則無小雲若。蓋小雲者，當湘西群山之東，得大雲之委而臨曼衍之首者也，故若此。是故湘西之山觀之尤者，逮乎小雲而盡。繫乎大雲而小者，大雲龐然大也。或曰：「道士申泰芝❻者，修其養生之術於大雲，而以小雲為別館，故小之。」雖然，盡湘以西，終無及之者。自麓至山之脰❼，皆高柯叢樾❽，陰森蔥蒨❾。陟山之巔，則古木百尺者，皆俯以供觀者之極目。養生者去，僧或廬之。廬下蒔雜花，四時縈砌。右有池，不雨不竭。

【章　旨】描繪小雲山的景色。

【注　釋】❶冪　覆蓋；罩。❷輪囷　屈曲的樣子。❸漩澓　回旋的水流。❹泱莽　廣大無涯際的樣子。❺啻　僅；但；止。❻申泰芝　唐洛陽人。其母夢吞靈芝而懷孕，與唐玄宗同日生，隱居在山中修煉。❼脰　頸項。❽樾　兩木交聚而成的樹蔭。❾蔥蒨　草木青翠茂盛的樣子。

【語　譯】宇宙澄清，平煙籠罩了四野，飛鳥影兒重疊，一會兒下雨，一會兒出彩虹，明滅變化，在曼衍中出現各種景色迎目而來。小雲山的北面是南嶽衡山的西峰，群峰簇擁如群花的花瓣剛剛綻開，寒天是蒼青色，春天則是碧翠。曼衍四周而左面則包容起來，小雲山的遠眺就被限止住了。春天的雲霞有半空而起，呈屈曲形狀的，有像白雪覆蓋的群峰叢巒而又露出了蒼青的峰頂的。夏天下雨時，有橫貫的白色，有回旋的水流，有孤煙繚繞上升，有太陽光從間隙處旁射出來，閃耀著晶瑩的光芒。秋天的月夜，月色澄淨清淡，卻不知幽遠的月光終止的地方。冬天的雪景，天空如夜晚，下面卻如月光萬頃，似有燈火閃爍懸掛在無邊無際的蒼茫之中。山中的景色真是不可勝數。小雲山的高度，比大雲山不過十分之一，大雲山的高度，比南嶽不過三十分之一。豈只是大雲山、南嶽有景觀，能夠超越小雲的，只是南嶽了，其他沒有像小雲山的。小雲山位當湘西群山的東面，得到大雲山的委託而面臨山勢曼衍之首，故有如此景觀。因此，湘西山的景觀最突出的，以小雲山為最。繫乎大雲而比較小，大雲山是龐然大物，有人說：「道士申泰芝在大雲山修煉他的養生術，而把小雲山作為他的別館，所以以此山為小雲山。」雖然如此，凡是湘西的山，總沒有及得上小雲的。自山腳到山頸，都是高樹叢蔭，陰森青翠。登上山頂，就是百尺古木，都下俯供給遊覽的人放眼觀賞。養生的人申泰芝離去了，便有僧人在這裡結廬而居。廬旁種植雜花，四時環繞砌石。右面有水池，就是不下雨也不枯竭。

予自甲辰❶始遊，嗣後歲一登之，不倦。友人劉近魯❷居其下，有高閣藏書六千餘卷，導予遊者。

【章　旨】記伴遊者及每年遊覽一次，從而進一步說明小雲山的迷人。

【注　釋】❶甲辰　指清康熙三年（一六六四年）。時王夫之四十六歲。❷劉近魯　秀才。甲辰年王夫之的長子攽娶其女。

【語　譯】我從甲辰年第一次遊覽小雲山，以後每年登覽一次，從不倦遊。朋友劉近魯居住在山腳下，有一高閣，藏書六千多卷，是引導我遊覽的人。

卷三

序五首

詩傳合參序

【題解】本篇是王夫之為其長兄介之所著的《詩傳合參》寫的書序。王夫之、介之論《詩經》全據詩序的觀點，也就是說要將《詩經》和經義傳釋合在一起理解。序中精闢地論述了子夏繼承孔子，而有所變化發展，朱熹繼承子夏而又有所發展的道理，批判了冒古不化、旁樹門派之流。

學，效也。聞之說曆者曰：「用郭守敬❶之曆，而不能用其法，非能效守敬者。」善夫其以善言效也。故《易》曰：「擬議❷以成其變化。」擬議變化，如目視之與手舉，異用而合體。變化所以擬議也。知擬議其變化，則古人之可效者畢效矣。然而不知擬議者，其於變化，猶幻人之術也，眩也，終古而弗能效也。以《詩》言之，朱子❸生二千年之後，易子夏❹氏而為之傳❺，奚效乎，效子夏氏爾。子夏氏於素絢❻之詩，同堂而異意，故能效夫子之變化以俟朱子。朱子於三百篇正變貞淫❼之致，同道而異詮，故能效子夏之變化，以俟後人。善效朱子者，可以知所擬議矣。伯兄石崖先生曰：「吾以〈序〉言《詩》，而於生平諷誦所蓄疑而未安者，自覺為之豁如❽。」覺其豁如者，覺也。覺者，天理之舍，古今之府，以效古人而自覺者也。故一曰學，覺也。覺生於擬議，而效成乎變化，斯以悅心研慮而無所疑。乃若愚所謂眩者，則非此之謂也。竊二氏之土苴❾，建為門庭，以與朱子訟。戴古本為冒鏑❿之盾，究亦未知漢儒之奚以云也。一字之提，不問其句，一句之唱，不問其篇，矯揉聖教而惟其侮，倚其附耳密傳之影響⓫，而不得有一念之豁如，若此者固愚兄弟所過門不入而無憾者，奚忍與黨同而伐朱子之異哉！先生此編，一以子夏序為正，而固不怙⓬也。曰：即出於衛氏⓭而亦為近古。

其遜志⑭而不敢誣，亦於此見矣。〈緇衣〉之序云：「高子曰：靈星之尸⑮也。」靈星之祀，詳見應劭《風俗通》，蓋漢人之淫祀。子夏親授《詩》於夫子，高子其何稱焉。故曰，即出於衛氏而亦為近古。以俟後哲無懟已。

【注釋】❶郭守敬　元代天文學家、水利學家和數學家。和王恂、許衡等人共同編製了比過去準確的《授時曆》，施行達三百六十年，是我國曆法史上施行最久的曆法。他注重實踐，長於製造儀器，創造和改進了十多件觀測天象的儀器。❷擬議　行動之前的考慮和議論。《易・繫辭上》：「擬之而後言，議之而後動，擬議以成其變法。」❸朱子　朱熹。著《詩集傳》。❹子夏　春秋末晉國人，一說衛國人，姓卜名商，孔子學生。孔子死後，到魏國西河講學，相傳《詩》、《春秋》等儒家經典是由他傳授下來的。《詩序》有大序、小序之分，列在各詩之前，解釋各篇的主題為小序，在首篇〈關雎〉的小序之後，有大段文字概論《詩經》的，為大序。東漢鄭玄以為大序是子夏作，小序為子夏、毛公作。宋代以來的學者，或有的根據《後漢書・儒林傳》中衛宏作〈詩序〉之語，認為是衛宏所作。朱熹《詩集傳》對〈詩序〉的解說多有辯難。❺傳　闡述經義的文字。❻素絢　《論語・八佾》子夏問曰：「巧笑倩兮，美目盼兮，素以為絢兮，何謂也？」素，粉地。畫的質地。絢，彩色，畫的裝飾。意謂人有此倩盼的美質，而又加以華采的修飾，如有素地而加彩色。❼正變貞淫　朱熹在《詩集傳序》中論《詩經》中的風、雅、頌時，分正、變、貞、淫的不同。認為十五國風是里巷歌謠言情之作，只是其中〈周南〉、〈召南〉二部分受文王的教化，得性情之正，其詩「樂而不過于淫，哀而不及于傷」，是「風詩之正經」。自〈邶〉以下的十三國風，因各諸侯國的治亂不同，人的賢否亦異，其所感而發者，「有邪正是非之不齊，而所謂先王之風者，於此焉變矣。」是變風。雅、頌部分中凡是周公輔佐成王的興盛時代的朝廷郊廟的樂歌，「其語和而莊，其義寬而密，其作者往往聖人之徒，固所以為萬世法程而不可易者也。」雅中的變雅，則是一時賢人君子、閔時病俗之所為。❽豁如　曉悟。❾土苴　猶土渣。比喻極輕賤的事物。❿冒鏑　頂鏑矢。⓫影響　不實的言論，比附捏造的說法。⓬怙　依靠；憑持。⓭衛氏　即指衛宏。⓮遜志　虛心謙讓。⓯靈星之尸　靈星，又稱天田星，龍星，主農事。古代在壬辰日祭祀於東南，祈禱農事豐收。《詩・周頌・絲衣序》：「〈絲衣〉，繹賓尸也。高子曰：靈星之尸也。」繹，周代稱祭之次日又祭為繹。賓尸，以賓禮事尸。尸，立神像或神主。而高子以為是祭靈星之神的，其實靈星之祀是漢代人的淫祀，根本不是周朝的祭祀。故全句是批判高子的謬說。

【語　譯】學，是仿效。聽議論曆法的人說：「用郭守敬的《授時曆》，卻不能用他的方法，不算能效法守敬的人。」對所謂善於仿效真是講得好啊！所以《易經》說：「行動之前，先考慮和議論，從而達到變化。」擬議與變化，如同用眼睛來看和用手舉物，雖是用處不同，但卻同在一體。考慮和議論是為了變化，知道考慮議論變化，那麼古人可以仿效的就全部仿效了。那些不知考慮議論的人，他們對於變化猶如對於幻人的幻術，很迷惑，終究不能仿效。以《詩經》而論，朱熹生於《詩經》產生二千年之後，把子夏氏的大序評論改為對詩的經義的闡釋，他仿效什麼呢，仿效子夏氏罷了。子夏氏對於美質彩飾的《詩經》，同堂而不同意，所以能仿效孔子的變化並等待朱熹的變化。朱子對詩三百篇區分正經、變經、純貞、淫佚的不同情趣，他與子夏同一主張，但有不同的詮釋，所以能仿效子夏而又變化，並等待後人的發展。善於效法朱子的人，可以知道他所應考慮和議論的了。伯兄石崖先生說：「我以〈詩序〉的觀點來論《詩》，對於平生誦讀存疑，意有未安的，自己覺得因此曉悟了。」覺得曉悟，就是覺悟了。覺就是古今天理之所存，效法古人並自覺的了。所以有一說，學是覺悟。覺悟產生在考慮與議論，而仿效的成功是變化，這是因為精心研究思慮並且沒有什麼疑問。至於像我所謂的迷惑，就不是這樣了。竊取了子夏、衛宏二氏的土渣，建樹門派，用來與朱熹辯論，拿著古本作冒頂箭矢的盾，其實並不知道漢儒是怎麼說的。抓住一個字，而不問整句的意思，抓住一句，而不問全篇的意思，歪曲聖人之教並且侮蔑了聖人，倚仗附耳密傳的不實之言，其實卻是沒有一念的曉悟，像這種人都是我們兄弟過門不去拜訪而沒有遺憾的，又怎能與他們同黨而去口誅筆伐朱熹的不同呢！石崖先生此編，全以子夏序為正統，但不偏執以為憑恃。退一步說，即使詩序出於衛宏，亦算是近古，他的謙遜並不敢誣說，從此可見了。〈緇衣〉篇的序說：「高子說是祭靈星神。」靈星神的祭祀詳見應劭《風俗通》。大概是漢人的過度的祭祀。子夏親自授業於孔子，高子還有什麼可說呢。所以說，即使〈詩序〉出於衛宏，亦算得上近古，他的貢獻是等待後來哲人的變化發展，是沒有慚愧的。

種竹亭稿序

【題　解】本文是王夫之為友人徐芳《種竹亭稿》寫的書序。徐芳字蔚子，長沙人，本姓徐，因育於湘鄉簡氏，故又從簡姓，字在雍。順治末歲貢生，任湖南常德縣訓導。文中論述蔚子的三種情況：以磊落之胸哀歌〈河上〉；關心物外，心意甚遠；世事滄桑的悲愉之情。總起來說就是抒發了以白頭對舊日河山的感慨。

江天風起，高閣秋新，把酒酹空，問騎鯨❶弄黍❷之客，人有賦心，仙依客影，不知今之以白首對江山，遽為殘夢，吟蔚子「各懷佳月，人在春風」之句，何以還酬夙昔哉。陽禽❸回翼，地遠天孤。一線斜陽，疑非疑是。江湖皆矰繳❹之鄉，沙塞杳帛書之寄。刀兵隊裡，有臆無詞；生死海中，當離言合。蕭蕭笳吹，酒夕驚寒。此蔚子所為磊落之胸，哀歌〈河上〉❺者也。及夫半塘畫舫，荷柄❻通觴；曲徑幽花，蕉❼光炫夢。覽鏡雖霜，為歡亦夜。長夏尋梅，關心物外。花時看盡看花人，蔚子之心遠矣。乃前度劉郎❽，已隨逝水。苔生半畝，笛怨山陽❾。則余與蔚子雙影相憐，不禁神盡，又何足以長言⑩邪。嗚呼！悲愉之情，極乎壯老。俯仰⑪之致，況有滄桑。凡前三者，苟得一焉，足以春懷杏影之橋，秋問瓊寒之闕。矧自把臂⑫以來，莫匪銷魂之地乎。問道錫山⑬，相期何似。萬端迂折，一寄長吟。共此湘湄，各有眇眇愁予之旨⑭。而余少於蔚子，袁乃倍之。貝庭琚⑮語兒新月，楊廉夫⑯紅幕⑰春嬉，皆以屬之蔚子爾。袁伯業⑱老而好學，陸務觀⑲取以名菴。蔚子交遊半天下，而存者幾也。余幸而存，不禁為蔚子瀏連，亦何能不為蔚子勸勉與。

【注釋】❶騎鯨　俗傳李白醉騎鯨魚，溺死潯陽，故騎鯨客指李白。❷弄黍　〈禰衡別傳〉：「十月，朝黃祖在艨衝舟上，會設黍臛，衡年少在坐，黍臛至，先自飽食畢，摶以弄戲，其輕慢如此。」後以弄黍指文人的傲慢放縱。❸陽禽　指鴻雁。因鴻雁是候鳥，隨氣候變化南北往返，是隨陽之鳥，故稱陽禽。❹矰繳　繫有絲繩以射飛鳥的短箭。比喻暗害人的手段。❺河上　〈河上歌〉。古歌名。漢趙曄《吳越春秋・闔閭內傳》：「子胥曰：『子不聞〈河上歌〉乎？同病相憐。同憂相救。』」❻荷柄　指荷葉杯。荷葉中心凹處下連莖，可刺穿莖作酒器使用。❼蕉　通「樵」。柴火。❽前度劉郎　南朝宋劉義慶《幽明錄》記載：東漢劉晨、阮肇在天台山遇仙，歸來已是晉朝。後劉等重訪天台山，舊路渺然。詩文中因稱去而復來的人為「前度劉郎」，也作「劉郎前度」。❾笛怨山陽　晉向秀經山陽舊居，聽到鄰人吹笛，不禁追念亡友嵇康、呂安，因作〈思歸賦〉。後因以「山陽笛」為懷念故友的典故。⑩長言　引長聲音吟唱。《禮記・樂記》：「言之不足，故長言之，長言之不足，故嗟嘆之。」⑪俯仰　比喻時間的短暫。⑫把臂　握住對方的手臂。表示親密。⑬錫山　在無錫市西郊，因而代指無錫。文中指元倪瓚，因他是無錫人。倪瓚是元代著名的畫家、詩人，家產富裕，四方名士日至其門，自號雲林居士。至正初，忽散家財給親友故舊，自己扁舟水中。張士誠累欲鉤致之，逃漁舟以免。明太祖平吳時，瓚已老，有《清祕閣集》。⑭眇眇愁予之旨　出自屈原〈九歌・湘夫人〉：「帝子降兮北渚，目眇眇兮愁予。」意為湘夫人降臨在北邊的小洲，遠望他卻望不見，使我憂愁。「眇眇愁予」表示雙方分離的愁思。⑮貝廷琚　明貝瓊。字廷琚，號清江。元末避亂山中，博覽經史，尤工詩。洪武初，徵修元史，官國子監助教。學詩於楊維楨，但學其所長，不學其所短，宗旨頗不相襲。著有《清江集》。⑯楊廉夫　即楊維楨。字廉夫，明山陰人，父築樓鐵崖山，植梅百株，聚書數萬卷，去梯，使讀書五年，因自號鐵崖。元泰定進士，官天台尹。因耿直忤物，十年不調。會修遼金宋三史，維楨作〈正統辨〉千言，立論精闢。元末兵亂，浪跡浙西山水間。明興，徵纂禮樂，維楨辭謝，留闕一百十日，所纂寫的〈敘例〉略定，即乞歸，抵家卒，年七十三。維楨詩名擅一時，號鐵崖體。有《鐵崖古樂府》、《復古詩集》等。⑰紅幕　即紅蓮幕。為幕府的美稱。典出《南史・庾杲之傳》，他被王儉用為衛將軍長史，時人贊美其入幕府「泛淥水，依芙蓉」。⑱袁伯業　後漢袁紹從兄袁遺。字伯業，為長安人。張超稱其有冠世之懿，幹時之量。紹後用為揚州刺史，為袁術所敗。曹操嘗說：「長大而能勤學者，惟吾與伯業耳。」⑲陸務觀　南宋詩人陸游。字務觀，居室名老學菴。著有《劍南詩稿》、《老學菴筆記》。

【語　譯】江邊吹起秋風，在高高的樓閣中面對初秋，把酒洒向天空，請問傲慢放縱得像李白一樣的文人，人有詩意，仙隨客影，不知道今天你以白頭面對河山，忽然一切成為殘破的舊夢時，再吟誦徐蔚子當年「各人都春風得意，滿懷佳月」的詩句，作何感想！還能拿什麼來實現從前的志懷啊。鴻雁展翅飛回南方，只覺得南北距離之遠，和在天上飛翔的孤寂。一線夕陽，是邪？非邪？江湖上都是佈滿暗箭的地方，沙溪邊塞杳然沒有書信的投寄。武器叢中，有心臆而無言辭；生死海中，本是死別之地卻盼望著團聚。蕭蕭的吹笳聲傳來，在飲酒之夜只覺得寒意陣陣。這就是徐蔚子以光明磊落的胸懷、不禁哀歌〈河上歌〉的原因。至於在池塘中坐著畫船，拿荷葉柄權充酒觴飲酒，小徑幽曲，靜靜地開放著鮮花，柴火的光芒照耀著夢鄉。對鏡觀看，鬢髮添白霜，尋歡作樂，為時已晚。在長長的夏日裡尋覓梅花，怎能求得？要知道關心的並非梅花本身，而是梅花所寄寓的精神。開花時節看盡了賞花人的各種心態，蔚子的心意是很遠很遠的了。去而復來的劉郎已隨時光流逝。青苔長滿了舊屋，山陽笛聲幽怨勾起了懷念故友之情，那麼我與蔚子雙影相憐，不禁心意窮盡，又用什麼能夠來長聲吟唱呢。嗚呼！悲喜之情，在從壯年到老年時達到了極點。短暫的情趣，更何況世事滄桑，情趣頓失。凡是前面所述的三種情況，只要有其中一種，就足以春天懷戀杏影橋，秋天問詢寒冷的瓊樓玉闕，何況自從會晤以來，沒有不是銷魂動情的地方！問道倪瓚，我們的遭遇何其相似。萬般曲折，都寄寓在詩歌中。兩人一起在湘水之濱，都有因分別而愁思的旨意。我比蔚子年紀小，但衰老卻超過他一倍。所以貝瓊對兒子說新月的事，楊維楨在幕府中春嬉的情形，都屬託蔚子了。袁遺年歲老大而能勤學，陸務觀用「老學菴」來作居室的名字。蔚子交遊甚多，而活著的很少。我倖存於世，不禁為蔚子傷心落淚，也怎能不為蔚子勉勵呢？

殷浴日時藝序

【題解】殷浴日，名銘，湖南常寧人。順治年間的貢生。本文為王夫之在順治十一年三十六歲時因避孫可望兵亂在宜江山中，殷銘以所作八股文求序而作。作者著意於借題發揮，所以在序中他談論的不是寫八股文的技巧，而是重在明道，發揮敬業樂群的道理。同時批判學人中的媚者與爭者，並擔憂知識分子被科舉制所誘惑。

家則堂❶南歸，以《春秋》教授，則未知其所授者，以道聖人經世之意邪，其以為所授者羔雁❷之技邪，夫必有辨。謝侍郎❸賣卜，與子言孝，與弟言弟，則授以道矣。庖丁曰：「臣之所好者技也，而進乎道。」❹技道合，則則堂可無河漢於疊山。何也？其登之技者，敬而樂也。敬業以盡人，樂群以因天，進乎道矣。

甲午避兵入宜江山中，有姪子之慟，浴日拂拭而慰之。少間，無以閱日，浴日始以帖括❺見示。繼此而宜江士友汎晉而與余言帖括。十年來乍駭人以未能嘗試，余怵然懼❻。觀既止，要其能敬以樂無能度驊騮❼前者，余以知浴日之天至而人全。

與之因天，與之盡人，余洒脫然釋其懼於浴日。言必有所牖，意必有所肖。未有言意以先，諧而譎者，導人以往，無敬之心，則納其媚矣。方有言意以放恣而逞者，迫人於來，無樂之度，則用其爭矣。今求浴日於御意擇言之際，索其媚與爭者無有，僩然❽油然，文非道也，而所以御之擇之者，豈非道哉！故余樂親浴日而不懼，而後遂忘其汎也，實自此始基之。浴日少與余同文場，已與余同漂泊，今又與余同為訓詁師以自給。而浴日多幸，浴日雖貧，有親可事，有從子之孤可恤，敬以樂，有所施矣。《書》曰：「令德孝恭。」其敬之謂也。《詩》曰：「子子孫孫，勿替引之❾。」其樂之謂也。以意徵言，將期於道。有知言者，當謂余非與浴日言技矣。

【注　釋】❶家則堂　即家鉉翁。字則堂，宋眉山人，學問淵博，尤精《春秋》，累官端明殿學士，簽書樞密院事。奉命使元，聞宋亡，旦夕哭泣不食，不受元的任命與金帛。元成宗即位後，放還故鄉。有《春秋詳說》、《則堂集》。❷羔雁　小羊和雁。古代用為卿、大夫的初次求見人時的禮物。《周禮・春官・大宗伯》：「卿執羔，大夫執雁。」❸謝侍郎　即謝枋得。字君直，號疊山。南宋末年著名的遺臣。與人論古今治亂，必掀髯抵几，跳躍自奮，以忠義自任。寶祐中，舉進士，在兩次考試中都敢於指責奸臣賈似道等。後以江東提刑、江西招諭使知信州。信州失守後，竄入山中，麻衣草鞋，東向而哭。後在建陽市中為人占卦賣卜。宋亡後，居閩中。元朝屢次徵聘，均堅決拒絕。後來元人強迫他到北方，不屈絕食而死。❹庖丁曰三句　出自《莊子・養生主》。原文為「臣之所好者道也，進乎技矣。」意為我所愛好的是道，已經超出了技術的範圍。作者故意將原文修改，是在於強調技道的結合。❺帖括　泛指科舉應試文章。明清時指八股文。❻怵然懼　作者擔心的是知識分子會被清統治者的八股取士的科舉制度所誘騙，去熱衷科舉。怵然，悽愴悲傷的樣子。懼，恐懼。❼騂騮　周穆王八駿之一。❽倜然　胸襟開闊的樣子。❾子子孫孫二句　出自《詩・小雅・楚茨》。

【語　譯】家鉉翁從北方放還南歸後，講授《春秋》，不知道他所講的是敘述聖人治世的精神，還是認為所講授的是執羊羔與執雁的具體禮節，他一定會有區分辨別的。謝枋得在建陽為人占卜賣卦時，對兒子就講孝，對兄弟就講悌，這種情形就是以道教授人。為惠文君宰牛的庖丁說：「我所愛好的是技術，進一步是對規律的認識。」技術與規律相合，那麼，家鉉翁就可與謝疊山沒有楚河漢界的隔閡了。為什麼這樣說呢？掌握技術，專心致志，並且樂於取益。專心致志地對待事業來盡人事，樂與朋友相切磋來順天意，這就達到對規律的認識了。順治十一年，因避孫可望兵亂躲到了宜江山中，有姪子敉遭亂兵殺害的悲痛，浴日為我揮拂擦淚，百般安慰我。稍稍空閒，沒有什麼用來度日時，浴日方才拿出他的八股文來請教。隨著宜江的讀書人朋友都泛水前來與我談論八股文章。十年來我正驚駭人們未能參加科舉考試，我恐懼的是知識分子會被清代的八股取士的科舉制度所誘惑而熱衷科舉制藝。看完了浴日的八股文，感到他重要的是能專心致志並且樂於取益，沒有人能超過他，像他這樣的有似駿馬向前的，我因此知道浴日的天生而成的至性與主觀的努力。順應天而天給他，盡主觀努力又從而得到它，於是我超乎尋常地對浴日消除了前述的恐懼，知道他不是為了科舉制藝，而是對八股文的鑽研。

浴日的言論，必定有他的門戶，內容必定有所仿效。不像那些沒有言意之前，諧婉詭譎的人，引導人們跟隨他，使那些沒有專心致志的人，接受媚順的引導。還有那些有言意並盡情逞能的人，逼迫別人的到來，沒有樂於取益的限度，就會互相爭執起來。現在觀察浴日在駕御思想內容、選擇言詞表達的時候求其媚順者，爭鬥者都沒有，胸襟開闊，自然而然，作文本身不是道，但是如何駕御、如何選擇，難道不是有規律的嗎！所以我樂於親近浴日並不驚懼。後來就忘掉了他的寬泛，實在是從這時開始的。

浴日年輕時與我一起進科場考試，後來與我一起漂泊，現在又與我同作解釋訓詁的教師來自給生活。可是浴日比我多些幸運，浴日雖然貧困，但上有親人可奉侍，下有孤姪可體恤，專心致志並樂於取益，從而有所施與了。《書經》曰：「美德孝恭。」就是敬的意思。《詩經》說：「諄諄告誡子子孫孫，勿廢禮儀，綿綿無盡。」就是樂的意思。以意來徵求言，最終期望於道。有懂得言的人，應當說我不是與浴日談論八股文的技巧了。

劉孝尼詩序

【題解】劉孝尼字復愚，湖南人，著有《山書》、《劉孝尼詩》，生平事蹟不詳。

閱讀本文，要注意將作者頌揚的話與具體評論結合起來看，才能悟出作者寓貶於褒的真意。如作者表面上譽其為「左徒嫡系」，其實不然，如「唯湘有騷，不許他氏之裔，泝流而揖之下也。」這或許就是劉復愚的觀點。王夫之作為贊頌，實際是將謬論公之於眾，讓讀者去玩味。又如說孝尼詩「朱晢陸離，既似槃者，雜以羌蘆，節以靈瑟，邊馬心歸，南妃淚盡，葉蕭條於九月，青繚繞於數峰，莫自抑其悲來，問誰著其魂往。」屈原賦確有香草美人寄寓，但這不過是屈原的一種藝術表現手法，忠君愛國才是其精神所在。孝尼詩中美人的演奏，不知悲之所來，魂之所往，實為襲屈賦之貌，而遺其精神。其他如「夫豈公安、竟陵，以白蘇郊島之長技，容與三滻七澤之間，可投袂而爭窒皇之駕哉。」王夫之為什麼在此序中要提到公安、竟陵派呢？或許劉孝尼正是公安、竟陵派，作者以評公安、竟陵為名，實際是正告劉爭雄之不可能。看來王夫之並不想贊揚劉詩，但又不得不寫，所以才出現了上述種種評論與結論矛盾的現象，「千載悠悠，誰令禁之。」劉孝尼要自我吹噓，也要別人吹噓，不能禁止，所以王夫之只能以言是而實非的手法寫此序。

楚之學騷者王逸❶，然圓紅清江之句，燿人肌魄。愚謂左徒❷嫡系，果在劉復愚矣。或者汨羅❸之流，北匯於湖❹，岷江❺雪液，奪其鱗鱗❻皛皛❼之致❽，唯湘有騷，不許他氏之裔，泝流❾而揖之下也。友人劉孝尼著《山書》者，余知之七年矣。南諸侯未登進之絃歌俎豆❿之側，江蘺⓫吟晚，破荒⓬無錢，復愚所謂歌則其時者，今古一揆⓭，想當悽斷。故肅其使，亨其鯉⓮，讀其詩，朱晢⓯陸離⓰，既似粲者⓱，雜以羌蘆⓲，節以靈瑟，邊馬心歸，南妃⓳淚盡，葉蕭條於九月，青繚繞於數峰，莫自抑其悲來，問誰著⓴其魂往。洵天地之大，百水涌滕，瀾漪萬變，雖欲競其濯騷之力於沅南瀟北之上而不可得，夫豈公安、竟陵㉑，以白蘇郊島㉒之長技，容與㉓三澨㉔七澤㉕之間，可投袂㉖而爭窐皇㉗之駕哉。天清水碧，雲綠蘋香，唯我坐擁而收之，固將絀㉘淮南小山㉙，湔㉚上男子於閏位㉛矣。余雖羸者㉜，請與孝尼狎主齊盟，裹菁茅㉝，搴芳芷㉞，就銅官㉟鑿石之遺壘，以爭長於列國。千載悠悠，誰令禁之，不必見來者而屬之似續也。

【注釋】❶王逸　字叔師，東漢人。官至侍中，著有《楚辭章句》等。❷左徒　官名。屈原曾任左徒，文中指屈原。❸汨羅　汨羅江。湘江的支流，在湖南省東北部，屈原自沉於此江。❹湖　指洞庭湖。❺岷江　長江上游支流。在四川省中部，源出岷山南麓，據《尚書・禹貢》說，岷江向東南流至四川灌縣，分一支流，向東與沱水連接，再向東到澧水，入洞庭湖。❻鱗鱗　像層接的魚鱗，常用來形容雲或水的波紋。❼皛皛　潔白光明的樣子。❽致　風致。❾泝流　逆流而上。❿俎豆　俎和豆都是古代祭祀用的器具。引申為祭祀之意。⓫江蘺　也作「江離」。香草名，又名「蘼蕪」。⓬破荒　五代王定保《唐摭言・海述解送》：「荊南解比，選送應舉的人參加大比考試，叫天荒。大中四年，劉蛻舍人在荊南府解及第，時崔魏公作鎮，以破天荒錢十七萬資蛻。蛻謝書略曰：『五十年來，自是人廢，一千里外，豈曰天荒。』」後以指前所未有，第一次出現。⓭揆　尺度；準則。⓮烹其鯉　古樂府〈飲馬長城窟行〉：「客從遠方來，遺我雙鯉魚，呼童烹鯉魚，中有尺素書。」鯉，書信的代稱。⓯晢　「晣」的異體字。⓰陸離　美貌。⓱粲者　美麗的女子。⓲羌蘆　羌人的蘆笙。⓳南妃　指舜的二妃娥皇、女英，舜出巡死於蒼梧，兩人趕至南方，死於江湘之間，故稱南妃。她們悲痛哭泣的眼淚，染竹成斑，俗稱湘妃竹。⓴蓍　指古人占筮用的蓍草莖，因而也用作占卦的代稱。㉑公安竟陵　明代的兩個文學流派。前者以湖北公安的袁宏道及其兄袁宗道、弟袁中道為首，後者以竟陵（湖北天門）人鍾惺、譚元春為首。㉒白蘇郊島　指唐代詩人白居易、孟郊、賈島，宋代詩人蘇軾。蘇軾〈祭柳子玉文〉：「元輕白俗，郊寒島瘦」。㉓容與　徘徊；猶豫；從容閒舒貌；隨水波起伏動蕩貌。㉔三澨　水名。源出湖北省京山縣潼關山，西流折南流至天門縣，名為汊水，又東流入漢水。㉕七澤　相傳古時楚有七處沼澤，後以「七澤」泛稱楚地諸湖泊。㉖投袂　振袖而起。形容決絕或奮發的樣子。㉗窒皇　甬道。《左傳・宣公十四年》：「楚子聞之，投袂而起，屨及於窒皇，劍及於寢門之外，車及於蒲胥之市。」意為楚莊公聽說宋國殺了楚國的使者，振袖而起，腳步到了寢門之闕，劍就到了寢門之外（比寢門又略遠），車馬已到了蒲胥城的街市，形容其赴敵的迅速。㉘絀　通「黜」。貶退，排除。㉙淮南小山　王逸《楚辭章句》說，漢淮南王劉安「博雅好古，招懷天下俊偉之士，自八公之徒，咸慕其德而歸其仁，各懷才智，著作篇章，分造辭賦，以類相從，故或稱小山，或稱大山，其義猶詩有小雅、大雅也。」從上可見，淮南小山實指以淮南王為首及其門下的寫作團體的名稱。《楚辭・招隱士賦》即淮南小山所作。㉚湔　洗。㉛閏位　舊稱非正統的帝位。㉜羸者　瘦弱的人。㉝菁茅　香草名。茅的一種，古代祭祀時用以濾酒。㉞芳芷　香草名。㉟銅官　銅官山。在湖南長沙西北，西臨湘江，山土紫色，內含雲母，亦叫雲母山。在長沙北六十里的銅官渚，舊傳五代時是楚鑄錢的地方。

【語　譯】楚地學騷體的人是王逸，他的圓紅清江的詩句，光照人們的肌膚魂魄。我想繼承屈原精神的嫡系真在劉復愚了。或許汨羅江的江水向北匯聚在洞庭湖，岷江冰雪溶化成的江水，改變了它潔白閃光像魚鱗一樣的層層水波的風致，只有湘地有騷體，不許其他地方的後裔逆流而上，並將它拜揖下去。我友劉孝尼著《山書》，我知道此事已經七年了。南方的諸位先生沒有將它選進禮樂祭祀的地方，他晚吟香草美人，又不可能與學騷諸家比試，像崔魏公資助劉蛻去參加科舉考試一樣。復愚所謂詩歌為當時當事而作，今古一理，想來應當悽愴斷腸。所以就拜見他的使者，拆閱書信朗讀他的詩，鮮紅光亮，十分妖嬈，就像美麗的女子，雜用羌蘆、琴瑟來演奏，使得騎邊馬遠在天涯的人思念歸來，南去尋找虞舜的二妃眼淚流盡。綠樹繚繞山峰，九月深秋樹葉開始蕭條，自己不能抑制內心的悲傷，請問誰能占卜魂魄的去向。實在天地廣闊，百流洶湧奔騰，波浪萬變，即使想在沅水的南面，瀟水的北面，其間競爭洗濯騷體的力量也不可能，豈是公安、竟陵兩派的詩人，能以白居易、蘇軾、孟郊、賈島的特長，徘徊在三澨七澤楚地諸湖泊之間，可奮起競爭甬道的駕駛嗎。天宇清澄，河水碧藍，雲霞淺綠，蘋草芳香，只有我能擁有攝取這樣的美景，所以將排除淮南小山，洗除好男子在非正統的帝位。我雖是瘦弱的人，請允許與孝尼親近結盟，裹著菁芳香草，採摘芳芷香草，就銅官山鑿石的遺壘，在列國中競爭長短。在悠長的千年之中，使誰來禁止，不必見到有來者的囑咐才連續一樣。

王江劉氏族譜序

【題　解】順治六年（一六六七年），王夫之四十九歲，劉象賢為王夫之兄弟排難後招遊虎塘，敘其家譜求序，王夫之因作此序。序中著重議論了寫族譜合於禮的十義。

王江諸劉，潛明經❶是玉氏、湘孝廉若啟氏❷，奉季昌先生之志，修其家乘❸，以示夫之而徵言焉。夫之拜手而言曰：夫禮之不可以已也，如是。夫禮者，天之秩❹也。其在《詩》曰：「有秩斯祜❺。」天之所秩，而天祜之。祜者，以祜其秩也。劉之先，長沙定王以漢懿親❻而食南國。安成者，思侯之所胙❼也。沱潛荊沔者，長沙之流，匯於江漢，而同潤乎南條者也。湘上者，固長沙之國邑也。定王之祜紀於南國，而諸劉之盛因之，豈不以天哉。夫之遂言曰：夫禮，立本以親始，率先以崇孝，統同以益憂，紀分以辨微，尚賢以昭德，旌貴以起功，立訓以著義，廣類以獎仁，順古以作則，俟後以行遠，十義賅焉。故曰天秩之也。允哉，劉氏之譜其族乎！昉❽於陶唐，肇於炎漢，而子孫繫焉，親始者也。六十年而一續，續而不失其先，崇孝者也。諸劉之族散衍於南國，而合于一，益愛者也。有合族焉，有分族焉，合者順而下之則分，分者泝而上之則合，辨微者也。先世之行誼，章者不溢，微者不忘，逮於閨門之懿而備，昭德者也。勤於王家，升於司馬，薦於鄉，造於太學，斅❾於庠序，奕奕列焉，起功者也。發其美效在是矣，著義者也。所貴者生也，而錄之備，獎仁者也。文定、象山、誠齋之三君子者，嘉言賅而存焉，作則者也。勿替引之以相長而待乎後之裨益，行遠者也。斯十義者，天之所秩。祜者，以祜其所秩。夫禮誠不可以已，如斯夫。夫之終言曰：禮始於親，親有類，類有感，感者感其所同。夫之之舉於鄉也，與若啟氏講以世，石長氏偕以年而協以寀❿。夫之伯兄既與若啟氏講，而遊辟雍⓫之歲，與季昌先生、壽玉氏、聲玉氏、賜玉氏胥以齒。然則以類而感，感而秩以其言，夫亦竊禮之遺意也與。

【注　釋】❶明經　唐代科舉制度中科目之一，與進士並列。清代用作貢生的別稱。❷若啟氏　即劉象賢。字若啟，湘鄉人，崇禎壬午舉人。明亡後，隱居深山，著書以終。❸家乘　家譜；家史。乘，史書。❹秩　秩序；常度。❺有秩斯祜　出於《詩・商頌・烈祖》，是歌頌成湯的祀歌。秩，常。祜，福。❻懿親　至親。古時特指皇室的宗親。❼胙　福祐。❽昉　曙光初現。引申為開始。❾斆　教導；效法。指讀書。❿采　「采」的異體字。采地，古代卿大夫的封邑。⓫辟雍　本為西周天子所設大學。《禮記・王制》：「大學在郊，天子曰辟雍，諸侯曰頖宮。」東漢以後，歷代皆在辟雍，除北宋末年為太學之預備學校外，均僅為祭祀之所。

【語　譯】王江諸劉氏，潛縣貢生劉是玉，湘鄉舉人劉若啟，奉持季昌先生的志意，編修了《劉氏族譜》，給夫之看並請作序。夫之作揖說：禮的不可以終止就像這樣。禮是天的秩序、常規。《詩經》中說：「有常福啊。」天之所常，天就福祐他。祜就是福祐它的常規啊。劉氏的祖先是長沙定王，因是漢室宗親而食邑南國。安成就是思侯所福祐的。沱、潛、荊、沔四水是長沙的支流，匯合長江、漢水，而共同潤澤南條山。湘上本是長沙定王的國都。定王的福紀在南國，而諸劉的盛大因襲定王，這難道不是天意嗎？於是夫之議論說：禮是確立本源用來親愛始祖，遵循先祖來推崇孝道，統一同姓同祖來增益愛心，記敘同源分流的情況來辨別微小的差異，崇尚賢誼來明德，表彰尊貴來記敘功的起源，立族訓來顯著義，擴大同類來獎勵仁，順服古訓來作為法則，等待後世的裨益而代代相傳不廢，這十層意思全部具備，所以說是天規範禮。對啊！劉氏的譜其家族啊！開始於陶唐，祖始於大漢，子子孫孫繫於此，這就是親愛始祖。六十年一續族譜，續而不失其祖先，這就是推崇孝道。劉姓諸侯分散遍佈在南國，而匯合於一劉氏族譜，這就是增益愛心。有合族，有分族，合族順延而下則分，分者推泝而上則合，這就是辨微。先世的品行，顯著者不泛溢，微小者也不忘卻，乃至閨門的美德也全部記錄，這就是使德昭明。勤於王事，升到司馬，被鄉里薦舉，造就在太學，讀書在學校，清清楚楚記錄下來，這就是記敘功的起源。闡發其功效，這就是顯義。貴人生下後，並記錄完備，這就是將勵仁。文定、象山、誠齋三位君子的言論周全地記錄下來，這就是作為法則。不廢棄它並引申發展來等待後代的增長助益，這就是世世代代相傳啊。這十層意思是天的常禮，祜就是福祐其常禮。禮實在是不可以終止的，就是像這樣。夫之最後評論說：禮開始於親，親人有同類，同類有感應，感應就是感應他們所共同的。夫之在鄉試中中舉，與若啟氏講世系，石長氏同年中舉並加上采地。夫之長兄已與若啟氏講世系並同遊辟雍，與季昌先生、壽玉氏、聲玉氏、賜玉氏都以年齡相序，然則以同類而感應，感應而規範這些言論，也是竊取禮的遺留的意思吧。

書後 二首

讀陳書書後

【題解】本文是作者讀《陳書》後的議論，王夫之不將陳的滅亡，歸之於陳後主的昏庸，而是陳宣帝的未量力而行，大將吳明徹的不謀其終，妄圖乘隙徼幸，用盡國力，導致滅亡，表現了作者客觀冷靜，不囿於成見的歷史卓識。

人能為，天不可為。當其亂之難訖，天且縈紆以延衍之；極乎其終，天力盡，天情且息，猶未嘗無千金一瓠❶之幾❷。然且拂亂❸以即於傾仆，斯誠可為之大哀也矣。江左歷四代而至陳。前此者晉，能合已散之天下而一之。宋武❹，人傑也。齊高❺梁武❻，整昏亂之紀綱，規恢略定，故乘童昏❼以攘大寶❽，而天不厭之，以為差❾愈於北方之蒙□□也。陳武帝❿以遐方小校，器止斗筲⓫，忽起而干天步⓬，立國三年，穴鬬不解，救死不暇，遑問紀綱，流血相仍，無言生聚。侯安都⓭淳于量⓮章昭達⓯之流，以村塢之雄，承乏秉鉞⓰，而周迪⓱留異⓲陳寶應⓳掉臂⓴狂呼，履相踦齕㉑。陳之自崩自坼㉒，以趨入于亡，一夫折箠㉓而收之，固必然之勢也。而吳明徹㉔督星散之旅，徼功淮北，奪七十餘城，幾半齊土，使天不假周，卷齊以相臨，幾於輿矣。乃策勳㉕未幾，故版旋亡，一覆於呂梁，而兵熸㉖將俘，如疾風之殫脫葉。蕭摩訶㉗之言，違於俄頃；朱雀之潰㉘，應如鼓鐘。豈非吳明徹之不謀其終，而陳主之未量力而度智也與。

【章　旨】本段著重敘述史實，分析陳立國與以前的南朝四國的不同，立國後又未能休養生息，仍爭戰不休，最後吳明徹北伐，只圖取得眼前的局部勝利，沒有謀及最後的結果，終於導致陳朝的滅亡。

【注　釋】❶千金一瓠　一瓠值千金，比喻物雖輕賤，關鍵時得其所用，卻十分珍貴。亦作「千金一壺」，「壺」通「瓠」。❷幾　表示不定的少數。❸拂亂　違反其意願以亂之。❹宋武　即劉裕。南朝宋代的開國皇帝。晉安帝時，平孫恩，桓玄稱帝，起兵討伐，大破玄，使安帝復位。又滅南燕、後秦。晉元熙初，受禪於建康，諡武，是為宋武帝。❺齊高　即蕭道成。廢宋順帝而自立，國號齊。在位四年去世。❻梁武　即蕭衍。與南齊同族。齊主東昏侯毒死其兄懿，於是蕭衍起兵圍建康，弒齊主，篡帝位。初政重儒立學，甚有可觀，後崇信佛教。侯景反，餓死臺城。在位四十八年，諡曰武。❼童昏　愚昧無知如童騃。此處指齊主東昏侯。❽大寶　指帝位。

❾差　略。❿陳武帝　即陳高祖陳霸先。開始在吳興太守蕭暎門下，暎為廣州刺史，他為參軍，故文中說「遐方小校」。與王僧辯討平侯景，殺僧辯，迎梁敬帝復位，自為相國，封陳王，後受禪為帝，在位三年。⓫斗筲　斗和筲都是很小的容器，比喻才短識淺。筲是一種竹器，僅容一斗二升。⓬天步　天的行步。指時運、國運等。⓭侯安都　為邑里雄豪，初隨陳武帝鎮守京口，與帝定計襲王僧辯，平王琳等，有殊功，陳武帝去世後，立文帝，逐漸驕橫，文帝不能忍受，將他賜死。⓮淳于量　先事梁元帝，以軍功封縣侯，後歸陳武帝。天嘉中，華皎叛逆，量平皎，並降周將拓跋定等，以功進封始安郡公，官終東騎將軍，南兗州刺史。⓯章昭達　陳文帝時為吳興太守。歷事四帝，屢有戰功，官至司空。⓰秉鉞　持斧。借指掌握兵權。⓱周迪　陳臨川人。在侯景之亂中崛起，梁元帝時任衡州刺史，高祖受禪，王琳東下，迪欲自己割據南川，朝廷先優撫，使其與王琳、熊曇朗諸叛將作戰，因陳文帝封賞不公，迪暗與留異勾結，於是文帝下詔討迪，終於斬之。⓲留異　東陽人，鄉里雄豪。侯景、王僧辯、王琳均以他為東陽太守。異與對立兩方都有聯絡，陳文帝將長女豐安公主配異第三子，並封官，平定王琳後，文帝就下詔討伐，異兵敗被斬於建康。⓳陳寶應　世襲為晉安太守。性多反覆變詐，娶留異女為妻，侯安都討伐異，寶應遣兵幫助，同時又資助迪軍糧。等周迪兵敗，文帝命章昭達討伐寶應，與異一起被殺於建康。⓴掉臂　猶攘臂。奮起的樣子。㉑蹄齕　馬用蹄踢和嘴咬。㉒坼　分裂；裂開。㉓折箠　亦作「折捶」。折斷鞭策馬的杖，意為用短杖即能制敵。比喻輕易制敵取勝。㉔吳明徹　陳大將。宣帝議北征，明徹決策請行，總領眾軍進攻仁州，逼壽陽，擒王琳，進攻彭城，又大破北齊軍，位司空。不久與北周徐州總管梁士彥相拒，周遣王軌在呂梁下流遏斷船路。陳將蕭摩訶對明徹說：「聞王軌鎖下流，兩頭築城，今尚未立，公若見遣擊之，彼必不敢相拒，水路未斷，賊勢不堅，彼城若立，則吾屬且為虜矣。」明徹不聽，翹起鬍子說：「搴旗陷陣，將軍事也，長算遠略，老夫事也。」十天之間，周兵益至。摩訶又說：「今求戰不得，進退無路，若潛軍突圍，未足為恥，願公引步卒乘馬輿徐行，摩訶領鐵騎數千驅馳前後，必當使公安達京邑。」明徹說：「弟之此計乃良圖也。然老夫受命專征，不能戰勝攻取，今被圍逼蹙，慚寘無地，且步軍既多，吾為總督，必

須身居其後，相率兼行，弟馬軍宜須在前，不可遲緩。」於是摩訶率馬軍前還，明徹仍自決其堰乘水勢以退軍，希望能夠渡水，到了清口，水勢漸微，舟艦卻不能渡，眾軍皆潰。明徹就執，不久因憂憤患病，卒於長安。

㉕策勳　記載功勳在簡策上。㉖熸　吳楚之間謂火熄滅為熸。形容軍師之敗如火滅一樣。㉗蕭摩訶　從吳明徹北伐，領騎深入敵城，縱橫奮擊，無不披靡，明徹謂其才不減關、張，官驃騎大將軍，封公。入隋後，從漢王諒作逆，被誅。㉘朱雀之潰　朱雀門的潰敗。隋軍已到建業，陳後主還在奏伎行樂、縱酒賦詩不停。隋將韓擒虎入朱雀門，陳後主始與孔、張二妃躲到胭脂井，於是被俘虜到長安。

【語譯】人能有作為，對天是不能有作為的。當動亂難以停止的時候，天會縈回紆曲地來延長曼衍動亂，待到終極時，天力完了，天情也將止息，但未嘗沒有一些雖然是輕賤之物，卻在關鍵時刻得其所用而顯得十分珍貴的現象。然而在即將傾覆時還要拂戾它、騷亂它，那真可叫做大哀了。江東經歷四代而到陳朝，前面的晉朝還能聚合已經潰散的天下成一統。南朝宋武帝是個人傑，齊高帝、梁武帝，整頓昏亂的紀綱，規劃恢張稍稍平定時，就乘皇帝愚昧昏亂或年幼無知，奪取帝位，而老天也不厭棄他，大概是認為略好於北方的蒙受災難吧。陳武帝是南方的下級軍官，才短識淺，忽然崛起並干預國運，創立陳朝三年，巢穴的爭鬭不停，救死都來不及，怎麼來得及顧問綱紀倫常，爭戰流血不斷，更談不上發展生產聚集財富。大將侯安都、淳于量、章昭達之流，以鄉里豪雄的身份，趁著人才空乏的機會掌握兵權，而周迪、留異、陳寶應這些叛將，舉臂狂叫，所到之處，馬蹄踐踏，陳朝自己內部崩潰分裂，乃至趨向滅亡。一人用短杖就能取勝，乃是必然的趨勢啊！而吳明徹率領如星樣分散的軍隊，在淮北建立戰功，奪取了七十多個城市，幾乎占領了一半北齊的土地，使天不助周，就能席捲齊地而統治，幾乎可以興起一統。但是記功沒有多少時候，故土旋即失去，一下子覆滅在呂梁，並且軍隊打敗仗，將領被俘，如疾風吹盡落葉一樣的迅速。不同意蕭摩訶的建議在頃刻之間，隋將攻入朱雀門，陳朝敗亡，如鼓鐘應和一樣快捷，難道不是吳明徹的謀劃不遠、沒有謀及最後的結果、和陳朝的君主也沒有衡量自己的實力與智謀的緣故嗎？

夫為國之道，不以國戲。將者，國與民之司命，不以身戲。武鄉六返❶，復拔西縣❷。晉追苻寇❸，不踰長淮，使能於喪亂之餘，勤修內治，休養數十年，內無篡奪之禍，兩河二京，未嘗無收復之望。而明徹悉殘陳之力，扶枉罄罍❹，爭匹夫之氣，以取必於一死。陳所恃者，一旦向盡。故知南土之灰飛，不待叔寶❺之昏庸也。東野子❻之馬力盡矣，不亡胡待焉。故善承天者，當其有餘，慊❼乎若不足，及其不足，則欿❽乎若無之。幾虛幾盈，天乃復至。而君臣將吏虛枵❾浮起，無反是之思，以乘隙而徼幸，此用兵之大戒，抑為國者之永鑒已。使明徹能從蕭摩訶返呂梁之旆❿，我氣不盡，敵威不增，保固長淮，宇文氏⓫猶將憚焉。然而賈豎⓬之智，沒於小利，內不量己，外不度物。所謂逢運之貧，壞不可支者也。司⓭

豫⑭之功，猶屬弋獲⑮，又足見天捬⑯衰運，未嘗不眄睞⑰重疊，佑人於離絕渙散之餘。而弗克承天者，自趨沈沒。天之不能延司馬氏之人民以徯⑱武德也，豈得已哉！豈得已哉！

【章　旨】本段議論為國、為將之道，批評吳明徹用盡殘陳的國力以求勝，是用兵之大戒，治國者之永鑒。

【注　釋】❶武鄉六返　指諸葛亮率蜀軍六出祁山伐魏，不成，返回蜀中。武鄉，即武鄉侯。蜀漢諸葛亮受封武鄉侯，文中即指諸葛亮。❷復拔西縣　三國蜀漢建興六年（二二八年），諸葛亮屯兵西縣，在街亭失敗後，乃拔西縣千餘家還漢中。西縣，古地名。❸晉追苻寇　指東晉擊敗前秦苻堅的淝水之戰中，追擊苻堅的敗軍。當時苻堅組成九十萬大軍，大舉南侵，企圖一舉滅晉。晉相謝安使謝玄率八萬兵迎戰，在洛河（今安徽淮南東）大破秦軍前哨，進至淝水，要求秦兵略向後退，以便渡河決戰。苻堅想待晉軍渡水時猛攻，於是揮軍後退，沒想到一退即不可止，晉軍乘機渡水攻擊，於是秦軍大敗。潰兵逃跑時，聞風聲鶴唳，都以為是追兵，謝玄乘勝攻占洛陽、彭城等地。❹扶尪罄罍　尪，指瘦弱的人。罄罍，罄器中空。引申為盡、完。罍，古代一種容器，用來盛酒或水。❺叔寶　即陳後主。沈湎酒色，不恤政事，是亡國之君。❻東野子　即東野稷。戰國時御者，以御術見衛莊公（一云魯莊公），進退左右，都合乎規矩，任馬回旋如鉤的彎曲，跑了百遍方才返回。顏闔遇到他，入見莊公說：「稷之馬將敗。」公不應，一會兒果敗歸。公問顏：「何以知之?」答道：「其馬力竭矣，而猶求焉，故曰敗。」❼慨　憤恨。❽欿　想得到。❾枵　空虛的樹根。引申為空虛。❿旆　泛指旌旗。⓫宇

文氏　指北周皇帝。姓宇文，與南陳先後同時。⑫賈豎　舊時對商人的賤稱。豎，小人。⑬司　掌管。⑭豫　古代專指帝王秋天出巡。⑮弋獲　射而得禽。亦泛指擒獲。⑯拊　「附」的異體字。⑰睥睞　斜視。古詩十九首：「睥睞以適意。」言斜視以寬適其意。⑱徯　等待。

【語　譯】治國之道，不把國家當作兒戲。為將者，是掌握國家與百姓命運的人，不把自身當作兒戲。諸葛亮六出祁山，北伐魏國不成返蜀，在街亭失敗後，又帶領西縣百姓千餘家還漢中。假若東晉追擊苻堅軍隊，適可而止，不越過淮水，能在喪亂之餘，勤修內政，休養生息數十年，內部沒有篡奪的禍患，河南、河北、西京長安、東京洛陽，未嘗沒有收復的希望。而吳明徹收羅陳朝全部殘剩的力量，扶助羸弱的陳朝，竭盡全力，爭匹夫之勇，以死來爭取必勝。陳朝所依恃的財力人力，一旦之間用盡。所以知道南陳的滅亡如灰塵飛盡，不須等陳後主的昏庸啊。東野子將馬力用盡，不滅亡還想等什麼呢？所以善於接受天助的人，當他還有餘力時，如恨不足一樣，等到不足時，那就像一無所有的人想得到東西一樣。幾經空虛，幾經豐盈，天助就會再至。而君臣武將官員虛空浮躁，沒有回到正道的思想，而是想乘隙徼幸成功，這是用兵的大忌，也是治國者的永久鑑戒。假使吳明徹能聽從蕭摩訶的建議，把陳在呂梁的軍隊立即調回，那麼陳代的氣數不盡，敵人的威風不會增加，固守淮水，宇文氏還將畏懼陳朝。然而商人的智慧，被小利所掩沒，內部不衡量自己，外部不度量客觀形勢，所謂逢遇時運的貧困，是壞得不可支持的。掌管古代帝王秋天的出巡，功績還在於射獵擒獲所得，又足見天附衰運，未嘗不斜視頻頻以寬其意，助人在離絕渙散之餘。而不能接受天意的，自己趨往沉沒。天道不容延長司馬氏的人民以等待武德統一，哪由得自己啊，哪由得自己啊！

讀李大崖先生墓誌銘書後

【題　解】李承箕，字世卿，號大崖，湖北嘉魚縣人，成化舉人。為文出入經史，跌宕縱橫，仰慕白沙之學而從師，久之有所悟。返家後，在黃公山築釣臺，讀書靜坐其中，不復仕進。從嘉魚到廣東新會，路途遙遠，他去見白沙四次，成了莫逆之交。在白沙門人中以胸懷灑落為最。本文頌揚李大崖淡泊名利、一心向學的人生態度，真正與白沙映心合魄，繼承白沙學派的精神。其學可擎柱青天，蔭蔽滄海。對李大崖的為人與學問作了極高的評價。

夫之讀白沙先生❶集而有疑焉，疑當時之授宗旨於江門❷者，自張廷實❸林緝熙❹及乎容貫陳冕之流，洗髓伐毛❺於釣臺之下，無幽不抉，以相諮印❻，而白沙所珀芥以弗諼❼者，則唯大崖先生。其唱和詩幾百篇，抑未嘗以傳心❽考道之為娓娓，視彼諸子者言不勤矣。以此疑而思，思而不得者蓋數月。乃置其往還唱和之迹，而設身以若侍兩先生之側者又數月，而後庶幾若見之。嗚呼！兩先生之映心合魄，而非張林容陳之得與者，豈其遠哉。白沙之於一峯❾，猶是也；於定山❿，猶是也；於醫閭⓫，猶是也；於汝愚⓬，猶是也；其時相與接迹者，前為三原⓭，後為楓山⑭，雖未嘗與白沙遊，大崖亦未嘗造滕⑮焉，而亦猶是也。逾此而外，交臂失之⑯者多矣。白沙沒，諸君子亦先後謝世。弘正⑰以降，此意斬焉。又降而言學者輩興，建鼓以求亡子⑱。其所建者，非所以求也。而所亡者，固其子而亡之也。則使以泰州⑲龍谿⑳之心，測兩先生相與之際，而期其遇之者，不亦難乎，而況於其徒之瑣瑣㉑者乎。記曰：「天下有道，行有枝葉。天下無道，言有枝葉。」江門風月，黃公臺㉒披襟而對之，扶疏㉓蔥蔚，拄青天而蔭滄海，言惡足以及之哉。先生裔孫雨蒼氏占解，年七十有三矣，以王文恪公所撰大崖墓誌銘寄唐生端笏㉔，使與夫之共讀。謹識其後，以訊雨蒼，當如面談矣。白沙〈送大崖還嘉魚〉詩曰：「富貴何忻忻㉕，貧賤何戚戚。一為利所驅，至死不得息。夫君坐超此，俗眼多未識。乃以聖自居，昭昭謹形迹。」敬為雨蒼誦之。

【注　釋】❶白沙先生　陳獻章。字公甫，號石齋，廣東新會白沙里（村名）人，門人稱白沙先生。是明代大儒。（黃宗羲《明儒學案》中有〈白沙學案〉。）受學於康齋先生（吳與弼），歸即絕意科舉，杜門不出數年，專求為學用力的方法，最後得出惟在「靜坐」，其學以虛為基本，以靜為門戶。成化二年，再遊太學，被祭酒賞識，名聲大振，羅一峰、章楓山、莊定山、賀醫閭都恨相見之晚。授翰林院檢討而返故里，自後屢次被推薦卻不仕。弘治十三年卒，享年七十三歲。又工書法，善畫墨梅，有《白沙全集》、《白沙詩教解》。❷江門　地名。在新會縣東北，白沙先生講學的地方。❸張廷實　張詡。字廷實，號東所，白沙弟子。成化進士，養病歸，六年不出，累薦不起。正德間，拜南京通政司左參議，又辭。卒年六十。白沙先生以為廷實之學以自然為宗，以忘己為大，以無欲為至。❹林緝熙　林光。字緝熙，成化舉人。會試入京時見白沙，十分契合，於是跟從歸江門，往來問學二十年。白沙稱贊他見解超脫全面，除李大崖，沒有超過他的。晚年因貧困就平湖教諭，歷任府學教授，國子博士，左長史，年八十卒。❺洗髓伐毛　亦作「伐毛洗髓」。古時謂修道的人洗去凡髓，削去舊的毛髮，換成仙骨，亦比喻徹底改變原來的面貌。《洞冥記》卷一：「吾卻食吞氣已九千餘歲，目中瞳子色若青光，能見幽隱之物，三千歲一反骨洗髓，二千歲一刻骨伐毛，自吾生已三洗髓，五伐毛矣。」❻諮印　商討印證。❼諼　忘記。❽傳心　佛教禪宗指傳法。初祖達摩來華，不立文字，直指人心，謂法即是心，故以心傳心，心心相印。文中指儒家道統的傳授。❾一峯　羅倫。字彝正，學者稱一峯先生。成化狀元。授翰林院修撰，因得罪權臣落職，明年召還，不久歸隱。為人剛介絕俗，凍餒幾死而無一慾可動其心。與白沙為至交，白沙超悟神知，一峯研注經學，守宋人門戶，學非白沙之學，而嚼然塵垢之外，所見專而所守固，受世推重。❿定山　明莊昶。字孔暘，號定山，成化進士，授翰林院檢討，因上疏諷諫內廷張燈，忤旨被謫。卜居定山二十餘年，弘治特旨起用復職，任南京吏部郎中次年告歸，六十三歲卒。定山以無言自得為宗，對於所謂經理密察者，沒有用功，故當時雖與白沙相合，但白沙於一本萬殊之間，十分仔細，所以白沙說定山人品甚高，恨不曾與我問學。⓫醫閭　賀欽。字克恭，別號醫閭。成化進士，授戶科給事中，抗旱上奏章極諫，不久即以言官曠職召災自劾，先病辭。聞白沙之學，篤信不疑，從而稟學，遂淡泊於富貴，構小齋讀書其中，杜門不出十多年，於是悟得事物各具本然實理，學就是收放心，循其本然而已。醫閭事白沙，懸像於書堂，出入都要稟告。所以白沙說他是篤信謹守的人。⓬汝愚　鄒智。字汝愚，號立齋。成化進士，為翰林院庶吉士，孝宗時與李文祥、湯鼐以風標相許，一再上奏彈劾大臣、閹黨，遭忌恨，謫為廣東石城吏目。到任，即向白沙問學，卒年二十六歲。⑬三原　王恕。字宗貫，號介庵、石渠。正統進士，志在經濟，歷任布政使、左右副都御史、巡撫等，為政興利除害，以尚書致仕。孝宗即位，召為吏部尚書，加太子太保。王崇禮風義之士，一時後進如鄒智、湯鼐、李文祥等十餘人，以王為宗主，上疏奏議朝政，與禮部尚書丘濬有矛盾，丘暗中壓制，於是返鄉。家居編《歷代名臣諫議錄》。九十三歲卒。《明儒學案》云三原學派宗薛瑄，屬關學之別派，「其門下多以氣節著，風土之厚，而又加之學問者也。」⑭楓山　章懋。成化丙戌會試第一，授翰林院編修，與莊昶同上疏諷諫內廷張燈被謫。退休林居二十年，弟子日進，講學楓木庵中，學者因稱楓山先生。弘治中起為南京祭酒，以禮部尚書致仕。其學墨守宋儒，本之自得，非有傳授，故表里洞徹。⑮造膝　猶促膝。坐得很近。⑯交臂失之　《莊子・田子方》：「吾終身與汝交一臂而失之。」意為兩人雖終身相與，不啻把一臂而失之，言極其短暫。後又作已遇良機而又當面錯過。⑰弘正　弘治（西元一四八八～一五〇五年），正德（西元一五〇六～一五二一年）合稱。前為明孝宗年號，後為明武宗年號。⑱建鼓以求亡子　《莊子・天運》：「吾子使天下無失其樸，吾子亦放風而動，總德而立矣，又奚傑然若負建鼓而求亡子者耶！」建鼓，一名植鼓，就是用一木柱直貫鼓身，以為支柱。有此鼓可以召集號令。亡子，走失的兒子。⑲泰州　王艮。字汝止，號心齋，江蘇泰州人，為王守仁弟子。他所建立的泰州學派，主張「百姓日用即道」，要求從日常生活中貫徹封建倫理道德，宣揚「明哲保身」、「安身立本」等。⑳龍谿　王畿。字汝中，別號龍谿，王守仁弟子。官至南京兵部郎中，講學四十餘年，傳播王學，嘗謂：「心、意、知、物，只是一事，若悟得心是無善無惡之心，則意、知、物俱是無善無惡。」主張從先天心體上立根，認為「良知一點虛明，便是作聖之機，時時保住這一點虛明，不為旦晝梏亡，便是致知」，把王守仁學說進一步引向禪學。著有《龍谿集》。㉑瑣瑣　卑微、細小的樣子。㉒黃公臺　指李大崖在黃公山上所築的釣臺。㉓扶疏　枝葉茂盛分披的樣子。㉔唐生端笏　作者同鄉好友。字須竹，一字躬園，衡陽人。〈唐躬園墓誌〉：「躬園嘗得《白沙集》、《定山集》、《傳習錄》諸書，讀之而嗜，迎船山先生往駁閻巖，為剖示源流，因知有朱、陸異同，及後來心學之誤。」㉕忻忻　同「欣欣」。

【語　譯】我讀白沙先生著的書產生了疑問，懷疑當時在江門講授白沙之學的宗旨，從張廷實、林緝熙一直到容貫、陳冕之輩，脫胎換骨、徹底改變原來的面貌在釣臺之下，沒有不發掘出來的幽微之處，互相討論印證，而白沙所珍視不忘的只是大崖先生。他們之間唱和的詩幾百篇，也未嘗娓娓而談儒學道統的傳授與考究道統，比起張、林、容、陳之輩，他們的談論並不勤奮啊。就這問題懷疑而思考，思考了大約有幾個月卻未想通。於是就放棄他們往還唱和的事跡，而使自己像侍奉在兩先生之旁，如此好幾個月，而後差不多像見到了。嗚呼！白沙、大崖兩先生的心心相映，魂魄相合，不是張、林、容、陳能參與其間的，難道是因為遠嗎？對羅一峰白沙以為是；對莊定山以為是；對醫閭以為是；對鄒汝愚也以為是；當時與他們接近的，在此之前有王三原，之後有韋楓山，雖然三原、楓山未曾與白沙交遊，大崖亦不曾與他們促膝而談，但是都以為是，超過這些以外，交臂而失去的、當面錯過良機的是很多的。白沙去世，諸位先生也先後去世。弘治、正德以後，白沙之學衰落，以後論學的人興起，植鼓來尋求失去的兒子，所建立的不是用來可以尋求的，而所失去的，連本來是他的兒子也失去了。所以假使用守仁門下二王泰州、龍谿的心來推測兩位先生相與的情況，而希望相合，不是很難的嗎，更何況以他們的卑微的徒弟呢。書上說：「天下治理，善行後又有小的善行，天下不治，言論便有瑣細的言辭。」江門的風月，大崖先生的黃公臺敞開襟懷面對它，樹木茂盛蔥蘢薈萃，頂拄青天而蔭蔽大海，言論怎能及得上呢？大崖先生的後代子孫李雨蒼占解，七十三歲了，把王文恪公所撰寫的〈大崖墓誌銘〉寄給唐端笏，讓他與我同讀。謹將書後寫在墓誌後，來求證於雨蒼，應當像面談一樣了。

白沙〈送大崖還嘉魚〉詩說：「富貴有什麼可歡欣的，貧賤又有什麼可悲戚的。一旦為利所驅遣，到死也不能停息。先生因能超脫名利，俗人的眼光多不能賞識。就以聖賢自居，你的形迹會明白昭宣於世上的。」謹為雨蒼誦此。

跋一首

耐園家訓跋

【題解】本文是王夫之六十八歲時為其伯兄《耐園家訓》所作的跋。文中介紹了王氏家族家教嚴格的傳統，強調了禮的重要。耐園是其伯兄所築園的名稱，後來也就成為他的號。

吾家自驍騎公❶從邗上❷來宅於衡，十四世矣。廢興凡幾而僅延世澤，吾子孫當知其故，醇謹也，勤敏也。乃所以能然者何也？自少峰公❸而上，家教之嚴，不但吾宗父老能言之，凡內外❹姻表❺交遊鄰里，皆能言之。至於先子，仁慈天篤，始於吾兄弟冠昏以後，夏楚❻不施，訶斥不數數焉。然以夫之之身沐庭訓者言之，或有蕩閑之過，先子不許見，不敢以口辯者至兩三旬，必仲父牧石翁引導，長跪庭前，牧石翁反覆責諭，述少峰公之遺訓，流涕滿面，夫之亦閔默❼泣服，而後得蒙溫語相戒。夫之之受鴻造❽於先子者如此，然且忠孝衰於死生之際，學問惘❾

於性命之藏，白首無成，死螢不耀。則夫為父兄者，以善柔⑩便佞⑪教其子弟，為子弟者，以諧臣媚子望其父兄，求世之永也，岌岌乎危矣哉。

【章　旨】敘述王氏家族的傳統，突出從祖父到父親的嚴厲家教。

【注　釋】❶驍騎公　指王夫之家始祖王仲一。❷邗上　即指王氏祖居高郵州。❸少峰公　指王夫之祖父王惟敬。❹內外　舊時夫妻相稱叫內外。外指夫，內指妻。❺姻表　由婚姻而結成的親戚。❻夏楚　夏是稻，楚是荊，是古代學校兩種體罰犯規者的用具，後泛指用棍棒等進行體罰。❼閔默　憂鬱不語。❽鴻造　猶鴻恩。❾惘　失意的樣子。❿善柔　阿諛奉承的人。⓫便佞　巧言善辯，阿諛逢迎。

【語　譯】我們的家族從驍騎公自江蘇揚州高郵遷到衡州住下來，已經十四代了。幾度興廢而能世澤綿延，我們子孫應當了解它的緣故，是醇厚恭謹勤勞敏捷啊。而所以能如此是什麼原因呢？從祖父少峰公以上，家教的嚴厲，不僅我們宗族父老能講述，凡是夫婦雙方姻親朋友鄰居鄉里都能講述。至於先父，天生仁慈，在我們成年行冠禮與結婚以後，才不用棍棒打我們，再不常常責罵我們。然而以我親受父親的教導來說，我有時有放蕩越軌之過，先父不許相見，我不敢用言語辯解，甚至達二、三十天，然而一定由二叔父牧石翁引導，長跪在庭前，牧石翁反覆責備曉諭，淚流滿面地講述少峰公的遺訓，夫之默默不語，流著眼淚表示心服，而後才能得到先父溫和語言的告誡。夫之受到先父的鴻恩就是這樣，我尚且還在生死存亡之際忠孝表現衰微，學問迷茫在性命理學中，到老白了頭卻沒有成就，如螢火蟲死了無光一樣，不能光耀祖宗。那麼做父親兄長的人用阿諛奉承、巧言善辯來教導自己的子弟，做子弟的人以做諂媚的臣子來希望他的父親兄長，這樣而企求世代長存，是岌岌乎危險的了。

吾伯兄律己嚴，而慈仁有加於先子，夫子嘗請益焉。然夫之自不能言物❶行恆，迪威如❷之吉，又安能不自疚愧邪。伯兄之立身立教，大率皆藏密❸反本為用，愚者弗知爾。晏子❹曰：「唯禮可以已亂。」旨深哉！伯兄睦修家訓，導子孫以可行，酌古今而立畫一之規，禮意於是存焉。為吾子孫讀而繹之，遵而行之，詧❺其所必然而喻其莫敢不然，何遽不雷霆加於頂、冰雪浹於背乎。禮之本無他，愛與敬而已矣。親親者，愛至矣，而何以益之？以敬。夫子曰：「子也者，親之後也。敢不敬與❻。」為父兄者，不以諧臣媚子自居，而陷子弟於便佞善柔之損，敬之至也。尊以禮涖❼卑，卑以禮事尊。《易》曰：「家人嗃嗃，未失也。婦子嘻嘻，失家節也❽。」節也者，禮也。奉伯兄之訓，父兄立德威以敬其子弟，子弟凜祗載❾以敬其父兄，嗃嗃乎禮行其間，庶幾哉，可以嗣先，可以啟後。不然，吾所不忍言也。伯兄傾背❿，從子敞刊其訓以傳於後，非徒尚其拜稽儀文之節也，有精意存焉。夫之蔽之一言曰嚴，非夫之之私言也。《易》曰：「家人有嚴君焉，父母之謂也⓫。」鬼神臨之，吉凶隨之，尚慎之哉。

【章旨】論述《耐園家訓》的精神是禮，是嚴。

【注釋】❶言物　《左傳・昭公元年》：「言以知物。」物，類。意為言論可知禍福之類。❷威如　敬畏的樣子。《易・大有》：「厥孚交如，威如，吉。」❸藏密　《易・繫辭》：「退藏於密。」意為《易經》所講的道深奧微妙，萬物日用而不知其原故，所以說「退藏於密」，猶藏之於用。❹晏子　即晏嬰。春秋時齊國大夫，歷任靈公、莊公、景公三世，傳世《晏子春秋》，是戰國時人搜集有關他的言行編輯而成。❺督　「察」的異體字。❻子也者三句　出自《禮記・哀公問第二十七》。是孔子回答魯哀公的話：「昔三代明王之政，必敬其妻子也。有道，妻也者，親之主也，敢不敬與！子也者，親之後也，敢不敬與！」❼涖　「蒞」的異體字。❽家人嗃嗃四句　出自《易・家人》。嗃嗃，冷酷。❾祗載　《書・大禹謨》：「祗載見瞽叟。」祗，敬也。載，事也。意為舜敬事父親，往而見之，父親也信而順之，舜以至誠感化了父親瞽叟。❿傾背　逝世。多指長輩去世。⓫家人有嚴君焉二句　出自《易・家人》。

【語譯】我的伯兄要求自己嚴格，但比先父更加仁慈，夫之曾請他多加教導。我自己言不能知禍福之類，行不能長久不變，伯兄啟發我敬畏之心，趨向吉祥，我又怎能不自己慚愧呢。伯兄立身做人、對人教育，大概都以用求諸己為原則，愚笨的人不知道罷了。晏子說：「只有禮可以止亂。」意思是很深刻的。伯兄和睦修治家教，拿可以做到的引導子孫，斟酌古今演變而確立統一的規矩，禮的用意就存在在這裡了。給我們子孫學習禮，演繹禮，遵循禮，實行禮，了解必然如此的原因，同時明白不敢不如此的原因，怎麼會不像雷霆轟加頭頂，冰雪溶化濕背那樣呢？禮本沒有其他的用意，愛與敬罷了。愛親人，是愛的極點，拿什麼再來增強呢？以恭敬來增益愛。孔子說：「兒子是親人的後代，敢不尊敬嗎？」作為父親兄長，不以怡愉天顏、取媚天子的臣子自居，並使子弟陷於阿諛奉承、巧言善辯的敗壞境地，這就是恭敬的極點。尊長按禮對待在下的人，在下的人按禮來侍奉尊長。《易經》中說：「一家人冷冰冰的，雖然過於嚴厲，但並未違失正道。妻子兒女嘻嘻哈哈的，就失去節制了。」節制也就是禮。遵奉伯兄的訓導，父親兄長以德立威來教導他的子弟，子弟以嚴肅地敬事長輩來敬重他的父兄，在相互之間嚴肅行禮，這樣差不多可以承前啟後，否則，出現的情況是我們所不忍心講的。伯兄去世後，姪子敞刻印《耐園家訓》以傳到後代，不僅是崇尚他形式上拜揖的儀禮，在這裡含有深意。夫之用一言來概括就是「嚴」，這不是夫之一人的言論。《易經》說：「家庭中有嚴厲的君主，就是父母。」鬼神因此而來臨，保佑或懲罰，也接踵而至，切切謹慎啊。

柔兆攝提格之歲❶，律中蕤賓❷，中澣❸穀旦❹，季弟夫之跋❺。

【注釋】❶柔兆攝提格之歲　文中為順治二十五年丙寅（西元一六八八年）。柔兆，歲陽名之一。古代歲星紀年法用歲陽和歲陰相配合來紀年，《爾雅・釋天》：「太歲在丙，曰柔兆。」在丙，萬物皆生枝布葉，故曰柔兆。攝提格，歲陰名。古代歲星紀年法中的十二辰之一，相當於干支紀年法中的寅年。《爾雅・釋天》：「太歲在寅曰攝提格。」❷律中蕤賓　指古樂十二律中的第七律。古時律曆相配，十二律與十二月相通應，蕤賓位於午，在五月故代指農曆五月。❸中澣　亦作「中浣」。古時官吏中旬的休沐日，後泛指每月中旬。❹穀旦　良辰，晴朗美好的日子。穀，美；善。舊時常用為吉日代稱。❺跋　一種文體。寫在書籍或文章的後面，多用來評介內容或說明寫作經過等。

【語　譯】丙寅年，五月中旬吉日，小弟夫之跋。

卷四

啟一首

六十初度答徐蔚子啟

【題解】徐蔚子，即徐芳，作者好友，詳見《種竹亭稿》序。順治十七年（一六七八）九月初一，王夫之六十壽辰，徐芳以松杖、朱履、青袍、竹扇寄贈祝壽。作者作啟答謝，表現了老友之間的深厚情誼，也發抒了一些徒老白頭的感慨。本文是駢文，即全篇以雙句為主，講究對仗聲律，除「伏維執事」四字未對偶外，其餘都是對偶句。

生無益於人，子羽❶之頭空白；老自安其命，趙孟之晷❷將斜。脛宜孔杖之施❸，教無失故；肘有原襟之露❹，友且憐貧。伏維執事❺，道不遺遐，心惟求舊。刀兵劫改，僅存鵠渚❻之弟兄；生死夢中，還記虎塘之歡笑❼。人間甲子❽，已如鹿在蕉中❾；世外春秋，不謂雁來天際❿。指青松以似我，五大夫⓫閱世空悲；進赤舄⓬以邀仙，幾緉屨今生更著⓭？青袍無煩嚴武⓮，用支肺病之寒；湘箑⓯不拂元規⓰，持卻熱中之暑。匪尋常縞紵之交⓱，實早歲笠車之約⓲。拜登不言顏甲⓳，念雉壇⓴之存者幾人；晉祝將俟先庚㉑，記鶴羽之歸來隔歲㉒。聊陳謝悃㉓，肅寄遐思。

【注釋】❶子羽　宋海陽人。早喪父，事母至孝。通《春秋》，餘經諸子皆知其大略。隱居不仕，以教授郡邑子弟，貧者助其筆札。尤精醫術，鄉人賴之。王夫之與其經歷相似，故文中用以自比。❷趙孟之晷　趙孟，指趙盾。盾卒，謚宣子，又稱宣孟，故文中稱趙孟。晉靈公不君，盾諫不聽。恐被殺，出奔，後趙穿弒公才返回。《左傳・文公七年》：「酆舒問於賈季曰：『趙衰（盾父，助晉文公成霸業的功臣）、趙盾孰賢？』對曰：『趙衰，冬日之日也；趙盾，夏日之日也。』」文中借趙盾與太陽相關的典故，轉而以「趙孟之晷」作為時光、光陰之意。晷，日影。❸脛宜孔杖之施　《論語・憲問》：「原壤夷俟，子曰：『幼而不孫弟，長而無述焉，老而不死是為賊。』以杖叩其脛。」原壤，孔子的舊相識，母死而歌，是老子一流不拘禮法的人。夷，蹲踞。俟，待。句意為原壤見孔子來，蹲踞以待之。孔子說，你年幼時不謙遜友悌，長大後無所稱述，自幼至長，無一善行，久生於世，徒然敗常亂俗，是賊罷了。孔子責備他，因而以所持之杖輕擊他的小腿，好像是要他不要蹲踞在那裡。❹原襟之露　原憲所居蓬樞甕牖，正冠則纓絕，振襟則肘見，納履則踵決。子貢拜訪他，問：「夫子病乎？」憲曰：「無財謂之貧，學道而不能行謂之病。若思貧也，非病也。」子貢慚愧地離去。原，原憲。春秋魯國人，字子思，是孔子的弟子。❺執事　古時指侍從左右供使喚的人。舊時書信中用以稱對方，意為不敢直陳，故向執事者陳述，表示尊敬。❻鵠渚　靶子邊緣。即指未被擊中的浩劫餘生者。鵠，箭靶的中心，泛指靶子。❼虎塘之歡笑　指王夫之在順治七年夏六月（時年五十歲）在湘鄉與劉象賢、徐芳共遊虎塘的歡樂。❽甲子　甲居天干之首，子居地支之首，干支依次相配，從甲子到癸亥，共六十數。六十次輪一遍，故稱六十歲為六十甲子或六十花甲子。❾鹿在蕉中　出於《列子・周穆王》：鄭國有個砍柴的人在郊野碰到一隻受驚的鹿，將他擊斃後，怕別人發現，就藏在護城壕裡，上面蓋了柴，非常高興。一會兒，忘記了藏鹿的地方，於是就以為是做夢。後以蕉鹿指夢幻。蕉，通「樵」。柴。❿雁來天際　謂遠方來信。古有大雁傳書的傳說，如《漢書・蘇武傳》：「言天子射上林中，得雁，足有繫帛書，言武等在某澤中。」。⓫五大夫　秦始皇二十八年封禪泰山，遇暴風雨，避雨松樹下，因此樹護駕有功，按秦官爵封為五大夫。後來就以五大夫作為松樹的別名。⓬屩　鞋。古代一種複底鞋。⓭幾緉屨今生更著　晉阮孚終日酣縱，性好屐。有人詣阮，見其正自蠟屐，並自嘆曰：「未知一生當著幾量屐。」神色很閒暢，時人以為高士。緉，古代計算鞋子的量詞。猶言雙。⓮青袍無煩嚴武　嚴武，唐代劍南節度使。在杜甫入蜀期間，他不但在經濟上資助杜甫，而且經常作詩唱和。杜甫入嚴武幕，嚴又表薦杜甫為節度參謀，檢校工部員外郎，這是杜甫一生中的最高官階（從六品上）。杜詩〈遣悶奉呈嚴公二十韻〉：「黃卷真如律，青袍也自公。」就是寫其幕僚生活的。《唐誌》：「六品服深綠。」青袍，即指穿六品官服。文中青袍語義雙關，一謂做官，一謂徐芳送的禮物青袍。⓯箑　扇子。⓰元規　庾亮字，東晉人，妹為明帝皇后。歷仕元、明、成三帝，與王導等共立成帝。亮雖居外鎮，卻執朝政之權，據上流，擁強兵，趨向者多歸之。王導內心不平，常遇西風塵起，舉扇自蔽，徐曰：「元規塵污人。」⓱縞紵之交　《左傳・

襄公二十九年》：「吳季札聘於鄭，見子產如舊相識，與之縞（白色絹）帶，子產獻紵衣焉。」後來就以「縞紵」指深厚的友誼。⑱笠車之約　即「車笠之約」。晉周處《風土記》記載越人性直率質樸，與人相好，即脫頭上手巾、解腰間五尺刀相交。初定交時有禮，祝詞為：「卿雖乘車我戴笠，後日相逢下車揖；我雖步行卿乘馬，後日相逢卿當下。」後因以「車笠」比喻貴賤貧富不移的深厚友誼。⑲顏甲　臉厚如甲，謂不知羞恥。《開元天寶遺事》：進士楊光遠「游謁王公之門，干索權豪之族，未嘗自足，稍有不從，便多誹謗，常遭有勢者撻辱，略無改悔，時人多鄙之，皆云楊光遠慚顏厚如十重鐵甲也。」⑳雉壇　指結交拜盟的祭壇。拜盟時用雉，取忠信的意思，故曰雉壇。語本《儀禮・士相見禮》：「士相見之禮，摯，冬用雉。」㉑晉祝將俟先庚　互相祝福還要等叮嚀囑咐嗎？晉，進。將，抑或；還是。先庚，《易經・巽卦・九五爻辭》：「先庚三日」，古時以十干記時，庚日的前三日是丁日，丁有叮嚀的意思。㉒鶴羽之歸來隔歲　漢丁令威，遼東人，學道於靈虛山，後化鶴歸遼，集城門華表柱。時有少年舉弓欲射之，鶴乃飛，徘徊空中而言曰：「有鳥有鳥丁令威，去家千年今始歸。城郭如故人民非，何不學仙冢纍纍。」於是高飛沖天而去。事見《搜神後記》。文中鶴羽用以自比。隔歲，猶如隔世。㉓悃　誠心誠意。

【語　譯】生在世上，對人群沒有好處，我的頭髮徒然變白；時光流逝，日影西斜，年紀已老，自己安於命運的安排。小腿應有孔子的手杖敲打，教育我，不因我是老友而放過；原憲有捉襟見肘的貧困，老朋友同情我的貧窮。您不遺漏遠道之人，一心情繫舊友。經過刀兵之災，僅存下浩劫餘生的弟兄；生死夢中，還記得虎塘同遊的歡笑。世間的年壽，就像在樵柴覆蓋下的鹿，猶如夢幻一場；隱居的歲月，沒想到大雁從遠方天邊傳來了書信。您以松樹比喻我，泰山上五大夫松樹閱盡了人間滄桑，徒然悲傷；您送紅鞋來邀請我遊覽，不知今生還能穿幾雙鞋？無須煩勞嚴武推薦做官，您送我青袍，正可用來供肺病者禦寒；湖南竹扇不遮擋元規的塵污，卻能退去心頭的暑熱。我們不僅是尋常的深厚友誼，而是早年結下的貴賤貧富不移的盟約。拜受禮物，不怕被譏為老臉皮，想起結交拜盟的祭壇前，存活在世上還有幾人？互相祝福不必叮嚀囑咐再三，大家都已了然；我好像丁令威化鶴歸來，人間已是隔世。謹用此信陳述謝意，恭寄遙遠的思念。

尺牘十首

【題解】王夫之寄給弟、姪們九封書信，主要是兩個內容：一是談立身之道與家族風範；二是講修族譜的事。尤以前者為重。表現了他對弟、姪們的殷切期望。希望他們光明正大，寬柔慈厚、和睦孝順、讀書教子，以保持王氏家風。對家族中曾發生的不快，乃至訴訟，要引以為戒。

丙寅歲寄弟姪❶

三兄之喪❷，賢弟、姪跋涉遠赴，隆禮致祭，固祖宗福澤所垂，實賢弟、姪敦睦❸厚道，足知吾家自此昌盛無窮矣。愚兄且悲且喜，言不能盡。但恨客繁事冗，不能相陪快談，以展老夫欲言之懷。病軀日衰，後會又不知何日也。愚於家族素未能致一情。但養拙❹自守❺，不敢一絲刻薄，得罪先人。今年已衰老，惟有此心，願家族受和平之福以貽❻子孫，敢以直言為吾宗勸戒。此爾弼❼指日❽二弟居尊長之位，所宜同心以修家教者也。和睦之道，勿以言語之失，禮節之失，心生芥蔕❾。如有不是，何妨面責，慎勿藏之於心以積怨恨。天下甚大，天下人甚多，富似我者，貧似我者，強似我者，弱似我者，千千萬萬，尚然弱者不可妒忌強者，強者不可欺陵弱者，何況自己骨肉！有貧弱者，當生憐念，扶助安生；有富強者，當生歡喜心，吾家幸有此人撐持門戶。譬如一人左眼生翳⑩，右眼光明，右眼豈欺左眼，以灰屑投其中乎！又如一人右手便利，左手風痹，左手豈妒忌右手，願其同癱瘓乎！不能於千人萬人中出頭出色，只尋著自家骨肉中相陵相忌，只便是不成人。戒之，戒之！從前或有些小事動閒氣，如往歲到官出醜，愚甚恨之。願自今以後，長似在三兄柩前，和和順順骨肉相關一般，一刀割斷前日不好之心。聽老夫此語，光明正大，寬柔慈厚，作一家風範⑪。幸祖宗覆庇，無門戶之苦，可不念哉！因諸弟、姪昨日厚於家庭之義，深為感慰，故進愚言。爾弼指日二弟、我文⑫姪，當以此偏告眾位。我文公平仁恕，若有小小不平，當聽其勸戒，或不妨令攽敔⑬兩人知之。止期一切忘情，一家歡聚而已。縷縷⑭不盡。七十老人夫之白。

【注　釋】❶丙寅歲寄弟姪　虎止公跋云：「歲丙寅，伯父石崖公、七兄牖原相繼奄背，先子力疾過長樂鄉治喪事。二叔爾弼翁、七叔時若公、指日公、兄我文、弟君召、姪子美輩，數十人俱就位。哭已，而共慰孤姪生祁，相為款敘。」丙寅，指康熙二十五年（一六八八年），時王夫之六十八歲。❷三兄之喪　三兄，指王夫之長兄王介之，字石崖，丙寅正月三十卒，享年八十。王夫之扶病赴長樂鄉奔喪。❸敦睦　亦作「敦穆」。親厚和睦。❹養拙　才能低下而閑居度日。常用為退隱不仕的自謙之辭。❺自守　自己堅持節操。❻貽　遺留；留下。❼爾弼　名良佐。王聘賢次子，王夫之族弟，共八世祖能。❽指日　名順之。王星聘子，王夫之族弟，共高祖寧。❾芥蔕　細小的梗塞物。後比喻積在心裡的怨恨或不快。❿翳　目疾引起的障膜，視覺模糊。⓫風範　猶風操。指合乎規範，可資效法的操行。⓬我文　名元修。府庠生王良臣子。王夫之族姪。⓭攽敔　王夫之生子四，長子、三子均早逝，攽為王夫之次子，敔為四子。敔字虎止，能繼承家學。康熙朝貢生，操守高潔，博學有文名。提學潘宗洛尤重敔，延請虎止入幕府，敔於是出其父書，宗洛作序，王夫之著作方始傳播於世。⓮縷縷　謂情意不盡。

【語　譯】三兄石崖去世，眾賢弟、姪跋山涉水遠來奔喪。舉行隆重的儀式致悼哀祭，固然是祖宗福澤所及，也實是眾賢弟、姪的親厚和睦、厚道古風，這足以證明我們家族從此可以昌盛無窮了。愚兄又悲又喜，不能盡言。只恨客繁事多，不能相陪痛快地敘談，來展示老夫想說的胸懷。身體一天天衰老，以後相會不知在哪一天。愚兄對我們家族一向未能表達自己的情懷。僅僅是退隱在家，堅持操守，不敢一點點刻薄待人而得罪祖先。現在年紀已衰老，只有這一顆心，希望家族能受和平之福並留給子孫，因此敢用直言為吾家族勸戒。爾弼、指日二弟，處在尊長的位置，宜應同心興修家教。家族和睦的方法在於不因言語的過失、禮節的過失，而互相心存疙瘩。如有不對的地方，不妨當面指出，千萬不要藏在心裡使怨恨堆積起來。天下很大，天下的人也很多，像我一樣富的，像我一樣窮的，像我一樣強的，像我一樣弱的人千千萬萬，尚且弱者不可以妒忌強者，強者不可以欺負弱者，何況自己骨肉之間！有貧窮弱小的，應當有同情顧念之心，幫助他們能安頓生活。有富裕的強者，應當有歡喜之心，我們家族幸虧有這人來支撐門戶。譬如一個人左眼視覺模糊，右眼明亮，難道右眼能欺負左眼，用灰屑投放到左眼嗎！又如一人右手便利，左手瘋癱，難道左手會妒忌右手，而願它一起癱瘓嗎！不能在千人萬人中出人頭地，只尋著自家骨肉來互相欺淩、互相妒忌，那就是不成人樣、沒有出息。警戒啊，警戒！以前或許有些小事，動了閒氣，像往年到官府打官司出醜，我很遺憾。希望從今以後，常像昨天在三兄靈柩之前，和和順順、骨肉相連一樣，一刀割斷以前不好的心思。聽我老人此話，大家光明正大，寬柔慈厚，成為我們家族的風操。幸虧得到祖宗的覆蔭庇佑，沒有家族之苦，能不顧念嗎！因為眾弟姪昨天看重家族大義，深為感動並且欣慰，所以呈獻上面的話。爾弼、指日二弟、我文姪子，請拿此信遍告眾位。我文公平仁愛，寬恕待人，假若有小小的不公平，也當聽從他的勸戒，或者不妨令攽、敔兩人知道。只希望大家一切忘情，一家歡聚罷了。紙短而情意不盡，七十老人夫之白。

與我文姪

吾姪和靄安靜，一家所服。倡先遠涉致祭於叔兄，相見之下，悲喜交集。而事冗客眾，不能從容盡談，為恨恨耳！一札寄眾位弟姪，煩徧致之。城中眾位看畢，乃寄指日叔。愚但空言之。吾姪日與周旋，以善養人，全賴涵育薰陶之力也。前有紙數幅，思攜歸書，為裁帖者混用。僅覓紙二幅，草次書呈，不足為重。他日衰草荒丘，如見老叔耳。承許過我一看，可輟冗作十日聚首否？生前願見賢者也。族譜事，愚但能任譔次督責之勞。目前興事，全在幼重，幸與決商之。叔夫之白。

【語　譯】我姪和靄安靜，是一家所欽服的。首先倡導長途跋涉祭奠叔兄，相見之下，悲喜交集。但是事雜客多，不能從容長談，成為遺憾罷了！一信寄眾位弟姪，煩請觀閱。城中眾位看畢，再寄給指日叔。我只是說說罷了。我姪天天與他們周旋，以善養人，全仗姪涵養薰陶之力了。先有紙數幅，本想攜回書寫，被裁帖的人亂中混用了。現僅找得紙兩幅，倉促書寫呈上，不足珍重。只是他日我死後埋葬在衰草荒丘時，見字如見老叔罷了。承蒙許諾來看我，能否作十日相聚嗎？希望生前見到你這賢人啊。族譜事，我僅能擔任撰寫督責之勞。目前興辦此事，全在幼重，希望與他商議決定。叔夫之白。

又與我文姪

與吾姪別，遂已三易歲矣。衰病老人，更能得幾三歲，通一字於左右❶也。

前云欲枉步❷過我，作數日談，甚為願望。想世局艱難，家累煩冗，不能如願。愚自長樂歸後，未嘗出戶。馳情❸遙念，但作夢想耳。讀書教子，是傳家長久之要道，吾姪以寧靜之姿，修此甚為易易。每戒兩兒，令以吾姪為法。躐等❹高遠，不如近守矩範。家眾人各有心，淡然無求，則人自有感化耳。

【注釋】❶左右　不直稱對方，而稱其左右執事者，表示尊敬。❷枉步　猶勞步。稱人走訪的敬詞。❸馳情　神往。❹躐等　逾越等級，不按次序。

【語譯】與我姪分別，已經三年了。衰病的老人，還能經得幾個三年，因此通一信給左右執事。以前您說想走訪看我，作幾天晤談，是我十分期望的。想來時局艱難，家累多煩，不能如願。我自長樂鄉歸來後，未曾出門。遙思神往，僅作夢想罷了。讀書教子，是傳家長久的重要途徑，我姪以寧靜的姿質，修煉此道是很容易的。平時我常常告誡兩子，叫他們以我姪為榜樣。逾越等級學習高遠的，不如就近學守家族的規範。家族中眾人各有心志，只要自己淡然無求，那麼總有人會受感化啊。

與幼重姪

衰冗之下，不能與吾姪一言。聞將過我，企望，企望。姪年漸老，宜步步在根本上著想。多謀多敗，動氣召辱，切戒，切戒！有公禮謝眾弟姪，煩我文偏致之。族譜事何如？恐只成畫餅❶耳。

【注釋】❶畫餅　畫成的餅。比喻徒有虛名，無補實用的人、物和事。

【語譯】哀戚事多的情況下，未能與我姪談心。聽說你將要來看我，期望之至，期望之至。姪年齡漸漸老去，應每步都從根本上著想，否則多謀反多敗，動氣受辱，切切警戒，切切警戒！有送給大家的禮物謝眾弟、姪，煩請我文姪到處贈送。修族譜事進行得怎樣？恐怕要成有名無實的畫餅了吧。

又與幼重姪

無日不在病中，血氣俱盡，但靈明在耳。三姪孫文字亦有線路❶，可望其成。但所患者，下筆太重則近麤俗。已囑敵令教之以清秀。為人亦和順沈潛❷，所不足者，知事太早。我家窮，閒住一二年，或可習為蕭散❸。莊子曰：「其嗜欲深者其天機淺❹。」一切皆是嗜欲，非但聲色❺臭味❻也。近草一官房世系，覺有次第❼。急須者別單所開祖父子孫名，姪速查來。或寫或刻，總俟姪商之。

【注釋】❶線路 亦作「綫路」。門路；途徑。❷沈潛 謂個性沈靜專一。❸蕭散 猶瀟洒。形容舉止、神情、風格等自然，不拘束，閒散舒適。❹其嗜欲深者其天機淺 出自《莊子・大宗師》。天機，猶靈性。謂天賦靈機。❺聲色 指淫聲與女色。❻臭味 氣味。❼次第 規模。

【語譯】沒有一天不在病中，氣血都已喪盡，僅僅神智還在罷了。三姪孫的文章，也已有門路，可以展望他的成功。所耽心的是下筆太重，就近於粗俗。我已囑咐敔以清秀的筆法教他。三姪孫的為人也和順沈靜，不足的是知道世事太早。我家窮，閒住一兩年，或許可培養成瀟灑。莊子說：「嗜好慾望重的人，他的天賦靈性也就少了。」一切都是嗜欲，不僅是指歌舞女色、香臭的氣味。近來草擬了一王氏家族的職官與分房世系表，覺得頗有規模。急需的是另單開列的祖父子孫的名字，姪速速查來。或是寫或是刻，總等姪商量決定。

與爾弼弟

長樂一別，遂久不得一信。往來人言，賢弟近況甚好，足為欣慰。而愚日衰一日，經年不能出戶，未知更有相會之日否也？譜議不成，族中人錯亂至此，但堪一歎！賢弟年富力強，秉心剛直，至公至正。教子姪輩亦安靜守分，和睦不爭，是所望也。

【語譯】長樂鄉分別後，長久未獲一信。往來的人說，賢弟的近況很好，很為欣慰。我卻一日衰弱一日，整年不能出門，不知還有相會的日子嗎？修撰家譜的動議不能成功，族中人錯亂到這種地步，只能一歎！賢弟年富力強，秉性剛直，最為公正。教育子姪輩也要安靜守本分，和睦不爭，這是我所期望的。

示子姪

立志之始，在脫習氣❶。習氣薰人，不醪❷而醉。其始無端，其終無謂❸。袖中揮拳，針尖競利。狂在須臾，九牛莫制。豈有丈夫，忍以身試！彼可憐憫，我實慚愧。前有千古，後有百世。廣延九州，旁及四裔❹。何所羈絡❺，何所拘執❻？焉有騏駒，隨行逐隊！無盡之財，豈吾之積。目前之人，皆吾之治。特不屑耳，豈為吾累。瀟灑安康，天君❼無繫。亭亭❽鼎鼎❾，風光月霽❿。以之讀書，得古人意；以之立身，踞豪傑地；以之事親，所養惟志；以之交友，所合惟義。惟其超越，是以和易。光芒燭天，芳菲匝地。深潭映碧，春山凝翠。壽考維祺⓫，念之不昧。

【注釋】❶習氣　習慣；習性。後多指逐漸形成的不良習慣或作風。❷醪　酒釀。引申為濁酒。❸無謂　沒有意義。❹四裔　指幽州、崇山、三危、羽山四個邊遠地區。因在四方邊裔，故稱。❺羈絡　控制。❻拘執　拘捕。❼天君　古時人們以為心是思維的器官，主宰五官，故稱心為天君。❽亭亭　高潔貌。❾鼎鼎　盛大。❿風光月霽　指雨過天晴時明淨清新的景象。亦比喻胸襟開闊、心地坦白。⓫祺　吉祥。

【語譯】立志的開始，在於改掉不良的習慣。不良作風薰染人，就如不飲酒而醉。開始時並無端緒，最終使人生沒有意義。但是為了競爭針尖上的小利，揮以老拳，狂怒時的一剎那，九條牛也拉不回。那裡有大丈夫，忍心親身嚐試的！這種人真可憐憫，我實在感到慚愧。人世上以前有千古，以後有百代，廣大到全中國，旁及四方邊遠之地，以什麼來控制，以什麼來拘捕？那裡有好的小馬駒，會隨波逐流、同流合污！無窮的財物，難道是我積累的。眼前的人，都可以是我治理的政績，只是不屑做罷了，難道讓他們成為我的累贅。瀟灑安康，心無所繫牽，高潔盛大，胸襟坦白。以此胸懷讀書，能得到古人的真意。以此立身，能居於豪傑的地位；以此侍奉親長，所養只在志節；以此交友，所交合的都是朋友之義。因為超越個人慾念，因此平和隨易，光芒照天，芬芳遍地，猶如深深的潭水映出一片碧綠，春山凝聚起一片蒼翠，壽考吉祥，希望子姪們思念不要糊塗。

示姪我文

古人云，讀書須要識字。一字為萬字之本，識得此字，六經總括在內。一字者何？孝是也。如木有根，萬紫千紅，迎風笑日，駘蕩❶春光，纍垂秋實，都從此發去。怡情下氣❷，培植德本，願吾宗英❸勉之。

【注釋】❶駘蕩　舒緩起伏；蕩漾。❷下氣　謂態度恭順；平心靜氣。❸宗英　宗族中才能傑出的人。

【語譯】古人說，讀書需要識字。有一字是萬字的根本，識得此字，六經就都包括在內。這個字是什麼呢？是「孝」字。就像樹木有根，便有萬紫千紅的鮮花，迎風笑日，蕩漾春光，纍纍的秋天果實，都從這根上生發。用悅怡的心情、恭順的態度、來培育這個根本的德性，願我宗室的英才勉勵啊！

又

杜陵有句云：「吾宗老孫子，質樸古人風❶。」世何有今古，此心一定，羲皇懷葛❷，凝目即在。明珠良玉，萬年不改其光輝。民動如煙，我靜如鏡，空花❸奪目，驚波蕩魄，一眼覷破，置身豈在三帝❹下哉！

【注釋】❶吾宗老孫子二句　出自《宋本杜工部集》卷十五。老，原作「秀」。各種杜集均作「老」，據改。❷羲皇懷葛　傳說中遠古帝名，即伏羲氏、無懷氏、葛天氏。伏羲氏教民漁獵，取犧牲以供庖廚，因稱庖犧。亦作「伏羲」。相傳無懷氏之民安居樂業，雞犬之聲相聞，老死不相往來。葛天氏之治不言而自信，不化而自行。❸空花　亦作「空華」。佛教語，隱現在病眼者視覺中的繁花，形容虛影。比喻紛繁的妄想和假相。❹帝　原作「年」。於義不通，據上下文應為「帝」，形近而誤。

【語　譯】杜甫有詩句說：「我宗族的老子孫，有質樸的古人之風。」時代哪有古今之分，此心一旦篤定，上古時的伏羲氏、無懷氏、葛天氏，閉目就在眼前。明珠好玉，萬年不改變它的光輝。他人擾動如煙，我安靜如鏡，繁花奪目，驚波震蕩心胸，都能一眼看破這些假相，那麼置身哪裡在三帝的下面呢！

卷五

九昭

【題解】〈九昭〉是王夫之為表彰屈原之志，也是抒發自己的孤忠苦節所作。說屈子，亦自道，是本賦的特點，閱讀時應注意。如〈申理〉中的清君側主張，〈引懷〉中與懷王相遇的幻想，〈扃志〉中對史事與傳統迥異的理解，〈悼子〉敘中的辯白，均乃抉屈子之心，亦明己之志。本賦在每章後作者都有注、譯與敘（對每章要旨的闡發敘述），在作今注今譯時盡量吸收，為節省篇幅，將原注與譯刪去而保留敘，特此說明。

有明王夫之，生於屈子之鄉❶，而遘閔❷戢志❸，有過於屈者，爰作〈九昭〉而敘之曰：僕以為獨心者，豈復存於形埒❹之知哉。故言以奠❺聲，聲以出意，相逮而各有體。聲意或留而不肖者多矣，況斂事徵華於經緯❻者乎。故以宋玉之親承音旨，劉向之曠世同情，而可紹者言，難述者意。意有疆畛❼，則聲有判合。相勸以貌悲，而幽蠁❽之情不宣。無病之讖，所為空群❾於千古也。聊為〈九昭〉，以旌三閭❿之志。

【章　旨】本段是賦的小序，敘述撰寫〈九昭〉的緣由。一是因為前人如宋玉、劉向均未能了解屈原的精神，一是自己遘閔戢志，有過於屈者，即藉以自抒。

【注　釋】❶屈子之鄉　屈原的故鄉。屈原故鄉為湖北秭歸縣（一說江陵縣），王夫之故鄉為湖南衡陽，但兩地同屬楚地，故文中說：王夫之生於屈子之鄉。❷遘閔　遭遇憂患。❸戢志　懷抱自己的情志。❹埒　形狀。❺奠　放置；停放。❻經緯　指文章結構的縱橫條理。❼畛　界限；區分。❽蠁　向。❾空群　韓愈〈送溫處士赴河陽軍序〉：「伯樂一過冀北之野，而馬群遂空。」意為經過春秋時以相馬著稱的伯樂的挑選，馬群中的千里馬就沒有了。❿三閭　屈原曾為三閭大夫，故三閭指屈原。

【語　譯】明代王夫之出生在屈原的鄉邦，但是遭遇憂患，懷抱情志，有超過屈子的地方，於是作〈九昭〉並敘述說：我以為每個人獨特的心意怎麼可以使它存在於形狀中，使人一眼窺見呢。所以語言依托聲音，聲音才能表達意思，意、聲、言三者相關連而各有作用。但是聲和意有時泥滯而不易表達，而言（意指文）又不易具體的情況很多，更何況追求有經有緯的文飾。所以要繼承屈子，不論以宋玉的親自接受屈原的教導，或是劉向相隔幾代之遠並同情屈子，也只能得言（文），而沒有獲得其意，繼續的是語言，難以表達的是意旨。意有區分，聲就有分合，勸於表現悲哀的容貌，但幽深的內在的感情卻不能宣洩出來。在屈原亡故幾千年後的今天，想以伯樂相馬，使冀北之野沒有千里馬一樣發掘屈原的精神，是否會有無病呻吟的譏諷呢？姑且著〈九昭〉，來表彰三閭大夫的崇高的內心世界。

發❶江山之芊萰❷兮❸，回風❹被乎嘉卉。青春脈❺其將闌兮，羌何情而愉此。凌巴丘❻之澒洞❼兮，余甫❽閱乎南條❾之荒大。駭哀吟之宵鼯❿兮，鬱薄霄⓫乎夕霾⓬。虹半隱於叢薄⓭兮，雨中岫⓮而善淫⓯。即靈媛⓰之前思兮，惘南狩⓱之所尋。緜修林之茸閟⓲兮，窅⓳洞壑之紛疑⓴。答空響㉑之森寒兮，合嶂沓㉒其如規㉓。耳迥寂其無聞兮，目改觀於異色。詎侘傺㉔之足捐㉕兮，悄不知迢遞㉖之何極。

〈汨征〉述屈子始遷於江南，覽河山之異而思悲，憂菀積中，更無從而明言所怨。深於怨者，言自窮也。

【章　旨】〈汨征〉敘述屈原剛放逐到江南，看到沅湘河山與郢都的不同，悲從中來，憂鬱結積心中，又不能明言所怨，便從描寫河山之異開始，有深怨者，是言語也無法表達的。賦中以舜的二妃靈媛喻己，舜喻君是作者立意的所在。

【注　釋】❶發　始發。指開始上路。❷芊萰　草木青盛的樣子。❸兮　賦中常用的語氣詞。相當於「啊」、

「呀」。❹回風　旋風。❺脈　在不知不覺中微微發動。❻巴丘　指岳州。治所在岳陽。❼湏洞　瀰漫無際。❽甫　開始。❾南條　山名。❿鼯　鼯鼠。前後肢之間有寬而多毛的飛膜，藉此在樹間滑翔，尾長。⓫薄霄　迫近雲霄。⓬夕靉　暮雲。⓭叢薄　草木叢生的地方。⓮中岫　半山。⓯善淫　經常下雨，難有晴天。⓰靈媛　指舜的二個妃子娥皇與女英。相傳她倆是堯的女兒，同嫁給舜，後舜南巡，死於蒼梧，她倆趕到南方，也死於江湘之間。賦中比喻王夫之自己。⓱南狩　指舜南巡。舜喻君。⓲茸闒　草木蒙茸而幽蔽。⓳窌　窌窱，同「窈窕」。深遠貌。⓴紛疑　洞壑屈曲不知涯際。㉑答空響　空谷傳聲相答。㉒沓　合。㉓如規　叢山四圍，仰窺天如規圓。㉔侘傺　失意的樣子。楚人把失志悵然佇立叫侘傺。㉕足捐　可以拋棄。㉖迢遞　遠貌。

【語　譯】我開始上路，江山草木青盛，旋風吹遍原野，吹拂著美麗的花卉草木。在不知不覺中微微發動的春天的氣息將要闌珊，春天的萬物使人愉悅，可是我有什麼心情來對春景賞玩呢。經過巴邱，來到瀰漫無邊的洞庭湖，我才知道南條山崇山峻嶺，重溪疊澗的荒大，窈窕綿延，無邊無際。早晨鼯鼠的哀吟使人驚駭，傍晚暮雲濃鬱，迫近蒼穹。彩虹半隱半現在草木叢生的地方，雨卻中止在半山腰間，湖南的天氣真是多雨。想起舜妃娥皇女英的相思之情，在虞舜南巡的荒遠山川，惘然尋不到舜的所在。綿綿的森林，草木蒙茸而幽蔽，深遠的洞壑屈曲紛疑，不知涯際。空谷傳聲相應，令人森然寒慄，山嶂重合，山色可圍，仰視天空如規一樣圓。四周靜靜的，人蹤滅絕並且音響寂靜，觸目蒼茫，觀看到的是不同於故鄉的沅湘山水景色。真不知道遠離故國到了何方，難道失意的思慮、自己所追求的事業，可以拋棄！

青林白水敞蘭風兮，理前心而益烱。既服藥之春氣兮，蘋❶又申余以秋穎❷。

謂白日之匪鮮兮，豈蒼天之莫正。捐雲門之清瑟兮，悼傾耳之獨敻❸。改繁聲以申悲兮，介師延而相將❹。匪將者之為勞兮，邈夷庚❺於羊腸。袤❻九州❼於尋尺❽兮，亙千歲於昏旦。恢❾畫畫以申猷❿兮，悔曩辭其猶未半。斥氣珥⓫於禺中⓬兮，堙洪流於冀野。涉漩澓⓭而濡首⓮兮，洵⓯猶賢夫今者。逸征鳥⓰以翾翩兮，泝顥穹⓱而莫執。回風飆而隕穫⓲兮，悵行野其何及。進不可與期兮，退不可與息。曠嘉會以韜⓳愁兮，誰予侜⓴而自戢。

〈申理〉達屈子未言之情而表著之，想其忠愛憤激之心，迨沈湘之日，申念往事，必有如是者。清君側㉑之惡，雖非人臣所敢專，而宗臣之義，與國存亡，知無不為，言無不盡，故管、蔡㉒可誅，昌邑可廢㉓，況張儀㉔、靳尚㉕之區區者乎。輒為追惜，無嫌悁烈也。

【章旨】〈申理〉表述屈原未曾講述的情懷，想像屈原滿懷忠愛君國、憤激奸佞之心，沉江之日，思念往事，必有未清君側的遺恨。「清君側」事雖不是臣子敢於獨斷專行的，但王夫之認為，作為宗臣，與國共存亡，應知無不為，言無不盡。所以管叔、蔡叔是應該被誅殺的，昌邑王是可以被廢去帝位的，更何況張儀、靳尚之類小人。

【注　釋】❶蘋　植物名。亦稱「四葉菜」、「田字草」，是一種藥草，能除熱解毒，利小便，消水腫。❷秋穎　秋日禾稼或樹木的末梢。❸拊雲門之清瑟兮二句　以聽樂為比方，追思對君王開始進諫時，簡要言說，但君王忽而不察。拊，撫。雲門，也叫「雲門大卷」，相傳為黃帝時的樂舞，周代用以祭祀天神。敻，遠。❹改繁聲以申悲兮二句　說自己想諫勸時不直言君的過失，隱約其詞，希望君王自己覺悟，結果言愈長而愈相猜疑。介，介紹。延，請。將，扶助。❺夷庚　車馬可以通行的平坦大道。❻袤　縱長。《說文》：南北曰袤。也指橫長，周長。❼九州　傳說中我國中原上古行政區劃為九州，故九州即指中國。❽尋尺　八尺。❾恢　發揚；弘大。❿猷　謀劃。⓫珥　日月兩旁的光暈。喻靳尚、鄭袖之輩。對王夫之來說是指南明的佞臣。⓬禺中　喻君側小人已位近天之中。禺，即禺谷。日落的地方。⓭漩澓　回旋的水流。⓮濡首　《周易・既濟》：「上六，濡其首，厲。」渡過險流而遭滅頂，是凶險的徵兆。濡，沾濕。⓯洵　誠然；實在。⓰征鳥　題肩鶻。是一種狡黠的鷹。⓱顥穹　亦作「昊穹」。指天。⓲隕穫　處境困苦而灰心喪志。⓳韜　掩藏。⓴侜　欺誑。㉑清君側　清除君王身旁的壞人。㉒管蔡　周武王去世後，成王年幼，周公旦攝政，武王之弟管叔、蔡叔等不服，造謠說周公將不利於成王，和武庚一起叛亂。後被周公平定，管叔被殺死，一說自殺。蔡叔被放逐。㉓昌邑可廢　昌邑王劉賀為漢武帝孫，昭帝後，霍光迎賀即位，宴樂淫亂，立二十七天，太后命廢歸昌邑，封海昏侯。㉔張儀　秦惠文君十年時任秦相，執政時，瓦解齊楚聯盟，欺騙楚懷王說：「秦甚憎齊，齊與楚縱親，楚誠能絕齊，秦願獻商於之地六百里。」懷王貪而信張儀，遂絕齊，派使者到秦受地，張儀詐之曰：「儀與王約六里，不聞六百里。」懷王怒而伐秦，大敗，反被秦奪取楚漢中之地。㉕靳尚　楚懷王的侍從之臣，又受到懷王夫人鄭袖的信任。後來，秦割漢中地與楚議和，懷王說：「不願得地，願得張儀。」於是張儀又到楚國，賄賂靳尚，設詭辯於鄭袖，懷王竟聽信鄭袖，放走了張儀。

【語 譯】青青的山林，白白的流水，散放著蘭香氣息的微風，在這良辰美景中，我追思往事，心裡更加明亮。我既已服用了春天的藥草，又加上了秋蘋的嫩頭。這樣盡心盡意地修飾自己，可是中傷之徒卻胡說白日無光，難道說蒼天是可以欺罔的？追思進諫之初，我輕輕撫摸雲門清瑟，可悲的是，聽音樂的獨獨遠離我。我想改長言來申訴自己的悲哀，通過師者來扶助，結果是言愈長而愈相猜疑。不是輔佐者的徒勞，而是君王遠離平坦的大道卻要走羊腸小道。我面對君王早晚進諫的，廣括天下得失的徵兆，盡收千年興亡之理。我發揚光大一條條地來闡明我的謀劃，我後悔過去我所陳的言辭，還不夠明朗，沒有直陳奸惡者的罪狀。奸佞圍繞在君王的周圍，已遮掩了日月的光芒，我沒有排斥君旁的光暈，洪水泛濫於冀州大地，我沒有堵塞洪水，使津要成為藏奸的地方。我跋涉在回漩的水流，即使遭到滅頂之災，也比現在好。逃逸的題肩鴿翩翩翱翔，我上飛蒼空，卻沒有捕殺它。狂風回旋，使我處境困苦而灰心喪志，惆悵奸佞的倒行逆施，但已自悔莫及。沒有申明奸佞的罪惡，使我既不能期望他們改正而跟從我，也不能盼望他們停止罪惡活動。我斷絕一切嘉會來掩藏愁苦，唉！是誰欺騙了我，並使我自己收斂的呢？

凌❶漳❷澨❸兮及晨，邀余目兮天末❹。驂驔嶄岏兮，紆荊門之縹渺。滂溏濞浿兮，遂江流以奰發❺。相九州而洵美兮，承靈祚而奄處❻。崇臺婥妁以詣天兮，下睨乎廣陌之鱗聚。蘭春被乎平皋兮，都人懷芳而從之。被羅袿之袨服兮，尚不改乎此容也。華鐙烜於永夜兮，羽蓋飄而陰晝❼。夫何姣好之嬋媛兮，抑雄風之蟉虯。吞冥阸以無外兮，卷河鼓而浮天街。旋北斗使酒挹桂兮，固誰昔之所懷❽。逮鳴鵙之未聞兮，芳草榮其如昨。逞余望以流觀兮，咨含情之廣託。物無廢而不興兮，羌聊謝夫送目。顧美人❾之倦遊兮，曾不臨高以旁矚。

〈違郢〉

【章　旨】〈違郢〉歷敘郢都、楚國的山川形勝，文物富饒，雄長諸侯，歷史輝煌，以發抒對河山的眷戀和今日荒廢的感慨。

【注　釋】❶淩　渡；逾越。❷漳　漳河，流入漢水後到長江。❸澨　水名，在湖北省境，流入漢水。❹天末　天邊。楚國東遷，自荊北到宜城，順漢水而下，回望郢都，如在天末。❺驂驔嶄岏兮四句　形容郢都的山川形勝。驂，一車駕三馬。驔，黃色脊毛的黑馬。嶄岏，山高銳峻大的樣子。紆，屈曲；曲折。滂溏濞溳，水勢盛大貌。奰，怒。❻相九州而洵美兮二句　敘述楚國踞九州之形勝，立國堅固。奄，覆蓋；包括。❼崇臺婥妁以詣天兮八句　言楚國人物之盛，雖經喪亂而不損，這都是先君積累財富的結果。婥妁，同「綽約」。亭立貌。袿，婦女的上衣。袨服，炫目的盛服。烜，盛大；顯著。陰晝，使白晝變陰的意思。陰，名詞作動詞用。❽夫何姣好之嬋媛兮六句　形容楚國的武威，稱霸戰國。楚先君的事業如此，誰能想到如今郢都卻不能保呢。蟉虯，屈曲盤繞的樣子。冥阸，楚國要塞。卷河鼓而浮天街，意為楚國稱霸時，北捲中原而西收秦。河鼓，牽牛星，北方的星宿。天街，西方的星宿。❾美人　喻指頃襄王。

【語　譯】趁早晨渡過漳水、澨水，回望郢都如在天盡頭。駕著三匹黃色脊毛的黑馬車子，登上了高峻的山嶺，彎彎曲曲到雲霧縹渺的荊門。為山所束縛的江水忽然開放，水勢浩淼澎湃，沿長江怒濤滾滾。楚國據九州江山之勝，承襲著祖先的福祚，實在美好。登上亭立的高臺，朝見蒼天，下視人間阡陌，萬物如鱗聚集，真是人物興盛。在廣闊的平原上，生長著春天的蘭草，京都的百姓胸懷芳潔，聚集在這裡。披著羅綢的上衣，穿著炫目的盛服，雖經喪亂，還是沒有改變華美的服飾。華燈在長夜中閃耀，車蓋飄飄多得遮蔽了天日，使白晝為之陰暗。楚國你不僅是姣好美麗，而且是武威長久地稱雄於戰國。收起邊塞冥阸，向外開拓，楚國北捲中原而西收秦國，猶如捲起北方的牽牛星、收起西方的天街星。旋轉北斗星如拿起杓子一樣去舀桂花酒，受上蒼之命代周王行使權力，這本是楚國從前的志懷。趁還沒有聽到伯勞鳥的叫聲，芳草繁茂生長如從前一樣，江山如故、人物如故時，讓我放眼四望，規劃佳圖，使我的感情有廣闊的寄託。現在荒廢了的郢都，本是昔日興盛的京城，目送江山，徒留餘惜。可惜的是美人頃襄王疲乏倦遊，不曾登高回望郢都，否則怎忍心讓京城荒蕪。

夕弭榜兮中洲，澹淫淫兮安流。蘋風欻兮緣波，明月影兮不留。靜不可長愉兮情善疑，怵若危兮落葉之辭枝。蒼天冪冪兮四垂，朕何為兮數離❶？若有期兮新歡，折瓊茅兮贈言。維中庭兮妒者，迥相遇兮曠野。申旦旦以及今兮，涕零零而交下。來無蹤兮去無秉，思心發兮遣光景。猿啼林兮惝怳，魚驚波兮溟涬。江上之寂歷兮夢夢，悄余眷兮精相從。孰寓形之洵然兮，覆魂投之靡通❷。幸曠古兮良夜，輕千里兮命駕。結蘭佩兮擥羅袪，馳芳皋兮驅駟馬。夫杳靄❸奚其不可親兮，幾神會之無假。

〈引懷〉不得已之極思，意中生象❹。其與君相遇之幻景，固篤志者情中必有之情也。為屈子引之。

【章　旨】〈引懷〉敘寫與君相遇的幻景，這是屈原所未有之事。但是王夫之認為這是深於情者，情中必有之情，故為屈原盡情引發，實也為自己抒懷。

【注　釋】❶夕弭榜兮中洲八句　寫在江次飄零、月明人靜之夜，屈原難忘舊怨，忽然生發異想，形成與君相遇的幻景，展開下文。弭榜，停止划船。澹，波浪起伏或流水紆回貌。淫淫，流貌。蘋風，掠過蘋草的風，微風。幂幂，覆蓋；罩。❷若有期兮新歡十四句　寫幻境恍惚離迷，忽遇忽散，雖形終孑處，但精魂相從，不信幻夢非實。瓊茅，精美的茅草。秉，執持。光景，光影。指相會的實情。溟涬，同「涬溟」。自然之氣混混茫茫的樣子。夢夢，形容昏憒，無所見。覆，審察。❸杳靄　雲霧飄渺貌。❹意中生象　從思念懷王的意念中產生的幻景。

【語譯】傍晚我停舟在洲中，江流紆回，水靜靜地流淌。忽然吹起了微風，水波漣漪，月明人靜，時光漸漸地逝去。這樣的寂靜，沒有長久的愉悅，卻產生了相疑之情，忽然驚恐自己處於危險的境地，如落葉的離枝飄零。蒼天四罩，覆蓋大地，我為什麼屢次與君分離？若思若夢之間，我好像又與君王邂逅，有了新的歡情，折下精美的茅草，贈言相送。因為庭中有善妒的人，又另訂地點在曠野相會。懊悔以前的錯誤而申明後誓，我感動到極點，涕淚零零流下。來無蹤跡，去無所持，冥思之心生發，卻失去了相會的實影。猿在林中恍惚啼嘯，魚在水中驚跳，混混茫茫。江上寂靜無聲，忽然什麼都沒有了，雖然形終孤處，但我精魄相從，悄悄地眷戀著君王。誰能真正地將相會的心意寄寓到形體？審察魂魄的相投卻不能相通的情形。在曠古未有的良夜，我幸運地隨君駕起車子馳行千里。提起羅衣結下蘭草香佩，在芳香的原野上驅馳著駿馬。在雲霧飄渺中多麼不可親近，怎能真實無假地精魄相會，實現此時的心願。

悲孤緒之獨縈兮，曠千秋而無與。晉謀古而不獲兮，奚凡今之可訴❶。二十行歌於首山兮，未夙謨夫商邑。百里望哭於殽崟兮，追虞諫其何及。刳比干於一邱兮，待殷殄而始封。抉子胥於吳門兮，盼於越之凌江。言雖售而志殘兮，要忘親而邇怨。引憤毒於黃泉兮，操余言以為券。誠瀰縫其終窘兮，軌有償而必繇。隕蕭艾於繁霜兮，匪芳桂之所求❷。烏將飛而遺音兮，顧青林而息羽❸。魚沈冥以呴沫兮，憺忘情於洲渚❹。豐草靡於江干兮，壞零露之新滋❺。喬木榮於新邱兮，冀雰霰之後時❻。高天廣陌之敻敻兮，玄冬閉而不洩。諒頫卬之無與酬兮，韜鬱陶以永世❼。

〈扃志〉扃，閉也。孤情自怵，不與古人同調，而舉國無同心之侶。緘閉幽貞之志，千古而下，猶有謂其忠而過者，誰與發屈子之扃乎！

【章　旨】〈扃志〉寫屈原緘閉幽貞的心志。也就是他要這樣做，但本心不願，而又不得不這樣做的胸懷。開頭四句強調屈原的孤忠所為無偶，然後分為兩段敘述，既不能與古人同調，也沒有當今同心之侶，最後四句總結既無可告語，只能埋憂地下。所引史事為人們所熟知，但見解迥異，說明這不僅是闡發屈原，更是作者自己的扃志。本章是全賦的重點。

【注　釋】❶悲孤緒之獨縈兮四句　總述屈原的孤忠，所為無偶，與古人或事同而志異，或志同而事異，與古人尚不可謀，更何況今人。晉，進。❷二士行歌於首山兮十六句　歷敘史事，寫與古人不可謀處。本段論述夷、齊避紂而不為謀，百里奚哭秦師而不諫虞公，都是對前事未盡責任；比干墓受周封，不是比干的榮耀，子胥欲懸眼望越兵，更是違背了他的初衷。屈原死後，他的預言驗證，楚國滅亡，鄭袖、靳尚輩也遭誅戮，這些並非屈原的願望。對這些古人傳統的看法都是肯定的，而作者指出了他們的不足，表現了王夫之獨特的歷史見解。商末孤竹君初以叔齊為繼承人，孤竹君死後，叔齊讓位給長兄伯夷，伯夷不受。後來二人都投奔周。到周後，反對周武王進軍討伐紂王，武王滅商後，他倆逃到首陽山，不食周粟，採薇而食。將要餓死時作歌，其辭如下：「登彼西山兮，採其薇矣。以暴易暴兮，不知其非矣。神農虞夏忽焉沒兮，我安適歸矣。于嗟徂兮，命之衰矣。」謨，計謀；謀略。百里望哭於殽崟兮，魯僖公三十二年、三十三年（西元前六二八、六二七年）秦國趁著晉文公去世，出兵越過晉境遠襲鄭國，百里奚諫秦穆公說：「經數國千里而襲人，希有得利者，且人賣鄭庸知我國人不有以我情告鄭者乎，不可。」穆公不聽，發兵偷襲鄭。行日，百里奚、蹇叔二人哭送。穆公怒責，二老解釋說：「非敢沮軍，軍行，臣子與往，臣老，遲還恐不相見耳。」二老對其子說：「汝軍即敗，必于殽阨矣。」後來秦偷襲鄭未成，滅晉同姓國滑國，歸途中，被晉軍在殽山打敗。戰爭的進程完全如百里奚、蹇叔所預料的那樣。百里，指百里奚。原為虞國大夫，虞亡時被晉俘虜，作為陪嫁之臣送入秦國。後出走到楚，被楚人抓住，又被秦穆公以五張黑公羊皮贖回，用為大夫，與蹇叔、由余等共同協助秦穆公建立霸業。崟，高聳的樣子。比干，商代貴族，紂王的叔父。因屢次勸諫紂王，被紂王剖心而死。抉子胥於吳門兮，伍子胥勸諫吳王夫差拒絕越國求和並停止伐齊，但夫差不聽，賜劍命他自殺，死前他表示：「以懸吾目於東門，以見越入，吳國之亡也。」吳王怒曰：「孤不使大夫得有見也。」把伍子胥的屍體裝在皮製的口袋，投入江中。券，契據；合同。僨，仆倒。繇，通「由」。❸鳥將飛而遺音兮二句　寫策士謀臣知楚已無望，離楚去他國。❹魚沈冥以呴沫兮二句　寫楚國的隱逸者全身遠害，退隱山水。呴，吐口水；吐沫。憺，安。❺豐草蘼於江干兮二句　寫楚國的變節者附奸佞以求榮。❻喬木榮於新邱兮二句　寫故家舊臣僥幸苟安，沒有遠慮。凡上述四類人都屬於對今人不可傾訴的。雰，雪盛。霰，白色不透明球形或圓錐形固體降水物。❼高天廣陌之敻敻兮四句　寫上下相蒙無生氣，能向誰告語，只能埋憂地下。敻敻，通「迥」。遠。頫卬，俯仰。頫，「俯」的異體字。卬，同「仰」。

【語　譯】可悲的是我的孤忠苦節獨獨縈繞自己，千年以來沒有與我同調的。向上與古人商謀尚且不成功，更何況與今人，怎麼可向他們傾訴。夷、齊二士在首陽山一邊唱歌、一邊採薇，最終餓死，遺憾的是他們在商朝首都時，沒有早早謀劃。百里奚向著高高的殽山哀哭，追思以前沒有勸諫虞君，還怎麼來得及。比干被挖心而死，等殷商滅亡後，才封比干之墓，這不是比干的榮耀。伍子胥要把自己被挖的眼睛掛在吳國的東門上，看越國軍隊渡江來攻伐吳國。預言雖然兌現，但已違背他當初的志向，要忘記自己曾經親近的卻變得近於怨恨。在黃泉下發洩自己的怨憤，將我的話當作證據。誠然是相合，但終究困窘，凡有撲躓跌倒的必有原由。在繁霜中蕭艾衰落，並不是芳桂所企求的。鳥飛離楚國，只留下鳥的聲音，它們看到青茂的樹林棲息下來。魚沉入水底吐口沫，安然忘情地在洲渚中生活。昔日的芳草倒伏在江邊，現在變為蕭艾，已受到新的滋潤，依附奸佞來求榮發。故家喬木茂盛地長在高丘上，希冀雪停能夠得到平安。高天廣陌多麼久遠啊，冬天幽閉毫無生氣。想來俯仰天地之間已經沒有知己可相酬告，只有埋憂地下，悒鬱永世。

耿❶玄夜之穆清❷兮，今者愔愔❸而寤余。邈登天其無畔兮，嘉余魂之安驅。余儲奇服以遐征兮，紛髣髴而襲之。左葳蕤❹之翠羽兮，右離褷❺之星施❻。發丹陽之故宮兮，首商於而問道。夏旌旖旎而前征兮，余又申之以鷺翿❼。介三青鳥以先鳴兮，誅鳳皇於西母。詭逢迎而中變兮，余怒叱夫蜚廉❽之蚴蟉❾。升密雲其未半兮，彗❿熒熒而西馳。覲太乙⓫之婉存⓬兮，責余駕之不駛。兩龍抃⓭而南迴兮，顧豐隆⑭之未怠。懲蓐收之善淫⑮兮，霽九嵏⑯之晻靄。滌三危⑰之宿曀⑱兮；憩崆峒⑲而息轡。容成⑳嫟㉑以徠下兮，唁余勞之已艾㉒。曰浮雲不可為期兮，白日中其易傾。龍虯螑㉓其且蟄兮，鳳翩翻而不寧。排霄路之繽紛兮，又安得夫玉山之嘉穎㉔。余填膺而申答兮，懷萬年而一逞。鸞族鳳以孿生兮，梟屢攫而永惎㉕。指昊天以奮飛兮，懼日月之我遲。輕蹇產㉖之雲逵㉗兮，憤閶闔㉘之梁輈㉙。鶩㉚飆風而凌浮燄兮，夫何倒景之足憂。

〈蕩憤〉楚之勢不兩立者，秦也；百相欺百相奪者，秦也；懷王客死不共戴天者，秦也。屈子初合齊以圖秦，為張儀、靳尚所阻，憤不得申。放竄之餘，念大仇之未報，夙志之不舒，西望秦關，與爭一旦之命，豈須臾忘哉？事雖沒世不成，而靜夜思之，炯然不昧，若蹀血咸陽，飲馬涇渭，無難旦夕必為者，聊為達其志以蕩其憤焉。

【章旨】〈蕩憤〉當是雪恥。屈原政治上主張聯齊抗秦，被張儀、靳尚所阻，滿懷氣憤，無法申訴。放逐之際，念大仇未報，素志不酬，須臾不忘。故作者在本章寫想像中的伐秦，容成仙人勸其罷兵，屈原不允，以表達屈子的夙志，抒發屈原的憤悶。

【注　釋】❶耿　光明。❷穆清　清平。❸愔愔　靜寂無聲的樣子。❹葳蕤　形容車蓋上翠羽的眾多。❺離褷　羽毛濡濕粘合的樣子。❻星施　也作「星旄」。繪有星辰，並在旗竿頭上裝飾旄牛尾的旗子。亦泛指旄旗。❼翿　即「纛」。漢朝名「羽葆幢」。合聚鳥羽在幢首，其形下垂如蓋，古代舞者執之以舞，是出征時所用。❽蜚廉　風神。❾蚴蟉　屈曲行動貌。❿彗　彗星。我國古代叫妖星，通常也叫掃帚星。⓫太乙　星官名。在天龍座內，屬紫薇垣，賦中喻指楚懷王。⓬婉存　和順存在。⓭抃　鼓掌。表示歡欣。⓮豐隆　古代神話中的雷神。⓯蓐收之善淫　指秋天多雨。秦人積怨於天下，如秋霖害良稼。蓐收，古代傳說中的西方神名，司秋，賦中喻秦。⓰九嵕　山名。在武功。⓱三危　在肅州。⓲曀　陰暗；陰而風。⓳崆峒　在固原。秦國最西的地區。⓴容成　崆峒山的仙人。㉑嫓　淑善。㉒艾　止；盡。㉓虯螑　龍伸頸低昂貌。㉔穎　禾穗。㉕惎　憎恨；怨毒。㉖蹇產　曲折。㉗雲逵　喻距離遙遠。㉘間關　形容車的摩擦聲。㉙梁輈　古代車上用以駕馬的曲轅。㉚鶩　迅急。

【語　譯】寒夜肅殺而微明，在這靜寂無聲的夜晚，我炯炯醒悟。豪邁地登上無邊無際的藍天，可喜的是我的魂靈安然馳驅。我穿著奇異的服裝去遠征，紛紛揚揚，彷彿在襲擊秦國。我的隊伍車蓋上的翠綠羽毛何其豐盛，繪有星辰的旄旗何其輝煌！從楚國丹陽的故宮出發興師討秦，在商於這地方我第一次問路。華麗的大旗在隊伍的前頭飄揚，我又增加了有鷺鳥羽毛裝飾的大纛旗。三青鳥在前鳴道，在西王母處殺死了鳳凰。秦人多詐，一定會偽裝請和並中途變卦，我怒叱風伯的遲回紆曲不加速行駛。我升上雲霧密集的高空，還不到一半，熒熒的妖星向西逃去。我覩見還生存於人世的懷王，迎接他回國，我恨自己的車子不能更快地奔馳。懷王南返，襄、懷二王歡欣鼓舞，雖然懷王返回，但秦罪尚未全懲，雷霆之怒不容中止。懲誅秦君，他積怨天下，如秋天過多的雨水損壞良稼，我要使九嵕山放晴，黑雲消散。誅殺秦君，弔問秦國的百姓，止息天下的禍害，如洗滌三危的陰翳使它見青天，到秦國的最西地區崆峒，我才停下車子憩息。崆峒山的仙人靜靜地下來，慰勞我用兵苦勤。勸說我勝利不可久恃，如與飄動的雲不可相約、太陽到正中後就容易偏傾一樣。龍伸頸低昂並且蟄伏，鳳凰飛翔已不安寧，此時應罷兵退保成功。掃清繽紛的雲路，又怎能一定得到玉山的嘉禾，成功是天意所授，不可奢望。我義憤填膺地申辯回答，我懷忿萬年才得一逞。鸞鳳孿生而鴟鴞屢次攫取它，並且永久憎恨鸞鳳。我指蒼天為證，奮起復仇雪恥，我只是耽心日月時光太慢，哪裡憂慮懲秦已過頭。對曲折遙遠我並不放在心上，我憤恨的是車子的摩擦。如迅急的狂風超越過浮燄，哪裡耽憂功高可危。

獻歲發春兮，荃❶茸茸❷其始穉。抽盈盈❸之微榮兮，孰飄風❹之可試。皇天不仁兮，白日渰而西頹❺。夕月孤清兮，怛❻浮雲❼之群飛。邅❽煢煢其駘蕩❾兮；脈亭亭❿其誰訴。美人豈其無儔兮，介良媒而屢誤。蕙託荃以同畦兮，荂⓫與藁之相連。戒秋霜之凜冽兮，誓嘉會於百年。鴟鴞駤戾⓬於陰雨兮，吟公旦於東國⓭。五子悲謳於雒汭⓮兮，怊有求而弗獲⓯。或流哀而必動兮，或皇皇⓰而弗庸。余雅不謀夫判合兮，維靈修⑰之夢夢。夙密邇於蘭皋⑱兮，旦搴芳而夕進。回曼睩⑲其猶熒兮，矧千里之迷津。飄女桑⑳之季葉㉑兮，哀弱喪之便娟㉒。下臨滈汗㉓之無地兮，上黝黮㉔而無天。怵不可以終夕兮，吾將奚望以久延！

〈悼子〉悼君側之無人。雖被遷竄，而所隱省者唯君。〈七諫〉㉕以下，忿懷才不試而詆君者，固不足以知屈子之心矣，若奪祿位、罹厄窮，而悻悻自沈於淵，則豈非好勇疾貧之亂人哉。

【章旨】〈悼子〉哀悼頃襄稚弱嗣位，國家多難，小人又群聚其側，滿朝昏昧，所求非賢，忠言不用，念其孤危無輔之慘，不足圖存，何以生為。表現了屈原雖被放逐，日夜憂慮的還是君國。而《楚辭・七諫》篇後的諸篇因氣忿懷才不遇而罵君王的，是不了解屈子的心志，假若是為了奪取祿位而遭遇災厄，因而惱怒地去投江，那麼難道不是好勇怕窮的亂臣嗎？這段發掘屈原心志的辯白極重要，也表明了作者的心志。

【注釋】❶荃　即「蓀」。香草名。喻指頃襄王。❷茸茸　柔密叢生貌。❸盈盈　儀態美好的樣子。❹飄風　旋風；暴風。❺白日渰而西頹　比喻楚懷王客留咸陽不能歸還。渰，通「淹」。❻怛　悲傷。❼浮雲　比喻小人。古詩中常以浮雲蔽日比喻奸邪圍在君主周圍。❽邅　難行；轉；改變方向。❾駘蕩　放蕩。❿亭亭　高貌。

⑪荂　草木開的花。⑫駤戾　凶戾；蠻橫無理。⑬吟公旦於東國　周公，名旦，武王弟，一直輔助武王。成王登基後，周公攝政，管叔流言中傷周公，周公於是避居東都，作〈鴟鴞〉詩，使成王悔悟。詩中假托鳥的口氣，訴說其處境的困難，因而〈毛詩序〉以為：「〈鴟鴞〉，周公救亂也，成王未知周公之意，公乃為詩以遺王。」鴟鴞，惡鳥，即鵂鶹。⑭五子悲謳於雒汭　夏帝太康不恤民事，被后羿驅逐，不能返國，他的兄弟五人在洛水的北邊，等待太康，怨其不反，作〈五子之歌〉。五子，夏太康兄弟五人。⑮怊　悲傷；悵恨。⑯皇皇　同「惶惶」。心不安貌。⑰靈修　指君王。⑱皋　近水邊的高地。⑲曼睩　目光明媚，明眸善睞。⑳女桑　小桑樹。初生柔弱的桑樹。㉑季葉　嫩葉。㉒便娟　也作「嬛娟」。姿態輕盈美好貌。㉓澔汗　盛貌。㉔黯黮　黑暗貌。㉕七諫　《楚辭》篇名。漢東方朔作，為弔屈原之辭。

【語譯】一年之始的春天，荃草柔密地生長還是稚嫩的時候。雖然儀態美好，但是剛剛開花，怎麼能經得起暴風的襲擊。蒼天不仁啊！白日太陽被掩沒並向西傾。晚上，月亮又顯得如此孤單清寒，我悲傷的是浮雲亂飛，遮蔽了太陽。我孤單難行，憂慮國勢孤危，小人卻放蕩不拘，脈脈此情可以向誰訴說。美人難道會沒有匹偶嗎？但是所求非賢，沒有良媒因而屢屢錯誤。我是宗臣，與君王恩屬同根，猶如蕙草與荃草是同屬一畦的香草一樣，開花與枯槁相連，榮枯與共。所以我憂慮危亡，戒備凜冽的秋霜，一心保國長存，誓與國君百年嘉會。周公旦在東都吟唱〈鴟鴞〉詩，要求在陰雨中橫行的鴟鴞不要攫食小鳥，不要毀壞鳥窠，他的忠誠終於感悟了成王。太康的兄弟在洛水邊悲歌，可恨的是歌聲並未使太康醒悟。或是周公的哀傷感動了成王，或是五子的惶惶不安沒有效果。我實在不能謀劃君王的向背，我哀傷的是君王對我的忠誠無所視見。早先懷王親近我，在開遍蘭草的高地，早上摘取了芳草，晚上就進獻給君王。我回轉明眸，日進忠言，君王還熒眩於奸佞，何況現今在千里之外，誰來為君王指引迷津。我哀傷小桑樹的嫩葉，在那樣幼弱的時候就被吹落飄蕩。下臨無底的深淵，上面是黑沉沉的，不見天日。想到幼主惝恍無托的慘狀，我怵惕憂懼不能終日，我又何望久延生存！

承榮光於有緒兮，卬❶玄鬒❷而善容。徽嫵媚其無與仇兮，遑嫭忌❸而始工。亮茲情之莫蔽兮，素與黝❹其不相凌。荃同芳其猶迷兮，又奚況夫背憎。葯與葹❺之爭熒兮，輅❻棧車❼之相觸。玉抵珉❽其必毀兮，熠燿❾固揜乎華燭。捐盛年之煌扈❿兮，殉奄息⓫於既耄⓬。辱干將⓭以剸⓮石兮，夫唯靈修之悼也。少師⓯戡⓰而隨延兮，惆⓱皇天之不遄⓲怒。箕子⓳狂而辛殄兮，悽行歌以何補。企⓴漢東而眕㉑申息㉒兮，賤狌晝啼於叢薄。高臺夷以成蹊兮，僭㉓不滿朝鞠人之谿壑。羌自瘵㉔而庸違兮，審僨踣㉕之必諶㉖。已矣夫！方將之不可念兮，聊息乎長夜之曾陰㉗。

〈懲悔〉君心邪正之分，社稷存亡之介，雖不屑與匪人爭，而觸權姦以死，無所悔也。

【章　旨】對於君心好壞，國家存亡之區別，君子本來不屑與小人爭辯，因為爭辯不會有效果，而且必被小人傷害。但為了不致君危國削，屈原堅持與小人鬥爭，寧為玉碎，知禍及卻不迴避，觸權姦而死，決不後悔。懲悔，這也是作者勉勵自己的志節。

【注　釋】❶印　我。❷玄鬒　黑髮。❸嫭忌　也作「嫮忌」。謂遭人妒忌。❹黲　淡黑色。❺葹　植物名。即葈耳。❻輅　大車。多指帝王所乘的車子。❼棧車　古代用竹木做成的車子。❽珉　似玉的美石。❾熠燿　鬼火燐燐。❿煌扈　壯盛貌。⓫奄息　奄奄一息。⓬耄　老。或說七十曰耄，或說八、九十曰耄。⓭干將　本為春秋時吳人，古代鑄劍的能匠。吳王命他鑄劍兩把，一曰干將，一曰莫邪。莫邪是干將的妻子。後用干將泛稱寶劍。⓮㓨　砍。⓯少師　春秋時楚國設置輔導太子的官。賦中應指頃襄王時令尹子蘭、上官大夫靳尚等。⓰馘　古代打仗時割取所殺敵人的左耳來計功，即指所割下的左耳。⓱恫　恐懼。⓲遄　速。⓳箕子狂而辛殄兮二句　箕子，商紂王的叔父，紂無道，箕子諫而不聽，佯狂為奴。紂王將其囚禁，周武王滅商，才釋放出來，封於朝鮮。後朝周，過殷商故墟，有感於宮室毀壞，生長了禾黍，作〈麥秀歌〉，聞者皆流涕。⓴企　踮起腳後跟。引申為仰望、盼望的意思。㉑眕　目所止。㉒申息　班彪〈北征賦〉：「行止屈伸，與時息兮。」申，通「伸」。㉓憯　慘痛。作語助詞，猶曾、乃。㉔瘵　病。㉕僨踣　仆倒；僵斃。㉖諶　相信。㉗曾陰　指極陰暗之處。曾，通「層」。

【語　譯】我為世胄宗臣，承襲了光榮的家世，再加上黑髮美容，善於修飾自己。我若獻媚於君，並且不樹仇敵，豈患不顯達，何怕遭人妒忌才追求完美。敞開自己的情懷，莫要遮掩，君子不需要排斥小人方始顯達，如白與黑，黑能污白，白不妨黑，不能互相欺凌一樣。荃草和芳草都還迷糊不清，更何況憎惡我的姦佞疑忌我並攻擊我。葯草和葹草互相爭光，大車與竹木車子相撞在一起。輕視寶玉用來碰擊珉石，玉一定會毀壞，鬼火掩蓋了亮燭。已經沒有了盛年壯盛的樣子，將在老年的氣息奄奄中殉死。輕視干將寶劍用來砍擊大石，我哀悼的是君王沈溺不明。若能及早殺戮那些所謂輔佐太子的奸臣，那麼楚國還可延續國祚，我耽心的是蒼天不發急不發怒。箕子佯狂而殷商滅亡，雖然他哀歌〈麥秀〉，又何救於危亡。我仰望漢東而停止休息，鼯鼠狸狌在叢林密生處白晝啼鳴。高臺倒坍成了路徑，還不能滿足姦佞之輩的慾壑。一切都是自亡自毀，我明白了倒斃的必然緣由。罷了，回去了！旋踵覆敗，不堪回念，我決定長眠於黑暗的長夜。

洞庭之南兮，湘流㶁㶁❶。危岑厜㕒❷兮，青冥無極。悲風颯兮楓林幽，夕雨亙兮秋草積。敞蒼天之穹窿兮，魂渺渺其誰寄。引萬年於無終兮，冪四表而焉至。日長逝而不留兮，固蕩散其匪今。就沆瀣❸於窮北兮，邀歸雲而復南。神與魄之不相守兮，光與容違。僅耿耿之若存兮，疇昔相知。瑩❹飄飄其莫羈兮，精滆弱❺其不固。憤連蜷❻以輪囷❼兮，恐傷余之雅度。白日夕沈兮，星漢高寒。誰俟余兮，神導余以漫漫。言不可理兮，心不可將。朧朧其若有明兮，指郢路之蒼茫。遼戾❽滉瀁❾兮，蕩斥八埏❿。誰與旋歸兮，娛美人之暮年。剸志今夕兮，逝無與遷。鬱勃歘以憤與兮，遺孤熲⓫之流連。

〈遺慜〉此絕命之遺音也。自言既死以後，其神爽有如此者。故安死自靖，怨誹而不傷。

【章　旨】〈遺慜〉是擬作屈原留下的絕命之辭。寫屈原決志一死，無所復待，留下一片孤忠，長依君側。君雖不能知我，我則忠忱不變，表現了屈原怨而不怒，安然死去的心情。

【注　釋】❶瀄瀄　水流聲。❷厜㕒　山峰高峻。❸沆瀣　夜間的水氣和露氣。❹營　魂。❺濡弱　猶柔弱。❻連蜷　亦作「連卷」。蜷曲貌。❼輪囷　碩大貌。❽遼戾　遠大貌。❾滉瀁　亦作「滉漾」。猶汪洋，水廣大無涯際貌。❿埏　大地的邊際。⓫熲　火光明亮。

【語　譯】洞庭湖的南面，湘水瀄瀄地流淌。山峰高峻危險，青青的藍天幽深無邊。悲風蕭颯，楓林幽靜，夜雨綿綿，秋草繁生，我的幽魂往來其間，益增悽愴。敞開天的大門，我的魂魄渺渺茫茫，有什麼地方可以棲息？萬年無盡的蒼天，覆蓋四方，何處是盡頭。時光長逝不停留，本是蕩散逝去而不是現今，神魂飄忽不安。在北方吸取夜間的水氣和露氣，又隨歸雲返回南方。神魂相離不相守，心目之光與形體相違離。只有這耿耿若存的心靈，不隨著消散，這是夙昔就知道的。魂飄飄沒有羈絆，精魂柔弱而不堅固。家國的怨憤蜷曲不散，碩大無比，但恐妨礙我的雅量風度。白日西沉，星河高寒。誰在等我啊，神引導我的魂魄漫漫遨遊。話不可說，心不可就。只有這朦朧若明的忠忱，還是指向蒼茫的郢都。茫茫無涯際，我的魂魄在大地上飄蕩。與誰一起歸還故鄉，歡娛美人的晚年。今夜決心一死，逝去不再有變。留下這悒勃之氣來發抒自己內心的憤慨，留下這光明磊落的孤忠在君王的身旁纏綿流連。

卷六

九 ㄐㄧㄡˇ

礪 ㄌㄧˋ

闕

卷七

賦（ㄈㄨˋ）五篇

南嶽賦

【題　解】本賦乃是寫南嶽衡山的一篇大賦。歌頌衡山匯聚了天地的靈氣，是炎帝受命之處。細緻描繪了衡山的形狀與意象、地理位置與周圍山水、它的高度與左右前後的山峰，以及衡山所有的草木、泉水、巖穴與鳥獸。在描寫衡山的自然特點時又常常插入人文歷史的敘述，如衡山的特異處，引來了王公大人的磨崖刻字，隱逸之民的流連隱居；它的功績使得虞舜嵩為南巡，祭奠衡山；禹的治水與虞舜對禹的贊許，同時感嘆如今賢才的不遇時而只能隱居山林。總之，全賦汪洋恣肆，既全面描繪了衡山，又借古喻今，發抒了作者的感慨。

結天元❶以紐❷靈，抎❸陽冶❹之鴻施；母黃精❺之函載❻，焫❼相見于重離❽；帝宅炎❾以誕命❿，袠⓫萬年而不辭。是故其為狀也，唯其為象也⓬；爾其所自昉⓭也，爰其所自往也。蟬延蔓⓮挂，蜦⓯虯⓰蠖⓱𨇨⓲；蜚⓳戌騰拏⓴，龍呻㉑鸞敞于五千里之外者，獡㉒不知其瓞綿㉓之逌㉔柢㉕。而匏繫㉖之屢遷，固有神亥逡巡㉗而戒步，燭陰㉘睥睨㉙而改顏者矣。乃循近趾，蹤遠迒㉚；析柔埴㉛，束㉜騂剛㉝；杳翠微㉞，曨㉟夕陽；幽蠁㊱泣，掣兕狂；別子㊲汰，委裘㊳王；枃㊴勻櫛㊵節，逆迎順將㊶；拎幽絡阻，逐景飛光；乍曲弣于坤麓，終回簫于兌方；則亦有可得而形相者焉。

【章　旨】總述衡山得天地的靈氣，是炎帝受命的地方，寫衡山的形狀和意象。

【注　釋】❶天元　天之元氣。❷紐　本；根據。❸抎　喜貌。❹陽冶　艷陽。❺黃精　黃土之精。指土德。❻函載　包涵；容納。❼焫　同「爇」。燒。❽重離　指太陽。因《易經》中離卦是離上離下相重，故以重離指太陽。離，日。❾帝宅炎　即赤帝住在這裡。帝，指傳說中的古帝赤帝，以火施化，故稱。也即祝融。❿誕命　《書・微子之命》：「皇天眷佑，誕受厥命。」後因以誕命指接受天命。⓫袠　「帙」的異體字。通「秩」。十年為一帙。⓬是故其為狀也二句　意為衡山的外形與內涵是一致的。象，指意象。⓭昉　曙光初現。引申為開始。⑭蠆　蝎子一類的毒蟲。⑮蜦　傳說中的神蛇。⑯虯　同「虬」。拳曲；彎曲。⑰蠖　尺蠖。北方稱步曲，南方稱造橋蟲。⑱蹲　竦立。⑲蜚　同「飛」。⑳騰拏　亦作「騰那」、「騰挪」。指拳術中竄跳躲閃的動作。㉑眒　張目。㉒猲　相驚貌。《方言》：「南楚凡相驚曰猲。」㉓瓞綿　《詩・大雅・綿》：「綿綿瓜瓞。」瓞，小瓜。㉔逌　所。㉕柢　樹根。㉖匏繫　《論語・陽貨》：「吾豈匏瓜也哉！焉能繫而不食？」意謂匏瓜因未食，能繫滯一處。後以「匏繫」謂羈滯。匏，葫蘆的一種。㉗逡巡　徘徊不進；滯留。㉘燭陰　傳說中的神名，即燭龍。《山海經・海外北經》：「鐘山之神，名曰燭陰，視為晝，瞑為夜，吹為冬，呼為夏。」㉙睥睨　窺視；偵伺。㉚迒　獸跡。㉛埴　黏土。土黃而細密。㉜柬　選擇。㉝騂剛　古代祭祀用的赤色牛。《詩・魯頌・閟宮》：「白牡騂剛，犧尊將將。」白牡，周公所用牲。騂剛，魯公所用牲。㉞翠微　青翠的山氣。㉟曨　微明貌。㊱幽蠁　蠁蟲，即土蛹，又名地蛹，知聲蟲。蠁，猶響。㊲別子　即庶子。古代宗法制度稱諸侯嫡長子以外之子稱別子。諸侯的嫡子嫡孫繼世為君，別子均不得繼承。㊳委裘　《呂氏春秋・察賢》：「天下之賢主，豈必苦形愁慮哉？執其要而已矣。……故曰堯之容若委衣裘，以言少事也。」意思是堯時天下無事，堯之儀表，委曲衣裘，消閑自得。古時穿長衣，有事則振衣而起，無事則委曲衣裘而坐。後以「委裘」指君主任賢舉能。㊴杓　絲梳。織絲前，以杓梳理，使絲不亂。㊵櫛　梳子、篦子等梳髮用具。㊶將　扶助。

【語　譯】衡山結聚了天的元氣，因而姿質神靈，欣喜太陽普照；包含了黃土之精以土德為宗，因太陽日照而炎熱；傳說赤帝住在這裡並接受天命，十萬年也不會改變。因此南嶽的形狀，就是它的一種意象的表現；它的開始，也就是它自古以來的情狀。就如知了、蝎子那樣綿延不斷，又似神蛇彎曲，尺蠖竦立，飛停竄跳，龍張目、鸞展翅在五千里之外，驚異地不知道連綿的山脈的根柢究竟何在。而雄踞在那裡的衡山雖多經變遷，仍使神豬在那裡徘徊而停步，燭龍窺視它而變色。沿著衡山的近處，遙蹤遠跡，慎終追遠；虔誠地祭祀它，分黏土，選擇祭祀用的赤色牛；青翠的山氣深幽，夕陽微明；

知聲蟲啼泣，兕獸狂怒；庶子被汰除，而能任賢舉能的則能為君王；如絲梳之理絲，梳子之梳頭髮一樣治理不亂，萬方皆迎接扶助；懸掛幽微，蒙絡險阻，飛光逐影，忽彎曲於山麓，最終歸於和諧；也正是形相的表露。

原夫岷山之俶立❶也，會昌建福，絡啟大江，盪滌東井❷，襟帶峚❸鍾，是器術之所復穰❹，而火正之所下降。故其靈吭嗉吸❺，神瀵❻尾傾，條分萬岫，形擢孤榮，崒❼嶔翕葉❽，嶄阢❾硠訇❿，佚替替⓫以田田⓬，集栩栩⓭之翃翃⓮。五指南纖而戌削⓯，三眉西嫵而娥㜲⓰。匪思存而稅駕⓱，脈夭紹⓲以東縈。于是濱若瀘⓳，跨馬湖⓴，謝錦水，揖雲巫㉑，纏以西溆㉒，驂以鐔溇㉓，披紛夫夷，趠桀都梁㉔，雖霧沓而星綴，實振領而維綱，蓋不知其幾千里，而翔集乎耶薑。爾乃蒸水南夾，清漣北款，乍紖㉕崇崖，或裹沙潬㉖，帛飛緒舒，淩蹙烟緩，迫然㟭撥㉗，妥㉘而淹蹇㉙，如驚非意，相忘以坦。昡昡㉚浮浮㉛，蔓垂棘鉤，又歷條山，撇裔水，而後乃抵乎其邱。則有巨塊巖石，楨膚碧肌，截為列城，覆為懸帷，繁星經曜(32)，間以晃熠(33)，修鬣(34)平茸(35)，雜以迷離，桓午樊籞(36)，欻(37)以洞達，康逵(38)互徑，斂以崔嵬(39)。怒而奔觸，旋以妖媉(40)，已顧奕偞(41)，駭以鍔鬌(42)。風萍飄細，散以詭狀，欱然(43)中起，拔以崇魁(44)。奔精歙魄，停凝矗峙(45)者，則岣嶁(46)為之經始(47)。坡陀(48)逶迤，方伏以起，亙(49)爾順衍，驚踴旁徙，尋不周(50)而發軔，覛(51)常羊以遙指，僅標秀于七二，紛餘峰之莫紀。簇紅華，立白石，啟小嵩，亞太室，開雙髻于玉女，參石廩于麥積。蜿蜒蟠躍(52)，螾夤(53)蜴驀(54)，複或僇侔(55)，單乃瘠谻(56)。翩駁娑(57)其歸翰(58)，盤容與而整翮。薄經營于欒塢，已緬邈(59)乎皋宅。張其華蓋(60)，鬱為煙霞，崱屴崟嶔(61)，天門嵖岈(62)，披九閭(63)，邀日華，神之嫟(64)，留經過，查亭亭，疑不邪，則安上芙蓉。匒碚(65)巃嵸(66)，輔承顴附，以奠祝融之封也。

【章　旨】本段首先從全國大的地理背景來描述衡山，寫衡山的源頭，如何從岷山長江開頭，以後濱若瀘、跨馬湖、謝錦水、揖雲巫，幾千里翔集、匯合到衡山。然後描述衡山周圍的山水以及衡山的主要山峰。

【注釋】❶俶立　始立。❷東井　星名。即井宿，南方的星宿。❸宻　古字通「密」。❹穰　莊稼豐熟。興盛。❺靈吭嗉吸　形容形勢險要之地，如咽喉、如嗉之吸。吭，喉。❻神瀵　傳說中水名。《列子．湯問》中說，終北國中有一壺領山，山頂有泉，叫神瀵，其香超過蘭椒，其味濃如醪醴。❼崒　通「萃」。高。❽翕葉　收斂；協調。❾嶄阢　高峻。❿硠訇　堅強。⓫彗彗　浮。⓬田田　形容宏大的聲音。⓭栩栩　徐徐。微動貌。⓮翂翂　飛聲。⓯戍削　高聳特立貌。⓰娥嬿　姿態美好貌。《方言》：「娥、嬿，好也。秦曰娥，宋魏之間謂之嬿。」⓱稅駕　猶解駕；停車。謂修息或歸宿。⓲夭紹　原形容女子體態輕盈。文中形容山脈蜿蜒。⓳若濾　濾水。古水名，一名濾江水。指今雅礱江下游，和金沙江會合雅礱江以後的一段。⓴馬湖　湖名。在四川雷波東北大涼山中。㉑雲巫　高聳入雲的巫山。㉒酉漵　漵水。源出湖南漵浦南，北流至縣南折西，流入沅水。㉓醰澧　澧水。澧水支流，在湖南省西北部。㉔趠絭都梁　遠絕梁都。都梁，即梁都。今河南省開封市。㉕紖　穿在牛鼻上以備牽行的繩子。㉖沙潬　水中沙地。㉗掔撥　打擊；消散。㉘妥　通「墮」。落下。㉙淹蹇　坎坷不順，艱難窘迫。㉚眩眩　明亮光耀貌。眩，通「炫」。㉛浮浮　氣上升貌；流動貌。㉜曜　光耀；明亮。㉝晃焆　明亮貌。㉞鬛　剛生的松針。㉟茸　初生的草。㊱籞　古代帝王的禁苑。㊲欻　同「歘」。歘忽如火光之一現。形容迅速。㊳逵　四通八達的大路。㊴崔峗　同「崔嵬」。本指有石的土地，後泛指高山。㊵妖媱　妖美；好。㊶奕偞　美容。偞，同「偞」。《方言》第二：「奕、偞，容也。自關而西，凡美容謂之奕，或謂之偞。」㊷鍔鬐　劍刃銳利。㊸欿然　吮進的樣子。㊹崇魁　高大。㊺矗峙　高聳特立貌。㊻岣嶁　衡山七十二峰之一。為衡山主峰，故衡山又名岣嶁山。古代傳說，禹曾在此得金簡玉書。㊼經始　開始測量營造。《詩．大雅．靈臺》：「經始靈臺，經之營之。」後泛指開創事業。㊽坡陀　亦作「坡陁」。山勢起伏貌。㊾亙　同「亘」。終。㊿不周　古代傳說中的山名。(51)覛　同「覓」。察視。(52)蟠躍　盤曲跳躍。(53)夤　攀附。(54)驀　超越。(55)僇倅　粗大貌；巨大貌。(56)瘠卻　瘦倦。(57)駁娑　迅疾貌。(58)歸翰　雉類。赤羽的山雞，也叫錦雞。(59)緬邈　久遠；遙遠。(60)華蓋　指雲層上緊貼日月邊緣的內呈淡青色、外呈淺櫻色的光環。(61)崱屴崟嶔　高大險峻貌。62巉岈　高峻。63九閽　九天之門。指天。64嫕　通「匿」。65匌碚　山勢蜿蜒貌。66巃嵸　山勢高峻貌。

【語　譯】考察衡山，原始於岷山，在建福會聚，開啟了長江之水源流，南方的星宿井宿盪滌在衡山的上空，密鍾山如衣襟帶一樣圍繞衡山，這裡是造化興盛的地方，火神降下的地方。它的形勢險要如咽喉之地、嗉囊之吸，傳說中的神瀵泉尾傾注下來，把萬山分割，但是從外面觀看，形狀卻如一山獨榮，山高得很協調，顯得挺拔堅強，就如聚集微動的聲音成為宏大的聲音一樣。南面的五指山纖細而高聳特立，西面的三眉山妖媚而姿態美好，它們不是念念不忘而停駐在這裡，而是因為衡山山脈窈窕地在東面縈繞。於是在若瀘水邊、跨越馬湖，離開了錦水，面向巫山，漵水纏繞，溇水相陪，分開紛擾的夫夷，遠遠離絕了梁都，雖然是霧氣杳茫，但是卻像星辰連綴，實在是如領振而綱舉，大概不知有幾千里的遙遠，最終匯集到耶薑山。衡山你被南面的蒸水夾住，清清的漣水在你的北面緩緩流淌。忽而水被牽引到高高的山崖，忽而又流到水中的沙地，如帛緒舒緩飛揚，如青煙緩緩升起，忽然擊散又艱難流下，驚人於意料之外，卻又坦然相忘。明亮光耀，雲氣流動，蔓藤垂下，荊棘相鉤，又經過條山，離開了裔水，然後就到達了衡山。山有大塊巖石，紅色的泥土綠色的樹林，如截斷為城牆，覆罩成為懸掛的帷帳，繁星閃耀，間或有特別明亮的，修剪松針，修平初生草，夾雜迷離，如宏大的藩籬帝王禁苑縱橫交錯，卻又可以認清到達，又如四通八達的大路，忽被高山阻擋。山勢一會兒狂怒地四面奔觸，一會兒又十分姣好，已經看見美好的景色，卻又被銳利的山勢所驚駭。風吹起浮萍在水上漂浮，又以詭異的形狀分散，漸進後又忽然中起，以特別高大的形狀拔出。看來使人精神奔放而魂魄收斂，停滯凝聚、高聳特立，這全是衡山所經劃開創的。傾斜不平的山坡曲折連綿，正低伏又突起，最終是朝同一方向繁衍，驚異地踴起向旁牽徙，沿著不周山而發車，察視常羊山而遠遠地指點，僅標出衡山七十二峰，其餘的山峰不計其數。紅花簇擁，白石聳立，小嵩峰開放，其次太室峰、玉女峰旁邊是雙髻峰，麥積峰旁有石廩峰，這些山峰蜿蜒曲折、盤旋跳躍，如蝡攀附，如蝪超越，複合的則粗大，單獨的則瘦削。錦雞迅疾地飛翔，從容盤桓並整理著羽毛。沒有人工經營的欒塢與幽遠的皋宅，張開日月邊緣的光環，鬱結的煙霞，山勢高大險峻，天門高峻，打開九天之門，邀請日神，神隱隱約約留下了足跡，又亭亭消失，一切深信無疑，安然登上了芙蓉峰。山勢蜿蜒高峻，如顴骨那樣承附著高處，好像是來祭奠衡山的被封禪。

其高也，拔乎原隰❶者九千六百步，軒軒❷堯堯❸，以捫銀漢，而挂罡風❹，玉衡❺乳垂，長沙咡從❻，朱鳥❼翼覆，天市❽作墉❾，皚光下燭，朱英❿上通，孤碧涅霄，返翠漾空。維時蕤賓⓫律御⓬，羲和⓭轡永，雲斂數絲，宵涵萬頃。粵陟焉而步測，有大末之焜烔⓮。維南極之樞星，視胡考⓯于仁靜。彼徵瑞而乍炫，此屆⓰至而恆炳⓱。舍離合之神山，誰共覿⓲其光景。蓋其穹窿⓳嶕嶢⓴，嶠裹㉑蕭騷㉒，詣空宛至，出險將翱，平揖太白㉓，俯勞嵩高㉔。哂岱宗㉕之臨深，況恆祠㉖之溢褒。宜光怪之偉艴㉗，迴寒暑于坰郊㉘。蘋末㉙乍動，焚輪已號，鞺鞳㉚豗隤㉛，屭㉜以馮㉝緫，觸突漩澓㉞，餘以呦咬，石級柔搖而閃霍，鐵梁輕舉于鴻毛。其或宿靄㉟蠲㊱，明星晢，晨鵾凝寢，夕蟲喧砌，沆瀣㊲莫分，海天無際。睋㊳金縷之線興，沓錦浪之騰曳。浴火鏡㊴而跔躅，奮晶宇㊵以滌涗㊶。䆗㊷驚心而而盪胸，羌不宣其綺麗。何人間之未遙，蹇遲遲其始霽。至若繁雲興穴，油陰㊸冒野，雷雨半山，晴虛孤寫㊹，豐隆㊺嬰啼，列缺鐙炮㊻，浸升雲之連蜷㊼，始冪歷㊽乎趾下。斯非睽髣髴乎天人，胡同埵㊾而殊冶也哉。祝融是降，衍為赤帝之阜，秀如摘以離群，矯㊿欲流而終取。

【章旨】本段描述衡山之高遠的種種情狀。

【注釋】❶隰 低下的濕地。❷軒軒 儀態軒昂貌。❸堯堯 至高貌。❹罡風 亦作「剛風」。道家語。高空的風。❺玉衡 北斗七星中的第五星。❻長沙咡從 長沙與衡山似口耳之間相從。咡，口耳之間。❼朱鳥 星宿名。二十八宿中南方七宿（井、鬼、柳、張、翼、軫）的總稱。七宿相聯呈現鳥的形狀，朱色象火，南方屬火，故名朱鳥。❽天市 星名。東北曲十二星叫旗宿，旗中四星叫天市。❾墉 城牆；牆垣。❿朱英 即朱草。一種紅色的草。古人以為是祥瑞之物。⓫蕤賓 十二律中的第七律。⓬御 用。⓭羲和 神話中駕日車的神。⓮焜炯 明亮。⓯胡考 壽考。《詩・周頌・載芟》：「胡考之寧。」毛傳：「胡，壽也。」⓰屆 到。

引申為極。⑰炳　光明；明亮。⑱覿　見；相見。⑲穹窿　天空。⑳嶕嶢　峻峭；高聳。㉑裹　亦作「裊」、「褭」。柔弱細長貌。㉒蕭騷　稀疏。㉓太白　山名。在陝西省眉縣東南。關中諸山中最高，山頂高寒，不生草木，常有積雪不消，故名太白。李白〈蜀道難〉：「西當太白有鳥道。」㉔嵩高　即中嶽嵩山。㉕岱宗　即東嶽泰山。㉖恆祠　即北嶽恆山的祠廟。㉗赩　火赤色。㉘坰郊　遠郊。㉙蘋末　蘋的葉尖。指風所起處。㉚鞺鞳　鐘鼓聲。亦指其他類似的響聲。㉛磣隤　轟響。㉜贔　用力貌。㉝馮　大。㉞漩澓　迴漩的水流。㉟靄　雲氣。㊱蠲　通「捐」。除去。㊲沆瀣　夜間的水氣、露水，舊謂仙人所飲。謂彼此契合，意氣相投。沆，原作「沅」。誤，據《船山遺書》改。㊳眡　審視。㊴火鏡　亦作「火鑑」。指太陽。㊵晶宇　澄澈明亮的天宇。㊶滌浣　洗濯揩拭。㊷窕　通「挑」。逗引。㊸油陰　濃陰。㊹寫　通「瀉」。宣泄。㊺豐隆　古代神話中的雲神。一說雷神。賦中應指雷神。㊻鐙炧　亦作「燈炧」。燈燭。謂燈燭將息。㊼連蜷　亦作「連卷」。蜷曲貌。㊽冪歷　彌漫籠罩貌。㊾埵　防水的土壩。㊿矯　通「趫」。強貌。《禮記・中庸》：「君子和而不流，強者矯。」

【語　譯】衡山的高度，高出平原九千六百步，山的態勢軒昂至高，好似可以捫觸到天上的銀河，懸掛起高空的罡風，北斗星的第五星玉衡如鐘乳下垂，長沙與衡山似口耳相從，南方七宿如朱鳥形狀張開鳥翼庇覆衡山，天市星成為它的城牆，白光從上射下，朱草從下通上，碧綠的衡山插入雲霄，就如翠綠蕩漾在空中。這時音樂響起了射賓的音律，羲和永遠駕御太陽的馬車奔馳，收斂起一絲絲的雲彩，為包涵萬頃雲霞。到天邊的明處，似可陟升並用行步來測量。那南極的樞星看起來像祝頌衡山仁厚壽考。衡山有瑞吉的徵兆十分顯明，每到山頂而更加明亮。捨棄了有分有合的神山，能與誰共睹這樣的景象。大概天空深奧，柔弱稀疏，衡山高聳入雲宛如到達天上，離開了高空的險境後，衡山群峰像要飛翔一樣，它和關中最高的太白山平齊相揖，居高臨下，俯視慰勞中嶽嵩山，嘻笑泰山的面臨深谷，更何況恆山祠廟的過分褒揚。大紅色的光怪陸離，景象奇特。氣候的冷暖、寒暑迥別於遠郊。風忽起於青蘋之末，太陽已亮、鐘鼓聲轟鳴，用力匯總，奔觸迴漩的水流或激盪，或微瀾迴漩，石級柔搖閃霍，石櫟輕托於水上有如鴻毛。有時霧靄消失，陳雲除去，明星亮白，早晨鷗鳥沈睡，夜晚草蟲喧叫，意氣相投不能分開，海天相連無邊無際。審視太陽升起時金縷之線興起，金光照到海面，會合錦浪的騰飛搖曳，沐浴太陽而躊躕，洗滌澄澈明亮的天宇，逗引驚顫的心胸，衡山的綺麗，真是說不盡的無限風光。人間不是那麼遙遠，卻遲遲才放晴。至於像雲氣由洞中興起，濃陰在平野中冒出，半山間雷雨，晴空孤照，轟隆的雷聲如嬰兒啼哭，閃電如燈燭將熄，一閃而過，蜷曲的雲彩升騰而起，瀰漫於山麓。這不是天人之間髣髴不一致嗎？為什麼同一地方卻豔麗不同。祝融帝降臨下來，於是衡山成為赤帝之山，秀美得是這樣的與眾不同，強大得像是不合群，最終卻是和諧的。

其左則朝陽、日觀、九仙、潤牛、毘盧之所蚴蟉❶也。其後則雷祖、九龍、蓮花、潛聖、妙高之所擁負❷也。其右則南臺、羅漢、明月、涌几之所舒紐❸也。其前則金紫、流杯、烏石、黃華之所奔奏❹也。其陰則荊紫大溈，迤邐❺辟仆，暈旋❻乎暮雲之逢迎，而態信乎岳麓之邂逅。其外則湘❼淥❽洣❾瀏❿，衿回珮紉⓫，而憑隱乎雲陽⓬之墟⓭，以挹注⓮乎敷淺⓯之藪⓰。其南則石鼓回雁，碧雲雨母，鶚峙鴳臚⑰，椒聊⑱瓜剖⑲，以奔息乎海嶠⑳之列五，與夫瀟山之疑九㉑，回薄㉒磅礴㉓，團圞㉔結複，控扶㉕來廷，少長維族㉖。

【章旨】本段描述衡山東南西北的山峰。

【注釋】❶蚴蟉　亦作「蝴蟉」。屈曲行動。❷擁負　抱持攙扶。❸舒紐　平緩地交結在一起。❹奔奏　奔走傳喻的意思。《詩・大雅・緜》：「予曰有奔奏。」〈毛傳〉：「喻德宣譽曰奔奏。」一說使人趨附。與文意不合。故疑應為「奔湊」、亦作「奔輳」。各方奔來，聚合在一起。❺迤邐　亦作「迤逦」、「邐迤」。曲折連綿。❻暈旋　光影色澤模糊的部分。❼湘　湘江，是湖南省最大的河流，東北流貫湖南省東部，最後流入洞庭湖，有瀟水、舂漢水、耒水、洣水、蒸水、漣水等支流。❽淥　清澈。❾洣　湘江支流。在湖南省東南部。❿瀏　水流清澈貌。⓫珮紉　屈原〈離騷〉：「紉秋蘭以為佩。」紉，連綴。珮，同「佩」。佩飾。⓬雲陽　指雲夢澤中的高陽臺。⓭墟　遺址。⓮挹注　把液體從一個盛器中取出注入另一個盛器。引申為以有餘補不足的意思。⓯敷淺　同「膚淺」。⓰藪　湖澤的通稱。也專指少水的澤地。⓱臚　陳列。⓲聊　依賴。⓳瓜剖　猶瓜分。如同切瓜一樣分割。⓴海嶠　海邊山嶺。㉑疑九　即九疑。亦作「九嶷」。山名，舜所葬處。《山海經・海內經》：「南方蒼梧之丘、蒼梧之淵，其中有九嶷山，舜之所葬，在長沙零陵界中。」郭璞注：「其山九谿皆相似，故云九疑。」㉒回薄　盤旋回繞。㉓磅礴　亦作「磅唐」。周圍廣大貌。㉔團圞　團聚。㉕控扶　控制相扶。㉖族　家族。

【語譯】衡山的左面是朝陽峰、日觀峰、九仙峰、潤牛峰、毘盧峰等山峰屈曲虬結在一起。它的後面是雷祖峰、九龍峰、蓮花峰、潛聖峰、妙高峰等山峰擁持攙扶在一起。它的右面是南臺峰、羅漢峰、明月峰、涌几峰等山峰平緩交結在一起。它的前面是金紫峰、流杯峰、烏石峰、黃華峰等山峰奔湊聚合在一起。它的北面是荊紫峰、大溈峰等山峰曲折連綿，高低起伏，在暮雲籠罩下，山色朦朧，其伸展的姿態使人看了非常歡悅。衡山的外面是清澈的湘江與洣水，如衣襟回旋環繞、如佩飾連綴在衡山的山麓，並且依托於雲夢澤中的高唐臺，把江水流進少水的澤地。衡山的南面是石鼓回雁等山峰，山峰有的如碧雲、有的如煙雨，有的如鶚鳥特立、有的如鵷鳥排列，有的如山椒依賴、有的如切瓜一樣分割開來，群山奔馳停息到海邊，山嶺如隊伍一樣排列，與那瀟山、九嶷山，盤旋回繞，周圍廣大，團聚結集，相持相扶來朝見衡山，大大小小的山巒猶如一個少長有序的家族。

豈後至之或凶，匪[1]撻彼而臣僕。傲紫蓋[2]之不寧，終同區而必穆[3]。唯猊[4]奔以鷙[5]舉，奄靈徠以載謖[6]。棲赤熛[7]之感生[8]，儼司天[9]之帝服[10]。懲祀典[11]之不經[12]，選祝誦以宜穀。神眇眇[13]以蝹蝹[14]，衯[15]遲下而流睩[16]。時則常伯[17]夙請，秩宗[18]宵寅[19]，發策[20]明堂[21]，降[22]匭[23]端門[24]，清酒既茜[25]，制帛維纁[26]。驛駕馳道，有來湘干[27]，蒲鐘奰[28]發，鳳吹[29]清喧。燎[30]飄光以乍晻，香屯煙而徐曆[31]。降炎精[32]之融煟[33]，貽君子以芳荃。勤九伐[34]而不匱[35]，匪明德其已諼。迺至南陸迎日，元[36]辛[37]涓[38]吉，后有事於方澤，差[39]名山以作匹。赫炎光[40]之顯祇[41]，壇六成[42]而列秩。雖逌[43]眡[44]乎上公[45]，實王禋[46]之載謐[47]。瓚[48]築鬱[49]之馞馠[50]，鼎剛騂[51]之繭栗[52]。誠高朗以令終，作后祇之丞弼[53]。彼熯[54]乾封[55]而號萬歲，已啟俶[56]豔而替[57]昭質[58]。奚況亭亭[59]云云[60]之部婁[61]，浮七十二后之雄心者，曾何足泚[62]右史[63]之彤筆[64]耶！德馨維瑞，靈貺[65]斯徵。護軒轅[66]之瓊[67]甕[68]，霏[69]寶露而飴[70]凝。攬寒暉于夕館，帝繾綣[71]以宵興。賚[72]群后以滌目，宛縈帶于蓬瀛。降湘妃于北渚[73]，賓朱鳳[74]于南陵。迨夏后[75]之齋寤[76]，冀通精以澹災[77]。畀金簡[78]之雲[79]籀[80]，謁蒼水之靈傀[81]。瀰滔天而無朕[82]，粲[83]絲[84]理于奇畡[85]。苟神筴之終吝，眷羽淵而增哀。斆[86]隨刊[87]于土乂[88]，訖[89]效享[90]夫黃能[91]。虞遂陟而覲后，搢[92]玄玉曰俞哉[93]。黃壚[94]敦[95]膏，紅泉釀溜，英英[96]九丹[97]，燁燁[98]三秀[99]，鵁明[100]乳雛，應龍[101]伏蓲[102]，叔夜[103]浩歎于林岡，弘景[104]裴回于句岫[105]。故有《山經》窮其削柹[106]，渭卜罔其占繇者矣[107]。迺其什一千百者，猶可得而究焉。

【章旨】本段寫衡山的祭祀大典，並通過舜用禹終於治好洪水，感嘆當今賢才的不遇於時。

【注釋】❶匪 不僅；不但。❷紫蓋 紫色車蓋。帝王儀仗之一，借指帝王車駕。賦中指炎帝受命的衡山。❸穆 恭敬；和睦。❹猊 狻猊的省稱。獅子。❺鸑 即鸑鷟。鳳的別名。周朝興起時，鸑鷟鳴於岐山。故鸑鷟鳴岐是興王道成帝業的瑞兆。❻謖 起立。❼赤熛 「赤熛怒」的省稱。古代讖諱家所謂五帝之一，南方之神，亦稱赤帝、炎帝。❽感生 古代認為王者之先祖皆感太微五帝之精以生，因稱其祖所感生之帝為感生帝，亦省作「感帝」、「感生」。❾司天 掌管有關天象的事務。❿帝服 天帝或天子的服飾。⓫祀典 記載祭祀禮儀的典籍或祭祀的禮儀。⓬不經 不合常理；沒有根據。⓭眇眇 遼遠貌；高遠貌。⓮蝹蝹 龍行動貌。⓯袀衣長貌。⓰流睩 眼珠轉動。⓱常伯 古代君主左右的大臣。後世作為皇帝近臣的泛稱。⓲秩宗 古代掌管宗廟祭祀的官。⓳寅 敬。⓴策 古代君主對臣下封土授爵、免官或發佈其他敕令的文件。㉑明堂 古代天子宣明政教的地方，凡朝會、祭祀、慶賞、選士、養老、教學等大典，均於其中進行。㉒降 賜。㉓匭 小匣子。㉔端門 宮殿的正門。㉕茜 古代祭禮。用酒灌注茅束以祭神，象徵神飲酒。㉖纁 淺絳色。㉗干 岸。㉘奰怒。㉙鳳吹 對笙簫等細樂的美稱。㉚燎 火炬。在地曰燎，執之曰燭。㉛馫 香氣。㉜炎精 指太陽。㉝曧焴 陽光燦爛。㉞九伐 古代指對九種罪惡的討伐。㉟匱 缺乏；不足。㊱元 始。㊲辛 通「新」。㊳涓選擇。㊴差 選擇。㊵炎光 陽光。㊶祇 大。㊷成 《周禮・冬官・考工記》：「方十里為成。」㊸逌 通「攸」。所。㊹眂 同「視」。㊺上公 公爵的尊稱。亦泛指高官顯爵。㊻禋 古代祭天的典禮。㊼載謐 安寧；平靜。㊽瓚 玉杓。古代以圭為柄的灌酒器。㊾築鬱 亦作「築鬻」。築香草煮以為鬯，以沐浴。築，通「祝」。切斷。鬱，香草。㊿馞馟 香氣濃鬱貌。馟，同「馠」。(51)剛騂 亦作「騂剛」。古代祭祀用的赤色牛。《詩・魯頌・閟宮》：「白牡騂剛，犧尊將將。」(52)繭栗 形容幼牛角小。古祭祀用牛以小為貴。(53)丞弼 輔佐的大臣。(54)熯 通「戁」。敬懼。(55)乾封 曬乾新築的祭壇。封，封禪時所建的祭壇。(56)俶 始；善。(57)替 代替。(58)昭質 明潔的品質。(59)亭亭 聳立貌；高貌。(60)云云 同「芸芸」。眾多。(61)部婁 同「培塿」。小土丘。(62)泚 以筆蘸墨。(63)右史 周代史官有左史、右史之分，左史記言，右史記事。(64)彤筆 朱紅筆。(65)靈貺 神靈賜福。66軒轅　即黃帝。姓公孫，名軒轅。67瓊　赤色玉。亦泛指美玉。68甕　容器。用於盛食物或他物。69霏　雪盛貌。70飴　用麥芽製成的糖漿。71繾綣　固結不解的意思。後多用來形容情意深厚，猶言纏綿。72賚　賞賜；贈送。73降湘妃于北渚　出自屈原《九歌・湘夫人》：「帝子降兮北渚，目眇眇兮愁予。」意為美麗的湘妃降臨在北渚，渺渺茫茫看不清使我發愁。74朱鳳　亦稱朱雀、朱鳥。中國古代神話中的南方之神。75夏后　指禹受舜禪而建立的夏王朝，亦稱夏氏、夏后氏。76齋寤　齋戒醒悟。77濟災　減輕災害。78金簡　金質的簡冊。常指道教仙簡或帝王詔書。79雲　比喻盛多。80籀　古代漢字的一種字體。一名「大篆」。81靈傀　靈怪。82朕　縫隙；罅隙。83粲　明白；清楚。84絲　指琴、瑟、琵琶等弦樂器。85羽淵　池潭名。傳說鯀死後化黃熊的地方。《左傳・昭公七年》：「昔堯殛鯀于羽山，其神化為黃熊，以入于羽淵。」86斅　通「學」。87隨刊　隨山刊木。出自《書・禹貢》：「禹敷土，隨山刊木，奠高山大川。」意為禹分九州之地，隨山之勢，相其便宜，砍木通道以治之，又高山大川之所限，分別為九州。88乂　治理。89訖　終。90享　通「饗」。祭獻。91黃能　黃熊。92搢　插。93俞哉　即俞允；允諾。本指帝王的允可。《書・堯典》：「帝曰：『俞。』」後來書函中亦用為稱對方許諾的敬詞。94黃壚　謂地下，猶言黃泉。95敦　聚攏。96英英　輕盈明亮的樣子。97九丹　道教認為服後可長生或成仙的丹藥。98燁燁　光閃爍貌；光盛貌。99三秀　芝草的別名。禾類，草類開花叫秀，芝草每年開花三次，故名。100鷦明　傳說中五方神鳥之一。《廣雅・釋鳥》：「鷦明，鳳凰屬也。」101應龍　古代傳說中一種有翼的龍。相傳禹治洪水時，有應龍以尾劃地成江河，使水入海。102蓲　烏蓲，菼的別稱。菼，似葦而小。103叔夜　三國魏嵇康的字。竹林七賢之一，與魏宗室婚。有奇才，好老莊，狂放不羈，後被司馬昭殺害。104弘景　指陶弘景。南朝梁人，幼得葛洪神仙傳，便有養生之志。讀書萬卷，善琴棋，工草隸，齊高帝時為諸王侍讀。後隱於句容句曲山。尤明陰陽五行，武帝即位，每有吉凶征戰大事，無不咨請，時人稱他為山中宰相。105句岫　即句曲山。106削柹　亦作「削胏」、「削哺」。削札牘時削下的碎片。柹，「柹」的異體字。古時寫字刻在小木片、竹片上。107渭卜罔其占繇者矣　渭水邊沒有了占卜卦爻的人了。

以周文王遇姜太公事感嘆當今賢才不被賞識。呂尚本姓姜，從其封姓，故曰呂尚，字子牙。文王將出獵，卜卦曰：非龍非彲，非熊非羆，所獲者霸王之輔。果然在渭水邊遇到呂尚，時呂已七十餘歲，文王與他交談後大喜，說：吾太公望子久矣。號曰太公望，立為帥，後佐武王伐紂，有天下。罔，無。

【語　譯】輕慢南嶽的就不吉祥，不僅是要貶斥他，使他成為臣僕。輕蔑炎帝受命的衡山是不會有安寧的，在同一區域必須和睦。獅子奔跑而來，鳳鳥高空飛翔，神靈忽然來臨，大家肅敬起立。南方之神炎帝棲息在這裡，是感太微五帝之精而誕生，儼然是穿著司天的帝的服飾。祭祀的禮儀不能不合常理，選擇祝誦的人應該善好。因而神靈從高遠處乘龍下來，衣服長長的，眼珠流動，姍姍下臨。屆時早上接待皇帝的近臣，夜裡敬事掌管宗廟祭祀的官，皇帝在明堂上發出策問，在宮庭的正門賜與小匣子，祭奠的清酒已奉獻上，帛已染成絳色。炎帝的車駕在路上奔馳，來到了湘江岸邊。蒲鐘怒發，笙簫的樂聲婉轉。火炬飄光又忽然暗淡，香聚集成煙氣，徐徐上升，太陽降下，日光燦爛，以芳草送給君子。勤于對九種罪行的討伐而沒缺少的，不僅僅是昭明了已遺忘的道德。於是到南方迎接太陽，在這全新的開頭選擇了吉日良辰，然後又在方澤有事，挑選名山來作匹對。陽光赫奕更顯得光大無比，祭壇方六十里，有序地排列在那裡。雖然看來似乎是王公大臣排著朝班，實是寧靜的祭天大典。切斷香草煮成的鬯用來洗淨身子，香氣濃鬱，祭祀用的赤色幼牛牛角小，這樣祭祀高朗以善告終，炎帝成了地神的輔佐大臣。敬畏那新築的祭壇，呼喊萬萬年，已開始了初醮並代替那明潔的品質。何況那聳立的眾多的小土丘，浮在七十二峰後的眾山峰，何足用朱紅筆蘸墨來記事！瑞德芳馨，神靈賜福。保護黃帝的赤玉容器，裡面很多玉露凝聚成了糖漿。在傍晚的館閣中收住寒暉，炎帝情意深厚地夜裡起來，賞賜群后洗目，宛如帶子縈繞於蓬萊瀛洲。湘妃降臨在湘水北面的沙洲，南方之神朱雀在南陵成為貴賓，等到夏王朝齋戒醒悟，希望精靈相通而減輕災害，賜與寫了大篆的金質簡冊去謁見蒼水的靈怪。蒼水水浪滔天沒有縫隙，於是全明白了絲弦琴理，假若終究吝惜神笈，那麼面對鯀被殺化為黃熊的羽淵，格外增加了悲傷。學習禹隨山之勢砍木通道，治理水土的本領，最終成功後祭獻化為黃熊的鯀。虞舜於是高坐帝座會見大禹，插著黑玉對禹贊許允可。地下聚攏脂膏，紅泉釀成美酒，輕盈明亮的仙丹，光耀閃爍的靈芝，鳳凰喂哺乳雛，應龍隱伏在葦叢。嵇康在山林中浩嘆時局的黑暗，陶弘景徘徊在他隱居的句曲山。有寫《山經》而用盡了木片的人才，而渭水邊已無為求賢才而占卜卦爻的周文王了。至於千百分之十一，還可能窮盡。

其草則有黃精少辛，芎藭射干；幽蘭菉❶茿，芍藥芳荃❷；苦葴甘菊，藑茅香蕑❸；虋冬紫茜，沙蓡❹白前；昌歜❺九節，龍鬚纏綿；竹紀千齡，松壽萬年；青蘋虎掌，蘧❻蒻❼旱蓮；禹餘稱糧❽，威靈名仙❾；交藤❿烏首，翁草華顛⓫。蘞蘵⓬薯蕷⓭，冰臺竊衣；五加羨玉，百合胎璣；綠覆春皋，芳泫夕暉；謁風送薰⓮，𪓐𪓐⓯𪓏𪓏⓰；積雪吐蕈⓱，方暄擢薇⓲；叢點山椒⓳，弱映水湄。其木則有棲桂⓴厚朴，榛橡含桃㉑；丹楓英梅，梓榧杉稻；徑松接武，微風振濤；銀杏山櫡㉒，黃心碧梢；木蓮㉓六出㉔，暈紫㉕斲瑤㉖；芬薰百尋，豔蕩九皋㉗；扶條逼上，擢挺㉘

危牢；猿狖㉙磬折㉚，柔逾錫㉛膏；瘣瘇㉜籧篨㉝，虯文㉞曲鏖；螺旋乳結，盤渦漢尻㉟；雁宜曲几，或便詩瓢㊱。巨竹繁生，細篠側出；大任汲炊，直中彀率㊲；密箐雲遏，修篁風謐；駘蕩㊳䕅靡㊴，檀欒㊵蕭瑟；晚茗早荈㊶，屑雲蔭日；紫筍綠槍，鹿茸荷蕊。迺令又新㊷品泉，鴻漸㊸浣琖；吹松風，瀹海眼；祛孝先之便便㊹，罷伯倫之荷鍤㊺；視天池㊻之與顧渚㊼，亦可登洙泗㊽之狂簡㊾也。

【章　旨】本段描述衡山的草木，結末突出衡山的茶，可以去掉邊孝先的大腹便便，停止劉伶的嗜酒，表現志向高遠的魯國文化。

【注　釋】❶菉筑　綠竹。菉，「綠」的異體字。筑，《玉篇》：「筑，亦作竹。」❷芳荃　香草名。❸香藺　蘭草的一種。❹葠　「參」的異體字。❺昌歜　菖蒲根的醃製品。古代以此饗食他國來使，表示優禮。❻蘧　通「蕖」。芙蕖，荷花。❼蒻　荷莖沒入泥中的部分。俗名藕鞭。❽禹餘稱糧　即禹餘糧。蒒草的別名，其實如大麥，名為自然穀，或叫禹餘糧。❾威靈名仙　即威靈仙。中藥名。❿交藤　何首烏的別名。⓫華顛　白頭。⓬歛蘵　苦參。⓭薯蕷　亦稱山藥。⓮薰　花草的芳香。⓯馠馠　微香。⓰馡馡　香氣散逸的樣子。⓱吐蕈　傘菌一類的植物。無毒的可供食用如香菇、蘑菇等。⓲薇　即大巢菜。⓳山椒　花椒。⓴梫桂　木桂。㉑含桃　櫻桃的別稱。㉒山礬　花名。常綠灌木，春開白花，芳香。野人號為鄭花，採花葉可以染黃。㉓木蓮　俗稱黃心樹，木芙蓉的別名。即薜荔。㉔六出　花分瓣叫出，六出就是六個花瓣。㉕暈紫　塗抹紫色。㉖斲瑤　雕鑿瑤玉。㉗九皋　亦作「九皐」。曲折深遠的沼澤。㉘擢挺　聳出。㉙狖　黑色的長尾猿。㉚磬折　彎腰如磬，表示恭敬。㉛餳　古「糖」字。後特指用麥芽或穀芽等熬成的糖。㉜瘣瘇　指有病癭腫、枝葉不榮的樹木。㉝籧篨　粗竹。㉞虯文　亦作「蚪文」。盤曲如虯的紋理。㉟瀵尻　地下泉水。㊱詩瓢　宋計有功《唐詩紀事・唐球》記載：唐球住在四川的味江山，是方外之士，作詩後將詩稿撚成圓筒，放入大瓢中。臥病後，把大瓢投入江中說：「假若斯文不沈沒的話，得到的人會知道我的苦心的。」大瓢流到新渠，有認識此瓢的人說：「這是唐山人的瓢啊！」所以後世以詩瓢指貯放詩稿的器具。㊲彀率　弓張開的程度。㊳駘蕩　舒緩蕩漾。㊴靃靡　花朵凋謝。靃，亦作「藿」。㊵檀欒　秀美貌。詩文中多用以形容竹。㊶早荈　早茶。㊷又新　唐張又新。元和進士，官至左司郎中。著有《煎茶水記》。㊸鴻漸　唐陸羽，字鴻漸。隱居苕溪。詔拜太子文學，徙太常寺太祝，不就，閉門著書，嗜茶，著《茶經》三篇，被視為茶神。㊹孝先之便便　孝先，指後漢邊韶，字孝先，善辯。曾白天假寐，弟子私下嘲笑他說：「邊孝先，腹便便，懶讀書，但欲眠。」韶暗地聽到，即便對道：「邊為姓，孝為字，腹便便，五經笥；但欲眠，思經事。寐與周公通夢，靜與孔子同意。師而可嘲，出何典記？」嘲者大慚。便便，肥滿貌。㊺罷伯倫之荷鍤　晉劉伶字伯倫，容貌甚陋，好老莊，放情肆志，性尤嗜酒，與阮籍、嵇康相善。嘗乘鹿車，攜一壺酒，使人荷鍤跟隨，說：「死便埋我。」伶妻以為伶飲酒太過，非養生之道，伶說：當對神發誓戒酒。妻為備酒，伶跪祝道：「天生劉伶，以酒為名，一飲一石，五斗解醒，婦兒之言，慎不可聽。」引酒御肉，陶然復醉。著有〈酒德頌〉一篇。㊻天池　天上（仙界）之池。㊼顧渚　產茶的地方。長興有「顧渚春」名茶。㊽洙泗　即洙泗二水。古時二水自今山東泗水縣北合流而下，至魯國首都曲阜北，又分為二水，洙水在北，泗水在南。洙泗之間，即孔子聚徒講學之所。後世因以洙泗代稱魯國的文化和孔子的教澤。㊾狂簡　志向高遠而處事疏漏。

【語　譯】衡山的草有黃精、少辛、芎藭、射干；幽蘭、綠竹、芍藥、芳荃；苦葴、甘菊，蘘茅、香蔄；虋冬、紫茜、沙參、白前；菖蒲根有九節，龍鬚草叢生纏綿；竹子有千歲，松樹壽萬年；青蘋、虎掌，藕鞭、旱蓮；禹餘糧，威靈仙；交籐黑頭，翁草白頂。苦參、山藥，冰臺、竊衣；五加羨玉，百合、貽璣；綠草覆蓋在春天水邊的高地，芳香在夕暉中流動；清風吹送芳香，香氣散逸；積雪中長出菌類植物，正暖和大巢菜長出。一叢叢花椒點綴映照在水邊。衡山的樹木有木桂、厚朴、榛橡、櫻桃；丹楓、英梅、梓樹、榧樹、杉樹、槄樹；路旁的松樹迎接行人的步伐，微風傳來松濤的聲音；銀杏、山欅，木蓮樹有黃的心子、綠的樹梢；黃心樹花開六瓣，塗抹著紫的顏色，如雕鑿的瑤玉；芳香衝天，豔麗地生長在曲折的沼澤地；枝條扶搖直上，高拔聳出，又很堅牢；似猿猴彎腰如磬，其柔軟超過糖膏；長著癭瘤的老樹與粗竹，紋理盤曲如虯；像螺旋狀結在一起，似回漩的地下泉水；竹林雅靜，宜放桌几，或者成為貯放詩稿的器具。巨竹竹根繁多，細竹在根條旁側長出；大竹做汲水之用，其直度符合彎弓之限；密密的竹林上遏雲空，長長的竹子靜止微風；舒緩蕩漾，花朵凋謝，蕭瑟秀美；晚茶早茶，雲層遮蔽了太陽；有各種名茶，如紫筍、綠槍、鹿茸、荷蕊。這大可叫張又新品評泉水，陸鴻漸浣洗茶盞；松風吹拂，水道疏通；喝茶可以去掉邊孝先的大腹便便，停止劉伶的嗜酒如命，不再使侍從背鍤相隨，為其隨時準備醉死安葬；視天上之天池與產茶的地方，亦可算得上是志向高遠的魯國文化了。

其泉則有金砂娑羅，貫道水簾；龍池洗衲❶，虎跑三潭；草春載榮❷，石髓❸飛甘；澄涵❹霜月，清混鬱藍❺；拂阪❻陵磧❼，懸珠鏗吟，偶拽屑其喁噢❽，旋庨閜❾以崩坍。振嚻吼❿之囂囂⓫，幽蛩泣其淫淫⓬；警達旦以冘豫⓭，寄清怨于江潯⓮。其巖岫則詰軋⓯綢繆⓰，鈹挺⓱弓彄⓲；始乎纖屈⓳，終乎廣裒⓴；蹇產㉑墆翳㉒，疑墜稍收；稜層㉓礚沓㉔，敧憧㉕鏝欨㉖，檻泉沸射，雜以謰謱㉗。千章㉘蔽日，則禹中㉙警夜，叢笴㉚留霜，則喧和懷秋。杳扳㉛捫㉜之絕跡，誰丁丁㉝而見求；閟㉞鳥徑以太古㉟，藏內趾之與宵㊱艽㊲。

【章　旨】本段描述衡山的泉與巖穴。

【注　釋】❶衲　縫補；補綴。僧徒的衣服常用許多碎布補綴而成，因即以為僧衣的代稱。❷棼　茂盛。❸石髓　即石鐘乳。古人用於服食，也可入藥。❹澄涵　清澈中包涵。❺鬱藍　蔚藍；深藍色。❻阪　山坡。❼磧　沙石。❽喁噢　相應和的聲音。❾庨閜　高峻開闊貌。❿嚻吼　猶言呼嘯；叫吼。⓫囂囂　鼓聲。⓬淫淫　流落不止貌。⓭冘豫　同「猶豫」。⓮江潯　江邊。⓯詰軋　屈曲糾結貌。⓰綢繆　綿密貌。⓱鈹挺　長矛挺直。⓲弓彄　弓環。⓳纖屈　細密曲折。⓴廣裒　廣聚；廣大眾多。㉑蹇產　曲折。㉒墆翳　隱蔽；遮蔽。㉓稜層　猶崚嶒。高峻突兀貌。稜，「棱」的異體字。㉔礚沓　象聲詞。水石轟擊聲。㉕敧憧　乖戾。敧，同「違」。㉖鏝欨　古亭名。北齊顏之推《顏氏家訓．勉學》：「吾嘗從齊主幸并州，自井陘關入上艾縣，東數十里有獵閭村。後百官受馬糧在晉陽東百餘里亢仇城側。並不識二所本是何地，博求古今皆未能曉。及檢《字林》、《韻集》，乃知獵閭是舊鑞餘聚，亢仇舊是鏝欨亭，悉屬上艾。」上艾今在山西省平定縣境內。㉗謰謱言語支離繁瑣的樣子。㉘千章　很多像屏障一樣的山峰。㉙禺中　白天近中午的時辰。將近午時。㉚叢笴　箭杆叢。㉛扳　通「攀」。援引；挽引。㉜捫　執持；撫摸。㉝丁丁　狀聲詞。伐木聲。《詩・小雅・伐木》：「伐木丁丁。」㉞閟　閉塞。㉟太古　遠古；上古時代。㊱蒚　蒿類植物。即艾蒿。㊲艽　禽獸巢穴中的薦草。

【語　譯】衡山的泉有金砂泉、娑羅、貫道、水簾；龍池可洗僧衣，虎跑泉有三個潭；春天草木茂盛，石鐘乳飛下甘泉；清澈中映照出秋月，清澄中又混有蔚藍；流過山坡，越過沙石，下懸的水珠鏗鏘作聲，偶遇阻撓，也就發出低微的相應和的聲音，旋即又因高峻而崩坍。振動呼嘯之聲如擂鼓，如秋蛩啼泣，淚水流落不止；戒備到天明而猶豫，寄託清怨於江邊。衡山的巖穴，屈曲綿密，如長矛挺直，弓環彎曲；開始細密曲折，終端廣大眾多；曲折隱蔽，似墜失而實斂藏；高峻突兀，水石轟擊，乖戾如𥖄欿亭一樣難解，檻泉沸騰流射，水花四濺，間雜以奇特怪異。很多像屏障一樣的山峰，遮蔽了太陽，近中午的時辰，猶如夜裡，箭杆叢中留下了白霜，暖和的日子卻像秋日。沒有手可攀引執持的地方，還有誰會到這裡來伐木，發出丁丁的砍伐聲；連鳥飛的路徑都已閉塞，就如遠古時代一樣，只有野獸躲藏在艾蒿與薦草叢中。

其獸則有蔚豹文貍，獨猿岐蜼；騊駼❶山都❷，豪豕刺蝟；麀鹿❸封豨❹，麇❺麂❻兕❼貔❽；麝父❾王孫❿，蛩蛩⓫狒狒⓬；吟鼪嘯狐，清宵吹沸⓭，跂息⓮騷駭⓯，趠越⓰憤毅，度夕樾之與朝陽，坦不憂夫羅罻⓱。其鳥則有素鵰⓲白練⓳，山鷄吐綬⑳；晛睆㉑鶯啼，鉤輈㉒雉雊㉓；倒挂鸑雀，海青㉔鷹鷲㉕；鴕鶡㉖鶶鵌㉗，望巒斯就；白展素沙，丹欺絺繡㉘；莫不矜羽弄魂，歡春警晝；盼蘭芽以低啄，掠飛雲而橫逐。

【章　旨】本段描述衡山的鳥獸，強調在山林中鳥獸自由地生活。

【注　釋】❶騊駼　良馬名。❷山都　又稱豕尾狒狒。是狒狒類中最大的一種。❸麀鹿　雌鹿。❹封豨　大豬。❺麞　同「麕」。即獐。❻麂　小型的鹿，似獐而大。皮柔軟，可製革。❼兕　古代犀牛一類的野獸。❽犩　即犪牛。如牛而大，是一種高大的野牛。❾麝父　雄麝。也稱香獐。❿王孫　猴的別稱。⓫蛩蛩　傳說中的一種異獸，狀如馬。⓬狒狒　頭部像狗，身體像猴的哺乳動物。多產在非洲。古代傳說中亦有類似之獸。《爾雅・釋獸》：「狒狒如人，被髮迅走，食人。」⓭吹沸　微風吹動物體。⓮跂息　謂奔走得氣喘吁吁。⓯騷駭　擾亂震驚。⓰趠越　疾行。⓱羅罻　捕鳥的網。⓲素鷴　即白鷴。似山雞而色白，有黑文，尾長三、四尺。鷴，同「鷳」。⓳白練　喻指像白絹一樣的東西。⓴吐綬　鳥名。也叫吐錦雞、真珠雞、七面鳥，俗稱火雞。因喉下有肉垂，似綬，故名。賦中用作形容火雞的形狀。㉑晛睆　形容鳥聲清和圓轉。㉒鉤輈　鷓鴣鳥鳴聲，賦中為象聲詞。㉓雉雊　野雞鳴叫。㉔海青　即海東青。一種凶猛而珍貴的鳥，屬雕類。㉕鷹鷲　鷹和鵰。泛指猛禽。㉖鶡　鳥名。即鶡雞。比野雞大，黃黑色，頭有毛角如冠，性猛好鬥。㉗鵌　古籍中的鳥名。一種與鼠同穴而居的鳥。㉘絺繡　古代貴族禮服上的刺繡。引申為辭采、文彩。

【語　譯】衡山的野獸有蔚豹、文貍，獨猿、岐蜼；騊駼良馬，豕尾狒狒，豪豬、刺蝟；雌鹿、大豬，獐、麃、兕獸、夔牛；香獐、猴子，蛩蛩、狒狒；鼪吟狐嘯，清夜微風吹到動物身上，引起了擾亂震驚，奔馳得氣喘吁吁，它們憤然疾行，度過傍晚與朝陽，坦然不憂慮捕獸的網罟。衡山的鳥有白鷴鳥像白絹一樣白，火雞喉下垂肉似綬；黃鶯鳥啼聲清和圓轉，野雞鳴叫，鉤輈聲聲；倒掛的鷟雀、海東青等鷹和雕；還有鴕鳥、鶡雞、鷫鳥、鴿鳥，望見峰巒就棲息；羽毛或如素白，或如紅色的文繡；無不自矜絢麗的羽毛在春日裡歡喜地飛翔，看見蘭芽就飛下啄食，又隨飛雲橫逐掠過。

其殊異則雨虎❶晴見而陰合，雲師❷霽出而霧騰；絕磵❸閃夜光之木，懸崖炬聖者之鐙；靈蟆❹浴春而釀雪，神蜥❺弄水以飛冰；思匪夷❻而恍惚，亶❼不信其已曾；迹其昭爽❽之壞❾絕，擥❿其湧沛⓫之勃蒸⓬。自非象外棲心⓭，天徒合契；瑩秦鏡⓮于密勿⓯，覓軒珠于遼戾；固有望景而腸迷，臨高而神閉者矣。琳宮丹館，依隈附巔；豐碑隆碣，冠阜臨泉；樾觀月清，石梁虹懸；飛航切雲，高臺含煙。則有巨公經過而磨崖，逸民忘反以閉關；墨卿韻留于金石，琴客曲寫其〈猗蘭〉⓰。

【章　旨】描述由於衡山風光的特異，因而引起巨公貴人磨崖留字，隱逸之民流連隱居，文人留詩金石，琴客曲寄〈猗蘭〉。

【注　釋】❶雨虎　似蟲之蠶。《本草綱目》：「霍山有雨虎，狀如蠶，長七八寸，在石內，雲雨則出。可炙食，即石蠶之類。」❷雲師　雲神。❸絕磵　亦作「絕澗」。高山陡壁下的溪澗。❹靈蟆　靈異的蛤蟆。❺神蜥　神奇的蜥蜴。❻匪夷　不是根據常理所能想像到的。夷，平常。《易．渙》：「渙有丘，匪夷所思。」❼亶　通「但」。❽昭爽　清明。❾瓌　美石。❿擥　同「攬」。⓫湧沸　噴涌。湧，同「涌」。⓬勃蒸　奮發的樣子。⓭棲心　亦作「栖心」。猶寄心。⓮秦鏡　亦作「秦鑑」。傳說秦始皇有一方鏡，能照見人心的善惡。⓯密勿　機密之意。⓰猗蘭　古琴曲〈猗蘭操〉的省稱。多抒生不逢時、懷才不遇之情。

【語　譯】衡山風光的特異之處是雨虎蟲晴現陰合，雲神當雨止時就興起了雲霧翻騰的雲海；高山陡壁下的深澗中有樹木夜光閃爍，懸崖下亮起了聖者之燈；靈異的蛤蟆沐浴在春日裡卻釀起了春雪，神奇的蜥蜴在水中戲耍並飛起了冰雹；這些不是根據常理能想像到的，因而思想恍惚，雖然不相信，卻是已經發生的；推究其如此清明超絕，攬有斯噴薄勃發。自然不是在物象之外去寄託心意，蒼天徒然契合；秦始皇的鏡子能瑩照機密，在遼遠渺茫中尋覓軒珠；本來是有看到這些景象而迷惑的，登臨高處而心怵神閉的。玉宮丹館依建在山坳，或造在山頂；在山阜上，泉水旁，到處有豐碑圓碣；樹蔭中的道觀明月清朗，石梁如懸掛著的彩虹，又如飛快的航船聳入雲霄，高臺如在雲端中。所以有王公大人經過便在山崖上刻石留念，隱逸之士到這裡便留連忘返而閉關隱居起來；文人墨客在金石上留詩，琴客則彈一曲〈猗蘭操〉發抒懷才不遇之情。

其戾止❶也，拓內美，浣塵慮，披天宇，益修度，心謀籟通，目擊道遇。昌黎恣〈七諫〉之遊[2]，考亭[3]佇三益[4]之素。扶桑[5]旦濯于雲中，縞練[6]徐消于天步[7]。指蒼天而予正，何美人[8]之遲暮。崇仁[9]抗疏[10]而霧隱，廣漢作牧而星聚[11]。東廓[12]函丈而英延，甘泉[13]尸祝[14]而芳駐。咀德華，漱仁津，衍河雒[15]，藝邱墳[16]，樹旌幟，翦荊榛，匪西河[17]之疑似，樂雩壇之佳辰[18]。近則荊溪制相堵公仲緘[19]，江陵詹尹張公別山[20]，拂車轍于層巒，觀初暾之輪囷[21]。拊劍而義魄增，振衣而烈心引。濱九死以崔嵬[22]，拯皇輿[23]之遘閔[24]。若夫杜陵[25]、西崑[26]、香山[27]、淮海[28]之續風而接軫[29]者，取青妃白[30]，激商諧羽于其間，誠無情而不盡。至如王孫憤俗而埋跡，高士問津[31]而行藥[32]。子野[33]罷篴[34]以流觀[35]，少文[36]展圖而棲薄[37]。鄴侯[38]避李而挂冠[39]，致堂卻檜[40]而躡屩。忠誠旁求而鵲起[41]，黃門[42]經始而鳥革[43]。諒卜吉于允臧[44]，抑降神其維嶽。矧夫銀地[45]表瑞，朱陵[46]通真，釋子[47]彌天[48]，羽客乘雲，九仙[49]胥舉，隻鶴霞賓，鳥爪[50]翻書，石糧[51]自餴[52]。嬾殘飯芋[53]，岩老[54]長醺[55]。扣玉壺[56]于海客[57]，奏雲璈[58]于華存[59]。含茈薑[60]于金母[61]，養釘鉸[62]之胎魂[63]。雲軿[64]來其宛在，哂探島之徒勤。逮其三車東駕[65]，五葉[66]南開，頭陀[67]

既景，思大爰來。海遷蛟館(68)，顗觀天台(69)，讓磨石鏡(70)，遷滑莓苔，慈明(71)狎虎，芭蕉浴雷，綠蘿結菴，露滅名齋，丹霞(72)鹿門(73)，金輪(74)南臺(75)，息勞山之戍客，踵紫柏(76)以鉗椎，其蠖伏(77)而鸞舉也，蓋不給于更數。光參帝網(78)，威震毒鼓(79)，位揀君臣，要兼賓主。儼華藏(80)之莊嚴，又何論夫雙樹(81)。以故金碧璀玼(82)，堵窣(83)穹崇(84)，比岫聯香，接宇聞鐘。花雨成蹊，白雲在封，埒石聽于道生(85)，儗(86)鳥供(87)于嬾(88)融(89)。苟息心于玄悟，豈來者之末工。雖畫一(90)于鄒魯(91)，展道大而必容。要非包泑穆(92)，析鴻濛(93)，遴(94)眾妙之所都，建萬壑以追宗，則夫澒洞(95)溔瀁(96)，攢合蘢蔥(97)者，胡憑藉焉以孕大觀于無窮也與。

【章　旨】本段論述衡山的開拓內美，增益修飾，同時詳述了不少隱居衡山以及其他的歷史人物，說明只有聚眾妙之所都，才能建萬壑之所宗，孕大觀於無窮。

【注　釋】❶戾止　同「蒞止」。來臨。戾，來。止，至。❷昌黎忞七諫之遊　指韓愈繼承屈原忠君諷諫的傳統，當時憲宗迎佛骨入宮中，王公士庶奔走膜拜。韓上〈論佛骨表〉向憲宗極諫，憲宗大怒，貶愈為潮州刺史。昌黎，即唐代韓愈。韓常據先世郡望自稱昌黎（今河北省昌黎縣）人，宋熙寧年間詔封昌黎伯。後世因尊稱昌黎先生。七諫，《楚辭》的篇名。漢東方朔作，古時人臣之諫君，不聽乃去，屈原為懷王宗室，無相去之理，故東方朔作〈七諫〉以述屈原之志，昭明其忠信。❸考亭　在今福建建陽西南，相傳五代南唐時黃子稜築以望其父墓，因名曰望考亭，簡稱考亭。朱熹晚年居此，建滄洲精舍，宋理宗時賜名考亭書院，後世遂以考亭稱朱熹。❹三益　《論語・季氏》：「孔子曰：『益者三友，損者三友。友直、友諒、友多聞，益矣。』」故以直、諒、多聞為三益。❺扶桑　東海中神木。因其兩樹相扶，故曰扶桑。❻縞練　白色之練。喻雪。❼天步　天空星象，運行不息，因謂天文曰天步。❽美人　喻指國君。❾崇仁　指明吳與弼。撫州崇仁人，覲親於京師金陵，從楊溥學，讀《伊洛淵源錄》，慨然有志於道學，遂棄舉子業，二年讀書不下樓。弟子從遊的很多。歷辭徵聘。天順初徵至京，授左春坊左諭德，留兩月，稱病重放還，卒。見《明儒學案・崇仁學案》。❿抗疏　向皇帝上書直言。吳曾上書十事。⓫廣漢作牧而星聚　漢趙廣漢為京兆尹，天性精於吏職，見吏民，或夜不寐至旦，善於推求事情之實。星聚，謂行星聚於某宿，猶會聚。⓬東廓　指鄒守益。正德進士第一，出王守仁門，講學於贛州。宸濠反，參與王守仁軍事，世宗即位，始赴官，因直諫被謫，後官至祭酒。又以諫落職歸。守益天姿純粹，里居日事講學，四方從遊者踵至，學者稱東廓先生。⓭甘泉　宮在今陝西淳化西北甘泉山。本秦宮，漢武帝增築擴建，在此朝諸侯王，饗外國賓客，夏日亦作避暑之處。⓮尸祝　祭祀。⓯河雒　亦作「河洛」。河圖洛書的簡稱，是古代儒家關於《周易》卦形來源及《尚書・洪範》「九疇」創作過程的傳說。傳說伏羲時有龍馬出於黃河，馬背旋毛如星點，稱作龍圖，伏羲取以畫八卦生蓍法。夏禹治水時有神龜出於洛水，背上有裂紋，紋如文字，禹取法而作《尚書・洪範》「九疇」。古代認為出現河洛圖書是帝王聖者受命之祥瑞。⓰邱墳　傳說中的上古典籍。即三墳、五典、八索、九邱。亦泛指古代經典文獻。⓱西河　《禮記・檀弓上》：「(子夏)退而老於西河之上。」後即以西河為孔子弟子子夏的代稱。子夏姓卜名商，擅文學，習於詩，講學於西河。⓲樂雩壇之佳辰　《論語・先進》中孔子問學生的志向，曾晳表示願作教師，暮春時節，帶一些學生「浴乎沂，風乎舞雩，詠而歸。」此句即有此意。雩壇，古時祈雨所設的高臺。⓳仲緘　明堵允錫。字仲緘，崇禎進士，知長沙府，督鄉兵滅山賊。唐王立，授湖北巡撫，駐常德，收撫李錦之眾三十萬，兵聲大振。輾轉不得志而卒。

⑳別山　明張同敞字，張居正曾孫，崇禎間以蔭補中書舍人，李自成陷京師，遁歸。桂王時授兵部侍郎，經略楚粵兵馬，以忠義激勵將士，人人自奮。清兵入桂林，與瞿式耜同遇害。㉑輪囷　盤曲貌；碩大貌。㉒崔嵬　高峻貌。㉓皇輿　國君所乘的高大車子。多借指王朝或國君。㉔遘閔　遭憂。㉕杜陵　指唐杜甫。杜甫祖籍杜陵（在今陝西省西安市東南），他也曾在杜陵附近居住，故常自稱杜陵野老、杜陵野客、杜陵布衣。㉖西崑　指宋初楊億、劉筠、錢惟演等人，相與唱和，合成一集，名《西崑酬唱集》，後遂稱之為西崑體。㉗香山　指唐詩人白居易。他晚年以刑部尚書致仕後，與香山寺僧如滿結香火社，每轎子往來，白衣鳩杖，自稱香山居士。㉘淮海　宋詞人秦觀之號。㉙接軫　形容人才濟濟。或比喻接近；靠近。㉚取青妃白　即「取青媲白」。以青配白。比喻詩文講究對仗。㉛問津　尋訪；探求。㉜行藥　服藥之後，行走以宣導發散藥性。㉝子野　春秋時晉國樂師師曠，字子野，目盲，善彈琴，辨音能力極強。晉人聞有楚師，師曠曰：「不害。吾驟歌北風，又歌南風，南風不競，楚必無功。」後果然。㉞篴　「笛」的古字。㉟流觀　周流觀覽。㊱少文　南朝宋宗炳，字少文，好琴書，善畫，精玄理，武帝領荊州牧，辟為主薄，不就，答道：「吾棲隱丘壑三十年，豈可于王門折腰為吏耶！」嘗西涉荊巫，南登衡嶽，因結宇衡山。因疾還江陵，嘆道：「老病俱至，名山恐難徧覩，惟當澄懷觀道，臥以遊之。」凡所遊履，皆圖之於室，對人說：「撫琴動操，欲令眾山皆響。」㊲棲薄　留居；止息。㊳鄴侯　指唐李泌。七歲能文，張說稱為奇童，張九齡尤所獎愛，呼為小友。及長博學，慕神仙不死之術。天寶間以翰林供奉東宮，太子遇之甚厚，楊國忠疾之，因隱居潁陽。肅宗即位，李出陪輿輦，入議國事，為李輔國所疾，去隱衡山。德宗時封鄴侯卒。㊴挂冠　指辭官；棄官。㊵致堂卻檜　宋胡寅，學者尊稱為致堂先生。宣和進士，靖康時遷起居郎，金人入侵，上書高宗，應糾合義師，北向迎請二帝，不宜遽踐大位。遷中書舍人，後又有建議，高宗嘉納。秦檜惡之，以譏訕朝政罪安置新州，檜死，復官。卒謚文忠。卻，通「郤」。「郤」通「隙」。空隙，引申為嫌隙。㊶鵲起　《莊子》：「鵲上高城之絕，而巢于高樹之顛。城壞巢折，陵風而起。故君子之居世也，得時則義行，失時則鵲起也。」本謂見機而作，後用為乘時崛起之意。㊷黃門　官署名。

㊸鳥革　形容宮室壯麗。語出《詩・小雅・斯干》：「如鳥斯革，如翬斯飛。」朱熹集傳：「其棟宇峻起，如鳥之警而革也，其簷阿華采而軒翔，如翬之飛而矯其翼，蓋其堂之美如此。」㊹允臧　確實好；完善。《詩・鄘風・定之方中》：「卜云其吉，終然允臧。」允，信。臧，善。㊺銀地　佛家語。謂金地也。與琉璃地並稱。指佛殿建營之地而言。㊻朱陵　即朱陵洞天。道家所稱三十六洞天之一，在湖南衡山縣。借指神仙居所。前蜀杜光庭《洞天福地記》：「第三洞，南嶽衡山，周迴七百里，名朱陵之天。」㊼釋子　指和尚。㊽彌天　喻志氣高遠。㊾九仙　九類仙人。亦泛指眾神仙。㊿鳥爪　鳥的腳爪。多比喻仙人纖細的手指。晉葛洪《神仙傳・麻姑》：「麻姑鳥爪。」。(51)石糧　山岩溶液，道家以此養生。(52)餴　同「饙」。蒸飯。(53)嬾殘飯芋　嬾，「懶」的異體字。嬾殘，唐代高僧明瓚禪師。天寶初居衡嶽寺為眾僧執役，食退即收所餘，性懶而食殘，因名嬾殘。李泌寓衡，嘗夜往見之，嬾殘方撥火煨芋，出半芋食之，曰：「勿多言，領取十年宰相。」敕謚大明禪師。(54)岩老　指唐呂洞賓。名岩，俗傳八仙之一。(55)醺　酒醉貌。(56)玉壺　東漢費長房欲求仙，見市中有老翁懸一壺賣藥，市畢即跳入壺中，費便拜叩，隨老翁入壺。但見玉堂富麗，酒食具備，後知老翁乃神仙。後遂用以指仙境。(57)海客　浪跡四海者。謂走江湖的人。(58)雲璈　即雲鑼。做小鑼十三面同一木架，下有長柄，左手持之，而右手以小槌擊鑼。(59)華存　指神話傳說中的魏華存夫人。(60)茈薑　即紫薑；嫩薑。(61)金母　古神話傳說中的女神。俗稱西王母。(62)釘鉸　補釘。(63)胎魂　始魂。(64)雲軿　神仙所乘的車。以雲為之，故稱雲軿。(65)三車東駕　唐窺基博學釋典，嘗東至太原傳法，以三車自隨，前車載典籍，中車自乘，後車載妓僕食饌。路遇一老翁點化，頓悟前非，隻身前往，後成為法相宗師。(66)五葉　指人參。人參葉瓣呈五葉形。(67)頭陀　意為「抖擻」。即去掉塵垢煩惱。因用以稱僧人，文中指唐代高僧窺基。(68)蛟館　猶龍宮。(69)顗觀天台　靜觀天台山。天台山，在浙江省天台縣北。道教曾以天台為南嶽衡山的佐理。(70)石鏡　如鏡的山石。(71)慈明　宋僧，潭州石霜山的慈明禪師，名楚圓，臨濟六世之法孫，嗣汾陽昭之後。(72)丹霞　紅霞。(73)鹿門　鹿門山的簡稱。在湖北省襄陽縣。後漢龐德公攜妻子登鹿門山，採藥不返。後世因用指隱士所居之地。(74)金輪　太陽。(75)南臺　即釣臺山。在福

州市南閩江中，故亦叫南臺山。(76)紫柏　《一統志》：「漢中府鳳縣有紫柏山，上有七十二洞，異人多隱此。」(77)蠖伏　如尺蠖之屈伏。比喻人不得志。(78)帝網　《史記．殷本紀》：「湯出，見野張網四面，祝曰：『自天下四方，皆入吾網！』湯曰：『嘻！盡之矣！』乃去其三面。」後因用以比喻帝王恩澤優渥，法令尚寬。(79)毒鼓　以毒塗鼓。《文句記．四》：「大經云：『譬如有人以毒塗鼓，於大眾中，擊令出聲，聞者皆死。鼓者，平等法身；毒者，無緣慈悲；打者，發起眾也；聞者，當機眾也；死者，無明破也。』」(80)華藏　亦作「華臧」。佛教語。蓮華藏世界的略稱。佛教指釋迦如來真身毗盧舍那佛淨土，是佛教的極樂世界。(81)雙樹　娑羅雙樹。也稱雙林。為釋迦牟尼入滅之處。(82)璀玭　光彩鮮豔。(83)堵窣　佛塔。(84)穹崇　高貌。(85)埒石聽于道生　晉僧竺道生入廬山幽棲七年，鑽研群經，後遊長安，從羅什受學，著有〈佛性常有論〉等。其時《涅槃經》至中國者僅前數卷，道生剖析經理，立一闡提（指不具信心，斷了成佛善根的人）也可成佛之義，舊學以為邪說，擯斥之。乃袖手入平江虎丘山，豎石為聽徒，講《涅槃經》，至闡提有佛性處曰：「如我所說，契佛心否？」群石皆點頭，後曇無讖續譯《涅槃經》之後品，果如道生所言。埒，比並。(86)擬　比擬；打算。(87)烏供　射烏禮官的供品。烏，官名。《周禮．夏官》：「射烏氏掌射」。(88)嬾　臥。(89)融　火帝祝融的簡稱。(90)畫一　一致；一律。(91)鄒魯　鄒國魯國的併稱，鄒是孟子故鄉，魯是孔子故鄉。後因以指文化昌盛之地。(92)沕穆　深微貌。(93)鴻濛　亦作「鴻蒙」。宇宙形成前的混沌狀態。混沌，渾噩。(94)遴　選擇；挑選。(95)澒洞　水勢洶湧。(96)溔漾　水廣大無邊貌。(97)蘢蔥　蔥蘢。草木青翠茂盛。

【語　譯】棲息在衡山那裡的人，能夠開拓內美，浣洗塵俗之思，它高聳入雲分開了天宇，又加之以修飾儀態，用心接觸便與天籟相通，用眼睛接觸便能看到正道。所以韓愈繼承屈原七諫的傳統，批評憲宗迎佛骨的迷信活動，朱熹積聚「直、諒、多聞」三益友的素養。東海神木早晨沐浴在雲霞中，白雪慢慢消失在天文中。我指蒼天為證，為什麼國君多已遲暮。明代的吳與弼向皇帝上書直言，因而辭官隱居，漢代的趙廣漢善任京兆尹，因而合群會聚。明代鄒守益講學，四方英才接踵而來，在甘泉宮祭祀，因而芳馨常留。咀嚼道德的花朵，漱洗仁義的津渡，演繹《河圖》、《洛書》，學藝古代經籍，樹起儒學的旌旗，翦除絆學的荊棘，不是孔子弟子子夏又像是子夏，在吉日良辰帶一些學生在雩壇遊玩講學，其樂無窮。近則有荊溪的制相堵仲緘，江陵的詹尹張別山駕駛車子在山巒中，觀看初升太陽的碩大，胸有大志。撫摸長劍而愈加義憤填膺，整衣而起，滿懷壯烈的心志。雖在高峻處屢屢瀕臨死亡，但是為了拯救明王朝遭遇的憂患而不顧自身的安危。至於像杜甫、西崑體的詩人、白居易、秦觀，風氣承續比並相近，詩文講求對仗，在其中來調諧聲調，實在是沒有不盡情發抒的。至於像王孫憤世嫉俗因而隱姓埋跡，高人尋訪探求祕藥服食並行走以散發藥性。春秋時晉國樂師師曠停止吹笛而到處觀覽，南朝宋宗炳因病而止息，將生平遊蹤所至都畫圖展示於室中，作為臥遊。唐代李泌為躲避李輔國的嫉妒，辭官隱居衡山，南宋胡寅與秦檜有嫌隙，因而穿草鞋遠行到并州。皇帝到處尋求忠誠之士因而有乘時崛起的人，宮室壯麗、棟宇峻起如鳥之聞警而飛起。想來不但占卜吉祥確實完善，而且南嶽還降下了神靈。更何況佛殿建築有瑞兆表現，朱陵洞天通達真人的居所。和尚志氣高遠，道士乘雲駕霧，眾神仙高在雲端，仙鶴依傍彩霞，仙人纖細的手指翻開書籍，道家以石糧作為自己的糧食。唐高僧明瓚禪師以芋為飯，呂洞賓長醉。東漢費長房想求仙，拜叩海外仙翁進入玉壺，在華存夫人處打擊雲鑼。在西王母處吃嫩薑，多方採補萬物的元氣。神仙所乘的車子駛來宛然如在，嘲笑秦始皇派人到海外仙島尋求不死之藥，徒勞一場。至於唐僧窺基駕三車東到太原傳法，人參葉瓣呈五葉形向南開放，高僧窺基多好啊，思想博大而來傳法。龍宮在海中遷移，靜觀天台山，磨光如鏡的山石，青苔膩滑，慈明禪師馴熟老虎，芭蕉在雷雨中沐浴，結綠蘿庵，名露滅齋，在丹霞下的鹿門山，在太陽照耀下的南臺山，可以歇息勞山的遠客，也有接踵來到紫柏山隱居鍛鍊的，這些人有的如尺蠖之屈伏、有的如鸞鳳的飛翔，更是數不勝數。祥光參詳帝王的恩澤優渥，敲擊壽鼓，聞者皆死，威震四海，揀別君臣之位，兼主賓之座。儼然是莊嚴的極樂世界，又何論那釋迦牟尼入滅的地方。因此金碧輝煌，佛塔高崇，山巒相聯，香氣傳聞，廟殿相接，鐘聲相聞。落花似雨成花徑，白雲密佈，竺道生把石頭排列起來聽他宣講佛法，將射鳥禮官的供品供奉在長臥的火神祝融那裡。假若用心參理玄悟之道，難道會達不到完善的境界嗎。統一於鄒魯的文明昌盛之地，儒道博大就一定能包容萬象。要不是包容深微，分析原始時一片渾渾噩噩，選擇眾妙之聚會，建立萬谷之大宗，那麼水勢浩瀚洶湧廣大，攢合青翠茂盛的，憑藉什麼來孕育萬物大觀於無窮呢！

是故其為奧區❶也，脈蜀踞楚，拒粵引吳，北吞黽阨❷，南揜蒼梧，顧陽雲❸而掉臂，何台蕩之與匡廬。浮洞庭，綰❹濂❺浯❻，帶瀟湘，向背殊，煌煌❼唐唐❽，踸踔❾首出，以參伍❿乎鄣都，距北戒⓫而絡漢廣⓬，紀⓭南條以挂天樞。道靡崇而莫奠，功維爽⓮而不渝。皇哉有虞氏之慶也，肆見群后，孟夏徂征，爰服三苗，乃敘南衡，玉輅⓯匪勞，荊土載賓，五圭儷帛，一死二生⓰，誠無妄而苟薦，辟奔走以載盈⓱。眄自他其匪稱，格⓲帝享于斗⓳精，渺江介而遙履，作百王之典程⓴。

嬴氏亂紀，漢德中涼，割長沙以建芮，隘幅員于朱方。濟三江其已惴，矧雲夢之可航。侈灊霍而僭號㉑，躋小星以專房。羌沾滯㉒于脂轄㉓，詎苾芬㉔之能饗。於戲！陰禮陽樂，徵㉕皇王之貿㉖軌㉗者，豈不偉與！抑斂福之豐儉，帝睞焉而以篤其棐㉘也。是以樂慚者綴促㉙，禮樸者俗鬼。邈虞漢于霄淵，互善敗其凡幾？緬㉚喬岳㉛而揆明禋㉜，繼皇媯㉝其孰韙。懷江永于比興，髣南風㉞于博依。簡明德于炎精，溢余思于有斐㉟。

【章　旨】本段先寫衡山腹地的形勢，因為它的崇高，所以引來虞舜的南巡衡山，虞舜的祭奠衡山可作為百王的常法，但是現實是嬴秦亂紀，漢德中涼，輕視禮樂，與虞舜時代相比，猶如天壤之別。

【注　釋】❶奧區　奧深的區域；腹地。❷黽阨　即「黽阨塞」。戰國時的要塞，故址在河南信陽西，其地有大小石門，鑿山通道，地勢險惡。❸陽雲　楚宋玉〈高唐賦〉序中說楚懷王遊高唐晝寢時，夢見巫山之女自薦枕席，因幸之。辭別時說：「妾在巫山之陽，高丘之岨，旦為朝雲，暮為行雨，朝朝暮暮，陽臺之下。」旦朝視之，如言，故為立廟，號曰「朝雲」。後遂以「陽雲」指男女幽會之所。❹綰　繫；盤結。❺濂　濂溪。源出湖南道縣西都龐嶺，東北流入瀟水。宋理學家周敦頤世居溪上，故其學派為濂溪學派。❻浯　浯溪。源出湖南祁陽西南松山，東北流入湘江。水清石峻，唐詩人元結愛其勝景，居於溪畔。❼煌煌　明亮輝耀貌；光彩奪目貌。❽唐唐　廣大；浩蕩。❾跐踔　獨立特行；與眾不同。跐，同「蹝」。❿參伍　交互錯雜。⓫戒　通「界」。⓬漢廣　謂漢水廣闊。《詩・周南・漢廣》：「漢有遊女，不可求思，漢之廣矣，不可泳思。」⓭紀　找出散絲的頭緒。⓮奭　盛。引申為極甚。⓯玉輅　亦作「玉路」。帝王所乘玉飾的車子。⓰五圭儷帛二句　《書・舜典》：「修五禮，五玉、三帛、二生、一死、贄。」朱熹集傳：「五禮，吉、凶、軍、賓、嘉也。修之所以同天下之風俗，五玉，五等諸侯所執者，即五瑞也。三帛，諸侯世子執纁，公之孤執玄，附庸之君執黃。二生，卿執羔，大夫執雁。一死，士執雉。五玉、三帛、二生、一死，所以為贄（進見之禮）而見者。」五圭，亦作「五玉」、「五瑞」。古代五等諸侯作符信用的五種玉，即公執桓圭，侯執信圭，伯執躬圭，子執穀璧，男執蒲璧。⓱辟奔走以載盈　指虞舜巡守四方。《書・舜典》：「歲二月東巡守至于岱宗……五月南巡守至于南嶽，如岱禮，八月西巡守，至于西嶽，十有一月朔巡守，至于北嶽，如西禮，歸，格于藝祖，用特。」辟，國君。載，通「戴」。擁戴。⓲格　至。⓳斗　古代酒器。⓴典程　常法。㉑侈灊霍而僭號　漢武帝因衡山遼曠，移嶽祠於天柱山，以後俗人呼之為南嶽。文中認為這是僭越南嶽的稱號。侈，擴大；光大；顯揚。灊霍，灊山，即天柱山，又名霍山。在安徽省潛山縣西北。㉒沾懘　聲音不和諧；煩亂不安。㉓脂轄　塗油於車轄。㉔苾芬　猶芬芳。本文指祭品的馨香。㉕徵　驗證。㉖貿　通「侔」。齊等。㉗軌　法則。㉘棐　輔導；輔助。㉙綴促　短促；拘束。㉚緬　遙遠貌。㉛喬岳　高山。本指泰山，後成泛稱。㉜禋　升煙以祭，古代祭天的典禮。引申為誠心祭祀。㉝皇嬀　即大舜。嬀，本為水名，虞舜居嬀汭，因以為姓。㉞南風　古代樂曲名，相傳為虞舜所作。《孔子家語・辨樂解》：「昔者舜彈五弦之琴，造〈南風〉之詩，其詩曰：『南風之薰兮，可以解吾民之慍兮；南風之時兮，可以阜吾民之財兮。』」㉟斐　有文采貌。

【語譯】衡山腹地的形勢是由四川山脈開端，盤踞楚地，隔絕兩粵而引導入吳，北面吞沒河南的黽阨要塞，南面掩覆蒼梧山，看見男女幽會的場所陽臺，便甩動胳膊不顧而去，又何顧台蕩山與廬山。

洞庭湖浮在衡山的前面，綰住了濂溪與浯溪，瀟水、湘江如帶圍繞衡山，衡山的南北向背截然不同，明亮輝耀、廣大浩蕩，獨立特行，與眾山不同，它與鄖都交互錯雜，阻拒北界而連絡廣闊的漢水，找出南條山掛在天樞的區域上。道沒有崇高而不祭奠的，衡山功績盛大始終不渝。因此引來了虞舜的南巡衡山，偉大啊！虞舜的大慶，廣泛地會見四方的諸侯、九州的牧伯，五月出征，征服了三苗，於是就在南嶽敘功，不勞駕帝王所乘的玉飾車子，荊湘大地上都是各級諸侯賓臣，五等諸侯手持作符信用的五種圭璧，諸侯世子執纁，公之孤執玄，附庸之君執黃，卿執羔，大夫執雁，士執雉，作為進見之禮來朝見虞舜，實在是沒有虛妄並苟且進獻的，虞舜巡守四方，被非常尊奉擁戴。一切都由他而來，看來沒有他是不相稱的，到這裡享受酒與精品，遠遠地來到長江的岸邊，成為後代百王的常法。嬴秦亂了綱紀，漢代中期王德衰涼，割了長沙建立芮國，在南方是很小的幅員。渡過三江已心裡惴惴不安，更何況去航渡雲夢澤。漢武帝移嶽祠到天柱山，俗人稱為南嶽，這是僭越了南嶽衡山的稱號，就如以升起小星來專房一樣。塗油在車轄，發出不和諧的聲音，那裡是芳香的祭品能饗用。嗚呼！禮屬陰，樂屬陽，用禮樂來驗證國君是否遵行禮樂的法度，豈不是很偉大嗎！或是聚福澤的豐厚與儉少，天帝觀察後來確定其輔助的厚薄。因此不重視音樂的統治短促，禮儀簡樸的就相信鬼。這種人與虞舜的差別不啻是雲霄與淵谷之別，這種因果互為善敗共知有多少？遠遠面對衡山並誠心祭祀，繼承舜的傳統，誰會違背。用比興的手法來緬懷歌頌江山，彷彿是虞舜創作的古代樂曲「南風」廣博相喻。非常簡明地表明了太陽的恩惠，我的思緒洶湧並有文采。

頌曰：明明后胙❶來昌釐❷，真人南翔翔陽維，北漢汨漳南湘灕，中合穹嶽雲葳蕤，烝哉❸我皇誕應之。萬壽百祿重離明，秩正川麓雲怡情。報哉不遐朱鳳鳴，綏我曾孫宅荊京，靖興肇胤❹□與庚。業業❺不傾補天石，賚予金簡遷禹迹。帝錫玄圭嶽之績，蕩滌川原帝皇醳❻。駿發炎光庶昕夕❼，煇煇❽沄沄❾岳精來。陵嵩泰華恆若敦❿，蒲⓫姚⓬安⓭姒⓮企相陪，洒眷南顧曰念哉，玉衡⓯賁⓰光天門開。

【章　旨】本段為全賦總結，歌頌衡嶽帶來興盛之福。

【注　釋】❶后胙　后福。❷昌釐　興盛之福。❸烝哉　國君。《詩．大雅．文王有聲》：「文王烝哉。」❹胤　後嗣；嗣子。謂立嫡長子為太子或世子。❺業業　高大雄壯貌。❻醳　給予。❼昕夕　朝暮。謂終日。昕，黎明；天亮。❽煇煇　赤色貌。❾沄沄　紛繁；紛紜。❿敦　比試。⓫蒲　馬融〈樗蒲賦〉：「道德既備，好此樗蒲。」。⓬姚　虞舜居姚虛，因以為姓。⓭安　《謚法》：「和好不爭曰安。」⓮姒　伯鯀之姓，其子禹，受禪為夏朝。⓯玉衡　北斗七星中的第五星。亦泛指北斗。⓰賁　大。

【語　譯】最後歌頌道：光明至極的后福引來了昌明興盛，真人向南飛翔到了衡山，北面是漢水、汨水、漳水，南面是湘江、灕水，中間匯聚了衡嶽，高聳入雲，雲霞華美豔麗，國君我皇就大大地與他相應。萬壽百祿太陽明耀，常正山嶽河水雲彩歡怡。告知不遠有朱鳥啼鳴，這是吉祥的徵兆，安定我的後裔在荊京安居，和靖興盛後嗣開始繼承□與庚。高大的衡山如補天之石屹立不傾，賜與了金簡表彰禹治水業績。虞舜以黑玉賜給衡山，蕩滌山川都是帝皇的賜與。太陽終日高高地發出光芒，赤色的陽光照耀著衡嶽。嵩山、泰山、華山、恆山像是要來比試高低，道德崇高的姚舜與和好不爭的姒禹仰慕它而要來相陪，於是眷念南顧，北斗的玉衡星光芒四射天門大開。

練鵲賦 以雨餘綠草斜陽為韻

【題解】練鵲，屬鳴禽類，體似八哥而小。雄鳥有羽冠，尾部有兩根長羽毛，如拖練帶，故又有帶鳥、綬帶鳥、壽帶鳥、拖白練等異名。本文全面描繪練鵲，從生活的環境、外形美與內在美，與自我修養、遠禍避害，並以其他各種鳥來對比練鵲的高潔，其寓意是很明顯的。

即林皋❶之瀟清，滌繁陰於宿雨。聊瀏❷愁以寓怡，翩良禽之延佇。維時條風❸微扇，薄寒改煦，雉登隴而初鷕❹，鳦❺睍簷而作乳❻。煙得得❼以青縈，絲亭亭❽而晴舞。何彼鳥之嬋媛❾，點碧光而翔圃。曳搖搖之玫珮❿，垂申申⓫之玉組⓬。輕塵長捐，屑暉并聚，落星徐流，鱗雲⓭欻俯俯。睢⓮渙濯⓯其餘縹⓰，岷潘浣其素縷。吟喬如⓱於梁禽，睇子淵⓲於吳馬。笑丹頂之鳴陰，陋銀鬟⓳之躞⓴土。

【章旨】本段首先描述練鵲鳥棲息的環境：潤澤清爽的林皋、溫煦的氣候、初春的景色；其次描述長尾、黑首、白腹的練鵲鳥；最後以練鵲清潔純淨為視點，用各種典故進行暗諭，諷刺那些驕橫的武夫、無能的君主、逢迎的臣子、在陰處啼鳴的丹頂鶴與不能奔馳的銀鬃馬。

【注釋】❶林皋　亦作「林皐」。語出《莊子・知北游》：「山林與！皐壤與！使我欣欣然而樂與！」後因以林皋指山林皋壤或樹林水岸。❷瀏　溜。❸條風　立春的風。❹鷕　雌雉的叫聲。❺鳦　燕子。❻作乳　鳥獸等產卵、產子。❼得得　猶言特地。唐代俗語。❽亭亭　高貌。❾嬋媛　眷戀；情思牽縈。❿玫珮　美玉的佩飾。⓫中中　整飭貌。⓬玉組　玉的綬帶。⓭鱗雲　鱗狀的雲。⓮睢　仰視貌。⓯渙濯　洗濯全新。⓰縹　原指青白色的絲織品，文中指青色。蔡邕〈翠鳥〉：「回顧生碧色，動搖揚縹青。」⓱喬如　喬，通「鷮」。是一種長尾雉。文中喬指野雞毛做成的矛纓。《詩・鄭風・清人》：「清人在消，駟介麃麃。二矛重喬，河上乎逍遙。」這是鄭國公子素諷諭鄭文公的詩。鄭國大夫高克恃兵驕橫，後來投靠了陳國。鄭文公既不滿高克，又無能為力。「清人在消」，即高克當時率領的清邑的軍隊駐扎在消地，駟馬披甲，雄壯有力。手持野雞毛製的矛纓長矛，在黃河之濱逍遙。用這個典故當然寄寓著作者對南明時擁兵自傲的軍閥的不滿。⓲子淵　漢王褒字，宣帝時應薦作〈聖主得賢臣頌〉而受寵幸。所至宮館，輒為歌頌，議者多以為淫靡。不久升諫大夫，方士言益州有金馬碧雞之神，帝遣褒往祀，於道中亡故。⓳鬉　「鬃」的異體字。馬頸上的長毛。⓴蹀　小步行走；徘徊。

【語譯】停棲在潤澤清爽的山林皋壤，經過隔夜雨水的洗滌，濃密的樹蔭，大可以解愁而且怡樂，從而使益鳥練鵲在這裡停留飛翔。這時當春風微微吹來，寒意變成了溫暖，野雞登上田隴開始啼叫，燕子斜視屋簷作窠準備產卵。青煙裊裊縈繞，高高地在晴空中飄舞。練鵲是那麼眷戀這塊土地，在這裡飛翔迴旋，頭上的綠黑色的羽毛閃閃發光，尾部的兩根長羽毛猶如搖搖曳曳的玉樣佩飾，宛若整整齊齊的兩條綬帶。永遠沒有灰塵，霞暉併攏聚集，落星慢慢流動，鱗狀的雲忽然下沉。仰視洗濯一新的練鵲鳥青碧色的頭部與素白色的腹部。吟誦著《詩經・清人》，不滿擁兵自傲的軍閥與軟弱無能的君主，它不屑漢代的王褒騎著吳馬，為往祀碧雞之神而死於路上，實為可悲。譏笑在陰處啼鳴的丹頂鶴，鄙視那銀鬃馬只能小步徘徊，而不能奔馳疆場。

爾迺罥❶弱篠，過平蕪，因風末，乘晴餘。尾垂垂以柔曼，羽襜襜❷以旁翑❸。宛飛帛之迴波，寫倒景而未如。鄙秦聲之鴥彼❹，哂魯謠之跦跦❺。織吳嬪之膠髮，服翾風❻之琲珠❼。寶光纖其綾鑷❽，因祇❾結其修裾。曾煥發以蕭散，猶則遠乎踟躕。亦有弘農贈環❿，沙鹿⓫授符。魏闕⓬樊燕，葉邑羅鳧。含珍絲頂之鳥，遶⓭煙縞臆之烏⓮。或襲美於玉石，或閒⓯采於紺朱。絜⓰縑翎⓱之婉嫟⓲，泣邢美于尹好⓳。

【章旨】本段描述練鵲的外形美，群鳥與它相比，都自愧不如。

【注釋】❶罥　纏繞；牽掛。❷襜襜　羽毛飄動的樣子。❸翑　羽毛末端的彎曲部分。❹鴥彼　鳥疾飛貌。《詩・秦風・晨風》：「鴥彼晨風。」❺哂魯謠之跦跦　《左傳・昭公二十五年》：「(魯大夫)師已曰：『異哉！吾聞文成之世，童謠有之，曰：鸜之鵒之，公出辱之。鸜鵒之羽，公在外野，往饋之馬。鸜鵒跦跦，公在乾侯，微褰與襦。鸜鵒之巢，遠哉遙遙。禂父喪勞，宋父以驕。鸜鵒鸜鵒，往歌來哭。童謠有是，今鸜鵒來巢，其將及乎。」」鸜鵒，八哥鳥。跦跦，跳行貌。公指魯昭公，名裯，出國受辱，終於死於辛勞，其弟魯定公（名宋）代之，所以驕傲。昭公活時，鸜鵒唱歌，歸來時昭公已死，故號咷。魯大夫認為現在八哥來做巢，恐怕禍難要來臨。❻翾風　晉石崇之愛婢，姿容美麗，善文辭。❼琲珠　成串的珠。琲，貫。珠十貫為一琲。❽寶光纖其綾鑷　形容練鵲頭部黑色，發藍色的寶光。❾祇　恭敬。❿弘農贈環　《續齊諧記》：「弘農楊寶救一黃雀，並養之箱中，後夢見一黃衣童子告辭，贈環四枚，子孫位登三公。」⓫沙鹿　古山名。在今河北大名縣東。據《後漢書・元后傳》載，春秋晉國有史官以為沙鹿崩陷乃「陰為陽雄，土火相乘之象，斷言六百四十五年後，宜有聖女興。」因以「沙鹿」作為頌揚皇太后、皇后之詞。⓬闕　古代宮牆外兩側高聳的樓觀。樓觀下常為懸佈法令之所。亦借指朝廷。⓭遶　「繞」的異體字。⓮煙縞臆之烏　黑白胸羽的烏鴉。⓯閒　離。⓰絜　「潔」的異體字。⓱縑翎　淺黃色的如絲的羽毛。⓲婉嫕　婉轉親昵。⓳泣邢美于尹好　漢武帝同時寵幸邢夫人和尹夫人，不令兩人相見。尹請求見邢，帝許諾，見後「乃低頭俯而泣，自痛其不如也。」

【語　譯】於是練鵲就停在小竹上，過平原，隨風尖，乘晴日。尾部兩根長羽毛柔婉地垂著，不時飄動，羽尾彎曲，宛如飛動的絹帛迴蕩在水波上，想描摹它的倒影卻不很像。它鄙視《詩經・秦風》中晨風鳥的疾飛，嘲笑魯國童謠說的八哥鳥跳行來築巢，恐怕禍難將要來臨。練鵲鳥的羽毛如吳宮嬪女的光澤頭髮織成，它戴著石崇寵婢翾風成串的珠子，頭頂纖小的藍色閃閃發光、整整齊齊修飾起長長的羽毛，它一會兒瀟灑煥發，一會兒又遠遠飛翔徘徊。亦有弘農贈環的黃雀，在沙鹿授予符信，魏國宮門外兩闕樓觀圍繞著燕子，葉邑羅致著野鴨。無論是那珍絲頂的鳥，還是那有黑白胸羽的烏鴉，前者襲取了玉石之美，後者不具青紅的顏色。雖然有美麗清潔的淺黃色如絲的羽毛，但仍如同尹氏見了邢氏之美超過了她而哭泣一樣，在練鵲前它們都自愧不如。

若夫泛流鷺絲，厭火屬玉❶。名在縞而克諧，文比潤而已辱❷。彼何為兮運晴，此何取乎拳❸足。矧❹在幸鳥類蟬，山雞名蜀。蕖鴨❺傳丹，么鳳矜綠。防邱鴻鵝，影娥❻黃鵠。雙鶼❼銜丹海之泥，三鶩❽照肺膏之燭。雖復潔整翠衿，芳修朱襮❾。比月氅之孤清，陋藻火❿而必浴。又況垂腴涎於竊脂，觀朵頤⓫於啄粟。哀豳詩之無毀⓬，勞周官之服不⓭。形眾濁以獨醒，贈遙情于芻束⓮。

【章　旨】本段以其他鳥來襯托練鵲鳥的內在美與孤芳清高。

【注　釋】❶屬玉　同「鸀鳿」。水鳥名，似鴨而大，長頸赤目，紫紺色。即鸑鷟。❷文比潤而已辱　指鷺鷥鳥羽毛光澤，但因是白色，好像是受辱一樣。《老子》：「上德若谷，大白若辱，廣德若不足。」河上公注：「大潔白之人，若污辱不自彰顯。」❸拳　通「踡」。屈曲。❹矧　況。❺蕖鴨　荷花鴨。❻影娥　即影娥池。漢代未央宮中池名，本鑿池以玩月，後指清澈鑒月的水池。《三輔黃圖．未央宮》：「影娥池，武帝鑿以玩月。其旁起望鵠臺，以眺月影入池中，亦曰眺蟾臺。」❼雙鶼　傳說中的比翼鳥。❽三鶩　古泛指野鴨。❾襮　外表。❿藻火　古代官員衣服上所繡的作為等差標誌的水藻及火燄形圖紋。⓫朵頤　指突鼓的腮頰。喻嚮往；羨饞。⓬豳詩之無毀　《詩．豳風．鴟鴞》：「鴟鴞鴟鴞，既取我子，無毀我室。」這是一首禽言詩，是遭受奴隸主迫害的勞苦大眾假托鳥語以宣寄憂憤，把奴隸主比作鴟鴞（即貓頭鷹）加以斥罵。⓭服不　服不氏。是掌豢養猛獸而教馴的官。⓮芻束　即「生芻一束」。《詩．小雅．白駒》：「生芻一束，其人如玉。」

【語　譯】至於像鷺鷥泛游水中，鶖鷟鳥討厭炎熱，它們雖色白而能和諧，羽毛光澤，但卻像受辱一般。它們為何轉動眼睛，又為何駐足不前，想求取什麼?更何況像蟬的鳥與蜀雞。荷花鴨傳紅，么鳳自矜綠色，防邱的大鵝，影娥池的黃天鵝，比翼鳥口銜丹海的泥土，野鴨子燭照肺中油膏，即使它們一再修飾清潔綠色的衣衿和紅色的外表，但是怎麼比得上練鵲的孤芳清高，它不企求富貴，蔑視官員等級分明的服飾，因而見到那些人後一定要沐浴以保持清爽，更何況對那些垂涎油脂、突鼓腮頰啄食粟粒的貪食者。它同情《詩經》豳詩中被迫害的人們不要毀我巢的呼籲，慰勞周禮夏官服不氏馴養猛獸的勞苦，就像屈原當時感嘆「眾人皆濁我獨醒」一樣，練鵲鳥孤高廉潔，寄遙情於一束生芻。

蓋其月鏡修姿，瓊膏泛腦，湔❶都崇之紫泉，閟❷雲端之瑞草。曾偕奔於羿妃❸，抑效御于金媼❹。降子登於墉宮❺，介阿環❻于靈島。眷日暮而遷延，阻人間之長道。然且捨黛的，捐弋阜❼。睆❽靈飛，愜幽抱。鍊姹女❾以養形，餐醍漿❿而卻老。繁華夢之既銷，豔心歇其如澡。以故傳微霄而輕舉，秉西清之太顥。駕蘋末⓫以肅征，問沆津⓬而潛討。疑碧虛于是非，貽金虎之內寶。

【章　旨】本段描述練鵲的內在修養，銷去繁華夢，止歇豔麗心，捐捨羽毛，而鍊姹女以養形，餐醍漿而卻老。

【注　釋】❶湔　洗。❷翳　掩蔽；隱藏。❸羿妃　古代神話中射箭能手后羿的妃子嫦娥。她偷了后羿的不死藥，飛奔到月宮中去。❹金媼　西王母。稱金母。❺墉宮　墉城。傳說中西王母的住處。《漢武帝內傳》：「帝閒居水華殿，東方朔、董仲舒在側，忽見一女子，著青衣，美麗非常，帝愕然，問之。女對曰：『我墉宮王女王子登也。』」❻阿環　指唐代楊貴妃楊玉環。出家為女道士時號太真。民間傳說她在馬嵬坡沒有死，而是到了海上仙島。白居易〈長恨歌〉：「忽聞海上有仙山，山在虛無飄渺間。樓閣玲瓏五雲起，其中綽約多仙子。中有一人字太真，雪膚花貌參差是。」❼弋皁　黑皂色。皁，「皂」的異體字。❽貺　賜與。❾姹女　道家煉丹。稱水銀為姹女。❿醍漿　巖漿。道家養生之法不食穀，飲巖漿。⓫蘋末　蘋的葉尖。指風所起處。宋玉〈風賦〉：「夫風生于地，起于青蘋之末。」⓬沆津　大澤渡口。⓭金虎　指太陽。語出《淮南子‧天文訓》：「西方金也，……其神為太白，有獸白虎。」

【語　譯】練鵲在靜夜修飾姿容，腦海中閃耀玉光，用高高的大紫泉水洗滌自己，隱藏在熾盛的瑞草叢中。它曾與后羿妃子嫦娥一起飛奔，也曾往西王母處侍奉，親見王子登降落在西王母的住處墉城，練鵲鳥也輔助楊玉環在仙島，眷戀日近暮色而慢飛，在人生的長道上受阻。練鵲捐捨了青黛的首羽、褐黑色的身羽，被賜飛翔，使幽懷愜意。煉水銀來養育形體，飲石漿來延緩衰老。早已不作那榮華富貴的夢，嚮往豔麗之心也已止歇，如洗過澡一樣淨化了。因此能輕輕飛起直入雲霄，秉承西方的太顥之氣，駕馭那起於青蘋之末的風恭肅起程，詢問渡口而靜穆前進，懷疑碧空中的是是非非，孕育著太陽中的至寶。

爰是薄遊山椒❶，遙映水涯。足捎青蘤❷，咮❸掠蘭芽。拂華露而如濡，偃樵風❹以欲斜。雖有烏號之柘❺，金僕之姑❻，挾以韓嫣❼，關以熊渠❽，䁛❾逸姿之何篡，終弋❿言之莫加。遊芳林而遠害，何螳雀⓫之容嗟。宜漢宮之章服⓬，象黹繡⓭於絳羅，取在躬之洵美，擬退食之委蛇⓮。若乃佻鳴珂⓯之趙客，媚袨服之吳娃。指海山之夕雙鴛，期白門⓰之藏鴉⓱。望瑩質而逡巡，疇同調於狹邪⓲。

【章　旨】本段寫練鵲能遊芳林而遠禍害，即使善射的韓嫣、熊渠子也不能加害於它。因為它潔身自好，所以沒有「螳螂捕蟬，黃雀在後」的嗟嘆，使那些輕佻的取媚者逡巡不前。

【注　釋】❶山椒　山頂。❷青蘤　青花。蘤，古「花」字。❸咮　禽鳥的嘴。❹樵風　《會稽記》載：東漢「太尉鄭弘嘗採薪，得一箭，頃有人覓，弘還之。問何所欲，弘識其神人也，曰：『常患若邪溪，載薪為難，願旦為南風，暮北風。』後果然。」後因以「樵風」指順風、好風。❺烏號之柘　良弓名。❻金僕之姑　即金僕姑。箭名。❼韓嫣　漢人，字王孫。武帝為膠東王時，與嫣學書相愛，嫣又能騎射，善佞，及帝即位，欲伐匈奴，因嫣習兵，故益尊貴，官至上大夫，常與帝同臥起，以姦聞，後被太后使使賜死。❽熊渠　熊渠子，人名。古代的善射者。《韓詩外傳・卷六》：「昔者楚熊渠子夜行，寢石，以為伏虎，彎弓而射之，沒金飲羽，下視，知其為石。」❾䁛　大視。❿弋　捕獲。⓫螳雀　「螳螂捕蟬，黃雀在後」的略語。語本《莊子・山木》，意為園中樹上有蟬，高居悲鳴飲露，不知螳螂在其後正想捉取蟬，而螳螂也不知黃雀在其後正打算吃它。比喻目光短淺，只見眼前利益，而不顧後患。⓬章服　繡有日月星辰等圖案的古代禮服。每圖為一章，天子十三章，群臣按品級以九、七、五、三章遞降。⓭黹繡　做針線刺繡。⓮退食之委蛇　語本《詩・召南・羔羊》：「退食自公，委蛇委蛇。」朱熹集傳：「退食，退朝而食于家也。自公，從公門而出也。委蛇，自得之貌。」蛇，作者自注：「叶音佗。」後因以指官吏節儉奉公。⑮鳴珂　顯貴者所乘的馬以玉為飾，行則作響，叫鳴珂。指居高位。⑯白門　古代把天地八方分為八門，西南方稱白門。⑰鵶　同「鴉」。⑱狹邪　亦作「狹斜」。古樂府有〈長安狹斜行〉，寫少年冶遊之事，舊時因稱娼妓家為「狹斜」。

【語譯】於是練鵲飛到山頂，遠影倒映在水邊，鳥足捎帶了青花，鳥嘴掠過了蘭芽，拂到花的露水好像濡濕一樣，隨著順風吹過好似要傾斜一樣。即使有善射的韓嫣和熊渠子，挾著烏號柘的良弓、金僕姑的箭，看到練鵲又何能改變它俊逸的姿態，也終究不能捕獲它。練鵲在芳林中遨遊，遠遠離開了禍害，哪裡有「螳螂捕蟬，黃雀在後」的嗟嘆。那各級官員的古代禮服的圖案，刺繡在絳紅色的羅綢上，穿在身上確實美麗，但是官吏應節儉奉公。至於像輕佻的顯貴者趙客騎著馬，玉的佩飾叮噹作響，吳宮少女穿著炫目的盛服來取媚君王，那些住在海山的雙雙鴛鴦和藏在西南方的烏鴉，它們面對純潔晶瑩的練鵲逡巡不前，而只能與同調狹斜冶遊而已。

惟有幽人荔服❶，逋客❷蕉觴❸。行藥雲際，閒步□陽❹。飛鴻邈其遠送，斥鷃❺樂其低翔。寄息心❻于倦羽，託持贈❼夫滄浪❽。奚況時在停雲，客有浮湘。遺卬音❾于冥飛，滃❿予節于秋霜。激白冠于易水⓫，鑒色斯⓬于山梁。感孤騫⓭之綽約，倡予和以不忘。詛鳩媒⓮于朔野，悲鸞歌乎女牀。鳳雖衰而旁覽，鶡⓯懷死以方將⓰。睠山情之窈窕，敦白水⓱以修盟，抽紛絲而廣譬，寫冰雪于瑤章。

【章　旨】描述練鵲潔白冰雪的情懷，點明寫〈練鵲賦〉的主旨。

【注　釋】❶荔服　屈原〈山鬼〉：「若有人兮山之阿，被薜荔兮帶女羅。」❷逋客　失意的人。❸蕉觴　淺底的酒杯。《回仙錄》：「飲器中，惟鍾鼎為大，屈卮螺杯次之，而梨花蕉葉最小。」❹閒步□陽　本文是駢賦，即都是對偶句。因此可以肯定「陽」上缺了一字，與「雲際」對偶的可能是「山陽」（山的南面）或「水陽」（水的北邊）。❺斥鷃　亦作「斥鴳」。即鷃雀。小鳥。❻息心　梵語「沙門」的意譯。謂勤修善法，息滅惡行，排除俗念。謂不再想望。❼持贈　持物贈人。❽滄浪　《孟子・離婁上》：「有孺子歌曰：『滄浪之水清兮，可以濯我纓，滄浪之水濁兮，可以濯我足。』」❾印音　高印激勵的聲音。❿澣　「浣」的異體字。⓫激白冠于易水　荊軻將為燕太子丹往秦行刺秦王，丹在易水邊上為他餞行。荊軻穿白衣戴白冠。高漸離擊筑，荊軻和而歌曰：「風蕭蕭兮易水寒，壯士一去兮不復還。」後人名為〈易水歌〉。⓬色斯　《論語・鄉黨》：「色斯舉矣，翔而後集。」意謂見顏色不善就離去。後因以色斯指遠遁以避世。⓭孤鶱　同「孤鶱」。獨自飛翔。⓮鴆媒　屈原〈離騷〉：「望瑤臺之偃蹇兮，見有娀之佚女。吾令鴆為媒兮，鴆告余以不好。」⓯鶡　鳥名。雉類，羽毛黃黑色。⓰方將　將要；將來。⓱白水　《左傳・僖公二十四年》：「所不與舅氏同心者，有如白水。」「有如白水」即「有如河」，意謂河神可鑒。後遂用作誓詞，表示信守不移。

【語　譯】只有幽隱的人穿著芳潔的荔服，失意的人以淺底酒杯飲酒。發散藥力在雲際，漫步在水濱北面。飛鴻遠遠高飛，而鷃雀小鳥滿足於低處飛翔。倦於飛翔的鳥不再想望，而是寄託於清清的滄浪之水。何況停雲時，有泛遊湘江的客人，在遠遠高飛時，留下高昂的聲音。用秋天的白霜浣洗自己的節操，像荊軻白冠白衣、慷慨激昂地唱起〈易水歌〉，表現誓死的決心，一看到顏色不善就遠遁離去、避世山間。為綽約的孤獨飛翔的練鵠而感嘆，爾倡我和，永遠不忘。咀咒鴆鳥是不好的媒人，在北方的郊野，鸞鳥悲哀地歌唱在女牀山。鳳凰雖衰弱卻四旁流覽，鷃在未來將死去。目睹幽深窈窕的山情，指白水發誓永不改變自己的誓言，抽出亂紛紛的思緒來廣譬抒懷，將自己冰雪的情懷用文章把它寫下來。

孤鴻賦 丙寅為石崖先生作

【題　解】康熙二十五年丙寅（一六八六年），王夫之六十八歲，其兄石崖公病故。王夫之抱病赴長樂鄉奔喪，歸作〈孤鴻賦〉。全文以孤鴻作比，描寫兄弟少小時的歡樂相處，長大後志趣相投，同時中舉，正在並駕齊驅時忽遭挫傷，一起南返回鄉，雖屢屢垂翅，猶悲歡參半，互相勉勵，不期衰暮之年，乃遭死別，撫今思昔，分外悲傷。

耿❶玄天之幽杳，矗❷雲級之崚嶒❸。夕光徽❹而凝黛❺，雨紛❻屑❼而疑冰。爰有失群陽鳥❽，遲回❾南徙，音墜煙霄，影搖寒水。雍門子❿援琴而歌曰：遙天亙⓫兮杳無方，九秋謝兮飛清霜。傷裴回兮孤往，彌永夜兮悠長。時則徽蚌⓬泫⓭其居沚⓮，搖軫⓯絕其寡絲，墜籜⓰零而棲禽側，瀫⓱波驚而游鯈⓲悲，蕭條四座，志失魂離。客有揚塵⓳而起者曰：何為其然哉？夫物之所偶，天之所郵⓴。介然㉑相於，泊然㉒相儔。為歡既乍㉓，其睽㉔匪憂。故河鼓㉕絕軫㉖於天津㉗，弱水㉘迷望於東流。顧翩飛之自若，曾無傷於遠遞，縱厥心之不康，豈達人之攸累。可觀化以逍遙，悲何為其最之哉！

【章　旨】寫因長兄的亡故，留下的似同孤鴻十分悲哀，眾人也都心志散失，蕩魂失魄，並通過客人的提問，發揮天物相克的道理，來勸慰大家，這是賦的開頭。

【注　釋】❶耿　通「烱」。光明。❷矗　聳上貌。❸崚嶒　高峻突兀貌。❹徽　美好。❺凝黛　凝集成青黑色。指暮色。❻紛　盛多貌。❼屑　倏忽貌。❽陽鳥　鴻雁之類候鳥。❾遲回　遲疑；猶豫。❿雍門子　即雍門子周，古之善琴者，居齊之雍門，因以為號。賦中雍門子代表作者自己。⓫亙　綿長；綿延。⓬徽蚌　蚌狀的琴徽。唐李肇《唐國史補．卷下》：「蜀中雷氏斲琴，常有品第，第一者以玉徽，次者以瑟瑟徽，又次者以金徽，又次者螺蚌之徽。」⓭泫　流動。⓮居泚　很鮮明。居，明顯；明晰。泚，鮮明貌。⓯軫　弦樂器上繫弦線的小柱，可轉動以調節弦的鬆緊。⓰籜　竹筍皮。俗稱筍殼，包在新竹外面的皮葉，竹長成逐漸脫落。⓱瀫　即浙江之衢江。從衢州龍游縣流入，北入蘭溪縣界，與婺港合，統名蘭溪，又名瀫水。水紋類羅縠，岸多蘭茝，故名。⓲游鯈　小魚。⓳麈　麈尾的省稱。即拂塵。⓴郵　通「尤」。怨恨。㉑介然　堅正不移；專一。㉒泊然　恬淡無慾的樣子。㉓乍　剛；初。㉔睽　睽違。㉕河鼓　亦作「河皷」。星名，屬牛宿，在牽牛之北。一說即牽牛。㉖軫　車子。亦星宿名，二十八宿之一，南方朱雀七宿的最末一宿，有星四顆，居中又有二星為左右轄，是車的形象。㉗天津　銀河的渡口。㉘弱水　古水名。由於水道水淺或當地人民不習慣造船而不通舟楫，只用皮筏濟渡，古人往往認是水弱不能載舟，因稱弱水。所以古時名弱水者甚多。

【語　譯】耿耿蒼天幽深杳冥，高高的雲層突兀上聳，夕陽美麗多彩，卻凝聚了一層暮色，急雨紛紛落下，乃至懷疑是冰。有一隻失群的鴻雁遲疑南飛，鳴叫的聲音墜落在雲霄之外，哀鳴的身影搖動在寒水之中。雍門子彈琴唱道：遠遠的藍天綿延無際，深秋的天氣落下了清霜。孤鴻悲傷徘徊獨個兒飛來飛去，更感到長夜漫漫、無比久長。當時蚌狀的琴徽流動而且十分鮮明，而琴上的玉柱殘斷並且很少琴絃，竹子零落，棲鳥悲惻，瀫水震驚，小魚悲傷，四座冷落蕭條，個個都心志散失、蕩魂失魄。客人中有人揚起了拂塵站起來說：為什麼這樣呢？大概物的幸運是天所忌恨的，堅定不移地相處在一起，恬淡無慾地相伴，為歡既已開始，背離也算不上憂愁了，所以牽牛星在天河的渡口停車，迷望弱水向東流去。看禽鳥自如地翩翩而飛，並不怕飛得遙遠，放縱他的不快心意，難道是曠達者的累贅，可以逍遙地觀察變化，為何悲傷得這樣厲害呢！

雍門子嗒然❶有頃，閔默❷不釋，停凝俄延，舍琴而作曰：夫眄❸迹而觀其判合者，未足以達悱然❹之緼❺，久矣。物之相翕❻，有人有天，有同源而異委，有順化而偶聯。水齊歸而各出，木荄❼合而枝駢。誠俱生以永結，徹肌髓而勿諼。則何怪夫感其煢爾，而代以悢然❽也。原夫羽族號萬，函情或尠❾。唯此陽禽，含貞來反。當其草芽初肥，桃波❿試暖，韶風⓫微漾，素沙鋪輭，鷇音⓬方融，毳⓭茸尚淺，偕唼啑⓮以嬉旋，幸芳洲之繾綣⓯。曾不知心魂隔乎異軀，而蹤跡成乎疏遠。已而六翮⓰已長，睥睨⓱青霄。我衿子佩⓲，遵道齊鑣。望雲逵⓳於萬里，詎折翼⑳於崇朝㉑。豈其□□風苦□□月寒□□□□□□□□□□回首秦關，商歘㉒急而戒旦㉓，偕息駕㉔以南還。菰蔣㉕槁而調饑姑忍，矰繳㉖施而行路悲難，然且弔影矜雙，尋聲知和。垂翅雖頻，盟心自可。沐玉露之清冷，啄殘香於瓊顆。嚮荻岸而同栖，忘驚濤之屢簸。於斯時也，天海雖迷，悲歡猶半。風煉魄以森寒，雨霑衿而零亂。互梳翎以好修，誓千秋於明旦。何旻天㉗之荒唐，遽頹齡㉘而飄散。悲矣乎！其聚無留，其離無迹。白日昭而忽馳，青春流而猶昔。芙蓉死而紅霣㉙，白蘋凋而香匿。楓零零以墜丹，波渺渺而流碧。驚鼯竄而為群，栖鳥啼而相即。雖則回翔極浦，留連沙磧，孤魂自愯㉚，閒愁孰戢。豈溘爾㉛之無期，固難酬夫今夕。蓋其為群也不妄，則其為念也不遷。其為生也不獨，則其為死也不捐。女牀㉜之歌匪願，蘭苕㉝之宿弗蠲。唯指心於白水㉞，淩遙目之蒼烟。矧俱生而聯氣，疇惸㉟孑之能全。是以下窮汗漫㊱，上徹蒼茫。黍米㊲銜恤㊳，彌天悲涼。亭皐㊴淒其下葉，潦水㊵涸於津梁。寒螿㊶吟而淒洌，莎草㊷靡而芸黃㊸。苟憑今以泝往，能驕語於憯忘也哉。乃復整衽調絃，別寄清商㊹，吟猱㊺繁亂，曳響無方。

【章　旨】本段是賦的主體。雍門子的回答，先說明客人的勸說「未足以達悱然之緼」，然後通過小鳥歡樂相處為喻，描寫了他們兄弟間的相親相愛，長大後又志同道合，同時中舉，正以為將鵬程萬里，而忽遭折翼，於是一起南返，這時雖屢遭失意，但還能悲喜參半，互相安慰。誰知在衰暮之年，兄弟飄散，相別無期，撫今追昔，倍感悲涼。

【注　釋】❶嗒然　灰心喪氣的樣子。❷閔默　憂鬱不語。❸眄　斜視。❹悱然　口欲言而不能的樣子。❺緼　通「蘊」。淵奧之處。❻翕　聚；合。❼荄　草根。❽悢然　惆悵。❾尠　同「鮮」。少。❿桃波　即春汛。二月桃花開花時雨水大。⓫韶風　和風。韶，美好。⓬鷇音　小鳥出卵時的鳴聲。鷇，待哺食的雛鳥。⓭毳　鳥獸的細毛。⓮唼啑　水鳥或魚類聚食的樣子。啑，同「唼」。⓯繾綣　固結不解之意。⓰六翮　謂鳥類雙翅中的正羽。用以指鳥的兩翼。⓱睥睨　斜視。有厭惡或傲慢意。⓲衿子佩　指青年學子。語出《詩・鄭風・子衿》：「青青子衿，悠悠我心。青青子佩，悠悠我思。」衿，同「襟」。青衿是學生所服。佩，佩玉而用青絲繫之。⓳雲逵　比喻仕宦之途。⑳折翼　折斷翅膀。比喻受挫折。㉑崇朝　終朝；一個早晨。㉒欻　同「歘」。欻忽如火光之一現，言迅速。㉓戒旦　黎明時驚人睡醒。㉔息駕　停止車駕。指壬午年與兄同時中舉，正擬赴京，一起到南昌，正值楚中稱亂，於是一同回家。㉕菰蔣　「菰」一名「蔣」。多年生水生宿根草本植物，其莖即食用的茭白。㉖矰繳　獵取飛鳥的射具。矰，一種用絲繩繫住以便於弋射飛鳥的短箭。繳，繫在箭上的絲繩。㉗旻天　天。旻，大。指天。亦用為天的代稱。㉘頹齡　衰暮之年。㉙霣　通「隕」。墜落。㉚愯　同「愯」。恐懼；驚懼。㉛溘爾　忽然。㉜女牀　山名。在華陰西六百里。張衡〈東京賦〉：「鳴女牀之鸞鳥，舞丹穴之鳳凰。」㉝蘭苕　蘭花。㉞白水　《左傳・僖公二十四年》：「所不與舅氏同心者，有如白水！」「有如白水」即「有如河」，意謂河神可以鑒察，後遂用作發誓之詞，表示信守不移。㉟惸　亦作「煢」。本謂無兄弟，引申為孤獨無依靠之稱。㊱汗漫　漫無邊際。㊲黍米　祭祀時的祭品。㊳銜恤　含哀；懷著憂傷。㊴亭皐　水邊的平地。底本作「亭高」，據《船山遺書》本改。㊵潦水　雨後的積水。㊶寒螿　寒蟬。㊷莎草　草名。即「香附子」。㊸芸黃　草木枯黃貌。《詩・小雅・苕之華》：「苕之華，芸其黃矣。」㊹清商　商聲，古代五音之一。古謂其調淒清悲涼，故稱。㊺吟猱　吟和猱都是琴的彈奏指法。

【語　譯】雍門子灰心喪氣，有段時間沈默不語不作解釋，停了一會兒，放下琴起來說：觀察事物分合的軌跡，還不足以了解想說而不能說的底蘊，這種情況由來已久。物之相聚合，有人的因素，也有天的因素，有同原因的，也有異原委的，有順應變化而偶然聯結的。水都歸大海，但是源頭各異，樹木根合而樹枝分開。誠然是同生而永結，深入肌髓並永遠不忘，那麼又何怪乎感到孤獨，並且代之以惆悵呢。說到鳥類是很多很多的，含情的或許是少的，唯這鴻雁，懷貞而來。當青草初肥、春水試暖，和風微漾，白沙舖軟，小鳥啼聲融融，新生的絨毛又細又少，這時一起聚食嬉耍，幸福地在芬芳的陸地固結在一起竟不知道心魂是被各自的軀體隔開的，彼此縱跡絕對疏遠。後來翅膀長成，我們兄弟長大，青青學子，高傲地看著青天，遵循聖人的教導，一齊駕車前進，以為會鵬程萬里，那裡想到會在一個早晨受到挫傷。豈其□□風苦□□月寒□□□□□□□□□□回首秦關，秋風勁急地在早晨驚醒了自己，一起停止了赴京的行程，回到南邊。茭白枯槁，姑且忍受饑餓，暗放箭矢，使人悲傷行路之難，但是當時還能雙雙弔影相慰，尋聲唱和，雖然多次失意垂翅，但是盟心相同自許，沐浴著清冷的露水，啄食著殘香玉粒，向荻岸同棲，忘卻了屢屢顛簸的驚濤駭浪。在這時，雖迷惑天海，但是還是悲哀與歡喜參半。森寒的狂風鍛鍊了魂魄，大雨沾濕零亂了衣服，但是我們以好修的美德互相梳理羽毛，並為明天立誓千秋萬代不變，誰知蒼天是那麼的荒唐，在我衰暮之年卻讓我們飄散。悲哀啊！聚合已不能，分離也沒有蹤跡，昭昭的白日忽然馳去，青春過去了卻猶如昨日一樣。芙蓉花謝紅色退隕，白蘋凋零香氣消失，楓葉飄零，紅葉墜落，波濤滾滾，綠水流淌。驚動了鼯鼠成群四竄，棲鳥啼叫著互相接近。雖則飛回水邊，留連沙灘，但孤魂驚懼，誰來使閑愁停止？難道忽然生死相別無期，真是難以酬償今夜的寂寞。大概他不隨意合群，不改變自己的信念，不獨自生存，也不捐棄死亡。鸞鳥在女牀山啼鳴，並非所願，鳥宿在蘭花旁也不可避免，只有心指白水為誓，遙目上蒼，況俱生聯氣，怎能獨自保全。因此下窮沉沉大地，上至蒼茫上空，懷著憂傷祭祀吾兄，更感悲涼。水邊平地上的樹木下面的葉子先凋謝，雨後的積水在橋梁渡口先乾，寒蟬啼吟聲聲淒清，莎草倒伏而且枯黃，若從今追溯往昔，怎能驕語並淡忘啊。於是又整衣調弄琴弦，寄音淒清悲涼的商聲，彈奏的指法繁亂，拖音也亂而無方。

重為之歌曰：天有涯兮人莫之知，生有度兮復誰與疑。誠不忍生存之一旦兮，惘今昔之莫追。謂焄蒿❶之仍相吻合兮，恐達者之吾欺。維時座客聞歌，潸❷焉泣下，鴻跡已遠，餘哀未卸。苟同類之必憐，引長懷夫銷謝。嗣遺操而微吟，中牢愁而舒寫。已焉哉，抱涓子❸於窮年，竢知音於來者。

【章　旨】本段乃結尾，感嘆生存短暫，無法留住昔日的時光，只能抒寫愁懷，等待未來的知音。

【注　釋】❶焄蒿　祭祀時祭品所發出的氣味，後亦用指祭祀。焄，同「薰」。❷潸　淚流貌。❸涓子　傳說中的仙人。漢劉向《列仙傳・涓子》：「涓子者，齊人也，好餌術……著《天人經》四十八篇。後釣于荷澤，得鯉魚，腹中有符。隱於宕山，能致風雨。」

【語　譯】再作歌道：天有邊際，人不知道，生有限度，又有誰懷疑，實在不忍心生存之短暫，迷惘今昔變化，無法追住時光。說是祭祀能使人鬼相吻合，又唯恐達者欺騙我。這時座客聽到我的歌，都潸然淚下，孤鴻的足跡已遠去，但餘音卻沒有消失。若是與我感情相同的人必定會同情憐念，對謝世者抒發永久的懷念。繼承留下的音樂並微微吟誦，內心的憂愁稍有發舒。啊！罷了，只能如仙人涓子長年隱居山林，等待未來的知音。

雪賦　以林岫遂已浩然為韻

【題　解】本篇寫雪的各種景色，從開始下雪到寒雲層陰密佈，天地一片迷茫，到大地一片雪白，到雪後放晴，作者都作了細緻生動的描繪。特別值得注意的是，作者刻畫雪景時每段都有意插入各種人事典故，這些典故的運用無不滲透作者的思想心境、生活經歷與理想情懷，值得再三玩味。

觀其紛紜❶崟嶔❷，陟巘❸紆岑❹。銜❺輕不舍，趨潔如淫。已迅征而忽返，頃回即於空林。有似去國之臣，裴徊賜玦❻；下山之婦❼，悵惘遺簪❽。魂搖搖而靡定，窅❾莫慰其行吟。曾岡兮下壑，楓浦兮樾❿陰，匪先諏⓫其集止，聽迴風之浮沉。均旻天之降命，何流坎⓬之莫諶⓭。

【章　旨】本段描寫雪花飛舞飄落的情況，將飄搖的雪花想像成如「去國之臣，裴徊賜玦；下山之婦，悵惘遺簪。」感嘆雪花「聽迴風之浮沉」，不能掌握自己的命運，帶有作者濃重的思想感情色彩。

【注　釋】❶紛紜　盛貌；多貌。❷崟嶔　高峻貌。❸陟巘　升登山頂。出於《詩・大雅・公劉》：「陟則在巘。」巘，山頂。❹岑　小而高的山。❺銜　炫耀。❻賜玦　賜給玉玦。謂斥逐大臣，語出《荀子・大略》：

「絕人以玦，反絕以環。」古時臣子遭放逐，與之環則還，與之玦則絕。❼下山之婦　被遺棄的婦女。出於漢《樂府・上山采蘼蕪》：「上山采蘼蕪，下山遇故夫。」❽遺簪　孔子出遊，遇一婦人失落簪子而哀哭。孔子弟子勸慰她，婦人曰：「非傷亡簪也，吾所以悲者，蓋不忘故也。」事見《韓詩外傳・卷九》後以「遺簪」比喻舊物或故情。❾窅　目深貌。❿樾　兩木交聚而成的樹蔭。亦指道旁成蔭的樹。⓫諏　諮詢；詢問。⓬流坎　即「流行坎止」之略，謂順流而行，遇坎而止。喻行止進退視境況而定。坎，卦名，有險、陷的意思。⓭諶　相信。

【語　譯】看那紛紛揚揚在高空回旋的大雪，落到了高山之頂，縈迴在小山上。好像是不停地在炫耀自己的輕盈，嚮往潔白已像是沈溺一樣。雪花一會兒飛快地飛去，一會兒又飛回，一會兒落到了樹林上。那飄搖的雪花，猶如離開京城被放逐的臣子，面對賜給他的玉玦徘徊不前；又如被遺棄的女子，惆悵迷惘留戀舊情。魂魄搖搖不定，眼神顯示出無助於他們的失意的行吟。無論是層層山岡還是深深山谷，無論是楓樹水邊還是樹木林蔭，雪花都不是先詢問它可以停留聚集的所在，而是聽隨旋風而上飄下沉。啊！這都是蒼天降下的旨命，那裡能行止進退，視境況而定。

其始也，颯霅❶鏦錚❷，蹇蹙❸⿰言豆譳❹。與風俱怒，竄雲而驟。態無暇於春容❺，音不成乎節族❻。則如伍相逃荊❼，祖伊奔受❽。甫蹍❾地而還驚，遙望門而屢叩。逝不我留，怨容曳❿之流泉；堅不我容，惘停凝之巒岫。踐薄冰而哀吟，依荒草而幽伏⓫。固已愴思士⓬於穹崖，悼征夫於遠堠⓭矣。

【章　旨】描繪大雪剛開始時的情景，聲音偕風怒揚，不能聚合。就如伍子胥逃離楚國，祖伊奔向紂王報告消息時一樣的驚恐，如履薄冰而哀吟，依憑荒草而幽伏。這種種聯想與描繪，無不打上了作者生活的烙印。

【注　釋】❶颯霅　迅急的風聲。霅，通「霎」。❷鏦錚　象聲詞。形容金屬等物相擊的聲音。❸蹇蹙　凝集急聚。❹謰謱　說話遲鈍；不能言狀。❺春容　《禮記・學記》：「善待問者如撞鐘，叩之以小者則小鳴，叩之以大者則大鳴，待其從容，然後盡其事。」春容謂重撞擊，後因以形容聲音宏大響亮。❻節族　猶節奏。節，止。奏，進。❼伍相逃荊　伍子胥，春秋時楚國人。因父兄被楚平王所殺，逃離楚國，後入吳，扶助吳王闔閭成霸業，並擊敗楚國，攻入郢都，鞭平王尸，以復父兄之仇。❽祖伊奔受　祖伊，商紂時的賢臣。文王伐國，祖伊恐，奔告紂王，意為天要絕殷命，希望紂能覺悟，但紂卻說：「我生不是有命在天嗎?」祖伊退而道：「嗚呼!他的罪眾多，難道能責命於天嗎!」受，即商王紂。❾躧　踩。❿容曳　起伏行進貌。⓫幽伏　猶隱伏。⓬思士　憂思善感之士。⓭堠　古代探望敵情的土堡。

【語　譯】大雪剛開始時，隨著迅疾的風聲發出悉悉窣窣的聲音，想急聚凝集而不可能，只能與風一起怒揚，急驟地奔竄雲端，那樣子像是沒有時間去重擊萬物，聲音也不能形成節奏。就如伍子胥匆匆逃離楚國，祖伊急忙奔赴紂王報告消息一樣，剛踩地就驚起，遠遠地望門頻頻地敲門一樣。怨恨起伏前進的流泉不肯留住我，雪花入水便溶化了，迷惘集聚的山巒也堅決不容納我，開始下雪時雪花不能積起。於是如履薄冰發出哀吟，憑依荒草隱伏，使本已在深崖的善感之士愈益悽楚，使處在遠堡的征戍之人愈益傷悼。

迄乎寒雲既同，層陰已遂，上黮𪑾❶而薄天，下迷離而無地。倦飄颻於幕中，杳不知其所詣。於時羈晉南冠❷，留邊漢使❸。汾雲❹空白，眄江漢以無方；塞草不青，睠❺關山而奚至。草不俯仰同情，悲生觸類，何陵谷之遽遷，夐❻浮浮❼以虛寄，徒窘迫其寒悰❽，夢春陽而奚至。

【章旨】描繪寒流加深，層陰已成時的雪景，迷迷茫茫一片，就如羈留晉國的南冠楚囚，牧羊北海的蘇武，觸目生悲，悽愴滿懷。

【注釋】❶黮𪑾　深黑。黮，深黑色。𪑾，亦黑色也。❷羈晉南冠　羈留於晉的楚囚。南冠，春秋時楚人之冠。見《左傳・成公九年》：「晉侯觀於軍府，見鍾儀，問之曰：『南冠而縶者，誰也？』有司對曰：『鄭人所獻楚囚也。』」❸留邊漢使　指西漢蘇武，天漢元年（前一〇〇年）奉命出使匈奴，被扣留，匈奴多方威脅誘降，把他遷到北海（今貝加爾湖）邊牧羊，蘇武毫不動搖，守節十九年方始返漢。❹汾雲　一作「汾沄」。眾盛貌。❺睠　「眷」的異體字。❻夐　遠。❼浮浮　水或雨雪盛貌。❽悰　心情。

【語譯】到了寒雲加深，層陰已成時，上面黑黝黝的直逼雲天，下面迷茫一片，好像不見地面，雪花飄搖在天幕之中，杳然不知飛往何處。就如羈留在晉國的戴著南冠的楚囚，面對紛繁的大雪，無法看到江漢楚地；拘留在匈奴北海邊牧羊的蘇武，塞外草木不綠，眷戀祖國的關山卻不能回來。俯仰之間，無不同一情懷，觸目之處，無不悽然生悲，陵谷變遷是多麼急遽，紛紛大雪遠寄情懷，白白地困窘了自己悽冷的心情，夢想春天的陽光卻從哪裡來呢！

亙宵兮連晨，彌漫兮未已。疑月疑霜，迷天迷水。乍亭午之熒眸❶，旋朔風之更起。意申旦❷之方蘇，問繁陰❸之凡幾。嚴威已忍，偶屬望夫微暄；沍凍❹猶凝，渺孰知夫更始❺。六方一色，流目無垠；疊嶂還增，栗魂奚止。此則逋臣埋迹於建陽❻，筑客❼銜悲於宋子❽，所為乍馳意於清熹❾，終牢愁於填委❿者也。

【章旨】描繪從黑夜到早晨，又到中午雪景的變化。

【注釋】❶熒眸　眼睛眩惑。❷申旦　自夜達旦。猶通宵。❸繁陰　濃密的層陰。❹沍凍　凍結。❺更始　重新開始。❻逋臣埋迹於建陽　逃亡之臣隱跡於建陽。❼筑客　繫筑的人。即指宋玉。筑，古絃樂器，演奏時，左手按絃的一端，右手執竹尺擊絃發音。❽宋子　戰國時楚宋玉。他的〈九辯〉開頭有「悲哉秋之為氣也！」接著用情景交融的手法寫悲秋。故文中說宋子銜悲。❾清熹　清亮。熹，明亮。❿填委　紛集；堆積。

【語譯】長夜連著早晨，白茫茫的大雪彌漫無邊，好像白色的月光，又像是寒冷的白霜，把天水迷茫成一色，忽然到中午，白閃閃的大雪眩惑了眼睛，忽然又北風刮起，以為是黑夜剛剛蘇醒，忽又濃陰密密，問層陰共有幾重。寒冷的嚴威已經忍受，偶而希望那微微的溫暖；但天地猶凝聚凍結，誰知那渺茫的一切何時重新開始。放眼四望，天地四方一色，無邊無際，只見那重重疊疊的山嶂白雪覆蓋，顫栗的魂魄那裡會停止。這就是逃亡之臣隱跡在建陽，宋玉擊筑含悲的時光，所作所為嚮往著清亮，可結果還是牢愁不平、紛紛堆積。

若其平展素品，上酬清昊。靡幽微之不曜，躅繁蕪而如埽。哂如玉之何溫，厭投瓊❶之易好。豈青林淥水之足怡，臨邛懷清以為道❷。則似海濱二叟❸，山中四皓❹，冰心旁徹於四維，壹志停凝其雅抱。素瑩上結而大白若辱，堅剛漸成❺而益壯於老。任消謝之有期，非余心之攸保。

【章　旨】描繪大地一片雪白時的情景。以懷清為道，如伊尹、呂尚這樣冰清玉潔的心志，商山四皓那樣雅潔的懷抱，聽說外界的變化，自己是「堅剛漸成而益壯於老」，表現了作者的高潔胸懷。

【注　釋】❶投瓊　《詩·衛風·木瓜》：「投我以木瓜，報之以瓊琚。」後以投瓊喻施惠於人。❷臨邛懷清以為道　巴寡婦清能守其家業，用財自衛，不被侵犯。秦始皇以為她是貞婦，為她築懷清臺。臨邛，在今四川邛崍。❸海濱二叟　指商朝的伊尹與周朝的呂尚。兩人均為開國賢臣。伊尹助湯伐夏桀，建立商朝。呂尚年老，隱於漁釣，文王出獵，遇於渭濱，與語大悅，曰：吾太公望子久矣。立為師，佐武王滅紂。因伊尹生於伊水，呂尚在渭濱垂釣，故稱海濱二叟。❹山中四皓　指秦末隱居商山的東園公、甪（一作角）里先生、綺里季、夏黃公。四人鬚眉皆白，故稱商山四皓。❺堅剛漸成　按照《易經》的道理，陰道初雖柔順，漸漸積著，乃至堅剛。

【語譯】假若大雪平平地舖開，潔白晶瑩酬答上蒼，沒有不照耀到的幽微之處，除去繁蕪的雜草如掃過一樣。像玉一樣潔白，可笑何來溫馨，厭惡施惠於人來討好結交。難道是青林綠水足以怡悅自己，要如巴寡婦懷清一樣以貞潔作為自己行動的準則；就像那生活在水邊的兩位開國賢臣伊尹與呂尚，冰清玉潔的心志貫穿著禮、義、廉、恥四綱；又像那隱居商山的四位老人，專心一意堅守其雅潔的懷抱。上結素白晶瑩，看起來，大白像是受辱，但是我逐漸形成堅剛的品質，到老更加堅定。聽任外界事物的不時消失增長變化，這不是我的內心所要保住的。

暨❶乎微風動壑，疏星在天，隨雲俱斂，與木偕遷。乃有積林表之宛在，映霽色而熒然。斯則孔甲抱丹墳於魯壁❷，圖南煉金液于華巔❸。歆❹始春之載覯❺，聊容與於暮年。朝暾出谷而素顏益潤，流霜沍❻旦而昭質彌鮮。含綺霞之新影，承璧月之初娟。夫孰曰東風之不可與期兮，惟鶯花❼之是妍。

【章　旨】描繪雪後放晴的景色，展望春天的到來。

【注　釋】❶暨　及；到。❷孔甲抱丹墳於魯壁　孔甲，即秦孔鮒，字子魚，亦字甲。博通經史，秦始皇併天下，召為魯國文通君，升少傅。李斯始議焚書，鮒聽說後，就收集他家中的《論語》、《尚書》、《孝經》等書藏在舊宅壁中，隱居嵩山，教弟子百餘人，著《孔叢子》。丹墳，丹鉛古書及三墳五典，文中指《論語》等著述。魯壁，《書》序：「魯共王好治宮室，壞孔子舊宅，以廣其居，於壁中得先人所藏古文虞、夏、商、周之書及傳、《論語》、《孝經》皆蝌蚪文字。」後以魯壁指孔子故宅藏有古文經傳的牆壁。❸圖南煉金液于華巔　圖南，宋陳摶之字，先隱於武當山九室巖，服氣辟穀，後移居華山。著《指玄篇》，講述導養煉丹之事。❹歆　欣羨；悅服。❺覯　同「遘」。遇見。❻沍　凍結。❼鶯花　黃鶯鳥啼，鮮花開放，是春天景物的特色，用以指春天。

【語　譯】當微風已經從山谷中吹起，天上有稀疏的星辰，大雪隨陰雲一起斂聚，然後遷移飄落在樹木上，就宛若有積雪蒙在樹林的表面，與晴光相映照，晶瑩閃光。這就是孔鮒聽說要焚書，便懷抱《論語》、《尚書》等藏在自己舊宅的牆壁中，陳摶老祖在華山之頂煉金丹的時光。欣羨遇到初春晴天，姑且在暮年從容舒閑。朝陽從湯谷升起，雪白的大地愈加顯得豐潤，流霜在早晨凍結，明亮的質地更加鮮明，含有彩霞的新影，承受美好如璧之月的照耀。誰說不可與東風期約，春天定會來到。只有春天的景色是最妍麗的。

霜賦 戊辰

【題解】本賦是作者於康熙二十七年（一六八八年）秋七十歲時所作。描繪秋霜，借庚子山抒發故國鄉關之思。

庚子山❶身羈關隴❷，神馳江介❸，長夜修徂❹，煢然忘寐，起倚軒楹，孤心流睞❺。于是曉風息，山明暉，初日未耀，零霜尚飛，振然閔默，情逐霏微❻。客有訊之者曰：子其能為此長言❼之乎？對曰：何為其不然也。如僕者，際暄和❽之令景，攬芳草之芊眠❾，猶移歡以作怨，將挈物以問天。奚待此哉，而後戛❿變羽⓫之危絃耶。夫化有所不可知，情有所不可期。貿遷⓬榮悴，曷其有涯，而當之者適與相遘，感之者潛與相移。然則履霜⓭之刺，未諧貞感，繁霜之怨⓮，獨有餘悲。測清雰⓯於邂逅，端有俟⓰于孤羈⓱。

【章旨】借庚子山與客的問答，敘述寫〈霜賦〉的緣起，並抒發履霜之刺與繁霜之怨。是全賦的總起。

【注　釋】❶庾子山　即庾信。字子山，文藻艷麗，與徐陵齊名，時稱徐庾體。仕梁為右將軍，封武康縣侯。元帝使聘於北周，被留不遣，周明帝、武帝都愛好文學，皆恩禮之，累遷驃騎大將軍，開府儀同三司（意即援照三公成例，可以成立府署，自選僚屬），世稱庾開府。庾信雖位望通顯，常有鄉關之思，作〈哀江南賦〉以抒懷。有《庾開府集》。❷關隴　指關中和甘肅東部一帶地區。❸江介　江邊。亦指沿江一帶。❹徂　過去；逝去。❺瞭　察；視。❻霏微　迷濛。❼長言　引長聲音吟唱。語出《禮記・樂記》：「言之不足，故長言之；長言之不足，故嗟嘆之。」❽暄和　暖和。❾芊眠　亦作「芊綿」、「千眠」、「仟眠」。草木蔓衍叢生貌。❿戛擊。⓫變羽　宮商角徵羽五音中，羽為變聲，故稱變羽。⓬貿遷　變更；改換。⓭履霜　出於《易・坤・初六》：「履霜堅冰至。」意為初六是陰氣之微，似若初寒之始，履踐微霜，但漸漸積累，堅冰乃至。謂踏霜而知寒冬將至，用以喻事態發展已有產生嚴重後果的預兆。⓮繁霜之怨　濃霜之憂。意謂濃霜使萬木凋零。繁霜，濃霜。出於《詩・小雅・正月》：「正月繁霜，我心憂傷。」⓯清雰　清明的雲氣或霧氣。雰，「氛」的異體字。⓰竢　「俟」的異體字。⓱孤羈　猶孤旅。單身旅居在外。

【語　譯】庾子山的身子雖羈留在關中，心志卻馳往江南，長夜漫漫逝去，孤獨一人不能入睡，起來倚著長廊楹柱，流目四望。這時曉風已停，山巒已顯現日光，初升的太陽還不甚耀眼，落霜仍在降下，庾子山惆悵不語，情懷迷茫。有一客人問他說：「您能將此情形吟賦嗎？」答道：怎麼不能如此呢。像我這人，處於暖和的美景，面對蔓衍叢生的芳草，還能寓歡景來言愁怨，將美景問蒼天。所以何用待此情狀，然後才能彈琴發出變聲呢。變化有不可知處，情感有不可期待的。盛衰變化，怎麼有盡頭，而面對它的人恰好相遇，為此而有感觸的人與它潛移默化。然而踩霜而知寒冬將至，事態發展的嚴重後果的預兆已經顯示，踩霜寄寓的刺意，不能形成好感，濃霜之憂，萬木凋零，我有餘悲。在不意中測定青明的雲氣，我孤身羈旅他鄉，乃是有所等待。

昔者峰雲乍平，商風❶漸展。柳帶垂黃，荷衣❷墜茜。玄禽❸猶飛，蜻蛚❹已怨。曠遼窅以涵空，滌虛清于遙甸❺。先以涼飆，申以玉露。方珠顆之停勻，棲勁枝而圓素。已愴意于蒼蒹❻，緬追懷夫芳樹。胡玉琲❼之不堅，遽趨新而舍故？騰靈液之方升，早不謀其摶聚。氣母❽襲之於希微❾，金輪❿碾之而容豫。爾乃裴回夭裊⓫，依違⓬蕭散。似止仍留，將合復判。倚孅冶⓭之娥孋⓮，聊夷猶于霄半。蹇遺影而薄遊⓯，匪宵光之可辨。于時明河⓰墜，斜月横，遙天一碧，霞綺收英。雁含悽以暗度，葉低墜而無聲。忘知者之為誰，獨旖旎⓱而迴縈。宕幽情之蠲潔，羌不炫夫瑤瓊。爰就苔衣⓲，或依木杪。豈蓄意以將迎，聊棲遲而來紹。眷井幹於桐蔭，集征蓬於江表。長汀⓳曼引以彌漫，碧瓦平鋪而危峭。

【章　旨】霜是秋天西風勁吹時才開始的，故先寫秋季的景色，草木蟲鳥的情況。接寫秋夜露珠不堅，不謀摶聚，秋霜落到了苔衣、木杪、長汀、碧瓦。

【注　釋】❶商風　秋風；西風。❷荷衣　傳說中用荷葉製成的衣裳。亦指高人、隱士的服裝。❸玄禽　燕子。❹蜻蛚　亦作「蜻蛪」、「精蛪」。即蟋蟀。❺甸　古時城郭之外稱郊，郊外稱甸。❻蒼蒹　到秋天已成青蒼色的蘆葦。《詩・秦風・蒹葭》：「蒹葭蒼蒼，白露為霜。」蒹葭，蘆葦。❼玉琲　玉珠。文中喻露珠。❽氣母　虹的別稱。❾希微　無聲曰希，無形曰微。後因以希微指空寂玄妙或虛無微茫。❿金輪　代指金飾的車輿。⓫夭裊　輕盈多姿貌。⓬依違　猶豫不決。⓭孅冶　孅細美艷。⓮娥嬿　姿態美好貌。⓯薄遊　漫遊；隨意遊覽。⓰明河　天河；銀河。⓱旖旎　宛轉柔順貌。⓲苔衣　泛指苔蘚。⓳長汀　水邊或水中狹長形的平地。

【語譯】往日當山峰雲端剛剛齊平時，秋風漸起，柳條顯出黃色，紅色的荷花凋謝，燕子雖然還在這裡飛翔，沒有飛向南方，但蟋蟀已發出怨聲，杳杳渺渺的空曠宇宙，遙遠的郊外都被虛清洗滌。先拂以涼風，後又加以露霜，一顆顆露珠棲息在樹枝上方停勻當。在白露如霜的秋天裡，青蒼色的蘆葦已滿含悽愴，更加緬懷那春天芬芳的樹木。為何露珠是那樣的不堅固，很快的新露珠代替了舊露珠？露水正化氣升騰，早已不想摶聚在一起，在虛無微茫中霓虹襲擊它，車輪碾碎它。它卻徘徊多姿，猶豫不決地消失散去，像要停止卻還停留，像要合聚又分開，依恃纖細的美好，姑且猶豫在半夜，留下影子而漫遊，不是夜光可以辨別的。這時銀河西落，月亮西横，遠天都是碧藍，彩霞收起了英華。大雁悽愴地暗暗飛度，樹葉無聲地落下，忘掉了誰是智者，露霜獨自宛轉縈迴，宕開幽情，並不向瓊玉炫耀。落到了蘚苔上，或者依附於木梢，哪裡是蓄意迎接，只是聊且棲遲而已。眷戀井邊的桐樹蔭，集合江面飄來的蓬草，水邊長形的平地上彌漫著白霜，綠瓦上也平鋪著白霜。

迨于明星❶已爛，微風不興，迢遙萬頃，極望晶瑩。倒青旻❷而涵素，漾浮采❸而莫扃。皚容淡而愈遠，凜氣翕以如蒸。縈衰草以留豔，惜淺水之孤澄。欺濃華之積雪，惘戌削❹之曾冰。於是長天益迥，煙水增寒，柏已凋而餘紫，楓欲脫而彌丹。沙廣衍以無際，蘆孤飛而不還。良闃寂❺以森瑟，極百昌之摧殘。眺玉峰於俄頃，終銷謝以無端。泣幽妻於故帷，怨遷客於鄉關。疇❻有恩而可醳❼，疇有夢而能安。當斯時也，僕將何以為心哉！墟煙微冪，墜月初沈。光淫淫❽而眩目，寒惻惻❾以栖襟。送南飛之鶖鵲，懷涔浦❿之青林。形長留而罔託，魂猶在而莫任。

【章旨】本段先描繪秋晨一片濃霜的情景，繼而寫濃霜消失，最後抒發作者懷念江南之情。

【注釋】❶明星　啟明星，先太陽而出。《詩·鄭風·女曰雞鳴》：「子興視夜，明星有爛。」❷青旻　青天。❸浮采　亦作「浮彩」。猶色彩。❹戌削　高聳特立貌。❺闃寂　靜寂；寧靜。❻疇　語助詞。無義。❼醳　賞賜酒食。❽淫淫　流貌。❾惻惻　悲痛貌。❿涔浦　漢水入江處。涔，水名，即漢水。浦，小水匯入大水處。

【語譯】到啟明星燦爛、天已破曉，微風也沒有了，遠望迢遙的萬頃世界，一片晶瑩。青天之下一片潔白，似乎浮漾色彩而沒有遮蔽，淡淡的白色容貌一望無際，涼氣合聚向上蒸發。使衰草復甦留下芳艷，愛惜那淺水的澄淨孤獨勝過濃厚的積雪，使高聳的冰層惘然若失。於是藍天愈遠，煙水愈寒，柏樹已凋謝卻留下紫色，楓葉想飄落卻更紅艷。平沙廣衍天邊，蘆花孤飛不回，在這百花萬木凋殘的時候，實在是寧靜而且寒冷蕭瑟。遠眺雪白山峰，一會兒白色終於消失得無影無蹤。在故居中妻子在幽泣，在異鄉遷徙客居的人在怨恨。怎能有恩可賞酒，有夢能安。在這時，我將以什麼為心意呢！墟煙微微籠罩，落月剛剛西沉，流光炫目，寒氣悽悽襲人衣襟。送走向南飛的鳥鵲，懷念起漢水入江處的青青的樹林。身體尚留北地卻無所依托，魂魄雖在而沒有可用的。

客有為之歌曰：「秋風徂兮三冬歸，履輕霜兮授寒衣❶。惘江關之已遠，聊淫裔❷而莫違。」予申歌之曰：「零露漙❸兮飛霜駛，盪纖弱兮散清沘❹。亙天涯兮淒以迷，怊❺不識寒威之奚止。」于時四座緘愍❻，相倚長謠。負白日之不暄，念蒼松之且凋。歷千秋而寓愁兮，曾不如晨霜之易消。

【章　旨】以客與庾子山的互歌抒發了秋霜季節思念故土的江關之情，感嘆這種愁思不像晨霜那樣容易消逝。

【注　釋】❶授寒衣　《詩・豳風・七月》：「七月流火，九月授衣。」意謂天冷，授禦寒冬衣。❷淫裔　即淫淫裔裔。亦作「淫淫與與」、「淫淫奕奕」。行進貌。❸漙　露多貌。❹清沘　清澈的水。❺怊　悲傷。❻愍憂傷。

【語　譯】有客人作歌道：「秋風去了啊三冬回來了，踏著寒霜拿到禦寒的冬衣。惆悵故鄉江關的遙遠，姑且前進而不要停止。」我再作歌道：「露水多、飛霜飄，盪散這纖弱的白霜、清澈的露水。綿綿天涯真淒迷，悲傷的是不知道這寒威何時可停止。」這時四座都憂傷，互相憑倚長歌。白日照著卻不暖，憐念蒼松尚且凋謝。經歷千秋的愁緒啊，卻不能像晨霜那樣容易消失。

卷八

賦三篇

祓禊賦

【題解】康熙十二年（一六七三年）發生了三藩之亂。這是指由平西王吳三桂發動，平南王尚之信與靖南王耿精忠等響應的一次反清的武裝叛亂。一六七八年吳三桂稱帝，其偽僚曾企圖利用王夫之在江南地區的聲望，要他為吳稱帝寫勸進表。王夫之婉詞拒絕，逃入深山，作〈祓禊賦〉。祓禊是古代的一習俗，每年陰曆三月上巳日，人們齋戒沐浴，到水邊舉行一種儀式，以除災求福。

賦中表現了他的孤獨感，他與吳三桂的不同志趣以及對美好春天的嚮往和追求不到的苦惱。

謂❶今日兮令辰❷，翔芳皋❸兮蘭津❹。羌❺有事❻兮江干❼，疇❽憑茲兮不歡。

思芳春兮迢遙❾，誰與娛兮今朝。意不屬兮情不生❿，予躊躇兮倚空山而蕭清。
闃⓫山中兮無人，蹇⓬誰將⓭兮望春。

【注釋】❶謂　說；以為。❷令辰　吉日良辰。令，善；美。❸皋　水邊的高地。❹津　渡口。❺羌　句首助詞。❻事　指祓禊。❼江干　江邊。❽疇　誰。❾思芳春兮迢遙　賦中喻王夫之心目中美好的未來。全句表現了王夫之為美麗的春天不能立即到來的苦悶。芳春，芬芳的春天。❿意不屬兮情不生　意為吳三桂要我寫勸進表，支持他劃江而治，割據稱王。他的志趣與我完全不同，感情怎能相投呢。屬，接連。⓫闃　靜寂。⓬蹇　句首助詞。⓭將　與；共。

【語譯】以為今天是吉日良辰，人們漫步在鮮花芬芳的水邊與渡津。在江邊舉行一種除惡的祭祀，面對美好的春光誰不高興。想到萬紫千紅的春天還很遙遠，今天有誰與我一起排遣苦悶的心情。意趣不投啊，感情不能產生，我徘徊在空山中，感到蕭條淒清。靜寂的山中啊！空無一人，又有誰與我一起盼望春天的來臨。

章靈賦

【題　解】明桂王永曆六年，桂王被悍帥孫可望所挾持，其部將李定國由廣東入衡陽，邀請王夫之前往，作者當時的心境正如自注中所云：「當斯時也，欲留則不得乾淨之土以藏身，欲往則不忍就竊柄之魁以受命，進退縈回」。本賦正是通過細緻描述決定去留的心理過程，表現了王夫之的幽隱之志，作者滿懷憂傷，寫下了自己的堅貞篇章。

為了決定去留，作者一再筮卜，連得相同的兩卦，王夫之以為這是神靈的明告，從而更堅定了自己的素志，所以賦中有好幾章演述卦爻辭義，以及多次引用《易經》的典故，這是理解本賦的難點，也是本賦的一個特點。

章，顯也。靈，神也，善也。顯著神筮之善告也。壬辰❶元日，筮❷得睽之歸妹❸。明年癸巳❹，筮復如之。時孫可望❺挾主滇黔。有相邀赴之者。久陷異土，既以得主而死為歆❻。託比匪人，尤以遇巷❼非時為戒。仰承神告，善道斯章，因賦以見。

【章　旨】這是賦的小序，闡述寫賦的緣起。

【注　釋】❶壬辰　指順治九年（西元一六五二年）。❷筮　用蓍草占卦。❸睽之歸妹　睽，同「睽」。六十四卦之一。睽是目不相視，違背、乖異、背離的意思。六十四卦是由⚊與⚋兩種稱作「爻」的符號，由下而上，順序以六畫構成。⚊代表陽、剛、男、君、強、奇數等，象徵積極的事物；⚋代表陰、柔、女、臣、弱、偶數等，象徵消極的事物。⚊用九代表，又稱作「九」。⚋用六代表，又稱作「六」。「卦」的構成是由下而上、最下方的位置稱作「初」，順序而上為「二」、「三」、「四」、「五」，最上方的位置稱作「上」。由六爻構成的六十四卦，以上下各三爻為一組，上方的三爻稱作「上卦」或「外卦」；下方的三爻稱作「下卦」或「內卦」。傳說伏羲氏先畫三畫的八卦，即☰乾、☷坤、☳震、☴巽、☵坎、☲離、☶艮、☱兌，以象徵宇宙萬物，但祇用八卦，仍難以象徵宇宙萬物錯綜複雜的變化，於是伏羲氏再將八卦重疊，推演成六十四卦，所以在六爻的下方注有說明上下卦的名稱。在六十四卦的後面附有解說全卦的卦辭，是每一卦的占斷，相傳是周文王寫的。睽卦卦形為䷥，其上爻是老陽，屬可能變化的變爻，若變成陰，就成為歸妹卦䷵兌下震上，便稱作睽之歸妹。睽卦是本卦，歸妹是睽之變卦。❹癸巳　指順治十年（西元一六五三年）。❺孫可望　南明桂王時的悍帥。❻歆　欣喜。❼遇巷　睽卦九二爻「遇主于巷」。巷，曲折的路。君臣睽離，不能相見，於是到處尋求，終於在小巷相遇。

【語譯】章的意思是顯。靈的意思是神、善。章靈就是神筮的鮮明善告。壬辰年正月初一，我用蓍草占卦，占得睽之歸妹卦。第二年癸巳年占卦又得此卦。這時孫可望挾持桂王在滇水、黔山一帶，他的大將李定國來邀請我去，我長久地淪陷在他鄉，既以能得從桂王而死為喜，又想到投托非人，尤以遇主於小巷不是時候為戒，承蒙神靈告誡，善加剖明，因而作此賦來表明自己的志向。

居調軫❶以理誓兮，連權❷兆而晳夢❸。系緌❹蘀❺以搖搖兮，憂期愆而恤❻

豐❼。皇濠泗❽飛以試囦❾兮，余祖御乎揚之土。靖協勞于滹池❿兮，采⓫赤麓⓬以剖戶。蟬⓭考葉⓮之文潛⓯兮，玉書⓰宛⓱其舒心。笠鴻柯⓲之非集兮，珍海翮而息南⓳。

【章　旨】本段敘述王氏家族祖先建功立業的情況，以開啟蒙昧，表明自己應繼承祖業。

【注　釋】❶軫　悲痛。❷權　始。❸瞢　不明。❹綏　古時冠帽帶結在下巴下面的下垂部分。❺蘀　草木脫落的皮葉。❻恤　憂。❼豐　六十四卦之一，卦形是䷶離下震上，卦辭是「豐，亨，王假之，勿憂，宜日中。」豐是大的意思，下卦「離」是明，上卦「震」是動，光明而且活躍，是盛大的象徵。盛大，本身就亨通。王者當天下最豐盛的時期，一切都崇尚盛大，不必憂慮，應當像日正當中，普照天下。然而日正當中，無法持久，不久就偏斜，因而這一卦固然亨通，但也隱伏著危機。❽濠泗　皆水名。濠水在安徽鳳陽縣東北。泗水源出山東泗水縣東。濠泗是明太祖朱元璋起義的地方。❾囦　「淵」的古體字。❿靖協勞于滹池　王氏祖先都尉公王成，參加了明成祖的靖難之役。明太祖分封諸子為王，各王有護衛甲士三千至一萬人，北邊各王握有兵權，勢力更大。惠帝即位，因尾大不掉，用齊泰、黃子澄的策略，先後廢削五王。建文元年，燕王朱棣起兵北平，以討齊、黃為名，號稱「靖難」。建文四年，燕兵破南京，惠帝死於宮中。燕王即位，即為明成祖。靖，平定。滹池，即滹沱河，在河北省西部。⓫采　食邑。⓬赤麓　指衡陽，南嶽衡山是傳說中赤帝祝融氏司轄的地方，故稱衡陽為赤麓。⓭蟬　蟬聯。⓮考葉　考頁。⓯文潛　即潛文。隱晦深奧的文字。⓰玉書　皇帝的詔書。指天啟初年，熹宗登基，因此恩賜考中舉人副榜者，也可貢入太學的詔書。⓱宛　屈曲。⓲鴻柯　大樹枝。⓳珍海翮而息南　珍惜羽翼，南歸隱息。翮，羽毛。

【語　譯】閒居時調諧我悲痛的思念之情，用來整理自誓的心志，我回顧祖考的先世情況用來開啟自己的矇昧。王氏世系綿延，遭此亂世，猶如古代冠帽的垂緌，草木脫落的皮葉，搖搖欲墜，既憂慮等待的日期或許會錯過，又耽憂豐卦隱伏的危機，進退維谷。當明太祖始起濠泗，龍騰深淵的時候，我的始祖驍騎公從揚州起兵響應。到明成祖靖難的時候，都尉公跟從成祖南下，又翼戴建功在滹沱河，所以剖萬戶之封，食采邑於赤帝之麓的衡陽。及至到我的父親參加科舉考試，寫了深邃的理學文章，得到皇帝的詔書恩賜入太學讀書，使得他能舒坦屈曲深沈的心意。但從占卦得悉大樹枝並非良棲，因此珍惜自己，而飛翔南歸隱息。

眇❶熹❷光之麗形❸兮，凌太白❹而揆❺初。雖洌清其逖❻垢兮，抑寒銑❼而善痡❽。凜不知其逾涼兮，抽已秋之餘荂❾。鄉❿升廉以脂⓫轄兮，齊明⓬夜以庶格⓭。猰貐⓮午⓯於周原⓰兮，歸魂甾⓱其猶未莫⓲。勝⓳調飢於紫蠹⓴兮，永眇視於躍馬㉑。奮殘形以殆庶㉒兮，危季歎於撩虎㉓。

【章　旨】敘述自己初生的稟賦，中舉後由於會試改期，兄弟南歸事親，以及拒絕任張獻忠偽職的情況。

【注　釋】❶眇　眯著眼睛看。❷熹　微明。❸麗形　指初生時美好的形態。❹太白　即金星。❺揆　度量；

揣度。❻逖 遠。❼銑 最有光澤的金屬。❽痡 過度疲勞。❾荂 草木開的花。❿鄉 指鄉試。中者為舉人，俗稱孝廉。⓫脂 脂車。指公車。⓬齊明 素食齋戒，沐浴明潔，表示虔誠。⓭格 感通。⓮猰貐 也作「猰貐」。古代傳說中一種吃人的凶獸。賦中借喻李自成。⓯午 通「忤」。違逆。⓰周原 指秦、晉一帶，曾是周朝地區，故稱。⓱⿱此巴 通「肥」。賦中自注：「⿱此巴腏，遠引也。」⓲莫 安定。⓳勝 指西漢龔勝，字君賓，好學明經，三舉孝廉。哀帝時為諫議大夫，遷光祿大夫。王莽篡權秉政，乞歸，莽遣使徵之，於是命門人辦喪事，自己絕食而死。⓴紫鼃 《漢書・王莽傳》贊曰：「紫色鼃聲。」紫色，間色，非正色。鼃，「蛙」的異體字。鼃聲，邪音。㉑永眇視於躍馬 永，任永，字君業。好學博古，〈三都賦〉說軍閥公孫述「公孫躍馬以稱帝」，他屢次徵召任永，永均以眼睛生翳相辭，等到公孫述失敗，任永笑曰：「世幸平，目即清。」㉒奮殘形以殆庶 癸未年冬，張獻忠攻陷衡州，召王夫之及父兄補偽吏，並以其父為人質，王夫之故意自傷身軀以拒召，得免於難，其危險的情形，與龔、任二子相類似。㉓危季歎于撩虎 《莊子》：「柳下惠以孔子見盜跖而嘆之，子曰：『撩虎鬚幾不免虎口。』」季，柳下季。

【語譯】度量我初生時的情景，形體明麗，生於九月初一，是金氣正盛的時候。雖然是秉氣清剛，並遠離污垢，但寒金不昌，並易於疲勞。我不知秋氣已凜然寒涼，卻想引出秋天的餘美，從時間上說這本來已是難事了。我鄉試中舉，準備上京應試，報效君王，早晚齋戒明潔，希望有所感通。不意李自成在秦晉起兵，會試改期，兄弟狼狽南歸，希望遁隱事親，又沒想到張獻忠入楚，湖南全部淪陷，兄弟奔竄不寧。漢代龔勝在膚色發紫、聲如蛙鳴的王莽執政時絕食而死，任永眯著眼看躍馬稱帝的公孫述。我振奮自殘的身軀拒絕擔任張獻忠的偽職，危險的情景與他們也差不多，真可與孔子說的「撩虎鬚而免虎口」相比。

釋余柂❶於曾❷波兮，導❸告余浸以滔天。行汩災❹而后❺嬰❻兮，馬壯拯❼其無人。哀輪縈以痟❽愁兮，襲宵永而辭晨。鷸倀皇而狂僨❾兮，蠢蹊田而奪之。豈弗悶其終沈兮，荼❿良苦其將捋之。步岑⓫嶭⓬以涓⓭友兮，援余戈而徂⓮征。孤拊⓯和其怒節兮，乾時⓰潰其誰榮。驂⓱儆⓲余以荒⓳術⓴兮，皇㉑雖阻其猶平。胡釋余祖之亨遇㉒兮，吝余策於南條。邅㉓申申㉔其離㉕即㉖兮，余情婉以終留。陳㉗介李㉘其曷㉙共㉚兮，愁㉛有心而長區㉜。荃㉝服㉞鷟㉟而未閑兮，或進戩㊱而善啼。軒㊲聆律於秬累㊳兮，夔㊴緜庚㊵其若蹊。漢女離㊶而長謠兮，矧既雨而申霣㊷。余姣固殉於所字㊸兮，蒼天正㊹余以無奔。虹奇色其眾媚兮，睽㊺星樞㊻以思存。蹇㊼疾頞㊽而嬰疹㊾兮，返牢茲㊿以行路。迹違魏(51)以宰野兮，魂慺慺(52)其念故。符烕(53)淪余離(54)凶兮，欣長摧而數訛。詛余志之不光兮，疇飾非於未化。

【章旨】本段敘述崇禎帝自縊後自己的經歷。舉兵勤王，但志事難遂，到桂王行闕，任介人之職，在奸佞當道的情況下，死諫桂王，桂王不聽，諫道既窮，只得以病乞退，群奸又私下擁戴孫可望，如捨日而媚虹，自己雖遯跡窮山，但壯志未酬，深深自責。

【注　釋】❶枻　短槳。❷曾　通「層」。❸導　導人。❹行汨災　即五行汨災。汨，亂。典出《書‧洪範》，說鯀治洪水，用土來阻塞，是逆水性，亂列五行，因而成災。這是用「五行說」來解釋一切災異的一種說法。❺后　君主。❻嬰　纏繞；加。❼馬壯拯　典出於「明夷」卦六二爻「夷于左股，用拯馬壯，吉。」意為左腿負傷，如果得到強壯的馬，仍然可以得救，故說吉祥。賦中意為救難應當健速，即用健壯的馬。❽痡　痠痛。❾僨　緊張奮起。❿荼　苦菜。⓫岑　小而高的山。⓬嶭　山高峻貌。⓭涓　選擇。⓮徂　往；到。⓯拊　擊拍。⓰乾時　春秋齊地。指今山東省臨淄縣西南的時水支流，因天旱而水乾，所以叫乾時。《春秋‧莊公九年》記魯國軍隊與齊國軍隊在乾時作戰失敗。⓱驂　驂乘。古代乘車在車右陪乘的人。⓲儆　通「警」。警報。⓳荒　大。⓴術　路。㉑皇　皇路；大路。㉒亨遇　亨達的際遇。㉓邅　徘徊難行的樣子。㉔申申　反覆不休。㉕離　指退隱。㉖即　指就位出仕。㉗陳　陳力；貢獻才力。㉘介李　《左傳‧襄公八年》：「亦不使一介行李告於寡君。」一介，一個。行李，謂使者。含有藐小、微賤的意味。指王夫之任行人之職。㉙曷　何。㉚共　通「供」。供奉；供職。㉛慭　憂傷。㉜區　藏匿；隱匿。㉝荃　芳草。比喻君王。㉞服　乘。㉟鷟　即鸑鷟。鳳的別稱。㊱鼪　黃鼬。即黃鼠狼。㊲軒　軒轅。即黃帝。㊳秬累　古代以黍粒為計量標準，秬累，謂按一定方式排列黍粒以定分、寸、尺及音律律管的長度。秬，黑黍。㊴夔　一足獸。㊵庚　庚夷；大道。㊶熯女離　《詩‧王風‧中谷有蓷》：「中谷有蓷，暵其乾矣，有女仳離，嘅其嘆矣。」意為山谷中有益母草，天旱草漸枯，女子被遺棄而離去，慨嘆不已。熯，同「暵」。旱。女離，仳離之女。㊷申霣　重晴。申，再。霣，霽。㊸字　愛。女子許嫁。㊹正　通「證」。㊺睽　違背。㊻星樞　指北斗星。㊼蹇　語助詞。㊽頞　鼻梁。㊾疹　通「疢」。病。㊿牢茲　深閉。51魏　魏闕。52慺慺　勤懇。53威　滅亡。54離　通「羅」。遭遇。

【語　譯】在層層波濤中，我放下了船槳，嚮導告訴我水浪滔天。五行亂而成災，禍及君王，救難應當用健者，可惜是根本無救難之人。悲哀縈繞心頭，愁苦傷痛襲擊長夜，似乎不再有天亮。鷸蚌相爭，鷸鳥倉惶狂奮，卻被在旁的漁人得利，蠢人牽牛踏田，結果牛也被奪去。難道只能避世才能沒有愁悶，而以終隱為得計，荼菜雖是苦菜，我們還是來摘它。爬上高高的山嶺，涉歷險阻，去選擇朋友，告誡同志，枕戈待旦，一起去出戰。雖是孤掌難鳴，但是憤怒慷慨，與仇敵作戰，就如古時的魯國與齊國在乾時作戰，即使失敗也非恥辱，但是志事不成，又有何榮耀。陪乘警告我道路荒遠，但是只要皇路可通，雖然險阻也像似平坦的。我的祖先既以從王起家，我為何要捨此王事不圖，而吝惜南征的策劃呢。戊子年冬天，我到了桂王的行闕，所見尤為可憂。對於出仕還是退隱，我徘徊再四，於是回到故鄉，但是我的內心婉轉，終究情繫君王，終於又回到桂王行闕任行人之職。雖然官小職卑，沒有什麼可貢獻才力的，但是我憂心忡忡，不能長久自匿，終於有死諫之事。君王乘鳳飛翔，沒有空閒，或許是黃鼠狼在他身旁，並善於巧言進讒。黃帝聰穎，能累列黑黍以辨正音律律管的長短，而一足獸即使在寬坦大道上也如行走在小徑上一樣。被遺棄而離去的女子既不能止於長歌，何況久雨而再晴，怎能不增加悲傷呢。我的美好本應為所事之君犧牲，蒼天可以證明我的孤立無援，不隨眾狂。霓虹不是正色，但是群奸畏死貪賂，私下擁戴孫可望猶如捨去太陽卻去取媚彩虹，背離本為天樞的北斗星以保存自己。我既已諫君不成，只得以久病為由，乞身返隱上路，深深地藏匿起來。身子雖然離開了行闕，到了草野，但思念舊君之魂魄縷縷不斷。我果然遭遇滅亡淪喪的凶禍，幾乎死於亂兵，值得慶幸的是屢次未死，也許是天數所使然。我自責壯志未酬，遯跡窮山，雖不為降吏，卻怎能以天日之誠文飾自己的過失，並置於未變的貞夫之列呢。

后適河❶以拂訓❷兮，輔志鸇❸而逢怒。配❹與旬❺其交佛❻兮，何所肆余之雅武❼。屏服味於蒸原兮❽，震伐方以流耳❾。□□既余之永仇兮，王鈇❿亦維以悼紀。徊葛荏余糾躓兮⓫，眄余天而未可。夙延清而飲虛兮，紛莫知余之所甫⓬。思崩登之逝絕兮，介忽欻⓭其無幾。皓汔⓮染于中遷兮，歎頹齡其曷⓯改。鳧唼⓰鱻⓱而泛行兮，愈流睞⓲以怡旃⓳。鷃⓴遂胥㉑以召嬉兮，駴㉒不信其巳然。屯㉓建子㉔以錫侯兮，蒙㉕納耦㉖以受寅。豈初柔㉗之讓易兮，麗㉘險窞㉙之何姬。曰維命余不猶㉚兮，奚對㉛位其不夙㉜。胚父㉝壯以濟童㉞兮，妃內景而中穆㉟。頫㊱思返於貞牝㊲兮，哲懼膏之致焚。窈余不知其畔㊳兮，遵原筮以得垠㊴。聃㊵當無㊶以尚沖㊷兮，非廢用而頽㊸滑㊹。康㊺違堪以木形兮，激契闊㊻于履㊼發㊽。儷龍㊾玄其貞庸㊿兮，矧[51]秉禮于鄹闕[52]。維食陰[53]而質滋兮，必吸清[54]以填形。爽[55]脈[56]叛其不來兮，石頑隕而失星。裒冰惻此絲鼎[57]兮，歷棘纆[58]其難康。重遄[59]情于荃側兮，怨霄路[60]之何長。狂憤憂而自棄兮，耿三歲而孑遷。遠清塵余稱慕[61]兮，抑朋蹇[62]其企連[63]。巴[64]骨出而仍掉[65]兮，虎靈藉[66]而養巽[67]。尸[68]鼎號[69]以隳庸[70]兮，矧自古之多券。

【章旨】本段具體闡述自己對李定國邀請出仕的態度及所思索的問題。

【注釋】❶后適河　指桂王受孫可望之迎到河陽，實是被孫所挾持。❷拂訓　孔子曰：「以臣召君，不可以訓。」❸鸇　鷹鸇。喻指桂王首輔嚴起恆，他不受孫可望之封，被孫殺害。典出《左傳・文公十八年》：「季文子曰：見無禮于其君者，誅之，如鷹鸇之逐鳥雀也。」❹配　配主指君。《易・豐》䷶初九爻，「遇其配主」，意為初九爻與九四爻對應，「四」是「初」的匹配，所以初九稱九四為配主。❺旬　均。指一起事君的臣子。❻佛　拂戾。❼武　步。❽屏服昧於蒸原兮　退隱蒸原。屏，退。服，用。昧，幽。蒸，蒸水，出耶薑山。當時王夫之退隱之處，靠近蒸原。❾震伐方以流耳　《易經》：「震用伐鬼方。」震，大臣之象。指李定國，出粵楚，屢有克捷，兵威震耳。方，鬼方，古族名，是殷周的強敵。❿王鈇　謂天子之大權。⓫佪葛茬余糺躓兮　欲留，沒有乾淨之土來藏身；欲往，不忍聽命竊取權柄的賊臣，進退縈回。葛，蔓草。茬，柔木。糺，糾縈。躓，仆躓。⓬甫　美。⓭歘　同「欻」。欻忽，如火光之一現。⓮汔　接近。⓯曷　何。⓰唼　水鳥或魚吞食東西。⓱鱻　「鮮」的異體字。⓲睞　旁視；顧盼。⓳怡旃　怡悅。⓴鷗　鳳的別稱。㉑胥　相與；偕。㉒駴　同「駭」。驚駭。㉓屯　卦名，䷂，有生的開始之含義。原義是草木萌芽於地。萌芽，充滿生機，又有充滿、充實的意思。另外，萌芽的過程，相當艱難，也有艱難停止的意義。以人事比擬，只要鍥而不捨的繼續奮發進取，就有奠定公侯基礎的有利條件，所以說此卦得建侯之利。㉔建子　將卦與十二地支相配，屯卦則是建子，下句蒙受寅亦然。㉕蒙　卦名，䷃。蒙昧、幼稚的意思；也有啟蒙、教育的含義。㉖納耦　意為「九二」爻「納婦吉」，因為「九二」與「六五」陰陽相應，「二」是陽，相當丈夫，「五」是陰，相當妻子，「九二」雖剛健，但在下卦的中位，性格中庸，丈夫能夠包容，所以娶妻吉祥。㉗初柔　蒙卦䷃初爻為⚋，屬柔爻，故以柔居初。

㉘麗　附著。㉙窞　深坑。蒙卦的下卦「坎」，象徵水險，故成坎險。㉚猶　順。㉛懟　怨恨。㉜夙　早。㉝陘父　指蒙卦的「九二」爻。這一爻，剛爻得中，又與「六五」爻陰陽相應，具備啟蒙的力量；故曰壯。㉞童　為幼稚、蒙昧的人，指「六五」爻。㉟妃內景而中穆　妃若能納坎水之影，即能接受坎險，而中守其明，堅守美好，那麼她雖蒙昧，還是可以幫助的。妃，指「六五」爻。內，納。景，影。穆，美好；淳和。㊱頫「俯」的異體字。㊲貞牝　正順。㊳畔　邊側。㊴垠　垠岸；邊際。㊵聃　老子名。㊶當無　《老子》第十一章說「三十輻共一轂，當其無，有車之用。然埴以為器，當其無，有器之用。鑿戶牖以為室，當其無，有室之用。故有之以為利，無之以為用。」意為三十根輻條裝於一個車轂上構成車輪之效用，燃燒土坯製成陶器，有了空的陶腹，才有器皿容納的效用，開鑿門窗造屋，有了屋內的空處，才有住人的效用，所以實有之物給人們帶來各種便利，但它依賴於自身空無部分的作用。㊷沖　通「盅」。器物虛空。意為老子論述了當其無，才有車、器、室之用，所以老子崇尚虛空。㊸頽　廢。㊹滑　亂。㊺康　指稽康。其〈與山巨源絕交書〉自言七不堪。康不重修飾，人們以為康是土木形骸。㊻契闊　不合。㊼履　湯名。㊽發　武王名。㊾儷龍　二龍。指老子與稽康都像龍。孔子曰：「老子其猶龍乎」；人謂稽康：「龍章鳳質」。㊿貞庸　守志不移的節操。(51)矧　況且。(52)郰闕　郰里闕黨。郰里是孔子的家鄉，在今山東曲阜的東南。闕黨即闕里，是孔子故居所在，在今曲阜城內闕里街，因有兩石闕，故名。孔子在此講學。(53)陰　指大地、土地上生長的東西。(54)清　清剛之氣。(55)爽　清淑之氣。(56)脈　微動。(57)絲鼎　以一絲繫九鼎是危難的。鼎，九鼎。古代以它為國家社稷之象徵。(58)棘纆　荊棘繩索。(59)遄　速。(60)霄路　天路。(61)穉慕　如稚子慕親。(62)朋蹇　蹇卦䷦，「九五」爻，「大蹇朋來。」大蹇是非常艱難的意思。「九五」在君位，但陷入上卦坎卦險的正中央，形勢非常艱難。不過「九五」剛健中正，在大蹇中必定會有中正的同志前來營救。(63)企連　相率而來。(64)巴　巴蛇。傳說巴蛇吞象，三年才吐出它的骨頭。(65)掉　掉尾。(66)藉　假借。(67)巽　假借為「遜」。有順、入的意思。(68)尸　古代代表死者受祭的活人，賦中取「代」的意思。(69)鼎號　天子之大命。(70)庸　功。

【語　譯】桂王被挾持到河陽，孫可望以臣召君，不足為訓，首輔嚴起恆見孫可望無禮於君，怒不可遏。君與臣交戾，我怎麼能邁開我的步伐，只有退隱幽居在蒸原。李定國攻伐鬼方，屢有捷報，兵威震耳。但他們是我的仇寇，天子大權綱紀應維護，我怎能俯首聽命於奸臣賊子呢。我的思緒猶如蔓草柔木交相糾縈，進退兩難，動即仆跌。我生性秉承清虛之志，本來不是紛紛揚揚的人能夠了解我的愛好的。想起來為不善如崩逝，非常容易，而為善卻如登絕頂，實在很勞苦，開始時，只是一剎那的決斷，卻十分迅速，善惡本在一念之間，但結果卻相差很遠。可歎的是皓素之姿尚且會被淄黃染上，而中途變故，到了頹齡暮年不能再改，我素抱清虛之志，怎能接受孫可望之聘，妄投一試呢？泛游之鳧，隨波食魚，那麼人們更會觀賞牠的飄游，怡悅心目。若鳳凰亦忘其內美，而相召群鳥嬉遊，來招致人們的觀賞，那是會使人驚駭，不相信會發生的。屯卦建子，蒙卦受寅，兩卦各有一陽爻在內卦，屯卦初九爻因早見剛健，得建侯之利。蒙卦「九二」爻與「六五」爻陰陽相應，故娶妻吉祥。蒙卦初六爻是柔爻居初位，內卦是坎卦，象徵水險，所以成了坎險，女子陷入了危險的深潭，而退讓為平易。這是命運不佳，何必怨恨爻位的不早，女妃若能容納坎水之影，承認坎險，而中守其明，堅守美好，那麼她雖然蒙昧，具備啟蒙力量的強壯的「九二」爻，還是可以幫助救濟她的。以我的命運不濟，也只應如此，含貞韜晦，俯而自思，返回到正順，以遠離膏火之焚。我很迷糊，不知道那裡是岸邊，遵照原來筮得卦象的吉凶，我才有垠岸可遵循。老聃崇尚無，以無為用，他不是廢棄用，而是廢棄亂。嵇康自言七不堪，因他不講修飾，人們視他為土木形骸。他不順從司馬氏，憤激地否定湯武的征伐，因而不合於湯武。老子與嵇康二子都崇尚玄，都有守志不移的節操，更何況受禮教於孔子學說的人呢，能夠只要進取而不問禮義嗎？人生活在世上，吃土地上生長的食物，從而使身體獲得滋潤生長，也一定從宇宙中吸受清剛之氣充實自己的身體，而使自己的形色美好。倘此清淑之氣見利智昏，叛離自己的身體，就會像星隕落而成為頑石一樣，不再是星。所以我潔懷冰清以自戒，憂慮的是一絲不能繫住九鼎，經歷荊棘糺躓的路途而難於康寧安步。我急急地寄情君王，欲往就之，但是姦雄窒路，如天難登，怎能不怨天路之悠長。我自從離開君王，憂憤不已，三年來孤蹤屢遷。遠離了君王車駕的清塵，就像稚子戀慕雙親之情更深，在君王非常艱難時，必定會有中正的同志前往營救，相率而來，共度時艱。孫可望如巴蛇吞象，三年後吐出象骨，就掉尾游去了，君王的虎威被狐假借，退下來只能養順。神器大名被借去，因而君王之功毀壞了，何況自古以來這種情況是有很多例證的。

遂託膏❶以歸音兮，雖先露其何怨。鄰化哀❷而狎悻能❸兮，豈不知秋駕❹之可學。媒與鳩其遝❺搖兮，覆悔❻幾之先覺。夢宵征之輕馳兮，畏失轡于罔泱❼。昏左次❽余騷煢兮，徼神惘而啟彭❾。儔❿勉釋余之棼緒⓫兮，曰窮通天以迓之。帝⓬攽⓭箕⓮以貞倫兮，範⓯有事於稽疑。祓⓰端⓱策⓲而氛睞⓳兮，火出澤⓴以章景。宗廟震于悔端㉑兮，勞再告而益昞㉒。好逑暱其姝俟兮㉓，猾貌之庸猜㉔。施膚寸以征合兮，群淫解而卷霓㉕。誠狶㉖溷㉗其難測兮，魍㉘馮軾㉙而增怪。卬㉚孤清以弗堪兮，歧不詧㉛其所夬㉜。訟㉝徙倚㉞而倘逢兮，象既章余以崇別。女同闉其各袂兮㉟，孰嫫㊱與施㊲之可頡㊳。眾美少㊴之膏濡㊵兮，忘衷狠於飾柔。中㊶淳耀其曈曨㊷兮，盟登天而果求。雖輿祆㊸其勿恤兮，矧弢矢㊹之有時。保昆㊺烈以延昭㊻兮，媤㊼杲質於素思。

【章　旨】王夫之西歸桂王之宿願十分強烈，因此雖知孫可望非善輩，但是否應該接受聘請，仍躊躇再三。本段敘述詳察所卜之爻辭卦辭得到啟示，幽棲之素志才更加堅定。

【注　釋】❶膏　膏潤。《詩・曹風・下泉》：「芃芃黍苗，陰雨膏之。四國有王，郇伯勞之。」意為黍苗蓬蓬勃勃生長，雨露滋潤著它。四方之國有為王做事的，周文王的兒子郇伯就慰勞他。這是一首亂世思治之作。❷哀　周時人公牛哀，七日而化為虎。❸能　黃能。一種像熊的野獸。《國語・晉語八》：「今夢黃能入于寢門。」❹秋駕　御馬術。《呂氏春秋・博志》：「尹需學御，三年而不得焉，苦痛之，夜夢受秋駕於其師。」❺遝　同「逮」。及。❻悔　後悔。若不知孫可望之野心，茫然前往，不合，一死罷了，總比令虎狎熊為好，故曰悔。❼罔泱　荒遠貌。❽左次　退止。古人尚右，左次則退也。次，舍也。❾彭　行。❿儔　朋友。⓫棼緒　紛亂的思緒。⓬帝　天帝。⓭攽　分。⓮箕　箕子。紂王的諸父，官太師，封於箕，因勸諫紂王，而被囚禁。武王滅商後被釋放。⓯範　榜樣。⓰祓　除災求福。⓱端　審。細察。⓲策　神蓍。文中指卦爻。⓳氛睞　「睞氛」的倒文。氛，凶氣。文中指險惡形勢。睞，旁視。文中意為橫眼相看。⓴火出澤　睽卦上卦「離」是火，下卦「兌」是澤，故說火出澤上。㉑宗廟震于悔端　睽卦六爻，初士，二大夫，三卿，四公，五天子，六宗廟，睽卦內卦為貞，外卦為悔。上九，老陽變動，故曰震于悔端。震，動。㉒昞　光明。㉓好逑暱其姝俟兮

「好逑暱」六句，是演述睽卦上九的爻辭。爻辭為「睽弧，見豕負塗，載鬼一車，先張之弧，後說之弧，匪寇婚媾，往遇雨則吉。」好逑，好匹偶。姝，美麗的女子。好逑姝媛在等候，即指婚媾。㉔猾貌之庸猜　既為好匹偶，就不要為像盜寇的相貌而胡亂猜。即所謂「匪寇婚媾」。猾，寇。㉕施膚寸以征合兮二句　天上的雲，膚寸即聚合，不要一個早晨就會成雨，下雨後虹霓被捲藏起來，正氣昌盛，淫氣解散，所謂「往遇雨則吉」。膚寸，古代長度單位，一指為寸，一膚等於四寸，比喻極小的空間。㉖豨　豬。㉗溷　「混」的異體字。不潔。謂豬背負泥，難測其不潔之心。㉘魍　鬼。㉙馮軾　在車中。㉚卬　我。㉛督　「察」的異體字。㉜夬　決。㉝訟　內訟；內心聚疑。㉞徙倚　不定。㉟女同闈其各袂兮　睽之象曰：「二女同居，其志不同行。」睽卦從象徵來說，上卦是中女，下卦是少女，二女同住在一起，行動意志卻不能協調。袂，衣袖，用來自己妝飾。㊱嫫　嫫母。醜女。㊲施　美女西施。㊳頡　頡頏。鳥飛上下的樣子，引申為不相上下或相抗衡的意思。㊴少　少女。是下卦「兌」卦中的「六三」爻。㊵膏濡　美的澤膏。㊶中　中女。是上卦「離」卦的「六五」爻。㊷曈曨　日光。㊸輿祅　也是載鬼一車的意思。㊹弢矢　指後說之弧。說，脫。爻辭原意為：先張弓要射，後來又遲疑，將弓弦放鬆。㊺昆　大。㊻延昭　使光照到身上。㊼勰　合。

【語譯】假使孫可望能如古代賢明的諸侯郇伯一樣，能為膏雨，滋潤萬物，使我實現西歸桂王的宿願，那麼即使晨露辛勞，又有何怨。因為現在居住的地方為鄰而狎近的人，都是化作虎熊的人，難道不知道可以學習秋駕的駕馭之法，而自由馳驅。但是良媒與毒鴆搖搖而來，善惡不測，既已發覺不可托付，所以逗留不往，但是又後悔這個幾微的先知先覺，使我不能實現西歸之志，夢中輕馳遠行，但終究懼怕失算於荒遠。我昏沈獨憂退止之際，希望神憐憫我，並啟發我應當做的。朋友勉勵我，勸解我紛亂的思緒，說無論困窮還是亨通，天都知道。天帝賜給箕子以忠貞的道德，作為有事察疑的榜樣，我橫眼面對險惡的形勢，仔細審視著卦爻，尋繹上天對袚除這個災難的曉示，所得到的是睽卦上卦「離」

是火，下卦「兌」是澤，火焰向上燒，澤水向下浸，火出澤上更彰明澤中之影。宗廟震動於外卦的上端，兩次卜筮，都得睽卦上九，神一再啟告的意思是十分明白的。好配偶多親昵，麗姝在等待，既為好配偶，不要為貌似盜寇而胡亂猜忌。天上的雲相聚合，連四寸小的縫隙也不遺漏，所以不一會兒濃雲密布，天下起雨來，霓虹被捲藏起來。正氣昌盛，淫氣消散，如此來驗證則疑釋而道合，所謂「往遇雨則吉」。豬滿身污泥，難測其不潔之心，鬼在車中，其情更增添人們的驚怪。以我的孤清之德，處此豬鬼之中，欲保清貞，實在是難的。說婚媾，說遇雨，似乎宜去應聘；說鬼，說豬，又似乎不宜去，爻之占，分歧難察，怎能做決斷呢。睽上九爻辭，其義不易決如此，內心聚訟不定，於是去觀卦辭。卦辭很明白，睽卦不苟同而崇尚區別。二女雖同居一起，但志意不同，各自修飾，本來醜女嫫母與美女西施怎能頡頏同居。從睽卦卦形看，宜用「離」明，而不宜用「兌」悅。眾人無知，為下卦少女所迷惑，羨慕她的光澤膏潤，卻忘記了她的內性狠躁，而外表以柔來掩飾，以為可以歸順孫可望，就如被少女迷惑一樣。上卦之中女，日光照射四方，須登天才能求得。誠能得此君主而為之死，即使一車鬼也不足憂，何況今之張弓者，自有鬆弦之時。觀察卦象，玩味卦辭，我決定保吾光明正大之氣，將白日之光照到丹心，守住潔白的資質，幽棲之素志更加堅定。

亂❶曰：天❷昧冥遷，美無耽❸兮。方熯為澤，已日❹霪兮。鑿❺秕孔❻勞，矧懷婪兮。督❼非我經，雖不堪兮。專伏以需，師翰音❽兮。幽兆千里，翼余忱兮。

倉怳❾寫貞，疾煩心兮。貿❿仁無貪，怨何尋兮。

【章　旨】本段是全賦的總結，再次表達自己棲隱之志，以滿懷憂愴抒發自己的堅貞情懷。

【注　釋】❶亂　樂之卒章，有總結的意思。❷天　天理。❸耽　長久顯著。❹已日　更一日。❺鑿　舂穀。❻孔　很。❼督　《莊子》：「緣督以為經。」督如人身之督脈，所謂緣督。居中而行於虛，為善不要名，為惡不受刑，不固定而與物推移。❽翰音　古代祭祀用的雞。《禮記・曲禮下》：「雞曰翰音」。孔穎達疏：「翰，長也，雞肥則其鳴聲長也。」❾倉怳　憂貌。❿貿　求。

【語　譯】卒章道：天理幽隱，遷移於無跡之中，善美也不會永遠不變，從前是好的，現在或許已變成壞的了。就如天方久旱，得雨就成澤，連日不止，又會苦於多雨一樣。舂去粟皮，求精是很勞苦、很難的，更何況懷著貪婪富貴之心去決定去留之大事呢。隨物推移變化並知雄守雌，以苟全自身並得利，不是我所能做的。我將退伏幽棲，等待天亮祀雞啼鳴。我現在千里之外，幽冥之中，若有朕兆，可幫助我將一片熱忱送達君王。思念君主心煩不已，我以滿腹憂愴寫下自己的堅貞篇。求仁而無慾，怨尤又在何處呢。

螘鬥賦 庚申

【題　解】此作即事名篇，著重在托物以言志。作者以蟻群之酷鬥，兼及鷹隼、鴆、蜮之競戕，進而聯類史實，指出一切的戕賊均由於「忘其元和之本醇」，結末提醒人們在處於「九六之龍戰」之際，要能「湛方寸之玄幾」、「不忘夫吉凶生殺之樞軸」，就能芟平「險毒」。

曦歊❶方凝，滃雲❷欲興。玄蚼❸觸氣，載戰於庭。壺子據梧徙倚❹，顰蹙而起曰：夫物固有所不自已者哉。于以蒸蒸❺涔涔❻，波颭❼煙委❽，盈氣盈心，挾為成理❾。窮高天而無一罅之舒，亙長日而無須臾之止，平水微搖而淵潗❿，怒風倏徹于崔嵬。震宕無聊，不知攸似。若舍旃⓫而莫容，唯役情於一死。夫迺不卜遄征⓬，匪誓勿卻。憤極紛紜，危偏婥妁⓭。委佗⓮棼藉⓯，緜蜒⓰閃霍⓱。引繩孤徑，凌蹴⓲驅薄⓳。神髓不分，內外交韄⓴，競何求而迅奔，憯不恤夫填壑。爾乃爭堂奪坳，趨衍登墳。比馮乘以撐距，彼昂擊而陟垠。擁攢簇而互進，乍左次㉑而姑屯。旁掠侵地，叢守掫門㉒。山傾嶂疊，浪沓潮翻，槭槭㉓咠咠㉔，迷迷㉕魂魂㉖。前已超越，後仍輪囷㉗。趾繕其怒，鬚傳其云。往勿返顧，來益趨援。於斯時也，參兩相攙，特匹相摽，分朋相於，壹死相糾居妖反。相誅以喙，相牾以爪，脊不謀心，足不念腦。相懲以全，相獎以殀。目光瞀埃㉘，液血傾蕘。折絕糜散，橫陳傎倒。慘昏旦以怔營，劇自忘其飢飽。麟麟㉙塵塵㉚，暴骴載道，猶且歷戰場以逍遙，賈餘威之虔獢。悲哉大造之為此也亦勤矣！

【章旨】從多種角度，用不同手法，鋪張揚厲地敘寫了蟻鬥的酷烈場面，蟻群的捨死忘生惡鬥與死亡枕藉的慘況，為下面的聯類議論張本。

【注釋】❶曦歊　陽光下霧氣。歊，氣上衝貌。❷渰雲　猶言雲雨。渰，雲雨貌。❸玄蚼　黑色的大蟻。蚼，大蟻。❹徙倚　猶徘徊貌。❺蒸蒸　純一之貌。❻涔涔　流多貌。❼波颭　水波顫動。颭，風吹使物顫動。❽煙委　雲堆積。委，堆積。❾挾為成理　意為暗藏著陣勢。挾，藏著。《鹽鐵論・世務》：「今匈奴挾不信之心，懷不測之詐。」理，規律。《荀子・儒效》：「言必當理。」❿湍漼　衝擊聲中灑散。湍，水衝擊聲。漼，灑散貌。⓫旃　猶言「之」。《左傳・桓公十年》：「初，虞叔有玉，虞公求旃，弗獻。」⓬遄征　迅速出征。⓭婥妁　姣好。⓮委佗　莊重而又自得的樣子。《詩・鄘風・君子偕老》：「委佗委佗，如山如河。」朱熹集傳：「雍容自得之貌。」⓯棼藉　坐臥在麻布上。棼，麻布。藉，坐臥其上。⓰緜蜒　綿長的蜒蚰的白色黏液。⓱閃霍　光飛動貌。⓲淩蹴　恐懼迫促。淩，恐懼不安。蹴，迫促。⓳驅薄　驅趕入林莽。薄，草木叢生的地方。⑳交䕶　交相束縛。䕶，束䕶。㉑左次　左邊行列。次，行列。《國語・晉語》：「失次犯令。」㉒掫門　巡夜守門。㉓槭槭　形容樹枝光禿禿貌。㉔聶聶　交頭接耳私語聲。㉕迷迷　猶言迷惘。㉖魂魂　猶言靈魂出竅。㉗輪囷　屈曲貌。㉘瞀埃　眼花撩亂看著地上。㉙鱗鱗　謂水成紋如魚鱗。㉚塵塵　謂如無數微塵。

【語譯】陽光下霧氣剛凝聚，陰雨倏將來臨之際，黑色的大螞蟻在時氣觸發下，正激戰在庭院中。壺子背靠著梧桐看著，頭為之低回不已，他緊皺雙眉，不禁深有感觸的說：生物固有所不能自控的啊！看它們既像一股連續不斷的水流，又像一汪浮動的水波，一團堆積的烏雲，充滿著憤氣、怒心，卻內藏著兵家的陣勢。其嚴整像高天那樣沒有缺漏，它們成日價搏戰，沒有一刻停止，其呼喊使平靜的水面為之衝擊出聲而迸出浪花，其叫號有似怒吼的風響徹高山。震蕩無所依托，不知所往，它們彷彿捨棄拼戰就沒有了一切，唯一有的是自己決心於一死。乃至於不卜吉凶就毅然快速出擊，雖未盟誓卻絕不後退。它們由於激憤顯得雜亂，一忽兒蹈險卻偏顯得姣好，莊重自得地如同坐在麻布上，像綿長的蜒蚰黏液飛動發光；一忽兒則又似在攀援絕徑，恐懼迫促地驅入林莽。它們神形俱忘，內外交相束縛，無所追求地爭競迅奔，絕不顧惜身填溝壑。為了爭奪堂坳，趨登平地山丘，敵對的雙方，這邊憤懣地抵抗，那邊昂揚地無休止的攻擊，攢聚簇擁而進，突然左邊的隊列屯止，而從旁邊掠侵地盤，集眾巡夜守門。蟻群時而山傾嶂疊，浪湧潮翻，時而像光禿禿的樹枝在交頭接耳私語，迷惘如靈魂出竅。前面的已經超越，後面的仍屈曲而進，蹤跡上遺留著憤怒，觸鬚上傳遞著語言，一往無前，赴援者越來越多。在這個時候，只見三三兩兩相刺，一對對相擊，死命糾結在一起。互相用嘴巴咬，用爪子抓，它們的身軀已不由內心主宰，手腳已不由大腦指揮，只知道全力搏鬥、呼喊著廝殺。目光遲鈍地看著地面，血液流盡似同乾魚，肢斷折散，顛倒橫躺。從早到晚激戰，完全忘記了飢飽。屍體堆積像層層的魚鱗，像厚積的塵土，骸骨暴滿在路上，那勝利者在巡視著戰場，自鳴得意，顯示著它的餘威與無比強大。可悲呀，造化之為此也可說是竭盡了其作弄的能事！

誕生萬彙❶，元氣相緼。蟄靈蠕動，充❷盪❸芸❹屯❺。將使之含以孳榮，不即於汶悶❻乎；抑將流騁芒昧❼以之於煩冤乎？將使之相嘔相濡❽，樂其類以相存乎；抑將往復相制，而還以相吞乎？生生者不受，而生者又何自以魂魂也！夫有畛者無畛者也，有群者無乎不群也。俄而一槖❾之風❿，殊乎南北；一染之絲，判乎黑白。始於相矜，終於相賊。溽暑戢而商飆嚴，堅冰解而炎熛赫。旌搖輻轉，氾濫⓫無域，其進也如洪河之出孟門，其返也如楚塞之阻龜阨。蟹負筐而躁，蠭垂螸⓬而螫，隼翔高而攫，盧⓭疾走而獲，駮⓮擇猛而噬，蜮⓯潛幽而射，螳翳葉而侵，鼄張羅而弋，莫不役於一氣之攸與，而忘其元和⓰之本醳⓱。是以羽⓲當筵而斷義⓳，鞅⓴接鑣而搏卬㉑。歡㉒指天而僨兆㉓，登茹血以詛萇㉔。汴㉕狙擊㉖以乘㉗晉，吳梟暝而搏襄㉘。殺㉙尸待封於三歲，郯㉚指宵掬於孤航。馬陵㉛驕而朱殷成澮，上黨諼而白骨如霜㉜。成皋㉝之烽迷曉霧，玉壁㉞之燐奪星光。淮堰之膏飫鰻鮪㉟，楊劉之壘泣寒螿㊱。誠度彼而參此，奚徒一蜡之彊梁㊲者哉！

【章　旨】自天生萬物本應「樂其類以相存」，而且該「相嘔相濡」而不「相吞」，推論出之所以物物相殘，乃是在於「役於一氣」而忘其「元和之本醇」；進而聯類一系列史事，說明人類之相戕殺，也同樣地由於這一點。

【注　釋】❶萬彙　萬類。❷充　充滿。❸盪　搖動。❹芸　芸香草。❺屯　土阜。❻汶悶　昏暗不明，抑鬱不舒。❼芒味　體會不可捉摸的道理。芒，形容不可捉摸。《鶡冠子・世兵》：「芒無貌。」味，體會事物的道理。杜甫〈秋日夔州詠懷〉：「虛心味道玄。」❽相嘔相濡　語見《莊子・大宗師》：「泉涸，魚相與處于陸，相呴以濕，相濡以沫（吐沫）。」相嘔，互相和悅。相濡，比喻處困境而互相以微力救助。❾橐　杵聲。《詩・小雅》：「椓之橐橐。」❿風　民歌民謠。⓫氾濫　漲溢。⓬垂螫　腹垂毒汁。螫，猶言流出毒汁。⓭盧　獵狗。⓮駮　獸名。《爾雅・釋畜》：「駮似馬，倨牙，食虎豹。」⓯蜮　古代相傳為一種能含沙射人的動物。《詩・小雅・何人斯》：「為鬼為蜮。」⓰元和　猶言太和。⓱醇　酒味濃厚。這裡猶言醇厚。⓲羽　指項羽。⓳義　指卿子冠軍宋義。⓴鞅　指商鞅。㉑卬　指公子卬。㉒歡　指東魏高歡。㉓兆　指爾朱兆。爾朱兆弒魏孝莊帝，歡起兵討兆，滅之。㉔登茹血以詛萇　苻登是苻堅的曾孫。姚萇原為苻堅之臣，拜為揚武將軍。堅敗，萇被西州豪族推為盟主，自稱秦王。敗秦兵，執殺苻堅。因此苻登屢與萇戰，罵萇為殺君賊，在軍中立苻堅神主，凡所欲為，必啟告神主而後行。戰爭中互有勝敗，後姚萇因苻堅作祟患陰腫出血而死。子興滅苻登。茹血，指古代盟誓的一種儀式。登，指十六國時的秦苻登。萇，指十六國後秦姚萇。㉕汴　不詳。㉖狙擊　暗中埋伏，乘機襲擊。㉗乘　戰勝。《呂氏春秋・權勳》：「天下兵乘之。」高誘注：「乘，猶勝也。」㉘吳梟瞑而搏襄　不詳。㉙殽　指秦晉殽之戰。㉚邲　指晉楚邲之戰。㉛馬陵　指齊魏馬陵之戰。㉜上黨援而白骨如霜　指秦趙長平之戰。㉝成皋　指楚漢成皋之戰。㉞玉壁　城名，在山西省稷山縣西南。《元和志》：「後魏大統四年，東道行臺王思政上表築玉壁城，自鎮之。高歡寇玉壁，思政有備，不克。」底本作「玉壁」，誤。㉟淮堰之膏飫鰻鮪　此句當指在淮、淝一帶進行的淝水之戰。㊱楊劉之壘泣寒螿　事見《八編類纂》。楊劉，五代時唐將楊劉與梁將王彥章戰，兵敗，「殆亡士卒之半」。壘，墳墓。寒螿，寒蟬。㊲彊梁　亦作「強梁」。剛暴。

【語譯】老天誕育萬類，其本元有著相互淵源。那靈敏蠕動的昆蟲，那長滿土阜的芸草，是使它們生長繁殖、不處於昏暗不明、鬱抑不舒的境地呢；還是聽之任之、讓它們自行體味不可捉摸的道理，以至煩冤苦惱呢？是使他們相互和悅、相互救助，愛自己的同類共同生存呢；還是使它們相互剋制，自相吞食呢？萬物相生不息而不相承受，那麼生存者又為什麼自己渾渾噩噩呢！有界限等於沒有界限，有群體為什麼不合群呢！同是杵聲中伴唱的歌謠，南北不同；同是染色的絲絹，黑白各分。起始相互矜恤，為何末了要互相戕賊。酷暑過去，秋風勁厲，堅冰消融，春陽普照。旌旂搖動，車輪滾轉，水的漲溢不分境域，其直瀉如大河之出孟門，其迂迴如楚塞之阻龜阨。蟹因背著殼子而躁動，蜂因腹下垂著毒汁肆螫，鷹隼因飛得高而可攫取地面的生物，獵狗因跑得快而有所獵獲，駮專擇虎豹而食，蜮潛蹤暗中射人，螳螂藏身林葉中施行侵襲，蜘蛛張著網捕捉蟲子，全都是由於突起的「氣」所役使，而忘卻太和之氣，其本在於淳厚。因此項羽會在筵席上砍宋義的頭，商鞅在接過馬嚼子時而搏殺公子卬；高歡指天為誓必斃爾朱兆，苻登飲血酒發誓詛咒姚萇，並征討姚萇；汴率兵暗中埋伏乘機襲擊，戰勝了晉，吳夜間攻擊了襄；秦晉殽之戰秦軍的屍體暴露於山谷達三年之久，晉楚邲之戰晉軍大敗時狼狽渡水；那馬陵之戰因龐涓之驕而兵敗血流成河，長平之戰被坑殺的趙軍的骸骨如霜一片；成皋的戰火迷漫如晨霧，那玉璧骸骨的燐火使星光失色；淮堰的屍體作了鰻鮪的食物，楊劉的墳壘間悲鳴著寒蟬。想想這，看看那，豈僅僅只是蟻類剛暴啊！

夫歕薄而無擇者氣也，攻取之相尋者機也，窮極而無回者往也，消謝而無憀者歸也。然則天不任❶殺，物不任威。游魂夐求❷，奚其憑依，縱之也終乎醉象，斂之也函以靈龜。非夫展目千古，潛意清微。當九六❸之龍戰❹，湛方寸之玄幾。薰風在襟，滌雨甘飛。旋燀焞之轂❺，破瓊珥❻之圍，亦何以訖昆螘❼之淫爂❽，定馮生❾之息吹❿也哉！維時靈雨既降，秋風載清。蕭森疏魄，涼潤綏情。蜻蜓群遊，歸鳥夕鳴。俯瞰垤戶⓫，闃爾忘爭。靈珠孤警，思移乾精。諶不忘夫吉凶生殺之樞軸，又何患乎險毒之難平。

【章　旨】指出「天不任殺」、「物不任威」，人們要「展目千古，潛意清微」，特別是要「湛方寸之玄幾」，把握「吉凶生殺之樞軸」，能抑平「險毒」。

【注　釋】❶不任　不憑藉。任，憑藉。❷敻求　遠求。❸九六　猶你死我活。《易疏・乾初九》：「陽爻稱九，陰爻稱六。其說有二。一者陽得兼陰、陰不得兼陽。」❹龍戰　謂群雄並起，混戰天下。❺燀焞之轂　火紅的車輪。此處意謂火紅的太陽。❻瓊珥　玉耳環。此處意為月亮。❼昆蠥　子孫憂慮。昆，子孫。蠥，憂。❽淫奰　過分憤怒。奰，怒。❾馮生　眾生。馮，眾多。❿息吹　猶言自由生活。⓫垤戶　猶言蟻穴。

【語　譯】噴薄而沒有區別的是「氣」，攻取之間相互尋覓的是時機，到了終極而沒有回返是往，消逝而沒有悲悵是歸。然而老天不憑藉殺戮，萬物不憑藉威力。遊魂遠求，何處有其憑依，放縱之，則終極為蒙昧之象，收斂之，則為函中通靈之龜。不是放眼千古，務須心靈清明幽微，在當前你死我活的群雄混戰天下之際，需要澄清內心靈機。和風在襟，細雨飛灑。要似同轉動火紅的太陽，脫出碧月的籠罩那樣，旋轉乾坤，否則有什麼辦法可以解除子孫的憂患與憤怒，安定眾百姓呢！其時靈雨已降，秋風帶著清冷，蕭森淡月，涼潤給情緒以安撫。蜻蜓群飛，傳來傍晚歸鳥的鳴聲，俯看蟻穴，已無聲無息地消失了爭鬥。內心獨處時分外敏感，思緒隨著乾元之精氣而活動，深信只要能把握吉凶生殺的關鍵，怕什麼凶險不能芟平。

卷九

贊三篇

陶孺人像贊

【題解】贊是一種以贊頌為主的文體。陶孺人是王夫之的原配妻室，衡陽人，處士陶萬梧的女兒，娘家家貲鉅萬，嫁到王家後，不恃富而驕，而是敬事公婆，和睦妯娌，孝友勤儉兼備。張獻忠軍至衡湘，骨肉遭難不一，因與婆婆分別，廢食兩天而起病，因父死七天號哭不絕聲而病重，後又因弟被繫囹圄，悲悒三日，終於身殉，歿於順治三年（一六四六年）十一月初四，年僅二十五。生子二，勿藥與攽。王夫之請劉明遇為其作〈墓誌銘〉。本文是王夫之為其畫像做的贊，贊頌她的孝敬慈愛，表現了夫婦間的深摯感情。

孝而殉，國人所聞，奚俟❶余云。慈以鞠❷，不究❸其粥❹，奚以相暴❺。靜好爾音，函❻之予心，有言孰諶❼。偕隱❽之思，已而❾已而，焉用文❿之。天或假爾以後昆⓫者，髣髴不迷，唯斯焉之為儀⓬。

【注釋】❶俟　等待。❷鞠　養育；撫養。❸究　徹底推求。❹粥　通「育」。❺暴　顯揚。❻函　容；入。❼諶　誠信。❽偕隱　一同隱居山林，不求官祿。❾已而　罷了；算了。❿文　文飾。⓫後昆　亦作「後緄」。後嗣；子孫。⓬儀　表率；標準；準則。

【語譯】孝敬尊長並且為婆婆、父親、兄弟殉身，是鄉人所共知的，何用我來說。對子女慈愛並辛勤養育，不必細究其如何養育，用什麼來顯揚你的孝敬慈愛！你的聲音安靜和美，永遠留在我的心中，我的話有誰深信！你與我一同隱居山林的心志，罷了罷了！何必再說什麼。老天或許幫助你的子孫後代，想像追思而不致迷惑，就是以你這幅畫像為標準。

題熊畏齋先生小像贊

【題　解】熊畏齋先生未詳何人。從贊中看他可能是京官，談鋒很健。似彩鳳得意飛鳴，所以王夫之對他並沒有由衷的贊頌。

爐煙篆❶輕，茗椀香清。天歸綺閣❷，人在瑤京❸。談霏玉屑❹，度❺挹❻芝英❼。養丹山❽之彩鳳，族❾麗景而飛鳴。

【注　釋】❶篆　盤香的喻稱。也指盤香的煙縷。❷綺閣　華麗的樓閣。❸瑤京　繁華的京都。❹談霏玉屑　《晉書・胡毋輔之傳》：「彥國（輔之字）吐佳言如鋸木屑，霏霏不絕。」形容滔滔不絕的言談。❺度　規則。❻挹　汲取。❼芝英　靈芝。❽丹山　古時傳說中產鳳的山名。《呂氏春秋・本味》：「流沙之西，丹山之南，有鳳之丸，沃民所食。」❾族　叢聚；集合。

【語　譯】香爐裡煙縷輕裊，茶碗裡茶葉清香，華麗的樓閣高聳入天，人在繁華的京都。言談滔滔不絕，口吐佳言如玉屑，又適當汲取了靈芝的精華。就如丹山的彩鳳，在身上聚集了美麗的姿色，一邊飛翔一邊啼鳴。

雜物贊

【題 解】這是王夫之為十六種日用小雜物寫的贊。正如小序中所述「感其一葉，則搖落可知已。」作者是借物的一端，發抒明亡後凋落感傷的情緒。十六篇無一不具有強烈的政治寓意，或暗刺清統治者的政策與對人民的掠奪；或緬懷皇明的業績，尋求明朝覆亡的原因；或感慨禮義道德的淪喪，譏諷那些仕清的官員與得勢的小人；表明自己堅貞不易的操守。因此，閱讀時應特別注意作者寄託在雜物描寫中的寓意或借題發揮之處。

雨坐無緒，念平生風物❶，或時已滅裂，或人間尚有，而荒山不得邂逅，各為敘其原委❷而贊之。諸有當於大製作者不與❸。感其一葉，則搖落❹可知已。

【注 釋】❶風物 風俗物產。❷原委 指事物的始末。❸不與 不在其中。❹搖落 凋殘；零落。

【語 譯】下雨悶坐，無情無緒，想到平生所見的風俗物產，有的已隨著時間而消失，有的還存在於人間，但是在荒山中不能看到，因此為它們各敘述其始末並且加以贊頌。各種大的製作不在其中，這就像是有感於一葉飄零，而大樹凋殘也由此可知了。

髮 積

【題　解】本文似是針對清朝的薙髮令所寫，頭頂已光，髮積裡以及所薙皮層下卻是「寔繁有徒」，作者以此寄譬人心、人意是「薙」不去的。其所引用的文字點明了這是無道之世。

糊紙作鍾馗❶狀，髯❷而執簡❸，空其後，掛壁間，以納櫛餘之髮❹。

神力憤盈❺，食妖充餒。謂髮離巔❻，其類維□。顧巔已□，寔繁有徒❼，玄冠褚袍，云胡其徂❽？

【注　釋】❶鍾馗　傳說故事中能打鬼除妖的人物。相傳唐明皇在病中夢見一大鬼捉一小鬼吃掉，自稱名鍾馗，生前應試武舉未中，死後決心消滅天下妖孽。明皇醒後，命畫工吳道子繪成圖像，懸掛起來，民間以為能驅邪。❷髯　頰耳邊多鬚。❸執簡　手執簡冊。簡，古代用以寫字的竹片，亦指功用與簡相同的書寫用品。❹以納櫛餘之髮　古人以為身體髮膚受之父母，不應損傷，所以將櫛餘之髮積起來，最終一起放入棺中安葬。櫛，梳理頭髮。❺憤盈　積滿憤怒。❻巔　身體的頂部，即頭。❼徒　徒眾。喻眾多。《書．仲虺之誥》：「簡賢附勢，寔繁有徒。」「繁」上原空一字，從「寔繁有徒」句，可知應為「寔」字，今補。寔，「實」的異體字。❽徂　通「殂」。死亡。

【語　譯】用紙糊成鍾馗的形狀，鍾馗兩頰耳邊長滿鬍鬚，手持簡冊，他的後面是空的，掛在牆上，用來收積梳下來的頭髮。

鍾馗的樣子充滿了憤怒，以吃妖怪來充飢。頭髮脫離了頭頂，櫛餘的頭髮（堆積在一起），頭頂之髮已經（稀少）。但髮積裡卻還繁多。戴著黑帽、穿著紅袍的鍾馗，你怎麼就死了呢？

氣通

【題解】本文前面敘述了氣通的作用，最末文筆忽轉，說「熱中汗背，非爾所審」，譏刺出仕滿清的變節小人，雖得新朝榮寵，而其內心惶愧，實不能自已！

鐫❶方玉管作綺疏❷，方暑簪之，以洩蒸溽❸。亦有冶銀及刻鳥羽本❹為之者。

百陽趨首，鬱則或膩❺。玲瓏旁引，紓此亢息❻。陰升陽脫，不霜而凜。熱中汗背，非爾所審。

【注釋】❶鐫　鑿；雕刻。❷綺疏　亦作「綺疎」。雕刻成空心的花紋。綺，綺紋；美麗的花紋。疏，刻穿。❸蒸溽　悶熱而潮濕。❹鳥羽本　羽毛根部空心管狀的部分。這裡暗指清朝官員所戴的翎子。❺膩　膩脂。油肉腐敗，引中為黏糊糊的。❻亢息　乾旱的氣息。

【語譯】將方玉管雕刻成空心的花紋，當暑天時簪在頭上，來散發濕熱。也有用銀子來冶鑄成的和用鳥的翅羽翎管雕刻成的。

各種陽氣上升到頭部，密集在頭部就成了黏糊糊的。簪上氣通，就可將各種氣息旁引散發，舒發了乾旱的熱氣。陰氣上升，陽氣離開，雖然不下霜，頭上卻感到寒涼。那些內熱而汗流浹背的，就不是你氣通所能詳知了。

天蠶絲

【題　解】本文由贊美天蠶絲的柔堅可綴金玉，發揮到乾綱斷裂（明王朝覆亡）、無人維繫（無人能存亡續絕），發出「孰與維之」的痛苦詰問，是本文的點睛所在。

出廣西府江❶山中，傜僮❷炙食其肉，有絲如金縷，以綴巾圈。弗飽女桑❸，弗眠葦曲。柔堅赩❹燿，綴彼金玉。乾綱既裂❺，孰與維之？千金一繭，不及貆❻狸。

【注　釋】❶府江　水名。在今廣西武鳴縣北。清時流經思恩府治，故名府江。❷傜僮　都是我國的少數民族。一九六五年改「僮族」為「壯族」。❸女桑　小桑樹。❹赩　赤色；火紅色。❺乾綱既裂　意謂明朝滅亡。作者由天蠶絲柔堅可綴金玉，卻不能維繫斷裂的乾綱發出感慨，這就是本文的寓意所在。乾綱，舊指君權。❻貆　幼貉。滿清興起於東北，以獸皮、毛裘為珍貴之物，與南方重視絲織品不同。

【語　譯】天蠶絲出產在廣西府江的山中，傜族、僮族的人烤炙天蠶，吃它的肉。天蠶的絲像金線，可用來綴結成圍巾。

不食桑葉，不在蘆葦織成的圓匾中入眠。吐出的絲顏色火紅，十分光耀，又柔韌堅牢，可以穿聯金玉。但是明朝滅亡，君權喪失，又有誰來維繫！所以價值千金的一繭，還及不上貉與狸。

香筒

【題解】本文由香筒轉而咒罵不良之徒，其追逐惡草，如逐臭者流，天下將無其容身之處。

出納袖中，香霧凝綺疏，則不爇❶而熏，沈水木❷、紫檀❸、象齒❹、椶竹❺乃至磨竹，皆任為之。鏤人物花卉峰巒，精者細如毫忽❻。

香魂化虛，留之以凝。褒衣❼閑閑❽，偕爾寢興。□□之夫❾，蕕葎❿是逐。無所置爾，袪⓫如□□。

【注釋】❶爇 燒；焚燒。❷沈水木 即沈香木。❸紫檀 木名。常綠喬木，木材堅實，紫紅色，可做貴重家具等。❹象齒 象牙。❺椶竹 亦作「椶竹」、「棕竹」。常綠叢生灌木。葉形略似棕櫚，但質薄尖細如竹，幹雖細而堅韌，可製手杖、傘柄等。❻忽 古代極小的度量單位。《孫子算經．上》：「度之所起，起於忽，欲知其忽，蠶吐絲為忽。」❼褒衣 亦作「褒衣」、「裦衣」。寬大的衣服。❽閑閑 亦作「閒閒」。閑靜悠閑的樣子。❾□□之夫 兩空字應是貶語。❿蕕葎 都是惡草。蕕，蔓生在水邊的一種像細蘆的臭草，常比喻惡人。葎，俗稱「拉拉藤」。《本草綱目．草七．葎草》：「此草莖有細刺，善勒人膚，故名勒草。訛為葎草。」⓫袪 袖口。亦泛指衣袖。

【語　譯】香氣出入於袖中，這是因為香霧凝聚在鏤空的香筒裡，不燒香卻能有香氣薰染。沈香木、紫檀木、象牙、櫻竹乃至於磨竹，都可以製成香筒。筒上鏤刻花卉山巒，刀工精緻的可以細如毫髮。

香魂化為煙霧，香氣凝聚留在袖中。寬大的衣服舒適悠閑，無論睡眠或起來，都與香筒在一起。（不好）的人，追逐的是惡草。沒有地方安置你香筒，衣袖猶如（你的家）。

鬼見愁

【題　解】本文插入「如彼明王，守在四夷」兩句，似很突兀，但這正是本文的要旨所在。明王守四夷，因此國家安定。明末不防四夷，才使滿清入關。末兩句也是作者沈痛心情的流露。

亦草木之實，生武當山❶谷。或採令童子佩之，云辟鬼魅。狀類粵西所產豬腰子，而圓小精潤，茶褐色，有深黑文緣其間。

鬼愁不愁，人亦不知。如彼明王❷，守在四夷。爾不我佩，鬼愁何有。使爾今存，人胥❸疾首。

【注　釋】❶武當山　在湖北省丹江口市南，山勢峻拔，山上紫霄宮、太清宮等規模宏偉，是道教名山和武當派拳術的發源地。❷明王　賢明的君王。❸胥　皆；都。

【語　譯】鬼見愁也是一種植物的果實，生在武當山的山谷中。有人採摘了讓小孩子佩戴起來，說是能夠避妖邪鬼魅。形狀像廣西出產的豬腰子，但是比豬腰子圓小精細光滑，顏色是茶褐色的，有深黑的花紋纏繞其中。

鬼愁還是不愁，人們也不知道。賢明的君主，防守四夷，才無後患。你不佩戴鬼見愁，那裡還有鬼發愁。若鬼見愁現在還存在下來，敵人都會因此頭痛。

料絲鐙

【題　解】本文的寓意在「六方合成」句。暗指明朝的小帽，以六瓣合縫，相傳為明太祖所製，象徵「六合一統」。作者於此緬懷皇明一統六合的鼎盛業績。

燒藥石❶為之，六方合成，外如絲，內如屏，花卉蟲鳥，五采斯備。然鐙❷其中，猶❸為綺麗。

元夕❹張鐙，漢明❺創始。窮工取麗，既光且綺。爭月搖星，石繭火機❻。以陰以雨，奪我容輝。

【注　釋】❶藥石　指料絲用瑪瑙等礦石搗成粉末加工製成。❷然鐙　即燃鐙。鐙，古代照明的器具，下有一盤盛油，以供點燃。❸猶　通「尤」。❹元夕　即元宵。陰曆正月十五日為元宵。❺漢明　指漢明帝劉莊。❻火機　火的幾微的跡象。

【語　譯】煉瑪瑙等礦石做成料絲鐙，由六個方塊合圍，外面像絲，裡面像屏障，屏上繪有花卉蟲鳥的圖案，五彩繽紛。點亮了鐙，色彩更加燦爛鮮麗。

元宵點鐙，是從漢明帝開始的。元宵鐙夜竭盡工巧，爭奇鬥艷，既光亮又綺麗。料絲鐙如石繭一樣，幾微的火光，似與月亮爭輝，似使星辰搖閃。但遇到陰雨的天氣，就頓然失去了鐙的光輝。

太平鼓

【題　解】由太平鼓緬懷明朝河清海靜，三百年統治的美好年華；感嘆今人不憂思戰亂，忘記了異族侵略入主中華的慘痛歷史。

以鐵為棬❶，鞔❷羊革作一面鼓，棬下施十餘小鐵環，揭❸長柄。擊鼓搖環，琅琅❹隆鼓❺，鐙夕之巷樂❻也。

三百韶華❼，河清海謐。歡情踔厲❽，播于始吉。天山笳哀❾，漁陽撾斷❿。

凡今之人，孰肯念亂？

【注　釋】❶棬　羯鼓上的一種環狀部件。❷鞔　用皮蒙鼓。引申為繃緊的樣子。❸揭　高舉。❹琅琅　清朗響亮的聲音，指鐵環聲。❺隆鼓　形容鼓聲。❻巷樂　民間音樂。❼三百韶華　明代從建立到滅亡，共二百七十七年，約數為三百年。韶華，美好的歲月。❽踔厲　奮發。❾天山笳哀　天山，一名燕然山。即今蒙古人民共和國境內的杭愛山脈，古時匈奴族居此，常騷擾中國。❿漁陽撾斷　唐代安史之亂時，安祿山在漁陽（治所在今天津市薊縣）起兵叛唐。白居易〈長恨歌〉中有「漁陽鼙鼓動地來，驚破霓裳羽衣曲」之句，後「漁陽鼙鼓」亦指外族侵略。

【語　譯】用鐵做成鼓圈，繃緊羊皮作鼓面，圈下繫了十多個小鐵環，鼓端有一長柄可以高高舉起。打鼓搖環，發出清朗響亮的鐵環聲和咚咚的鼓聲，這是元宵燈節的民間音樂。

近三百年的美好年華，河清海靜。歡情奮發，由歲首年頭元宵開始就撒佈了吉祥的種子。傳來天山胡人悲涼的笳聲，擊斷了漁陽的鼙鼓。這些異族侵略的歷史，現在的人們還有誰能夠想起？

活的兒

【題　解】當人們滿懷春意遊玩時，作者被殘夢驚動，由插在巾帽上的活的兒，聯想到現今乃「梟巢人頂」，強梁勢力騎在人民頭上作威作福啄害人民的慘酷情景。

以烏金紙剪為蛺蝶，朱粉點染，以小銅絲纏綴針上，旁施柏葉。迎春元日，冶遊❶者插之巾帽。宋柳永詞所謂鬧蛾兒也。或亦謂之鬧嚷嚷。

暄風❷未動，春物已翩。人載春心，爭物之先。蘧蘧❸殘夢，生意不蘇。梟❹巢人頂，仍啄其膚。

【注　釋】❶治遊　同「遊冶」。野遊；郊遊。春天或節日裡男女出外遊玩。❷暄風　暖風。❸蘧蘧　驚動的樣子。《莊子・齊物論》載莊周夢蝶的寓言，說夢醒之後「俄而覺，則蘧蘧然周也。」這裡因活的兒係蝴蝶形而借用莊子的典故。❹梟　貓頭鷹一類的鳥，舊傳梟吃食其母，故常以喻惡人。

【語　譯】活的兒是用烏金紙剪成蝴蝶的樣子，再點染上一些紅色或白粉，用小銅絲纏紮在針上，旁邊再加上一些柏樹葉子。在迎春元旦節日時，郊遊的男女插在頭巾或帽子上。宋代柳永的詞中叫做「鬧娥兒」，也叫「鬧嚷嚷」。

雖然暖風還未吹起，但春天的小飾物已經翩翩飄舞。遊人更是滿懷欣欣的春意，與春天的小飾物似在爭得風氣之先。我卻像莊子夢蝶醒來，生命的意趣卻還未蘇醒。頭上不是蝴蝶，而有惡鳥築巢，並且啄食人肉，人們怎能不警惕！

果罩

【題　解】借果罩的有名無實，暗暗諷刺那些滿足於有名無實之徒，只不過是筵宴上的空擺設，他們為了一己的「貪饕」而甘願為之。

漆竹絲，或燒假珠子為之。中固無果，名而已矣。顧非是則不足為筵。

非以給欲，如彼繡衣。目愉心愜，何必不飢！胡孫❶充嗉❷，偃鼠滿腹❸。安用初筵❹，貪饕❺已足。

【注　釋】❶胡孫　亦作「猢猻」。即猴子。❷嗉　指猿猴類的頰囊。❸偃鼠滿腹　《莊子・逍遙遊》：「偃鼠飲河，不過滿腹。」指雖在河中，但飲水不多。偃鼠，亦作「鼴鼠」，田鼠。❹初筵　初就筵席，後指宴飲之始，也泛指宴飲。《詩・小雅・賓之初筵》：「賓之初筵，左右秩秩。」❺饕　貪甚曰饕。特指貪食。

【語　譯】果罩是用竹絲上漆、或燒假的珠子製成。裡面本來沒有果子，名為果罩罷了。但是沒有果罩就不足成為筵席。

不是用來滿足食慾，就像繡衣用來觀賞一樣。眼睛觀賞愉悅，心情自然愜意。何必要達到不餓的目的呢！猴子吃食不過充塞小小的頰囊，田鼠在河中飲水，所需不過滿腹罷了。那裡需要筵飲，筵飲之始，貪食的慾望已經滿足了。

高柄盌

【題　解】借高柄盌之足不是多餘的，來闡明禮的重要，古時的「尊有禁，籩豆有房」，都是按禮應如此的，有其不可或缺的作用，所謂「禮義廉恥，國之四維。」最末四句「擎拳致肅，無患捧盈。措地不可，而後亡傾。」語意雙關，不遵禮，便會導致覆亡。

茗盌下有足，可拱可把，以架承之。古者尊有禁❶，籩豆❷有房❸，應如此爾。

謂爾贅疣❹，何者非贅？苟便飯歠❺，放流奚害？擎拳❻致肅，無患捧盈。措地不可，而後亡傾。

【注釋】❶禁　古時承酒尊的器具，形如方案。❷籩豆　籩和豆。是古代祭祀及宴會時常用的兩種禮器，竹製為籩，木製為豆。❸房　几也。周代祭祀用的俎几。❹疣　皮膚上長的肉瘤。尋常疣也稱瘊子。❺歠　指羹湯。❻擎拳　拱手作禮。

【語譯】茶碗下面有腳，可以兩手合把，可以一手握持。也可以用架子撐著。古時酒尊有承尊的方案，籩豆這些禮器也放在俎几上，是應該如此的規矩。

假若說碗足是多餘的累贅的瘊子，那麼什麼東西不是多餘的累贅？若為了方便吃食啜飲，那麼不要碗足，將平底的碗盤放置水面，順流漂浮，又有什麼關係？拱手作禮時手捧高柄盌，也沒有什麼不方便。就是不能放在地上，這樣會傾覆翻倒。

盒袋

【題解】以「取彼亂髮」與「如山既童」暗譏薙髮，同時批判那些公開逢迎、送禮行賄的無恥小人。

用亂髮結繩，作大目網，納盒其中，荷之以行。

匪絲匪枲❶，取彼亂髮。如山既童❷，柯❸將焉伐。饋食往來，露其乾餱❹。苞苴❺不諱，亦孔❻之羞。

【注釋】❶枲　大麻的雄株，纖維可織布。亦泛指麻。❷童　山無草木。《荀子・王制》：「山林不童，而百姓有餘材。」❸柯　樹枝。❹乾餱　乾糧。亦泛指普通的食品。❺苞苴　即蒲包。用葦或茅編織成的包裹，安放魚肉之類食品的用具。後也指饋贈的禮物。苞，通「包」。❻孔　甚；很。

【語譯】用亂髮結成繩，作一孔眼很大的網兜，把盒子放在網中，便可挑起走路。

不是用絲，也不是用麻，而是拿取那些亂髮編織而成。就如山上已無草木，還怎麼能砍伐樹枝。來往贈送食物，露出食品。不隱諱贈送的禮物，應當是很可恥的。

【題解】由高閣「恐藏不密，畏爾貫禍」，表現了對清廷文字獄的不滿。而「今作字者，匪訟則貨」，更是明確指出不是興訟，就是以之牟利之徒，比比皆是。

高閣❶

小紫竹為架，下斂上張，以庋❷字畫及藁紙，掛壁間。

截彼湘筠❸，庋我丹策❹。伸臂以探，攜無曰益。今作字者，匪訟則貨。恐藏不密，畏爾賈禍。

【注釋】❶高閣 置放書籍、器物的高架子。❷庋 置放；收藏。❸筠 竹子的青皮。引申為竹子的別稱。❹丹策 重要的書冊。

【語譯】高閣是用小紫竹做的架子，下面小，上面張開，用來置放字畫和稿紙，架子掛在牆壁上。截取那些湘竹，做成高架子，安放我重要的書冊。伸起手臂就可拿取，攜帶是不方便的。現在做文章的人，不是打官司，就是當貨物賣。唯恐這高架子收藏得不祕密，懼怕書會招來文字獄。

茶托

【題解】茶托原為保護案漆的墊子，而現在則茶杯不正常龐大，且勢燄炙手可熱，茶托已喪失其作用。作者以此抨擊那些一朝得勢橫行的小人。

緝小草結之，如蒲團狀，大纔如盌，藉茶具，不令蒸歊❶損案漆。

使僧如槌，爾可安禪；不壞色相，淨理乃全。今者群□，大如修羅❷；炙手可熱，爾其奈何！

【注釋】❶歊 氣上沖貌。❷修羅 梵語譯音，阿修羅的省稱。意譯為「不端正」或「非天」，是古印度神話中的一種惡神，住在海底，常與天神戰鬥。佛教採用其名，把它列為天龍八部之一，又列為輪迴六道之一。

【語譯】茶托是用小草編結起來，像蒲團的形狀，大的也只像碗一樣，墊在茶具的下面，使得茶具不因為熱氣損壞案几面上的油漆。

如果有和尚像木槌一般大小，你便可供他安然禪坐，領悟禪機；不破壞事物原來的色相，淨理才能保全。現今群（凶），大的如惡神阿修羅；熱得可以燙手，在這種形勢下，你又能怎樣呢！

鑪几

【題解】這裡作者以「大理石為中」的鑪几自喻，大理石象徵堅貞操守，在「明窗棐几，香縷縈空」的幽境中，淡泊名利，自甘寂寞，以太玄為處世準則，有如介石永生不變。

大理石為中，烏木為邊，似案而小，以承鑪香匙瓶。

明窗棐❶几，香縷縈空。終遠腥熏，願承下風。太玄❷為守，介石❸為心。君子去我，夜氣惟金。

【注釋】❶棐　通「榧」。木名。❷太玄　亦稱「太玄經」。西漢揚雄著，全書以玄為中心思想，相當於《老子》的道和《周易》的易。❸介石　謂操守堅貞。語出《易‧豫》：「介于石，不終日，貞吉。」

【語譯】鑪几當中是用大理石做的，烏木做邊，像案桌而比案桌小，用來放置香爐、香匙與花瓶。

窗子棐几明亮、乾淨，香煙一縷縷縈繞在空中。遠遠地避開了腥氣的薰染，我願承受香風襲來。守住太玄的道理，以堅貞的操守為心。所謂的「君子」離開了我，靜靜的夜間只有金氣存在。

看　相❶

【題　解】古時女子佩戴的各種雜物，已實去形存了。今者「怒馬銜妖，裹袖為姿」的佩飾，是那些諂媚新貴、企圖倖進的小人之故作姿態。他們姍姍遲來，卻排擠了先前的賢者。

冶銀作箴管粉合❷，鑰橐❸線囊，蓋〈內則〉❹女子所佩，實去而形存者也。

紛帨❺象揥❻，女職所勤。用拙形傳，聊樂我員。怒馬❼銜❽妖，裹袖為姿。珊珊❾冉冉❿，奚有來遲。

【注　釋】❶看相　指女子佩戴的雜物。❷粉合　粉盒。❸鑰橐　鑰匙袋。橐，盛物的袋子。❹內則　《禮記》的篇名。敘述婦女在家庭內必須遵守的規範和準則。❺紛帨　都是巾。紛用來揩拭器具，帨用來揩拭手，都是女子準備尊長使喚時用的。❻象揥　象牙髮篦。❼怒馬　體健氣壯的馬。詳味全文，「怒馬」應是女子佩戴之物，絕非真馬，否則與前文似無聯繫。❽銜　炫耀；自誇；賣弄。❾珊珊　同「姍姍」。遲緩貌。❿冉冉　慢慢地。

【語　譯】冶煉銀子作為針管、粉盒、鑰匙袋、線袋，都是《禮記‧內則》篇規定的女子所佩備的東西，現在則已失去實質而僅存形式了。紛巾、帨巾、象牙髮篦，都是女子職守所勤用的東西。但現在實用功能不存而只是形式保留下來，聊且使我們喜歡罷了。炫耀佩物壯馬，護袖為姿，那些倖進之人，慢慢地姍姍而來，排擠先前的賢者，何患遲來後到呢！

袖籠❶

【題解】本文的喻意在最後兩句，乃針對清初「圈地」（滿族統治階級用政治強制手段掠奪平民土地）而言，那常帶「殺容」的掠奪者，如老鷹那樣不斷地掠奪，導致了「雀鷇其空」的悲慘局面。作者強烈譴責了清統治者這種對人民的殘酷掠奪。

射者衣大褶❷，則以幅錦裹袖，《詩》之所謂「拾」也。

射維觀德，容乃德隅❸。雖云絭袖❹，不礙卷舒。削幅見肘，恆有殺容。如鷹常攫，雀鷇❺其空。

【注釋】❶袖籠　古代射箭時用錦帛皮革製成的護袖。❷大褶　大夾衣。❸德隅　猶言德行方正。❹絭袖　束袖。❺鷇　待哺食的雛鳥。

【語譯】射箭的人穿的大夾衣，常用錦帛製成裹緊的袖口，就是《詩經》中所謂的「拾」。

　　觀看射箭要看德行，所以射者總是德行方正的樣子。雖說是束袖，但並不妨礙卷曲舒展。若巾帽狹小，捉襟見肘，就常有殺容。就如老鷹常攫食小鳥，那麼待哺食的小麻雀就少了，雀巢也就空了。

銘十一首

【題解】銘是一種文體，古代常刻於碑版或器物上，有的用來稱頌功德，有的用來自警、鑒戒。這是王夫之在康熙九年（一六七〇年）五十二歲時所作。與〈雜物贊〉一樣，作者亦均有寓意。

筆銘

【題解】本文贊頌一種是非黑白絕不混淆的精神。

為星為燐，於爾分畛❶。為梟為麟❷，於爾傳真。吁嗟乎，吾懼鬼神。

【注釋】❶畛　界限；區分。❷麟　麒麟。簡稱麟，古代傳說中的一種動物，似鹿，獨角，全身鱗甲，多作為吉祥的表徵。

【語譯】是星星還是燐火，在你的筆下分出了界限。是惡梟還是麒麟，在你的筆下露出了真相。啊，我懼怕鬼神。

硯銘

【題解】通過端硯的被奪，揭露叛吏的強盜行徑。〈硯銘〉則是表現作者靜心寫作的戰鬥精神。

余兩赴端州❶，未能得一佳石。故水師將軍南陵管燦，舊為制使❷丁魁楚❸開靈羊峽坑，家有數石，其子貽余一硯，知石理者，謂承之以日則晶熒反射如浮金乳為獨絕，不在蟲蛀火鬣蕉葉❹也。庚寅冬，桂林覆敗❺，為叛吏挾家人奪去。既返山中，無以和墨，劉平思昪❻一石子，外璞中膩，參差類小龜，即非至者，亦頗受墨，相隨二十年矣。平思下世來，倏已五載，欽佩故心，聊為銘之。

平思曰：咨❼，天憖❽爾以死，不替爾思。爾有□知，錫❾爾玄龜❿。蠲⓫爾心，奠⓬爾辭，以斯人遯⓭于迷疑。維□□亂夏，聃曇⓮為之尸。砥礪爾鋒，無滋遺種于茲土，爾尚不余遺。龜拜稽首，曷敢不式承⓯子之光施⓰。

【注釋】❶端州　因境內端溪而得名，治所在今廣東肇慶市，產硯石，後世稱端硯。❷制使　制置使的簡稱。唐宋均設置，相當明清時的總督。❸丁魁楚　明崇禎時官兵部右侍郎，總督薊遼保定軍務。福王時總督兩廣。

❹蟲蛀火鬣蕉葉　端硯中能呈星點與波紋狀的為上品。蟲蛀，即是呈蟲蛀星點的。火鬣，是呈現出紅的馬的長

頸毛花紋的，也叫火捺紋。蕉葉，即「蕉葉白」，紋理間有純白片如蕉葉，故名。❺庚寅冬二句　指順治七年（一六五〇年）冬十一月，清兵攻下桂林，明桂王兵敗南奔。❻畀　給予。❼咨　嘆詞。多表贊賞。❽憖　損傷；殘缺。❾錫　賜。❿玄龜　元龜；大龜。⓫蠲　潔淨；使清潔。⓬奠　進獻；薦獻。⓭逖　遠。⓮聃曇　明徐渭《論中》七：「聃也，禦寇也，周也，中國之釋也，其於曇也，猶契也，印也，不約而同也。」意為老聃、列禦寇、莊周是中國的佛，他們對佛法是契合相印，不約而同的。聃，相傳為老子的字。曇，曇摩，亦譯「達摩」，意為法、佛法。⓯式承　效法。⓰光施　廣泛施行。

【語　譯】我兩次到端州，都未能得到一塊好石頭。原水師將軍南陵人管燦，從前為兩廣總督丁魁楚開靈羊峽坑，家裡有幾塊石頭，他的兒子送給我一塊硯，懂得石理的人說，此硯承太陽光照就晶瑩閃光，反射出像飄浮的金黃色乳液，這是絕無僅有的特色，而不像端硯中其他名品如蟲蛀、火黳、蕉葉白。庚寅年冬十一月，桂王軍傾覆敗亡，桂林被清軍占領，這塊硯石被叛吏脅迫我的家人搶奪去了。返回山中後，沒有可以用來和墨的，劉平思給了我一塊石頭，外表未經雕琢，但裡面卻很膩滑，不整齊如一隻小烏龜，即使不是頂好，但也很能容墨，跟我相隨已二十年了。平思去世以來，倏忽已經五年，欽佩他的深情，姑且為硯作銘。

平思說：啊！蒼天想以死來損傷你，不替你著想。你有（真）知，送給你一塊龜硯。靜下心來，寫下你的文辭，你這人會遠離懷疑迷惑。（滿清）亂夏以來，老子、佛法成為人們崇信的。磨礪你的筆鋒，不要讓佛老的遺種滋長在這塊土地上。你也不能留給我。龜硯叩頭，何敢不效法你、繼承你並發揚光大。

墨銘

【題　解】借銘墨頌揚了一種為正義事業不惜犧牲自己的精神。

莠讕❶浮囂❷，惜爾如珍。微言❸苟伸，爾不吝滅爾身。

【注　釋】❶莠讕　不好的誣妄之言。❷浮囂　浮躁的愚頑之言。❸微言　精深微妙的言辭。

【語　譯】對於不好的誣妄之言、浮囂的愚頑之言，愛惜你如同珍寶。但是若能闡發精深微妙的言辭，你卻毫不吝惜毀滅自己的身軀。

祕閣❶銘

【題　解】陶淵明無琴可以悟得琴理，沒有臂擱，也可揮毫書寫，暗喻一無憑藉也可戰鬥的意思。

柴桑❷無絃得琴理，何用揮毫而藉此。

【注　釋】❶祕閣　寫字時枕臂的器具，也稱臂擱。長六七寸，闊二寸。❷柴桑　古縣名。在今江西省九江市西南。晉陶淵明故里在此，故以柴桑借指陶淵明。

【語　譯】陶淵明沒有琴但悟得了彈琴的道理，因此何用憑藉臂擱才能揮毫書寫。

硯蓋銘

【題　解】王夫之在南明滅亡後，避居窮山僻鄉數十年，聲影不出林莽，這種藏身已密，就是為了遠禍。

黃塵玄埃❶，切近其災。苟藏身之已密，彼於我何有哉！

【注　釋】❶黃塵玄埃　黃色的塵土，黑色的塵埃。比喻俗世、塵世。《易・坤》：「天玄地黃。」

【語　譯】黃色的塵土，黑色的塵埃，靠近了對硯臺都會造成災害。假若藏身夠隱密，那麼這塵埃對我又有什麼災害呢！

杖銘

【題　解】僅三個字，言簡意賅地表現了做人要正直的道理。

莫如信❶。

【注釋】❶信　伸直。

【語譯】手杖沒有像伸直一樣更好的了。

拂子❶銘

【題解】用拂塵以助談興，若理屈辭窮，又有何用。

所往為之，如彼為也。語助❷或窮，斯焉取舍。

【注釋】❶拂子　即拂塵。古代用來撣拭灰塵和驅趕蚊蠅的器具。❷語助　魏晉人清談時手執拂子以助清興。

【語譯】拂塵以往的作用就如它以往所做的一樣。清談有理屈辭窮之時，這拂塵哪有什麼用呢！

圍棋銘

【題解】表現了作者無可奈何的避世心理。

子入匳❶，局❷摺紙，將欲何為？勿寧❸事此。

【注釋】❶匳　「奩」的異體字。古代盛放梳妝用品的器具。文中指盛放圍棋子的盒子。❷局　棋局。❸勿

寧 寧可。

【語 譯】棋子放進了盒子，棋局完了，摺起了棋紙，你想做什麼？不如下棋。

梳銘

【題 解】通過銘梳批判達人多糊塗，嚮往神農虞夏時代人們的高尚道德境界。

新安黃將軍金臺，披緇❶稱廣明大師，請余為小傳，見贈玳瑁梳一合，云藏之無用久矣，非先生無可贈者。感其意而銘之。

我瞻斯人，皆可贈者。達❷多迷頭❸，非無頭也。豈其遠而，神農❹虞❺夏❻！

【注 釋】❶緇 黑色。文中指緇衣，黑色的僧衣。❷達 達人，顯貴的人。❸迷頭 謂頭腦糊塗而分辨不清是非。❹神農 傳說中農業和醫藥的發明者，相傳遠古時代人民過漁獵生活，他用木製作耒耜，教民農業生產。❺虞 指虞舜。❻夏 指夏禹。傳統的看法，遠古時人們的道德普遍都很高尚。

【語 譯】新安黃金臺將軍，穿上黑色的僧衣做了和尚，稱廣明大師，請我為他寫小傳，送我玳瑁梳子一盒，說：「儲藏起來沒有用處已經很久了，除了先生沒有可以贈送的人了。」感激他的美意，因此寫〈梳銘〉。

我看那些人，都是可以贈送的。顯貴的人大多糊塗，分不清是非，不是因為沒有頭，而是沒有道德觀念。神農虞舜夏禹的時代，難道遠嗎？

南窗❶銘

【題　解】表現作者對明王朝的忠誠，雖隱居晦匿，著書密山，但是死後，也要「邱首滇雲」。

北窗涼風，南窗夕曛❷。五柳❸高臥之心，夢依京雒；悲哉乎，夕堂❹拂螘❺之志，邱首滇雲❻。

【注　釋】❶南窗　康熙八年（西元一六六九年），王夫之五十一歲時在茱萸塘築草庵，開南窗，題名「觀生居」。❷曛　落日的餘光。❸五柳　五柳先生的省稱。晉陶淵明的別號，曾作〈五柳先生傳〉以自況。文中說：「宅邊有五柳樹，因以為號焉。」後亦泛指志趣高尚的隱士。❹夕堂　王夫之別名。王夫之常以「夕堂」命書名，如《夕堂戲墨》詩集、《夕堂永日緒論》、《夕堂永日八代文選評》、《夕堂永日八代詩選評》、《夕堂永日四唐詩評》、《夕堂永日明詩選評》。❺拂螘　人死後屍體觸到螞蟻。❻滇雲　雲南的天空。南明桂王的政權在雲南。

【語　譯】北窗涼風陣陣，南窗照映著夕陽落日的餘輝。五柳先生雖然隱居高臥，但是夢魂還是依戀京城；可悲啊！我王夫之即使死後的心志，土邱中的頭依然是向著雲南的天空。

觀生居銘

【題解】這是王夫之為自己的茅屋「觀生居」寫的銘。省察自己的一生，孤立無援，蹉跎百年，不平之氣，溢於字裡行間。

重陰❶蓊浡❷，浮陽❸客遷。孰忍越視，終詘❹手援。物不自我，我誰與連。亦不廢我，非我無權。盥而不薦，默成❺以天。念我此生，靡後靡先。亭亭❻斯日，鼎鼎❼百年。不言之氣，不戰之爭，欲垂以觀，維自觀旃❽。無小匪大，無幽匪宣。非幾蠕動，督之綱鉗。弔靈淵伏，引之鉤筌❾。兢兢冰谷❿，裊裊鑪煙。毋曰殊類，不我覿⓫焉。神之攸攝，鬼之攸虔⓬。蝝頑⓭荒怪，恆爾考旋。無功之勣⓮，不罰之愆。夙夜交至，電灼雷喧。

【注釋】❶重陰　指雲層密佈的陰天。❷蓊浡　也作「蓊勃」。濃鬱。❸浮陽　指魚浮於水面以就陽光。❹詘　窮。❺默成　謂躬行不言，默而成事。語出《易・繫辭上》：「默而成之，不言而信，存乎德行。」❻亭亭　長久貌。❼鼎鼎　蹉跎。❽旃　猶「之」。❾鉤筌　捕魚用的竹器。❿冰谷　《詩・小雅・小宛》：「惴惴小心，如臨于谷。戰戰兢兢，如履薄冰。」後用「冰谷」比喻危險的境地。⓫覿　見。⓬虔　誠敬。

⓭蝝蝝　幼蝗、白蟻。⓮勣　「績」的異體字。

【語　譯】陰天濃鬱的烏雲密佈，如魚浮出水面以就陽光一般，王夫之遷居到茱萸塘的草屋裡，雖然沒人對我見外，但終究缺乏伸手援助。萬物不從我開始，我與誰相連。萬物雖不拋棄我，不是我沒有權衡。盥洗沐浴卻沒有齋薦，躬行不言，默然成事，全在自然。想我這一生，無後無先，長長的白天，蹉跎百年。未表現於言語的氣惱，未表現於戰爭的爭鬥，從此看來，觀察自己的一生。沒有小也沒有大，沒有幽隱也沒有顯現，有像爬蟲類爬行一樣的蠕動，就會有網鉗之類的督捕，因為有在水中潛伏的魚類，因此有捕魚的竹器。戰戰兢兢如履薄冰，如臨深谷，爐煙裊裊繞繞。不要說我是不同類的人而不見我，是神鬼所虔誠敬攝的，那些蟲怪卻常來我這裡盤旋。無功勞的業績，不責罰的過失。早晚交至，雷鳴電閃。

卷十

家世節錄

【題解】本文是王夫之為王氏家族寫的家譜，記錄他平時聆聽庭訓所得，故云節錄。王氏是以戰功起家的，第一代創業的始祖驍騎公因起兵逐元、跟從明太祖渡江，功授青州左衛正千戶（正五品）。第二代遷衡始祖都尉公因從成祖南下功，陞衡州衛指揮僉事（正四品）。以後逐代世襲升遷至第六代驃騎公為正二品武官。第七代高祖寧（驃騎公四子）始以文墨教子弟，轉儒素起家，曾祖是縣學教諭，父親兩中舉人副榜，王夫之與長兄同年中舉。在敘述高祖以來的歷史時，著重寫詩禮傳家、家承嚴政的傳統，並對父母的事蹟品德作了詳盡的描述。

《禮》：「大夫❶有家❷」。《詩》稱「有邰家室❸」。司馬遷紀列國為世家❹，下況❺之辭也。今制，七品以下通乎士，六品以上通乎大夫。先❻驍騎公❼肇家❽于今十三世，雖子孫之弗克構❾乃家，固得以有家矣。夫之不肖❿，以墜令聞⓫，又遘茲鞠凶⓬，國緒如線，家亦以殄⓭。嗚呼！維我祖暨考之保此彝命⓮者，寧有替⓯也！夫之最晚生，時得敬聆庭訓者，十百之一二。隨節譔錄，肅呈之從表兄萬戶、伯兄孝廉，僉⓰曰：諧⓱汝從。嗚呼！後之人，其尚念之哉。時□□十有二年⓲季秋月朔日⓳乙未，徵仕郎行人司行人⓴介子夫之謹述。

【章　旨】本段是全文的序言。首先由家這一概念的發展過程，敘及王氏家世，從始祖至今十三代。然後寫自己撰寫〈家世節錄〉經過與希望後代懷念祖先的目的。

【注　釋】❶大夫　古職官名。周代在諸侯國國君之下有卿、大夫、士三等。❷家　卿、大夫的采地食邑。❸有邰家室　出自《詩・大雅・生民》：「誕后稷之穡，有相之道……即有邰家室。」意為周代始祖后稷從事農藝勞動，有助長五穀之法，得到豐收後，在邰地建立了家室。有邰，古國名，后稷的母親姜嫄，為有邰氏女，故址在今陝西省武功縣西南。「有」為詞頭，無義。❹司馬遷紀列國為世家　司馬遷在《史記》中把諸侯國列為世家。《史記》的體例分為本紀、表、書、世家、列傳。世家記錄了戰國時期的諸侯和漢代分封的同姓、異姓諸侯的史實。❺況　比擬；比方。❻先　祖先。❼驍騎公　揚州王氏家族的始祖。❽肇家　始創有功業的王家。肇，始。❾構　架屋。❿不肖　不似。特指兒子不像父親那樣賢能。⓫令聞　美好的聲譽。⓬鞠凶　窮極之亂。鞠，窮困；窮極。凶，亂。⓭殄　滅絕。⓮彝命　常命；常訓。指祖宗遺訓。尊長對後輩的教誨。⓯替　廢棄。⓰僉　都；皆。⓱諧　和合；協調。⓲十有二年　十二年。⓳朔日　陰曆每月初一。⓴行人　官名。明代設行人司，有行人之官，掌傳旨、冊封、撫諭等事。

【語譯】《禮記》說大夫有分封的采邑。《詩經》稱周代始祖后稷在邰地建立了家室。司馬遷《史記》將諸侯國列為世家，是向下比況的用辭。按現在的制度，七品以下的官員相當於古代的士，六品以上的官員相當於古代的大夫。我們祖先驍騎公開始建家至今已十三代，雖然子孫不能構建家，但是卻能夠因始祖而有家。夫之不像父輩那樣賢能，因而降低我家的美好聲譽，又逢此窮極之亂，明朝國運的脈絡已如線細，家也因而幾乎滅絕。嗚呼！我祖父與父親保存祖輩的遺訓，難道有廢棄的嗎！夫之出生最晚，能夠聽到尊長對後輩的教誨的，只有十百分之一二。隨即節錄撰述下來，恭敬地呈上堂兄萬戶、長兄孝廉。他們都說：「和順地聽從您。嗚呼！後代的子弟，希望你們還能眷念祖輩啊。□□十二年九月初一日徵仕郎行人司行人介子夫之謹述。

太原王氏❶，出自姬姓之後❷，至離次子威而分❸，至雁門太守昶而著❹。□元以上，興替❺不一。元末有居高郵州之打魚村者，斷為始祖驍騎❻公諱仲一。驍騎公兄弟，或云九人，或云七人。群雄逐❼元，公兄弟亦起義兵會焉，或歿于兵中。其與公並顯者，公弟仲二公、仲三公，皆從太祖渡江。仲一公以功授山東青州左衛❽正千戶❾。仲二公、仲三公各以功累襲長沙衡州二衛指揮❿。驍騎公生明威將軍⓫上都尉⓬公諱成，從成祖南下，功最，陞衡州衛指揮僉事⓭，乃宅于衡。

都尉公生嗣⓮都尉公諱全⓯，嗣都尉公生嗣都尉公諱能，皆襲世職，終⓰于官。

【章　旨】始敘王氏家世，元以前略述，從立戰功創業的第一代驍騎公開始詳述，王成是遷到衡州的始祖；正四品官。第三代王全、第四代王能都襲世職，無突出表現。

【注　釋】❶太原王氏　王氏家世最早出於太原，故稱太原王氏。❷出自姬姓之後　周天子姓姬，王氏最早的始祖是周靈王之子，世人稱為王子晉的。故云出自姬姓之後。❸分　指分為瑯琊、太原兩郡，故兩郡的王姓實是一個祖先。❹著　顯著；著名。❺替　衰落。❻驍騎　明制凡武官共六品，勳（勳官的等級）十二、散階（指無固定職事的官員品階）三十。驍騎即勳官驍騎尉的簡稱，正五品。❼逐　驅逐。❽衛　明代軍隊編制的名稱。於要塞地區設衛，衛五千六百人，由都司率領，隸屬於五軍都督府，防地可以包括幾府，一般駐在某地，即稱某衛。❾千戶　明代衛所兵制設千戶所，駐紮在重要府州，統兵一千一百二十人，分為十個百戶所，統隸於衛。千戶為一所的長官。❿指揮　明代各衛的指揮使，簡稱指揮。⓫明威將軍　正四品武官初授散階為明威將軍。⓬上都尉　上騎都尉的簡稱，即正四品武官所授的勳官。勳官是授給有功官員的一種榮譽稱號，沒有實職。⓭僉事　正五品武官，明代在按察使下設僉事，以分領各道。⓮嗣　職位的繼承人。⓯都尉公諱全　關於王成與王全的輩份，本文〈家世節錄〉記載為王成是父，全是子。但據《薑齋文集》衡陽刻本〈補遺〉卷二〈顯考武夷府君行狀〉一文所載，關係恰好顛倒過來，即王全是父，成是子。〈行狀〉比本文晚作，應當更為成熟準確，應從〈行狀〉，本文所記有誤。⓰終　死。

【語　譯】太原王氏家族是從姬姓的後代發展出來的，到王離第二個兒子威，王姓分佈在瑯琊、太原兩郡，到雁門太守王昶而名聲顯耀起來。元代以上，各代興旺、衰落各有不同。到元代末年，有居住在江南揚州高郵州的打魚村的，王氏名仲一、勳官驍騎尉的，斷定是我們的始祖。關於驍騎公兄弟，有的說九人，有的說七人。元末各英雄豪傑驅逐元統治者，仲一公兄弟也聚集義兵參與逐元的戰爭，有的死於軍中。與驍騎公一起顯達的，是公的弟弟仲二公、仲三公，都隨從明太祖渡長江南征。仲一公因戰功授官山東青州左衛長官千戶。仲二公、仲三公各因戰功屢次世襲長沙衛、衡州衛指揮使的官職。驍騎公生正四品明威將軍上騎都尉公名成的，王成跟從明成祖南下，戰功最大，因而升任衡州衛指揮僉事，於是就安家在衡州。成生下繼承世職的全，全生能，全、能都承襲世職，死於任上。

嗣都尉公生昭勇將軍❶上輕車都尉❷公諱綱，累官江西都使司❸都指揮僉事。輕車公風裁❹剛正，嫻治文墨。掌衛事時，與太守古公，偕見直指使。古公自司馬郎出守郡，執舊屬禮，與公爭西上。公據祖制折之，曳落其裾，直指使以公為直。會同里劉黃公昊請於廷，修南嶽廟，部推公能，檄入川採木，歸督造廟，巋然帝制❺，崇麗冠五嶽，所費不過五千金，皆公所區節❻也。事具商文毅公輅碑記。後官江西，與藩❼臬❽會紫薇堂❾，藩使以公伉直，欲以文墨相難❿，連綴⓫韻語⓬，公應口和之如夙譔，藩臬使皆為斂容⓭焉。

【章　旨】王氏第五代王綱是正三品勳官，他的剛正依法與嫻熟文墨，使上司也肅然起敬。

【注　釋】❶昭勇將軍　正三品武官的散階。❷上輕車都尉　正三品武官的勳官等級。❸都使司　明代都指揮使司的簡稱，也稱都司，是一省掌兵的最高機構。❹風裁　指依法裁處。❺帝制　皇帝的儀制。❻區節　籌劃；調度。❼藩　藩臺。明清時布政使的別稱。❽臬　臬臺。明清時按察使的別稱。❾紫薇堂　金碧輝煌的廳堂。❿難　詰難；駁詰。⓫連綴　連接；聯結。綴輯，著述。⓬韻語　指合韻律的文詞。特指詩詞。⓭斂容　正容；顯出端莊的臉色。

【語　譯】嗣都尉公能生正三品昭勇將軍上輕車都尉綱，接連擔任江西都指揮使司的都指揮僉事。輕車公剛正地依法裁處事情，嫻熟文墨。掌管衛所時，與太守古公一起去見直指使，古公以司馬郎出任地方官郡守，執行舊僚屬之禮，與輕車爭西邊客座的上座，公依據祖宗留下的制度駁折他，並拉落了他的衣裾，直指使認為輕車公剛直。正逢同鄉劉黃公名昊的請命於朝廷，整修南嶽廟，他的上司推舉輕車公有能力做此事，因而綱發出文告到四川採集木料，回來後監督造廟，按皇帝的儀制，造得宏偉，它的高大富麗，在五嶽中屬第一，而所花費的開支不超過五千金，這都是輕車公籌劃調度的結果啊。這事詳細地記載在商文毅公輅寫的碑文中。後來在江西做官，與藩臺、臬臺相會在紫薇堂，藩臺因輕車公強伉耿直，想以辭章來詰難輕車公，故意連接合韻律的文辭來試他，公卻隨口唱和像是舊作，藩臺、臬臺都為之顯出端莊悅服的臉色。

輕車公生驃騎將軍❶上護軍❷公諱震，字東齋，累官鎮守柳慶參將。始輕車公所與伉太守古公者，擢大司馬❸，驃騎公以舍人❹襲職，過❺司馬門下。古公閱世系狀，知為輕車公子。問曰：「汝王某兒耶？」應曰：「諾。」古公曰：「王某文武材也，此正思擢之，以紓❻邊急，今豈其沒耶？」對曰：「某父以某時歷江西都使，卒於官。」古公愴然改容，作而嘆曰：「汝父風采，今日若在人目中。虎父不生豚兒，汝但好為之，無憂不大用。」護軍公泣伏再拜而退。逮致政❼里居，每舉以戒子孫。至先君，猶能詳道之如昨日事。嗚呼！先正❽體國用人，爭而不忮❾如此，天下何得不晏然。顧非輕車公之大節，實有以厭❿君子之心者，亦無以得此。驃騎公累官二品，家無餘貲。柳慶居百蠻之衝，懷柔⓫震疊⓬，不侵不叛，其承堂構⓭而報元老之知，亦有所自來也。

【章旨】敘第六代王震的事蹟，再一次突出第五代輕車公的影響。

【注釋】❶驃騎將軍　正二品武官初授驃騎將軍。❷上護軍　正二品武官的勳官等級。❸大司馬　明清時為兵部尚書的別稱。❹舍人　文中係近侍武職。❺過　過訪；探望。❻紓　解除。❼致政　致仕；辭官。相當今退休。❽先正　前輩。❾忮　忌恨。❿厭　滿足。⓫懷柔　《禮記．中庸》：「柔遠人則四方歸之，懷諸侯則天下畏之。」後指用政治手段籠絡其他的民族或國家，使之歸附。懷，來。柔，安。⓬震疊　震動，恐懼。
⓭堂構　比喻父祖遺業。《書・大誥》中說父親治政，已經設計「厥子乃弗肯堂，矧肯構！」後以肯堂肯構比喻子能繼承父業。堂，立堂基。構，蓋屋。

【語　譯】輕車公生子名震，是正二品的驃騎將軍、上護軍勳官，字東齋。接連任鎮守柳慶的參將。當初與輕車公抗爭的太守古公，升了兵部尚書。驃騎公以近侍承襲世職，過訪兵部尚書，古公看了他的名帖上世系的情況，知道他是輕車公的兒子。問道：「你是王某的兒子嗎？」回答道：「是的。」古公道：「王某是文武雙全之材，這時正想要提升他，以解脫邊境燃眉之急，難道他真的死了嗎？」答道：「我父親任江西都使時，死在任上。」古公悽愴地改變了臉色，立起感嘆道：「你父親的風采，今天還像在人眼前。虎父不生豬子，你只要好好地幹，不要憂慮沒有大用場。」護軍公哭著伏在地上再拜退下，到辭官歸家在鄉里居住時，常舉此事來告誡子孫。到先父還能詳細說此事如昨天的事一樣。嗚呼！前輩先生，為國家選用人才，相爭而不忌恨到了這種地步，天下怎麼會不太平。但是不是輕車公的節操實在是有滿足君子心意的，也不能得此結果。驃騎公累作二品官，但家中沒有餘財。柳慶位於諸蠻族的要衝之地，驃騎公用政治手段使他們恐懼歸附，不敢侵犯、不敢背叛大明。驃騎公能繼承父業並報答前輩元老的知遇之恩，也是有原由的。

驃騎公長子諱翰，襲職，累官都使，卒，賜葬祭。第四子處士公諱寧，號一山居士，始以文墨教子弟，起家儒素❶焉。

【章　旨】王氏家世本以武功顯耀，東脩文教則從第七代王夫之的高祖開始。

【注　釋】❶儒素　儒者的素質。意為符合儒家思想的品格德行。

【語　譯】驃騎公的長子名翰，承襲世職，接連任都使，去世埋葬時，皇帝賜祭。驃騎公第四個兒子是處士公名寧，號一山居士，開始以文學辭章教育子弟，王氏從此以儒者的品德素質起家。

一山公長子順泉公諱亨，郡文學。次掌故公諱雍，號靜峰，應❶隆慶❷四年鄉貢❸，初授武岡州學訓❹，陞江西南城縣學諭❺，致仕，卒于家。掌故公純懿❻寬厚，推重倫輩❼。凡應貢者，類以捷得相競。公居餼❽滿，請讓於所受業師，學使者義而許焉，公以遲之間歲。家世弁組❾，頗務豪盛，公苦吟清澈❿，不問家人業。或故詰公曰：「一石穀舂幾許米？」公曰：「一石米。」輕薄者笑焉，公亦不怒。其敦長者行類如此。夫之童年，曾於先君篋中，見公試論一帙⓫，今忘之矣。記其髣髴清健樸亮，似楊貞復手筆。至論留侯用四皓爭太子⓬，非大臣體，王茂弘⓭不得為純忠，蓋補《綱目》⓮所未及也。

【章　旨】敘曾祖掌故公的事蹟，是敦厚的長者。如讓貢給業師，表現了高尚的品德。

【注　釋】❶應　接受。❷隆慶　明穆宗年號（西元一五六七～一五七二年）。❸鄉貢　鄉的貢生。明清科舉制度府州縣學的生員，在歲試科試中如果考得好，可升為廩膳生員，就是可從政府領到廩膳費，並且可以有優先出貢的權利。出貢的秀才叫貢生。貢生有多種，最常規的叫歲貢生，是由各府州縣的廩生中依年資選送的。生員多的每年一名，次多的三年二名，最少的二年一名。❹學訓　元、明、清時，府州縣學均設訓導，協助教諭教育所屬生員。❺學諭　元、明、清時，府州縣學均設教諭，掌管文廟祭祀，教育所屬生員。❻純懿　高尚完美。❼倫輩　同輩；流輩。❽餼　餼廩。即指廩膳生員食廩。❾弁組　古代官員的冠冕和所佩玉印的綬帶。因以指仕宦。❿清澈　清脆；清晰。多形容音響。⓫帙　用布帛製成的包書的套子，因而書一套稱一帙。⓬留侯用四皓爭太子　漢高祖晚年想廢太子，立戚夫人所生子趙王如意為太子，眾大臣諫諍不成，呂后派人請張良謀劃。張良設計讓太子禮賢下士，請天下著名的四位老人。一次太子侍宴時，四老（即東園公、角里先生、綺里季、夏黃公）從太子，年都八十多歲。漢高祖驚訝地問他們：「吾求公數歲，公避逃我，今公何自從吾兒遊乎？」四人都說：「陛下輕士善罵，臣等義不受辱，故恐而亡匿，竊聞太子為人仁孝，恭敬愛士，天下莫不引頸欲為太子死者，故臣等來耳。」漢高祖因而覺悟到太子羽翼已成，難動其位，停止了換太子的念頭。留侯，即張良，封留侯。⓭王茂弘　晉王導，字茂弘。⓮綱目　指宋朱熹《資治通鑑綱目》。

【語　譯】一山公長子順泉公名亨，是郡學文學生員。次子掌故公名雍，號靜峰，接受明穆宗隆慶四年的鄉貢，最初授官武岡州州學訓導，後來升江西南城縣學教諭，辭官退休，死在家裡。掌故公道德高尚完美，為人寬厚，推崇尊重同輩。凡應貢的生員，大都以先應貢相競爭，而掌故公到食廩滿期時卻請求讓貢生的位子給自己的業師，學使嘉許他的義氣而答應了。掌故公因而應貢遲了二年。因家世仕宦，所以很追求豪華盛大，公苦吟清脆，不過問家人的事情。有人故意問公說：「一石稻穀能舂多少米？」公答道：「一石米。」輕薄的人譏笑他，公也不發怒。敦厚長者的行為大致如此。夫之童年時曾在先父的竹篋中，看到掌故公試論一帙，現在忘掉了，只彷彿記得文筆清健樸亮，像楊貞復手筆。議論張良設計用四位老人為太子爭地位，以為不是大臣的體統，王導不能算純忠，這些都是補《資治通鑑綱目》所未提及的。

掌故公生三子，長次峰公諱惟恭，次少峰公諱惟敬，次太素公諱惟炳，補郡文學。少峰公之始生也，掌故公夢有奇徵，故小字曰夢。公姿貌森偉，長六尺，髭鬚疏秀，瞳光透出十步，伉爽尚大節，飲酒至一石不亂。歲時衣大褶❶，戴平定帽，坐起中句矩❷。或勸公曰：「君閥閱胄子❸郎君，又以儒名家，獨不可以儒服乎？」公笑而不應。掌故公之卒，以貲❹讓弟太素公，隨散隨益之。終身不見一長吏，亦不襒裾❺于富貴之門。縱酒自匿，而竟日口不道一里巷語。遇人有不可者，面折無諱，而姻黨❻敬愛，生平如一日。居家嚴整，晝不處於內，日昃❼入戶，彈指作聲，則室如無人焉者。課先君洎❽仲叔二父誦習，每秉鐙對酒，寘❾筆硯座隅，令著文藝，恆中夜不輟。仲父偶戲簪一花，驀⑩見之，作色⑪曰：「此豈吾子弟耶！」故先君兄弟，終身不有華曼之飾。先君年在既立⑫，聲望已著，每小失意⑬，猶長跽踰時，必痛自謝過乃已，或時為勞勉焉。夫之少不肖，蒙譴于先君，仲父述此以見誡，相向欷歔已，哽塞不能竟語。公年五十三，早卒，大中丞⑭李公燾為表墓焉。元配馮太孺人，無所出。繼配范太孺人，生三子，長先君，次仲父牧石先生諱廷聘，字蔚仲，次季父諱家聘，字子翼，皆郡文學。仲父和易而方介，恬于榮利，博識，工行楷書，古詩得建安風骨，近體逼何李⑮而上，深不喜竟陵體⑯詩，每顰顣⑰曰：「何為作此兒女嚅唲⑱。」晚歲築室堈⑲外，號曳塗居，蒔花植藥，怡然忘物，每謂漆園吏⑳，東皋先生㉑去人不遠。生長兄玉之，起邑文學，以繼絕嗣祖職官指揮使。季父儒而俠，不屑家人業，裘馬壯遊，敦友睦，事先君如嚴父，生珍之。

【章旨】敘述祖父少峰公與仲父、季父的品德為人。少峰公言行合矩，不慕富貴，飲酒自匿，敬愛姻黨，居家嚴整，課子讀書，勤勉嚴格。在他的教育下，三子均有父風。

【注　釋】❶大褶　夾衣。古代平民所穿的便服。❷句矩　猶規矩。❸胄子　貴族的後裔。❹貲　「資」的異體字。❺襒裾　用衣袖撣拂，表示恭敬。襒，拂。裾，衣襟；衣袖。❻姻黨　由婚姻關係而形成的親屬。❼昃日西斜。❽洎　通「暨」。和；與。❾寘　「置」的異體字。❿驀　突然的意思。⓫作色　臉上變色，指神情變顏色或發怒。⓬既立　孔子說三十而立，故既立是已經過而立之年，即三十多歲。⓭失意　不合他人之意。⓮大中丞　官名。都察院的長官。⓯何李　何景明、李夢陽。都是明代前七子代表人物。⓰竟陵體　在明代詩壇上，有以湖北竟陵人鍾惺、譚元春為代表的竟陵派，他們想糾正公安俚俗淺率的弊病，強調「別出手眼」，提倡「幽深孤峭」的藝術風格。⓱顰顣　皺眉蹙額，不快樂的樣子。顰，皺眉。顣，通「蹙」。⓲嚅唲　強笑貌。⓳坰　遙遠的郊外。⓴漆園吏　即指莊子。戰國時莊周曾為漆園吏。㉑東皋先生　指陶淵明。東皋，水邊的向陽高地，亦泛指田園、原野。晉陶潛〈歸去來辭〉：「登東皋以舒嘯，臨清流而賦詩。」

【語　譯】掌故公生三個兒子，長子次峰公名惟恭，次子少峰公名惟敬，幼子太素公名惟炳，補郡文學生員。少峰公初出生時，掌故公做夢有奇異的徵兆，故小字叫夢。公姿態容貌森嚴高大，身長六尺，鬍鬚稀疏秀雅，目光可直射十步之遠，豪爽崇尚大節，飲酒一石也不醉。逢歲辰時節穿大夾衣、戴平定帽，無論坐立都合乎規矩。有人勸少峰公說：「您是仕宦後裔郎君，又以儒學著名，難道不可以穿儒服嗎？」公笑而不答。掌故公去世，以家產讓給弟弟太素公，財產隨時散去又隨時會增加。終身不見一個長官，也不卑躬屈膝干求在達官貴人的門下。盡情喝酒將自己隱匿起來，但終日不說一里巷俗語。碰到人們有錯誤時，當面指責毫無隱諱，而敬愛親戚，一生如一日，從無改變。在家裡十分嚴整，白天不到內室，太陽西斜才進入內室，彈指出聲都能聽到，好像室內沒有人一樣。教先父和仲父、叔父誦習詩書，常持燈飲酒，放筆硯在座位角上，教先父等著時藝文章，常常到夜半也不停止。仲父有一次偶然戲耍頭簪一花，少峰公突然見到這種情形，馬上臉容變色說：「這難道是我的子弟嗎？」所以先父兄弟三人終身沒有華麗的裝飾。先父在已經三十多歲、聲望也已顯著時，每有小疏失，還長跪超過規定的時間，一定痛切地自己謝罪才罷，有時則慰勞勉勵。夫之年少時不像父輩賢能，被先父譴責時，仲父講這些情況來告誡我，與仲父相對嘆息流淚，哽咽得竟不能說出話來。少峰公享年五十三歲，很早去世了，大中丞李燾為他寫墓表。元配馮太孺人，沒有生孩子。繼室范太孺人生三個兒子。長子即先父，次子是仲父牧石先生名廷聘，字蔚仲，小叔父名家聘，字子翼，都是郡文學生員。仲父平易近人而又方正耿介，淡於榮華富貴，博學，擅長行書楷書，古詩能有建安風骨，近體詩逼近並超過何景明、李夢陽，很不喜歡竟陵體詩，常皺眉蹙額說：「為什麼作出這種小兒女強笑的樣子」，晚年造屋在很遠的郊外，號曳塗居，在室外栽花種藥草，怡然自得，忘記了世俗萬物，常說莊子、陶淵明離人不遠。生長兄玉之，開始是邑文學生員，後來因過繼給絕嗣的堂伯父承世職官衡州衛指揮同知。小叔父儒而俠義，不屑於平凡的家人業，穿著皮衣，騎著馬出外壯遊。兄弟友悌和睦敦厚，侍奉先父像對嚴父一樣，生珍之。

先君諱上從卓從月下從耳從甹❶，字逸生，一字脩侯，志考亭❷閩山❸之遊，以顏❹其居，學者稱武夷先生。少師事邑大儒伍學父先生定相，研極群籍，已。

遊鄒泗山先生德溥之門，講性命之學❺。萬曆間，為新建學者甚盛，淫❻于浮屠❼。先君敦尚踐履，不務頑空❽。嘗曰：「先正有言，難克處克將去，此入德第一持循❾處，吾力之而未能也。」一切玩好華靡，不留手目。篤❿孝敦友，省心減務。窺所淵際，大概以克己為之基也。雅不與佛老人遊。曾共釋憨山德清⓫談義，已聞其論，咈然⓬而退。終身未嘗向浮屠老子像前施一揖。甲申歲，以寇退遺胔⓭滿野，募僧拾而瘞之，並使修懺摩⓮法。仍曰：「此自王政掩骴骼之一事，顧今不以命之僧，吾懼僕傭之狼籍也，已屬之矣，固不容執吾素尚而廢其事。此亦神道設教之意，汝曹勿謂我佞佛⓯而或效之。」

【章旨】寫先父之學，學儒，講性命之學，崇尚親自實踐，反對佛老之學，終身未曾在佛老像前施禮，但在安葬野骸一事上，又能權宜從事，體會神道設教的本意。

【注釋】❶先君諱句　諱，名。上，名的上字，從卓從月，即朝，下字從耳從甹，為聘。這裡王夫之對其父的名字避諱，故不直接說「朝聘」，而是將兩字拆開講，這是對尊者恭敬而避諱其名字的一種方法。❷考亭　在今福建建陽西南。相傳五代南唐時黃子稜築此亭望其父（考）的墓，因名望考亭，簡稱考亭。南宋理學家朱熹晚年居住建陽，建滄州精舍，宋理宗為了崇祀朱熹，於淳祐四年賜名考亭書院。後來稱朱熹學派為考亭學派。❸閩山　指福建的武夷山，朱熹曾僑寓並講學於福建。先父認為武夷為朱熹會心之地，所以欲遊考亭、閩山。❹顏　指書室的門楣。❺性命之學　宋、明以來，理學家專意研究性命之學，因而用來以指理學。性命，原是中國古代哲學範疇，指萬物的天賦和稟受，如孔穎達說：「性者，天生之質，若剛柔遲速之別；命者，人所稟受，若貴賤夭壽之屬也。」朱熹說：「物所受為性，天所賦為命。」❻淫　過於沈溺。❼浮屠　佛教名詞，一譯浮圖。因此有稱佛教徒為浮屠氏，佛經為浮屠經的。文中指佛教。❽頑空　對佛老之學的貶稱。❾持循　猶遵循。❿篤　誠篤；忠實。⓫憨山德清　明代的高僧。本姓蔡，號憨山，出家後雲遊各處，因私造寺院罪，發配廣東雷州充軍，著有《法華通義》、《楞伽筆記》等，大興禪宗。遺稿有《夢遊集》、《憨山語錄》。⓬咈然　不悅貌。⓭胔　肉未爛盡的骸骨。⓮懺摩　懺悔。⓯佞佛　媚佛；迷信佛。

【語　譯】先父名朝聘，字逸生，一字脩侯。有志於朱熹之學，因而書寫考亭閩山在書室的門楣上，學者稱他為武夷先生。年輕時如對待老師一樣侍奉本縣大儒伍學父先生定相，很仔細研讀群籍制義，而後，遊學在鄒泗山先生德溥之門下，究極天性物理之學。萬曆年間，新建的學派很多，過於沈溺於佛教，先父崇尚真知實踐，不勉力從事那些佛老之學。常說：「先賢有話，難以勝任的地方能夠攻下它，這是修身養性第一應遵循的地方，吾努力實行，但未成功。」一切供人玩賞華靡奢侈的東西，先父從不手玩目賞。誠篤孝道勉勵友悌，節省用心，減少事務。察看深遠的用意，大概以克制作為自己為人的根基。素來不與佛、老之徒交遊。曾經和憨山和尚德清辯率性之旨，聽了憨山的談說後，不高興地退去了。終其一生，未曾向佛祖、老子像作過一揖。崇禎甲申年間，因賊寇退走，遺骸遍野，招募僧人拾骨掩埋，並叫僧人唸懺悔經。並說：「這是行王政掩埋骸骨一事，但是現在不叫僧人做，我怕僕人做會弄得散亂，既然已囑托僧人了，就不容我堅持一向崇尚的廢止佛門的事。這也是神祇設宗教的本意，你們不要以為我迷信佛並且或許效法我。」

少峰公早世，夫之兄弟不及見先君色養❶。聞諸先孺人，終少峰公之世，有所呼召，未嘗不稱名以應。每加戒訓，則長跽中庭，非命之起，至客至不起，已乃煦然❷無少見顏色。少峰公卒，柴毀❸泣血。免喪，親故乃不相識。在殯❹食一溢❺米粥，力疾執葬事，畚鍤栽植，躬與傭力雜作。范孺人之疾革❻也，先君方授生徒于衡山，范孺人不欲先君之亟歸，逮屬纊❼，仲父方以信走報，猶諱言不測。時已昏黑，就主人借一駿馬，馳百里，丙夜❽抵家。先君體清羸，素不習馳，縱轡馳陰黑中，把火者不相及，卒無傾躓，聞者以為神助。及歸已復魂❾矣，匍匐號血，水漿不入口者三日。范孺人以痰疾終，收所唾盂，藏之苫次❿，每捧以哭，殆于絕聲。每上少峰公范孺人墓，酹酒泣下。耆艾⓫之年，猶作孺子泣。歲時薦于寢⓬，整衣鵠立⓭，屏息躡足。茶醴之奠⓮，必躬執焉。夫之兄弟間請分其勞，皆不聽許。待仲叔二父，終身無一間言。或遇咈意事，相對二父，則笑語如常，脫然⓯忘其所憂戚。一觴一詠，評古跋今，諧適⓰送難，歡如朋友，而危坐正膝，不傷於媟⓱。至於衣無私主，財無私藏，則初以為適然，未嘗留先君胸中，不足細述也。

【章旨】寫先父天性孝友，表現在聽從父親的教導，與處理父母的喪事祭奠活動，以及對待仲叔二父的敬愛。

【注釋】❶色養　以和悅的顏色來盡奉養之道。❷煦然　和悅的樣子。❸柴毀　指居喪期哀傷過度，瘦損如柴。❹殯　屍體入棺而未葬。死者殯在屋內，經三年，擇吉日葬，故後亦指出葬。❺一溢　容量單位。一溢約今一百克，合新市兩二兩，老市兩三兩。❻疾革　病情危急。❼屬纊　用新綿置於臨死者鼻前，以觀察其是否斷氣。也指臨終。屬，注目。纊，新綿。❽丙夜　三更時候，晚上十一點至淩晨一點。❾復魂　古喪禮。將剛死的人的衣服升屋，北面三呼，希望他還魂復蘇。❿苫次　舊指居親喪的地方。苫，居喪時的草薦。⓫耆艾　古稱六十歲為耆，五十歲為艾。⓬薦于寢　睡在草薦上。薦，草薦。⓭鵠立　如鵠之延頸而立，形容盼望。⓮茶醴之奠　上茶獻酒一類的祭奠。⓯脫然　霍然。輕快貌。⓰諧適　和諧順適。協調。⓱媟　因太親近而態度不恭敬。

【語譯】少峰公較早去世，夫之兄弟來不及親眼看到先父以愉悅的顏色侍奉祖父的情況。聽先母說，到少峰公去世，凡有招呼時，沒有不自稱名字來答應的，每當告誡教訓時，就長跪在庭中，不是命令他起來，即使客人來到時也不起來。事後還是很和悅，沒有一點不愉悅的臉色。少峰公去世，他瘦損如柴，哭得出血。乃至喪事完後，親朋故舊都不認識他了。在出葬時，每頓只吃二兩米粥，極力操持安葬事宜，做墳植樹，親自與傭工一起勞作。范孺人病情危急時，先父正在衡山教授學生，范孺人不想先父急速回家，到臨終時，仲父才趕快報信給他，還隱瞞可能的意外。先父得到信時，天已昏黑，就向主人借了一匹好馬，奔馳百里路，半夜三更抵達家中。先父身體清瘦羸弱，一向不熟悉騎馬控馭之術，而當時竟然縱馬奔馳在黑夜中，持火把的跟從都追不上，而且沒有顛仆跌倒，聽到的人以為是有神在幫助。等到回家時，家人已在為母親招魂了。先父匍匐在地號咷泣血，三天不進水漿。范孺人因痰疾而亡故，先父收起母親的唾盂，藏在居喪的屋裡，每捧盂號哭，幾乎到失聲的地步。每掃少峰公及范孺人的墓，用酒祭奠時，必定流淚。五、六十歲的老年人，還像孩子一樣哭泣。每逢歲時過節，睡在草薦上，整理衣冠如鵠一樣延頸而立，盼望魂歸，屏住呼吸，輕聲行走。即使每天上茶一類的祭奠，也一定親自操持。夫之兄弟請求分擔此事，都不准許。對待仲父、叔父，終身沒有一句閒言碎語。有時碰到不如意的事，面對二叔父就笑語如常，霍然忘掉他所憂慮的事。一杯酒，一首詩，評古論今，協調解難，歡樂如朋友一樣，而正膝端坐，不因太親近而不恭敬。至於衣服不私有，財物不自藏，從開始就以為應該如此。財物之事，先父在心裡從未留意，用不著細細敘述。

萬曆間，諸以理學名者，拱手❶曳❷裾❸，糨❹褶❺峨巾❻以為容。先君口無過言，身無嫚度❼，而坦易如粹，衣冠亦如時製，無所矜也。崇禎初，文士類以文社相標榜，夫之兄弟亦稍與聲氣❽中人往還，先君知之，輒蹙眉不懽者經日。丙戌歲❾鄉試楚士于湖南，劉浣松水部❿明遇以點定⓫墨牘屬夫之，已授之鐫者，先君怒曰：「汝以是為儒者分內事耶？」卒不許竟其事。大約窺先君之志，以不求異於人為高，以不屑浮名為榮。故性不喜飲酒，而留客卒歡，或至中夜。不以斷肉禁殺為仁，而啟蟄⓬方長，終無侵害。食品非難鶩豚魚，未嘗下箸。終身不過狹邪⓭之門，而對歌舞亦為之適然，投牒⓮歸隱，未嘗巖棲谷飲，而盤桓斗室，竟歲不履城市。自非忠孝大節，卒不修赫赫之行。此以恆久而不可亂也。

【章　旨】敘述先父不像那些以理學著名的人標新立異，而是韜光獨處，衣冠一如時製，言動和易，一切適度而已。

【注　釋】❶拱手　兩手相合以表示敬意。❷曳　拖曳。❸裾　衣服寬大。❹con　亦作「糨」、「漿」。用麵糊黏東西。❺襵　襵襇。❻峨巾　高高的頭巾。❼嫚度　輕侮、倨傲的樣子。❽聲氣　指朋友間共同的旨趣和愛好。❾丙戌歲　指順治三年（西元一六四六年）。❿水部　官名。宋以水部為工部四司之一。明清改為都水司，掌管有關水道的政令。相沿仍以水部為工部司官的一般稱呼。文中指主試工部劉明遇。⓫點定　評點；評定。⓬啟蟄　冬天蟄伏的蟲類到了春天開始活動起來，叫啟蟄。⓭狹邪　妓院。⓮投牒　投棄授官的簿錄。借指棄官、辭職。

【語　譯】萬曆年間，以理學著名的人，拱手拖著寬大的衣衫，糨洗褶襉與高高的頭巾裝飾儀容。而先父口不說過分的話，身沒有傲慢的樣子，坦率平易，和順精粹，衣冠亦如當時普通的式樣，沒有矜持的表現。崇禎初年，文士大多以結文社互相標榜，夫之兄弟也逐漸與志趣相投的人來往，先父知道後，就整日皺眉不高興。丙戌歲對楚地讀書人在湖南省進行考舉人的鄉試。主試工部劉涜松明遇以評點八股的選文囑咐夫之，已交給刻印者，先父發怒說：「你以為這是儒者份內的事嗎？」終究不許做完此事。察看先父的志意，大約是不求不同於人作為高尚的表現，以不屑於浮名為榮耀。所以雖然性情不喜歡飲酒，但對客人留飲終歡，有時喝到半夜。不以不吃肉、禁止殺牲畜作為仁，但在驚蟄後，萬物正在生長，也不去侵害，讓牠們自然生長。食品不是雞鴨魚肉，未曾下筷。終身不進妓院的門，但對歌舞也覺得快適。辭官歸隱後，未曾在山巖深谷中棲息生活，但徘徊在斗室之中，一年也不到城市中去一次。自己不是忠孝大節，所以不修飾赫赫大行。但是一切以持之以恆並且不亂改變。

先君為制義❶，風味似馮具區，詣入❷似朱大復，每以理極一往，翔折取意為至，而不多取繢藻❸。論文則以極至為主，恆苦作者不能臻己所未到。早受知于邑令胡公，忘其名，自童子中，以國士❹相期。會學使者有所嗛❺於邑，故抑先君以示意。繼新安立齋王公宗本令衡，復深相知。凡兩最童子科❻，乃補郡文學。

以文字相知許者，義興周公應脩、太湖馬公人龍、四明陳公圭、溫陵劉公春。

【章　旨】敘先父作八股文的特點與評文標準。以及在童子試中受賞識與被壓抑的情況。

【注　釋】❶制義　古代應試所作的文章。在明清兩代一般指八股文。❷詣入　即入手。八股文是明清考試制度所規定的一種特殊的文體。每篇以破題、承題、起講、入手（題比）、起股（虛比）、中股（中比）、後股（後比）、束股（大結）八部組成，故稱八股。❸縟藻　華麗的文采。❹國士　舊稱一國傑出的人物。❺嗛　懷恨。❻童子科　即指明清兩代取得生員（秀才）資格的入學考試。應考者無論年齡大小，均稱童生。童子科包括兩次預備考和複試三個階段。第一次是縣試，由知縣主持；第二次府試，由知府主持；及格者稱童生。然後知府將一府童生的名冊呈送學院，予以考試，通過院試方可取得生員（俗稱秀才）的稱號。

【語　譯】先父作八股文，風格像馮具區，入手像朱天復。常以理極一往，翔實分析取意為最好，而不崇尚華麗的文采。評論文章則以極至為主，常恨作者不能完滿地達到自己所未到的境界。早年受到縣令胡公的賞識，胡公的名字已忘，在諸童子中，對先父以一國傑出的人物相期許。正逢學使有些怨恨縣令，故此壓抑先父來表示這個意思。後來新安王立齋公名宗本的任衡州令，又很賞識先父。兩次童子預備考中均獲得第一，於是，補為郡文學生員。因文字相贊許的有義興周應脩公、太湖馬人龍公、四明陳圭公、溫陵劉春公。

先君以萬曆乙卯❶辛酉❷兩副秋榜，分考胡公允恭首薦，太史西溪繆公昌期業定錄名次，以對策中犯副考朱黃門童蒙名，黃門不懌，置乙第。是年熹宗登極，以恩予副第者貢太學。先君年已五袠❸，倦于文場❹，歎曰：「余分在此，且笠一命，或得報政而邀王言❺，以補祿養❻之不逮也。」遂應貢入辟雍。歷滿應部銓❼，時選政大壞，官以賄定，授正八品官。先君素矜風軌❽，及是相知聞者，謂必罷選不就。先君笑曰：「積薪❾何常之有。我應此小用者何意，無亦聊與優遊，而以悻悻❿去哉。」初仲父聞之，亦為扼腕⓫。先君自都門歸，欣然盡遣諸胸中。仲父歎曰：「吾兄所謂賢者不測也。」已赴謁⓬選⓭，會烏程⓮當國，操切⓯以希上旨。其姻家唐元弼者，乾沒⓰副貢籍，求府判所部覈⓱罷之，烏程怒，為罷銓郎。新銓郎蔡相奕琛會烏程意旨，苛按辛酉副貢，移儀曹⓲，索故紙束，溼甚，暗索賄焉。先君曰：「是尚可吏也乎！吾以求一命為先人故俛折至此。若出賕⓳吏胯下，以重辱先人，是必不可。」詣儀曹辭罷，大儀⓴慈谿馮公起龍笑謝先君曰：「觀生氣固不可折者，吾為選，君必旦暮為除遣，何有長者而作少年拂衣意氣乎？」先君正色長揖而對曰：「無所辱公嘉會。某有田可耕，有子可教，終不敢欺天，以暮夜金博一官。」碎假帖而退。夜買驢出春明門，遂歸。蒔㉑藥灌畦㉒，若未踏長安塵者。家居十七載，不一至郡邑庭，亦不通雜賓客，非兩叔父外諸從洎及門問字者，往來都絕。長吏到門，以疾卻刺㉓。夫之舉主歐陽方然先生諱霖相過，請見者三，乃一報見而止，猶不懌㉔者終日焉。

【章　旨】敘先父的仕途經歷，他不因職卑而不為，但堅決拒絕賄賂求官，謝病歸故里，與官府斷絕來往。表現了他正直不阿，淡泊名利的品格。

【注　釋】❶乙卯　指明萬曆四十三年（西元一六一五年）。❷辛酉　指萬曆四十八年（西元一六二〇年）。❸五袠　五秩。五十歲。袠，「帙」的異體字。❹文場　科舉時代稱試場為文場。❺王言　君王的言語，詔誥。指制誥，封父母的詔誥。❻祿養　以官俸養親。❼部銓　唐宋到明清，選用官吏的制度，除最高級職官由皇帝任命外，一般都由吏部按照規定選補某種官缺。明制舉人、貢生入監者，祭酒奉監規而訓課之，有升堂積分，超格敘用之法。三年考滿，以推官、知縣、學官分選。❽風軌　風標；軌範。❾積薪　《漢書．汲黯傳》：汲黯對皇帝曰：「陛下用群臣如積薪耳，後來者居上。」後以積薪比喻選用人才後來者居上。❿悻悻　惱怒的樣子。⓫扼腕　用手握腕。表示情緒激動、振奮或惋惜。⓬謁　請見；進見。一般用於下對上、幼對長或用作謙詞。⓭選　候選。⓮烏程　即朱國禎。浙江烏程人，故稱。明天啟三年，任禮部尚書，後為首輔，四年十二月致仕。⓯操切　辦事過於急躁。⓰乾沒　吞沒。文中指吞沒原來副貢的名籍，換為別人。⓱覈　「核」的異體字。⓲儀曹　官名。魏晉以後，祠部所屬有儀曹，掌管吉凶禮制，後世因稱禮部郎官為儀曹。⓳賕　賄賂。

⑳大儀　禮部尚書的別稱。㉑蒔　移栽。㉒畦　菜地間劃分的長行。㉓刺　名帖。㉔懌　喜。

【語　譯】先父在萬曆乙卯年與辛酉年兩次中鄉試副榜，分考官胡允恭首先推薦，太史西溪繆公昌期已定錄名次，因對策試卷中犯了副考官朱童蒙的名諱，黃門不悅，將先父名放在副策。該年明熹宗登基，因此施恩給考取副榜的進入太學。先父年已五十，對考場已厭倦，嘆道：「我命該如此，還是作官罷，或許能報答皇權並得到誥封父母的詔誥，來彌補俸祿養親的不足。」於是應貢進入太學。三年考滿，接受銓敘任職，當時銓選官員之政大大敗壞，選官以賄賂的多少來決定，先父被授正八品官。先父一向重視節操軌範，對這種情形，相知熟悉的人都以為一定不會接受部選，不去就職。先父笑道：「後來居上哪裡能常有，我接受這種小官是什麼意思，無非是姑且悠閒自得，怎能因惱怒離去呢。」開始仲父聽說此事，也為長兄扼腕激怒，先父從京都回來，很高興的樣子都發自內心。仲父嘆道：「我的兄長真是賢者啊，難以測料。」先父已去候選，正逢朱國禎掌權，辦事急切以期望合乎皇帝旨意。他的姻家唐元弼吞沒了原來副貢的名籍，換成別人，要府判部屬核查作廢，烏程發怒，因此罷免銓選的郎官。新上任的郎官蔡相奕琛領會了烏程的意圖，就嚴苛地按察辛酉年的副榜舉人，將這些人移案禮部儀曹審查。取出舊紙一束，塗改的墨跡還很溼，暗地裡要索取賄賂。先父說：「這樣還能為吏嗎！我為了先人求一誥命故俯首折腰到此地步，若出受賄污吏的胯下，就大大污辱先人了，這是一定不可以的。」到儀曹辭官。禮部尚書慈谿人馮起龍笑著謝絕先父說：「看你的氣象本是不可彎腰折服的，我為選官的話，你一定早晚被拜官派遣，怎麼有長者還作少年拂衣而去的意氣呢？」先父面容莊嚴作大揖地答道：「感謝您的恩惠。我有田可以耕種，有子可以教育，終不敢欺瞞蒼天，夜裡拿黃金賄賂得一官職。」撕了請假條就退走了。連夜買一驢跑出春明門，就回家了。栽藥草灌溉藥圃，好像沒有踏過京城塵土的人。在家住了十七年，沒有一次到城市，也不與雜客來往，不是兩叔父與親家諸人和到我家請教求學的人，其餘往來都斷絕。長官來訪，就以疾病推卻名帖。夫之的鄉試主考官歐陽方然名霖的先生經過我家來探訪，三次請見，才一見就停止，還不高興了一整天。

先君少治《詩》，徙治《春秋》。躡屩❶東經❷，走安成亭州問業，所向即傾動人士。已授生徒，精為研鑿❸。及門達者，先舅氏孝廉譚公允都、舉首❹歐陽節庵瑾、開建令經元貴陽馬丹鄰之馴。晚歲端居，屏人事。里社後進，間因夫之兄弟以文字求點定，時際欣適，亦為論次❺。如郭季林鳳躚、夏叔直汝弼、何偉孫一琦，皆所鑒別，俱為名孝廉。會喪亂不得竟其所至。先君和粹，不立城府，煥然❻無所牴牾❼于物，顧所不可，纖毫不以折意。方謁選時，邑太常卿陳公宗契❽、零陵銓司蔣公向榮❾，深相引重，欲為先君地，皆笑而謝之。大參陳公聖典❿會先君，因致書長安達者。先君受之，中途發椷⓫，有先容語，遂不復致，橐⓬之而歸。初欲返之大參，已而曰：「何用作此嶢嶢⓭，折彼意為。」因不果返之。嘗道駱都督思恭掌金吾⑭事，監修國史。史成，例薦纂修者，晉所考秩予速選。以同鄉故，咨⑮先君于部。先君亦笑受其咨，既終不以赴部，亦不以返于駱，留笥⑯中，抵家乃焚之。蓋先君大節，求盡于己，而不標君子之名以自炫，大要如此。壬午⑰冬，夫之上計⑱偕，請于先君曰：「夫之此行也，將晉⑲贄⑳于今君子之門，受詔㉑志之教，不知得否？」先君怫然曰：「今所謂君子者，吾固不敢知也。要行己自有本末，以人為本而己末之，必將以身殉他人之道，何似以身殉己之道哉。慎之，一入而不可止，他日雖欲殉己而無可殉矣。」嗚呼！先君之訓，如日在天，使夫之能率㉒若不忘，庚寅之役㉓，當不致與匪人㉔力爭，拂衣以遯，或得披草㉕凌危，以頸血效嵇侍中㉖濺御衣，何致棲遲歧路，至于今日，求一片乾淨土以死而不得哉！誨爾諄諄，聽我藐藐㉗，小子之不克靖㉘也，人也，非天只矣。

【章旨】敘先父授徒的業績，以及嚴於律己，不標名自炫的品德。回憶自己違背了先父「行己自有本末」的教導。

【注釋】❶躡屩　穿草鞋。表示遠行。躡，踩；踏。屩，草鞋。❷束經　捆住經書。束，繫。❸研鑿　鑽研。❹舉首　科舉考試的第一名。❺論次　論定編次。❻燠然　溫暖的樣子。❼牴牾　抵觸。❽陳公宗契　字景先，萬曆辛丑進士，官太常寺卿。魏忠賢擅政，諷使附己，於是辭官歸家。❾蔣公向榮　字淡心，萬曆己未進士，官吏部郎中。魏忠賢擅政，乞疾歸。❿陳公聖典　字希虞，萬曆丙辰進士，官參政。⓫槭　「緘」的異體字。文中指信的封口。⓬橐　名詞作動詞用，裝袋子。⓭曉曉　像太陽一般的光明潔白。⓮金吾　負責皇帝大臣警衛儀仗以及京城治安的武職官員。⓯咨　舊時公文的一種。⓰笥　盛飯食或衣物的竹器。⓱壬午　指明崇禎十五年（西元一六四二年）。⓲上計　年終考核地方官員的方法，如縣令將該縣的戶口、墾田、錢穀出入等編為計簿，呈送郡國、郡守、國相再加匯編，用副本上計於中央，凡入京執行上計的人員，稱為上計吏。⓳晉　進。⓴贄　舊時初次求見人時所送的禮物。㉑詔　告。多用於上告下。㉒率　遵循；順服。㉓庚寅之役　庚寅年指順治七年（西元一六五〇年），明桂王永曆五年。這年王夫之三年守喪期滿，就任明桂王行人司行人介子之職。明桂王政權，在清兵的軍事攻擊下岌岌可危，當時有金堡等五人主持振作，希望桂王政權由弱轉強，但內閣王化澄、悍帥陳邦傅、內豎夏國祥等陷害他們，指為「五虎」，廷杖下獄，並將害死。王夫之對嚴起恆說：「諸君棄墳墓，捐妻子，從王於刀劍之中，而黨人殺之，則志士解體。雖欲效趙（宋）之亡，明白慷慨，誰與共之者！」嚴起恆感其言，力請於庭，泣奏：「諫臣非今所宜譴，嚴刑非今所宜用，請貸（寬恕）堡等。」桂王不聽。雷德復奏許嚴起恆二十四罪，嚴稱疾告老。王夫之與行人董雲驤又上疏諫，桂王不聽，董不待批復，掛冠離去。奸臣欲逮捕王夫之，有人力爭不可，乃止。㉔匪人　指行為不正當的人。㉕披草　撥開荒草。謂隱居者的相互交往或對隱居者的訪問。㉖嵇侍中　指嵇康之子嵇紹，官至侍中。《晉書・忠義傳・嵇紹》：「紹以天子蒙塵，承詔馳詣行在所。值王師敗績於蕩陰，百官及侍衛莫不散潰，唯紹儼然端冕，以身捍衛，兵交御輦，飛箭而及。紹遂被害於帝側，血濺御服。」後以嵇侍中血指忠臣之血。㉗藐藐　疏遠的樣子。㉘靖　安定。

【語　譯】先父青年時研究《詩經》，後研究《春秋》。穿著草鞋，捆住經籍，到江西安成亭州去請問學業。所到之處，士人為之傾動。已教授過的學生，還為他們精深鑽研。在他門下受讀而顯達的人，有先舅孝廉譚允都、科舉考試第一名歐陽節庵瑾、開建縣令經元貴陽人馬丹鄰之馴。晚年端居在家，屏絕人事，鄉里後生晚輩，或因求夫之兄弟評點他們的文章，恰逢歡欣適意時，先父也為他們評論編次。如郭季林名鳳躚的、夏叔直名汝弼的、何偉孫名一琦的，都有所評鑒甄別，他們都成為有名的舉人。正逢明朝末年的大亂，因而不能完成他們所可能達到的頂峰。先父和順精粹，沒有心計，溫和地對人，與外界無所抵觸，但看到不可以的事，一絲一毫不能曲意相許。剛進見候選待官時，同邑太常寺卿陳宗契公、湖南零陵人吏部郎中蔣向榮公，很重視先父，想為先父引薦，先父卻笑著謝絕了。參政陳聖典公會見先父，因而寫信給京城的達官貴人。先父受信，中途打開封口，信中有推薦望先選的話，於是就不再交出，放在袋中帶回。開始想送還參政，一會兒說：「何用作此潔白的樣子來折轉他的好意呢。」因而沒有送還信。營道都督駱思恭掌管皇帝及京城警衛治安工作，又兼監督編纂國史工作，國史寫成，按例可推薦編纂人員，晉升他的考績而能較快的選中授官。因同鄉之故，寫了一份公文要先父交到部裡。先父也笑受公文，但最後沒有赴部交出，也不拿來還給駱都督，而留在自己的竹匣裡，到家後就燒掉了公文。大概先父的大節，是求自己的完善，而不願標榜君子的名聲來自我炫耀，其情況大致如此。崇禎十五年冬，夫之與兄長一起進京執行上計的任務，臨行前請教先父說：「夫之此次上京，將到當今君子的府第求見，接受告志的教誨，不知當否？」先父不悅說：「現在所謂君子，我固然不敢說了解。重要的是實踐自有的本末始終，把別人作為本，而自己為末，就必定將自身殉他人的道。何如以身殉自己的道呢。小心啊，一進別人的門就不能停止，他日即使想為自己的道殉難，但已沒有可殉難的了。」嗚呼！先父的教訓，如太陽在天，假使夫之能遵循而不忘卻的話，庚寅年的政治鬥爭，應當不致於與行為不端的人竭力論爭，拂衣而去隱遁，或許能撥開荒草交往，超越危險，或以自己的頸血效法嵇紹血濺皇帝的衣服壯烈犧牲，何至棲遲徘徊歧路，到了今天，想找一塊乾淨的土地來死也不能得到！您諄諄地教誨，我沒有注意聽取，我的不能安定，是自己的緣故，不是天意啊。

初，伍學父先生與先君為師弟子，而相得如友生。先生藏書萬餘卷，居恆謂家君，此中郎所以貽仲宣者❶，行❷歸之子。後先生猝得熱疾，懣急不能語。先君躬執藥食，先生目語先君，如將有所授者，先君輒俛首不答。歸而歎曰：「吾寧負先生治命❸，不能受仲宣之託也。」先君嚴于取與，大率如此。夫之所目擊者，未嘗輕過一人飯，亦未嘗輒受一人名刺。凡夫之兄弟所交遊，稍有箋扇之饋，必峻卻焉。伯兄己卯上北雍，旋于白下市縳❹絹製袷❺衣，著綿以進，彌月不敢呈。漸因先孺人奉之，笑視良久，取而藏之，經冬不御。間歲仍返諸伯兄。伯兄復因仲父婉道意，乃以所值授伯兄，始取服焉。兩兄洎夫之有茗菓羹脯之獻，月不敢再。間月進之，亦多納而不嘗。兩兄省試歸，曾買小說一帙奉先君，為解頤之助。開卷視數則，輒束焉，嗣以遺族叔。且曰：「此兒子所奉也。」仲父以間言❻曰：

「兄之子，幸免不成立。所奉亦筆舌所得，何峻拒之如是？」曰：「其人則吾子也，其物則非吾有也。以吾一人者，用物于天地，而數人者取天地之精，不以汰❼乎。且清心省事，徒以行之他人，而不行之吾子，其亦以此忤物矣。且吾以此教豚犬子，尚不能不轇轕❽浮沉于名利之際，奈何復決堤而先之泛濫也。」凡受業于先君者，約數十輩，束脯❾之儀，以貧而卻之者半焉。時亦有所賑予，及為人排急難，要未嘗輕先期諾之。賢者不得而親，不肖者不得而疏也。夏紵冬絮，擁膝危坐間，終日而不一語。自夫之有識以來，二十年如一日，亦姻黨僚友所共知，無得而間焉。

【章　旨】寫先父嚴於取與的情況。

【注　釋】❶此中郎所以貽仲宣者　《三國志・魏書・王粲傳》：「左中郎將蔡邕見（粲）而奇之，時邕才學顯著，貴重朝廷，常車騎填巷，賓客盈坐，聞粲在門，倒屣迎之，粲至，年既幼弱，容狀短小，一坐盡驚。邕曰：「此王公孫也，有異才，吾不如也，吾家書籍文章盡當與之。」中郎，指東漢蔡邕，曾官中郎將，故以中郎稱之。仲宣，漢末文學家王粲的字，曾祖及祖父均為漢三公，博學多識，文思敏捷，善詩賦。❷行　快要；將。❸治命　指人死前神智清醒時的遺囑。❹縛　作者自注：音線。❺袷　「夾」的異體字。❻間言　私下談話。❼汰　通「泰」。侈泰逾分。❽轇輵　交錯糾纏貌。❾束脯　古代諸侯大夫相饋贈的禮物。也指學生向教師致送的禮物。《論語・述而》：「自行束脩以上，吾未嘗無誨焉。」後因指致送教師的酬金。

【語　譯】起初，伍學父先生與先父為教師弟子關係，但是相處和諧如朋友。先生藏書一萬多卷，平常常對先父說，這些是蔡中郎用來贈送王仲宣的書啊，將要歸於你了。後來先生忽然得了熱病，悶急得說不出話來。先父親自拿藥品飲食餵先生，先生用眼睛看著先父，像將有所授與的，先父則低頭不答。回家後嘆道：「我寧願辜負先生臨終前清醒的遺囑，也不能接受做仲宣的托付啊。」先父嚴於拿取和給與，大致情況如此。夫之親眼目睹的，未曾輕易地吃人家一頓飯，也未曾隨意接受人家一張帖。凡是夫之兄弟的朋友，略微有箋紙扇子之類的饋贈，也一定嚴峻地退卻。伯兄己卯年到北京國子監，回來在南京買線絹做了一件夾衣，裡面放了棉絮，足足一個月不敢送上。後來慢慢通過先孺人呈送先父，先父笑著看了好久，拿了藏起來，過了一個冬天不穿，第二年仍然還給伯兄。伯兄又通過仲父婉轉致意，先父就以衣服的價錢還給伯兄，才拿衣穿起來。我的兩個哥哥和夫之有茶葉果脯之類的呈獻，一月內不敢有兩次，隔月送進，也多收納卻不嘗。兩兄在省內鄉試回來，曾買小說一套敬奉先父，作為消遣娛樂之用。打開書看了幾則，就收起來，後用來贈送族叔。而且說：「這是兒子敬奉的。」仲父私下談話說：「哥哥的兒子，幸而沒有不成器的。所敬奉的也是撰文教書所得，為何如此嚴峻地拒絕呢？」先父說：「這人是我的兒子，這些東西卻不是我所有的。我一人，從天地中取物用，而幾個兒子取天地的精華給我，不是已經太奢侈了嗎。況且清心省事，只是要他人實行，而不要兒子實行，這也是抵觸客觀事物的。而且我以此教育犬子，還不能使他們不糾纏沈浮在名利之中，奈何再決堤而先泛濫呢。」凡是受教於先父的，大約幾十人，教師的酬金，因家境貧困而不收的佔一半。時而也有所賑濟給與，為人排解急難，重要的是未曾預先答應人家。賢德的人不能因而親近，不肖者也不能因而疏遠。夏天麻衣，冬天棉衣，抱膝正坐時，終日不說一句話。自夫之有記憶以來，二十年如一日，也是親戚同僚朋友都知道的，無法參與進去的。

先君嚴於自律，恕於待物，即僮僕亦未嘗深加訶責。以少峰公塋❶墓為族人不肖者所犯，一訟之有司，此外無一字入郡邑。曾衣新繒❷褶❸過城闉❹，有鬻薪者，醉而突出，以所荷杖刺衣幅，裂落其裾❺。其人惶遽，故狺狺❻作不遜語。先君笑曰：「待我執汝索償，而始作此狀未晚，今且不須爾也。」其人雖醉，不覺膝之屈也。先君亦顧而去之。又嘗晏❼出，門外有鬻豆糜❽者，踞坐❾門檻，命之起不起。稍正色詰之，顧瞋目直視，捧其糜擲中先君，巾服皆漬。先君徐步入內易衣，家人皆不測所以，先君亦不語以故。徐聞門外喧豗❿，則鄰左人共搏其人，盡以所鬻糜，投之溝中，捽⓫而將繫之矣。先君易衣畢，遽出語搏者：「彼幸未有所犯于我，直蠢愚不慮難爾，何忍令其荷空甑⓬歸，無用以對妻子為。」如其值而授之錢。鄰人皆驚訝，餘怒不已。詰旦乃笑而謂之曰：「子昨者之怒，今可以忘乎未耶？」故里中之醉而號者，爭而鬭者，樗蒲⑬而相逐者，惟恐令先君知。鄰有貴介⑭子弟任縣令罷歸，不能輯其奴客虐侮市買小民。先君遇之，則正色視之。雖未加詆訶，而無不倉皇失措者。後遂漸畏而改焉。凡里中郡邑文學，有數至公門請謁者，皆令攜巾衫人⑮走間道⑯，不敢經過門閈⑰。先君後漸聞之，歎曰：「夫我奈何使人徒畏！」遂以禁步門內。又曾以孟冬攜夫之上一山公塋，歸渡未水，操舟人索錢不已，從人與之爭。其人醉而狂詈，刺刺⑱不休，奮石相擲，及夫之馬首。夫之于馬上勸止之，愈不得止。夫之怒，令人搏之。其人掉舟中流，無可如何。先君見夫之怒不可遏，從容上肩輿去。使人傳命云：「此何難，且歸，徐告于有司捕繫。」夫之乃回轡而反。抵家，先君色既不怍，又不一語及之。夫之不敢請。遲之數日，乃曰：「前者操舟狂夫，何以不屬之有司乎？」俛而微笑。夫之不覺汗之霑頤⑲。先君乃為好語慰藉而起。

【章　旨】敘述先父嚴於律己，寬以待人的事跡。

【注　釋】❶塋　墓地。❷繒　古代絲織品的總稱。❸褶　夾衣。❹闉　古代城門外的曲城。❺裾　衣服的前襟。❻狺狺　犬吠聲。❼晏　晚。❽豆糜　豆粥。❾踞坐　坐時兩腳底和臀部著地，兩膝上聳。❿喧豗　轟響聲。⓫捽　揪。⓬甂　罈子一類的瓦器。⓭樗蒲　古代的一種博戲，也作為賭博的通稱。⓮貴介　猶言尊貴。介，大。⓯巾衫人　戴頭巾，穿青衣，是秀才的裝束。⓰間道　小路。⓱閈　牆垣。⓲刺刺　多言貌。⓳頤　下巴。

【語　譯】先父對自己要求嚴格，對待別人很寬恕，即使對童僕也未曾嚴厲責罵。因少峰公墓地被族中不賢的人所侵犯，曾一次訴訟官府，此外沒有寫過一字訴狀到郡邑官府。一次曾穿新的綢夾衣過城門外的曲城，有一賣柴的人喝醉了忽然跑出，肩荷的扁擔刺到衣服，拉落了衣服的前襟。這人很恐慌，故意狂叫，講不敬的話。先父笑道：「等我抓住你索取賠償，才作此行狀不晚，現在尚且不須如此。」這人雖然酒醉，不禁兩膝彎屈。先父也看看他就離去了。又曾夜晚出去，門外有一賣豆粥的，踞坐在門檻上，叫他起來，不肯起來。稍為臉色嚴肅地詰問他，他卻張大眼睛直視，捧起他的豆粥擲中了先父，頭巾衣服都沾上豆粥。先父慢步入內換衣，家裡人都不知原因，先父也不說緣故。慢慢地聽到門外響鬧的聲音，則是鄰居在一起捉住那人，把他所賣的豆粥全部倒入溝中，揪住他並將捆縛他。先父換好衣服，趕快出去對捉的人說：「幸好他沒有什麼侵犯我，只是愚蠢不考慮後果罷了。怎麼忍心讓他挑了空罈回家，沒有可以用來對妻子解釋的。」於是按照豆粥的價值給他錢。鄰人都很驚訝，並餘怒不止。第二天就笑著對鄰人說：「你昨天的惱怒，今天可以忘掉了嗎？」所以里中那些酒醉並號叫的人，爭鬥的人，因賭博相追逐討賭債的人，惟恐讓先父知道。鄰里有一尊貴子弟任縣令罷職回家，不能管束他的奴僕門客，欺侮做小買賣的小民。先父碰到這些人，就嚴肅地看著他們，雖然未加責備訶罵，卻沒有不倉皇得不知所措的，後來就漸漸地畏懼並且改正了。凡是里中郡邑文學生員有屢次到先父門庭拜謁求見的，都命令攜帶生員走小道，不敢經過門牆。先父後來漸漸耳聞此事，嘆道：「我怎麼讓人徒然地畏懼我呢！」於是禁止走門內。又曾在初冬帶領夫之上一山公墓地，回來時渡耒水，撐船的人不停地索取錢。跟從的人與撐船人爭執起來，撐船人酒醉大罵，多言不止，還拿起石頭用力扔擲，擲到夫之的馬頭。夫之在馬上勸止他，愈加不能止住。夫之發火，叫人把他捉住，這人掉轉船頭到水中去了，無法可治。先父看到夫之怒不可止，從容地上轎去了。派人傳下命令說：「這事有什麼難，姑且回家，慢慢告訴官府去逮捕此人。」夫之就回馬而返，抵家後，先父顏色既不違忤，又對這事不說一句話。夫之不敢問。等了幾天，才說：「前幾天那撐船狂夫，為何不將他告到官府呢？」先父低頭微笑。夫之不覺汗流沾溼下巴。於是先父講好話安慰我。

先君教兩兄及夫之，以方嚴❶聞於族黨。顧當所啟迪❷，恆以溫顏獎掖，或置棋枰，令對奕焉。唯不許令習博簺❸擊毬❹，游俠❺劣伎❻。閒坐則舉先正❼語錄，辯析開曉❽，及本朝沿革，史傳所遺略者，與前輩風範❾，下及制藝❿。剔鐙⓫長談，中夜不息。兩兄淳至⓬，無大過失，時或以小節違意旨。夫之少不自簡⓭，多口過⓮。每至發露，先君不急加詰謫，唯正色不與語，問亦不答。故夫之兄弟亦不易自請諐⓯焉。如此旬餘，必待真恥內動，流涕求改，而後譴訶得施。已乃釋然，至于終世，未嘗再舉前過以相戒。庭戺⓰之中，暄日嚴霜，並行不悖。恆謂處人己之間，當令有餘，親如子弟，賤如奴僕，且不可一往求盡，況其他乎。昔在京師，見一名冢宰⓱，大書榜⓲云：「本部既不要錢，如何為人要錢。」亦何至如此以為君子耶。故其施於家者，張馳如此。而夫之兄弟亦幸以免于惡焉。

【章旨】敘寫先父對二兄及自己的教育，既方嚴，又注意啟迪覺悟。暄日嚴霜，並行不悖。

【注釋】❶方嚴　方正嚴肅。❷迪　開導。❸簺　古代的一種博戲。❹毬　古代泛稱遊戲用的球類。最初以毛糾結而成，後用皮製。❺游俠　交遊俠客。❻劣伎　錯了伎藝。❼先正　前代的賢臣。❽開曉　開導使明白。❾風範　猶風度；作風。❿制藝　古代應試所作的文章。其文體為科舉考試制度所規定，明清兩代一般指八股文。⓫鐙　古代照明的器具。青銅製，上有盤，以盛油，盤下有足，旁有柄，可執持。⓬淳至　十分質樸敦厚。⓭自簡　自我檢點約束。簡，通「檢」。⓮口過　言語的過錯；失言。⓯諐　「愆」的異體字。⓰戺　階旁所砌的斜石。⓱冢宰　官名。《周禮》為輔佐天子之官，後世因以為宰相之稱。⓲榜　舊指官府的告示。

【語譯】先父教育兩位哥哥與夫之，在同族中以方正嚴肅聞名，但當應有所啟發開導時，常以溫和的顏色獎勵贊許，有時放一盤棋，讓我們與他下棋。只是不准許學賭博、玩球、交遊俠客，因而妨礙弄壞了伎藝。閑坐時就舉出前代賢臣的語錄，議論分析開導，使我們明白，和本朝政治的沿襲變化，史書所遺載或簡略的，和前輩的風度，一直到八股制藝。剔燈心而長談，半夜不息。兩位哥哥十分淳樸，沒有大的過失，時或有因小節違忤了父親的意旨。夫之年輕不自己檢點約束，常犯失言的過錯。每當暴露時，先父不急於詰問指責，只是臉色嚴肅，不和我講話，問他話也不回答。所以夫之兄弟也不輕易請罪，這樣十多天，一定等到我們萌發了羞恥心，流著眼淚請求改正錯誤以後，才實行譴責批評，事後就不放在心上，一直到死，未曾再舉出前面的過失來警誡我們。庭院之內，暖日寒霜，並行不悖。先父常說處理人我之間的關係，應當留有餘地，親密如兒子、兄弟，卑賤如奴僕，尚不可以一往求盡做絕，何況其他呢。過去在京師，看見一著名的宰相，用大字寫了一個告示說：「本部既然不要錢，如何為人要錢。」亦何至於這樣來做君子呢。所以先父在家所實行的，一鬆一緊就是這樣。而夫之兄弟也幸而免於行惡了。

崇禎癸未❶，張獻忠陷衡州，鉤索❷諸人士，令下如猛火，購伯兄及夫之甚急。先君為偽胥❸所得，勒至郡城。偽吏故為輭語❹，誘先君致夫之兄弟。先君張目直視，終不答。偽吏怒，將羈❺先君。先君歎曰：「安能以七十老人，俛仰❻求活！」沐浴易衣，就親故告別，將以是夕投繯。夫之聞先君在縶，乃殘毀肢體，舁❼簀❽到郡，守候徹夜，乃不果。明日遂以計脫遁。黃岡奚鼎鉉始以文字與夫之相知聞，至是陷賊中為吏，力脫先君于險，先君終不與語。

【章　旨】敘寫先父被繫捕，不聽偽吏之命，表現了寧死不屈的精神。

【注　釋】❶崇禎癸未　崇禎十六年（西元一六四三年）。❷鉤索　鉤取搜尋。❸胥　官府中書辦之類的小吏。❹輭語　溫和而委婉的話。輭，「軟」的異體字。❺羈　繫住。❻俛仰　隨宜應付。俛，「俯」的異體字。❼舁　抬；扛。❽簣　用竹片編成的墊子。

【語　譯】崇禎十六年，張獻忠攻陷衡州，鉤取搜尋有名的人士做官，命令下達像猛火一樣，急迫地要伯兄及夫之去做官。先父被偽吏發現，強迫他到郡城。偽吏故意以溫和委婉的話，引誘先父招致夫之兄弟。先父張目直視，終不回答。偽吏發火了，將要繫捕先父，先父嘆道：「怎能以七十歲的老人，還權宜苟且偷活！」就洗澡換衣服，向親戚故舊告別，將在此夜上吊自盡。夫之聽說先父被繫捕，於是就傷殘自己的身體，躺在竹席上讓人抬到郡城，整夜守候父親，還是不成功。第二天就用計逃脫隱遁而去。黃岡奚鼎鉉最初因文字來往與夫之相交，聽說那時也陷在張賊中做官，極力使先父脫險。但先父因他做偽官，始終不和他講話。

永曆丁亥❶，夫之避居湘鄉山中，伯兄匿跡東安之四望山，先君間❷寄手書至曰：「汝若自愛，切不須歸，勿以我為念。」時八月二十三日也。書發之明日，遂以覯❸疾。伯兄踉蹌❹先歸，夫之以次還，先君顧不喜。已乃力疾率伯兄及夫之上南嶽峰頂以隱。俄而疾急，乃曰：「吾居平無一言可用教汝兄弟者，況今日乎。我即不起❺，當葬我此山之麓。無以櫬❻行城市，違吾雅志，且以塋兆❼在彼，累汝兄弟數見諸不淨事也。」臥病三月，未嘗有一呻吟之聲。十一月十八日平旦❽，扶起晏坐❾而終。先君之於患難生死，有如此者。

【章　旨】敘寫先父得病與臨終的情況。

【注　釋】❶永曆丁亥　明永曆元年。為清順治四年（西元一六四七年）。永曆，明桂王朱由榔的年號。❷間　乘間。❸覯　通「構」。構成。❹踉蹌　走路不穩，跌跌衝衝。❺即不起　如果病不能治癒。❻櫬　棺材。❼塋兆　墓地；墳墓。❽平旦　猶黎明；天剛亮時。❾坐　安坐；閒坐。

【語　譯】永曆元年，夫之躲避兵亂匿居湘鄉山中，伯兄躲匿在東安的四望山。先父乘隙寄親筆信說：「你若自愛，千萬不須回家，不要掛念我。」當時是八月二十三日。信發的第二天，就得病了。伯兄跌跌沖沖地先回家，夫之隨後回家，先父卻不高興。後來就竭力率領伯兄及夫之上南嶽衡山峰頂隱居。一會兒病重，就說：「我生平沒有一句話可以用來教你們兄弟的，何況現在呢。我如果不愈，應當葬我在此山山腳下。不要把棺材運到城裡，違背我一向的志願。而且墳墓在那裡，連累你們兄弟屢次看見骯髒的事情。」臥病三個月，未曾有一呻吟之聲。十一月十八日黎明，讓我們將他身子扶起安坐而死。先父的患難生死的情況，就是這樣。

先君于文詞詩歌，不數操觚❶。蓋以簡柙❷性情，懼藝成之為累也。早歲與學父先生，洎詩僧復支，頗有酬和，皆削其稿，盡無傳者。夫之所獲見者，〈送邑侯梁東銘志仁入計序〉、及〈贈處士陶翁❸〉，今皆忘之矣。又曾于刺尾得覩〈過應山平靖關❹〉一絕句，今附錄焉：「楚塞❺橫開❻西接秦，平沙風起柳花春。即今江北須回首，渺渺江南愁殺人。」崇禎戊辰❼春所作也。

【章　旨】寫先父不常寫詩詞與其原因，附錄僅見的一首絕句。

【注　釋】❶操觚　執簡。指寫作。觚，方的木片，古人用來寫書，猶後來的竹簡。❷簡柙　規矩；法度。簡，通「檢」。柙，通「押」。❸陶翁　作者自注為王夫之岳父，名萬梧。❹平靖關　在河南信陽縣西南，地形險要，魏晉以來為兵家必爭之地。❺楚塞　楚地關塞。詩中即指平靖關。❻橫開　平靖關貫通南北，故曰橫開。❼崇禎戊辰　明崇禎元年（西元一六二八年）。

【語　譯】先父不常寫作文詞詩歌，大概因為他行動皆有規矩的性情，懼怕詩詞的成就反成為拖累。早年跟從學父先生和詩僧復支很有些酬答唱和的詩，但都刪削，全無留傳的。夫之獲得並見到的，是〈送邑侯梁東銘志仁入計序〉與〈贈處士陶翁〉文，現今都已忘記了。又曾於名帖尾看到〈過應山平靖關〉一首絕句，現附錄在這裡：「平靖關貫通南北，西與秦地相接鄰。平原上刮起了春風，柳花又生。靠近江北應回首，只見江南渺渺茫茫，真正愁煞人。」這是崇禎元年春天所作。

先君于書法，不求甚工，而終身不作一行草及縱筆大書。易簀❶之歲，七十有八，先卒三月，所敕夫之兄弟手扎，皆蠅跡雁行如界畫。少所讀書，收束潔齊，五十餘年，帙卷如新。生平未嘗敗一陶器。殘楮❷廢稿，歲聚而焚之。食無兼味，飯止一盂。飲酒不見酒容。諸非時蔬菓，烹飪失宜者，絕不入口。葺屋取蔽風雨。所居一室，淨几堊❸壁，蕭然無長物。禁夫之兄弟不令置田宅，僅以給一年豐凶之中為止。曰：「安有儒素❹而求田問舍❺者，且貪之媒而禍之始也。」大歡不破顏而笑，大怒不唬❻聲而呵。北還遇盜于良鄉縣界，掠奪殆盡。會有中丞赴鎮遇焉，遣人存問，並邀往見，欲為追捕，先君謝而不往。唯一笥中餘二十金，同行者多有所餘，而故閔❼之以窮告，先君遂分所餘授之，不取償焉。凡此皆細節不能具誌，要非先君所留意，聊贅一二語以記素業❽，用示諸後云爾。

【章　旨】敘寫先父學習、生活的種種細節，以顯示其動由規矩與清白的操守。

【注　釋】❶易簀　更換寢席。按古時禮制，簀只用於大夫，曾參未曾為大夫，不應當用，所以臨終時要為他更換寢席，後因以稱人病重將死為易簀。簀，華美的竹席。❷楮　木名。其皮可製桑皮紙，因以為紙的代稱。❸堊　用白色塗料粉刷。❹儒素　指讀書人家。❺求田問舍　謂只知買田置屋，為個人利益打算，沒有遠大志向。❻唬　虎叫。❼闔　關閉。❽素業　清高或清白操守。

【語　譯】先父對於書法不求很精，但終身不寫行書、草書、不縱筆寫大字。當七十八歲病重將亡故前三個月，告誡夫之兄弟的親筆信，都是蠅頭小楷，如飛雁的行列，有次序如界限畫定一樣。年輕時所讀過的書，收拾束扎得整齊清潔，經過五十多年，卷帙書套還如新的一樣。生平未曾打壞一個陶器。殘紙廢稿，每年聚集燒去。吃菜不用兩樣，飯只一碗。飲酒臉上不現酒容。不是當令的蔬菜鮮果、烹調不當的，絕對不吃。修屋只須能避風雨。他所住的一個房間，几桌乾淨，白粉塗壁，室內蕭然，沒有多餘的東西。禁止夫之兄弟添置田地房產，僅以能供給一年豐年凶年的中和為度。說：「那裡有讀書人家而只知道買田置舍而無遠大志向的。況且貪婪是媒介，是禍患的開始。」大喜也不破顏大笑，大怒也不大聲訶責。從北方回來，在良鄉縣界碰到了強盜，被掠奪得幾乎全部精光。正好有中丞到鎮上遇見，派使慰問，並邀請前往相見，想為先父追捕強盜，先父辭謝未去。唯一留在笥匣中的二十金，同行的人大都有所餘，卻故意闔起匣子以窮相告，先父就將所餘剩的分給他們，不要他們償還。凡是這些都是細節不能一一詳記，也不是先父所注意的，聊且嚕囌地敘述一二件來記下先父清高的操守，給後代看看罷了。

先君元配❶綦孺人，外大父掌故公諱□。綦孺人淑順孝嫺❷，生子一，三歲而殤。孺人以萬曆甲午❸歲卒。繼配先太孺人姓譚氏，外大父處士❹念樂公諱時章。念樂公性和愷，為敦篤長者。顧崖岸❺嶄峻❻，不可干侮。曾遊巴蜀，有姻戚宰❼充國，往訪之，因稍留廨舍❽，其館客倨諧❾，一言拂意，不辭而出。匹馬走江濱，順流泛三峽而歸。主人數道追躡❿，已弗及矣。其標致高遠如此。念樂公配歐陽太母。生子三，長惺敬公諱允阜，季玉卿公諱允琳，皆邑文學。中子小西公諱允都，中天啟甲子⓫鄉試，乙丑上春官⓬以文句犯權奄，置乙第⓭。女二，長即先孺人，次適文學伍季咸公一盈，遇亂為賊所得，不屈，罵不絕口，賊以刀環亂築致殞。先孺人生伯兄介之，中崇禎壬午鄉試，次仲兄參之，弘光選貢⓮，未就廷試⓯，遇亂以疾先先君卒。次不肖夫之，以壬午舉人，授行人司行人，予假養病歸山，今行年四十矣；孫七：敉、敞、勿藥、致、攽、勿幕、敔。敞，伯兄出。敉、致，皆仲兄出。勿藥、攽、勿幕、敔，夫之出。敉以孝殞于難，致早夭。曾孫一，生祁，敞出。

【章　旨】敘寫母系家世，著重寫外祖父的高傲性情。簡列自己及子孫三代的情況。

【注　釋】❶元配　舊稱最先娶的正妻為元配。❷婣　「姻」的異體字。❸萬曆甲午　萬曆二十二年（西元一五九四年）。萬曆，明神宗年號。❹處士　古時稱有才德而隱居不仕的人。❺崖岸　高峻的山崖、堤岸。常用來比喻人性情高傲。❻嶄峻　突出高峻的樣子。❼宰　官名。掌管王家內外事務。❽廨舍　官舍。廨，官署。舊時官吏辦公處的通稱。❾倨謔　傲慢；詼謔。❿贐　贈送人的路費或禮物。⓫天啟甲子　明熹宗四年（西元一六二四年）。⓬上春官　指赴禮部春試，明清考進士的會試都在春天舉行。春官，唐光宅年間曾改禮部為春官，後春官遂為禮部的別稱。⓭乙第　古代考試中的第二等。⓮選貢　是明清科舉制貢生中的一種，也稱拔貢，十二年選一次。⓯廷試　科舉制度中由皇帝親發策問，在殿廷舉行的考試。

【語　譯】先父元配是綦孺人，外祖父掌故公名□。綦孺人善良孝順，善事姻親，生一子，三歲就死了。孺人在萬曆二十二年亡故。繼室先太孺人姓譚，外祖父處士念樂公名時章。念樂公性格平和安適，是敦厚長者。但性情高傲，不可干犯欺侮。曾遊覽巴蜀，有姻戚充國擔任掌管王家內外事務的官，念樂公去訪問他，因稍留官舍，而他的館客傲慢不遜，愛開玩笑，一句話違拂念樂公的心意，不辭而走，騎一匹馬跑到江邊，順流泛舟三峽回家，主人分幾路追送禮物，已追不到了。他的風標就是如此高遠。念樂公婚配歐陽太母，生三個兒子，長子惺敔公名允阜，小兒子玉卿公允琳，都是邑文學生。中子小酉公名允都，考中天啟甲子年的鄉試，乙丑年上禮部，因文句侵犯專權的宦官魏忠賢，名字被放在第二等。兩個女兒，長女就是先孺人。第二個女兒嫁文學生伍季咸公名一盈的，遇亂被賊抓去，不屈服，罵不絕口，賊用刀環亂砍致死。先孺人生大哥介之，考中崇禎十五年鄉試，二哥參之，是弘光年間選貢生，未去參加廷試，遇明朝末年之亂，比先父先亡故。再次就是不肖子孫夫之，以壬午舉人資格授官行人司行人，我藉養病歸山隱居，今年四十歲了。孫子七個是敉、敞、勿藥、致、攽、勿幕、敔。敞是大哥所生。敉、致都是二哥所生。勿藥、攽、勿幕、敔，夫之所生。敉因孝死在難中，致早死。曾孫一個，生祁是敞所生。

先孺人年十九歸先君。以少峰公之嚴，雖先君及兩叔父籍甚❶士林，未嘗少❷為假借❸，顧于先孺人，則不能不喜道之曰：「此孝婦也。」先孺人終未自言所以事舅姑者，今故不能述其詳。間聞之叔母云：少峰公洎范孺人存日，起恆不待曉色，夜則闇坐徹丙夜。茗漿酒餌以進者，不敢使烹飪刀砧之聲聞于外。隆冬不爐，懼煙焰之達也；盛暑不扇，懼其作聲響也。與侍婢語，必附耳嚅哾，雖甚喜笑，不見齒也。少峰公晝出于外，薄暮入，則滌器移案之類，都不復作。如是者終少峰公之世。間歸寧，外大母頗加慰問，則對曰：「居家固如是，未見翁之獨嚴也。」外大母後述之，輒以為笑。少峰公卒，范孺人雖慈愷，亦不忍不以事少峰公者事范孺人。執三年之喪，哀泣瘠❹毀，傾笥篋以襄❺大事。迨釋服，無以即吉焉。與仲母吳太恭人，相得如骨肉，白首無間言。一庭之中，兄弟誾誾❻於外，妯娌雝雝❼於內，歡然忘日月之長。後雖析居，間十日不往還，則怦怦❽若失。季母萬晚得奇疾，性稍亂，先孺人一往問之，則流涕竟日。其卒也，一慟幾絕。從大父太素公暮年喪子，與朱太母就養❾先君，酒茗必清，蔬脯必治，飴粥果餌，逆探其意而供焉，二十年如一日。每逢綦孺人生忌，躬設香茗拜薦。事掌故公如父，綦太母如母，向卒五十年，言及猶為慘然變容。對先君如承嚴賓。先君夙有痰疾，煮藥調食，必躬親執事，不以屬之子婦及委僮婢。先君疾革時，先孺人新自病起，羸弱不振，顧蚤起晏息，篝火❿親事，一如其素焉。家承嚴政，內外栗肅⓫者九代，自先孺人易之以和愷。育夫之兄弟恩九而威無一，遇諸新婦則純用柔道，談笑拊摩，終歲不一蹙其眉，即有過失，不加訶譴，徐俟其悔悟，而後微戒焉。顧恆嘆曰：「吾性不欲以嚴待人，自此以往，流及于後，將有不率而反唇⓬者乎。雖然，佳兒女豈須人訶責，不肖者操之，益橫⓭出矣。人日趨下，顧非吾作法之涼⓮也。」先君宦學⓯四方，家徒壁立，先孺人躬親舂飪，支盈補虛，以佐圖史舟車之貲，費踰千金。而兩兄及夫之鐙⓰丸⓱書卷，衣履贈遺，娶婦飴孫，以及歲時嘗⑱薦⑲，伏臘⑳酒漿之屬不計焉，皆先孺人之手澤㉑也。顧每有贏餘，輒盡散之以施姻黨之乏，及他迫而來告者，下迨僮僕，人得取給，恆霈然㉒有餘，終不囊宿一錢。曰：「奈何以有用置無用之地也。」居少不約㉓，居多不豐，順聚散以隨時，故晚遇喪亂，麻衣椽㉔食，欣然如素。夫之兄弟藉以保其硜節㉕，實厚載之無疆也。

【章　旨】敘寫先母侍奉長輩、和睦妯娌、敬事丈夫、慈愛子女、接濟困窘的情況，家政由嚴政改為和愷，歌頌母親厚載之恩。

【注　釋】❶籍甚　也作「藉甚」。盛大；多；盛。❷少　稍微。❸假借　寬假；寬容。❹瘠　瘦。❺襄　相助而成。❻誾誾　和悅而能盡言的樣子。❼雝雝　鳥和鳴聲。❽怦怦　心跳貌。❾就養　舊時謂侍奉父母。也謂父母至子弟任所受其供養。❿篝火　用竹籠罩火。篝，竹籠。⓫栗肅　莊敬；嚴肅。⓬反唇　翻其唇。表示心有所不服。⓭橫　強橫；橫暴。⓮作法之涼　作，開始。涼，薄。⓯宦學　學習仕宦所需的各種知識。⓰鐙　同「燈」。⓱丸　古時以丸計墨。文中代指墨。⓲嘗　嚐新。⓳薦　進獻。⓴伏臘　古代兩種祭祀的名稱。伏，夏天的伏日。臘，冬天的臘日。㉑手澤　原意為手汗所沾潤。後亦借指先人的某些遺物。㉒霈然　雨盛貌。喻恩澤之盛。㉓約　緊縮；節儉。引申為貧困。㉔椽　椽子。引申指房屋的間數。㉕硜節　堅定的節操。

【語　譯】先孺人十九歲嫁給先父，以少峰公的嚴厲，即使先父和兩位叔父已在士林中名氣盛大，也未曾稍微寬容，而對先孺人卻不能不高興地說：「這是孝婦啊。」先孺人始終沒有自己講如何侍奉公公婆婆的，所以現在不能詳細敘述。近來聽叔母說：少峰公和范孺人在世時，起身常不等拂曉，夜晚就暗坐到半夜。送進茶茗漿湯酒食，不敢使烹飪或刀與砧板的聲音傳到外面。寒冬不生爐子，怕煙氣火焰傳出去；酷暑不搧扇子，怕搧扇子發出聲響。與侍婢講話，一定附耳細語，即使很高興地笑，也不露出牙齒。少峰公白天在外面，傍晚回家，那麼洗澡器具移動案桌一類的事就都不再作了，像這樣的情形一直到少峰公去世。間或回娘家，外祖母頗加慰問，就回答說：「居家本來是這樣的，沒有見到公公的特別嚴厲。」外祖母後來述及這些事，就作為笑料。少峰公亡故，范孺人雖然慈祥，先孺人也不忍心不用侍奉少峰公的態度侍奉范孺人。守喪三年，哀泣瘦損，盡笥篋所有來幫助喪事辦成。等到脫去喪服，沒有可用來成就喜事的了。與二叔母吳太恭人，相處中意得如同骨肉至親一樣，到白頭互相沒有一句閒話。一大家庭之內，兄弟和悅於外，妯娌和鳴於內，歡快度日忘掉了歲月的漫長。後來雖然分居，隔十天不來往，就心內怦怦跳，若有所失。小叔母萬晚年得了怪病，性情漸漸迷亂，先孺人一去探訪，就終日流淚。她亡故後，悲慟得幾乎昏絕。堂叔祖太素公，暮年失去兒子，與朱太母到先父處受其供養，酒茶一定清純，菜蔬果脯一定做得很好，糖粥水果糕餅，迎問他們的心意後供給，二十年如一日。每逢綦孺人冥壽，親自設香茶拜祭，侍奉掌故公如親父，綦太母如親母，亡故五十年，談及還傷心地改變了容貌。對先父像奉承尊敬的賓客。先父舊有痰疾，煮藥烹調菜食，一定親自操辦，不囑咐媳婦和委託童婢。先父病重時，先孺人也剛患病開始，瘦弱不振，但仍早起晚息，親自用竹籠罩火，一如平常一樣。我家繼承嚴格的家教傳統，內外莊敬嚴肅已經相傳九代，從先孺人起改變為和樂。養育夫之兄弟有九恩而無一威，對待媳婦就純用柔道，談笑撫摩，整年沒有一次皺起眉頭，即使有過失，也不加責罵，而是慢慢地等待她的懊悔覺悟，然後才稍微告誡。但常嘆道：「我的性情不想以威嚴對人，自此以下，傳到後代，是否會有不遵循並反唇相譏的人呢。雖然如此，好兒女難道需要人責罵，不好的子孫持此，更加凶橫突出了。人一天天向下，但不是我開始作法的不好啊。」先父四方學習仕宦所需要的各種知識，家徒四壁，先孺人親自從事舂米烹飪等各種家務，支出盈餘，補足虧空，來資助圖書車船的費用，花費超過千金。兩兄及夫之讀書用的燈火紙墨書卷，衣鞋贈送、娶媳養孫，以及逢歲時季節嚐新進祖、伏臘祭祀所需的酒漿之類都不計算在內，都是先孺人親手操持啊。但每有盈餘，就都施捨給貧窮的姻戚和其他窘迫來告借的人，下至僮僕輩，人們能拿取借得的，常恩澤有餘，袋裡總不留一錢。說：「為什麼把有用的錢放在無用的地方呢。」收入少時不貧困，收入多時也不豐裕，聚散順隨當時情況的變化，所以晚年遭喪亂，穿麻衣，住椽屋，過貧寒的日子也欣然如平常一樣。夫之兄弟藉此保持了堅定的操守，實在是母親浩蕩無邊的恩德啊！

先孺人年七十四，伯兄洎夫之同舉。外王母歐陽太君年九十有二，生小西公，舉於鄉。歐陽太君母年八十有四，生元素公炳，舉於鄉，官郡丞。楊太母所生母年九十，生耽所楊公，舉於鄉，官州刺史。凡四世略相等，戚里以為盛談。先孺人晚年尤康勝，年踰七十，起居如五十許。以仲兄洎夫之婦陶相繼早世，嗣先君見背，哀愴所侵，始見衰微。己丑歲❶，夫之不孝，從王嶺外，隔絕無歸理，憂思益劇，遂以庚寅八月初二日，橫罹崩摧，俾年帙劣於先世。嗚呼！無始安❷再告之功，永天水當歸之痛，此夫之含恨沒齒而不慊❸者也。哀哉！

【章　旨】敘寫先母外家以上四代兒子中舉情況略似，鄉里傳為美談。由於自己從王在外，使先母加速死亡，是自己終身遺憾。

【注　釋】❶己丑歲　指順治六年，明桂王永曆三年（西元一六四九年）。前一年王夫之舉兵衡山，戰敗軍潰，赴桂王所在肇慶，從此到辛卯（西元一六五一年）春歸抵家，一直跟從桂王，在梧州、桂林等地活動。❷始安　郡名。治所在今廣西桂林。❸慊　滿足；滿意；快。

【語　譯】母先孺人七十四歲時，長兄和夫之同年中舉。外祖母歐陽太君九十二歲時，所生的小西公，鄉試中舉。歐陽太君母八十四歲時，所生的元素公炳，鄉試中舉，授官郡丞。歐陽太母的生母九十歲時，生的楊恥所公，鄉試中舉，授官刺史。共四代兒子中舉情況大致相同，親戚鄉里傳為美談。先孺人晚年尤其健康，年齡超過七十，起居行動卻像大約五十歲的。因二哥和夫之妻陶氏相繼早亡，接著先父亡故，被哀傷悲愴侵蝕，才顯出衰弱。桂王永曆三年，夫之不孝，跟從桂王在嶺南之外，與家隔絕，沒有回家的可能。先母憂思更烈，於是在桂王永曆四年八月初二日，意外地遭到摧折，使她的享年比先輩少。嗚呼！我在桂林沒有再造明朝之功，卻永懷先母與我天地各一方的悲痛，這是夫之至死含恨不快不滿的。哀哉！

補遺

自題墓石

【題解】王夫之自題的銘文雖僅六句，卻高度概括了作者的一生：他對明朝滅亡的孤憤與永世長恨，他的忠貞情懷與學術思想。作者的自白是理解王夫之的重要依據。

有明遺臣行人王夫之，字而農，葬于此。其左則其繼配襄陽鄭氏之所祔也。

自為銘曰：

抱劉越石之孤憤❶，而命無從致；希❷張橫渠❸之《正學》❹，而力不能企。

幸全歸❺于茲丘，固銜恤❻以永世。

墓石可不作，徇汝兄弟為之。止此不可增損一字。行狀原為請誌銘而作，既有銘不可贅，若汝兄弟能老而好學，可不以譽我者毀我，數十年後，略記以示後人可耳，勿庸問世也。背此者自昧其心。

【注　釋】❶劉越石之孤憤　晉劉琨，字越石，少有志氣，初與祖逖俱為司州主簿，同寢，當午夜聞雞鳴時，相與起舞。後聞逖被任用勝敵，給親故信說：「吾枕戈待旦，志梟叛逆，常恐祖生先我著鞭。」其意氣相期如此。初為范陽王虓司馬，從破東平王楙，以功封廣武侯。愍帝時拜司空，都督并、幽、冀三州軍事，元帝稱制江東，琨遣長史溫嶠上表勸進。轉任侍中太尉。琨忠於晉室，素有重望，段匹磾忌之，恰好琨與段共討石勒，石勒將送信勸琨叛晉，信被段所得，因此收琨下獄，被陷害死。追諡愍。孤憤，原為戰國時韓非所著的書篇名，按司馬貞的解釋，孤憤就是「憤孤直不容於時也。」後以「孤憤」謂因孤高嫉俗而產生的憤慨之情。❷希　通「睎」，企望；仰慕。❸張橫渠　即北宋哲學家張載，鳳翔郿縣（今陝西郿縣）橫渠鎮人，世稱橫渠先生。曾任崇文院校書等職，講學關中，故其學派稱為「關學」。他的哲學中的唯物主義部分，對王夫之有很大影響，並為王所繼承和發展。❹正學　張載的著作。❺全歸　應指王夫之抗拒清朝雉髮令，始終未剃髮，數十年深居山坳，保全了髮膚，保全了明遺臣的氣節，回到自然山丘。❻恤　憂；憂慮。《詩・小雅・蓼莪》：「出則含恤。」

【語　譯】明代的遺臣任行人之職的王夫之，字而農，埋葬在這裡，墓的左面是他的繼室襄陽的鄭氏合葬於此。自己作銘說：

懷抱著劉琨一樣孤直不容於世的憤慨之情，可是命運卻不能自己掌握；仰慕張載的《正學》，可是自己的力量卻不能企及。幸運的是能完整地回歸到這座山丘，本來是心含憂憤直到永遠。

墓石本來可以不作的，順應你們兄弟的請求才寫。文字就是這些，不可增減一字。行狀原來是為了請人寫墓誌銘而寫的，既然有了此銘，也就不必再贅述了。假若你們兄弟能夠雖老卻好學，可以不因稱頌我而毀謗我，你們略略記述讓後人看就可以了，不用公諸於世。假若違背我的遺言，那麼是自己昧了良心。

己巳九月書授攽

【題解】本文規勸親屬，兄弟之間不要疑忌，不要計較一言一行之不善，要保持孝友的家風。

汝兄弟二人，正如我兩足，雖左右異嚮，正以相成而不相盭❶。況本可無爭，但以一往之氣，遂各挾所懷，相為疑忌。先人孝友之風墜，則家必不長。天下人無限，逆者順者，且付之無可如何，而徒於兄弟一言不平，一色不令，必藏之宿之乎？試俯首思之。

【注釋】❶盭 古「戾」字。凶狠；暴戾。

【語譯】你們兄弟二人，正好像我的兩腳，雖然左腳右腳不同方向，正是用來相反相成，而非相戾。況且本來沒有什麼可爭的，僅僅因為過去的意氣，於是各自挾持自己的成見，相互猜疑忌恨。祖先的孝友的風範失去了，那麼這家族一定不會興旺長久。天下的人很多很多，逆我者、順我者，都尚且奈何不得而不管他，難道在兄弟之間卻因一句不平之言、一個不善的臉色，而一定永遠記住成宿怨嗎？請你們低頭想想這樣對嗎？

唐欽文六秩壽言

【題解】本文是王夫之為其朋友六十大壽作的壽言，文中批判陰陽術士的胡言亂語，而對唐欽文能將得失、險平、恩怨、榮凋齊一，注重內心的修養加以肯定。

永年之道，一言而括矣。一者何也？一也。故為養生❶之言者，甚似乎君子也。其侈而之于縹渺之神山，句漏之靈藥，蔓也。其析而之于子夜❷之天回，卯酉之月仲❸，曲也。乃其甚似乎君子之言者，曰三五❹一，一言而括矣。龍與虎一❺，其體用之謂爾。鉛與汞一，其性情之謂爾。四者與戊土一，其身之所謂爾。君子言固曰言與行一也，行與心一也，初與後一也。故君子之尤重乎得見有恆者也。《易》曰：「恆久而不已，日月得天而能久炤，四時變化而能久成❻。」於戲！永年之道，至此而奚餘哉。吾嘗求之鄉國而弗覯❼，求之天下而覯者，如晨之星一再覯❽而已。是殆其生者眾而生生者鮮乎？如采靈草者，陟名山，歷穹谷，倦歸而得之左右之廬畔，乃三十七年而居然吾老友欽文翁之在我袺襭❾也。吾奚以知欽文翁而信之哉，曰一而已矣。頌稱欽文翁之美者，童叟一矣。意者其外之一乎。進而數聞欽文翁之言，條理一矣。意者其發之一乎。乃博而歷稽❿欽文翁之行，以樸以方，以睦以式⓫，蔑不一矣。猶意者其勉行之一乎。于是而浚⓬窺其心，得與失一矣，險與平一矣，恩與怨一矣，榮與凋一矣，然後信之，曰斯其以恆為道者也。自今日而溯乎三十七年之前，少而壯，壯而且老，風濤崟岑⓭，閱萬折而不改，欽文翁之所以行年六十而如嬰兒也。則自今日以往，風濤息而崟岑平，安而敦⓮之，以引伸于期頤⓯，猶今日也。果奚以信之哉！蓋其與養生者之言而既合也，其合於養生者之言，非其卮言⓰而合于君子之言者也。則自生其生，而非倚生于形氣之母矣。日月之得失，得其恆，旦旦暉而夕夕映；四時之變化，不變者其恆，春春暄而秋秋清。于是而日月之光，施及于群星；四時之成，紹之以成歲。欽文翁以斯道也，被其子孫而式穀⓱之，維尚胥⓲勖之哉！《詩》不云乎：「勿替引之⓳。」奚但勿替焉，加隆焉矣。欽文翁始與其伯子從家兄石崖游，登堂而拜先徵君，吾因得定交，以至于今，三十七年如一日，此之謂也！浹⑳六秩而為之言，以侑㉑兩郎君之壽觴。三山鸞鶴之歌㉒，萬石㉓花封㉔之頌，非翁父子所欲，亦非野人之所習也。故以永年之說進。

【注釋】❶養生　攝養身心使長壽。❷子夜　疑為「子夜」之誤。❸卯酉之月仲　卯月、酉月之月中。卯，夏曆正月為寅月，故卯月即二月。《晉書・樂志》：「二月之辰名為卯，卯者茂也，言陽氣生而孳茂也。」酉仲指八月。《詩・小雅・采薇》：「歲亦陽止。」孔穎達疏引《詩緯》：「陽生酉仲，陰生戌仲。」《廣雅・釋天》：「太初氣之始也，生于酉仲，清濁未分也。」❹三五　指三正五行。《春秋合誠圖》曰：「至道不遠，三五而反。」宋均注云：「三，三正也。五，五行也。王者改代之際會也，能于此際自新如初，則通五窮也。」《黃庭內景經・五行》：「五行相推反歸一，三五合氣九九節。」梁丘子注：「《玄妙經》云：三者在天為日、月、星，名曰三光；在地為珠、玉、金，名曰三寶；在人為耳、鼻、口，名曰三生。天、地、人凡三而各懷五行，故曰三五……諸生之物不得三五不立也，故曰：『天道不遠，三五復返。』」❺龍與虎一　《周易參同契考異》：「水火、龍虎、鉛汞之屬，只是互換其名，其實只是精氣二者而已。」龍虎，道家語，指水火、鉛汞之屬。❻恆久而不已三句　《易經・恆・彖》：「天地之道，恆久而不已也。利有攸往，終則有始也。日月得天，而能久照，四時變化，而能久成，聖人久於其道，而天下化成；觀其所恆，而天地萬物之情可見矣！」引文三句意為「長久地持續不止，就像日月，依循自然法則，而能長久普照萬物；四季依循自然法則，而能變化永久，生成萬物。」❼覯　同「遘」。遇見。❽覿　見；相見。❾袺襭　《詩・周南・芣苢》：「采采芣苢，薄言袺之。」「采采芣苢，薄言襭之。」袺，手執衣襟以承物。襭，翻轉衣襟插於腰帶以承物。❿稽　考核；

點。⓫式　恭敬。⓬浚　深。⓭崟岑　高山。崟，高聳貌。岑，小而高的山。⓮敦　勉力。⓯期頤　《禮記・曲禮上》：「百年曰期頤。」鄭玄注：「期，猶要也；頤，養也。」孫希旦《集解》：「百年者飲食、居處、動作，無所不待于養。」方式懿曰：「人生以百年為期，故百年以期名之。」後因稱百歲為「期頤」。⓰卮言《莊子・寓言》：「卮言日出。」意為古代酒器卮器滿即傾，空則仰，隨物而變，不執一守，故用來形容言論隨人從變，自己沒有主見。後人常用為對自己著作的謙詞。⓱式穀　任用好人。《詩・小雅・小明》：「神之聽之，式穀以女。」鄭玄箋：「式，用；穀，善也。其用善人，則必用女。」女，通「汝」。⓲胥　通「須」。等待。⓳勿替引之　引自《詩・小雅・楚茨》。意為願子孫不要廢德而長行禮。替，廢。引，長。⓴浹　週匝。㉑侑　勸；陪侍。特指飲食。㉒三山鸞鶴之歌　指神仙之歌。三山，在山東掖縣北，戰國秦漢時帝王祭祀「八神」中的第四神「陰主」在此。鸞鶴，相傳為仙人所乘，借指神仙。㉓萬石　《漢書・石奮傳》：「奮長子建，次甲、次乙、次慶，皆以馴行孝謹，官至二千石。於是景帝曰：『石君及四子皆二千石，人臣尊寵乃舉集其門。』乃號奮為萬石君。」後因以萬石泛指官職高的人。㉔花封　封建時代賜給貴婦人的封誥。

【語　譯】長壽的道理，一言可以概括。一是什麼？就是矛盾的統一。所以攝養身心使長壽的言論似乎像君子。他們誇大到虛無縹渺的神山、句漏的不死靈藥，這是瞎說。他們又細析子夜是夜的頂峰，陽氣將回升，二月是陽氣生而萬物開始茂盛，八月是太初之氣開始產生，這是曲為解說。至於那很像君子言論的，就是一句話可以概括的三正五行的統一。龍與虎的統一，就是所謂體與用的關係。鉛與汞的統一，就是所謂性與情的關係。龍虎鉛汞與戊土的統一，就是所謂一身。君子本來主張言與行統一，行與心統一，初始與末後統一。所以君子特別看重那能持之以恆的表現。《易經》中說：「長久地持續不止，就像日月遵循自然法則，而能長久地普照萬物，四季遵循自然法則，而能變化永久，生成萬物。」啊！長壽的道理，到此還有什麼餘下的呢。吾曾在鄉國中尋求而沒有遇見，在天下尋求而見到的，就如晨星的一現再現罷了。這大約是芸芸眾生者多，而能養生的人少吧？就如採靈草的人，跋涉名山，遍歷穹谷，十分疲乏地回來卻在屋子的左右旁邊發現了靈草，我尋求的養生者竟然是三十七年相識的我的老友欽文翁，他就在我手能摘到的地方。我何以知道欽文翁並且信任他呢，回答也是一罷了。稱頌欽文翁的優點的人說小時和老時一個樣，這大概是指外形的統一。後來屢聞欽文翁的言談，條理一貫，這大概是指內容闡發的一致。於是廣泛地一一考核欽文翁的行為，是質樸、是方正、是和睦，是恭敬，無不是一，大概是勉勵自己行為的一致吧。於是深窺他的心，得到與失去時一樣，危險與平安時一樣，恩與怨一樣，榮耀與枯萎一樣，然後才相信他，是以恆久不變作為自己人生原則的。從今天上溯到三十七年以前，由少年到壯年，由壯年到老年，經歷的風濤、爬過的高山，經千萬次挫折卻不改變做人的道理，這就是欽文翁之所以年已六十卻如嬰兒的原因。那麼從今天以後，風濤止息，高山平緩，安心勉力，可展望活到百歲，還如今天一樣。以什麼來果真相信他呢！大概是他與養生者的主張是相吻合的，他合乎養生者的道理，不是他的卮言合乎君子的言論。那他就自己產生了生，而不是依靠形體的本源。日月得到自然法則恆久不變，所以能天天朝暉，夜夜映照；春夏秋冬四時的變化，不變的方面也是永恆的，如每年春天暖和，而每年秋天清爽。於是日月的光芒擴及到群星，四季之成，就繼續在一個年頭中。欽文翁此一主張，已被他的子孫很好地運用，只是還須勉勵啊！《詩經》不是說嗎：「子孫不要廢棄德而要長行禮。」難道只是不廢棄嗎，還應加以豐富呢。欽文翁開始與他的姪子跟從家兄石崖游學，進入我們的廳堂，拜見了父親先徵君，我因而能夠與他結交，一直到今天，三十七年如一日，就是這樣啊！他六十周歲我為他作壽言，來為他的兩公子勸祝壽的酒。祭祀神仙的三山，唱頌神仙的歌，萬石樣的高官厚祿，母親妻子都得到封誥，這都不是欽文翁父子所想要的，亦不是野人所習慣做的。所以以長壽說來獻上。

蘇太君孝壽說

【題　解】本文作於庚戌年，時作者五十二歲，祝蘇太君六十大壽，歌頌她的孝養公婆等事跡，並進而贊揚她的孝是出自天性，非一般的盡責而已。

庚戌❶新秋兩唐子為其母氏六秩壽，徵侑詞❷焉。蒙惟無儀❸之義，聲稱所難。苟以多嘏之辭❹進，奚以殊夫塗之人壽塗之人之親也。矧唐母之孝，得於姻黨之耆舊者盈乎余耳，因而為之說。顧悠悠者❺何知，僕將贅耳。今壽欽文翁復舉而聯之帙，既於相從之義合，且祈引之於唐氏世世子孫，俟采彤史❻者不遺焉。德不孤，百世而一遇，猶旦暮乎。請言以壽其親，禮也。是故唐子古遺與其弟須竹，以其母氏蘇孺人六秩而請言於壺子❼。

【章　旨】敘撰文緣起，係應兩唐君之請，並且唐母的孝跡傳頌鄉里姻親之間，因而寫孝壽說。

【注　釋】❶庚戌　指康熙九年（西元一六七〇年）。❷侑詞　勸酒詞。❸無儀　沒有專善。儀，善也。❹多

暇之辭　泛指祝福或祝壽之辭。暇，福。❺悠悠者　眾多貌。《史記·孔子世家》：「桀溺曰：『悠悠者天下皆是也。』」❻彤史　指記載宮闈生活的宮史。文中指記載婦女事跡的歷史。❼壺子　王夫之的別名。

【語　譯】庚戌年的初秋兩位唐君為他們的母親六十壽辰，徵求我寫勸酒辭。我以為沒有專善之義的人寫文，稱頌其母實在是很難的。假若以一般的多福的祝壽之辭來承獻，那麼又何以不同於陌路人祝壽陌路人的親屬。何況唐母的孝順，在親戚鄉里的耆舊老人中傳頌，充滿我的耳中，因而為她寫孝壽說。但是眾人怎麼知道？所以我將詳述。已為欽文翁寫壽言，現又為其妻寫孝壽說，相聯成文，既與夫唱婦隨相從之義相合，而且希望引導給唐氏的子子孫孫，等候採集女子事跡寫史的人不致遺漏啊。德不止一椿，百代才偶遇一次，遇到就好像早晚之短，請以孝壽說來祝福他們的親人，這是符合禮的。所以唐君古遺與他的弟弟須竹，因他們的母親蘇孺人六十大壽而請壺子寫壽言。

壺子曰：「今奚以壽子之母哉？無亦惟子之母有其壽者存，而余言以為之徵也。聞之唐母之事其舅姑，猶夫人之事其舅姑而異者存，乃自視其事舅姑，若無異於夫人而不知其異者存。然已異矣。聞之唐母之事其姑，甫笄❶入門，而盡代其中饋❷之勞，以逸之也。姑嬰奇疾，而滌除拭抑，調粥糜❸，躬藥餌，宵以及旦，以為恆者二十年，蓋幾不延而延之也。聞之唐母之事其舅，疫而不恤其躬，子女交病而不分其志。其葬舅也，兵猝至，執紼者❹潰，而誓夫子❺捐身以護其柳車❻。是兩者，臨難而無渝也。聞之唐母之事其庶祖姑，瞽而養之者五年，痺而養之者二年，浣牏滌第❼，奉衣櫛髮，手手❽目色❾不匱，以廣其舅姑之孝也。夫如是，足以壽矣。天其無吝于期頤矣乎，而予奚言！」須竹❿進曰：「笏不敏⓫，忻⓬于心而未能達也。」

【章　旨】敘寫蘇太君孝侍公婆、庶祖姑的事跡。

【注　釋】❶甫笄　剛成年。笄亦作「筓」。特指女子可以盤髮插簪子的年齡，即成年。❷中饋　指家中供膳諸事。《易・家人》：「無攸遂，在中饋。」孔穎達疏：「婦人之道，……其所職，主在於家中饋食供祭而已。」❸糜　粥。❹執紼者　送葬時幫助牽引靈柩的人。紼，引柩的繩索。《禮記・曲禮上》：「助葬必執紼。」後作為送葬的別稱。❺夫子　古時妻稱丈夫為夫子。❻柳車　喪車。❼浣牏滌第　《史記・萬石張叔列傳》：「建為郎中令，每五日洗沐歸謁親，入子舍，竊問侍者，取親中裙廁牏，身自浣滌。」浣滌，洗滌。廁牏，便器。第，床上竹編的墊子，即竹蓆。❽手手　親手操持。❾目色　猶親眼看過。❿須竹　蘇太君第四子，名端笏，字須竹。⓫不敏　不聰明。常用作自謙之詞。⓬忻　同「欣」。

【語　譯】壺子說：「現在以什麼來為你們的母親祝壽呢？即使沒有，你們的母親也必然會享長壽的，我的文章只是作為她的驗證罷了。聽說唐母侍奉公婆，猶如人們的侍奉公婆但又有不同的表現，她卻自認為她侍奉公婆並沒有不同於他人，卻不知道有不同的表現，然而已經是不同了。聽說唐母侍奉她的婆婆，剛成年嫁到唐家，就全部代理了家中供膳諸事的勞累，使婆婆安逸了。婆婆身染奇病，洗滌揩拭、煮粥、親自餵藥，夜以繼日，成為常事者共二十年，因此使婆婆幾乎不能延長的壽命卻延長了。聽說唐母侍奉公公不擔心疾病傳染自身，兒子女兒交替生病也不能分減她侍奉公公的心志。她安葬公公時，亂兵忽然到來，送葬幫助牽引靈柩的人潰散了，她卻對丈夫發誓寧願犧牲自己也要保護住喪車。這兩件事，都是面臨大難卻不改變其初志啊。聽說唐母侍奉她的庶祖婆婆，庶祖婆婆瞎了眼，她奉養了五年，後來又瘋癱了，奉養了二年，洗滌便器與竹席，穿衣梳頭，都親手操持，親眼看過，從未匱乏，以擴展她對公婆的孝道。如此，是足以增壽的了，我還用得著說什麼呢！」她的小兒子須竹說：「笏不聰明，內心歡欣卻不能表達。」

壺子曰：「余嘗語子以生之說矣。有自生者，有引其生者。斯二者均之生無殊也，而又奚以殊？未生而生之，自生者也。已生而益之，引其生者也。自生者天，而乾坤之道在父母則亦人也。引其生者己，而己之意欲不足以生，亦將益之以己之天，是猶天也。夫孝者己之天也，凝天之生于身，天之生存于身矣。通諸其所自生，則父母凝于吾心矣。父母凝于吾心，是吾心之即為父母而生我者在是矣。生我者在是而即以生我，是非徒木之于火也，方鑽而固已炎也。雖然，有疑莊周氏之言，以父子為無可解，君臣為無可逃也❶。婦之于舅姑，則君臣之推矣。以為無可逃，藉有可逃而故將逃之，非猶夫父子之必無逃之心而不待言其不可也。於戲！知臣之于君，婦之于舅姑，其亦有不可解而非役于不可逃者解矣。故《易》曰：『天尊地卑，乾坤定矣❷。』是不相逮之說也。又曰：『天地絪縕，萬物化醇❸。』尊卑定分，義秩若不相逮而絪縕者化醇焉。莊周知其不相逮而不敢逃之，而未嘗見其絪縕也。故君子不取焉。而于以言尊生者亦末矣。天亢于上，地俯于下，位定而義著，可見者也。地勃生而不自已，不僅安其義之俯，而上感天以其心。于是而絪縕者翕❹興縈繫❺，以敦其生之化，則人未之見也。人未之見而不可解者固存。臣之于君，婦之于舅姑，又奚僅其無可逃而殊于父子之不可解者哉！故〈思齊〉❻之詩云：『大姒嗣徽音，則百斯男❼。』嗣音者，如嗣其胎孕懷鞠之化，婦與子無殊之謂也。以孝以生以壽，其又何殊焉！吾與子信之而已矣。」兩唐子得其說，歸而誦以告其母。母曰：「吾何知哉，雖然，是其為說，何其似吾心也。吾亦惟有不可解者，今茲之固未有忘焉爾！」

【章旨】先議論自生與引生的差別，進而批評莊子的理論，以為孝子事親出自天性，故不可解，臣子事君是道義，是無可逃於天地間的責任，從而說明女子侍奉公婆亦有不可解者，非僅責任而已。頌揚蘇太君孝侍公婆已屬天性。

【注釋】❶以父子為無可解二句　《莊子・人間世》：「仲尼曰：『天下有大戒（注：法也）二，其一，命也；其一，義也。子之愛親，命也，不可解於心；臣之事君，義也，無適而非君也，無所逃于天地之間，是之謂大戒。』」意為孝子事親，這種屬於天性的「命」出自天然，故不可解。而忠臣事君，死成其節，乃按道義，非關天性，但未有無君之國，若有罪責，亦何處逃愆，故曰無所逃於天地之間。所以事主盡忠，事無論險夷，安之若命，豈能揀擇利害，然後奉行！能如是者，方是忠臣。❷天尊地卑二句　出自《易・繫辭上傳》。意為在形象上，天在上尊貴，地在下卑賤，乾卦象徵天，坤卦象徵地，就由此決定。❸天地絪縕二句　出自《易・繫辭下傳》。意為天地間陰氣陽氣瀰漫，發生變化，生成萬物，非常完美。絪縕，同「氤氳」。中國哲學術語。萬物由相互作用而變化生長之意。在張載和王夫之的哲學中，「絪縕」一詞，被用來形容宇宙實體「氣」的運動狀態。張載《正蒙・太和》：「太和所謂道；中涵浮沈、升降、動靜相感之性，是生絪縕、勝負、屈伸之始。」王夫之注：「絪縕，太和未分之本然。」❹翕　聚；合。❺縈繫　牽掛；纏紮。❻思齊　《詩・大雅・文王之什》中的篇名。❼大姒嗣徽音二句　大姒能繼承美德之音，必能多生貴子。大姒，周文王妃太姒。嗣，繼承。徽，美。徽音，懿美的德音。音，德音。謂有德者的吐音發言或教誨。則，必。百男，言生子之多，不要拘泥於「百」字。斯，助詞。

【語　譯】壺子說：「我曾對你談關於生命的學說。有自然產生的，有持續生命的，這兩種就生存來說是沒有不同的。那麼又有什麼不同？未生卻自然產生了，這是自生。已經產生後再持續生命的，是引生。能自生者是天，乾坤之道體現在人身上如父母啊。持續生命在於自己，有自己的意欲不足以增生，亦將以自己的天命來持續，那麼還是天命啊。孝就是自己的天性，凝聚自然的生命在自己的身上，自然的生命就存在於自身了。通到他所從出生的，那麼父母就凝聚在我的心中了。父母凝聚在我的心中，這就是父母生我在我的心中了。生我者父母在此就是用以生下我，這不僅是木與火的關係，剛剛鑽木就已燃燒起來。雖然如此，有懷疑莊子的言論的，莊子以為孝子事親是出自天性，是不能解開的，忠臣事君是按道義，非關天性，但是沒有無君之國，若有罪責，也是無可逃於天地之間的。女子侍奉公婆如以君臣之間關係來推論。認為是無可逃避的責任，假若可以逃避就將逃避了，不像父子之間必定沒有逃避之心，是不必講他的不可以的。啊！其實要知道臣子事君，女子侍奉公婆，亦有如父子之不能解開的，並非被不可逃避的責任所役使的。所以《易經》說：『天在上尊貴，地在下卑賤，乾卦象徵天，坤卦象徵地，就由此決定。』這是不相關及的說法。但是《易經》又說：『天地間陰氣陽氣瀰漫，發生變化，生成萬物，非常完美。』尊卑以定區別，從道義秩序來說好像不相關涉，但是卻能變化生成萬物啊。所以君子不採取莊子的說法，而且認為用來解釋尊生的道理更是屬於末流了。天高亢在上，地低伏在下，天地之位定，並且天地之義也就明顯可見了。大地生機勃勃並不自止，不僅安於它低伏於下的道義，並且以它的心感於天。於是才有變化發展，生成萬物，聚興牽掛，以推廣生的變化，那是一般人見不到的。一般人不見於此卻是不可分開的、本來是存在的。臣子事君、女子侍奉公婆又怎麼僅僅是無可逃避的責任而不同於父子的不能解開的關係呢！所以《詩經・大雅・文王之什・思齊》的詩句說：『大姒能繼承美德之音，必定能多生貴子。』繼承德音的意思就是如繼承胚胎的孕育變化，女子與兒子是沒有不同的啊。同樣對雙親要孝順、要持續生命、要長壽，男女又有何不一樣呢！我與你都確信這一點罷了。」兩唐君得到孝壽說，回家便讀告給他們的母親。母親說：「我知道什麼呢。雖然如此，這篇孝壽說，多麼像我內心所想的啊。我侍奉公婆，亦是只有不可解的關係啊，現在這樣說，本是不能忘懷的啊！」

唐氏自翔雲公❶以來，恂恂❷乎孺子❸，莊莊❹乎士❺，五世如一人一日。榮之者或不能知之，知之者亦不能知其深也。余以世誼，得盡悉其內行。故入林以來，二十餘年，如黃楊逢閏❻，筆舌盡縮，而一再為之引伸，不能自休，非直以須竹之數相與游也。漢東平❼有言：「為善最樂。」則見人為善之樂亦可知矣。蒸江南清，嶽麓北媚，春草盡碧，繁鶯亂啼，籃筍❽銜煙，柳風❾到袂，登其堂，見其人，不知心之何以釋然❿，於舉似蘋巖兄，言不能及，眉笑而已。人之所以相取者固自有在，非世情景界所及。苟所取者不在世情之中，則造化之欣厭，庶幾不遠。故余兩祝，皆以期頤為言，竊自謂造造而化化⓫者，在于披襟⓬燕語⓭之間。司靈寵者，應責予豐干饒舌⓮耳。壺子夫之再書。

【章　旨】敘寫自己與唐氏世代交誼，相知最深。頌揚唐家謙恭正直，為善最樂的傳統。

【注　釋】❶翔雲公　據〈文學孝亮翁欽文墓誌銘〉記載，唐氏從浙江錢塘遷居湖南衡陽，第八代為沙溪公，第九代即翔雲公，名鳳儀，以文章理學著名，為文學生員，是唐欽文祖父。❷恂恂　亦作「悛悛」。謙恭謹慎貌。《論語・鄉黨》：「孔子于鄉黨，恂恂如也，似不能言者。」❸孺子　兒童；後生。❹莊莊　正直貌；嚴正貌。《管子・小問》：「苟始其開也，眴眴乎何其孺子也；至其壯也，莊莊乎何其士也。」❺士　男子能任事之稱。俗所謂大丈夫。❻黃楊逢閏　舊時傳說黃楊木難長，遇閏年非但不能生長，反而要縮短。因以黃楊逢閏比喻境遇困難。❼東平　東漢光武帝第八子，名蒼，建武十七年封東平王。蒼美鬚髯，腰帶十圍，愛好經術，明智雅思。顯宗時拜為驃騎將軍，甚愛重之。永平時，蒼認為天下承平，宜修禮樂，乃與公卿共定禮樂制度，在朝數載，頗多匡益。不久，上疏歸藩。帝有詔曰：日者問東平王，處家何者最樂？王言：為善最樂。其言甚大，副是腰腹矣。❽籃筍　竹床；竹轎。❾柳風　指春風。❿釋然　喜悅貌。⓫化化　化其所化。猶言感化外物。《列子・天瑞》：「不生者能生生，不化者能化化。」張湛注：「不生者固生之宗，不化者固化物之主。」⓬披襟　敞開胸懷。⓭燕語　閑談；親切交談。⓮豐干饒舌　豐干於先天（西元七一二～七一三年）中，行化京城，閭丘胤將任台州太守，問台州有何賢達？豐干說：「到任記謁文殊。後閭到任至國清寺，於僧廚見寒山、拾得，二僧笑道：「豐干饒舌。」」事見《宋高僧傳》卷十九，後因以「豐干饒舌」比喻多嘴。豐干，一作「封干」。唐代高僧，初居天台山國清寺，供春米之役。

【語　譯】姓唐的家族自翔雲公遷衡陽以來，謙恭謹慎如後生小子，正直嚴正又如大丈夫，五代以來就如一人一日一樣，始終堅持了這傳統。以家族為榮的人或許不能知道這一點，知道這一點的人亦不能深刻理解其內容。我因與唐氏是幾代交誼，所以能全部了解唐氏的內在品德。所以我從歸隱山林以來，二十多年，如黃楊樹遇到閏年，境遇困難，無論說話寫文章都全緊縮減少，卻一再為唐氏寫文引伸闡發，不能自止，這不僅僅是因為與須竹君常常交游之故。東漢東平王有句話：「做善事最快樂。」那麼見到人家做善事的快樂也可想而知了。蒸水南面清澈，衡山北面嫵媚，春草都已碧綠，黃鶯鳥群婉轉啼鳴，竹轎衝著炊煙而來，春風吹拂衣袂，登入唐氏廳堂，見到唐家的人，不知道內心為何如此喜悅，唐氏在舉動上像蘋巖兄，話不及義，眉笑罷了。人之間所以互相選取本來是自有緣由，不是一般世情景界所能達到的。假若所選取的不在一般世情之中，那麼造物主的喜厭，也差不多可以不遠了。所以我寫的兩篇祝壽文章，都以百歲相期，我自認為創造萬物感化萬物，就在於能敞開胸懷親切交談。主管萬物之靈的神，應該責備我像豐干多嘴一樣了。壺子夫之再寫。

文學孝亮翁欽文墓誌銘

【題　解】這是作者在康熙二十八年十二月為其執友唐克峻所寫的墓誌銘，著重歌頌孝亮翁的再創家業與高尚的品德。

執友❶孝亮翁欽文唐君，卒於正寢❷。悼談笑之未旬，遽幽明之永隔。嗣子❸端典端笏以誌銘請，含悲增病，不能受命。端典方躬役壙事，端笏越苫次❹踵門而泣曰：「吾翁待此以安於泉壤。」辭不獲命，輟泣而誌，以翁之信我為知己也。

【章　旨】敘述寫墓誌銘的緣起。

【注　釋】❶執友　志同道合的朋友。❷正寢　即「路寢」。古代帝王治事的地方。後也泛指房屋的正室。❸嗣子　古代諸侯之子居喪時的自稱。後稱嫡長子當繼承者為嗣子。❹苫次　舊指居親喪的地方。也用作居親喪的代稱。

【語　譯】我的志趣相投的朋友孝亮翁唐君欽文亡故於正室。哀悼我們談笑不滿十天，卻忽然陰世人間永遠隔離。他的嫡長子端典與四子端笏請我為他們的父親寫墓誌銘，我因悲傷增加了病情，不能接受他們的請求。端典正親身處理墓壙的事情，端笏就越過居喪的地方親自到我家流淚道：「我的老父等著您的墓誌銘才能安居九泉之下。」推辭卻不被接受，只得停止哭泣來寫墓誌，因為孝亮翁相信我是他的知己啊！

唐氏自錢塘遷居衡陽，八世而至沙溪公大表，隱君子也。配劉氏，生文學翔雲公鳳儀，以文章理學著。配王氏，生知幾公虞際，醇篤世❶其家。配龍氏，生二子，長文學克雍，受業於余伯兄石崖，次則翁也。翁諱克峻，欽文其字也。天性敦愷，儀範端凝。早年事知幾公。道盡力竭。自然與古為人子者合符。知幾公安之，以從容林泉，惡言不入于耳者終其世。翁兄先知幾公卒，時湖上擾亂❷阻饑，墟陌無煙，翁獨冒鋒鏑，執親喪，慎終❸如禮。唐氏世居郡西之馬橋，為望族，甍鱗宇櫛❹，及是再被焚燬，僮僕逃喪，鄉里惡少，稱兵侮奪。翁以敏慎靖安，不吐剛而茹柔❺，墾萊❻督耕，薙❼草葺❽室，和易與物❾，物樂與之有成。僮僕匿者歸，僅存者長育，未二十年而龜坼之田❿成繡壤，燕巢之林有苞竹⓫，較知幾公時，倍殷盛矣。

【章　旨】敘寫唐氏家世，是當地望族，因兵亂家被焚毀，與唐欽文再創家業的情況。

【注　釋】❶世　繼承。《漢書・賈誼傳》：「賈嘉最好學，世其家。」顏師古注：「言繼其家業。」❷湖上擾亂　當指清兵攻克湘陰、長沙等地，明將盧鼎、黃朝宣舉兵互相攻殺。明潰兵逃竄，所至燒殺掠奪。❸慎終舊指居喪能盡禮。❹甍鱗宇櫛　形容房屋之多。甍宇，屋宇。鱗櫛，猶鱗次櫛比。❺不吐剛而茹柔　不怕硬卻吃軟。茹，吃。語出《詩・大雅・烝民》：「柔則茹之，剛則吐之。」意為欺軟怕硬；凌弱避強。❻萊　原指郊外輪休的田。也指田荒廢生滿雜草。❼薙　除草；迫近地芟草。❽葺　原指用茅草覆蓋房屋。也泛指修理房屋。❾和易與物　謂與人相處平和隨易，處世態度隨和。❿龜坼之田　形容天旱，土地裂開的田地。龜，通「皸」。⓫苞竹　叢生的竹子。《詩・小雅・斯干》：「如竹苞矣，如松茂矣。」朱熹集傳：「叢生而固也。」

【語　譯】唐氏家族從浙江錢塘遷居湖南衡陽，第八世是沙溪公名大表的，是隱士。妻室劉氏，生文學生員翔雲公名鳳儀，以文章理學著名。妻室王氏，生知幾公名虞際，以敦厚誠篤繼承他的家業。妻室龍氏，生兩個兒子，大的是文學生員克雍，在我的長兄石崖處受教讀書，第二個就是孝亮翁。翁名克峻，欽文是他的字。天性敦厚和樂，儀表風範莊重。早年侍奉知幾公，竭力盡孝道，自然與古代做兒子的相符合。知幾公因而安耽，能從容生活在山林中，終其一生聽不到惡言惡語。翁兄比知幾公早亡故，當時湖上兵亂又加饑荒，墟里阡陌沒有炊煙，翁卻獨自冒刀劍的風險，辦理父親的喪事，居喪能盡禮。唐氏家族世代居住在衡陽郡西的馬橋，是望族，房屋如鱗次櫛比，在兵亂時房屋被燒毀，僮僕逃亡，鄉里中的兇惡少年，假冒亂兵欺侮掠奪唐家。翁以敏捷謹慎平定了亂子，不怕硬卻吃軟，開墾荒蕪的土地，督促大家耕種，除去雜草，修理房屋，與人相處，平和隨易，所以人們也喜歡與他一起做事。僮僕逃亡的回來了，僅存留的也長大了，不到二十年，乾裂的田地成了肥沃的繡壤，燕子築巢的樹林裡有了叢生的竹子，比知幾公時，加倍地殷實富盛了。

翁則囊不名一錢，困❶不陳一粟，以與當世鉅公長者游。於時龍蛇❷起陸，風尚豪舉，翁遊其間，恂恂秩秩❸，言不及臧否❹，事不及私，當世莫能間也。物情嶮巇，旦夕百變，而翁一以禮處之。草澤起家至大位者相項背❺，或慫恿公出筮仕❻，決相剡保❼，翁笑而不答，人莫測焉。翁靜澹素規，不為外誘，壹率其自然而已。唯延宿學❽教三子成文章，為當代文學最。用守翔雲公舊德制科之得失，匪思存❾焉。至於庭訓❿，有秩述先進之風，勸戒之於淳龐⓫虛淡，則翁提撕⓬申警，獨伸己意。間一令折衷於予之不敏，不欲莠言⓭之相間。故翁子有請事絕學⓮之志，皆翁密授然也。翁心無貳操，言無貳辭，進與薦紳先生，退與田夫牧豎，皆一致也。即心即言，即言即事，後生駔詐者⓯，始以為可欺，一見翁而恧⓰縮。翁亦泊然如未有詐不信者，故承里役之繁勞，出入纖介不容之世局，而如海潮之暗退，不知者以為有術。翁嬰兒已爾，性能容物所不能容。余目擊知一二事，翁絕口不以語人，今亦不敢暴以傷翁志。而自念垂老學道，褊衷不悛⑰，思取法於翁以免咎，於老未遑而愧之深矣！終日雅談，暇則寓目書史以自怡，口不一言財利。每嘆曰：「讀者知讀，耕者知耕，舍是而喋喋⑱於賦役獄訟，吾見先輩多矣，未有以此矜能者也。」率此類。

【章旨】敘寫孝亮翁的高尚道德。寧靜淡泊不為外物誘惑。操守專一、言行一致；不言財利，性能容忍。教育子輩淳厚虛淡，終有所成。

【注釋】❶囷　圓形的穀倉。❷龍蛇　比喻賢不肖的兩種人。❸秩秩　順序之貌。❹臧否　善惡。臧，善；好。❺項背　謂相互比較。❻筮仕　古人將出外做官，先占卦問吉凶。後稱初次做官為筮仕。❼剡保　舉薦；保舉。❽宿學　學識淵博、修養有素的學者。❾思存　思念；念念不忘。存，銘記在心。思慮所存。❿庭訓　《論語．季氏》記孔子在庭，其子伯魚趨而過之，孔子教以學《詩》、《禮》。後因稱父教為庭訓。⑪淳龐　猶淳厚。⑫提撕　教導；提醒。⑬莠言　壞話；醜惡之言。⑭絕學　失傳的學問。⑮駔詐者　欺詐的人。⑯忸　慚愧。⑰褊衷不悛　內心狹隘不悔改。⑱喋喋　形容說話多。

【語譯】翁自己則囊中沒有一文錢，穀倉中沒有一粒陳粟，而與當代巨公長者交游。在那時好人壞人一齊崛起，風氣崇尚豪華，翁交游其中，謙恭謹慎，秩秩有序，言談不及善惡，辦事也沒有私心，所以當時的人不能離間他。世情艱險崎嶇，早晚之間有很多變化，而翁都一律按理來處理。從民間起家官至高位的人相互比較，有人慫恿翁出去做官，並決定相互保舉，翁卻笑而不答，大家對他莫測高深。翁一向寧靜淡泊，不為外界事物誘惑，一切都順其自然罷了。只是延請有學問修養的學者教育他的三個兒子學習寫文章，成為當代文學生員之最。堅守翔雲公的舊德與科舉的得失，不是對科舉本身念念不忘銘刻在心。至於父教，常常是敘述好的風範，勸戒大家淳厚淡泊，翁教導提醒表達警戒，單獨申述自己的意思。間或一述自己的不聰明來折衷事理，不喜歡有惡言摻雜其中。故翁的兒子有請求學絕學的心志的，都是翁教育密授所造成的。翁內心操持守一，辦事專一，言辭專一，進與縉紳先生，退與農夫牧童，言行都一致。心裡怎麼想就怎麼說，怎麼說就怎麼做，後生中欺詐的人，開始以為翁可欺，但一見翁卻羞慚退縮了。翁亦淡泊如沒有欺詐不誠實的人一樣，所以承擔鄉里役使的繁勞，出人不容纖介之細的局世，卻如海潮的暗暗退去，不知道的人還以為他有權術。其實翁嬰孩時已如此，性格能容忍別人所不能容忍的事。我目睹知道一二件事，翁絕口不講給別人聽，我現在也不敢公開出來因而傷害翁的心意。我自思內心狹隘固執不變，想效法翁來免去過失，因年老來不及達到，慚愧至深啊！翁終日高雅地談論，閑暇就看書史來自己怡樂，從不一談財利，常嘆息說：「讀書人知道讀書，耕夫知道耕種，捨棄了本業，卻喋喋不休地談賦稅、服役、獄訟官司的事情，我見先輩很多，從未有以談這類事來自矜誇能的。」大致如此類的言行。

壹皆以古道望人而人不能受，亦且漠然無知者。此世教❶之所以終不可挽也！

余與翁交悼之。翁少年周旋先徵君❷杖履❸間，今四十餘年矣，見予輒愴然道之，不孝不能仰答。與余仲兄礳齋❹交，每稱述相與欷歔。故嘗欲彷彿先徵君之典型❺，則於翁庶幾見之。

【章　旨】敘寫王氏與唐氏兩家的世代交誼。

【注　釋】❶世教　指當世的正統思想、正統禮教。❷先徵君　指王夫之父親徵君公王朝聘。先，對已去世者的尊稱。徵君，是徵士的尊稱。徵士是指不接受朝廷徵聘的隱士。❸杖履　手杖與鞋子。古禮五十歲老人可扶杖，又古人入室鞋必脫於戶外，為尊敬長輩，長者可先入室，後脫鞋。《禮記‧曲禮上》：「侍坐于君子，君子欠伸，撰（持）杖履，視日早暮，侍坐者請出矣。」❹礳齋　王夫之二兄參之的號。❺典型　典範。

【語　譯】翁全都以古道來企望他人，他人卻不能接受，翁也如漠然無知的。這是當世的正統思想禮教終究不可挽回的原因啊！我與翁對此交相哀悼。翁年輕時在先父身邊周旋，為先父持手杖與鞋子。現在已是四十多年了，見到我就悲愴地講述這些往事，我亦悲傷得不能仰答。翁與二兄礳齋交游，常與我一起稱述二兄而互相欷歔嘆息。所以如欲尋覓彷彿先父的典範的，那麼在翁的身上差不多可以見到。

翁之沒，四方士友及鄉人士少長五十七人，諡之曰孝亮。余以為允。孝則善承其先，以式穀❶於後；亮惟明於德之大者，知人情物理無所容其智力，一因本然以應之。於翁非溢美也。翁三載以來，頗示微病，而精魄炯炯❷，寄意益遠。病既革❸，猶矜飭❹如平生。歲在己未❺仲冬月二十一日辰刻，翁坐而逝。距生之年萬曆癸丑❻季春月十九日丑時，得年六十有七。配蘇氏，生子四，長端典，邑庠生；次端揆；次端紳，郡庠生；次端笏，邑庠生。女一，未字夭。側室朱氏，生子二，端遇、端邇。端典娶康氏，生子三，常捷娶丁氏，常省娶王氏，常淪聘劉氏。端揆娶方氏，俱早世，未有嗣。端紳亦先翁卒，娶周氏，生子四，常骾娶廖氏，夭，未再聘；常渾娶陳氏；常柬娶魏氏；常堅娶劉氏。端笏娶王氏，生子一常適。端遇聘杜氏。孫女六，一適魏士傑，一許蔣泰階聘，餘尚未字。曾孫三，若性、敘性，常捷出。存性，常堅出。曾孫女四皆幼。翁以是歲季冬月壬申葬此永福鄉延壽里七里胡衕塘，首酉趾卯❼。

【章　旨】敘寫唐欽文的謚號，生卒年，婚配及子孫情況。

【注　釋】❶式穀　謂賜以福祿。《詩·小雅·小明》：「請共爾位，正直是與。神之聽之，式穀與女。」謂以善道教子，使之為善。《詩·小雅·小宛》：「教誨爾子，式穀似之。」式，用。穀，善。❷炯炯　明察貌。

❸革　通「亟」。危急。❹矜飭　端莊嚴整。❺己未　即清康熙十八年，西元一六七九年。❻萬曆癸丑　即明神宗萬曆四十一年，西元一六一三年。❼首酉趾卯　即頭西腳東。酉是地支第十位，卯是第四位，用以記方位，酉是西方，卯是東方。

【語　譯】翁逝世時，四方士人朋友、鄉里少長共五十七人，共議諡號，私諡他為「孝亮」。我認為是十分允當的。孝就是很好繼承他的先世，並以善道教育後代；亮就是明察大德、了解人情物理無須智力，完全順應自然。「孝亮」對翁來說沒有過分的誇美。翁三年以來，就有些病症略微顯示出來，但是精魄明察，寄意更深遠。病已危急，還端莊嚴整如平時一樣。在康熙二十八年十一月二十一日辰時，翁坐著逝世。距離生年萬曆四十一年三月十九日丑時，享年六十七歲。妻室蘇氏，生四個兒子，長子端典，是邑庠生；次子端揆；三子端紳，是郡庠生；四子端笏，是邑庠生。一個女兒，未嫁就夭折了。妾朱氏，生兩個兒子，端遇、端邇。端典娶康氏，生三個兒子，常捷娶丁氏，常省娶王氏，常瀹聘劉氏。端揆娶方氏，都早去世，沒有子嗣。端紳亦比翁早卒，娶康氏，生四個兒子，常骾娶廖氏，已夭折，沒有再聘娶；常渾娶陳氏；常束娶魏氏；常堅娶劉氏。端笏娶王氏，生一個兒子常適。端遇已聘禮杜氏。六個孫女，一個嫁魏士傑，一個許了蔣泰階的聘，其餘的尚未嫁。三個曾孫，若性、敘性是常捷所出。存性是常堅所出。四個曾孫女都幼小。翁於這年十二月壬申日葬在永福鄉延壽里七里胡衕塘，頭西腳東。

繫之銘曰：

石可泐❶，泉可塞，韞素❷令終，與壤無極。其儀兮不忒❸，君子哉尚德。大布❹斂形，因山為域。式墓者自生其恭，兆於龜墨❺。嗚呼！茲為孝亮翁之藏，于萬斯億！

【章旨】銘文贊頌孝亮翁韞素善終，是尚德的君子，因此將永世長存，如土壤一樣沒有極限。

【注釋】❶泐 通「勒」。本謂銘刻，引申為書寫。❷韞素 謂懷抱清白的操守。❸不忒 沒有變更；沒有差錯。❹大布 粗布。❺龜墨 製成龜形狀的墨。一說以龜尿和墨，保存長久，故稱龜墨。

【語譯】為他寫銘道：

石可銘刻，泉可堵塞，懷抱著清白的操守而善終，與土壤一起沒有極限。他的儀容沒有變更，他是崇尚道德的君子。粗布收斂了他的形體，依山建起了墓域。謁墓者自會生出恭敬的心，從墓誌銘文中已可顯示出來。嗚呼！這裡是孝亮翁所埋葬的地方，它將億萬年永垂不朽！

躬園說

【題解】本文是王夫之為其摯友須竹君的躬園寫的一篇雜說。議論自身修養的重要與它的各個方面：豐裕、約束、驗證、持恆、協調與開拓。

須竹將為園於蒸武二水之湄❶以讀書，而名之曰躬園，請予為之說❷。

壺子曰：「存乎天地之間者，豈不以其躬❸乎？是故非視何色，非聆何聲，非咀何味，非覺何有。淒然謂秋，暄然謂春，能游得空，能踐得實，存乎天地之間者，唯其躬而已矣。是故君子吾親斯孝，吾君斯忠，吾長斯遜，吾友斯信，躬之不得背也。是故君子不為不可安，不行不可止，不親不可交，不念不可得，不處不可長，行則行之，違則違之，躬之不得而拂也。是故君子天地以為宮，古今以為府❹，經緯❺以為財，節宣❻以為用，大而函焉，遠而遊焉，立於萬年而不遺，躬之充❼也。是故君子貧而不以富易，賤而不以貴奪也，死而不以生貿❽也，知其是不恤其非，履其實不騁其名，躬之塞[9]也。是故君子非道之世榮而辱之，非聖之言美而惡之，符考[10]天下，差之毫釐而知其非，進退古今之言而無所讓，斟酌百世之王而知其適然，躬之券[11]也。是故君子不歆[12]其息[13]，不懼其消，死生亦大矣而不見異焉，外物不累而無所節焉，夙興夜寐，旦旦尋繹而不窮，躬之恆也。是故君子恭以永心，誠以永性，強以永命，九賓[14]在目，九夏[15]在耳，禮樂盛于中而血氣榮于外，躬之翕[16]也。是故君子游于春臺，嬉於良風，琴之瑟之，泉之石之，陟降函輿[17]，咏吟六宇[18]，靡不康焉，以受萬有而不固，躬之闢[19]也。以言乎德則其藏[20]矣，以言乎道則其樞[21]矣，以言乎天地之間則備矣，故惟其躬而已矣。」

唐子曰：「先生之言博矣。夫守之而入者之不失則奚以焉？」壺子曰：「靜不喪有，動不喪無，其庶幾乎。靜而無有，其與物徂[22]也。動而無無，其物之貸[23]也。夫躬者不可徂而無所貸之也。靜不喪有，繁盛而不可以要括之。動不喪無，一而已矣。不見有於天下，乃有天下故周子[24]曰：『靜無而動有也。』」[25]

【注　釋】❶湄　岸邊。❷說　文體的一種。亦稱「雜說」。如韓愈的〈師說〉。❸躬　親自；親身。❹府　聚集；收藏。《莊子・德充符》：「官天地，府萬物。」❺經緯　規劃治理。❻節宣　節制調適。❼充　豐裕；繁盛。❽貿　交易；買賣。❾塞　遏制；約束。❿符考　考核驗證。符，應驗；效驗。⓫券　契據。古代常用竹木等刻成，分為兩半，各執其一，合以徵信。⓬歆　貪圖；羨慕。⓭息　休息；安寧。⓮九儐　同「九賓」。指九位禮賓人員。⓯九夏　古樂名。《周禮・春官・鐘師》：「鐘師掌金奏。凡樂事以鐘鼓奏九夏：《王夏》、《肆夏》、《昭夏》、《納夏》、《章夏》、《齊夏》、《族夏》、《祴夏》、《驚夏》。」⓰翕　協調；一致。⓱函輿　指車輛類乘坐之具。⓲六宇　謂天地四方。⓳闢　開闢；開拓。⓴藏　通「臧」。善。㉑樞　指事物的重要部分或中心部分，如中樞。㉒徂　往；去。㉓貸　施與；給予。㉔周子　宋代周敦頤，世稱周子。晚年築室於廬山下的小溪上，名濂溪書堂，故後稱濂溪先生，是宋代理學的開山祖，程顥、程頤都是他的弟子。著有《太極圖說》、《通書》。㉕靜無而動有也　周敦頤主誠和靜，他在《通書・誠下》中說：「誠，五常之本，百行之源也，靜無而動有，至正而明達也。」誠本來是一道德概念，周將它神祕化，說它「靜無而動有」，當它靜的時候是無，它動的時候就是有。它又是五常的根本。這個「誠」顯然不是指的人之間的誠實品質，而是指的《中庸》所謂「誠者天之道也，誠之者人之道也」是一種神祕的精神境界。

【語　譯】須竹君將要在蒸水武水的岸邊造一個園子在其中讀書，命名園子叫「躬園」，請我為他寫一篇文章加以申說。

壺子道：「存在於天地之間的，難道不是自己的身體嗎？所以沒有視覺，哪裡會分辨出顏色，沒有聽覺，哪裡聽得到聲音，沒有咀嚼哪裡會有什麼滋味，沒有感覺還會有什麼。淒清的是秋天，溫暖的是春天，能游就是有空間，能踩就是有實地，存在於天地之間的，僅僅是自身罷了。因此君子對自己的雙親就孝順，對自己的君主就盡忠，對自己的兄長就恭順，對自己的朋友就守信，親自實踐而不能違背。因此君子不做不可安心的事情，不推行不可以遏止的思潮，不去親近不可交的朋友，不想不可得到的東西，不處在不可長的場所，應做的就做，應反對的就反對，親自實踐不成才違拂啊。所以君子以天地作為自己的房子，以古今時間來聚集萬物，以規劃治理來理財，用財時節制調適，包函一切，並到處遠游，這樣可萬年永立並不被遺棄，這就是自身的豐裕啊。因此君子雖然貧窮卻不因財富而改變自己，雖然卑賤卻不因尊貴而改變自己，雖然會犧牲，卻不以生命來做交易，知道應該如此就不去憂慮它的不是，做實際的事而不是為揚名，這就是自身的約束。因此君子在無道的亂世即使榮華卻以為是污辱了自己，不是聖人的言論即使很好聽卻厭惡它，考核驗證天下，有毫釐的差別就知道它的錯誤，褒貶古今的言論沒有什麼謙讓，斟酌百代的君王的得失就知道什麼是正確的，這是自身徵信。因此君子不羨慕休息，不懼怕消逝，死生雖是大事但卻不驚異，外物不能連累自己而自己也不無所節制，早起夜睡，天天尋思推求不止，這是自己的持恆不改。因此君子的心永遠恭敬，性永遠誠篤，命永遠強壯，眼睛看到九位禮賓人員，耳朵聽到九夏古樂，禮樂興盛於內，外面就表現出旺盛的血氣，這就是自身的協調。因此君子在春臺好風中遊戲，彈琴奏瑟，玩水賞石，坐著轎子上上下下，在天地四方中咏吟歌頌，沒有不健康的，接受大自然的薰陶而不固執，這就是自身的開拓。用這種理論來講德就是善，用來談道就是道的關鍵，用來講天地之間就是齊備，所以只有親身罷了。」唐子說：「先生的議論真是萬分博大啊。堅守這些主張並接受它、不失去它，那麼還怎樣呢？」壺子道：「靜卻不失去有，動卻不失去無，那樣就差不多了。靜就沒有，這是與物一起去了。動就有，這是物的施與。大概親身絕對不可以去卻沒有什麼施與。靜不失去有，繁盛卻不可以簡要概括。動不失去無，有一罷了。不想被天下所有，卻有天下。所以周子敦頤說：『誠是五常（仁義禮智信）的根本，各種行為的源頭，當它靜的時候是無，它動的時候就是有。』」

唐子無適墓表

【題解】本文是王夫之為其學生寫的墓表，突出他求學志堅，無汲汲求名之意，一心探求理學。故可不待其有成就，卻立墓表旌揚。

湘西學者唐常適，字無適，年十八而沒。其父躬園子悼之不欲生。以從予遊，有所授而不能底❶於成也，予亦悼之而不欲生。緣其天性醇篤，內含明瑩而外不形，故宜悼之甚也。方能言日，即瞻視渟凝❷，步履安祥，清癯❸骨立❹。在儔類中，如孤松之出叢樾❺。既就外傅，讀書之外，無他嗜好。甘粗糲❻，不喜飲酒，衣無寸帛❼，篝火對書卷，墨漬襟袖，炷❽爇❾裾❿齊⓫，不以為念。嘗以途濘，借一騎過余，見余數目之，面發赤，自是不復乘騎。余省其志堅，欲問津⓬於理道，故無汲汲求名之意，而函⓭之心者自得也。為文清暢，能達其所欲言。以居母喪，不克就余卒業。依⓮太母⓯侍湯藥，分躬園之勞。極其所可至，必能超流俗⑯而遁上，以有所樹立者。遽以疹疾為庸醫所誤，遂致隕折。余以為士莫尚於志，莫貴於氣。其氣清以毅，其志邃以閎，不待其有成，固可旌也。此其永藏之土，勒石以表之，知者知之，不知者固非無適之所求知也。無適凡兩納采⑰，皆未成禮。其一先者予少女也，亦謹慧，七歲而夭。躬園為之立後曰繼性，其再從子。躬園名端笏。母王先卒。

【注　釋】❶底　通「抵」。到；造詣。❷渟凝　水凝聚不流通。❸清癯　清瘦。❹骨立　形容人消瘦到極點。❺叢樾　茂密的樹叢。❻粗糲　糙米；粗米。❼帛　絲織物的總稱。❽炷　燈芯。❾爇　點燃；放火焚燒。❿裾　衣服的前襟，也稱大襟。⓫齊　下衣的底邊。⓬問津　詢問渡口。津，渡口。後成為探求途徑或嘗試的意思。⓭函　包含；包容。⓮依　親愛的樣子。⓯太母　祖母。⓰流俗　《孟子・盡心下》：「同乎流俗，合乎污世。」朱熹注：「流俗者，風俗頹靡，如水之下流，眾莫不然也。」後泛指世俗。⓱納采　古代婚禮「六禮」之一。男家請媒人向女家提親，女家答應議婚後，男家備禮前去求婚。

【語　譯】湘西的學者唐常適，字無適，十八歲去世。他的父親躬園子哀悼得不想活。因為常適跟從我學習，我教他卻不能造詣成功，我也哀悼得不想活。因為他天性醇粹篤厚，內含明潔晶瑩，但是外面不顯露，所以哀悼他是很應該的。當他剛能說話的時候，就目光專注，步伐安祥，人清瘦到極點。在同類人中，如一棵青松從茂密的樹叢中拔出一樣。出外求學後，讀書以外，沒有其他嗜好，甘於吃粗米飯，不喜歡飲酒，衣服沒有一寸絲綢，只是對著篝火讀書，墨漬沾到衣襟袖口，燈火點燃了大襟的底邊都不在心上。有一次曾經因為路途泥濘，借了一騎來過訪我，見我屢屢看他，他因而臉紅，從此不再乘騎。我發現他的求學之志堅定，想在理學上探求途徑，沒有急切求名的心意，只求自得包容在心裡罷了。作文清新流暢，能夠表達自己所想說的意思。因為服母喪，不能跟從我最後完成學業。依戀祖母，侍奉湯藥，分擔了父親躬園孝奉母親的勞累。若能有條件讓他充分發展，一定能超出世俗同輩強勁而上，從而有所創立。卻忽然因為痧疾被庸醫耽誤，以至於隕折而死。我認為對於讀書人來說，沒有比志向更重要的了，沒有比氣節更可貴的了。他的氣清純並且堅毅，他的志向深邃並且宏大，所以不等他有成就，本來就可以表彰啊。這裡就是他永遠埋葬的土地，刻石來表彰他，知道的人知道他，不知道他的人本來不是無適想讓他們知道的。無適共兩次行納采之禮，但都沒有成婚。其中第一個就是我的小女兒，她也謹慎聰慧，七歲夭折。躬園為無適立嗣子名叫繼性，是無適的堂姪。父親躬園名端笏。母親王氏比無適先亡故。

惜餘鬢賦

【題　解】衡陽刻本無此文，一九一〇年六月出版的《國粹學報》第六十八期上，始從邵陽曾氏所藏船山手寫卷子抄載此文。賦此篇時作者已屆七三高齡。餘鬢，指在滿頭蕭然白髮中未白的些許黑髮。作者以「餘鬢」來比喻象徵寥落的明室孤臣，「惜餘鬢」也即「惜」孤臣。全賦述懷、憶舊、明志，低回沈痛之情，躍然紙上。

翳❶桐圭❷之睦怡兮，虞啟胙❸於滎河。歷遙紹以迄今兮，孰枝葉之易柯？感膺生之不夙兮，日景倏而西馳。猶及夫搖光❹之末兮，載夕照之希微。皇天不植余於丘隴❺兮，託根荄❻以成質。聽零露之傾凋兮，隨樵蘇❼而蕭瑟。庚❽不被羽毳❾於余躬兮，翾風❿跂行⓫於中野。翦⓬以為衛⓭之白兮，剸⓮以為旄⓯之赭⓰。顧文身之蜑族⓱兮，睨彫題⓲之裔土。欲導余而往孳兮，余顛迴而不顧。相朔漠之與日南⓳兮，匪邛心之所留。東不嬉夫榑桑⓴之炎烈兮，西旋馭於不周。睇土中而宛詣兮，曰軒輿舜之所治。象穹天而表崇嶐㉑兮，總去鬢之崔嵬。仰歆夫皇則之嘉兮，內恭承於所生。夫何狂飆暴凍之沓至兮，余九齡而既嬰㉒。晉弱年而修度兮，誰錫余以西階之旨醴㉓！念嘉會之莫覯兮，耿潸潸而出涕。滄沆㉔芒芒兮，天之無門。罻羅繁張兮，地之無垠。胥高旻㉕之下兮，眇㉖焉中淪㉗。鬱紆行求兮，覬㉘自靖㉙之有循。雖摧折於方今兮，聊不辱於百年。心隨隕而不舍兮，若割肌之猶連。眷匪他之余貽兮，天申錫以在躬。維二人㉚之浩蕩兮，恩永世以不窮。疇捐棄之可忍兮，懷余誓以惟謹。羌不隨夫落葉兮，逐夕風而飄隕。申旦旦㉛以眷眄兮，無方寸㉜之或離。泯不敢告夫今之人兮，維二子其余知。閔狷心之幽闃兮，幾黃壚㉝之葆真。胸不知中道之枉僨兮，痛皇天之不仁！丁㉞昭陽之赤奮兮，玄冬屆而猶暑。雲垂垂而蕭滅兮，日赫赩㉟而恆午。熒惑㊱妖於既夕兮，斬余心於須臾。欲奔身而壯拯㊲兮，俄炧燼㊳而無餘。

【章　旨】作者追昔撫今，彷徨、感傷，雖已晚年並處無可奈何之境，但仍矢志不移。

【注　釋】❶翳　發語詞。❷桐圭　桐葉作的禮器。❸胙　祭祀用的肉，祭後分給與祭的人。❹搖光　北斗七星之第七星。❺丘隴　猶言墳墓。《漢書・劉向傳》：「黃帝葬于橋山，堯葬于濟陰，丘隴皆小。」注：「大曰隴，小曰丘。」❻根荄　草根。❼樵蘇　打柴割草。❽庚　星名，長庚星。此處意為命運。❾羽毳　翅膀和氈幕。羽，翅膀。毳，氈帳。李陵〈答蘇武書〉：「韋韝毳幕。」❿翾風　猶言飄飄微風。翾，小飛。⓫跂行　用腳走路。⓬翦　剪斷。⓭衛　驢的別稱。⓮劓　截斷。⓯旄　大旗。⓰赭　紅褐色。⓱蠻族　古南方夷族。⓲彫題　古畫額的南方蠻族。《禮記・王制》：「南方曰蠻，彫題交趾。」⓳日南　古郡名，在今越南順化一帶。⓴榑桑　即扶桑。㉑崇巙　高高的山頭。㉒既嬰　猶言已束髮。㉓旨醴　美酒。㉔滄沆　大海廣闊無邊。滄，大海。沆，廣闊無邊。㉕高旻　高高的天。㉖眇　眯著眼看。㉗中淪　內心沈重。㉘覬　希望得到。㉙自靖　自我平靜。㉚二人　指軒轅與舜。㉛旦旦　誠懇貌。㉜方寸　喻小。㉝黃壚　黃泉下壚土。㉞丁　當；遭逢。《後漢書・岑彭傳》：「我喜我生，獨丁斯時。」㉟赫赩　紅得像火。㊱熒惑　火星別名。㊲壯拯　典出《易・明夷・六二》：「夷于左股，用拯馬壯，吉。」意為左腿負傷，須用強壯的馬拯救，仍可得救，所以是吉祥的。意即救難需壯馬。㊳灺燼　殘燭燃盡。

【語　譯】執著桐葉作的圭，一派敬和愉悅的景象，當年的虞舜在滎河開始分著祭祀的肉。經歷了遙遠的年代到今天，為什麼枝葉會更換了樹幹？感嘆我生命已晚，日影很快地斜向了西邊，卻尚未到北斗星出現樹梢的時候，夕陽已是依稀。老天不把我安置在墳墓間，使我能把形質托付給草根。聽露水的滴瀝，看著柴草被打後的蕭瑟峰嵐。命運既沒給我長上翅膀，也不使我有覆蓋的氈帳，在郊野中，我只能在飄飄微風中用腳走路。把風剪斷作為白驢，將風截取作為赤褐大旗。遙看文身的夷族，側看畫額蠻族居住的地方。他們要導引我到他們那兒去生活，我震顫猶豫而沒有去。再看從北方大漠到南邊，都不是懷著感傷的我這種人所逗留的地方。往東我並不嬉娛那扶桑之炎烈，轉西至於不周山下，望之好像到了中土，說這是軒轅與舜所統轄的地方。那高聳的表象有似穹形的天與高聳的山頭，我把白髮束得高高的，仰羨皇天準則的美好，我的內心恭承著父母的秉性。為什麼在我的一生中狂飆與暴冰頻頻的來到，我九歲那年已束了髮，到弱冠之年風度甚為美好，我記得是誰在西階賜我美酒！想那盛會已不復可見，我不禁為之潸然淚下。無邊的大海茫茫一片，上天沒有門可進；羅網密密地張著，地沒有盡頭。整個高天之下，我眯眼看著，內心十分沈重。我鬱抑前行求索，希望得到自我平靜和有所遵循，即使今天備受挫折，亦聊可不辱沒於後世。我的心沿著已破滅的理想之路繼續追求，絕不放棄，有似肌膚雖割裂了卻仍舊連著。回顧一切那並非是別人所給予的，而是老天賜予我的。那軒轅與舜是何等的廣闊壯大，其恩澤是永世不盡的。往昔之被拋棄可以忍受，我銘記著自己的誓言謹守不渝。我決不像隨風而落的樹葉，追逐著晚風而飄失。我誠懇地重申這一點，回顧著以往，期盼著未來，絕未稍有忘卻。我內心這一隱衷不能明告給今天的人，只有故君是知道我的。我深藏著這潔身自好的心，彷彿黃泉下的壚土自葆其純真。心靈不知自己在人生歷程的偏激，唯悲痛皇天之不仁。當紅豔豔的太陽照臨時，雖屆嚴冬亦像夏天那樣。雲垂垂而消散，紅得像火的太陽照徹整個中午。是熒惑星在示凶兆，於今頃間消滅了我心頭的期望。要想奮身救難，可是一下子似同殘燭熄滅，什麼也沒有了。

往者之不可追兮，悵皇皇其焉尋。將繁霜之宜殺兮，余既保❶乎中林❷。煢煢余魂兮，若宵望而營於曠野。憾有索而不獲兮，又焉得夫詢者。緬樂春之鼎折❸兮，在既瘳而未康。彼啟足其猶然兮，非泯忽❹之可頑❺。仲子纓絕於濮邦兮❻，必載結而乃殉。外飾不均於切膚兮，何零喪之可頻❼。余眐眐以怵疑兮，天閭訴而無梯。就巫咸以釋愁兮，古之人其不余稽。涕承輔而猖狂❽兮，我行野而孰謀？即敗葉之猥老兮，挹余袖而載猶。侘傺❾不可以度亡兮，矧色養其必恬。憂與豫之不相雜揉兮，誰兩情之可兼？顧余疑之未渙兮，迪端策❿於神告。宛靈氛⓫之俯通兮，遇剝震⓬於宗廟。曰：既繇⓭辨以迄膚⓮兮，歷慘凶之必屢⓯。終碩果⓰之隱存兮，憺不警夫霜露。始自今以延延兮，羌百齡而始參。蟊⓱食蓏⓲其弗能避兮，護稺⓳實於枝南。霜不可得而隊兮，雹逡巡而難侵。終獲車以永載兮，緩余馬之驂驔⓴。往者既已反乎皇天兮，遺來者之歸后土。惟茲心之為碩㉑兮，永不食㉒於終古。

【章　旨】作者在「悵皇」、「㷀㷀」中苦苦思索著，他以仲由正冠結纓就死，喻己之亦臨難不苟，他竭力想解開抗清事業失敗之謎，做屈原的上天、求助靈氛，爾後從卦象中，方始參悟。最後表示堅持他之「護稺實於枝南」的素志，「永不食於終古」。

【注　釋】❶保　猶言「堡」。《莊子・盜跖》：「大國守城，小國入保。」❷中林　野外。《詩・周南》：「施于中林。」❸鼎折　此處猶言折足。❹泯忽　猶言輕易。❺可頑　可以固執的。頑，固執。❻仲子纓絕於濮邦兮　事見《史記・仲尼弟子列傳》。仲子，指孔子門人仲由（子路）。濮邦，指衛國。纓絕，仲由在衛國內亂中被擊斷冠上之纓，子路說：「君子死而冠不免。」結好冠纓而死。❼頻　皺眉。頻蹙憂戚之容。❽猖狂　縱姿狂妄。❾侘傺　失意時心情不定貌。❿策　古代占卜用的蓍草。⓫靈氛　傳說中古代善於占卦的人。⓬剝震　均為卦名。⓭繇　卦兆之占辭。⓮迄膚　猶言接近。迄，至；到。膚，短距離。《戰國策・秦策三》：「齊人伐楚，……膚寸之地無得。」⓯必屢　必然多次。⓰碩果　物之僅存者。⓱蝨　專吃禾苗根的害蟲。⓲蓏　瓜類植物的果實。⓳穉　「稚」的異體字。⓴驂驔　三匹黑馬駕的車。驂，一車駕三馬。驔，黃色脊毛的黑馬。㉑碩　通「石」。㉒食　蝕。《易・豐》：「月盈則食。」

【語　譯】已往的已一去不復返了，急劇地尋找也找不回來。濃霜自應是肅殺的，我已在野外建了個小堡。我的靈魂十分孤單，棲身曠野夜望。十分遺憾有所求索而不得，更哪裡有什麼可徵求意見的人。追想春遊時折了足，雖經治療而未康復。那動動腳步尚且如此，所以一切不是可輕易執著追求到的。仲由在衛國內亂中冠上的纓被弄斷了，卻堅決要重新把它結上才死去。外面的修飾與身軀的被宰割完全不等，為什麼他臨死連眉毛也不皺一皺。我對以往的種種不解地置以為疑，要向上天訴告卻無天梯可上。想找巫咸釋疑，但上古之人卻沒有一個向我解說。我滿面淚水不知如何是好。我走在野外與誰去商量？將衰老的殘葉，藏在袖中。我心中憂傷不知往哪裡走才好，也顧不到養性必須恬靜。憂傷與愉悅是不能並存的，哪一個人能做到兩者兼得？回想我的疑竇未釋，就只能舉起蓍草向神求卜。靈氛好像在開導我，我在宗廟占得了剝卦震卦。卦象說：卦辭明白接觸了你的實際，所經歷的慘痛凶險已是多次。僅僅存下你得以隱居，怎能不提防霜露的侵襲。從開始到現在，已度過了漫長的時間，到百歲方才參悟。那專吃禾苗根子的害蟲要吃瓜果，是不能避免的，為此需盡心地保護南枝那剛結出的果子。要使嚴霜不致落在它身上，使冰雹退卻而難以侵入。待到收穫時用車子滿載，由三匹黑馬駕著，緩緩而歸。往者已返回上蒼了，未來則歸於大地。只有此心如同金石，萬古永不磨滅。

甲寅❶春，閔躬園之志，長言❷以達其幽緒❸而廣之。歷時已夙❹，物變益淪。余既將揮手謝躬園返於冥漠❺，銜情永夜，孰與言者，躬園亦孰復與言者！書之縑素❻，留人間世，此理此心，不以□□□□滅。他日□□靜對，如鍾武城西，欷歔慰藉，僕以□矣。辛未❼伏日王夫之記並書。時年七十有三，於草堂之東窗。

書賦已，念余為躬園言情，躬園亦應為我言情，無容徒勞閔默❽。雖然，余情何足言者，歷四十五年，馬齒七十有三，粥飯在盂，阿誰操匕箸引之入口？是何國土秔稏❾，余情何足言者！因憶丁亥❿夏，仿少陵文山⓫作〈七歌〉，當時之情如此，則埋憂穹谷，亦終此而已；無更進於是，亦餘鬢之惜耳。作此者與夏叔直⓬氏，將奔辰沅，求義與堵公⓭所在，效死⓮至中湘，道阻不能往，重為匪人所困，將斃溝瀆⓯，得上湘人士蕭一夔破壁相容⓰，敗屋荒林對哀吟，遺稿已亡，參差憶得者如此，書之躬園卷後，即如躬園之為我言也⓱。

【章　旨】對賦的內容和撰寫作了追記、補充與說明，並點明之所以「惜餘鬢」的本旨。

【注釋】❶甲寅　指康熙十三年（一六七四年）。時王夫之五十六歲。❷長言　當指為唐須竹寫的〈躬園說〉。❸幽緒　猶言深藏心底的思緒。❹已夙　已經過去。❺冥漠　猶言冥間。❻縑素　素絹。此處意謂書寫用的紙。❼辛未　指康熙三十年（一六九一年）。❽閔默　猶言黯然神傷。❾秔秫　粳米高粱。❿丁亥　指順治四年（一六四七年）。時王夫之三十九歲。⓫少陵文山　指杜甫與文天祥。⓬夏叔直　《湘鄉流寓志》：「字汝弼，衡陽人，早有文譽，舉於鄉。丁亥歲，湘、衡亂潰。忽有稱蓮冠道人者，攜一童子，囊琴至梓田之車架山，就僧樓而止焉。日就古木鳴泉間，藉危石彈琴吟嘯以終日。已登白石峰、銅梁山觀瀑布，輒數日不返。問其姓字，不對，人亦不能測。邑士蕭常賡見而識之，邀至家，或歌或哭。與語世事，則閉目兀坐不答。居月餘，莫知所往。」⓭堵公　即堵允錫。為南明桂王政權的輔臣。⓮效死　以死效力。當指王夫之舉義兵於衡山，戰敗軍潰，王夫之與夏叔直一起由湘鄉小道欲奔赴南明桂王行在，淫雨彌月，被困在車架山，不能到行在。⓯重為匪人所困二句　當指當時張獻忠欲鉤索王夫之作官，王夫之與夏叔直避鉤索於上湘。溝瀆，田間通水道。⓰得上湘人士句　蕭一夔，名常賡。破壁，猶言破舊房屋。⓱即如躬園句　此句下面原有〈七歌〉全文，因收在《薑齋詩集》中，故略。

【語譯】甲寅春天，感於躬園的心意，我撰文〈躬園說〉廣泛表達他深藏心底的思緒。這已是過去的事，隨著客觀境況的變化，它愈益淹沒在記憶中了。我已將揮手和他辭別返回冥間，長夜懷念舊情，卻又與誰可共語；想躬園亦同樣沒有人可共語的。所以我把它寫在紙上，留在人間，此心此情，不以□□□□滅。他日□□靜靜相對，像當年鍾武城西相互嘆息慰藉，我得以□□了。辛未夏天王夫之記並手書。時年七十三歲，在草堂的東窗下。

寫完此賦後，想到我為躬園道隱衷，躬園亦必然為我言隱衷的，無需黯然神傷。雖然，我的隱衷何所足道，經歷四十五年，虛度了七十三歲，粥飯在碗，有哪一個來拿筷匙餵之入口？這碗中的稻米又是哪一國土地上生長的，我情又何足道！因此回想丁亥年夏天模倣杜甫、文天祥作的〈七歌〉，當時之情如此，那埋憂荒山，亦不過了此心情罷了；沒有什麼比這更進一層的了，這也就是對尚餘黑髮要珍惜的原因呀。作〈七歌〉篇，是因為與夏叔直將奔赴辰沅，尋訪南明桂王輔臣義興堵公允錫的所在，當時在湘中舉義兵拼死作戰，戰敗欲赴桂王行在，因雨道阻，不能到達，又大大為匪人所困擾，躲避鉤索在山中，得上湘人士蕭一夔的破舊屋子容身，在敗屋荒林中與夏叔直相對低吟，遺稿已失，依稀回憶得這麼一些，把它寫在躬園卷後，就如同躬園為我寫的一樣。

勘破窗紙者爰書

【題　解】本文以下三文是湖南省博物館從衡陽劉氏所藏《船山文稿》抄本中摘錄的，刊於《湖南歷史資料》一九五九年第三期與一九五八年第三期。這本文稿注明是己未、庚申（一六七九、一六八〇年）等年所作。爰書是古時記錄囚犯供辭的文書，後用以指判決書。本文是作者對小偷的判決書，藉此描寫自己的危險處境與發洩對當局的不滿。

北窗久破，夜風襲枕，輒新糊之；甫逾夕而風自若❶。童子告曰：「是復破矣。」起而視之，乃鋒刃之所觸也，櫺間無一全者。誰為之哉？莫知其人。爰書以責之。

寒齋孤冷，紙窗回清夜之風；函丈❷優游，衾枕顧旦明之影。一燈之坐照❸非虛，四壁之餘光有曜。何物潛窺，似托微蹤於草際；竟同叵測，欲施鋒刃於窗間。漫爾作無端之孽，詎❹異賊心；暗中懷有隙之私，非關兒戲。既非可升之堂，寧自牖而納其鑰；或是難窺之室，故乘虛而抵其瑕。條條分明，載其狠心怒目；咄咄怪事，恍若戴角披毛❺！一時之醜行彰矣，十罪之爰書定焉！

附例：無縫生端，罪一。見好必妒，罪二。毀人成器，罪三。挾刃中傷，罪四。窺探私室，罪五。觸冒函丈，罪六。拋業胡行，罪七。與盜同營，罪八。包藏禍心，罪九。心粗膽大，罪十。

【注　釋】❶自若　鎮靜自若，毫不拘束；一如既往，依然如故。❷函丈　原謂講學者與聽講者坐席之間相距一丈，文中指講學的坐席。❸坐照　猶寂照。謂通過禪定，止息妄念，觀照正理。❹詎　豈。❺戴角披毛　頭上生角，身上披毛，指禽獸。

【語　譯】北窗長久破損，夜風從北窗吹襲到枕上，於是便新糊了窗紙；才過一夜而風又依然如故。童子告訴道：「窗又破了。」起身看窗，乃是刀的鋒刃碰觸破的，窗櫺之間沒有一個完整的。誰做的呢？不知道哪一個。於是寫判決書來責罰他。

貧寒的書齋孤單而寒冷，紙窗吹進了清夜的涼風，書齋內空蕩蕩的，講學的坐席寬裕，在衾枕上可看天亮的光影。一燈的寂照不假，四面壁上的餘光閃亮。什麼東西在偷看，好像是把幽微的蹤跡掩藏在草際之間；竟然如同心懷叵測，想在窗間施行鋒刃。如此隨意造孽，與賊心豈有差異；暗中懷有私隙，這就不是兒戲。這裡既然不是可以讓人升登的廳堂，難道就從窗口收住鑰匙；或許是難以窺看的屋室，所以乘虛而入鑽了空子。條條罪狀分明，都記述了他的狠心怒目；咄咄怪事，恍惚如禽獸之行！一時的醜行暴露彰明，十罪的判決書可以確定！

附例：第一條罪沒有縫隙卻生事端。第二條罪看見美好的事物就生妒忌之心。第三條罪毀壞人家已成的器具。第四條罪挾持刀刃中傷他人。第五條罪偷看偵探私人的住室。第六條罪觸犯講學者。第七條罪拋棄本業，胡作非為。第八條罪與強盜一同做壞事。第九條罪包藏了害人的禍心。第十條罪粗心大膽。

刈草辭

【題　解】本文表面上是寫芟除雜草，實際有很深的寓意。作者繼承了屈原開創的「善鳥香草以配忠貞，惡禽臭物以比讒佞」（王逸〈離騷序〉）的傳統，寫蔓草如社會上的小人、朝廷中的奸臣，到處都是，使君子忠臣無法舉步，「奪園林之芳徑，浸階除而俱迷。蘭芷為之斂秀，群蔬亂其植蒔。」「間亦柔姿可採，非無媚態為容。纖質盈於上苑，野色冒乎瓊宮。時恭承乎玉輦，亦罔厭於塵埃；羌時藉乎朝露，肆玷污乎晶皚。此既剪而跡滅，彼旋茁而難摧；審故態之相仍，矧今昔之互根。」從以上這些句子，可以明顯看出作者的隱喻含義。

片畦❶自安，蔓草蓊然❷，益以秋雨，豐茂特甚。咫尺之間，無堪舉足，百步之外，又當何如也！芟❸之不勝，繼之以辭。

翳秋霖之滂沛❹，忽蔓草以紛披；奪園林之芳徑，浸階除而俱迷。蘭芷為之斂秀❺，群蔬亂其植蒔❻。晨展步以延佇，厭浥露于絺帷❼。縱晴日之烈曝，根盤鬱以深滋；終日坐而蹙頞❽，更月上而徬徨。戒❾霜鐮❿于越宿⓫，肅⓬奚童⓭以蹇裳⑭；起芟刈以不留，伊崇朝⑮而徜徉。客有笑于予曰：胡子見之不洪，自扶輿⑯之既兆，泄天地之鴻蒙⑰。芝蘭挺其芬質，茂草競其青葱；盤阿⑱固其托所，野曠見其芃芃⑲。間亦柔姿可采，非無媚態為容。纖質盈于上苑⑳，野色冒乎瓊宮。時恭承乎玉輦，亦罔厭于塵埃；羌時藉乎朝露，肆玷污乎皛皚㉑。此既剪而迹滅，彼旋茁而難摧；審故態之相仍，矧今昔之互根。問羌斃以奚期？除嚴霜之既繁。

【注　釋】❶畦　菜圃間劃分的長行，以便分畦栽種。❷蔓草蓊然　蔓生的草非常茂盛。❸芟　刪除雜草。❹滂沛　亦作「霶霈」。雨大貌。❺秀　指禾類植物開花，引申為草木開花的通稱。❻蒔　移栽。❼厭浥露于綀帷　《詩・召南・行露》：「厭浥行露，豈不夙夜？謂行多露。」厭浥，濕意也。綀帷，細葛布的圍裙。❽頞　鼻梁。❾戒　告誡。❿霜鐮　白亮銳利的鐮刀。⓫越宿　超過一宿。即隔夜。⓬肅　通「束」。敏捷。⓭奚童　童僕。⓮褰裳　揭起衣裳。《楚辭・九章・思美人》：「因芙蓉而為媒兮，憚褰裳而濡足。」⓯崇朝　終朝；一個早晨。⓰扶輿　猶言「扶搖」。形容自下而上。⓱鴻蒙　亦作「澒濛」。舊指宇宙形成以前的混沌狀態。一說指氣。⓲盤阿　屈曲的隅角。⓳芃芃　草木茂密叢雜貌。⓴上苑　皇家的園林。㉑皛皚　光明潔白。

【語　譯】有一片菜地種植可以自安，可是蔓生的野草繁生，再加上秋雨，更加豐茂。咫尺之間，不能舉足走步，百步之外，又將怎樣呢！我芟除雜草不盡，只得寫刈草辭來繼續。

鋪天蓋地的滂溥秋雨，蔓生的雜草忽然分散地到處亂長；園林中的小路被蔓草佔領，庭院石階因長滿了蔓草而看不見。蘭芷香草因此不開花，各種蔬菜也亂了種植移栽的時間。早晨要展開腳步卻停住了，露水沾濕了葛布圍裙。縱使有晴日的曝曬，蔓草盤根錯結並且深埋在泥土裡也不會枯死；整天皺著眉頭坐在那裡，到月亮升上了還在徬徨。隔夜就告誡童僕，快快地拿起白亮銳利的鐮刀，揭起衣裳、割除蔓草，一點不留，他卻一個早晨徘徊徜徉沒有行動。有一客人嘲笑我說：「為什麼你所見不大，從下而上，已有預兆，混沌的天地離析以來，蘭芝這類香草突出它們芬芳的質地，蔓草憑著它們鬱鬱青葱來競爭，屈曲的隅角本來是它們寄託的場所，曠野中可以看到它們茂密叢雜的情狀。間或亦有柔姿可以採取，容貌也不是沒有媚態。在皇家園林裡充滿了這些纖草，野芳進入了玉宮。時時恭謹地奉承皇帝的玉輦，同時也不厭棄曠野泥土；常常藉朝露之歡，肆意地玷污光明潔白。這裡剛剪除滅跡，那裡一下子又茁壯生長而難以摧殘；仔細看那故態復萌仍相繼續，更何況今昔的互為因果。試問何時會枯斃？除非是嚴霜很盛的寒冬。

齋中守犬銘

【題　解】本文是作者為其看家犬寫銘，文中以對比的手法描寫世人的不可親近教化，歌頌狗的忠貞、不離主人的左右，為主人驅除窺室者。從文中流露出作者的危險處境，如「危機之觸，接于几席！」「兀然坐于正中者何物乎？旦而思之，中夜不能寐焉。」「有潛窺暗伺于我室者。」

以言教之，距❶以色矣；以道示之，距以言矣；以禮範之，距以氣矣；危機之觸，接于几席！兀然坐于正中者何物乎❷？旦而思之，中夜不能寐焉。啟戶而視，有犬躍然，搖尾而迎，似解人意者。因銘以志警。

撻之而予附也；呵之而予隨也；晝而食，委蛇❸于側而不去也；夜而宿，蹲循于門而不離也。有潛窺暗伺于我室者，尚賴其搏噬驅除之而勿遲❹也。

【注　釋】❶距　通「拒」。抗拒。❷兀然坐于正中者何物乎　高高地坐在正中間的是何物？應暗指清朝統治者。否則不至於想起來使王夫之夜不能眠。兀然，高聳貌。❸委蛇　同「逶迤」。斜行；曲折前進。❹遲　緩慢；不敏捷。

【語　譯】用言語來教他時，他卻以臉色來拒絕；用道理來啟示他時，他卻用言語來拒絕；用禮來規範他時，他卻用氣勢來拒絕；接觸到的危機，比几席還近！端坐在正中間的是何物？白天思想起來，到半夜也不能成眠。開門看，就見有一隻狗跳著搖著尾巴迎面走來，好像是了解主人的心意的。因而作銘來警記。

鞭打牠卻附著我；呵責牠卻跟隨我；白天吃飯時，在我的旁邊來來去去；夜裡睡覺時，沿門蹲著卻不離去。若有偷偷窺看或暗中偵伺我的屋室的人，還要依賴牠十分敏捷地搏鬥咬噬、驅除趕走啊。

明紀野獲序

【題解】本篇綜論中國優秀史書的傳統與其成功之處，批評明代史書之失，表揚周藿園情真志遠，訪求典籍與遺民，寫成《明紀野獲》的精神。

藿園周子摭❶遺文，攟❷稗說，擴諏諮❸，敘一代之典，成《明紀野獲》二十卷，示夫之而俾述其指。夫之遂言曰：韙❹哉，其可以俟來哲也！夫之竊聞之矣：史之為道也，微而顯，約而該❺，舉大以挈小，故《春秋》尚矣，範圍❻作者而不可越也。雖然，非有左氏❼之書，殫纖芥毫毛之善惡，則後之學者，欲以知聖人之指，若無檝❽臨川而欲航滄瀣❾也，奚從？然則有其顯而後可微，有其該而後可約，不遺其小而後大者彰焉。雖聖人且有所資，而況其下焉者乎？司馬子長❿之作，既有《左氏內外傳》、《世本》、《戰國策》、《楚漢春秋》諸編為其明徵，而所記幽隱曲折，多溢出於數書之外：如〈封禪〉〈貨殖〉諸篇，搜訪極乎委屑⓫，田竇灌夫之傳，曲繪其嚬笑⑫，皆耳聞口授，非有簡編之足據，故可紹素臣⑬之嫡系。而王仲淹追求微約，徒貽優孟⑭之嗤。旦倣聖言，而夕成聖人之書，何聖人之易耶？班孟堅⑮陽攻腐史⑯，而陰用其教，故能與子長相雁行。嗣是而陳壽⑰、范曄⑱欲以精覈⑲易其暢達，譬之支幹具，而神理不屬，象人也，謂之曰人不可也。陳壽之書得裴松之⑳而呴㉑之使生，六代《南北史》得李延壽㉒而吹之使鳴，馬班而下，斯為愈矣。貌山者秀以雲煙，貌人者靈以襟帶，非偏心者所得與也。司馬溫公㉓立於千載以下，會通以成編年之紀，受模范於左氏而不敢伉聖經，學海而靳㉔至於海，唯其不為海而為川，是以異源同歸，川無非海。溫公之渟泓汪沛㉕，成區宇之大觀者，其尋源者遠也；其為書也。郵載書廚㉖，官供食料，隨其宦游凡十餘年而始就。故能於《十七史》㉗之外，旁搜纖悉㉘，以序治忽，以別賢姦，以參離合，以通原委，蓋得之百家之支說者為多。繇㉙此言之，顯其微，該其約，即小以舉大，豈靳靳㉚焉誦一先生之言可與前人相覿面㉛哉？

【章　旨】本段綜論史書的微而顯、約而該，舉大以絜小的辨證關係，推崇《春秋》、《左傳》、《史記》、《漢書》以及《資治通鑑》等優秀史書，並探究其成功的原因。

【注　釋】❶摭　拾取；摘取。❷攎　摘取。❸諏諮　諮詢；詢問。❹韙　是；對。❺該　通「賅」。包括一切；盡備。❻範圍　效法。❼左氏　指左丘明。❽檝　划船的短槳。❾滄澥　《初學記》卷六：「東海之別有渤澥，故東海共稱渤海，又通謂之滄海。」❿司馬子長　司馬遷字子長，任漢太史令，著《史記》，通古今之變，成一家之言，開創紀傳體的史書體例，是著名的史學家。⓫委屑　細碎。⓬嚬笑　憂愁與歡笑。嚬，通「顰」。蹙眉。⓭素臣　漢儒稱孔子自衛返魯修《春秋》為素王，稱左丘明為素臣，謂其作《春秋左氏傳》，述孔子之道以傳《春秋》。⓮優孟　春秋時楚國優人，擅於滑稽諷諫。曾裝扮故相孫叔敖為楚莊王賀壽，王以為叔敖再生，欲以為相，孟曰：「叔敖盡忠於楚，王得以霸，今死，其子無立錐之地，負薪以自飲食，如叔孫不如自殺。」於是莊王謝罪，召叔孫子，封之寢丘。⓯班孟堅　即東漢史學家班固，字孟堅，《漢書》著者。⓰陽攻腐史　司馬遷曾遭李陵之禍，被處腐刑，世或稱其所作《史記》曰「腐史」。班固在《漢書・司馬遷傳》贊中曾批評《史記》：「是非頗謬于聖人，論大道則先黃老而後六經，序游俠則退處士而進姦雄，述貨殖則崇勢利而羞貧賤，此其所蔽也。」⓱陳壽　西晉史學家，《三國志》著者。⓲范曄　南朝宋史學家，《後漢書》著者。⓳精覈　精細的考察核實。覈，同「核」。⓴裴松之　南朝宋史學家，作《三國志・注》。其注文多於正文三倍，保存著大量史料。㉑呴　張口出氣；噓氣。㉒李延壽　唐李大師子，追述父志，作《南北史》一百八十篇，其書頗有條理，剛落釀筆，超過其父。㉓司馬溫公　司馬光，宋哲宗時為相，卒贈太師溫國公。著《資治通鑑》。㉔靳　吝惜。㉕渟泓汪沛　聚集的水不流通卻很深很寬很充沛。㉖郵載書廚　此處猶言攜帶大量書籍。㉗十七史　指《史記》、《漢書》、《後漢書》、《三國志》、《晉書》、《宋書》、《南齊書》、《梁書》、《陳書》、《後魏書》、《北齊書》、《周書》、《隋書》、《南史》、《北史》、《新唐書》、《新五代史》等十七部史書。㉘纖悉　細微詳盡。㉙繇　同「由」。㉚斬斬　意謂拘守。㉛覿面　見面。

【語　譯】周藿園以拾取遺佚之文，摘取民間小說，廣泛地訪查詢問，寫成《明紀野獲》二十卷，用來敘述有明一代的史實，給夫之看並讓我闡述他的主旨。夫之於是說道：對啊，這是可以用來等待未來的賢明之人賞識並刊行了！夫之私下聽說：作為史書的規律，應該精深卻明顯，簡潔卻齊備，舉大者來絜出小的，所以人們尊崇《春秋》，效法孔子的《春秋》，並且不能超過他。雖然如此，不是有左丘明著《左傳》一書，詳盡闡發細如毫毛的善惡，那麼後代的學者，想知道聖人的旨歸，就像面臨水流沒有船槳卻想渡航滄海一樣，從何渡起呢？然而有明顯然後才可精深，有齊備才可簡潔，不遺漏小事，大事才能彰明。即使聖人尚且有所依據，何況聖人以下的人呢？司馬遷的著作《史記》，已有《春秋》、《左傳》、《世本》、《戰國策》、《楚漢春秋》諸種編著作為它的明確的引證，但是他所記述史事的幽微隱晦曲折之處，很多超出上述諸書以外，如〈封禪書〉、〈貨殖列傳〉諸篇，司馬遷搜求詢訪到了極為細緻的程度；〈魏其武安侯列傳〉寫田蚡、竇嬰、灌夫，能曲盡描繪這些歷史人物的一蹙眉一歡笑，大致都是聽諸傳聞，而不是有史書足以提供證據的，所以司馬遷可以繼承左丘明為嫡系。而王仲淹追求精深簡潔，徒然留給後人如優孟輩對他的嗤笑。所以，早上模倣孔子之言，晚上就可寫成《春秋》一樣的書，那麼做聖人也不是太容易了嗎？班固表面上攻擊司馬遷的《史記》，暗地裡卻運用司馬遷的指導，所以他的《漢書》能與司馬遷的《史記》像大雁飛行一樣並齊。之後是陳壽、范曄想以精核代替司馬遷、班固的暢達，就好像具備人的四肢軀幹，卻沒有人的神采理念，外表像人，以為他就是人，這是不可以的。陳壽的《三國志》得到裴松之的注就像吹口氣使其活轉一樣，六代的《南北史》

得到李延壽的著述而使它有名聲，至於司馬遷、班固以下，就愈加不行了。山的容貌以雲煙出沒籠罩而秀麗，人的容貌以衣飾襟帶而靈秀，這不是心胸狹隘的人所能參與的。司馬光在千年之後，融會貫通以前的歷史著作寫成了編年體的《資治通鑑》，以左丘明的《左傳》為榜樣卻不敢與它抗衡，學習大海卻不肯自稱大海，唯其不為海而為川，因此不同的源流卻同歸於海，川沒有不歸海的。司馬光聚集的水流又深又廣又充沛，成為我國史海中的洋洋大觀者，他尋求史學的源流很遠；他著書，郵車載書，典籍甚豐，官府供給所有編撰人員的飲食，隨著他的官宦生涯共十多年方才完成。所以能在《十七史》以外，搜求殆盡，用來敘述政治的好壞，辨別賢才與奸邪，考察天下的分合，徹底明瞭事情成敗的緣由，大致從各家諸著作中求得的居多。由此說來，顯明闡發精深處、完備簡約處，並從小見大，難道是僅僅誦讀一人之書就可以和前人相通見面的嗎？

一代之史❶，閱三百年而無可觀者。鄭端簡❷自命作者，而一往芟夷，如耘莠稗❸，並良苗而拔之，乃至南陽一傳，但歷敘其官代，而一言一行之無聞，審爾則南陽一尸位之具臣❹，而又何稱焉？李宏甫踵以為藏書，益以阿私❺之好，妄人也，尤不足齒也。舉凡大致之因革，如夏湘陰❻之治張秋，朱誠齋之定條鞭❼，弘治❽丈量田畝之蠲減❾，嘉靖❿釐定⓫嶽瀆先聖之祀典，以洎⓬石城寧夏閩海郴桂寇斂⑬之起滅，或竟佚無聞，或括以數字，酌海一巵，而曰海在是也，後之人能不以巵為海者，幾何耶？下而有陳氏之《通紀》，其荒陋益甚；又下而為沈國元之《從信錄》，於嘉、隆以後召亂致亡、神人悲憤之大端，如貴溪、分宜之相傾⑭，華亭、新鄭、江陵、長洲之相軋⑮，高、顧、沈、湯之冰炭相息⑯，辛亥、丁巳兩察之函矢相攻⑰，皆置不敢言。如胡應麟⑱以下，第狂生托夢說以詛典文者，故錄之以為口實⑲，流行天下者且數十年，俾一代鴻章，曾不與《十六國春秋》、《南唐遺事》同傳異代。

【章旨】本段評論明代史書之失，鄭端簡之書如除草平地，良莠俱去，李宏甫之書偏於阿私，舉凡大政的變革，或佚去，或僅括以數字；沈國元的《從信錄》，對於嘉靖、隆慶以後召亂致亡的大事，都不敢言及，胡應麟以下，更是狂生托夢胡言，徒為話柄。

【注釋】❶一代之史　意謂當代（明代）史書。❷鄭端簡　明鄭曉謚端簡，官至兵部尚書，為嚴嵩所惡，落職歸。曉通經術，習國家典故，時望蔚然。有《禹貢圖說》、《吾學編》、《端簡文集》、《古言》、《今言》等。❸荑稗　稗子一類的雜草。❹尸位之具臣　謂居其位而不盡其職的備位充數之臣。具，聊備其數。❺阿私　偏私。❻夏湘陰　指夏元吉，父官湘陰教諭，遂家湘陰。洪武時，以鄉薦入太學，擢戶部主事，歷事五朝，累官戶部尚書。宣宗時入閣預機務。永樂時治浙西大水，與民同甘苦，功成水洩蘇松，農田大利。又如山東唐賽兒反，事平，俘脅從者三千餘人，元吉請於帝，悉原之。為政能得大體，有古大臣風。卒，賜忠靖。❼條鞭　即一條鞭法，是明代中葉以後的賦稅改革辦法，簡化稅制，將賦和役分別歸併，由實物稅轉入貨幣稅。嘉靖年間在南北都試行，萬曆年間普遍推行。❽弘治　明孝宗年號（一四八八年～一五〇五年）。❾蠲減　免除減少。❿嘉靖　明世宗年號（一五二二年～一五六六年）。⓫釐定　整理制定。⓬洎　及；到。⓭石城寧夏閩海郴桂寇敓　指憲宗成化四年（一四六八年），固原土達族滿四、李俊據石城的叛亂，萬曆二十年（一五九二年）寧夏哱拜的叛亂，嘉靖後期福建沿海倭寇的屢犯閩地，憲宗成化、世宗嘉靖年間廣西傜族侯大狗等據大藤峽的叛亂。以上事詳見《明史紀事本末》中〈平固原盜〉、〈平哱拜〉、〈沿海倭亂〉、〈平藤峽盜〉各篇。郴，指郴州，明屬湖廣省，今為湖南省。桂，指廣西省桂平、桂州一帶。寇敓，寇盜。敓，古「奪」字。強取。⓮貴溪分宜之相傾　夏言、嚴嵩的互相傾軋。夏言，貴溪人。嚴嵩，分宜人。先，夏言以強直開敏，受嘉靖帝的賞識，位居首輔，意頗驕滿。嚴嵩妒之，言漸失帝意。嵩漸用事，居首輔，二人互相傾軋，嵩構陷言受賄，處死。後嵩敗，夏家訟冤平反。⓯華亭新鄭江陵長洲之相軋　指徐階、高拱、張居正、申時行的互相傾軋。徐階，松江華亭人，嘉靖時任東閣大學士，嚴嵩為首輔，深忌之。階外事嵩甚謹，內深自結於帝，終於把嵩趕下臺，盡反其行事，為政多所匡救。高拱，新鄭人，起初為徐階所親。引入直，拱驟貴後，屢與對抗，階被拱扼，致仕歸。拱負經濟才，有所建樹，官中極殿大學士，隆慶時與張居正（江陵人）併相。萬曆即位後，被張居正排擠，數拱罪逐之。張居正代拱為首輔，從政十年，海內稱治，死後為張誠所譖害，抄沒家產。申時行，長洲人，以文字受知於張居正，繼張四維為首輔，政務寬大，與張截然相反。⓰高顧沈湯之冰炭相息　高、顧，指東林黨代表人物高攀龍、顧憲成（時稱「高顧」）。沈、湯，似指沈一貫與湯賓尹（前者「奸貪」、後者「負才名而淫巧」。見《明史紀事本末》卷六十六。）冰炭相息，喻對立兩者相滅。息，通「熄」。⓱辛亥丁巳兩察之函矢相攻　辛亥指明神宗萬曆三十九年，丁巳指萬曆四十五年。察，指監察。函矢相攻，指上奏疏攻擊。辛亥年，監察御史徐兆魁上奏疏攻擊東林黨人：「顧憲成講學東林，遙執朝政，結淮撫李三才，傾動一時，孫丕揚、湯兆京、丁元薦角勝附和，京察盡為黨人。」丁巳年，吏部尚書主持監察，徐紹吉、韓浚佐之，又攻擊東林黨人，將刑部主事王之寀革職為民，竇子稱、陸大受皆被斥。從此臺省之勢力，積重不反。⑱胡應麟　明蘭谿人，萬曆中舉，後久不第，多所著述，有《少室山房類稿》等著作。⑲口實　話柄；談話的資料。

【語　譯】明代一代的歷史經過近三百年卻沒有可觀看的。鄭曉自命為著史者，卻如割草平地，除去稗子一類的雜草，卻將好苗也一起拔掉了，乃至於寫南陽的傳記，卻沒有寫他的一言一行，考查實際，南陽只是居其位卻不盡其職的備位充數的臣子罷了，有什麼可稱頌的？李宏甫把它作為藏書，加之偏私的癖好，是荒誕不經之人，尤其不足掛齒了。舉凡當時大政的沿襲與變革，如夏元吉的治理張秋、朱誠齋的制定「一條鞭法」，進行賦稅改革；弘治時丈量田畝來確定稅收的減免，嘉靖時制定山嶽河瀆先聖的祭祀典禮，以及石城、寧夏、閩海、郴、桂等地盜寇的發生與被殲滅，有的竟然遺佚不聞，有的僅以很少文字概括，就如同在海中舀一杯水，並且說：海就在這裡了，後人能夠不把一杯水當作海的，有幾個人呢？後來有陳氏的《通紀》，荒誕簡陋更加厲害；再後面是沈國元的《從信錄》，對於嘉靖、隆慶以後的禍亂召致明代的滅亡，神人都悲憤的大事，如夏言、嚴嵩的互相傾軋，徐階、高拱、張居正、申時行的互相傾軋，東林黨人高攀龍、顧憲成與奸貪之臣沈一貫、湯賓尹雙方一起熄滅。明神宗三十九年、四十五年間兩監察上奏疏攻擊東林黨人等事，都不敢觸及敘寫。至於胡應麟以下，僅是狂生托夢胡說來詛咒史書典籍，人們卻記錄下來作為談話的資料，流行天下近數十年，使有明一代的宏大史篇卻不能與《十六國春秋》、《南唐遺書》一樣傳至後代。

薑園之徵此而博採以資論定也，其情貞，其志遠，其學不倦，誠有弗獲已者，故曰洵哉可以俟來哲也。《詩》不云乎：「於以采蘋，於澗之濱；於以采藻，於彼行潦❶。」澗之濱，行之潦，無所澤也，而蘋藻非是莫有，捨此而求之寒泉一掬之中，終年弗得，而又奚以薦耶？顧非其人，孰與采者？公侯之事，豈尋芳拾草以冶遊者之所與哉！薑園以淵涵霞建❷之才，謝世榮以孤游。歷燕、趙、吳、越訪故家之藏書，問遺民之記憶，以起二百八十餘年九京❸之先進❹相為挹注❺，是編之成，未能即問之世；禹峰石廩❻，應為珍護，又非但溫公之資鏡治源已也。

【章　旨】本段表揚周薑園謝絕世俗榮華，訪求故家藏書，博採眾聞，情貞志遠，不倦寫作的精神，《明紀野獲》應藏在深山石室以俟來者。

【注　釋】❶於以采蘋四句　係《詩經．召南．采蘋》第一章。「於澗之濱」，《詩經》原文為「南澗之濱」。蘋，水草名。南澗，南山之澗。澗，指兩山之間深谷中的水流。濱，水邊。藻，隱花植物的一大類，沒有真正根、莖、葉的分化。行潦，水流。古代貴族出嫁前三月，要到宗廟祭祀，蘋，音近「賓」。借其含義，以戒新婦應「敬夫如賓」。藻，音同「澡」。以戒新婦應潔身自好。❷淵涵霞建　淵涵，深遠包含。霞建，謂文采斐然。❸九京　春秋時晉國卿大夫的墓地。墓地在九原，京字誤。陸德明釋文：「京音原。」後用以泛指墓地。❹先

進　先輩；先行。❺挹注　把液體從一個盛器中取出，注入另一個盛器。❻禹峰石廩　猶言深山石室。

【語譯】藿園有鑑於明代史書之失，因而博採眾說來幫助自己定論，他的情懷忠貞，他的志向高遠，他的學習勤奮不倦，實在有他不能停止的原因，所以說誠然可以等待將來的賢明者賞識並刊行啊。《詩經・采蘋》中不是說嗎：「到哪裡去采蘋草，到南山澗緣水之濱；到哪裡去采藻，到流動的水流裡。」澗水邊，流動的水流裡，並無特別的潤澤，但蘋藻不是這些地方就沒有，放棄這些地方卻去一泓寒泉中去尋求，整年都找不到，那麼拿什麼到宗廟裡去準備祭祀呢？但不是這人，又有誰能採摘呢？哪裡是尋花拾草來遊玩的人會參與的呢！藿園以深遠包含而又文采斐然的才具，謝絕世俗的榮華富貴獨自遊尋，經歷燕、趙、吳、越之地，訪求故舊大家的藏書，詢問明末遺民的記憶，寫出明代二百八十多年地下先輩的事蹟，撰成《明紀野獲》。此編完成後，未能就問世，藏在深山石室裡，應該珍惜愛護，又不僅是像司馬光著《資治通鑑》為統治者提供治理的借鑑而已。

衡山廖氏族譜序

【題解】本文通過介紹廖氏族譜情況，贊頌廖氏以詩禮為家法，以德化易風俗的傳統，論述寫族譜的教化作用，批評浮華不實的著作與所謂世傳的美談，強調族譜樹立典型，教育後代。

學必期敦❶原本，教必期示儀型❷，矧❸譜以垂世，敢忽諸❹？今置挹浮藻❺於英華❻，飾莊言❼於臺閣❽者於不論，進而翼經羽史❾，幟古詞壇，才稱江海，書富樓城，亦云偉矣！然譬之於水，潮而非源；仰止❿其山，高仍異岳。何則？所儲匪冽⓫，達殊盈科，攸續虛基，功終虧簣⓬。學不淵源於敦本，教非權輿⓭於形家，即棟充渠祿，牛汗湘籤⓮，豈足攄⓯至文於心德，體聖緒於身先也哉！亦有萬石世美，馬不虛鞭⓰；九葉均恩，犬能待食⓱。道之在我，豈別求心？天之於心，賦惟斯理。溯而追之，祖而師之，蕭⓲而達之，宗乃法之，睦而收之，嗣其庥⓳之，勿曰萃之一門，卜爾傳之後代。

【章　旨】從學須敦厚本源，教須示範的典型，論述寫族譜的重要。批判那些浮華的著作與所謂世傳的美談，強調「道之在我，豈別求心」的道理，應追溯本源，師法祖宗。

【注　釋】❶敦　厚。❷儀型　儀表典型。❸矧　況且。❹諸　相當於「之乎」。❺浮藻　浮在水面的水草。❻英華　草木之美者。❼莊言　格言。❽臺閣　東漢以尚書輔佐皇帝，因尚書臺在宮廷建築內，故有此稱。❾翼經羽史　輔佐經史。羽翼，輔佐。❿仰止　仰，敬慕。止，作語助。《詩・小雅・車舝》：「高山仰止。」意謂古人有高顯之德如山者，則慕而仰之。⓫冽　寒冷。⓬虧簣　《書・旅獒》：「為山九仞，功虧一簣。」簣，盛土的竹器。⓭權輿　《廣韻》：「輿，權輿，始也。」底本作「輿權」，誤，據義校改。⓮棟充渠祿牛汗湘籤　柳宗元《陸文通先生墓表》：「其為書，外則充棟宇，出則汗牛馬。」充棟宇，是說書籍填滿屋子，高及棟樑。汗牛馬，是說牛馬運書時，累得出汗。渠，通「巨」。湘籤，指書籍。⓯攄　發抒；舒散；舒展。⓰萬石世美馬不虛鞭　西漢石奮為官恭敬，無與倫比，與其四子皆官至二千石，於是景帝號奮為萬石君。四子皆以馴行孝謹，如長子建為郎中令，已白首，每五日洗沐歸謁親，都親自為父洗內衣，並不讓父親知道。少子慶為太僕御出，上問車中幾馬，慶以馬鞭數馬畢，舉手曰，六馬。慶於諸子中最為簡易，尚如此認真。⓱九葉均恩犬能待食　王夫之《宋論・論陳競九世同居》：「江州陳競九世同居，而太宗歲賜以粟……傳陳競之家者曰：『長幼七百口，人無閒言』，已溢美而非其實矣。又曰：『有犬百餘，共一牢食，一犬不至，群犬不食。』其誕至此。而競敢居之為美，人旦傳之為異，史且載之為真，率天下以偽。」⓲蕭　通「肅」。⓳庥　庇蔭；保護。

【語　譯】學習一定要厚實本源，打好基礎，教導一定要展現示範的典型，何況寫族譜留傳後代的事，怎敢輕忽它呢？現在且不論把水草冒充佳木香草的弄虛作假，或在臺閣中裝飾一些格言的當作擺設，就說那些輔佐經史，在詞壇上扯起復古的旗幟，才華如江海，書籍著作滿城樓的，似乎亦應算偉大了！然而譬如水，潮水非源頭；仰慕那高山，高山卻非名嶽。為什麼？所儲積的不是凜洌的水，所達到滿盈的程度也就不同，在一個不實的基礎上繼續下功夫，最終總會功虧一簣。學習沒有以厚實的根本為淵源，教導不從一個家族的形象開始，那麼即使有極豐厚的俸祿，填滿屋子，有很多書，牛馬運時累得出汗，也是不能寫出很好的文章來抒發內心的美德，體現聖人的思緒在先世身上的啊！雖然也有西漢萬石君一家的恭敬孝順為世人贊美，少子石慶以馬鞭數馬來回答皇帝的問題，沒有一匹馬不被馬鞭指數的；宋陳競九代同居，都受到宋太宗賜粟之恩，連狗也知禮，一犬不至，群犬不食這些所謂美談，但是道就在自己的心裡，哪裡要從別人的心中求得呢？天對於人，賦予的就是這個道理。追溯源頭，師法祖先，恭敬地實現，同宗效法，和好地「接受」，繼承它，庇護它，不要說人才聚集於一門之中，而且料想會傳到後世百代。

南嶽曰衡山，湘水環之，其間匯山川之勝，廖氏世居焉。溯其所自來，肇姓於叔安，猶衡山之發脈於岷山也。鼻祖推唐末封侯食邑於衡，遂家於衡之爽公，猶岷山之導江至於敷淺原❶也。嗣是而仕楚，拜天策府❷學士光圖，工部員外郎光凝，千牛衛大將軍開國子偃，宋任郴州馬平縣光晏、湖南決勝指揮使匡濟，宋熙寧治平❸歷科進士若正古，若正一，若剛，若偁，若倚，遞傳至文義全公之子若孫，衍為衡山龍王橋、桐木橋、杉木橋、師古橋、梅橋、小初橋、栗林頭、大岳、橫板及艮衝、獅子橋支派，是猶七十二峰之臚列，雖島嶼層擁，而維嶽則均，九水之匯歸，雖湘灘界分，而於江悉合也。今廖氏兄弟，政為於家，文譽於國，難兄難弟[4]，賢嗣賢從[5]，互相競爽[6]，儲燕臺[7]之驌騮[8]，萃楚材之杞梓，而以其渟泓崷崒[9]之章，攄之於家乘[10]。文明以止人文也，文明象離[11]，敦止象艮[12]，艮止其所，而南離之輝不掩，孰得而怠諸？其作譜之法，首年紀，義例，挈綱也；分宗而錄實，詳目也；議祠祭，孝思也；誌隱德，闡幽也；誌簪纓[13]，紀顯也；誌閥德，內瑞也；載藝文，彰博學也；申家誡，衷聖教也；紀費紀勞，明功也。猗歟善矣！予讀其全譜，因不揣[14]固陋[15]，而為之颺言[16]焉。夫維禮敦仁，施於有政，由唐末而五代，而炎宋，尚武健嚴酷，稽廖氏列祖皆以德化易風俗，詩禮為家法，其至行相師，主持名教，由來尚矣。禮之不可廢，即仁之不可諠，教之自我明，即道之自我立。廖氏世推巨族，念茲在茲，其文明以止，為政於家者，悉著於家譜，以宗典型。觀水有術，斯其為源而可溯者乎？子若孫世居於此，行見開衡雲，挽湘波，胥於斯譜兆之。

【章　旨】介紹廖氏族譜作譜的方法，從始祖起到各個支派，仕宦與科舉的情況，特別贊頌在唐末到炎宋尚武健嚴酷的年代廖氏家族以詩禮傳家，以德化易風俗的美行。

【注　釋】❶敷淺原　古地名。《書・禹貢》：「過九江，至于敷淺原。」今址所在說法很多，有江西德安縣、廬山、廬山前平原、安徽大別山的尾閭諸說。❷天策府　天策上將之府。唐高祖以為太宗功高，古官號不足以稱，乃加號天策上將，位在王公之上。❸熙寧治平　宋神宗年號（一〇六八～一〇七八年）。治平，宋英宗年號（一〇六四～一〇六七年）。❹難兄難弟　兄弟皆賢。《世說新語・德行》載東漢陳寔有子陳紀字元方，陳諶字季方，二人之子各論其父的功德，相爭而不能決，去問陳寔，寔說：「元方難為兄，季方難為弟。」意為二人的見識才智難分高下。後也指兩個人同樣惡劣，或處於類似的困難境地。❺賢嗣賢從　無論嫡嗣或堂房親屬都賢德。❻競爽　爭為表現，以顯於世。❼燕臺　即黃金臺。燕昭王置千金於臺上，以招天下士，故名。在河北省易縣東南。❽驌騮　即驌驦與驊騮，都是良馬的名稱。❾渟泓嶆崪　渟泓，水靜深貌。嶆崪，山高峻貌。文中形容文章高深。❿家乘　記載私家之事的文字，後相沿稱家譜為家乘。⓫文明象離　離是離卦。離卦象徵火，代表太陽，有明、光明的意思。離是麗，附著的意思。光明附著於正當的形象，所以能夠教化天下，達成轉移風俗的目的，所以說文明象離卦。⓬敦止象艮　艮是艮卦。艮者止也。故說敦止象艮卦。⓭簪纓　貴人的冠飾。喻高官顯宦。⓮不惴　不忖度；不思量。⓯固陋　見識鄙陋。⓰颺言　大聲疾言。

【語　譯】南嶽衡山，湘水環繞，其間匯聚了山川勝景，廖氏家族世世代代居住在這裡。追溯它的來源，開始姓廖的在叔安這地方，猶如衡山山脈始發於岷山。始祖首推爽公，在唐末封侯，食邑在衡山，於是從此家就在衡山，猶如岷山導源長江一直到敷淺原。繼承爽公而在楚地做官的，有任天策府學士的光圖，任工部員外郎的光凝，任千牛衛大將軍封爵位開國子的偃，宋朝任郴州馬平縣知縣的光晏、任湖南決勝指揮使的匡濟、宋英宗、神宗治平、熙寧年間中歷科進士的有正古、正一、偁、剛、倚，順著次序傳到文義全公的子和孫，繁衍為衡山的龍王橋、桐木橋、杉木橋、師古橋、梅橋、小初橋、栗林橋、大岳、橫板及長衡、獅子橋支派，這些支派猶如衡山七十二峰的陳列，雖然是大島小島層層簇擁，但對衡嶽則是一樣平勻，又如九水的匯聚歸流，雖然湘江、灕水劃分界限，但全都一樣匯合流入長江。現在廖氏兄弟於家中行政，文章稱譽於國中，兄弟皆賢，嫡從也都賢德，互相爭為表現，從而聞名於世，就如在燕國的黃金臺聚集了驌驦、騂騮這樣的駿馬，又如匯聚楚地的良材杞木、梓木一樣，並且以宏大高深的文章抒寫家史族譜。文明集中表現在人的倫理觀念上，文明象離卦，聚居一起象艮卦，居止衡山一地，南嶽的光輝因而不被掩沒，哪一個能疏怠呢？他寫作族譜的方法，開頭是按年紀事與編撰的體例，這是提綱挈領；分宗實錄，這是詳細目錄；議論祠堂祭祀，這是抒發孝思；記述隱匿的品德，是闡發不顯的幽微；論述高官仕宦，這是記顯赫的家族；記門閥之德，這是記述家族的內美祥瑞；記載藝文諸作，這是表揚博學；申明家族教誡，這是崇尚聖人之教；記載耗損勞苦，這是表明功績。啊！完美啊！我讀了廖氏族譜，因而不忖度自己見識鄙陋而為譜大聲疾言。大凡尊禮重仁，施行於政事，從唐末到五代到宋代，崇尚武力嚴酷，而查考廖氏列祖都能以德來感化改變風俗，以詩禮作為家法，他們的美好德行互相效法，主持名教，崇尚由來已久。禮不可廢，就如仁愛不可忘，教的從我明白，就是道的從我做起並實現。廖氏世人推為巨族，顧念即在仁禮之教並實行之，他們的文明就表現在這裡，在家族內行仁政禮教，並全都寫在家譜中，以便成為宗法的典型。看水有方法，乃是看其源頭所在並能否上溯，子孫世代居住在這裡，我們可以看到他們能撥開衡山的雲霧，挽回湘江的頹波，全都在族譜中可以見到他的徵兆。

現代人不可不讀的智慧經典
——古籍今注新譯叢書

集當代學者智識菁華
重現古人的文字魅力

【哲學類】

新譯尹文子　徐忠良注　黃俊郎校
新譯淮南子　熊禮匯注　侯迺慧校
新譯潛夫論　彭丙成注　陳滿銘校
新譯鄧析子　徐忠良注　劉福增校
新譯韓非子　賴炎元、傅武光注
新譯尸子讀本　水渭松注　陳滿銘校
新譯四書讀本　謝冰瑩等注

新譯申鑒讀本　林家驪等注　周鳳五校
新譯老子讀本　余培林注
新譯列子讀本　莊萬壽注
新譯孝經讀本　賴炎元、黃俊郎注
新譯易經讀本　郭建勳注　黃俊郎校
新譯荀子讀本　王忠林注
新譯莊子讀本　黃錦鋐注

新譯新書讀本　饒東原注　黃沛榮校
新譯新語讀本　王　毅注　黃俊郎校
新譯管子讀本　湯孝純注　李振興校
新譯墨子讀本　李生龍注　李振興校
新譯論衡讀本　蔡鎮楚注　周鳳五校
新譯禮記讀本　姜義華注　黃俊郎校
新譯孔子家語　羊春秋注　周鳳五校
新譯公孫龍子　丁成泉注　黃志民校
新譯老子解義　吳　怡著
新譯呂氏春秋　朱永嘉等注　黃志民校
新譯晏子春秋　陶梅生注　葉國良校
新譯明夷待訪錄　李廣柏注　李振興校

【文學類】

新譯千家詩　邱燮友、劉正浩注
新譯花間集　朱恒夫注　耿湘沅校
新譯幽夢影　馮保善注　黃志民校
新譯菜根譚　吳家駒注　黃志民校
新譯搜神記　黃　鈞注　陳滿銘校
新譯薑齋文集　平慧善注　周鳳五校
新譯詩品讀本　程章燦注
新譯詩經讀本　滕志賢注
新譯楚辭讀本　傅錫壬注
新譯漢賦讀本　簡宗梧注
新譯人間詞話　馬自毅注　高桂惠校
新譯文心雕龍　羅立乾注　李振興校
新譯世說新語　劉正浩等注
新譯古文觀止　謝冰瑩等注
新譯江文通集　羅立乾等注
新譯阮步兵集　林家驪注
新譯明散文選　周明初注　黃志民校
新譯明傳奇選　張宏生注
新譯昭明文選　周啟成等注　劉正浩等校
新譯唐傳奇選　束　忱等注　侯迺慧校
新譯曹子建集　曹海東注
新譯陸士衡集　王雲路注
新譯陶淵明集　溫洪隆注
新譯陶庵夢憶　李廣柏注
新譯揚子雲集　葉幼明注　周鳳五校
新譯嵇中散集　崔富章注　莊耀郎校
新譯賈長沙集　林家驪注　陳滿銘校

新譯橫渠文存　張金泉注
新譯顧亭林集　劉九洲注
新譯元曲三百首　賴橋本、林玫儀注
新譯宋元傳奇選　姚　松注
新譯宋詞三百首　汪　中注
新譯唐人絕句選　卞孝萱等注
新譯唐詩三百首　邱燮友注
新譯諸葛丞相集　盧烈紅注
新譯駱賓王文集　黃清泉注
新譯昌黎先生文集　周啟成等注　陳滿銘等校
新譯范文正公選集　王興華等注　葉國良校
新譯臨川文集選　沈松勤等注

【歷史類】

新譯公羊傳　雪　克注　周鳳五校
新譯列女傳　黃清泉注　陳滿銘校
新譯越絕書　劉建國注　黃俊郎校
新譯燕丹子　曹海東注　李振興校
新譯穀梁傳　顧寶田注　葉國良校
新譯戰國策　溫洪隆注　陳滿銘校
新譯左傳讀本　郁賢皓注
新譯尚書讀本　吳　璵注
新譯國語讀本　易中天注　侯迺慧校
新譯新序讀本　葉幼明注　黃沛榮校
新譯說苑讀本　左松超注
新譯說苑讀本　羅少卿注　周鳳五校
新譯西京雜記　曹海東注　李振興校
新譯吳越春秋　黃仁生注　李振興校
新譯東萊博議　李振興、簡宗梧注

【宗教類】

新譯山海經　楊錫彭注
新譯列仙傳　張金嶺注　陳滿銘校
新譯維摩詰經　陳引馳注
新譯抱朴子　李中華注　黃志民校
新譯法華經　張松輝注
新譯金剛經　徐興無注　侯迺慧校
新譯神仙傳　周啟成注
新譯高僧傳　趙　益注

新譯楞嚴經　賴永海注
新譯六祖壇經　李中華注　丁　敏校
新譯阿彌陀經　東景南注
新譯經律異相　顏洽茂注
新譯禪林寶訓　李中華注
新譯老子想爾注　顧寶田等注　傅武光校
新譯周易參同契　劉國樑注　黃沛榮校
新譯黃帝陰符經　劉連朋注
新譯道門觀心經　王　卡注　黃志民校
新譯養性延命錄　曾召南注　劉正浩校
新譯冲虛至德真經　張松輝注　周鳳五校

【軍事類】

新譯司馬法　王雲路注
新譯尉繚子　張金泉注
新譯三略讀本　傅　傑注
新譯六韜讀本　鄔錫非注
新譯吳子讀本　王雲路注
新譯孫子讀本　吳仁傑注
新譯李衛公問對　鄔錫非注

【教育類】

新譯三字經　黃沛榮注
新譯幼學瓊林　馬自毅注　陳滿銘校
新譯顏氏家訓　李振興等注

【政事類】

新譯唐六典　朱永嘉注
新譯商君書　貝遠辰注　陳滿銘校
新譯鹽鐵論　盧烈紅注　黃志民校
新譯貞觀政要　許道勳注　陳滿銘校

【地志類】

新譯水經注　鞏本棟、王一涓注
新譯大唐西域記　陳　飛等注　黃俊郎校
新譯洛陽伽藍記　劉九洲注　侯迺慧校
新譯徐霞客遊記　黃　珅注